Ernesto Sabato

Sobre héroes y tumbas

〔阿根廷〕埃内斯托·萨瓦托——著
申宝楼 边彦耀——译

英雄与坟墓

上海译文出版社

目录

译者前言 …………………………………… 001

1961年初版按语 …………………………… 001

初步消息 …………………………………… 001

第一章　龙与公主 ………………………… 001
第二章　看不见的面孔 …………………… 145
第三章　关于盲人的报告 ………………… 293
第四章　陌生的上帝 ……………………… 451

译者前言

阿根廷作家埃内斯托·萨瓦托的名字，对中国读者来说也许还比较陌生，因为迄今为止，他的作品被译成中文的只有小说，而他为数可观的有关文学、哲学、美学的评论文集都没有被介绍给我国读者。本文想侧重谈一谈对他的第二部小说《英雄与坟墓》的认识与译后感想。这部小说是由边彦耀同志和我译成的，全书的大部分初稿都是由他译出，另外蔡同廓同志也帮助翻译了小部分初稿，在此谨向他表示衷心的谢意。

埃内斯托·萨瓦托于1911年6月24日生于阿根廷布宜诺斯艾利斯省的小镇罗哈斯，父母均为意大利移民，他在十一个兄弟中排行第十，从小性格内向。作家曾这样述说过他的童年："我有一个温柔的母亲和一个非常严厉的父亲，我那忧郁的童年充满了烦恼的噩梦。这就养成了我内向的性格，它残酷地把我引向了探究我的思想、我的疑问、我的情感的痛苦历程。"埃内斯托·萨瓦托与著名诗人、作家路易斯·博尔赫斯是阿根廷文坛上的同时代人，而且是互有交往的朋友。

埃内斯托·萨瓦托发表的第一部小说是《隧道》，《英雄与坟墓》是继《隧道》之后写成的第二部小说。这部小说内容深刻，具有强烈的心理分析色彩，但是它的情节（除第三章外）并不复杂。全书共分四章，主要写了亚历杭德拉、马丁、费尔南多·比达尔（亚历杭德拉的父亲）和布鲁诺这四个人物各自的命运、遭际、孤独和忧伤。但从作品的结构布局来看，这确非一部寻常的小说，它的新奇和独创处处可见，显示出作者高超的匠心和技巧。他以数条线索同时叙述的手法为读者构筑了一座错综复杂、扑朔迷离的迷宫。首先，全书在亚历杭德拉和马丁相识、相爱、相别的主线中，穿插了胡安·拉瓦列将军与独裁者罗萨斯的残酷斗争和最后逃往玻利维亚的悲壮的历史事件。其次，小说的第三章《关于盲人的报告》对于全书来说，可以说又是一种穿插；如果说拉瓦列将军的事件是以断断续续的方式插叙于亚历杭德拉与马丁的感情纠葛之中，那么，《关于盲人的报告》则是以独立的、完整的、风格迥异的一章镶嵌于第二章与第四章之间。作者正是通过这种新颖、独特的手法给作品烙上了自己深深的印记。

　　叙事人物的多元化和叙事方式的时空立体交叉是本书结构的又一特点。在整个作品的四分之三篇幅，即第一、第二、第四章里，作者始终避免以第一人称的口吻出现，而是纵横恣意地使用插叙、插议的方法来打断正常的情景描写，以不同的第三者的思考、判断、追忆来解释、澄清、证实另一个第三者的有关述说，从而达到数个不同的声音同时表达对一件事一个人的看法。有时候，这种插叙、插议与被打断的描写在时间上并不是同步的，而是某个第三者在另一个地方、另一个时间的思考、判断，所以读起来给人以一种叙述上的多元感、时空上的立体感、听觉上的多声部音乐感。但是《关于盲人的报告》的第三章却一反上述几种多元叙述、时空交叉的手法，而是独辟蹊径。如果说在第一、第二、第四章里作者始终掩藏在书卷后面指挥、差遣他笔下的各个人物的话，这一章则完全以第一人称的口吻直抒胸臆，而且还成功地运用了侦探小说的悬念手法，一气呵成地写完了对盲人世界的冒险探索。这一章着意刻画了费尔南多·比达尔灵魂深处最阴暗的部分和他对盲人的厌恶与偏见，暗示了他不祥的人生、他与自己女儿的乱伦和他死亡在即的命运，同时以超现实主义的手法淋漓尽致地为我们描绘了一幅盲人世界阴森可怖、令人战栗的图景。由于这一章的艺术特色和心理描写的成功，有的评论家认为它是"整个作品的关键"，是"所有时代最了不起的文学范例"，"凝聚了作者最大胆的想象"。读完这一章不禁使人生出这样的感想，人的邪恶是令人恐怖的标记，但不管如何，它终究是可以解救的，它的存在是一种历史的必然，因为如果它消失了，作为它的对立面，人的善良也就无法存在。作者为什么要写盲人的世界？为什么他对失明一事如此着魔？这将是很多读者感兴趣的问题。萨瓦托本人在最近一篇访谈录中回答说："着魔于盲人的事，没有什么解释。1979年当发现我视力有严重毛病时，我不知道关于盲人的念头是这件事的预兆还是原因。"但是不止一位评论家指出，他所以写这一章，也许是选择一种形式来说明他的这种观点，即科学的推理会导致精神上的失明。

　　正如前面所说，从内容上讲，本书贯穿着两条主线。一条写历史，另一条写现实。写历史的主要围绕着胡安·拉瓦列将军与专制独裁者罗萨斯（实际上是联邦主义派和中央集权派）之间的残酷斗争，作品着重描写了拉瓦列将军失败后逃往玻利维亚的扣人心弦的悲壮历程和令人刻骨铭心的悲剧结局，读后使人在心灵上受到强烈的震撼。通过这一事件的描写，作者以犀利的笔触揭露、抨击了罗萨斯的血腥统治。写现实的这条线是围绕着奥尔莫斯家族的最后一位女性后裔、本书的女主角亚历杭德拉而展开的。除了描写她与马丁之间短暂的、暴风雨般的爱情外，主要描写了她一生中精神上经受的刺激、剧变和折磨。她与马丁的交往本可以有一个美满结局，但精神上的折磨令其崩溃，到头来不得不痛苦地拒绝了马丁纯洁的爱，直至最终用手枪打死了她父亲，然后把自己关在房间里浇上煤油纵火自焚，企求用烈火来净化自己的灵魂。出身贫苦，精神上忧郁、敏感的马丁是本书的另一个主要人物。他与亚历杭德拉的社会身份相差悬殊，但两个人在人生的遭遇和精神的孤独上有很多共通之处。他在亚历杭德拉身上不仅找到了一个情人，而且也找到了母亲般的同情和温暖。两个人虽然有相爱的强烈愿望，但无法摆脱时间、历史加在他们身上的重压，最后不得不无可奈何地分手。在这部小说里，马丁代表着寻找人生的定义、寻找如何破解存在之谜的那些人的理想。如果说拉瓦列将军是本书死去的英雄们的化身，马丁便是活着的生活中的英雄的代表。除了亚历杭德拉和马丁外,还有两个主要人物,一个是比马丁年长的、作为马丁好友的布鲁诺·巴桑,另一个是亚历杭德拉的父亲费尔南多·比达尔。布鲁诺·巴桑在本书中起着某种黏合剂的作用,书中其他人物很多往事的追述、回忆、证实都是通过他的叙述、议论来进行的。至于费尔南多·比达尔这个人物,从血缘关系上说,他是亚历杭德拉的生父,但从本书人物的类别来说,如果说其他三位主要人物都是生活中某种意义上的英雄的话,他则是英雄的对立面,姑且称他为反英雄。在被很多文学批评家们推崇备至的第三章中,这位反英雄是唯一的主角,作者正是借费尔南多·比达尔之口的叙述,才使我们有机会领略幻觉中的盲人世界是何等令人恐惧、何等令人毛骨悚然。

埃内斯托·萨瓦托共写了三部小说,除了 1948 年的《隧道》、1961 年的《英雄与坟墓》外,还有 1974 年的《毁灭者亚巴顿》(该书获 1976 年法国最佳外国小说奖)。这三部小说相互之间虽然在发表的时间上相隔有十三年之久,但无论从内容的连贯性还是人物的过渡关系上都有一种内在的联系,所以有人称它们为三部曲是不无道理的。

埃内斯托·萨瓦托不是个多产的小说家,然而他是一位严肃认真、一丝不苟的作家。可以说,他的作品都是深思熟虑、反复推敲、倾注了大量心血的结果,如果用精雕细刻来形容他的创作,我想不为过分。萨瓦托在写作上能这样始终如一、精益求精,可能与他接受过自然科学的严格训练是分不开的。他从小爱好数学,并表现出了很高的天赋。1937 年在拉普拉塔大学数学物理科学系获博士学位后,由于他在专业研究上的突出成就,第二年就获得赴欧洲学习的奖学金,被推荐去巴黎的居里研究所从事放射性物理研究。1939 年由居里研究所转去美国麻省理工学院研究宇宙射线,1940 年返回阿根廷,任教于拉普拉塔大学数学物理科学系。也就是在他于居里研究所专研放射物理学的同时,开始了他同巴黎文化界一些知名的超现实主义者的接触,他们的观点和议论点燃了他埋藏在心底的热爱文学之火,这对于他以后放弃自然科学的研究转向文学创作有着重要的影响。请听他的自白："我在居里研究所工作时，……白天在实验室上班，晚上去一家咖啡馆与一些超现实主义者聚会，我就像一个本分的家庭主妇，白天操持家务，夜深人静时出去偷情卖身。"当然，萨瓦托在事业上的这种转变不是件容易的事，科学研究与热爱文学的欲望曾使他陷入深深的精神危机，甚至使他产生过自杀的念头。他曾这样吐露过心曲："从物理学向文学的公开转变不是件容易的事，这中间的过程复杂而痛苦。我做了很多斗争，直到 1943 年，才下定决心放弃安定可靠的教授生活，从事文学写作。我携妻带子搬到了远离都市文明的山区住了下来。那不是个理性的决定……但我总是相信我的直觉甚于相信我的思想，所以我常受本能的驱使干一些任何一个处事审慎的人都不会干出的事情……很多人说我放弃科学研究从事文学的决定是对朋友的背叛，但这种放弃实在是对我的人性的赤诚，还有人指责我放弃严肃的科学是去从事文学的空谈。如果不算我的妻子和四岁的儿子在内，当时我真成了孤家寡人了。"

萨瓦托除了纯文学的小说外，还发表了大量的文论集，如《人与宇宙》（1945）、《人与齿轮》（1951）、《异端邪说》（1953）、《探戈，布宜诺斯艾利斯的歌》（1962）、《作家和他的幻影》（1963）等等，表达了他对文学、哲学、美学、科学、宗教、艺术和小说创作等问题的观点和看法。特别在文学创作和作家与作品的关系上很有自己独特的见解。他说："艺术在本质上是带个人色彩的东西，并以这样或那样的方式表现作为艺术家的自我。""如果我们把好梦和噩梦都算作一个人生活的一部分，那么没有哪部小说不是作者的自传。""从作者心底里流淌出的人物，可以在善良、高尚、悭吝上超过作者本人……""人艰难地构造那些无法理解的幻想，因为这样，他能从中得到体现。人所以追求永恒，因为他总得死去；人所以希望完美，因为他有缺陷；人所以渴望纯洁，因为他易于堕落。所以人们虚构小说。一个上帝无需去写小说。""科学是人排除自我的对现实的看法,艺术是人无法排除自我的对现实的看法。这就是科学与艺术的不同。这种'无法'正是艺术多姿多彩的根源,这是一种伟大的艺术区别于简单的模仿艺术的地方。所以艺术创作有自己的风格,而调查报告则没有。"研究这些文集里表述的观点,可以帮助我们更深入、更完整地理解他的小说,了解他的人生观和价值观。

埃内斯托·萨瓦托是拉丁美洲文坛上具有世界影响的文学家之一。他用他的智慧和作品为他的国家赢得了荣誉、赢得了人们的尊敬。由于他在文学创作和理论上的贡献,由于他为自由和社会正义进行的不屈斗争,1979年法国政府授予他"骑士军团勋章",西班牙政府授予他"公民大十字勋章",1984年荣获美洲国家组织授予的首届"卡夫列拉·米斯特拉尔奖",1985年荣获西班牙语国家最高的文学殊荣、西班牙授予的"塞万提斯文学奖"。他的作品被译成二十多种文字在国外出版。在阿根廷的诸多小说中,《英雄与坟墓》是第一部发行量达到六位数字的作品,不少评论家称它为"经典之作"和"大师级的作品",一位研究拉丁美洲文学的德国专家把它列为当代拉丁美洲文学中四部最有代表性的作品之一。当然,由于受现代法国文艺思潮的影响,读者不难发现超现实主义和存在主义在这部作品里留下的深深痕迹。

萨瓦托的每部小说都是带有深刻人性的作品,都充满了对人类命运的关注。他塑造的人物始终为寻求解脱人生忧虑和寻找破解人生之谜的途径而不懈地努力,并且怀有渴求了解人的本质和天地万物之源的热望。萨瓦托无论是作为一个普通的人,还是一个出类拔萃的作家,都表现了他坚定不移、表里如一的品质。他的思想与他的行动一致,他的为人处事中没有矛盾和虚假,不像有些作家在赢得荣誉后便放弃他们的道德准则,在他身上有的是言论和举动的吻合、思想和行为的统一。他的文学作品是他人生忧虑的延续,他的生命是他思想的结晶。他对人性的最阴暗部分的探索具有普遍的意义和广度。这种探索使他的小说除了表达他那独一无二的现实、他对世界的独特看法外，还入木三分地勾画出了现代西方社会的时代面貌。如果说像乔伊斯、普鲁斯特、福克纳、加西亚·马尔克斯、卡夫卡、鲁尔福等一些作家是通过对某一地区、某一村镇、某一街道人情、习俗的深入了解来反映人的心灵世界的话，萨瓦托则是循着自己心灵的轨迹达到了刻画人的普遍性的高峰。

《英雄与坟墓》给人留下一种怅然若失的凄楚和忧伤，但同时也使人觉得人生并非只有遭受挫折的失望，也有对生活的信念和希望；人生不仅有最终的死亡，还有对生命的追求和渴望；人不仅有孤独之苦，也有爱的交融和爱的幸福。所以他的作品不仅能吸引人、感动人，同时能影响人、振奋人，给人以希望，帮助人去生活。

申宝楼
一九九二年六月廿八日
于北京西单西斜街 36 号

有一类小说，作者所以把它们写出来，是想通过它们把自己从一种连他本人也说不清、道不明的沉迷状态中解脱出来。好歹只能如此了，这是我唯一能写出来的东西。还在少年时代，我就不得不强迫自己动手写这些令人难以理解的故事了。所幸的是，我对发表它们并不太热心，直到1948年，我才决定出版其中的一部，这就是《隧道》。在这之后的十三年里，我继续探索通向我们生活核心之谜的昏暗迷津。我曾一次又一次地试图写出寻究的结果，由于所获甚微，很使我心灰意懒，最后都以撕毁草稿而告终。现在，几位曾看过我这些故事的朋友，怂恿我把它们拿出来发表，在此，我谨向所有这些友人致以谢意，感谢他们对我的信任和信赖，不幸的是，我对自己从来没有过这样的自信和信心。

谨将此书献给在我灰心丧气时——多半时间我都是缺乏自信的——一直执拗地鼓励我的那位女性，没有她，我永远也不会有毅力将此书写完。她本应受到更好的酬谢，尽管这本书有其不足之处，它仍应属于她。

1961年初版按语

初步消息

据初步调查，那座被亚历杭德拉当作卧室的古望楼，是她自己从里面锁上的。后来（虽然从逻辑上讲，不能确定这中间经过了多少时间），她用一支32毫米口径的手枪开了四枪，打死了她父亲。最后，她浇上汽油，引火自焚而死。

由于这个古老家族的社会地位，这场惨剧震动了布宜诺斯艾利斯。事件之初，它给人的感觉似乎这是精神失常突然发作的结果。但现在一种新的因素改变了人们最初的看法。在德沃托镇，由费尔南多·比达尔化名居住的一套房子里，发现了他在死去的那个晚上写成的一份令人奇怪的《关于盲人的报告》。据我们了解，这份手稿出自一个妄想狂患者之手。不过，据说，从这份报告里可以得出某些解释，它们有助于澄清上面提到的那桩罪行，并使此案系由精神错乱所致的猜想转变成乃险恶用心所为的假设。假如这一推断如实正确，那么，亚历杭德拉何以不用手枪里尚余的两粒子弹结束自己的生命而宁愿采取纵火自焚这样的选择就得以冰释了。

（摘自1955年6月28日载于布宜诺斯艾利斯《理性报》上的一份警察调查报告。）

第一章

龙与公主

1

1953年5月的一个星期六，即巴拉卡斯事件发生两年前的一天，一位身材颀长、背有点佝偻的年轻人沿着莱萨玛公园的一条小径漫步。

他在离色列斯①神塑像不远处的一张长椅上百无聊赖地坐下来，任凭思绪遐想、神驰。"就像漂浮在表面上风平浪静、水下却潜流汹涌的大湖上的一叶小舟。"当亚历杭德拉死后，马丁和他杂乱而零碎地谈起与死者关系中的一些往事时，布鲁诺这样想道。布鲁诺琢磨着他说的这一切，也理解这一切，而且理解得何等透彻啊！因为这个十七岁的马丁使他想起自己的先辈，想起那个透过三十年云遮雾掩的岁月隐约可见的布鲁诺，这是一段为爱情、幻灭和死亡所填满，也为它们所毁灭的岁月。落日的余晖洒在质朴的塑像上，洒在沉思的铜狮上，洒在铺满柔软落叶的小径上，他在这古老的公园里满怀伤感地想象着过去的那位老人。这时候，就像在一位垂危患者的病房里人们慢慢停止高声的交谈一样，周围的喧嚣声渐渐隐去，远近开始传来轻轻的呜咽；而那泉水的潺潺声，行人远去的脚步声，鸟儿归巢时的啾啾声，远处儿童的嬉叫声，所有这些声响听起来都显得异样地深沉。就在这时刻，一件神秘的事情正在发生：夜，降临了。随之一切都呈现出另一副模样：树木，长椅，用枯枝败叶点起堆堆篝火的退休老人，南码头一艘轮船鸣响的汽笛，远处都市里发出的回声。这是万物进入更加深邃更为神秘境界的时刻。对于那些无言默默而又思绪万千地枯坐在布宜诺斯艾利斯公园或广场的长椅上的孤独者们来说，这也是更可怕的时刻。

马丁从地上捡起一张不知谁扔下的破报纸，形状像一个国家，一个虚幻的然而可能存在的国家。他机械地看了一眼有关苏伊士运河和一些商人将被关进德沃托镇监狱的那几行字及乔治乌②到达时讲话中的一段。报纸的另一面溅满了泥浆，但可以看出有一幅照片，照片的说明是：**庇隆参观迪斯塞波洛剧院**。照片的下面是关于一个退伍军人用斧头砍死他妻子和另外四个人的报道。

马丁扔下手里的报纸。"几乎从没有什么事情发生，"数年后，布鲁诺将会这样对他说，"即使印度某个地方瘟疫肆虐，造成了大量的死亡。"马丁的眼前又出现了他母亲那张被化妆品涂抹得不伦不类的脸，而且对他说："你所以能出世，是由于我的疏忽。"勇气，对，先生，她当时缺少的正是勇气。假如不是这样，她早就把他处理到阴沟洞里去了。

阴沟洞老娘。

"突然，"马丁说，"我觉得背后有种被人盯着看的感觉。"

当马丁以为听出暗黑的卧室里有种可疑的沙沙声时，有这么几分钟，他就这样提心吊胆、凝神屏息地僵直着身子坐在那里。因为很多次，他都觉得脑勺后面有这种可疑的响声。不过，只是一种令人不舒服、不自在的感觉而已，因为（据他自己解释）他一直认为自己长得既丑陋又可笑，他只要一猜疑谁在背后琢磨他或观察他，就感到浑身不自在。所以乘坐公共汽车或电车时，他都拣车厢里最后排的位子坐；去电影院时，也要等灯光灭了后才进去。而此刻，他却感到似有某种异样的东西。某种东西——他犹豫了一下，好像在寻找最恰当的用词，——某种令人不安的东西，有点像在万籁俱寂的深夜里我们怀疑听到的或者自以为听到的那种沙沙声。

他两眼使劲盯着雕像，但实际上已什么也看不见了。于是他把目光转向自己的内心深处，就像一个人在思索往事并企图再现模糊的记忆而需要他的精神十分专注那样。

---

① 据古罗马神话，乃司谷物之女神。
② 全名乔治·乔治乌-德治(1901—1965)，罗马尼亚共产党领袖。1952年任部长会议主席，1961年任国务委员会主席。

"有人在试图与我交谈。"他说自己当时曾神经质地这么想过。

那种被人注视着的感觉,像往常那样加剧了他的羞愧感:长相丑陋、五官失衡、手脚笨拙。甚至他那十七岁的年纪也使他觉得令人可笑。

"但是并不是这样。"两年后,此刻站在他身后的这位姑娘将这样对他说。这是很长的一段时间——布鲁诺思索着——因为这十七年不是以月计算的,甚至也不是以年来计算的,而是以这一类人在精神上所受的巨大不幸、极端孤独和难以言表的悲伤时日来计算的,以好似在时间的墙壁上伸长、变形的阴暗幽灵度过的时日来计算的。"绝不是这样。"这位姑娘像一位画家探究自己的模特儿一样,在揣摩着他,同时神经质地猛吸着她一刻也不能离嘴的香烟。

"等一等。"她说。

"你远不只是个出色的小伙子。"她说。

"撇开你奇特至极的风度不说,你是个饶有兴趣、见解深刻的人。"

"那当然,是这样,"马丁表示同意,一面苦笑着思索道,"你看我的话有道理吧?"——因为只有某人并非出色之辈时才会听到这样的话,其他一切都无足轻重。

"但是我告诉你稍等一等,"她气恼地答道,"你又长又瘦,就像埃尔·格列柯①笔下的人物。"

马丁嘟哝了一声。

"别吱声。"她继续愠怒地说道,好似一位博学的智者,在就要找到所寻求的最终公式时而被别人打断思路或被分散注意力一样。她又贪婪地吸起了香烟;当她精神专注于一件事时,她都要习惯地猛烈抽

---

① 埃尔·格列柯(约1541—1614),西班牙画家,祖籍希腊干地亚岛。作品多以宗教为题材,人物形象大都瘦削修长,并用冷色调来渲染超现实的气氛。

烟。她皱了皱眉头,继续说道:

"但是,你清楚:只要一下撕破你那酷似西班牙苦行僧的形象,你那两片性感的嘴唇便会翻露出来。此外,你还有这双湿润的眼睛。住嘴,我知道,我对你说的这些话你一点也不爱听,但是你让我说完。我看女人们应该觉得你是有吸引力的,虽然你自己以为并非如此。你的表情也挺吸引人。这是纯洁、忧伤和被压抑的性感的混合物。但是,另外……等一等……你那突出前额下的两眼中潜藏着急切的期待。但我不知道是不是你的这一切让我喜欢。我看是另一件事……你的精神控制着你的肉体,你好像总是处于紧张状态似的。嗯,也许不是'喜欢'这个词,或许是使我诧异,令我惊讶,让我恼怒,我不知道……你的精神犹如一位严厉的独裁者支配着你的肉体。"

"就像一位主教不得不监视着一所妓院一样。拜托,你不要生气,我已经知道你是个天使般的人了。另外,正如我对你说的那样,我不知道这是你让我喜欢的地方还是让我最厌恶的地方。"

马丁竭力把目光凝聚在雕像上。他说当时既害怕又着迷,害怕自己转过身去,但同时又按捺不住要这样做的欲望。他记得有一次在魔鬼峡下的乌马瓦卡峡谷,当他凝望着脚下漆黑的深渊时,一股不可抗拒的力量突然驱使他往峡谷的另一边跳去。而此刻他又经历着类似的情况:感到好像有一股力量推动他越过黑暗的深渊"跳向他生命的彼岸"。于是,那股无意识然而不可抗拒的力量迫使他把头掉转了过去。

他勉强模糊地看见了她,但很快移开了目光,仍然牢牢地盯着不远处的雕像。他对人有种恐惧感:他觉得他们难以逆料,不过最糟糕的是,他们是如此卑鄙、肮脏,相反,那些雕像倒给他以宁静的幸福,它们属于一个井然、悦目、洁净的世界。

但是,他已无法看清雕像了:他仍然保留着那位陌生女性刹那间留下的印象,她裙子的蓝色斑点,她又长又直的黑发,她苍白的面容,她那钻入他肌肤的目光。仅有勉勉强强的几丝痕迹,犹如画家飞快地勾勒出的一幅画稿，没有任何能够表明人物确切年龄和所属类型的细节。但是他知道——他说这个词时特别加重了语气——某件重要的事情刚刚在他的生活中发生：这倒不是因为他眼睛所看到的那一切，而是由于他在寂静中所接收到的信息。

"布鲁诺，您曾多次给我讲过，说不是总有大事情发生，说几乎从没有什么事情发生。一个人穿过达达尼尔海峡，一位先生当上了奥地利总统，一场瘟疫在印度的某个地区蔓延，这些事情对于一个人来说没有任何意义。您自己亲口对我讲过，说这太可怕了，但就是这样。相反，在那一时刻，我非常清楚地感觉到刚刚发生了某种事件，某种将改变我生活航程的事件。"

他不能确切地说这件事持续了多长时间，但他记得，在经过了一段他感到极其久长的时间后，那个姑娘站起身来缓缓地离去了。可是，在她慢慢远去的当儿，他盯着她观察了一番：高高的身材，左手拿着一本书，走起路来有种紧张不安的样子。马丁不知不觉地站了起来，并迈步朝同一方向走去。但是突然，当他意识到正在发生的情况并设想她可能回过头来看见他紧随其后时，他吓得停住了脚步。这样便只能望着她朝上面走去，由巴西大街折向了巴尔卡塞。

她很快从他的视线里消失了。

他缓缓地回到了长椅跟前，坐了下来。

"但是，"他对布鲁诺说，"我已经不是以前那个人了，而且再也不会成为以前那个样子了。"

2

度过了很多天的激动与不安。因为他知道还会再见到她,他确信她还会到这个地方来。

在这段时间里,除了思念这位陌生的姑娘,他别的什么事也没有干。每天下午,他都坐在那张长椅上,怀着同样的惊恐与希望。

直到有一天,他想所有这一切只不过是场愚蠢的玩笑,于是他决定去博卡,而不是再一次可笑地坐到莱萨玛公园的长椅上去。他已经走到布朗海军上将大街了,但又转身朝老地方走去。开始,脚步缓慢,加之迟疑不决,所以显得怯生生的。不一会儿,他便加快了步伐,最后竟飞快地跑了起来,好像生怕误了事先商定好的约会。

的确,她在那儿。远远地就看见她朝他走了过来。

马丁停住了脚步,只觉得心在一个劲儿地怦怦乱跳。

姑娘径直朝他走来,待走到他身旁时,说道:

"我一直在等你。"

马丁感到自己的双腿酥软得站立不住。

"等我?"他涨红着脸问了一句。

他不敢看她,但是可以觉察到她上身穿的是件高领的黑色毛衣,下面一袭同样颜色的裙子,或者也许是条深蓝色的裙子(这一点他不能确定,实际上也无关紧要)。他觉得她的一双眼睛也是黑色的。

"一双黑色的眼睛?"布鲁诺问道。

不,当然不是:他只是感到是这样。当第二次见到她时,他不胜惊讶地发现她的一双眼睛是深绿色的。也许第一次的印象是当时的光线太暗所致,或者是胆怯的心情使他没有敢直视她的面孔,或者更可能的是,两个原因加在一起造成的。第二次见面时,他还发觉,他以为的那一头长而直的黑发,实际上闪耀着浅红的反光。再以后,慢慢地看清了她的面容：厚厚的嘴唇，大大的嘴巴，也许太大了些，嘴角处有几条皱纹往下延伸，给人一种痛苦、傲岸的感觉。

"给我说说看，亚历杭德拉长得如何，"布鲁诺自语道，"她的脸蛋是什么模样，嘴角处的皱纹又怎么往下延伸。"他思量正是她嘴角上那些傲慢的皱纹和她两眼中的幽幽闪光使她的脸显得决然不同于赫奥希娜；对于赫奥希娜，他确实倾心地爱过。现在他清楚了，当时他真正爱恋的是她，因为当他以为爱上了亚历杭德拉时，他追求的却是亚历杭德拉的母亲，就像中世纪的那些个修士，他们企图透过修缮的文物、已被涂去的字迹以及新写上的文字来辨认本来存在的原始经文。这种荒唐的行为成了他与亚历杭德拉失之交臂的主要原因。有时候他有这样一种感觉，觉得如同一个阔别家人多年的游子，终于回到了童年的故居，但夜里当他试图推开房门时，他碰到的却是一堵墙壁。当然，她的脸几乎长得与赫奥希娜一模一样，有着同样闪着浅红色光亮的长发，同样的灰绿色的眼睛，同样的宽宽的嘴巴，同样高高的颧骨，同样苍白的皮肤。但是那个"几乎"确是残忍，越是残忍就越不易觉察两者之间微妙的差别，因为这样的缘故，这种差错就更为沉重，更令人痛心。因为——他心里想——单是骨骼和皮肉还不足以组成一个人的面孔，所以与人的躯体相比，它是物质性无比弱化的东西；它取决于目光的神色、嘴角的笑意和皮肤的皱纹，取决于由这些细微特征组成的，能够表露心灵喜、怒、哀、乐的整体。由于这样的原因，某人在死去的瞬间，他的肉体会一下失去原形，变化之大，可以使我们说出"根本不像原先的他"这样的话，与一秒钟之前相比，尽管他具有同样的骨骼和构成他躯体的同样物质，但在这一秒钟之前的那个神秘的瞬间，他的灵魂离开了肉体，而肉体成了一具如此僵化的尸体，就像人去楼空后留下的空屋，特别是那些离去的人在这里经受过苦的折磨和享受过爱的欢乐。因为使屋子具有自己个性的既不是墙壁、屋顶，也不是地板，而是居住在这里面的人，他们以自己的言谈笑语、以自己的爱情和怨恨给屋子注入了生命，他们使屋子充满了一种非物质的然而深邃的东西，尽管是通过物质的东西如地毯、书籍或香味来实现的，这种东西的物质性如此微弱，就像面孔上露出的微笑一样。因为我们看到挂在墙上的画，门、窗上油漆的颜色，地毯上的线条图案，房间里摆放的鲜花，以及唱片、图书等，虽然它们都属物质性的东西（就如嘴唇、眉毛属于肉体一样），但它们也都是心灵的表现，因为心灵只有通过物质才能在我们物质的眼前表现出来，这就是心灵的不稳定性，但也是一种奇特的锐敏之所在。

"如何？如何？"布鲁诺连声问道。

"我是来看你的。"马丁说当时亚历杭德拉这样说。

她在草地上坐了下来。马丁的表情里肯定流露出无比的惊讶，因为姑娘紧接着又说道：

"难道你不相信心灵感应？那将很使我意外，因为你没有哪一处不像一个心灵感应论者。前些天我看到你坐在长椅上时，当时我就知道你一定会回这儿来。不是这样吗？好了，现在我也肯定你会记起我的。"

马丁一句话也没有说。她猜中了他的想法，而他则静静地听她说，这样的场面将重复多少次啊！他有一种确实认识她的感觉，就像我们有时有过的、好似在以往的经历中曾见过某人的感觉（这种感觉与实际如此相似，犹如两眼惺忪之于睡意蒙眬）。他要弄清楚为什么有一种好像模模糊糊地认识亚历杭德拉的感觉，那得在很多年之后；那时候，布鲁诺会又一次面对自己微笑。

马丁惶惑不安地上下打量着她：乌黑的头发撒在苍白的皮肤上，身材显得又高又瘦。她身上散发着一股使人想起时装杂志上的模特儿的气息，但同时也显露出在这些模特儿身上找不到的那种严峻与深邃。很少看到或者说几乎从来没有看到她流露过些许的温柔，而温柔则恰恰被认为是女性，特别是母亲的一个特征。她的微笑生硬并充满嘲讽，她的笑声如同她的动作和性格一样，粗暴而又猛烈。"我费了很大劲才学会了笑，"一天她对他说，"但我的笑从不发自内心。"

"但是，"马丁盯着布鲁诺又加了一句，他以热恋中的情人才有的高兴劲儿竭力让其他人承认他心上人的那些引人注目之处，"男人们，甚至女人们走过她身边时都要回过头来再看一眼，难道不是这样吗？"

布鲁诺颔首表示同意，同时看着马丁那副天真无邪的骄傲表情，不禁在心里发笑。他想到，确如马丁所说的那样，不管什么时候，什么地方，只要亚历杭德拉一出现，就会引起男人还有女人的注意。虽然注意的原因不同，因为亚历杭德拉不能看见别的女人，她讨厌她们，认为她们属于一个不足挂齿的类别，而且表示她只能与某些男人保持友谊关系。而女人们也同样强烈地厌恶她，不过厌恶的原因恰恰相反。亚历杭德拉面对这样的敌意只投以不屑一顾的冷淡。虽然可以肯定，女人们在嫌恶她的同时，对马丁所说的这位具有异国风姿的女郎的形象私下仍不无羡慕之感，但实际上，她只不过是一个举止怪诞的阿根廷女人而已，因为像她这样脸型的女人在南美国家里可以说比比皆是，只要一个白种人的面部特征与印第安人蒙古族式的颧骨和眼睛配合在一起就可以了。她那双幽深而热切的眼睛，那张流露着傲慢与轻蔑的大嘴，面庞上那股隐约可见的伤感与激情这互相矛盾的混合物（热切与厌恶，粗暴与某种心不在焉，几乎凶残的性感与由于某种非常普通而又深刻的东西所产生的恶心），所有这一切赋予她的表情一种使人无法忘记的特征。

马丁也说，即使他们之间什么也没有发生过，即使哪怕为了鸡毛蒜皮的事只和她见过一次或交谈过一次，那他一生中也不会忘记她那张面孔。布鲁诺认为的确是这样，因为它比漂亮要多出一层东西。或者更确切地说，不能肯定她是不是长得漂亮。这是两回事。但她对男人确有强烈的吸引力，特别是当她走过男人身边时，更容易觉察出。她的神情里既有专心致志的成分，又有心不在焉的样子，好像在苦苦思索着一件令人痛苦的事，或是在出神地凝视着自己的内心深处，而且可以肯定，任何一个碰到她的人都会发出这样的疑问：这个女人是谁？她在寻找什么？她在思索什么？

那一次相遇对马丁具有决定性的意义。直到那时，在他看来女人要么是传奇文学里英勇而纯真的处女，要么是些肤浅而轻浮、搬弄是非又肮脏邋遢、自私自利又夸夸其谈、言而无信又只重实利的人（"就像马丁自己的母亲那样。"布鲁诺认为马丁就是这样想的）。而现在突然碰到了一个哪一种类型也说不上的女人，直到与她相遇时为止，他总以为除此以外，世界上再没有其他类型的女人了。有很长一段时间，这个新发现，这位出乎意外类型的女性使他陷入了苦恼。一方面，她好像具有青少年时代他阅读过的那些使他激动不已的英雄人物具有的某些美德；另一方面，她又显露出他认为只有他所憎恶的那个阶级才具有的那种性感。在他与亚历杭德拉有过如火如荼的关系之后，甚至在她弃世而去之后，他也没有能把这个谜一样的人物弄明白。他常常扪心自问，如果他能够猜出她就是后来的事件所表明的那个人，他在第二次与她相遇时会怎么办？会逃走吗？

布鲁诺默默地看着他："对，您会怎么办呢？"

马丁同时神情专注地盯着他看了几秒钟，说：

"我在和她来往中受了这么多折磨，很多次我几乎都要自杀了。"

"但是，尽管这样，即使能事先知道后来发生的那一切，我也会跑向她的身边。"

"当然会，"布鲁诺动了一下脑子，"无论少年或成人，傻瓜或智者，又有谁能不那样做呢？"

"她就像一个漆黑的深渊一样，"马丁继续说，"使我入迷。如果说她使我心烦意乱的话，正是因为我爱她，我需要她。一件我们无动于衷的东西怎么会使我们心神不安呢？"

他沉思了好一会儿，接着又回到了使他着魔的话题：他固执地回忆着（他试图回忆起）与她相处的那些时刻，就像一位失恋者当所爱的人已一去不复返时，还要一遍又一遍地阅读昔日交给他的现在珍藏在衣兜里的情书一样，也如昔日的书信一样，回忆逐渐出现裂纹，并开始衰老，整句整句的话在心灵的折痕处消失，字迹的颜色越来越淡，那些优美、神奇并能制造出魅力的词语也随之变得模模糊糊。于是，他不得不驱动自己的记忆，仿佛一个人努力凝聚自己的视力，并且把眼睛贴近那又黄又皱的信纸，以期能辨认出消失的字迹。对，对：她曾问他住在什么地方，同时从地上拔起一根小草，放在嘴里慢慢地咀嚼（这一点他记得清清楚楚）。后来，她又问他和谁生活在一起。他回答说与他父亲住在一起。犹豫了一会儿后，他又加了一句，说他母亲也和他一起过。"那你父亲是干什么的？"亚历杭德拉接着又问道。他没有立即回答，直到最后才告诉她是画师。但是当他说出"画师"这个词时，声音显得有些异样，好像脆不经碰似的。他生怕自己说话的语气引起她的注意，就好比一个人在屏风一侧来回走动理所当然地要引起另一侧人的注意一样。亚历杭德拉从他说的那个词中觉察到了某种奇异的东西，于是向他俯过身子，仔细地盯着他。

"你的脸红了。"她说。

"我？"马丁反问道。

在这种情况下，事情的发展一如惯常那样，他的脸红得更厉害了。

"但是，你怎么啦？"她又追问了一句，嘴里仍然含着那根小草。

"什么事也没有，我能发生什么事。"

接着便是一阵沉默，亚历杭德拉恢复了原先躺在草地上的姿势，嘴里又重新嚼起了那根小草。马丁一面盯着天空里好似一列装载着棉花的船队的云絮，一面反复思量，觉得他没有理由要为他父亲事业上的失败而羞愧。

码头那边又传来轮船的汽笛声，马丁想起了太平洋里的珊瑚岛和马克萨斯群岛，但他说道：

"亚历杭德拉这名字挺少见。"

"你母亲呢？"她问道。

马丁在地上坐了下来，开始拨弄身边的小草。他找到了一粒石子，然后像一位地质学家似的探究起它的特征来。

"你没有听见我问你？"

"听到了。"

"我问你母亲呢。"

"我母亲，"马丁低声答道，"她是个阴沟洞。"

亚历杭德拉一双胳膊肘撑着地，半抬起身子，目不转睛地盯着他。马丁继续观察那粒石子，一声不吭，紧咬牙关，脑子里在想着阴沟洞、阴沟洞老娘这两个词。过了一会儿，他加了一句：

"我一向是个碍手碍脚的人。从我生下来起就是这样。"

他感到心灵里好像被注满了毒臭的瓦斯，积聚的气体足有数千磅的压力。他的心灵一年比一年更加危险地肿胀着，躯壳已装不下它的体积，每时每刻都有从躯体的裂缝处喷射出股股污浊的可能。

"她总是叫嚷：我怎么那么大意了呢！"

就像他母亲所有的污秽都被压缩在他灵魂中似的，他这样想，与此同时，亚历杭德拉一只胳膊支着身子，眼睛专注地盯着他。而诸如卫生间、避孕膏、胎儿、腹部、流产这些词不断在马丁的脑子里翻腾，有如令人作呕的黏稠状的渣滓不断地泛上死臭的水面一样。这时候，好像在与自己对话似的，又说道，有很长时间，他都以为他母亲之所以没有给他哺乳是因为缺少乳汁，直到有一天他母亲对他大声嚷道之所以不给他喂奶，是为了不使胸脯变得难看，而且还给他解释说，她曾想尽一切办法流产，就差没有做刮宫，因为她非常害怕经受皮肉之苦，就像她异常喜欢吃糖果、看广播杂志、听优美的乐曲一样。虽然她也说爱听严肃音乐,听维也纳的华尔兹舞曲和卡伦德尔亲王①的乐曲,可惜的是再也听不到这些了。这样你就可以想象,当她像拳击手那样拼了一个月的命,又是跳绳又是捶肚子,结果都没有奏效时,她是如何为他的诞生而"高兴"了。由于这样的原因(他母亲曾叫嚷着给他解释),他一生下来就带着毛病,他没有被他母亲生到阴沟洞里这倒是个奇迹。

他再没有吭声,又仔细地审视起那块石子,然后把它向远处扔去。

"可能由于这样的原因,"他说,"每当我想到她时,我总要联想起阴沟洞这个词。"

他又以同样的笑声笑了起来。

亚历杭德拉望着马丁,不胜惊讶,因为他竟然还有心境嬉笑。但当她看到他眼前溢出的泪水时,她肯定弄懂了,她刚刚听到的并不是笑声,而是(布鲁诺也这样认为)一些人在极其反常的情况下发出的奇特声音。可能由于语言的贫乏,人们总是固执地把这种声音要么定为笑声,要么定为哭声。说它是哭声,因为它是一些痛苦事件的可怕的并合的结果,这些事件是如此撕心裂肺,以致产生出哭声(甚至是痛不欲生的哭声);说它是笑声,因为它同时又是一些离奇事件怪异组合的结果,这些事件荒诞到如此程度,以致可以变哭声为笑声。这样结果就产生出一种不伦不类、令人骇然的感情流露,也许这是一个人可以表露出的最使人心悸的感情,而且也可能是最难以慰藉的感情,因为它是在错综复杂的因素刺激下产生的结果。多少次,面对着这种感情的流露,一个人就有一种像看见驼背或跛子而产生的那种同样而又矛盾的感受。

从孩提时代起,这些痛苦就一点一点地在马丁的背上堆积了起

---

① 维也纳小歌剧里的人物。

来，有如一个不断增大并且与他身躯不成比例（而且也引人发笑）的重负压在他身上，以致使他感到行动时必须小心翼翼，总像一个走钢丝者迈过万丈深渊上面的钢丝那样，但背上还驮着个又脏又臭的包袱，就像背着一大包垃圾和粪便，当他全神贯注、稳稳帖帖地走在深渊上的钢丝上，走在他自己人生的漆黑的深潭之上时，那些尖声嘶叫的猴儿，那些东蹦西跳、高声喧哗的矮个小丑，纷纷向他做着鬼脸，对他嚷着刺耳难听的事情，并对他背上那个装着垃圾、粪便的大包又是辱骂又是讥笑地肆意喧闹，吵得昏天黑地。这一表演场面如此悲喜交错，（在他看来）应该使观众既感到难受又享受到巨大的欢乐。由于这样的原因，他不认为自己有权利尽自流泪，即使在亚历杭德拉这样的人、在这个他好像已经期盼了几个世纪之久的人面前，也是这样。他想自己有义务——这是一个遭受了莫大不幸的小丑应该承担的几乎是职业性的义务——把那哭声变为欢笑的表情。然而，在他向亚历杭德拉说了那几句简短而紧要的话后，他感到如同获得了解脱。有那么短暂的一瞬，他曾想自己那微笑的怪相最终可能变成温柔的、抽搐的哀哭，而他也就像终于越过了深渊一样，瘫倒在她的身上。他本会这样做的，他本来也是想这样做的，我的上帝，但他没有这样，而只稍微把头低垂在胸前，转动了一下身子，以掩饰自己脸上的泪水。

3

但是数年后,当马丁与布鲁诺谈起那次相遇的事时,他只能勉强记起当时的只言片语、某个表情、某种亲昵的表示,还有那不知叫什么名字的轮船发出的忧伤笛声;这些回忆有如一根根石柱的碎片,它们所以能存留在他的记忆里,或许是由于她令他产生的惊异之感,那是在两人见面时,她目不转睛地盯着他说的一句话:

"你和我之间有某种共同的东西,某种极为重要的东西。"

马丁听了之后,大为惊讶,因为他与那个不寻常的人之间能有什么共同的东西呢?

亚历杭德拉最后对他说她该走了,但下次见面时将告诉他很多事情,另外——这使马丁感到更不一般——她有必要讲给他听。

两人分别时,她又盯着他看了一眼,就像医生看病人似的,然后说了几句让马丁永远都不会忘记的话:

"虽然从另一方面来说,我想还是永远不见你的好。但是将来我还要见你,因为我需要你。"

即使姑娘不再见他只是个单纯的想法或者是种可能,也折磨得他焦虑不安。亚历杭德拉可能有的那些个不宜见他的原因对他又有多大关系呢?他所渴望的就是能见到她。

"永远见到你,永远见到你。"他怀着炽烈的感情连声说道。

"行,因为你就是这样一个人,因为我也需要见到你。"

而布鲁诺却认为,马丁还得要好多年才会弄懂那些模模糊糊的话语可能包含的意思。布鲁诺也想过,如果当时马丁年龄再大一些,经验再多一些,那些话,那些出自这位十六岁少女之口的话,本可以使他惊讶万分,当然随之他也会觉得那些话是非常自然的,因为她生下来就是个智力成熟的人,或者她在童年时就成熟了,至少在某种意义上说是这样，因为从另外意义上来讲，她又给人以永远成熟不了的印象：这有如玩着洋娃娃的小女孩能表现出一位老者的惊人智慧一样，好像一些可怕的事件加速了她的成熟，接着便催促她走向死亡，她根本来不及抛却童年和少年时期具有的那些特征。

两个人分手了，走出去几步后，他想起了或觉察到了还没有与她商量下次如何见面。于是，他又转身朝亚历杭德拉跑去，想和她说这件事。

"你别担心，"她回答说，"任何时候我都知道怎么找到你。"

马丁没有去仔细回味这几句令人不可思议的话，也没有敢坚持自己的想法，便转身远离而去。

4

自那次相遇后,他等了一天又一天,期望能在公园里再次见到她。接着等了一个又一个星期。最后,有很长一段时间,他都不抱希望了。她发生什么事了?为什么不到公园去?可能病了吗?甚至连她姓什么也不知道。她好像被大地吞没了似的。他无数次地责备自己怎么没有询问她的全名。有关她的情况一点儿也不知道。当时他竟那样愚笨,真让人难以理解。他甚至怀疑那一切都是幻觉或梦境。难道他没有,而且不止一次,躺在莱萨玛公园的那张长椅上睡过觉?完全有可能那么强烈地做过那场梦,以致梦醒后竟觉得真的亲身经历过。随后,他排除了这个想法,因为他想他与她曾有过两次相遇。接着,他反复思考了一番,认为这对于一场梦境来说也没有什么不合适的,因为在同一个睡梦里可以梦见两次相遇。他没有保存她一样能够使他解除疑问的东西,但最后终于确信,那一切是真的发生过,而且他就像他自己想象的那样是个笨蛋。

开始一段时间,他心里有说不出的痛苦、难受,白天黑夜地想她。他曾企图把她的面孔描绘出来,但结果描得一点儿也不像,因为在那两次相见的过程中,除了有限的瞬间外,他没有敢好好地看她一眼。所以草图画得既模糊又呆板,活像他过去画的那些他曾一厢情愿地爱恋过的理想而神奇的少女。尽管他作的那些画稿线条零乱,平淡无奇,然而对那次相见的回忆却异常清晰。他有这样的印象,那次与他在一起的那个姑娘是一个性格坚强、线条分明、生活与他一样坎坷、处境和他一样孤单的人。但是,她的面影消失在一种淡淡的朦胧里。结果有点像玩招魂术那样,一个模糊而虚幻的形象突然在桌子上清楚地敲打了几下。

当他的希望即将枯竭时,他回忆起了那次相遇时她说的两三句至为关键的话：“我想还是永远不见你的好。但是将来我还要见你，因为我需要你。”还有那一句：“你别担心，任何时候我都知道怎么找到你。”

"这些马丁从好的方面加以评价并视为幸福之源的话，"布鲁诺想，"至少在当时他并没有觉察到它们所包含的利己主义的成分。"

"当然，"马丁说当时他这样想，"她是个少有的姑娘。但为什么她这样的一个人一定要在数天或一个星期后再见他呢？为什么她不能数个星期或数个月不见他呢？"这些思考又使他振作了起来。但是，过了不久，当他精神颓丧时，他却自言自语地说："我不会再看到她了，她已经离开人世，也许她自杀了，好像她既燃烧着渴望又充满了绝望。"于是，他想起了自己那些有关自杀的想法。为什么亚历杭德拉就不能有他那样的念头呢？她不是恰恰对他说过他们颇为相似，并且有着某种使彼此相像的深刻的东西吗？当她说两个人有相似之处时，难道不是指那种自杀的念头？但是，随即他又三思道，即使她打算自寻短见，那自杀前她也肯定会来找他。他突然又产生了一个想法，认为她的失约，是一种在她身上不可思议的欺诈行为。

他在公园的那张长椅上度过了多少个忧伤的日子啊！秋逝冬至，冬去春来（起初，春天瑟瑟缩缩，躲躲闪闪，只出现一会儿，仿佛一个人探出头来，窥视事物怎样发展；后来，渐渐地，它以更大的决心而出现，并且出现的时间也更长），慢慢地植物的浆液开始在树干里温热而有力地流动，树枝开始抽出新叶，没有要几个星期，冬天的最后痕迹就从莱萨玛公园退往世界其他遥远的地区去了。

接着，涌来了十二月份最初的热浪。蓝花楹的花瓣露出了紫酱色，围墙上开满了赤黄色的小花。

不久，那些鲜花就慢慢凋谢、枯萎了，树叶一天天地变黄，并被初秋的风吹落了。"于是，"马丁说，"彻底失去了再次见到她的希望。"

5

总想再见到她的那种"希望"（布鲁诺带着忧伤的嘲讽这样深思）。他同时自语道：男人们的那些希望不都和这样的希望一样粗俗可笑吗？因为，由于世界的属性，我们总是寄希望于一些事件，而这些事件要是真的发生了，只会给我们带来痛苦和失望；所以悲观主义者们都把自己归入曾抱希望者的行列，因为要想对世界有悲观的看法，必须事先相信过世界，相信过它的各种可能。还有令人感到更为奇特和荒谬的是，悲观主义者们的幻想一旦破灭，他们倒不会成为固执、刻板的失望者，相反，在某种程度上，似乎准备随时随地更新他们的希望，尽管由于一种形而上学的羞耻心，他们在心灰意懒者共有的黑色外衣下竭力加以掩饰，好像悲观主义为了永远保持自己强壮的体格和勃勃生机，它不时仍需要巨大的幻灭所产生的新的动力。

就是马丁自己（他盯着他沉思，在那儿，就在他面前），这同一个马丁，就像一切品行高尚、精神上做好期待的准备，具体地说期待某些人物的重大事件、笼统地讲期待整个人类的重大事件的人，都是孕育中的悲观主义者一样，难道没有因为这种阴沟洞即他那位亲生母亲的存在而早就试图自杀过吗？他期望这个女人能有某种不同的、肯定是奇妙的东西不也表明出这一点吗？但是（而这一点则更为令人惊异），在经受了类似的灾祸后，当他遇见亚历杭德拉，他不是又对女人产生了信任之感了吗？

这位无依无靠的小可怜，这座孤丁之城中的众多弃儿之一的他就在那里。因为另一方面，布宜诺斯艾利斯也像其他那些可怕的、喧闹的大都市一样，被遗弃的孤儿到处可见。

问题是（他想）乍一看，并不能发觉他们是被遗弃的人，或者因为至少他们中的大部分人乍一看并不像是这样的人，或者因为很多情况下他们自己不愿意让人看上去像无依无靠的人，还因为，恰恰相反，那大量企图成为流落街头者的人使问题变得更加真假难辨，而且让人最终以为世上并无真正的被遗弃的人。

因为，当然，如果一个人缺两只胳膊或少两条腿，我们都会知道，或者我们以为知道，这个人是个残疾人。而在这同一时刻，这个人就开始成为不那么残废的人了，因为我们已发觉他缺的肢体并为他感到痛苦，白白地给他买些梳子或卡利托斯·加德尔①的彩色照片。于是，这个缺两只胳膊、少两条腿的残疾人便局部地或全部地不再是我们正在思考的那种完完全全的被遗弃者了，甚至随后我们竟有一种模糊的怨恨情绪，也许它是针对无数绝对的无依无靠者，这些人在同一时刻（由于没有卖木梳或卖彩色照片的小贩们的勇气或把握，甚至好斗的精神）正默默无声地、极其自尊地忍受着他们作为真正不幸者的命运。

就像那些不向任何人求助也不与任何人交谈的缄默而孤寂的人一样，他们枯坐在城市广场或公园的长椅上沉思默想：其中有些人已上了年纪（他们是最明显的无依无靠者，甚至也不怎么让我们担心，就像那些兜售梳子的小贩一样），他们手执退休者的手杖，看着身边的世界犹如记忆起过去。这些上了年纪的人在凝思冥想，也许在以他们的方式重新提出那些有权势的思想家曾提出过的关于存在的普遍意义的问题，关于一切事情的原因和目的的问题：婚娶、子女、战舰、政治斗争、金钱、国王、赛马或赛车。这些老年人他们没完没了地注视着或者好像注视着啄食玉米或燕麦的鸽群，或者盯着那些无比活跃的麻雀，或者泛泛地看着落在广场上或公园大树上的各种各样的飞鸟。由于宇

---

① 即卡洛斯·加德尔（1887—1935），阿根廷歌唱家，著名的探戈舞表演家。卡利托斯·加德尔是他的爱称。

宙具有自主和重叠这一显著的特性，所以当一位银行家打算以他在布宜诺斯艾利斯赚取的大量外币（从而使 X 康采恩或者令人望而生畏的 Y 股份有限公司破了产）做一笔旷古未闻的交易时，在离银行办事处百米之遥的地方，一只小鸟在哥伦布公园的草地上蹦跳着想寻找一根搭窝的麦秸、一粒失落的小麦或燕麦、一条为它自己享用或给它的小雏带回去的小虫。与此同时，在另一个更微不足道、从某种意义上说与一切（不是与伟大的银行家，而是与退休老人的小手杖）更无关的地层里，一些更其细小、更加无名和更为隐秘的生灵自由自在地、有时候甚至极为活跃地生活着：它们有毛虫，蚂蚁（不仅有那些大黑蚂蚁，而且还有那些红色的小蚂蚁，甚至还有其他小得几乎看不见的蚂蚁），大量其他更渺小、色彩各异、习性不同的小虫。所有这些生物都生活在各自不同、互不相干的世界里，除非发生巨大灾变的时候，除非人们拿着铁锹和喷雾器对蚂蚁展开斗争的时候（顺便说一句，这种斗争完全是徒劳的，因为最后总是以蚂蚁得胜而告终），或者除非银行大亨们发动争夺石油的战争的时候，所有直到此刻为止还生活在公园广阔的绿色草地上或宁静的地层里的无数小生物便在炸弹和瓦斯的威力下一命呜呼，而另外一些幸运的生灵，它们属于蠕虫类里的常胜种族，在地面上那些武器装备的生产者和供应者大发横财的同时，它们也乘机大牟其利，顷刻之间兴旺发达起来。

　　但是，除了这种交往与混乱的时期外，令人不可思议的是这么多种类的生灵能够在宇宙的同一区域，互不相识、互不相恨、互不相敬地诞生，成长，死亡，就像所说的那样，由于巧妙的机械装置，多条电话信号可以通过同一条电缆传送，而绝不会彼此相混或相互干扰。

　　所以（布鲁诺这样想）首先让我们看看枯坐在广场上或公园里凝思冥想的那些人。他们有些人一连数分钟甚至数小时地盯着地面，以观看前面已提到的那些小动物的无以名曰的活动来消磨时光：观察爬动的蚁群，研究它们所属的不同种类，估计它们能运载多重的负荷，观察两三只蚂蚁如何合作完成艰巨的任务，等等。有时候，这些人用根小木棍、用根在公园里唾手可得的干树枝把一些正在繁忙地奔波的蚂蚁从蚁群里分离出来，以取乐自娱；有时，能把某只比较莽撞的蚂蚁引上木棍，并使它一直爬到木棍的顶端，在那儿谨慎地做上几个惊险动作后，便折身往回爬，一直爬到木棍的另一端。这只小动物就这样来来回回徒劳地奔跑着，直到孤独的人玩累了，或者出于怜悯，而更经常的是由于他的厌倦，才把木棍丢在地上，被折腾的蚂蚁便抓住机会，赶紧寻找它的伙伴，与首先碰上的同伴进行简短而激动的交谈，解释它姗姗来迟的原因，或者打听在它不在的这段时间里工作的总进程如何，随即便重又开始干起它应该干的活儿，加入那长长的、精力充沛的队伍。与此同时，那位凝思冥想的孤独者又陷入了他那对任何事物都不太注意的、飘忽不定的沉思，一会儿看看树木，一会儿盯着身边游戏的小孩，由于这个孩子的面影，他又回想起黑森林里那些遥远而不可思议的日子，或者回想起蓬特韦德拉①的一条狭长的小街里的日子，这时候，他的目光变得更加模糊，老年人眼睛里特有的那种泪花般的光泽显得更为强烈，人们永远也弄不清楚这是不是纯粹基于生理原因，或者在某种程度上说是由于回忆、怀旧、失望的情绪，死的念头产生的后果，或者是由于那种模模糊糊然而不可抗拒的伤感所致；这种忧郁的心绪是写在一段神秘、悲伤并使我们入迷的历史结尾处的那个"完"字所激起的。这与谈论任何其他一个人的历史并无区别，有谁的历史归根结底既不悲伤又非神秘？

然而，坐在长椅上默默沉思的并不总是上了年纪的或领养老金的人。

有时候，是一些比较年轻的人，他们的年龄大约在三四十岁之

---

① 西班牙城市，加利西亚省省会。

间。令人惊讶且值得深思的是（布鲁诺这样想），这样的人年纪越轻，身世越悲哀，生活上也就越无依无靠。因为，还有什么事能比一个让心事压得直不起腰的年轻人枯坐在广场的长椅上默默无语地冥想，对身边的一切熟视无睹这样的场面更可怕呢？有时候，这样的青年人或中年人是个海员，另外一些时候，也可能是个渴望返回自己祖国但却无能为力的外国流亡者，而更多的时候则是被心爱的女人所抛弃的人；还有一些时候，是没有适应生活的能力的人，或者是永远离家出走的人，或者是苦思着自己的孤独与前途的人。也可能是一个像马丁这样的小青年，开始惊恐地看到，绝对的东西是不存在的。

或许也可能是个失去自己爱子的父亲，他刚从墓地回来，自己孤零零的一个人，感到生存已毫无意义，并思索着在他遭受不幸的同时，有人在欢笑，有人在幸福地生活（虽然这种幸福瞬间即逝），在公园里，就在他的身边，孩子们在无忧无虑地游戏（他正看着他们），而他自己的儿子却长眠于地下，躺在一个小小的、正好能装下他那瘦小身躯的棺材里；也许，他那瘦小的身躯最终地停止了与一个残酷的、无比强大的敌人的抗争。这位坐在长椅上沉思的人又思索起，或许是第一次，世界的普遍意义，因为他不能理解为什么他的儿子得那样死去，为什么他得用自己巨大的不幸为别人抵偿某件不知是什么时候犯下的过错；他小小的心脏由于窒息或震颤而痛苦万分，不知为什么，他在与开始向他扑来的黑影绝望地展开搏斗。

这一位确是个无依无靠者。但是罕见的是，他可能不是个身无分文的穷光蛋，甚至可能是个富翁，甚至可能就是那位计划用大笔外钞做一笔了不起交易的大银行家，他曾经用讥讽和轻蔑的语气谈起过这桩生意。讥讽与轻蔑（他现在能比较容易地理解了），就像从来那样，太过分了，而且归根结底也不公正。因为没有一个人最终该受到轻侮和讥嘲，原因是不管他有没有大笔外钞，迟早总会被不幸撑上，他子女或兄弟姐妹的身故，他自己年岁的增大以及面对死亡他感受到的孤独。结果，最后他比任何人都更是废物；由于同样的原因，一位武士在他没有穿上锁子甲而遭到突然袭击时，比一个无足轻重的平民更无防御能力，因为百姓们从来没有用过这样的防身护甲，所以他们永远也不觉得缺少它。

6

　　的确，从十一岁时起他就没有再跨进过他家里的其他房间，更不要说那个有点像他母亲的圣殿的小客厅了：小客厅位于洗手间的对面，在无线电话通话的时间里，她都要待在那里，并在那儿最后忙完外出活动的安排和准备。但是，他父亲呢？他不太清楚他晚年的习性，只知道他整天关在工作室里。要到洗手间去，并非非得走过小客厅，但要经过那里，也并非不可能。难道她是跟她丈夫捉迷藏，看看他能不能发现她在那儿吗？把她丈夫凌辱到这种地步也是她仇恨的一部分？

　　一切都是可能的。

　　已经听不到无线电电话机的声音，他猜想她一定不在那儿了，因为她绝不可能无声无息地待在那儿。

　　阴影里的长沙发上，他母亲那些可怕的打算在急切而疯狂地搅动他的心绪。

　　他在街区里信步慢走，活像个梦游者，走了一个多小时。随后，他回到了自己的卧室，一头栽倒在床上。他两眼一动不动地盯着天花板，过了一会儿，把目光移到了墙壁上，最后停在《比利肯》杂志的一幅插图上，从孩提时代起，这张图片就被用图钉钉在墙上了：贝尔格拉诺[①]在率领队伍横渡萨拉多河的过程中，主持士兵们向蓝、白两色旗宣誓的仪式。

　　纯洁无瑕的旗帜，他想。

　　有关他生命的一些关键词汇也返回到他的脑际：寒冷、清洁、雪花、孤独、巴塔哥尼亚高原。

　　他想乘轮船、乘火车，但是，从哪儿去筹措钱呢？于是，他想起了停在索拉车站附近车库的一辆大客车，而且有一天他魔术般地注意看了车身上写的那几个字：巴塔哥尼亚运输公司。要是他们需要一个杂工或一个帮手呢？或者干任何其他事情也行。

"当然啦，孩子。"布西奇答道，嘴上叼着灭了火的烟卷。

"我有八十三比索。"马丁说。

"你别开玩笑了。"布西奇说边脱下沾满油污的工作服。

他像个马戏团的巨人，但背有点驼，头发已经花白，一个露着孩子般天真笑容的巨人。马丁盯着客车，车子的侧面用大字写着：**巴塔哥尼亚运输公司**，车子的尾部是几个金黄色的大字：**如果你看到它，就乘它远行。**

"来吧。"布西奇说，他嘴上总是叼着根灭了火的烟头。

潮湿而打滑的地面上一时间闪烁着一片粉红色的光亮。随即便是一片紫色的光焰，接着又被粉红色的亮光所代替，地面上映出这几个字：**美国产甘西亚葡萄酒。美国产甘西亚葡萄酒。**

"天气已开始冷了。"布西奇说。

下毛毛雨了？与其说是毛毛雨，倒不如说是由浮游飘荡的微细水珠组成的薄雾。客车司机大步往他身边走来。司机为人坦诚、体格健壮，也许这是马丁在那股向南方移民的人流中所寻找的象征。他有一种受到保护的感觉，当即丢开了自己那些疑虑。就这儿，布西奇说。**奇钦店**供应**比萨饼、豆面饼及酒类**。您好，布西奇说。您好，奇钦一面回答布西奇的问候，一面在注酒器下装满一杯杜松子酒放在桌上。来两个小酒杯，这小伙子是我的朋友。马丁接过话茬说很高兴认识您，奇钦说我也很高兴认识您。店老板头上戴着顶便帽，闪光的衬衣上束着根红色的宽皮带。老妈妈好吗？布西奇问。还可以，奇钦回答说。给她做过化验吗？做过。结果呢？奇钦耸了耸肩，你是知道的，就是

---

① 全名曼努埃尔·贝尔格拉诺（1770—1820），阿根廷将军，阿根廷国旗的设计者。

这么回事。到远方去，到寒冷而晴朗的南方去，马丁脑子里冒出这种想法的同时，眼睛盯着墙上加德尔身穿燕尾服的照片，加德尔撇着嘴在微笑，看上去一副循规蹈矩的样子，但是可以干出狡猾、刁钻的事来。有一张照片拍的是凡希奥①与他那辆玛莎拉蒂牌赛车，车上印着蓝、白两色的徽记；另一张上是几个赤身裸体的女人，这张照片的周围是球星莱吉萨莫和阿梅里科·特索列里的照片，后者戴着帽子，倚在球门柱上，照片上书写着"致赠好友奇钦"的题词。有关博卡足球队的照片还有很多幅，每一张下面都写着**冠军**两字并加上了惊叹号；此外还有一幅穿着紧身训练服的拳击手托里托·德马塔德罗斯的照片，摆着一副传统的防御对手进攻的架势。跳绳，所有的运动，就差没有刮宫，像拳击手们那样，我甚至击打自己的腹部，所以你生下来后脑子有点迟钝，肯定是这样。她怀着怨恨发出轻蔑的笑声。我使用了一切手段，我不会为了你而毁了我的体形，她对他说。他当时大概是十一岁。蒂托呢？布西奇问道。他这就来，奇钦答道，他决定住到阁楼上去。礼拜天呢？布西奇问。我怎么能知道，奇钦恼怒地回答，我向你发誓我再不使坏了，她一面继续欣赏博莱罗舞曲，一面修眉毛，吃糖果，黏糊糊的糖纸扔得满地都是，无论如何再也不使坏了，奇钦这样说着，人们所讲的那些，绝没有那回事，一个肮脏的、黏糊糊的世界，他压住心中的怒火揩擦着酒杯，嘴里不断地说着劳驾，逃向一个洁净、寒冷、晴朗的世界，直到放下了手中的杯子、与布西奇面对面地争论起来，他高声嚷道：与这个婊子混在一起没有好结果，而客车司机则眨巴着眼睛，郑重其事地考虑着他提出的问题，同时也议论起那个娼妇，真的与此同时，马丁在继续听那首博莱罗舞曲，他感受到充满厕所气味和除臭膏气味的大气的压抑，感受到那滚热而污浊的空气、闷热的厕

---

① 全名胡安·曼努埃尔·凡希奥（1911—1995），阿根廷著名赛车运动员，曾多次荣获世界冠军。

所、温热的肉体、热乎乎的床铺、炽热的母亲、母之床、筐之床、那往上翘起的雪白的大腿就像在令人毛骨悚然的马戏团里的表演，那副姿势与他走出、走向阴沟洞时的姿势一模一样或几乎完全一样。这时，一位身材瘦削、有点神经质的男人走了进来，招呼道：你好，奇钦答道：你好；在下温贝托·J.达尔坎赫洛①向您问候，您好，普奇托②，这位年轻人是个朋友；很高兴认识您，我也很高兴认识您，说完马丁用眯缝成飞鸟般的小眼睛和后来打量蒂托③时总是带着的那种急切的神情探究他，就像失去了一件极其珍贵的物品而到处寻找，并且对什么都要投以不安的一瞥似的。

"红队见他妈的鬼去。"

"你说说，你说说。说给这一位听听。"

"我给你直说吧，你乘我的车子，保你没问题。"

"但是我，"奇钦重复道，"我再不使坏了。其他人说的那些事都是没有影子的事。我以我母亲的亡灵向你起誓。这些跛脚瘸腿的家伙。劳驾。你给这位说说，说给他听听。"

温贝托·J.达尔坎赫洛，这位通常人们都称他蒂托的人，说出了他的见解：

"这帮家伙纯粹是堆垃圾。"

接着他在靠窗口的一张桌子边坐了下来，从口袋里抽出《评论》杂志，翻开折上的有关体育的那一页，生气地往桌上一摔，一面用他总是衔在口里的牙签剔牙，一面忧郁地看着平松大街。蒂托身材瘦小，两肩狭窄，衣服皱皱巴巴，露着一副好像在为整个世界的命运担忧的神态。

过了一会儿，他把目光转向了柜台，说：

"这个礼拜天真可悲。我们输得像傻蛋似的，圣洛伦索队赢了，百

---

① ② ③ 这三个名字系指同一个人。

万富翁队赢了,甚至连老虎队也赢了,我想说我们将往何处去?"

他的目光盯着那几位朋友的脸,好像要把他们当作见证者似的,随后又把目光转向了大街,并且继续剔着牙,说道:

"这个国家再也没法治了。"

7

不可能,他想,并把他的一只手按在水手包上,不可能。但是,的确传来了咳嗽的声音和咯吱咯吱的响声。

数年之后,他也想过,并回忆起那一刻的情景:就像近在咫尺、但被不可逾越的深渊隔开的两个岛上的孤独居民一样。数年后,当他父亲的尸骨在坟墓里腐烂时,他懂得了那个可怜的魔鬼至少和他经受了同样多的折磨,而且还可能从他蛰居(苟且偷生)的那个相邻但无法到达的岛屿上默默地、痛苦地向他打过手势,想求他帮助,或者至少是希望得到他的理解和亲热。但是,他是在以后通过自己痛苦的经历懂得这些的,不过为时已晚,事情几乎总是这样地发展。于是现在,在这个为时过早的现在(仿佛时间用超前出现的方式来消遣、取乐,这样可以使人们进行各种引人发笑和粗俗原始的表演,如同某些缺乏经验的业余画家作画一样:他们都是些还没有爱恋过的奥瑟罗①),在这个可能应该是将来的现在,他父亲悄悄地走了进来,沿着这么多年没有踩过的楼梯往上攀登。背对着门的马丁感到他像个不速之客那样在探头探脑:他听到了这位肺结核病患者的喘息,听到了他犹豫不决的等待。对于这一切,他冷酷地故意装出丝毫没有觉察的样子。当然,他已看过我的信,他想把我留住。干吗要留住他?多少年来,两个人只勉强打过几次招呼。他一直在怨恨与怜悯之间挣扎。怨恨的情绪使他不愿瞧他一眼,使他不愿理会他,尽管他已走进了他的房间,怨恨的情绪却驱使他采取了更加不近情理的做法,让他明白他不想理会他。但是,他掉转了头。是的,他掉转了头,看到他就跟所想象的一模一样:由于吃力的攀登,两只手扶在栏杆上稍作休息,一绺花白的头发垂在额前,一副高烧缠身者显得有些向外鼓出的眼睛,脸上微露笑意,带着那种让马丁如此讨厌的充满负罪之感的表情,这时听他说道"二十年前我的画室就在这儿",接着向阁楼四周扫了一眼,也许他此时的感受就像一位幻想破灭、远游而归的老人,在周游了曾激起过他的想象和热望的众多国家后,返回他年轻时告别的故乡所具有的感受。他走近床铺,在床沿上坐了下来,好像感到没有被允许多占点地方或未被许可自自在在地坐下似的。接着是长时间的沉默,只听见他吃力地呼吸的声音,但是他那纹丝不动的姿态犹如一尊神情沮丧的雕像。他声音低沉地说道:

"有段时候我们曾经是朋友。"

他那沉思的目光露出了光彩,望着远方。

"记得有一次,那是在雷蒂罗公园……你那时大概……让我想想……四岁,也许是五岁……对……是五岁……你想自己一人独自玩电动车,但我没有允许,我怕电动车碰撞时把你吓着了。"

他淡淡地笑了一下,带着对往事的眷恋。

"后来,我们回家时,你又爬上了停在加拉伊大街一块空地上的敞篷马车。你在电动车上,每转一圈便从我面前一闪而过。我不知道为什么在我的记忆里,始终只有你的背影。风吹动着你的衬衫,一件蓝条子的衬衫。当时天色已经很晚,几乎都不见光亮了。"

他又陷入了沉思,接着就像确认一桩重大事件似的说:

"对,一件蓝条子的衬衫。我记得很清楚。"

马丁始终没有吭声。

"那时候我想,随着时间的推移,我们将会成为伙伴的,我们之间将会有……一种友谊……"

他又露出了淡淡的、充满负罪之感的微笑,有如他的那片希望实属滑稽可笑,好像他所希望的事是一件他根本无权享有的东西,好像他是趁马丁毫无戒备之际干了件小小的偷窃案似的。

---

① 莎士比亚同名悲剧中的主人公,他由于吃醋掐死了自己的妻子。

他儿子看了他一眼,见他胳膊支着膝盖,弓着微驼的腰,眼睛盯在远方的某一点上。

"对……现在一切都不一样了……"

他拿起放在床上的一支铅笔,沉思地端详着。

"你别以为我不理解你……我们怎样才能成为朋友呢?你应该原谅我,马丁西托①……"

"我没有什么可原谅你的。"

但是他生硬的语调与所说的内容极不协调。

"看到了吧?你恨我。你别认为我不理解你。"

马丁本想加上一句:"不对,我不恨你。"但是令人可怕的事实是他痛恨他。这种恨使他感到更加不幸,并加深了他的孤独。当看到他母亲浓妆艳抹、哼着某支博莱罗舞曲走出家门时,他对她的厌恶之感便延伸到了他的身上,并最终在他身上停留下来,好像他就是真正被他憎恨的人。

"当然啦,马丁,我懂得你不会为一个不成器的画家感到骄傲。"

马丁的泪水充盈了眼眶。

但是悬浮在强烈怨恨里的泪水,就像油珠浮在醋液里一样,彼此互不相溶。他大声嚷道:

"爸爸,你别说这些了!"

他父亲一阵震颤,眼睛直盯着他,为他的反应感到吃惊。

几乎不知道自己在说些什么,马丁怒吼道:

"这是个令人作呕的国家!这里唯一能获得成功的是那些不要脸皮的家伙!"

他父亲一声不响地盯着他,随后摇着头表示不同意他的看法,说:

---

① 马丁的爱称。

"并非如此,马丁,你别以为事情都像你说的那样。"

他仔细端详着手里的那支铅笔,过了一会,说完了他要说的话:

"做人应该公正。我是个穷光蛋,而且哪一方面都没有成功,这结果是完全公正的:我既无才智也没有权势。这是事实。"

马丁重又向他的岛屿缩了回去。他为他刚才的那种激愤感到羞愧,而他父亲逆来顺受的样子则又开始使他的心肠铁了起来。

气氛沉寂得如此凝重又如此烦人,以致他父亲不得不直起身子准备离去。可能他已经清楚了,儿子的决定是不可能改变的,另外,横亘在他们之间的鸿沟实在太深了,那是绝对无法逾越的。他走到马丁身边,用右手紧握了一下他的胳膊:他本想拥抱他的,但是,在这种情况下,怎么张得开臂膀呢?

"那好……"他咕哝了一句。

如果马丁知道这乃是他能听到的他父亲的最后一席谈话,他会对他说点亲切的话语吗?

"如果一个人确实知道某一天世人必将死去,并且也知道对他们讲的话不可能有机会更改,"布鲁诺曾这样说,"那么也会对他们如此铁石心肠吗?"

马丁看见他父亲转过身往楼梯那边走去,他也看到了他在走下楼梯前如何回过头来朝他看了一眼。在他父亲死去的数年后,马丁将会痛不欲生地回忆起他当时的那副眼神。

当马丁一听到他走下楼梯时的咳嗽声,便一头扑在床上大哭起来。好几个小时后,他才有力气收拾好他的水手包。当他离开家时,已经是清晨两点了,他父亲的创作室里,还亮着灯光。

"他就在那儿,"他心想,"不管怎样,他还活着,他仍然活着。"

他往车库走去,并想自己应该感到极大的解脱,但事实并非如此,一股隐痛使他未能获得精神上的轻松。他的步子越走越慢。最后,他停在了那里,犹豫不决。他想要什么呢?

8

"我再一次见到她时,那是在我家里发生了很多事情之后……我不想在家里继续过下去了,想去巴塔哥尼亚,我和一个叫布西奇的汽车司机谈了这件事,我从没有给您说起过布西奇吗?但是,那个清晨……一句话,我没有到南方去。不过,我也再没有回过我家里。"

他停止了叙述,脑子里在努力回忆。

"我再一次见到她时是 1955 年 2 月,还是在公园里原来那个地方。只要一有可能,我就去那儿等她,然而我觉得我所以能见到她并不是由于我在老地方等她的结果。"

"而是由于其他原因?"

马丁看了布鲁诺一眼,说:

"因为她想找我。"

布鲁诺好像没有听懂他的话。

"嗯,如果她到那儿去,当然是因为想找你。"

"不,我想说的不是这个意思。她完全可以在别的任何地方找到我。懂吗?如果她愿意的话,她会知道通过什么方法在哪儿找到我。我想对您说的就是这个意思。连续数个月之久,坐在那张长椅上等她,这是我众多的天真表现之一。"

说完,他陷入了沉思,随后,又说了一段话,但两眼却盯着布鲁诺,好像要他作出解释一样。

"所以我认为是这样,因为我相信是她找我的,完全自愿地、有意地找我的,所以,我更难说清楚,后来……以这样的方式……"

他的目光凝视着布鲁诺,而这一位则以同样的神情看着他那张备受煎熬的脸。

"您理解这些吗?"

"人是没有逻辑的，"布鲁诺解释说，"另外，几乎可以肯定，驱使她找你的这种原因也是促使她……"

他本想说"抛弃你"这几个字的，话到嘴边停顿了一下，他改口说道："远离而去的原因。"

马丁的目光在他身上还停留了几分钟，接着沉入了翻滚的思绪里，一声不响地待了好长一会儿。随后他把她如何又一次出现的情况叙述了一番。

几乎已是夜幕沉沉了，微弱的亮光使他无法看清手中的校样，于是他便倚在长椅的靠背上专注地看起了周围的树木来。没过一会儿，竟睡着了。

沉睡中，他梦见自己乘着一条遭人遗弃、船帆被毁的小船，沿着一条大河漂流，大河看上去极为平静，但实际上水流强劲有力，并且深藏着奥秘。船在落日的余晖中航行。四周一片寂静，渺无人烟，但是可以隐约感觉到沿河岸长着的那片如城墙一样的热带雨林里，有一种充满危险的神秘生活。当听到好像来自雨林深处的声音时，他被吓得浑身颤抖。他听不懂那声音的意思，但是知道那是冲着他马丁说的。他想直起身子，但某种东西束缚着他。然而，他挣扎着想从长椅上爬起来，因为那个呼喊着他的（现在则唤醒着他的）神秘而遥远的声音听起来越来越强烈，而且呼唤中充满了焦虑，就像身陷可怕的危险之中似的，而且他，只有他才能把她拯救出来。他从痛苦中惊醒了，几乎是从椅子上跳了下来。

是她。

她曾一个劲地摇晃他，这会儿她刺耳地笑着对他说：

"起来吧，懒蛋。"

他吓了一跳，他被睡梦中那个恐怖而焦急的声音与此刻站在他跟前的若无其事的亚历杭德拉之间的反差吓得手足无措，竟没有能说出一句话。

他看着她从地上捡起他在睡梦中散落的校样。

"这家公司的老板肯定不是莫利纳里。"她笑着议论道。

"什么公司?"

"给你这份工作的公司,傻瓜。"

"是洛佩斯印刷厂。"

"管它什么厂,但是可以肯定它不是莫利纳里公司。"

他什么也没有听懂。就像他与她之间可能要发生的很多次交谈那样,亚历杭德拉不屑于对他作任何解释。"让人感到,"马丁评论道,"就像一名学习挺差的学生站在一位善于挖苦人的老师面前一样。"

他动手收拾好了一张张校样,这机械性的活儿给了他足够的时间,使他能从那如此焦急地期待的重逢所引起的激动中稍稍平静下来。这也和后来的很多次一样,他的沉默和不善言词得到了亚历杭德拉的补偿,她总能,或几乎总能,猜透他的所思所想。

就像长者常常抚摸孩子那样,她用一只手翻弄着他的头发。

"我给你说过要来看你的,记得吗?但我没有告诉你什么时候。"

马丁两眼盯着她。

"我难道跟你说过很快就会来看你?"

"没这么说过。"

就这样(马丁解释说)开始了那段可怕的历史。一切都无法解释。与她约会永远也没个准,两个人可以在如此不可思议的地方碰头,如省银行的大厅里或阿韦利亚内达大桥上。而且说不定什么时候,甚至清晨两点。一切都难以逆料,一切都无法预测、无法解释:说不定什么时候她会谈笑风生,或雷霆大发,或是与他见面后,一声不吭,直到分手而去。她那长时间的不露面也叫人捉摸不透。"然而,"他补充说,"那是我生命中最美好的一段时光。"但是他清楚这种时光不会持久,因为一切都那样如痴如狂,而且,她给他说过吗?就好像在一个暴风雨之夜连续发生的汽油爆炸。虽然有时候,尽管次数很少,的确她像病了一样倚在他身边休息，他就像座庇护所，或者是山野里一块沐浴着阳光的草地，她终于静静地躺在了这软软的地上。有时又会一脸痛苦地出现在他的面前，好像他可以给她清水解渴或者某种镇痛的药物，一种对她来说乃属必不可少的东西，以便又一次回到她好像居住的那个黑暗而荒蛮的地域。

"我从来也没有能走进那个地界。"马丁说完了他要说的话，目光盯着布鲁诺的两眼。

9

"是这儿。"他说。

他闻到了这儿强烈的茉莉花芳香。年代已久的铁栅栏上缠绕着紫藤的叶蔓。锈迹斑斑的门艰难地启合着,发出刺耳的声响。

漆黑的夜色中,雨后的水坑发出闪闪的亮光。有一个房间里灯光通明,但是那片寂静,更宜于一座无人居住的屋子。两个人沿着一条小径,绕着久无人管、杂草丛生的花园走着,一条由铁柱构成的回廊伸展在花园的一侧,那些殖民地时代的铁栅栏依然保存得完好无损。地面上铺的大型花砖肯定也属于那个时代,因为有的磨损得坑坑洼洼,有的已裂成碎块。

传来一声单簧管的奏鸣:一道缺少乐感的声音,既无气无力,又支离破碎,且没完没了地来回重复。

"这是怎么回事?"马丁问。

"贝韦叔叔,"亚历杭德拉解释说,"是个疯子。"

两人穿过两排古树之间的狭窄通道(马丁这时候闻到一阵浓郁的玉兰花香),沿着一条砖铺的小道继续往前走着,小路的终点连着一道旋梯。

"现在当心点,慢慢地跟着我。"

马丁的脚碰倒了一件东西:一口铁锅或是一只木箱。

"我不是提醒过你要脚下留神!等一下。"

她停住脚步,划亮了一根火柴,同时用一只手掩住火苗,并把它凑近马丁。

"亚历杭德拉,这儿就没有一盏灯吗?我是说……院子里……就没有点什么东西……"

亚历杭德拉狡黠地笑了一声。

"灯!来!用手扶着我的臀部,跟着我走。"

"这对于盲人来说倒挺适。"

他感到她犹如受到电击似的木木地立住了。

"怎么啦，亚历杭德拉？"马丁吃惊地问。

"没有什么，"她干巴巴地答道，"但请你以后再不要给我提有关盲人的话了。"

马丁又用手扶住她的臀部，在黑暗中跟着她往前走。当两人小心翼翼地沿着残缺不全、摇摇晃晃的金属旋梯往上慢慢攀登时，他第一次感触到了亚历杭德拉的肌肤就在他手掌下，它是这样贴近同时又是那样遥远而神秘。某种东西，一阵震颤或一阵战栗，表达了那种微妙的感觉。这时她问他怎么啦，他悲伤地答说："没有什么。"当爬到最高处时，亚历杭德拉试图打开一把锈蚀的锁，并说："这就是古望楼。"

"古望楼？"

"对，上个世纪初，这儿除了一些乡间别墅什么也没有。奥尔莫斯家族和阿塞韦多家族的人来这里度周末……"

说完，她笑了一声。

"在奥尔莫斯家族还不是饿死鬼……和疯子……的时候。"

"阿塞韦多家族？"马丁问，"哪一个阿塞韦多家族？是曾经当过副总统的那一家吗？"

"对，就是这一家。"

最后，费了九牛二虎之力，终于打开了陈旧的大门。接着伸手拉亮了电灯。

"行，"马丁说，"至少有盏灯。我还以为这座房子里只点蜡烛呢。"

"啊，你别以为不是这样。潘乔爷爷就只点煤油灯，他说电灯光对视力有害。"

马丁用目光扫了一下房间里的陈设，就像把亚历杭德拉那陌生心灵的一部分浏览了一遍。房间没有天花板，粗大的原木系梁赫然在目。一张土耳其式的床上盖着一件斗篷，一套家具好像是从拍卖行里买来的，它们不仅风格各异，属于不同的时代，而且件件破烂不堪，一碰就要倒在地上。

"你过来，最好还是坐在床上。那些椅子都坐不得。"

墙上挂着一面模糊不清的威尼斯时代的镜子，镜面的上部饰以一幅画。立柜、衣橱的残旧木片随处可见，还有一幅木刻画，也许是石版画，被用四只图钉钉在墙上。

亚历杭德拉点燃了酒精加热器，准备煮咖啡。她一面煮开水，一面在唱机上放了一张唱片。

"你听。"她说，同时出神地望着屋顶，一面不停地抽烟。

唱机的喇叭传出一首凄楚而杂乱的乐曲。

接着，她突然取下了唱片。

"咳，"她说，"现在我无法听下去。"

她继续煮咖啡。

"最初演出这首乐曲时，勃拉姆斯①亲自弹奏钢琴。你知道发生的事情吗？"

"不知道。"

"人们向他喝倒彩。你体味到人的本性么？"

"嗯，也许……"

"什么也许！"亚历杭德拉高声嚷道，"难道你不认为人纯粹是群蠢猪吗？"

"但是这位音乐家也是人……"

"喂，马丁，"她一面说一面往杯子里倒咖啡，"像他这样的人都是为别人经受苦难的人。其他人只不过是些笨蛋、杂种、白痴，知道吗？"

她说完话，端来了咖啡。

---

① 勃拉姆斯（1833—1897），德国钢琴家、作曲家。

她在床沿上坐了下来，陷入了沉思。过了一会儿，又把唱片上的曲子放了一段。

"你听，你听这首曲子。"

又传来了第一乐章的旋律。

"马丁，世界上发生了多少苦难才使他写出了这样的乐曲，这你知道吗？"

她一面取下唱片，一面赞叹道：

"了不起。"

喝完了咖啡，她又不知思索起了什么。随后，她把咖啡杯放在了地上。

静夜中，突然从敞开的窗户传来一阵单簧管的声音，就像一个孩子在纸上胡乱涂写字迹似的。

"你说他神经有毛病？"

"你感觉不出吗？这是个疯子聚集的家庭。你知道谁曾在这个望楼里住过八十年之久吗？埃斯科拉斯蒂卡小姐。你知道，过去家里如果有神经病人时，习惯的做法是把他关在屋子最幽深的房间里。贝韦叔叔是个比较温顺的疯子，属痴呆的一种，无论如何，单簧管的声音不会伤害任何人。埃斯科拉斯蒂卡也是个脾气温和的疯子。你知道她发生的事吗？来。"她站起身，走到墙上的那幅石版画跟前，"瞧，这是拉瓦列①军团逃到乌马瓦卡河时的残部。这匹黑白混色的马驮着将军的

---

① 1810年，阿根廷为争取民族解放拿起武器奋起反抗西班牙人的殖民统治。然而在1816年宣布独立后，阿根廷却陷入了漫长的民族内战时期，对战双方分别为中央集权派和联邦主义派，其结果是联邦主义派领袖罗萨斯控制整个国家并建立独裁统治。罗萨斯在人民复兴协会（又称玉米棒子党，扮演的是类似恐怖政治警察的角色）的协助下，依靠铁腕手段统治阿根廷近20年（1835—1852）。在当时，罗萨斯最顽强的劲敌之一便是独立战争中的民族英雄拉瓦列。1840年，拉瓦列率领其麾下军团向罗萨斯发起决战。战斗持续近2年之久，最后中央集权派几乎全军覆没，只剩下约800人组成的残部撤往阿根廷北部，后又逃往阿根廷与玻利维亚交界处。

尸体。那一位是佩德内拉上校。旁边是佩德罗·埃查圭。右边的那个大胡子是阿塞韦多上校。他的全名叫博尼法西奥·阿塞韦多，是潘乔爷爷的叔祖父。我们叫他潘乔爷爷，但实际上他是我们的曾祖父。"

她的眼睛仍然盯着那幅画。

"这另外一个是陆军少尉塞莱多尼奥·奥尔莫斯，他是潘乔爷爷的父亲，也就是说，是我的高祖父。博尼法西奥被迫逃亡到蒙得维的亚，在那儿跟一位乌拉圭姑娘，就像爷爷说的那样，跟一位东方妇女结了婚。姑娘的名字叫恩卡纳西翁·弗洛雷斯，婚后在那儿生下了埃斯科拉斯蒂卡。瞧，这么个名字！在这个孩子出生之前，博尼法西奥就参加了拉瓦列将军的军团，他从没有见过孩子一眼，因为仗打了两年之久，拉瓦列军团从乌马瓦卡退到了玻利维亚，在那儿一待就是好几年，后来又在智利过了一段时间。1852 年，1852 年初，在与居住在这座乡间别墅的妻子分离了十三年之久后，博尼法西奥·阿塞韦多上校和其他一些逗留在智利的流亡者再也忍受不住了，便装成赶脚的脚夫回到了布宜诺斯艾利斯。当时据说，罗萨斯①很快就要垮台，乌尔基萨②将毫不留情地进军布宜诺斯艾利斯。但他不想等待这样的时机，便自己动身回国了。有人告发了他的行踪，肯定是这样，要不就无法解释后来发生的事情了。他一到布宜诺斯艾利斯，就被玉米棒子党③抓了起来。他们砍下了他的头，然后把他的尸首运到他家门前。当他家里的人听到有人敲击窗子而打开窗户时，他那血淋淋的头被扔进了客厅。恩卡纳西翁受惊吓而死，埃斯科拉斯蒂卡从此精神失常。就在他被害的数天后，乌尔基萨果然进驻布宜诺斯艾利斯。你应该知道，埃斯科拉斯蒂卡

---

① 全名胡安·曼努埃尔·德罗萨斯 (1793—1877)，阿根廷军事和政治领导人，1835—1852 年布宜诺斯艾利斯省的独裁统治者。
② 全名胡斯托·何塞·德乌尔基萨 (1801—1870)，阿根廷军人、政治家。
③ 胡安·曼努埃尔·德罗萨斯独裁时期，人们对阿根廷联邦党人民复兴协会的蔑称，因为协会的会标上饰有一玉米穗。

是在经常注视着这幅画和感到人们总是在谈论她父亲的气氛中长大的。"

亚历杭德拉从衣柜的抽屉里拿出一幅彩色的袖珍肖像。

"这是他担任骑兵少尉出征巴西时的画像。"

他那闪光的制服，充满活力的青春和优雅的风度，与那幅陈旧的石版画上萎靡不振、满脸胡须的形象形成了强烈的对比。

"乌尔基萨的起义把玉米棒子党气急了。你知道埃斯科拉斯蒂卡当时干什么了吗？她母亲被吓得晕倒在地上，而她却抱着她父亲的脑袋一直跑到了这里。她守着她父亲的头，从那一年起就关在这座房子里，一直到她 1932 年去世。"

"1932 年！"

"对，到 1932 年。她守着她父亲的头，把自己关在这里待了八十年。给她把饭送进来吃，然后给她清扫屋里的垃圾。她从没有跨出过这儿的大门，也没有想出去过。还有一件事：她以疯子特有的机警，把她父亲的头藏在不知什么地方，以至谁也无法从她手里夺走。当然，如果仔细搜寻的话，还是可以找到的，但是她一见到有人打这样的主意，就乱蹦乱跳，没有办法能蒙过她。有时有人对她说：'我要从衣柜里拿点东西。'但实际上并没有什么东西可拿。从来都没有谁能从衣柜、立橱或那个皮箱里拿出一件东西。直到 1932 年她去世，这里的一切与 1852 年时一模一样。你信吗？"

"好像不太可能。"

"历史确确实实是这样。很多次，我也曾有过疑问，她的饭怎么吃？别人如何打扫她的房间？有人给她送来饭菜，房间里给她维持最起码的卫生条件。埃斯科拉斯蒂卡是个脾气温顺的疯子，除了有关她父亲和人头的事外，她甚至可以正常地谈论一切。在她自我幽禁的八十年里，她从没有把她父亲作为死者谈论过。她说起话来，总是用现在时，我是说，就好像还生活在 1852 年，好像她只有十二岁，好像她父亲仍然流亡在智利，而且说不定什么时候就会回来。她是个安安静静的老太太。无论是她的生活还是她的语言,都还停留在1852年,好像罗萨斯仍然还在掌权。'当这个家伙垮台时。'她这样说,同时用头指着屋子外面,指着行驶着电车的地方,指着伊里戈延①执政的地方。好像她的现实里有一大片空白地区,或者也可能这片地区被她用钥匙紧锁着。她像一个男孩子一样,总是机灵地和你兜圈子,避开某些话题,好像只要不谈那些事情就不会存在,因而她父亲的死也就没有发生过。她把所有与博尼法西奥·阿塞韦多被砍头有关的事都一笔勾销了。"

"那颗头后来怎么了?"

"1932年埃斯科拉斯蒂卡去世后,终于有可能把阿塞韦多上校的提箱和那个衣柜都查看了一遍。人头被包在一堆破布里(好像老太太每天夜里都要把它拿出来摆在立橱上、看着它过夜,也可能把它像花瓶一样放在那里,她在旁边睡觉)。人头就这样一直被她存放着,当然,最后干化了,变小了。"

"什么?"

"你要她怎么收藏那颗头呢?在那样的条件下她能有什么办法来保存它呢?"

"嗯,我不知道。整个这段历史是这样荒唐,我不知道该怎么说。"

"特别要提醒你的是,你应该知道我家是怎样一个家族,我要说的是奥尔莫斯家族,不是阿塞韦多家族。"

"你家是怎样一个家族?"

"这你还要问吗?你没有听到贝韦叔叔吹单簧管吗?你看不出我们住在什么地方?告诉我,你听说过我们国家有哪个小有名气的人会住在巴拉卡斯林立的厂房与居民楼群之间的吗?你应该懂得,留着这颗

---

① 全名伊波利托·伊里戈延(1952—1933),阿根廷政治家,1916—1922年任共和国总统,1928年再度当选,1930年被推翻。

人头不可能发生正常的事,且不说藏着一颗没有身子的头本身就不是种普通的举动。"

"怎么说?"

"很简单:头被留在了家里。"

马丁吃了一惊。

"怎么,把你吓了一跳?别的还能怎么着呢?做个小木匣、挖个小坑把它埋了?"

马丁神经质地笑了一声,但是亚历杭德拉绷着脸无一丝回应。

"现在放在什么地方?"

"潘乔爷爷把它装在一个帽盒子里,放在楼下。你想看看吗?"

"看在上帝的分上!"马丁大声说。

"那有什么?是颗挺漂亮的头,而且告诉你,生活在这么肮脏的世界上,经常看着这颗头我感到有精神。他们那些人至少是真正的人,为了自己的信仰,他们可以玩命。我给你提供个材料,几乎我的整个家族都主张中央集权,但无论是费尔南多还是我都不支持这种主张。"

"费尔南多?谁是费尔南多?"

亚历杭德拉一下缄口不语,好像有什么事说漏了嘴似的。

马丁颇觉意外,感到亚历杭德拉无意识地讲了什么不应讲的事。这时,她已起身走到放着加热器的小桌旁,续上了水,继续加热,一面点着了一支香烟。过了一会儿,她把头探到了窗户外面。

"来。"她边说边往外走。

马丁跟着她走了出去。夜声喧嚣,夜色辉煌。亚历杭德拉往露台的前沿走去,然后,双手扶着栏杆。

"从前,"她说,"从这儿能看到进入里亚丘埃洛河的船只。"

"现在谁住在这儿?"

"这儿?嗯,这座乡间别墅几乎已所剩无几了。过去它占有一个街区,后来就开始变卖。那边的那座工厂和那些棚屋,它们过去都是别墅的一部分。这儿，这一边已变成了居民楼群。房子后面的部分也全都卖出去了。现在剩下的这一部分也抵押给别人了，说不定什么时候就会被拍卖。"

"你心里不难过？"

亚历杭德拉耸了耸肩。

"我不知道，也许我会为爷爷难受。他还生活在过去的历史里，到他去世时，他也不会清楚在这个国家里所发生的这些事情。你知道老爷爷的情况吗？他不清楚卑鄙龌龊的行为是怎么回事，懂吗？而现在，他既没有时间，也没有天赋来弄懂它了。我不知道这是件好事还是件坏事。有一次，就要给我们这座房子挂上拍卖旗时，我不得不去找莫利纳里，让他处理这件事。"

"莫利纳里？"

马丁第二次听到这个名字。

"对，一只神话般的动物。就像一头蠢猪领导着一家股份公司。"

马丁愣神地盯着亚历杭德拉，她微笑了一下，补充说：

"我们和他有某种关系。你可以想象得到，要是真给这里挂上拍卖旗时，老人会气死的。"

"你父亲？"

"不，老兄，爷爷。"

"你父亲不关心这件事吗？"

亚历杭德拉表情异样地看了他一眼，就像一位探险家当人们询问他亚马孙河地带汽车制造工业是不是很发达时流露的表情一样。

"你父亲。"马丁又说了一声。这个实实在在胆怯的人，正是因为感到自己举动的愚蠢（虽然并不清楚为什么愚蠢）并且觉得最好不要再追问下去时才又说了这句话。

"我父亲从不来这儿。"亚历杭德拉只简单地说了这一句，而且语气有些特别。

就像初学骑自行车的人一样,为避免从车上跌下,只好一个劲儿地把车往前蹬,但不可思议的是,最后总要撞在一棵树上或任何一件障碍物上。马丁又问道:

"他住在另外的地方?"

"我刚对你说过,他不住这儿!"

马丁羞得满脸通红。

亚历杭德拉往露台的另一端走去,在那儿站了好一会儿。随后,又走了回来,双肘往栏杆上一倚,与马丁靠得很近。

"我母亲去世时,我刚五岁。我十一岁时,碰到他与一个女人住在这里。现在我想在我母亲去世之前,他早就和这个女人住在一起了。"

就像一个驼背的罪犯可以装成健康人似的,她以一种如同正常的笑声补充道:

"他们就睡在我现在这张床上。"

她点燃了一支烟,借助于打火机的亮光,马丁看到了刚才的笑声在她脸上留下的痕迹——那个驼背罪犯恶臭难闻的死尸。

接着,在黑暗中,他看到随着亚历杭德拉深深的吸气,香烟如何在一点点地燃烧,她以一种全神贯注和急不可待的贪婪深吸着嘴里那支烟。

"于是,我便逃离了自己的家。"她说。

10

　　这个一脸雀斑的小女孩就是她：年龄十一岁，长着一头淡红色的头发。她身材单薄、面露沉思的神态，但是性情暴躁，总是一副冥思苦想的样子；好像她的思维不是抽象的东西，而是一些灼热的、发疯的游蛇。在她那自我的某些神秘区域，那少女时代的她仍然原样如初地存在着；而现在的她，十八岁的亚历杭德拉，悄悄而专注地、竭力不去惊跑那昔日的幻影。她往一边隐去，小心而好奇地观察着那个影子。她多次玩儿过这种游戏，那是在她反复思考自己命运的时候。但是，这游戏玩起来不那么容易，步步碰到困难。它是那样微妙复杂和易于流产，就像关亡术师们说的，这是让幻影形体化。必须善于等待，必须有耐性，必须全神贯注，摒除一切杂念。这样幻影便会慢慢地浮现出来。为了给它的显现创造适宜的条件，必须绝对安静、绝对小心。因为任何细微的声响都会把它吓跑，消失在刚刚浮出的区域里。现在她已经在那儿了，她已经出来了，可以看见她红色的发辫和脸上的雀斑，她在用那双充满疑惧和专注的眼睛打量着四周的一切，她准备随时吵架和辱骂。亚历杭德拉怀着一种对于小弟妹们才有的、交融着温柔与不满的感情注视着她，我们常常在小弟妹们身上发泄本应对我们自身缺点发泄的狂怒，亚历杭德拉对她大声嚷道："别咬指甲了，笨蛋！"

　　"在伊萨贝尔·拉卡托利卡街上，有座衰败、破落的房子。更确切地说是过去曾有过，因为不久前，它已经被拆除了，以便盖一座冰淇淋工厂。由于官司纠纷或遗产争执，很多、很多年以来，这座房子就无人居住了。我觉得它好像是米根斯家的。这座别墅在某个时期可能很漂亮，就像我家的那座一样。记得它的墙是浅绿色和海蓝色的，但后来所有的墙皮都剥落了，就像生过一场麻风病。看着这破败的房子，我心情很激动,那逃离家庭、躲进一座无人过问的房子的想法对我有如此强大的吸引力,可能就像在战争中发起进攻时士兵们具有的心理状态一样,尽管他们内心害怕,或者因为害怕而产生某种逆反的心理表现。我曾在什么地方看到过一些有关这方面的材料,你没有看到过?我给你说这件事是因为我夜里有过极其恐惧的经历,这样你就可以想象待在一座被人遗弃的房子里会给我带来什么样的后果了。我发疯了,我看到手拿灯笼的强盗跑到我的房间里来,或者玉米棒子党徒们手里拎着血淋淋的人头(胡斯蒂娜经常给我们讲玉米棒子党的故事)。我跌进了一口血的深井。我甚至不知道我看到那一切时是睡着还是醒着,我想那是幻觉,那一切是醒着时看到的,因为我记得清清楚楚,就像现在仍然浮在我眼前一样。当时,我大声惊叫,甚至埃莱娜老奶奶都跑来了,她使我慢慢地恢复了平静,因为在相当一段时间里,由于所受的惊吓,我把床踢得乱摇,那是精神上失去控制,确确实实地失去了控制。

"所以,我就计划着过去一直计划的事情,确实,自己单独一人藏在一座孤孤零零、残破不堪的房子里那是一种失去理智的举动。现在我想,当时那样策划是为了使我的报复更加残酷。当时我觉得那是一场精彩的报复,而且我必须面对的危险越可怕我的报复就愈精彩、愈激烈,你懂吗?仿佛我在思考,也许我确实思考过了,'你们看,我为我父亲的过错而遭的罪!'令人惊奇的是,从那天夜里起,我在夜间的恐惧一下子变成了疯子的勇敢。你不觉得奇怪吗?这种现象怎么解释?就像我对你说的,这是面对任何(真实的或想象的)危险的一种疯人的勇敢。我一贯大胆勇敢,确实是这样。在卡拉斯科老姐妹的庄园度假时,埃莱娜老奶奶的几位要好的老处女姐妹使我习惯了严峻的考验,我常常骑在一匹她们送给我的小母马上在原野上奔跑,我给这匹马起了个我挺喜欢的名字:瞧不起。我一点也不怕骼洞,虽然由于这些洞穴发生过马失前蹄,我曾因此从马上跌下过好几次。我有一支口径22毫米的来复枪,用来打猎。我游泳游得很好,尽管人们千方百计地劝阻我,我仍然去深海里游泳,我曾不止一次地被迫在浪涛里拼命挣扎(我忘了告诉你,卡拉斯科老姐妹的那座庄园前面就是海边,离米拉马尔很近)。然而,尽管这样,每天夜里,我还是被想象中的妖怪吓得发抖。嗯,我前面给你说了,我决定逃离那儿,躲到伊萨贝尔·拉卡托利卡街的一座房子里去。我等天黑了从栅栏上爬进去,这样可以不被人发觉(房子的大门紧锁着)。但是,可能有人看到过我,虽然开始时,并没有引起这个人的注意,因为,就像你会想象的那样,早在我之前,出于好奇,不止一个男孩子曾爬进去过;后来,街区里传说开了这件事,警察便来干预了,刚才说的那个人就回忆起了他见到的情况,并向有关方面说出了那一切。事情发生的经过是这样,在我从住的地方逃出后,应该过了很长时间,因为警察十一点时才刚刚赶到这座大屋子。我一翻过栅栏,就沿着原来汽车进出的通道,踩着丛生的杂草、废弃的铁锅、满地的垃圾和散发着臭气的死狗死猫,直奔院子的深处。我忘了对你说,我还随身带上了手电、小刀和我十岁生日时潘乔爷爷送给我的捕猫器。就如我现在对你说的那样,我沿着汽车进出口的通道,绕过房屋,来到了宅邸最里面的地方。那儿有座回廊,与我们这儿的很相似。那座房子朝着回廊或走廊的窗户都配有百叶窗,但这些百叶窗都朽烂了,有的已经开裂,有的几乎烂得都要掉下。所以有些流浪汉钻进去过夜甚至住一段时期并不是困难的事。谁能向我保证那一天晚上不会有几个流浪汉去那儿过夜呢?我打着手电,沿着朝后院的那一排窗子一个一个地察看,最后发现有一扇百叶窗已掉了一个叶片。我动手推那扇相应的门,虽然费了点劲,门被推开了,同时发出一阵嘎吱嘎吱的声响,好像很久都没有打开过。我心里一阵战栗,当时我想,就是那些流浪汉这时候也不敢来这座声名狼藉的房子里藏身。有那么一会儿,我都犹豫了,心想,最好还是不要到屋子里面去,就在走廊上过夜算了。但是天气很冷。我必须到里面去,甚至生堆火取暖。我琢磨，最合适的地方是厨房里，因为在瓷砖地上可以生起一堆理想的篝火。我还希望生起火来可以把耗子吓走，因为我最讨厌耗子了。像整个屋子的其他部分一样，厨房也破烂不堪。地上虽然铺了很厚的一层麦秸，我也没有敢睡在上面，因为我想耗子最容易钻到麦秸里去。我觉得最好还是躺在炉灶上。那是个老式的厨房，和我们家的差不多，在有些农场里，现在还能见到这种形式的厨房，带有烧煤的火灶，经济实用。至于房子里的其他地方，我将第二天再去察看，因为在那样的夜里，一是没有胆量，再说我也没有这样的目的。我的第一件事是到花园里捡柴火，就是说，捡一些散了架的木箱、零碎的木头、麦秸、废纸、树枝等。我用这些东西，准备在厨房门口点堆篝火，在这儿生火可以避免烟跑到房间里去。经过几次尝试，一切都还顺利，刚一看到黑暗中窜出的火苗，我就立刻感到了温暖，肉体上和精神上的温暖。接着，我便从随身带的包里拿出吃的东西准备用餐。我挨着火堆坐在一个木箱上，狼吞虎咽地吃着大腊肠加面包、黄油，最后用的是白薯甜食。这时我的表刚指着八点。我不愿意去想长长黑夜里可能会发生的事情。

"警察是十一点到那儿的。正像我告诉你的，我不知道是不是某人看见过某个男孩子翻越栅栏。也有可能是某个住在附近的人看见我生起的篝火冒出的烟或燃起的火苗，或许是看见了我打着手电在里面忙乎的动静。事实是警察来了，而且说实话我高兴他到这儿来。也许，如果我真的不得不在那里度过整整一夜，要是外面所有的尘嚣都慢慢消失了，要是你真的感到整个城市都入睡了，我看我会被猫与老鼠的追逐、风的飕飕呼啸，以及根据我的想象可以归结为幽灵作祟的其他声响折磨得发疯的。所以，当警察来到时，我还完全醒着，我缩着身子睡在炉灶上，吓得浑身直打战。

"我无法对你说当我被带回去时，家里的那个场面。可怜的潘乔爷爷老泪纵横，没完没了地问我为什么要干出那样的傻事。埃莱娜老奶奶歇斯底里地一面责骂我，一面抚摸着我。至于整天热衷于守圣体、望弥撒的特雷莎大姑（实际上她是我的姑奶奶），则大声叫嚷着，说应该尽早给我找个监护人，把我送到雁山大道的小学校去。那天夜里，策划对付我的阴谋会议可能开了很长时间，因为我隐隐约约听到了他们在大厅那边说话的声音。第二天，我得知埃莱娜老奶奶最后还是接受了特雷莎大姑的意见，我现在觉得，那主要是因为她认为说不定什么时候我就会重又干出那样的荒唐事来；因为她知道，另外我很喜欢特奥多利纳修女。当然，对这一切，我一个字也没有吐露，他们整天把我关在房间里。但是，说心里话，让我离开这个家的主意并没有使我难受，因为我猜测这样将使我父亲更深地感到我的报复。

"我不知道是不是由于我进了学校，是不是由于我跟特奥多利纳修女的友谊，或者是我处境的危机，抑或是所有这些因素的作用，我以大海里搏击浪涛和骑在马背上飞奔的同样激情投身于宗教；就好像玩儿命似的。从这时候起，直到十五岁，我都是这样。"那是一种疯狂，一种于暴风雨之夜在大海里搏击浪涛时的疯狂，就像在一个盛大的宗教之夜，你在大海里挥动双臂游泳时的那股疯狂，天空黑得伸手难见五指，内心的巨大冲动把你搅得神魂颠倒。

安东尼奥神甫就在那儿：他在讲述耶稣受难的情景，他充满激情地描述耶稣遭受的苦难、蒙受的耻辱和经受的血的牺牲。安东尼奥神甫高高的个儿，面孔长得挺像他父亲。开始，亚历杭德拉无声地抽泣着，后来，她的哭声变得愈来愈激烈，最后成了痉挛性的啜泣。躲开。修女们吓得四下奔逃。亚历杭德拉发现特奥多利纳修女站在她跟前安慰她，过了一会儿，她走到安东尼奥神甫身边，他也在设法抚慰她。地面开始移动，她仿佛置身于一只小船上。大地像海一样在波浪起伏，房间变得越来越大，然后，周围的一切都在旋转：开始速度挺慢，接着快得令人头晕目眩。浑身大汗淋漓。安东尼奥神甫走到她身边，他的手此刻如此之大，他的手挨近了她的面颊，仿佛一只温热的、令人作呕的蝙蝠。于是,她被一股强大的电流一下击倒在地。

"发生什么事啦,亚历杭德拉?"马丁大喊一声,急速地俯在她的身上。

她倒下了,身子僵直地躺在地上,停止了呼吸,她的脸色慢慢地变紫,突然,浑身抽搐了起来。

"亚历杭德拉!亚历杭德拉!"

但是她没有听见,也没有感到他抱着她的胳膊:她在呻吟,牙齿咬着嘴唇。

就像海面上慢慢平静的暴风雨,直到她的呻吟逐渐减弱并变得温柔和令人怜惜时,她的身子才慢慢平复下来,最后肌肉也软化了,活像死过去了一样。于是马丁把她抱起来,送到了她的卧室里并把她安放在床上。过了一个多小时,亚历杭德拉睁开眼睛看了看周围,就像喝醉了酒一样。接着,她坐了起来,用手抹了抹脸,好像要让自己清醒清醒似的,随后静静地待了好长一会儿。她露出一副非常疲倦的样子。

随后,她下床找了几片药吞了下去。

马丁大惊失色地注视着她。

"别露着这样的脸色。如果你仍将是我的朋友,你得习惯这一切。没有什么了不起的事。"

她在小桌上找到了烟盒,点燃了一支烟,一声不响地待了好长一会儿。最后问道:

"我刚才跟你说什么了?"

马丁给她说了一遍。

"你知道吗?我失忆了。"

她陷入了沉思,一面不停地抽烟;过了一会儿,加了一句:

"我们到外面走走,我想呼吸点新鲜空气。"

两个人倚在阳台的栏杆上。

"就是说,我给你谈我那次出逃的事了。"

她一声不响地吸起了烟。

"要想从我嘴里得到什么情况那是不可能的,特奥多利纳修女这样说。他们用分析我的情绪、剖析我的反应来整天折磨我。自从我见了安东尼奥神甫后,我开始对自己的肉体施行了一系列的体罚:一连数小时跪在玻璃碴上,我让融化的蜡烛滴在自己手背上,甚至用剃须刀划破自己的胳膊。当哭哭啼啼的特奥多利纳修女要我告诉她为什么割破自己的胳膊时,我什么也没有对她讲,说实在的,我自己也不知道为什么,而且我相信直到现在我仍然不知道为什么要这样做。但是特奥多利纳修女对我说不应该干这样的事,主也不喜欢这些出格的做法,而且这样做本身包含着一种极为严重的、邪恶的自傲情绪。多新鲜的事!但是,那一切比任何理由都更有力、比任何理由都更加雄辩。你将会看到这一系列狂热的行动怎么收场。"

她又陷入了沉思。

"多奇怪啊,"过了好一会儿她才说,"我想仔细地回忆那一年是怎样度过的,但是能记起的只是一些孤立的、零散的场面。你也有过这样的感受吗?现在我感觉到时间的脚步好像与血液、脉搏一道在我血管里奔跑。但是当我试图回忆往日的岁月时,我并没有这样的感受:我看见的只是些孤立的、停滞的场景,就像照片上拍摄到的那样。"

她的记忆由静止而永恒的生命碎片所组成:实际上,时间在它们之间并不流逝,而在彼此十分遥远的时代发生的那些事情,一件挨着一件,并且被奇怪的反感和好感联系或聚集在一起。这些事情或者也许会露在意识的表面,它们由荒唐然而强大的纽带联结在一起,如一首歌,一个玩笑,或一种共同的仇恨。就如现在,对于她来说,把它们联成一体并使它们一个跟着一个出来的是在追求某种绝对东西时表现出的某种残忍、某种困惑,那种把诸如父亲、上帝、海滩、罪过、贞洁、大海、死亡这样的单词联结起来的残忍和困惑。

"我记起来了,那是夏天的一天,我听见埃莱娜老奶奶说:'亚历杭德拉应该到乡下去,她必须离开这儿,去呼吸新鲜空气。'真奇怪:我记得那时她手上戴着一个银针箍。"

她噗嗤一笑。

"你笑什么?"马丁好奇地问。

"没有什么,无关紧要的事。这样他们就把我送到卡拉斯科老姐妹俩的庄园里了,她们是埃莱娜老奶奶的远房亲戚。我不知道是不是告诉过你,埃莱娜并不是奥尔莫斯姓氏的人,她姓拉菲特,为人特别善良。她嫁给了我的爷爷帕特里西奥,即潘乔老爷爷的儿子。哪一天我跟你说说已经去世的帕特里西奥爷爷的事。嗯,就像我和你说的,卡拉斯科姐妹俩是埃莱娜奶奶的堂姐妹。两个人都是终生的老处女,甚至她俩的名字也有点荒唐,一个叫埃尔梅琳达,一个叫罗莎琳达。两个人极其虔诚善良,但实际上对我她们是那样不闻不问,就像对待一块大理石石板或一个针线盒似的,甚至她们说话时,我也听不见她们讲的什么。她们是那样天真幼稚,如果能看上哪怕一秒钟我脑子里想的那些事,她们也会被吓死的。所以我喜欢到她们的庄园去:在那里我有完全的自由,我想干什么就干什么,我可以骑着我的小母马一直跑到海滩上,因为这座庄园面向大洋,位于米拉马尔南边一点。另外,我非常想独自一人待一段时间,想游泳,想骑着那匹小马跑跑,想在辽阔的大自然面前感受一个人的孤独、远离那游人如蚁的海滩,因为我恨那些卑鄙龌龊的家伙。我有一年时间没有看到马科斯·莫利纳了,渴望见到他的诱人前景也激起了我到那里去的兴趣。那是如此重要的一年!我想给他说我的一些新主意,告诉他一个宏伟的计划,给他注入我火热的信念。我浑身迸发着力气,如果说我一向是个半野蛮的人的话,在那个夏天,我的力气好像得到了成倍的增长,虽然是朝着另一个方向发展。在那个夏天,马科斯非常苦恼。当时他十五岁,比我大一岁,为人宽厚,喜欢运动。实际上,现在我认为他一定会成为一个杰出的家庭父亲，他肯定会成为天主教行动委员会某个方面的负责人。你别以为他是个腼腆害羞的人，其实他是个挺不错的小伙子，属于那种心思单纯、性格平和的善良教徒。我一到庄园，就主动抓住他。我开始试图说服他，一当我们满十八岁，就一起到中国或者亚马孙河去。做传教士去，懂吗？我们两个人骑着马沿着海滩往南走，走得很远。另外一些时候，我们骑上自行车或徒步出去，一走就是几个小时。我热情洋溢地对他发表长篇大论的演说，想让他理解我对他所作建议的伟大之处。我和他谈论达米昂神甫和他为波利尼西亚[①]的麻风病人所做的工作，我对他讲述在中国和非洲传教的教士们经历的故事和印第安人在马托·格罗索[②]屠杀修女的事。对我来说，一个人所能感受的最大的快乐，就是这样死去：为自己的信仰而殉难。我想象着那些没有开化的人如何紧紧抓住我们，如何剥去我的衣服并用绳子把我绑在一棵树上，然后如何在一片载歌载舞的叫喊声中，拿着一把磨得尖尖的石刀走到我身边，剖开我的胸膛、掏出我那颗血淋淋的心脏。"

亚历杭德拉停止了叙述，又点燃了她手上熄灭的烟，然后接着说道：

"马科斯是天主教徒，但他一声不响地听着我讲述。直到有一天终于向我承认，说传教士们为了信仰而牺牲自己生命或忍受折磨的行为是值得敬佩的，但是他没有勇气这样做。不管怎么说，他想可以通过其他更为平常的方式为上帝效劳，做个善良的人，不对任何人使坏。他这些话把我气火了。

"'你是个怕死鬼！'我气急败坏地大声嚷道。

"这样的场面反复发生了两三次，虽然每一次的情况不尽相同。

"他心里很痛苦，感到受了侮辱。这时候我的马走到他的旁边，我

[①] 太平洋中南部群岛的总称。
[②] 巴西的一个州名。

使劲抽了小母马一鞭,马飞快地疾驰而过,我心里燃烧着无法控制的怒火,同时对这个可怜鬼充满了鄙夷与不屑。但是第二天,我又执拗地去说服他,结果大同小异。直到今天,我也不明白当时我为什么那么固执,而马科斯也不再引起我的钦佩了。不过,当时我对自己的想法那样着魔并且没完没了地折腾他,那也是事实。

"'亚历杭德拉,'他天真地对我说,并把一只脏兮兮的手搁在我肩上,'现在你别再给我说教了,我们游泳去。'

"'不行!待一会儿!'我大声嚷着,好像他在打算回避事先承诺的某件义务。接着便又重演已经发生过的场面。

"有时候我也和他谈论婚姻方面的事。

"'我永远也不结婚。'我对他解释说。

"'就是说,如果我结婚,我将绝不会有孩子。'

"当我第一次对他说这话时,他惊讶地瞧了瞧我。

"'你知道孩子是怎么生出来的吗?'我问他。

"'知道一点。'他回答说,脸涨得通红。

"'那好。如果你知道,你会懂得那是种卑鄙龌龊的事。'

"我说这些话时,语气非常坚决,几乎带着满腔怒火,仿佛它是这样一种论据,(它)有利于我关于传教和应为传教做出牺牲的理论。

"'我将离家出走,但是我必须与某个人一起走,你懂吗?我得和某个人结婚,否则家里会让警察到处找我,那样我就出不了国了。所以,我想过,可以跟你结婚。你看,我现在十四岁,你十五岁。当我念完中学时,我就十八岁了,到时候,在负责未成年人事务法官的批准下,我们就结婚。谁也不能禁止我们的婚姻。实在没有办法时,我们就私奔,那时他们将不得不承认生米已煮成熟饭,那时我们就到中国或亚马孙河流域去。你觉得怎样?不过,我们结婚的目的只是为了我们可以顺顺当当地走,你懂吗?并不是为了要孩子,这我已经给你解释过了。我们永远也不会有孩子。我们将天长地久地生活在一起,我

们将走遍那些未开化的国家，但是我们谁也不碰谁，这不非常美吗？'

"他惊讶地看了我一眼。

"'我们不应该回避危险，'我继续说道，'我们应该面对它并战胜它。告诉你说吧，我也有邪念，但是我是个坚强的人，我能够控制住这些念头。我们将长时间地生活在一起，睡在同一张床上，很可能彼此都一丝不挂，然而已战胜了互相爱抚、互相接吻的欲念，你想得出这一切有多美好吗？'

"马科斯吃惊地看着我。

"'你给我说的这些我觉得全是胡言乱语，'他说，'另外，上帝不是让结婚生孩子吗？'

"'告诉你，我绝不会要孩子！'我对他大声叫嚷，'我警告你，你永远也别抚摸我，任何人、任何人都别抚摸我！'

"我突然火气大发，开始脱衣服。

"'现在你看吧！'我高声叫道，仿佛向他挑战似的。

"我曾经在书上看到，说中国人为了限制女人的脚生长，就把它们塞进铁制的鞋楦里；说叙利亚人，我记得好像是，在小孩的头上缠上布带，以改变他们头的形状。当我的乳房开始发育时，我从床单上剪下一条约有三米长的布带缠在胸部，来回绕了几圈，缠得紧紧的。但是乳房仍然一个劲地往外长，就像石缝里的小草一样，最后总会拱破岩石成长起来。于是，当我把上衣、裙子和内衣全都脱去后，我开始解开缠在身上的布带。马科斯惊骇得透不过气来，但无法把目光从我身上移开，就像一只被蛇迷惑住的小鸟。

"脱光衣服后，我便往海滩上一躺，朝他挑衅地说道：

"'来吧，现在你脱！你来证明你是个男子汉！'

"'亚历杭德拉！'马科斯结结巴巴地说，'你所做的这一切是神经错乱，是罪过！'

"他像个结巴似的一连说了几遍'罪过'，但他的目光并未从我身上挪开半分,而我则一个劲儿地大声骂他是'懦夫',一声比一声奚落得厉害。最后,他狂怒地一咬牙,开始脱衣服。然而,当他把衣服全部脱光后,又好像泄了气一样,因为他瘫痪在地上,惊恐万分地看着我。

"'躺这儿来。'我向他命令道。

"'亚历杭德拉,你这是发疯,这是罪过。'

"'来吧,躺这儿来!'我又一次命令他。

"他最后顺从了我的吩咐。

"我们两个互相挨着躺在灼热的沙滩上,眼睛望着天空。顿时,周围袭来一片令人难以忍受的寂静,连树叶落在牙石上的声音都能听见。上面,海鸥尖声地喧吵,在我们头上翻飞盘旋。我感到了马科斯呼吸的声音,好像是经过了长途跋涉后的喘息。

"'你看到有多简单吗?'我说,'就这样,我们可以永远地在一起。'

"'绝不行,永远不行!'马科斯大声叫嚷着,同时猛地站了起来,好像逃离危急万分的险境似的。

"他迅速地穿好衣服,嘴里还不断地说着:'永远不、永远不!你疯了,你完完全全地疯了!'

"我什么也没有说,而是心满意足地微笑着。我感到自己非常强大。

"我仅仅这样对他说道:

"'如果你碰我,我就要用刀子杀死你。'

"马科斯吓得一动不敢动。过了一会儿,他突然向米拉马尔方向跑去。

"我侧身躺在地上,看着他如何逐渐远离的身影。我随即从地上站起来,往水里奔跑。我游了好长一会儿,体味着海水拥抱我赤裸的躯体的感受。我肌肉的每一颗微粒都在随着世界的搏动而颤抖。

"有好几天,马科斯没有在彼德拉斯·内格拉斯露面。我想他是被吓坏了，或者也许是病了。但是一个星期后，他又来了，一副畏畏缩缩的样子。我装作什么事情也没有发生过似的，与他一起出去漫步，就像其他时候一样。直到最后我突然对他说：

"'马科斯，你想过我们结婚的事吗？'

"马科斯停住脚步，向我认真地看了一眼，语气坚决地说：

"'我跟你结婚，亚历杭德拉。但不是按照你说的那种方式。'

"'什么？'我嚷了起来，'你在说什么？'

"'我结婚是为了生孩子，就像所有人做的那样。'听了这句话，我感到眼睛发红，或者说，我看到的一切都呈血红色。我自己也没有完全意识到是怎么回事，就朝马科斯猛扑过去。两个人彼此扭打在一起，同时跌倒在地上。马科斯虽然挺有力气，并且比我大一岁，但一开始，两个人打了个平手，我想这是因为我心中的怒火使我力气倍增的关系。我记得，突然我把他压在了下面，我用膝盖猛击他的腹部。最后，马科斯使了很大的劲儿，转过了身子，一下便把我压在了下面。我感到他的两只手紧紧地抓着我，像一把钳子似的扭住了我的胳膊。我慢慢地被他降服了，我觉得他的脸越挨越近，直到最后吻了我一下。

"就在那一瞬间，我把他的嘴唇咬了一口，他高呼疼痛并立刻挪开了他的嘴唇、松开了抓住我的手，往远处奔跑而去。

"我从地上爬了起来，但奇怪的是，我并没有去追赶他：我呆若木鸡地看着他如何往远方奔跑。我用手摸了一下嘴巴，并擦了擦嘴唇，好像要把龃龉的东西擦掉似的。慢慢地，我感到心里的怒火又像开锅的沸水一样，一个劲儿地往上翻滚。于是，我脱下衣服，往水里跑去。我游离了海滩，一直往深海里游，在海里游了很长时间，也许有数小时之久。

"当海浪把我的身子高高托起时，浑身有一种奇特的快感。我感到自己既强大又孤独，既不幸又有恶魔附身。我自由自在地游着，一直游到我觉得浑身的力气都快要耗尽时，才向岸边划去。

"我在海边歇了很长时间,我平躺在温热的沙地上,两眼凝望着空中一群上下翻飞的海鸥。天空的很高很高处,一片片安详的云彩纹丝不动,给人以傍晚时分绝对宁静的感觉,而此时我的心灵却像一股起伏的浪涛,狂风将它掀起又把它扯碎。我凝视着内心深处,好像看到了我的良知,它犹如暴风雨中一叶颠簸不定的小船。

"我回家时,天已经黑了。我心里充满了说不出的怨恨,恨一切,也恨我自己。我感到脑子里翻腾着形形色色的犯罪念头。我痛恨一件事:这就是在那场扭打和他那一吻中感受到的那种快意。直到现在,当我躺在床上、两眼望着天花板时,我还仍然被这种无以名曰的感受支配着,它使我浑身战栗,就像发着高烧似的。奇怪的是几乎回忆不起马科斯来(实际上,我已经对你说过了,我觉得他是个相当平庸的人,我从来也没有钦佩过他):只剩下一种肌肤之上、血液里面的模模糊糊的感觉,那紧箍着我身子的胳膊、那按在我乳房和大腿上的重压。我不知道怎样才能向你说清楚,但是它就像两股互相对立的力量在我灵魂里搏斗,而这场我无法理解的搏斗,使我痛苦,使我心里充满了憎恨。这憎恨的情绪好像受到那股震颤着我肌肤、聚集在我乳头上的高烧的滋养。

"我无法入眠,于是看了看时间:差几分钟十二点。我几乎连想都没有想便穿上衣服,像以往那样从房间的窗口系到了小花园里。我不知道是不是跟你说过卡拉斯科姐妹在米拉马尔还有一所小宅第,有时候我们就在那儿住些日子或度周末。这时候,我们就住在这儿。

"我几乎是奔跑着来到了马科斯家的门前(虽然我曾发誓再也不见他)。

"他的卧室在楼上,位于临街的这一边。像以往那样,我吹了一下口哨,开始等候他的回应。

"他没有回答。我在街上找了一块石子,朝他敞开的窗口扔去,然后又吹起了口哨。他终于探出头来,惊奇地问我有什么事。

"'你下来,'我对他说,'我想和你说件事。'

"我觉得直到这时候他还没有弄明白我是想杀死他,虽然我胸有成竹地随身带了那把小刀。

"'亚历杭德拉,我不能下去,'他回答说,'我父亲正在气头上,如果我下去,事情将会更糟。'

"'如果你不下来,'我抑制住心中的忿恨,平静地说,'我就上去,那样事情将更麻烦。'

"他犹豫了片刻,也许他在权衡我上楼去可能给他带来的后果,于是他让我稍等一下。

"没过一会儿,他从后门走了出来。

"我迈开脚步,在他前头走着。

"'你这是到哪儿去?'他吃惊地问我,'你有什么话要和我说?'

"我没有回答他,继续往前走着,一直走到离家约有半个街区的一块荒地上。他一直走在我后面,就像被我牵着往前走似的。

"这时,我突然转过身对他说:

"'今天你为什么吻我?'

"我说话的声音,我当时的态度,还有其他我说不出的原因,可能把他吓蒙了,因为他几乎说不出话来。

"'回答我。'我强硬地对他说。

"'原谅我吧,'他结结巴巴地说,'我不是有意那样做的……'

"也许他瞥见了刀锋的闪光,也许仅仅是出于自卫的本能,几乎在同一瞬间他向我猛扑过来,并用两只手扭住我的右臂,想迫使我扔下手里的小刀。他终于从我手里夺了过去,远远地扔到了野树丛中。我发疯地嚎啕大哭,急忙跑去寻找,但夜那样黑,要在那乱麻一般的灌木丛里找出来,根本不可能。于是,我奔向下面的海边:我已经打定主意,要游向远海深处并任随海水把我吞没。马科斯在后面追着我,可能他已猜出了我的意图,突然,我感到耳后边挨了一掌。我晕倒了。

据我后来得知,他把我从地上抱了起来,然后送到卡拉斯科姐妹的屋跟前,他一面把我放在大门边,一面按门铃,直到看见屋里亮起了灯并觉察到有人在开门,就在这时候,他撒腿逃走了。初一看,人们根据事情可能产生的后果,会认为他这样做荒唐。但是,马科斯能有别的什么选择呢?如果马科斯与昏迷的我于夜里那样晚的时候待在一起,而那两位老处女却以为我肯定早已沉睡在床上时,你想想那可能惹出的风波。考虑到各种可能的后果,马科斯那样做乃是最恰当的办法。不管怎么说,你已经可以想象将会引起的纷纷议论。我苏醒过来时,卡拉斯科两姐妹、那位女佣、那个女厨,都围在我身边。她们又是给我洒花露水,又是给我打扇,以及其他诸如此类的事情。她们有的哭泣,有的叹息,好像面对着一件令人憎恶的惨剧。她们一个劲儿地盘问我,发出尖声的惊叫,不住地画着十字,不断地呼唤着'我的上帝',不停地作出这样那样的吩咐,等等、等等。

"那是一次灾难。

"你会想象出的,我拒绝向她们作出任何解释。

"埃莱娜老奶奶也来了,一脸颓丧的表情,她费尽唇舌地询问了我一通,想打听出事情的原委,结果一无所得。从那天起我一直发烧不退,差不多折腾了我整整一个夏天。

"大约在二月底时,我能开始起床了。

"我几乎变哑巴了,跟谁也不说一句话。我拒绝去教堂,因为一想到要忏悔我最近这一段时期心里盘算的意图,我便不寒而栗。

"当回到布宜诺斯艾利斯城里时,特雷莎姑奶奶(我不知道有没有跟你说起过这位歇斯底里的老太婆,她整天就忙着守圣体、做弥撒,嘴里谈的不外乎形形色色的疾病和治疗办法)一看见我就说:

"'你和你父亲一模一样。你也是个不可救药的东西。我很高兴,因为你不是我的女儿。'

"我被那个疯老婆子气得直咬牙。但奇怪的是,我心中的怒火主要倒不是朝着她,而是对着我父亲,我姑奶奶那句敲打我的话,犹如一个飞去来器,它击中了我父亲后,最后又飞回来打中了我。

"我对埃莱娜老奶奶说想去学校里住,这个家我一天也不能待了。她答应我跟特奥多利纳修女谈一谈,让学校能在开课之前以某种方式接受我。我不知道她们两个人说了些什么,事实是终于找到了接受我的方式。当天夜里,我就跪在床前祈求上帝弄死我的姑奶奶特雷莎。我以狂热的虔诚祈求上帝,一连好几个月,每天晚上临睡前我都要祈祷,甚至在祈祷室里做弥撒时,我也这样祈求。与此同时,不管特奥多利纳修女如何开导,我都没有答应去忏悔。我的主意也相当刁滑,首先把我姑奶奶咒死,然后我再去忏悔,因为(我这样想)如果我先去忏悔,我势必要说出我想干的事情,这样我就不得不取消自己的打算了。

"但是特雷莎姑奶奶并没有死。恰恰相反,当假期里我回到家里时,看到她活得比什么时候都硬朗。我提醒你一句,虽然她整天哼声不断,服用各种各样的药物,但她有一副铁样的身子骨。她永不离嘴的话题是谈论病人和死者。不管是走进餐厅还是来到客厅,她都会兴致勃勃地说:

"'你们猜,谁死了?'

"或者用一种夹杂着高傲与嘲讽的语气评论道:

"'肝肿大……我跟他们说那是恶性肿瘤!一个足足有三公斤的肿瘤。'

"于是,她跑向电话机,准备兴高采烈地去宣布别人的灾难。为了在最短的时间内把消息传给最多的人(倒不是因为怕别人抢了她的先),她手拨电话机,用打电报的方式说着:'何塞菲娜吗?皮波癌症。'就这样,她又把消息给玛丽亚·罗莎、给贝芭、给纳妮、给玛丽亚·马格达莱娜、给玛丽亚·桑蒂西玛告诉个遍。嗯,就像我对你说的,看到她身子骨这样结实,我的满腔仇恨都反过来指向上帝了。我感到自己好像被欺骗了似的,而当我感到上帝在某种程度上站在特雷莎姑奶奶，站在这个歇斯底里的、坏心肠的老太婆一边时，我自己便也沾上了她的一些坏品性。我一腔的宗教激情好像一下都倒了个个儿，而且颠倒得如此激烈。特雷莎姑奶奶曾说我将是个不可救药的人，所以上帝也认为我是这样一块料，上帝不仅这样想，而且肯定也希望我这样。我开始计划我的报复，而且在我看来马科斯·莫利纳似乎就是上帝在人间的代表。我想好了一到米拉马尔后要对马科斯采取的行动。与此同时，我干了几件小事：折断了挂在我床上的十字架，把所有的圣像扔进了抽水马桶，用圣餐服当手纸擦了擦屁股，然后扔进了垃圾堆。

"听说莫利纳一家已经去米拉马尔，我便说服埃莱娜老奶奶给卡拉斯科俩姐妹打了个电话。第二天我就动身了，临近吃晚饭时到达米拉马尔。但是要去庄园我还得乘汽车，所以那一天没能见到马科斯。

"这天夜里我没有能入睡。

天气闷热得令人难以忍受。几乎是满月的月亮的周围有一圈浅黄色的月晕，形似一道淡淡的脓水。大气里充满了电荷，树叶一动也不动：一切都预示着暴风雨的来临。亚历杭德拉在床上辗转反侧，光着身子、闷热难耐；因为炎热、电荷、怨恨，她精神紧张。月光如此明亮，把卧室里的所有物件照得一清二楚。亚历杭德拉走近窗前，看了看她的怀表：清晨两点半。于是她向窗外望去：原野上洒满了透亮的清辉，就像舞台上的一幕夜景，山纹丝不动，静静地躺在那里，好像包藏着巨大的秘密；空气里充满了浓郁得几乎令人窒息的茉莉花和玉兰花芳香。骚动不安的狗没完没了地乱吠，吠声有如涨潮、落潮的海水，一会儿由近而远，一会儿又由远而近。在那沉闷的、淡黄色的光辉里，有某种有害于身心的东西，某种邪恶的、放射性的物质。亚历杭德拉呼吸困难，感到房间压迫得她透不过气来。于是，在一种无法抑制的冲动驱使下，她从窗口爬了下来。她在花园的草地上走着，那条名叫老板的狗感觉到了她的出现，对她摇着尾巴。她的脚掌与草地接触时有种潮湿和既软又硬的感觉。她往山脚下走去，当走到与住所已有一段距离时，她往草坪上一躺，把胳膊和两腿张开到不能再张的程度。月光洒在她光赤的肉体上，她感到小草刺得她皮肤颤抖。她就这样躺了好长时间：如喝醉了酒似的，脑子里只留下一片空白。她觉得浑身上下火烧火燎，她的双手滑过身子的两侧、滑过她的大腿、她的小腹。当手指刚一触到乳房时，她感到身上的所有汗毛都竖了起来，就像猫的皮肤一样颤抖。

"第二天一早，我就给小母马备好鞍，骑着它往米拉马尔飞奔而去。我不知道是不是已经对你说过，我与马科斯的约会从来都是暗地进行的，因为他家里人看不上我，我对他们也忍受不了。尤其是他那两个姐姐，都是傻蛋一个，她们最大的愿望，一是嫁给玩马球的运动员，二是能够经常在《毕星团》和《家庭》杂志上出头露面。无论是莫尼卡还是帕特里夏都讨厌我，而且只要一看到我和她们的弟弟在一起，就要乱嚼舌头。所以我和马科斯联络的方法是，当我认为他可能在楼上时，就在他窗口下吹口哨，或者给浴场管理员洛莫纳科留封信。那一天，当我到那儿时，马科斯已经出去了，因为没有人对我的口哨作出回答。这样，我便一直走到海滩边，向洛莫纳科打听有没有看见他。洛莫纳科说马科斯到道尔米·候赛去了，下午就会回来。有那么几分钟我曾打算去找他，但接着我便放弃了这种想法。因为洛莫纳科又告诉我说，他是跟他的两个姐姐和另外几个女朋友一起去的。唯一的办法只有等他了。于是我对洛莫纳科说，下午六点钟我在彼德拉斯·内格拉斯等他。

"我带着一肚子怨气回到了庄园。

"睡过午觉后，我骑着小母马朝彼德拉斯·内格拉斯走去。我就在那儿等他。

从前天起就预示着要下的暴风雨，经过今天的孕育，云层越积越厚。大气慢慢变成了沉重而黏腻的流体。上午，不断泛起的巨大云块移向了西部地区；午休时，乌云就像一堆巨大而无声的气泡，慢慢地遮蔽了整个天空。汗流浃背、激动不安的亚历杭德拉，挨着一棵松树躺在地上，她感觉到空气里如何一分钟又一分钟地积聚着为一场巨大的暴风雨开路的电荷。

"随着时间的过去，我的不满和恼怒愈来愈强烈，我对马科斯的姗姗来迟真有些不耐烦了。最后，他终于来了，当时夜幕已经降临，由于西边天空涌来的乌云，天转眼间就黑了。

"他几乎是跑着赶来的，我想这是因为他怕挨雨淋。直到今天，我还问我自己，为什么我要把对上帝的恨发泄在那个可怜鬼身上，对他待以冷落似乎要更为恰当。我不知道是不是因为他是个天主教徒的典型，或者因为他是那样善良因此让他受点冤枉气就更有味道。也可能是因为他有一种纯动物性的东西吸引我，一种完全肉体的东西，确是这样，它能使人血液沸腾。

"'亚历杭德拉，'他说，'暴风雨就要来了，我看最好还是回米拉马尔去。'

"我侧过身子，鄙夷不屑地瞧了他一眼。

"'你刚刚来？'我对他说了一句，'见到我也不问问我为什么找你，就想着回家？'

"我从地上坐了起来，好从身上脱下衣服。

"'我有很多话要和你说，但现在我们先去游泳。'

"'我在水里泡了一天了，亚历杭德拉。另外，'他用手指着天空补充道，"'你看看就要来的这场暴雨。'

"'没有关系。我们照样游。'

"'我没有带游泳裤。'

"'游泳裤?'我挖苦地反问道,'我也没有带游泳衣。'

"我开始脱牛仔裤。

"马科斯用让我吃惊的坚定口气对我说:

"'别这样,亚历杭德拉,如果你再脱,我就走。我没有游泳裤,而且也不习惯光着身子游,加上与你一起。'

"我已经把牛仔裤脱去了。我稍停了一下,装出一副天真单纯、好像不懂他话中的道理似的说:

"'为什么?你害怕?你这是什么天主教徒,为了避免自己犯罪,就得穿好衣服?那你脱光衣服后就成另一个人了?'

"我开始脱内裤,又加了一句:

"'我一直认为你是个胆小鬼,一个典型的、怯懦的天主教徒。'

"我知道这番话将起决定性的作用,从我准备脱内裤的那一刻就不正眼看我的马科斯,这时脸色羞得通红、气得发紫地盯着我,他一咬牙,也开始脱身上的衣服。

"过去的这一年,他长大了很多,他那运动员的体形变宽了,他的嗓子现在也像男子汉了,童年的一些可笑的痕迹也已从他身上完全消失了:他当时十六岁,但对于他这样的年龄,他那时的身体不仅长得很结实,而且发育得非常充分。至于我,早已扔掉了那副荒唐的布带,我的乳房自由自在地发育,我的臀部也长宽了,我感到全身有一股强大的力量,它驱使我去做非凡的行动。

"怀着折磨他的念头,我仔细地盯着他赤裸裸的身体。

"'你已经不是过去那个乳臭未干的毛孩子了,唉?'

"马科斯满脸羞惭地转过身子,几乎是把背朝着我。

"'你甚至都刮胡子了。'

"'我看不出刮胡子有什么不好。'他不满地说。

"'谁也没有说你这样不好。我只不过是发现你刮胡子了。'

"他没有答我的话,也许是为了避免不得不看我光着的身子,同时也避免露出他那赤裸的躯体。他往水边跑去,这时,一道闪电酷似爆炸时发出的火光把整个天空照得雪亮。于是,仿佛这爆炸是个信号,接着闪电夹着雷声滚滚而来。铅灰色的海面变黑了,同时海水也卷起了巨浪。布满沉沉乌云的天空不时划过闪电,就像一架巨大的照相机发出的亮光。

"第一阵雨滴开始落在我紧张、颤抖的肉体上,我向海里跑去。浪涛猛烈地拍打着海岸。

"我们向深水区游去。海浪像大风吹着一根羽毛一样把我高高地托起,我有一种既充满力量又无比脆弱的奇妙感受。马科斯紧随我左右,我不知道他这是担心他自己还是为我担忧。

"这时他大声对我嚷道:

"'我们回去吧,亚历杭德拉!一会儿我们连海滩在哪儿都找不到了!'

"'你总是这样小心谨慎!'我也对他嚷道。

"'那我就一个人游回去了!'

"我没有答理他,而且也无法听清彼此的讲话。我开始朝海边游去。天空中乌黑的云块被闪电撕成碎片,连续不断的响雷好似由远处滚滚而来在我们头上爆炸。

"我们游到了岸边。接着我们往存放衣服的地方跑去,这时终于狂风大作:一股猛烈强劲、冷澈透骨的草原风横扫整个海滩,如注的大雨几乎垂直地向下倾泻。

"老天的气势真令人生畏:我们孤零零地滞留在杳无一人的海滩上,狂风夹着雨柱抽打着我们光赤的身体,天空滚滚的惊雷一个接一个地怒吼不停。

"马科斯被吓得大惊失色,他打算穿上衣服。我一下扑在他身上,夺过了他的裤子。

"我紧紧地抱着他站在那儿,感到他那紧贴着我乳房和腹部的健壮而颤抖的肉体，我开始吻他，咬他的嘴唇、咬他的耳朵，手指紧掐他的后背。

"我们展开了一场殊死的扭打与搏斗。每当他成功地把嘴唇避开时，都咕哝着一些无法听清的话语，肯定是绝望、恼火的咒骂。直到最后我听到了他高声嘶喊道：

"'放开我，亚历杭德拉，看在主的分上，放开我！我们两个人都要进地狱的！'

"'笨蛋！'我回答说，'地狱不存在！这是神甫们用来蒙骗像你这样的傻瓜蛋的！'

"他使尽浑身的力气与我对抗，最后终于挣脱了身子。

"在一道闪电的映照下，我看到他脸上那副神圣的厌恶表情，他大睁着双眼，就像经历着一场噩梦似的嚷道：

"'你疯了，亚历杭德拉！你完全疯了，你被恶魔缠身了！'

"'笨蛋，我嘲笑地狱！我嘲笑永世的惩罚！'

"一种可怕的能量占有了我，同时，我感到一种交织着愤恨、宇宙力和极度伤心的混合物在我全身蠕动。我又哭又笑，张着双臂，露出青少年独有的夸张举动，我仰天高喊，向上帝挑战，如果他存在，就用雷电劈死我。"

亚历杭德拉看着自己光赤的身体，飞快地逃跑着，一道道掠过天空的闪电把她身体的片片点点照亮；她的裸体既可笑又动人，她心里想，再也不看它了。

大海和暴风雨的咆哮，仿佛宣布上帝对她发出神秘而可怕的威胁。

11

他们又回到了房间里。亚历杭德拉一直走到放灯的茶几旁,从一个小瓶中倒出两粒丸药。然后坐在床边用右手击着床沿,对马丁说:

"坐下吧!"

马丁坐下后,亚历杭德拉开始干咽着那两粒药丸,没有喝水。然后往床上一躺,曲起两条腿靠着马丁。

"我要休息一会儿。"她闭着眼说。

"好,那我走了。"马丁回答说。

"不,现在别走,过一会儿我们继续聊聊……我只休息一会儿……"她含含糊糊地说,好像快睡着似的。

她开始深深地呼吸,已经睡着了。

她脚上的鞋早已掉在了地上,光赤着的脚挨着马丁。马丁感到不知所措,亚历杭德拉在阳台上说的那段故事仍然使他如痴如醉:一切是那样荒唐,一切都是按照荒唐的情节发生的。不管他做什么还是不做什么都是不合时宜的。

他在那里干什么呢?他感到自己愚蠢又笨拙。但是,由于一种他也弄不明白的原因,亚历杭德拉好像很需要他。她不是去找过他吗?她不是把她和马科斯·莫利纳的交往告诉他了吗?他骄傲而困惑地想,在这之前,她跟谁也没有说过这段经历,这一点他相信。她没有让他走,她就在他身边睡着了,她愿意睡在他身旁,睡在一个男人的身边,这是她对他信赖的最高表示,就如一个战士在他信任的人身边卸下盔甲。她就躺在那里,毫无防备,但神秘而不可即。她近在咫尺,但却隔着一道睡梦形成的黑沉沉的大墙,这墙轻若鸟羽,然而无法逾越。

马丁看了她一眼:她平躺在床上,半开半闭的嘴在快速地呼吸着,那是一张高傲的充满肉感的嘴。她那平直的长发乌黑乌黑的(头发上带着微红的闪光，它表明这个亚历杭德拉就是童年时长着一头红头发的那个小姑娘，同时也表明她与昔日的那个她已经大不一样，差异如此之大！），散满枕上的秀发突出了她棱角分明的脸，她面部线条表现出的明确与果断和她的性格完全一致。马丁浑身颤抖，他脑子里充满了过去从未有过的一些模糊想法。茶几上的灯照着她随意躺下的躯体，白衬衫下隐现着她的乳房，她卷曲着的颀长、苗条的双腿紧挨他的身子。他把一只手挪近她的躯体，但还没有接触到它，就吓得缩了回来。过了一会儿，经过再三踌躇，他又把手伸了过去，最后终于放在了她的一条大腿上。他就这样把手搁在那儿，心里紧张得扑通扑通直跳，他的手在那儿放了好长一会儿，好像在干着件羞愧难容的偷窃勾当，好像是趁一个战士沉睡的当儿，偷了他一件小小的战利品。正在这时候，她翻了个身，他及时把手缩了回来。她曲起双腿，弓起身子，就像回到了她还是母腹中胎儿时的那个姿势。

四周一片寂静，可以听出亚历杭德拉急促呼吸的声音和远处码头传来的汽笛。

我永远不能完全了解她，他想，好像心中忽有一种痛苦的领悟。

她就在那儿，就在他手可摸到、嘴可吻到的地方。在某种意义上，她是没有一丝防御的，但她是那样遥远，那样可望而不可即！他本能地感到他们之间横亘着巨大的鸿沟（不仅是睡梦这条鸿沟，而且还有其他一些鸿沟），要到达她的心中，必须做艰苦的跋涉，越过黑暗的深沟，攀越危险的栈道，绕过正在喷发熔岩的火山。办不到，他想，永远办不到。

但是她需要我，她选择了我，他又想。从某种意义上说，她寻找过他并选择了他。个中缘由，他无法理解。她向他讲述了他相信从没有与其他任何人说过的一些事，而且他预感到她还会向他讲很多、很多的事，很多比她已讲过的更可怕、更动人的事。但是，他也凭直觉感到，有很多事情她永远也不会向他吐露。那些神秘的、令人不安的忧虑，会不会是她灵魂里最真实的、唯一真正重要的事？当他提起盲人时，她浑身一震，这是为什么？她刚一说出费尔南多这个名字时，就后悔不迭，这又是为什么？

盲人，他近乎怀着恐惧的心情思索道。盲人，盲人。

夜、童年、黑暗、黑暗、恐怖与鲜血、血、肉与血、睡梦、深渊、无底的深渊、孤独孤独孤独，我们互相紧紧挨着，但隔着万水千山，我们紧靠在一起，但我们孤孤单单。他是广袤天幕下的一个男孩，一个生活在天幕中、生活在令人可怖的寂静中、孤零零地生活在无边无垠的巨大宇宙中的男孩。

突然，他听到亚历杭德拉在激烈地动弹，身子往上突起，好像用手推开什么东西。她嘴里发出听不清楚的低语，语气咄咄逼人，非常焦急，直到好像使尽平生力气似的喊出了"不！不！"两个字，接着便一下坐了起来。

"亚历杭德拉！"马丁揉着她的胳膊叫她，想把她从噩梦中拖出来。

但是她睁大了眼睛，仍然不住地呻吟，猛烈地与敌人抗争。

"亚历杭德拉！亚历杭德拉！"马丁一面继续摇动她的肩膀一面叫她。

最后，她似乎醒了过来，就像从一口黑沉沉的、满是蜘蛛和蝙蝠的深井里爬了出来。

"啊！"她精疲力竭地哼了一声。

她头倚着膝盖，两手搂着曲起的双腿，在床上坐了好一会儿。

接着，她从床上走了下来，点亮了灯并点起一支烟，开始准备煮咖啡。

"我把你叫醒了，因为发现你在做噩梦。"马丁用焦急的目光盯着她说。

"我一睡觉就做噩梦。"她一面把咖啡壶放在炉子上，一面头也不回地答道。

咖啡煮好后,她递给他一只小杯子;她坐在床沿上喝着自己的咖啡,露出一副凝神沉思的样子。

马丁心中在想:费尔南多,盲人。

"除了费尔南多和我。"她曾这样说过。他虽然对亚历杭德拉已经了解得相当清楚,知道不能向她打听她竭力回避的那个名字,但是心理上一种不理智的压力一而再、再而三地把他驱向这个禁区,让他如履薄冰地去接近这个禁区。

"你的祖父呢?"马丁问道,"他也是中央集权制的拥护者吗?"

"什么?"她心不在焉地反问道。

"我问你祖父是不是也是个中央集权制的拥护者。"

亚历杭德拉转过头来盯着他,感到有点奇怪。

"我祖父?我祖父已经去世了。"

"什么?我记得你曾对我说过他还活着。"

"不,老兄,我的祖父帕特里西奥他去世了。现在还活着的是我的曾祖父潘乔,现在明白了吗?"

"嗯,清楚了,我要问的是你的曾祖父潘乔,他也是个中央集权制的拥护者吗?在我们国家仍然还有中央集权制拥护者和联邦主义者,我觉得很有趣。"

"是你没有发现这里有过这样的事。还有你更想不到的呢:直到今天,潘乔老爷爷仍然生活在这样的现实里,他是在罗萨斯下台不久后出生的。我没有对你说过他已经九十五岁了吗?"

"九十五岁?"

"他是 1858 年生的。我们只是谈论中央集权制拥护者和联邦主义者,而他亲身经历过这一切。你明白吗?他年轻时,罗萨斯还活着呢。"

"他还记得那时的事吗?"

"他的记性好着呢。另外,只要有可能,他整天别的什么事也不干，就说那时候的事。很自然，对他来说，那是他唯一的现实，其他什么东西都不存在。"

"我希望有一天能听他说说。"

"现在我就带你去见他。"

"什么，你在说什么？现在已是清晨三点钟了！"

"你别幼稚。你不懂得在老爷爷的眼里，无所谓什么清晨三点。他几乎从不睡觉。或者也许他什么时候都可能睡觉，谁知道呢……但是，特别是夜里，他总不睡觉，整夜亮着灯，独自沉思冥想。"

"沉思冥想？"

"嗯，谁知道他想些什么……整夜整夜地不睡觉，差不多快一百岁的老人，谁能知道他脑子里想些什么呢？我想也许他在回忆过去……据说，到了这把年纪的人，整天就是回忆……"

她一面刺耳地笑着，一面又加了一句：

"我将尽量留神千万不要活到那个年纪。"

她挺自然地起身往外面走去，就像在合适的时间去正常地看望一个正常的人似的。

"来，现在我就带你去看看。谁能肯定他明天是不是还活着呢。"

她停住了脚步。

"你要让眼睛稍稍适应于黑暗，这样下楼梯时会顺当一些。"

两个人扶着栏杆，望着沉睡的城市站了一会儿。

"你看那个小房子窗户里的灯光，"亚历杭德拉用手指着说，"夜里的这种灯光总使我心里打鼓。是一个妇女要分娩了？是一个人要去世了？或者，也许是一个穷学生在研究马克思的著作。世界是何等神秘啊！只有那些浅薄的人才看不到这些。你去和街角上那个警察聊聊，让他对你产生信任，不一会儿你就会发现他也是神秘莫测的。"

过了一会儿，她说：

"行，我们走吧！"

12

他们下了楼，沿着屋子一侧的走廊来到位于葡萄架下的后门口。亚历杭德拉摸索着找到了电灯开关，打开了一盏灯。出现在马丁眼前的是一间破旧的厨房，里面的东西都堆在一起，好像正在准备搬家似的。接着，他又走过一条过道，他所看到的情景更加深了他这种印象。他想，在其他那些一间接一间的破房子里，主人恐怕还没有决定，或者还不知道要扔掉哪些杂物和家具：破烂不堪的桌椅、没有坐垫的包金沙发、倚着墙才能立住的穿衣镜、停止不动只剩下一根针的座钟，以及小桌小几等。一走进老人的房间，他就想起了迈普街上的拍卖行。老人的卧室与一间大厅连在一起，好像那些房间都曾被改建过似的。透过一盏煤油灯惨白的灯光，模模糊糊地看见在一堆破旧家具中间，一个老人坐在一张轮椅上打瞌睡。轮椅紧挨着一扇窗户，窗外面就是大街，所以，把它放在这里好像是为着让这位老爷爷能够看看外面的世界似的。

"他正睡着呢，"马丁松了一口气，轻声低语道，"最好还是别打扰他。"

"我早就告诉过你了，从来也弄不明白他是不是真的在睡觉。"

她站到了老人跟前，俯下身推了推他。

"什么事、什么事？"老人口齿不清地说，稍微睁开了眼睛。

那是一双绿色的眼睛，眼球上布满了红、黑交叉的纹路，好像裂开了很多道缝隙并陷入了眼窝的深处似的，眼眶的四周满是生命永存的木乃伊面孔才有的干瘪皱纹。

"您在睡觉吗，老爷爷？"亚历杭德拉凑近他的耳边几乎是吼叫着问道。

"怎么啦、怎么啦？没有睡，我的小宝贝，怎么会在睡觉呢。我在休息，没有别的。"

"这是我的一位朋友。"

老人点头表示认可，但是他一连点了好几次，动作越来越小，就像一个不倒翁被挪离了它平衡的位置而不住地晃动一样。他向她伸出了一只瘦骨嶙峋的手，那暴突的青筋好像要从皮肤下面蹦出来似的，他手上的表皮如此干枯而透明，宛如一面旧鼓的鼓膜。

"老爷爷，"她对他大声喊道，"给他讲一点有关帕特里克中尉的事吧。"

不倒翁重又晃动了起来。

"啊哈，"他咕哝了一声，"帕特里克，好吧，说一点帕特里克的事。"

"你别担心，反正是一回事，"亚历杭德拉对马丁说，"反正是一回事。不管他谈什么话题，最后总是要说到军团，直讲到他再也记不起来，讲到他睡着了为止。"

"啊哈，帕特里克中尉，就说他。"

老人的眼里流着泪水。

"艾尔姆特雷斯，毛头小伙子，艾尔姆特雷斯。帕特里克·艾尔姆特雷斯中尉是有名的七十一营的。谁会想到他会在军团里牺牲。"

马丁看了亚历杭德拉一眼。

"跟他详细讲讲，老爷爷，跟他详细讲讲。"她大声叫道。

老人把一只葡萄藤似的大手放到耳边，同时把头凑近亚历杭德拉。在那个裂纹交错且已迈向死亡的面具里，好像艰难地生活着一个沉思而善良的老人的残骸。他的下颌骨有点下垂，好像已无力使它与上颌骨合拢；从他那微张的嘴缝里，可以看到牙齿掉光的牙床。

"就讲他，帕特里克。"

"老爷爷，给他详细说说。"

老人在沉思，回忆那遥远的年代。

"艾尔姆特雷斯翻译出来就是奥尔莫斯（即榆树之意）。因为我爷爷听腻了人家叫他艾雷梅特里、艾雷梅特里奥、雷梅特里奥，甚至叫他德梅特里奥上尉。"

他用一只手掩着嘴，好像在颤抖地窃笑。

"是这样，甚至叫德梅特里奥上尉。他厌透了人们叫他英国人。因为他已经被本地人同化了，他不喜欢人家用英文称呼他的姓。他给自己起了奥尔莫斯这个简单的姓，别的什么字也没有加。就像姓艾兰德（岛屿之意）的改成了伊斯拉，姓奎恩菲思（忠于女王之意）的改为雷纳费。这些姓氏上的混乱使他烦透了，"老人发出了一丝笑声，"因为他脾气暴躁。所以说他是个很有头脑、很有头脑的人。另外，因为这里是他真正的祖国。他在这儿成了家，在这儿生儿育女。看他骑着黑条纹的黄毛马，配以考究的银制马具，谁也不可能猜疑他是个英国佬。虽然有人这样猜测，"又发出了一丝笑声，"但也不敢当面对他讲，因为堂帕特里西奥立刻就会扬起鞭子把他抽下马，"又是一丝笑声，"……帕特里克·艾尔姆特雷斯中尉，对，先生。谁会想到呀。啊，不，命运的安排不是人力所能改变的。谁想到他会在将军的指挥下牺牲呢。"

突然，他好像睡了，发出微微的鼾声。

"将军？什么将军？"马丁问亚历杭德拉。

"拉瓦列。"

马丁一点也不明白：一个英国中尉在拉瓦列的指挥下作战？这是什么时候的事？

"笨蛋，那是在内战的时候。"

他们一共一百七十五个人，衣衫褴褛、走投无路，后有奥里韦率领的穷追不舍的长矛大军。他们沿着峡谷向北奔逃，一直往北逃去。塞莱多尼奥·奥尔莫斯少尉骑在马上一面跑一面想着他的兄弟潘奇托和他的父亲帕特里西奥·奥尔莫斯上尉,他们两人都战死在克夫拉乔·埃拉多。蓬头垢面、疲惫不堪、衣不蔽体、心力交瘁的博尼法西奥·阿塞韦多上校也驱着马向北奔逃。另一支由一百七十二人组成的队伍,处境也极为狼狈。其中还有一位妇女。不分白天黑夜,他们日夜兼程地往北逃去,往国境线逃去。

他那下垂的下巴在颤抖:"潘奇托伯伯和爷爷是在克夫拉乔·埃拉多被敌人用长矛刺死的。"他咕哝了一句,好像是在认可一件事实。

"我什么也没有听懂。"马丁说。

"1806年6月27日,"亚历杭德拉对他说,"英国人沿着布宜诺斯艾利斯的大街往前推进。①当我刚有这样高时,"她用手在距地面很近的一个高度比划了一下,"老爷爷把这段历史对我都讲烂了。第九连担负着阻击著名的七十一营前进的任务(为什么著名?)。我不清楚,但就是这样说。我想是因为在任何地方它都没有被打败过,你懂吗?第九连沿着大学街向前推进(大学的那条街?)。对,傻瓜,就是玻利瓦尔大街。我按照老爷爷讲的方式说给你听,我都背得滚瓜烂熟了。当队伍前进到念珠圣母大街、上了年纪的人叫委内瑞拉大街的拐角处时,事情就发生了(什么事情?)。你别急。人们把能扔的东西都从屋顶上往下扔,我是说:滚沸的食油、大盘小碟、酒瓶,甚至家具。也有

---

① 18世纪末,英国和西班牙在美洲展开贸易竞争,西班牙为维护阿根廷殖民地的本国贸易利润,设立总督辖区管制阿根廷殖民地经济。此后,英国向阿根廷发动了两次入侵。1806年,阿根廷击退英国首次武装入侵,建立革命政权,取代了在抗英战争中软弱无能的西班牙殖民政府总督的统治。1807年,英国的第二次入侵被阿根廷挫败,西班牙被迫批准并任命阿根廷爱国军领袖利尼埃为拉普拉塔地区临时总督,阿根廷人掌握了地方武装力量。英国的两次武装入侵阿根廷,暴露了西班牙殖民政府的软弱,增强了阿根廷人民摆脱殖民统治的决心,抗英战争结束后,南美洲争取民族独立的运动开展起来,西班牙在南美洲的殖民统治遭到严重削弱。

人从上面往下开枪射击。所有的人都往下面扔东西,有妇女,有黑人,有小孩。就是在这儿把他打伤了(把谁打伤了?)。把帕特里克中尉,老兄,博尼法西奥·阿塞韦多的家就在这里,中尉是老爷爷的祖父和后来当上了将军的科斯梅·阿塞韦多的兄弟(那条街就是以他的名字命名的?),对,就是以他来命名的,这是唯一给我们留下的东西,就是街道的名字。这位博尼法西奥·阿塞韦多跟萨尔塔一个名叫特里尼达·阿里亚斯的姑娘结了婚,"她走到墙根前拿起一幅袖珍肖像画,当老人好像用下垂的颌骨和闭着的双眼表示赞同时,马丁借助于煤油灯的亮光看到了那是一位姿容秀美的妇女的面孔,她那高高的颧骨好似亚历杭德拉面部线条的秘密私语,是英国人与西班牙人交谈的轻轻低语。"这位姑娘生了一大堆孩子,玛丽亚·德洛斯多洛雷斯就是其中的一个,博尼法西奥,即后来成为上校的博尼法西奥·阿塞韦多,那是个很有头脑的人。"

但是马丁心里想(而且他也这样说了),他越来越听不明白了。因为,帕特里克中尉与这乱糟糟的一切又有什么关系?他是如何在拉瓦列的麾下牺牲的?

"你别急,傻瓜,现在可以把这些事情串起来了。你没有听见老人说,生命复杂得比土耳其人的生意还纠缠不清吗?这一次命运之神是一个粗壮而残忍的黑人、我远高祖的一个奴隶,名叫贝尼托。因为命运之神不是抽象地存在的,有时它是奴隶手中的一把刀,另外一些时候,又是一位未婚女人的微笑。命运之神选择用于执行使命的工具,然后立即具体地体现出来,接着麻烦事情就来了。这一次它是通过黑人贝尼托体现的,他砍了中尉一刀,黑人的运气是那样不济(据黑人的看法),以至艾尔姆特雷斯变成了奥尔莫斯,而我也因此能来到这个世界上。当时,正如人们所说的那样,我未来的命运系于一发、危如累卵,因为如果不是黑人听到玛丽亚·德洛斯多洛雷斯在房顶上叫喊的声音,让不要杀死中尉,黑人早就像他所想的那样,干净利落地把他结束了。但是命运之神不希望这样，它虽然是通过贝尼托来体现的，但它与他的意见并不完全一致，两者之间有些细小的距离。这种事情是经常发生的，因为，当然，命运之神不可能总是挑选到那么合适的人来充当它的工具。同样，如果你急着要去某一个地方，而且是涉及生死攸关的大事时，你别太去注意车子里的地毯是不是绿色的，或者马的尾巴长得是不是讨你喜欢。紧紧抓住手里最能抓住的东西。所以命运之神是一种模棱两可、含糊不清的东西：其实它对自己想做的事清清楚楚，但是具体实施它想法的人，并不那么明白。就像那些呆头呆脑的下级，从来都不会把上级命令做的事办得完美无缺那样。这样，命运之神不得不像萨缅托①那样处世行事：尽管事情干不顺当，但还是干下去。很多次，命运不得不灌醉他们或者把他们弄得茫然无措。所以，人们说，某个家伙好像失去理智了，他不知道自己在干些什么，他已无法控制自己。当然是这样。否则，如果不杀死苔丝德蒙娜②或恺撒③，谁知道他们会干出别的什么滑稽事来呢。所以，正如我给你解释的那样，在贝尼托准备决定我命运的当儿，玛丽亚·德洛斯多洛雷斯从房顶上对他使劲地大叫了一声，结果他便住手了。玛丽亚·德洛斯多洛雷斯当时十四岁。在那一刻，她正从屋顶上往下倾倒热油，但是她及时地喊了一声。"

"我还是不明白，人们不是要阻止英国人获胜吗？"

"你是个榆木脑袋，你没有听到人们谈论 *coup de foudre*④ 吗？在混乱局势中产生的 *coup de foudre*。你会看到命运之神如何施展它的作用。黑人贝尼托很不情愿地遵从了小女主人的命令，并按照我曾祖父潘乔

---

① 全名多明戈·福斯蒂诺·萨缅托（1811—1888），阿根廷著名政治家、作家、教育家。
② 英国著名剧作家莎士比亚所著悲剧《奥瑟罗》里的女主角。
③ 莎士比亚所著罗马历史剧《尤利乌斯·恺撒》里的主要人物。
④ 法文，意为"一见钟情"。

的祖母的吩咐,把年轻的小军官拖到了屋子里面。妇女们立即对他进行抢救,这时候,阿赫里奇大夫也来了。接着人们给他脱去外套。他还是个孩子呢!特里尼达夫人大惊失色地说。他连十七岁也不到!妇女们七嘴八舌地议论着。但他太冒失了!又是一阵叹喟。人们用清水和烧酒给他洗净了身子,并且缠上了用床单撕成的绷带。然后把他安放在床上。夜里,他不断说胡话,玛丽亚·德洛雷斯多洛雷斯哭哭啼啼地守在床边,不断地为他祈祷,不时地为他更换敷布。因为,正如我老爷爷所讲的,小姑娘已爱上了这个外国少年,并决定跟他结婚。老爷爷对我说,你一定得知道,当一个女人对某件事打定了主意后,世界上没有任何力量能阻挡住她。这样,当可怜的中尉在胡言梦呓并肯定梦想着他的祖国时,小姑娘已经拿定主意要他永远忘记他那个祖国,而且要让帕特里克的后代在阿根廷出生成长。后来,当他慢慢地恢复了知觉后,才弄清楚他原来是贝雷斯福特[①]将军的亲侄儿。你可以想象当贝雷斯福特来到家里并亲吻特里尼达夫人手时引起的轰动。"

"一百七十五个人。"老人口齿不清地说道,同时不住地点头。

"这是怎么回事?"

"他说的是军团。他总是惦记着这件事。我继续给你往下说。贝雷斯福特感谢大家为他侄儿所做的一切,并决定让他继续在我家里待下去,直到伤势痊愈。就这样,当英国军队占领着布宜诺斯艾利斯的同时,帕特里克成了全家的朋友,如果考虑到当时所有的人,包括我的家庭,都仇恨英国人的占领的话,他能赢得我家的友情是不容易的。但是糟糕的事情是从收复城市时开始的:人们哭得昏天黑地。当然,帕特里克又重新回到了部队,而且不得不向我们开火。当英国人被迫投降时,帕特里克既感到十分高兴又感到极度悲伤。很多英国士兵请求

[①] 全名威廉·卡尔·贝雷斯福特(1768—1854),英国将军,1806 年曾围困布宜诺斯艾利斯,后战败被俘。

留在阿根廷，结果都得到了安置。帕特里克当然愿意留下来，他被安排到拉奥尔克塔庄园，那是我们家的一块土地，离佩尔加米诺不远。这是1807年的事。一年后，他们结了婚，生活得很美满。堂博尼法西奥把庄园的一部分土地赠给了他，帕特里西奥也开始转变为艾雷梅特里、艾雷梅特里奥、德梅特里奥上尉并一下成了奥尔莫斯家族的一员。谁要是叫他英国人或德梅特里奥，他就揍谁。"

"还不如死在克夫拉乔·埃拉多。"老人低声咕哝道。

马丁又看了亚历杭德拉一眼。

"他是说阿塞韦多上校，懂吗？如果他被杀死在克夫拉乔·埃拉多，他就不会在这儿，在期望见到他妻子、女儿的时候被人把头砍下了。"

"还不如在克夫拉乔·埃拉多把我杀了。"博尼法西奥·阿塞韦多上校在往北方逃去的路上这样想，他这样想是由于别的原因，由于一些他觉得令人害怕的原因（这没有希望的长途奔波，这令人寒心的绝望，这无法忍受的苦难，这完全彻底的失败），但比起十二年后，当他在家门口感到刺刀压着自己脖子时的恐惧，将小得根本不值一提。

马丁一见亚历杭德拉朝玻璃橱走去，就大声叫嚷，但她一面说"别他妈的女人气"，一面从橱里拿出了盒子。她揭开盒盖，让他看上校的头颅。马丁急忙用手捂住眼睛，亚历杭德拉却刺耳地笑着，又把盒子放进了玻璃橱。

"在克夫拉乔·埃拉多。"老人低语道。

"于是，"亚历杭德拉解释说，"我又一次奇迹般地来到了世上。"

因为如果她的高祖父塞莱多尼奥少尉像他兄弟和父亲一样在克夫拉乔·埃拉多被杀死，或者像阿塞韦多上校那样被人在自己家门口砍下头，她就不会来到这个世界上，就不会在此刻坐在那间房子里讲述过去那段历史了。她附在老人的耳边高声嚷着"给他讲讲有关头颅的事",同时跟马丁说了声她得先走。还没有等马丁回过神来(也许因为他发怔了),她就一溜烟不见了,把他扔在老人的身边。老人一个劲儿地重复着"头颅,没错,头颅",就像个被挪开了平衡位置的不倒翁似的连连点头,表示赞同。接着,老人的下巴开始活动,颤抖了几秒钟后,他的嘴唇里传出了一丝难以辨清的声音,最后说道:"玉米棒子党的人,没错,就是他们,从客厅的窗口把人头扔在了这里。他们纵声狂笑着下马来到窗前,叫嚷道:'老板娘,西瓜!新鲜的大西瓜!'当刚一打开窗子,他们就把博尼法西奥叔祖父血淋淋的头扔了进来。还不如像潘奇托叔叔和帕特里西奥爷爷那样,让他们在克夫拉乔·埃拉多杀了好。确实如此。"当阿塞韦多上校率领一百七十五位战友(其中还有一位妇女)沿着乌马瓦卡峡谷向北方溃逃时,也是这样想的,当时他后有穷追不舍的敌军,身上衣衫褴褛,部队已被彻底击溃,士气十分低落。但是他并不知道,他还能在异国的土地上生活十二年,并能有期待返回故土看望他妻子和女儿的时刻。

"他们叫嚷着新鲜的大西瓜,其实是人头,小伙子。可怜的恩卡纳西翁一看见血淋淋的头颅就昏厥了过去,没有过几个小时,她就断了气,再也没有苏醒过来。可怜的埃斯科拉斯蒂卡,当时还是个只有十一岁的小姑娘,被吓得发了疯,事情的经过就是这样。"

说到这儿,老人开始打起了瞌睡,而马丁却被那种寂静而奇特的恐惧吓得瘫软在座位上:房间里几乎漆黑一片,身边坐着那位百岁老人,盒子里装着阿塞韦多上校的头颅,而疯子却可能在外面转悠。马丁心想:最好还是离开这儿。但是害怕碰上疯子的担心又吓得他站不起来。于是,他自语地说最好还是等亚历杭德拉回来,她不会耽搁很长时间,她也不能耽搁很长时间,因为她清楚他跟这位老人什么也不能沟通。他感到自己好像慢慢地已经步入了一个新的噩梦梦境,那里的一切都是虚幻而荒唐的。那挂在墙上的两幅普里列迪安诺·普埃伊雷东①的肖像画——一幅画的一位男士，另一幅为梳着大发髻的女士——好像在审视着他。士兵的灵魂、征服者的灵魂、疯子的灵魂、市议员们的灵魂和教士们的灵魂好像无形地占有了整个房间，它们似乎在轻声地交谈，谈论征服的历史、打仗的历史、长矛战的历史和砍头的历史。

"一百七十五个人啊。"

马丁看了老人一眼：他的下巴悬吊着、颤抖着。

"先生，没错，一百七十五个人。"

还有一个女的。但是老人不知道这一点，或者他不愿意知道。这就是令人骄傲的军团在充满死亡与失望的两年中，经过长达四千四百公里的溃逃后，所残存的一切。一支由一百七十五个（其中还有一位女的）衣衫褴褛、默无声息的男人组成的纵队挥马向北奔逃，一直往北逃去。他们永远也到不了目的地吗？在永无尽头的峡谷那边，有玻利瓦尔的土地吗？十月的烈日垂直地照晒着，将军的尸体已开始腐烂。夜的严寒冻冰了尸体流出的脓水，制止了蛆虫的蠕动。白天又来了，传来了后卫部队的枪声，传来了奥里韦长矛队的喊杀声。

腐臭，将军的腐尸散发出的腐臭。

寂静的夜里有人在歌唱：

> 白色的小鸽子，
> 哎！
> 你飞过山谷。
> 你去告诉大家，
> 哎！
> 拉瓦列已经永离我们。

---

① 普里列迪安诺·普埃伊雷东（1823—1870），阿根廷画家。

"奥尔诺斯把他们甩了,咳。他说'我要去加入和平军队'。他就这样把他们扔下了,奥坎波指挥官也走了,咳。拉瓦列眼望着他们带着自己的人在飞扬的尘土中往东远去。我父亲说,将军看着两个骑兵中队远去时,好像流泪了。他还剩下一百七十五个人。"

老人点了点头,陷入了沉思,接着他的头又一个劲地摇动起来。

"黑人爱戴奥尔诺斯,非常拥护他。父亲最后同意接见奥尔诺斯。于是他来到这儿,来到了庄园,和父亲一边喝着马黛茶,一边回忆着战斗中的经历。"

老人又咕哝了一句谁也无法听懂的话。

"他们开始从罗加①总统说起。不断到来的英国佬把黑人都换掉了。其实黑人干的都是一些下贱活儿。我已经不太出去了,几年前,当我还能去那里遛弯儿时,特别是在圣露西娅节,我总看见一些在议会里或在国家行政机构做杂事的黑人。他们当中有一些已经上了年纪,就像黑人埃利萨尔德,他只能勉强爬着走路,可怜的人,但是在女守护神的节日,他照样去那儿。当我还很小时,我们这地段有那么多黑人,不知把他们弄到哪儿去了!托马西托、露西娅、贝尼托、华金大叔……露西娅是替我母亲煮马黛茶的能手,托马西托是马车夫,还有年老的恩卡纳西翁,她是我父亲和另外几个叔叔的奶妈,那个托里维娅,做得一手极好的馅饼和点心。我记得她后来瘫痪了,住在后面院子里,一边喝马黛茶,一边给人讲故事。"

老人又点了点头表示认可,他的下巴又垂了下来,嘴里低声说了句有关奥尔诺斯指挥官和佩德内拉上校的话,接着便沉默不语。他睡着了,还是在思考?也许在他的肉体里流动着一种潜在的、无声的、近乎永恒的生命,就像长长的冬月里在蜥蜴身上流动的那种生命。

---

① 全名胡利奥·阿亨蒂诺·罗加(1843—1914),阿根廷将军、政治家。

佩德内拉心里想：二十五年的戎马生涯。二十五年的浴血奋战，二十五年的胜利与失败。但是那时候我们的确知道为什么而战。我们是为美洲大陆的自由、为了统一的祖国而战。而现在呢……美洲的大地上流洒了这么多的鲜血，我们目睹了这么多绝望的黄昏，我们听到了多少次兄弟间互相杀戮时发出的哀号……那边奥里韦来了，他已经准备好用刀砍下我们的头，用长矛把我们捅死，他已经准备好要把我们斩尽杀绝。他不是与我一起在安第斯军中并肩作战过吗？勇猛而冷酷的奥里韦将军。真理在哪里？那是多么美好的时光啊！当我们进入利马时，身着掷弹兵少校军服的拉瓦列是何等威武啊！那时，一切都更加清楚、明朗，当时，一切都像我们身穿的制服那样漂亮好看……

"当然了，小伙子：因为罗萨斯的事情，我们家里发生过多次争吵，就是从那时候起，我们家族的两个支系开始分裂了，特别是胡安·包蒂斯塔·阿塞韦多的一支，更是如此。这一家的很多人都是不折不扣的联邦主义者，譬如埃瓦里斯托，他曾当过国会议员，其他的人如马里亚尼托、比森特和鲁德辛多，如果说他们还不是道道地地的联邦主义者的话，至少在封锁期间，他们都是支持罗萨斯的，而且永远也没有原谅我们……"

老人咳嗽了一声，好像要睡觉似的，但是又突然说道：

"因为，孩子，对拉瓦列可以说千道万，但是任何一个出身高贵的人都不能否认他的善良，他的正直，他的慷慨，他的无私。就是这样，先生。"

为了这个大陆的自由，我参加了一百零五次战斗。在圣马丁将军的指挥下，我在智利的战场上打过仗；在玻利瓦尔将军的指挥下，我在秘鲁战斗过。随后，我又在巴西的土地上参加了反对皇家武装力量的战争。再后来，就是在这不幸的两年里，我在可怜祖国的土地上四处奔波。也许我犯过大错误，最大的错误就是枪毙多雷戈。但是谁掌握真理呢？除了知道这片残酷的土地乃是我的祖国，我只有在这儿战斗、死亡外，别的什么都不清楚了。我的躯体在我的战马上腐烂，这就是我所知道的一切。

"是的，先生。"老人说道，一面咳嗽，一面清嗓子；他又像陷入了沉思的样子，两眼满是泪水，嘴里来回地说着"是的，先生"，同时不住地点头，好像向一位看不见的交谈者表示赞同似的。

他眼泪汪汪、一脸深思。他的眼睛望着现实，望着唯一的现实。

这是根据古怪离奇的规律组成的现实。

"据我父亲说，那是1832年的事。我可要提醒你，改良牲畜品种既有利也有弊。那是英国人米列尔用有名的塔尔基诺种牛搞起来的，那是在1830年。对，是这样，有名的塔尔基诺种牛那时养在卡莱多尼亚农庄。英国佬米列尔是个了不起的家伙。像所有的苏格兰人一样，他是个勤劳、节俭的人，对，是这样。说得更清楚点，是个守财奴（不易觉察的窃笑和连续不断的咳嗽）。他不像我们这些土生土长的人，我们花起钱来大手大脚，所以我们没有什么出息（咳嗽）。所以人们都知道批评这一点，特别是圣地亚哥·卡萨迪利亚，他特别爱挑剔，爱说长道短。卡莱多尼亚农庄，对，是这样。为了报答卡纽埃拉，堂胡安·米列尔跟一位姓巴尔瓦斯特罗的妇女结了婚，就是多洛雷斯·巴尔瓦斯特罗太太。她是个使不完劲儿的家庭主妇，她曾多次率领人抵抗印第安人的袭击，甚至能像一个男人那样端着卡宾枪射击。已经是老奶奶了，她对使用长武器也挺内行。她们都是挺厉害的人，年轻的朋友；当然，是艰苦的生活把她们锻炼成这样的。我在说什么来着？"

"你在说英国人米列尔。"

"对，是在说英国人米列尔。所有的人都谈论他和著名的塔尔基诺种牛。每当堂圣地亚哥·卡萨迪利亚来家里时,他都讲不少有关那头牲口、那头塔尔基诺种牛的笑话。孩子,我们这里的人都是鸡蛋里挑骨头的能手。所以,有很长时间,英国人米列尔不得不忍受着大家的嘲笑。但是据我父亲说,他毫不在乎,总是一脸微笑,一如既往地干了下去。因为这些苏格兰人坚韧得像牧豆树,又僵硬、又固执。对于一个坚持要改良畜种的人,谁也无法让他后退的。"

伴着不断的咳嗽,他又笑了起来。他笨手笨脚地用手绢擦了一下流泪的眼睛。

"我在跟你说什么来着?"

"在说良种公牛,先生。"

"对,是在说公牛。"

他咳嗽了几声,点了点头。然后说道:

"埃瓦里斯托一家永远也没有原谅我们。永远没有。甚至在砍下我叔祖父的头时,也没有原谅我们。确实,由于那个独裁者的事业,我们家被搞得四分五裂了。不过你可别以为我父亲不承认他的功绩。但我父亲说,罗萨斯当政的最后那几年,实在让人讨嫌,尽管他为捍卫国家的独立出了不少力。我父亲谴责他极端的冷酷,憎恶他阴险狡诈的为人,不是他让人把基罗加①给杀死的吗?他是个胆小鬼,他在卡塞罗斯逃跑就是个例子。他卑怯,这是事实。我可以跟你说很多他那时候的事,特别是1840年,就这一年,他下令杀死了一个叫伊兰苏亚加的青年,这小伙子是一个名叫伊萨韦利塔·奥尔蒂斯姑娘的未婚夫,而这姑娘和我们家有点亲戚关系。当时,我们家一听到这消息谁也睡不着觉。你可以想象我们经受的痛苦,因为家里只剩下我母亲,我父亲早就参加军团走了。我祖父堂帕特里西奥也走了。我跟你说过帕特里西奥的生平吗?我的叔祖父博尼法西奥和我叔叔潘奇托,也都走了。这

---

① 全名胡安·法昆多·基罗加 (1793—1835),阿根廷军人。

样,在整个庄园里男人里只剩下萨图尼诺叔叔,他年龄最小,当时还是个孩子。除此之外,全都是女的。全都是女的。"

他又用手绢擦了一下流泪的眼睛,同时开始咳嗽、点头,接着好像要沉沉入睡似的。但是,他却突然说道:

"三百三十公里。奥里韦的兵紧跟在屁股后面追。我父亲说,那十月的太阳非常厉害。将军的尸体腐烂得很快,驮着他跑了两天后,谁也受不了那股气味了。离边境还有二百二十公里呢!二百二十公里还要走五天的时间。唯一的目的就是救出拉瓦列的尸骨和头颅。孩子,就是为了这一点。因为他们已彻底失败了,别的什么事情也干不成了,无论是反对罗萨斯的战争,还是其他任何事情,如果被敌人追上,他们就会把将军的头割下送给罗萨斯,然后把它钉在长矛的顶端示众。旁边再挂上块牌子:'这就是野蛮、下流、令人讨厌的狗——中央集权制的拥护者拉瓦列的头'。所以,必须不惜任何代价救出将军的尸体,逃到玻利维亚去。在七天的逃亡路上,他们经常得开枪自卫。三百三十公里的疯狂退却。几乎没有片刻的停息。"

我是亚历杭德罗·丹尼尔指挥官:拿破仑军队的少校丹尼尔的儿子。我还记得当他跟大军一起回来时骑着马在土伊勒利宫花园或爱丽舍宫草坪上漫步的情景。在手持神奇刀的老战士们簇拥下的拿破仑,仍然浮现在我的眼前。后来,最后,当法兰西已不再是自由的土地,而我又梦想着为被压迫的人民奋战时,我就乘船来到这片土地上,和我同行的有布卢伊、维艾勒、巴代尔、布朗德森、罗克,他们都曾在拿破仑手下作过战。我的上帝啊,多少时间、多少战斗、多少胜利和失败、多少死亡和鲜血都已化为过去!1825年我认识他的那个下午,他走在佩戴胸甲的骑兵前头真像一只帝国之鹰。于是我跟着他参加了巴西的战争,当他在耶尔巴尔倒下后,我把他从地上抱起来背在肩上,越过了四百四十公里的河流、高山,后面紧跟着追兵,就像现在这样……

从那时起，我再也没有离开他……而现在，在奔跑了令人伤心的四百四十公里后，我现在仍伴着他腐烂的尸体往前奔跑，逃向虚空乌有……

老人好像从睡梦中醒了过来似的，说道：

"有些事情我曾亲眼见过，另外一些我是听我父亲说的，特别是从我母亲那里听来的。因为我父亲是个语言不多的人，不爱说话。所以，每当奥尔诺斯将军或奥坎波上校来家里，边喝马黛茶、边回忆过去的事情和军团的遭遇时，我父亲都是一声不响地听着，或者偶尔插上一句'什么事？''不是吗？'这样的话。"

他的头又开始不停地点动，接着打了一会盹儿。但是又突然醒了过来，说道：

"是这样，埃利西塔，是这样。可怜的孩子，当听到她的未婚夫被杀的消息后，她走到了河里，她精神失常了。那个庄园，我是记得，但海军上将我没能看到。虽然他是个联邦主义者，但他跟我祖父帕特里西奥和我的祖母多洛雷斯处得很好。哪一天我跟你说说我祖父的奇特经历。他不姓奥尔莫斯，而是姓艾尔姆特雷斯。他是英国人入侵阿根廷时来到这儿的，当时是英国军队的中尉。多奇怪的历史，当然嘞（笑声伴着咳嗽声）。"

他先是打起了盹儿，继而又突然打起了呼噜。

马丁又朝门口看了看，但是什么声音也没有听到。亚历杭德拉去哪儿了？我留在这房间里干什么呢？他也想过，他所以没有离开，那是因为不想把老人一个人扔在那里，他甚至没有听见老人在说些什么，也许甚至根本没有看见老人。老人隐蔽而神秘地活在自己的世界里，他不在乎马丁，也不在乎此时任何其他活着的人；由于他的年龄，他的耳背，他的老眼昏花，特别是他对过去的记忆，就像一堵黑暗的高墙耸立在他的面前，他被与世隔绝了。他生活在一口井的底部，追忆着黑人、马队、砍头和军团的事情。马丁所以留在那儿并不是出于对老人的尊重,而是因为他被一种恐惧吓得无法动弹,他不敢去穿越现实的那些区域,那里好像住着老人、疯子,甚至亚历杭德拉。这是个神秘而肮脏、荒唐而如睡梦般轻飘的地区,它像噩梦那样使人感到惊恐。然而,马丁从刚才还像将自己钉住的椅座上站了起来,他穿过房间里那些破旧的家具,开始蹑手蹑脚地离开老人。墙上挂的先人们一个个都在监视着他。他又看了一眼放人头的那个玻璃橱。就这样,他走到了门口,面对着关着的大门,但是没有敢打开它。他走近门边,把耳朵贴在一条裂缝上听了听,他觉得疯子就在门的另一边,手里拿着单簧管等着他出去。他甚至觉得听到疯子呼吸的声音。于是,受惊害怕的他,又慢慢地退到原来的地方,一屁股坐回到椅子上。

"就剩二百公里了。"——老人突然又嘟哝了起来。

对,只剩二百公里了。沿着峡谷连续驱马狂奔了三天,将军的尸体肿得鼓鼓胀胀,不断地滴着尸水,散发出的恶臭周围几个街区之远的地方都能闻到。我们一直往北奔逃,留在后面压阵的是几个射手。从胡胡伊①到胡卡莱拉是一百三十五公里。只剩下一百八十公里了,大家这样说着为自己鼓劲儿。如果有运气的话,只剩四天、也许五天的路程了。

寂静的夜里,幽灵般的马群奔跑的马蹄声清晰可闻。一直往北。

"因为峡谷里的阳光特别厉害,孩子,因为那里的地势很高,空气特别清新。所以走了两天后,我父亲说,尸体就鼓胀起来了,几个街区之远的地方都能闻到那种气味,到了第三天,不得不把腐肉都剔去,就是这样。"

---

① 阿根廷北部城市,胡胡伊省省府。

佩德内拉上校命令停止前进,他和同伴们说:尸体已在腐烂,气味令人难以忍受。把尸体的肉剔下,把骨头保存下来。心脏也保存下来,有人说。特别是死者的头:奥里韦永远也休想得到将军的头,让他永远无法来凌辱将军。

谁愿意干这件事?谁可以干这件事?

亚历杭德罗·丹尼尔上校,他干。

于是,人们把将军散发着恶臭的尸体从马背上抬下,接着又把它抬到胡卡莱拉河边。丹尼尔上校走近尸体,抽出猎刀。丹尼尔透过泪水凝视着他首领那光赤、变形的躯体。站在周围的那些衣衫褴褛的人也透过泪水,狠狠地、深深地注视着将军的尸体。

过了一会儿,猎刀慢慢地扎入了腐烂的肌肉。

老人点着头说道:

"在堂贝尔纳迪诺执政期间,他被任命为拉奥尔克塔卫士驻军的上尉,那个小堡垒就叫拉奥尔克塔卫士,现在已改名为奥尔莫斯上尉镇。后来他当上了镇长,直到联邦主义者上台。我在说什么来着?"

"说到他不当镇长了,先生(谁?)。"

"对,是,说到他不当镇长。联邦主义者上台后,他就辞去了镇长的职务,是这样。也许是想让他的话能传到堂胡安·曼努埃尔①的耳朵里,凡是见到愿意听他说话的人,他就讲:养牛和管理印第安人这两件事已经够他受的了,他可没有时间去搞政治(细微的笑声)。但是那位复兴者,他可不蠢,当然不蠢,他从来没有相信过我祖父的那些话(细微的笑声)。你想想,他一点也不糊涂,我祖父后来知道了堂胡安·曼努埃尔给拉奥尔克塔镇长写信,叫镇长要留神英国人奥尔莫斯(微微的笑声夹杂着咳嗽声),因为他的确知道我祖父与萨尔托和佩尔加米诺

---

① 即罗萨斯。

的其他庄园主们合谋起事。那个狡猾的家伙没错，他什么时候错过，他是只猞猁！因为我祖父确实在与有关的人商量，所以当拉瓦列将军在1840年8月于圣佩德罗登陆时，事情就清楚了。他带着马队和他的两个大儿子——一个叫塞莱多尼奥，就是我父亲，当时他十八岁，一个叫潘奇托，我的伯伯，他比我父亲大一岁——到了将军登陆的地方。1840年那场倒霉的战争！我祖父在克夫拉乔·埃拉多为了掩护拉瓦列的撤退，坚持到最后一颗炮弹。他完全可以脱身后撤，但他不想那样干。当败局已定时，他射出了最后一颗炮弹，然后向奥里韦的部队投降。当得知他最心爱的儿子潘奇托的死讯时，他只说了一句话：'至少将军得救了。'就这样，我的祖父帕特里西奥·奥尔莫斯结束了他在这片土地上的一生。"

老人一面不住地点着头，一面低语着："阿米斯特龙，就是，阿米斯特龙。"突然他又深深地跌进了梦乡。

13

　　马丁等了又等,时间已过去了好一会儿,但老人一直没有醒。他想,老人现在确实睡着了。于是他竭力不弄出声响,慢慢地站了起来,开始朝亚历杭德拉带他进来的那个门走去。他心里极为害怕,因为天已经亮了,黎明的亮光已经照进了堂潘乔的房间。马丁想可能会碰上贝韦叔叔,或者管理家务的老太婆胡斯蒂娜已经起床。那怎么对他们解释呢?

　　"我是昨天晚上跟亚历杭德拉一起来的。"对他们这样说。

　　一会儿他又想,在这座房子里,任何东西也不会引起人注意,因此,不应该担心会碰到什么令人尴尬的事情。也许在屋子外面倒可能遇上疯子贝韦叔叔。

　　他感到门外的走廊上传来隐隐的脚步声,或者他觉得那边有一种咯吱咯吱的响声。他的手已经握着门把,他的心直跳到嗓子眼,他凝神屏息地等了等。远处传来火车汽笛的长鸣。他把耳朵贴在门上,焦急地捕捉着门外的动静:结果什么也没有听到。当他就要开门时,又听到了一阵轻微的瑟瑟声,这一次清清楚楚:是脚步声,小心翼翼的、一步一顿的脚步声,就像一个人慢慢地、一步一步地往大门走来似的。

　　"疯子。"他紧张地想道,并立即移开了贴在门上的耳朵,他生怕外面的人突然把门推开碰见他这种可疑的神态。

　　他就这样站在那里待了好一会儿,不知该怎么办:一方面,他担心开门后碰上疯子;另一方面,他朝堂潘乔坐的地方打量了一下,生怕他醒过来要找他。

　　但他一转念,也许这样更好,还是让老人醒过来。因为这样疯子进来碰见他,他可以向他解释。或者也许无须向疯子作任何解释。

他记得亚历杭德拉曾对他说过，贝韦是个不惹事的疯子，他就是吹单簧管，没完没了地重复吹着一首无以名之的曲调。但是，他在屋子里到处走动吗？还是像埃斯科拉斯蒂卡那样，被关在一间房子里？在这样古老的宅第里这是常见的事。

他在这种反反复复的思虑中又过了一会儿，耳朵仍在仔细地倾听着。

由于没有听到新的动静，他更加放心地把耳朵贴在门上，凝神静气地听着，竭力想分辨出最轻微的可疑之声，结果什么也没有听到。

他慢慢地拧动了弹子锁的门把，这是一种过去大门上用的那种大锁，钥匙约有十厘米之长。他感到拧动门把时发出的声响大得吓人。他思忖，如果疯子在附近转悠，不可能听不到，而且一定会引起他的戒备。但是，事到如今还能怎么办呢？在几乎已成事实的行动面前，他拿定了主意，于是他毫不犹豫地打开了门。

他几乎叫了起来。

出现在他面前的，是面无表情的疯子。这个人约四十多岁，大概很多天都没有刮胡子，身上的衣服很破旧，没有系领带，头发乱得不成样子。上面穿了件原来可能是海蓝色的运动服，下面是条灰色的法兰绒裤子。衬衫掉了纽扣，全身的衣服皱里巴几，一副邋遢样子。在他垂着的右手里，拿着那支无人不知的单簧管。他的脸色憔悴，神情专注，眼睛定定地看着马丁，露着疯子常有的那种恍恍惚惚的神色。他那消瘦的脸，棱角分明，高高的鼻子呈鹰钩状，一双眼睛是灰绿色的，只有奥尔莫斯家的人的眼睛才有这种颜色。他的头又大又长，像条飞船。

马丁吓得全身瘫软，一个字也说不出来。

疯子不声不响地端详了他好一会儿，一句话也没有说，而是转过身，轻轻地扭动了一下身子（就像街头乐队的小伙子们那样，但是勉强能让人感觉出来），然后往走廊的另一头走去，肯定是回他的房间去。

马丁几乎是跑着往相反的方向急急走去，走进了已经被初升的太阳照亮的庭院。

院子里一个印第安老妇人在小池边洗濯。"胡斯蒂娜。"马丁心想，不禁又吃了一惊。

"早上好。"马丁问候道，竭力装出一副若无其事的样子，好像这么早在庭院里碰到她是很自然的。

老妇人一个字也没有答。"也许她耳背，就像堂潘乔一样。"马丁心想。

然而，她用印第安妇人那种神秘而深不可测的目光盯着马丁看了好几秒钟，马丁觉得这几秒钟长得没有尽头。随后，她又继续洗她的衣服。

马丁站在那儿，不知道何去何从。他明白了，举止应该自然一些，于是，他朝旋梯那边走去，从那儿登上望楼。

他走到望楼的门口，敲了敲门。

等了几秒钟，里面没有人回答，他便又敲了几下，但也没有得到回答。于是，他把嘴对着门缝大声呼叫亚历杭德拉。但是叫了好一会儿，还是没有人回答。

他猜想她肯定睡着了。

于是他想，最好还是离开那儿。但是他不知不觉地往望楼的窗下走去，走到窗口时，看到窗帘并没有拉上。他向里面看了一眼，想在仍是半明半暗的房间里分辨出亚历杭德拉的身影，当他的目光已适应了里面暗暗的光线时，他深感意外地发现，她并不在里面。

有这么一刻，他不知道自己该干什么，也不知道在想什么。随后，他向旋梯走去，一面沿着楼梯小心地往下走，一面在整理大脑里的思绪。

他穿过后面的庭院，沿着一侧已经荒芜的花园绕过古老的宅第，最后来到了大街上。

他顺着人行道犹豫不决地往雁山大道那边走去，以便从那里乘公共汽车。但他走了不一会儿后，又回过头向奥尔莫斯家的方向看了看。他脑子里如一团乱麻，不知道自己究竟要做什么。

他转过身朝奥尔莫斯家的古老住宅走了几步，接着他又站在了那儿。他看了看锈迹斑斑的栏杆，好像期待着什么。该怎么说呢？沐浴在曙光里的这座大屋子比黑夜里显得还要荒寂，因为它那泥灰剥落、到处坍塌的墙壁，它那花园里肆无忌惮地生长的野草，它那生满锈迹的栏杆和几乎脱落的大门与矗立在它后面的那些厂房和烟囱相比，白天比夜里的反差更为强烈。就如一个幽灵，白天出现在人的面前要比夜里更令人觉得唐突。

马丁的目光最后定定地停在望楼上：它就像亚历杭德拉本人一样孤独和神秘。"我的上帝！"他自语道，"这是什么？"

他昨夜曾在那里度过的那座屋子，现在在日光下，好像是个梦：那几乎永生不死的老人，装在帽盒里的阿塞韦多指挥官的头颅，手拿单簧管的疯子叔叔和他那恍恍惚惚的目光，那个耳背的或对什么事情都无动于衷的印第安老妪，她甚至连他是谁也不屑询问一声，也不管一个从房间里出来然后又登上望楼的陌生人在干什么，艾尔姆特雷斯上尉的那些经历，埃斯科拉斯蒂卡那令人难以置信的历史和她的疯癫，特别是亚历杭德拉本人。

他开始慢慢地思索：去雁山大道那边乘公共汽车是不可能的，这好像太愚笨了。他决定步行，于是沿着伊萨贝尔·拉卡托利卡大街往马丁·加西亚走去，这古老的街道使他逐渐把纷扰的思绪理出了个头绪。

最使他不安和担心的是亚历杭德拉不见了。她去哪儿过夜了？她把他带去看老人是为了摆脱他吗？不会，如果是这样的话，很简单，她到那儿后就可以走开，就像他在听了有关马科斯·莫利纳的故事、海滩上的所有那些事情和去亚马孙河流域地区传教的打算后，就想离去一样。她为什么没有一到那儿后就扔下他走开呢?

没有,也许所有决定,她都是临时做出的。也许当他在听堂潘乔说话时,她突然灵机一动走了。但是在这种情况下,为什么不给他说一声呢?总之,什么原因不那么重要。重要的是亚历杭德拉没有在望楼的房间里过夜。那么,不得不让人猜测她有另一个过夜的地方。而且她经常这样做,所以她没有必要考虑那天夜里会发生什么异常的情况。

或者她只是纯粹出去到街上走走?

对,对,他突然如释重负地想,几乎怀着高兴的心情:她是去外面走走,去考虑什么事情,去清清脑子。她就是这样一个人,干什么事都是随心所欲、自寻烦恼,她可以通宵达旦地在郊外的大街上溜达。为什么不能呢?他们不是在一个公园里认识的吗?难道她不常去公园的那些长椅上坐坐?他们不就是在那样的椅子上第一次相识的?

对,一切都是可能的。

他心情轻松了很多,又往前走了两个街区。但就在这时突然有两件事唤起了他的注意,并开始使他感到不安:费尔南多,这个名字在她的嘴里只说过一次,而且一说出来她好像就感到后悔,还有,当他提到盲人时,她那种激烈的反应。她和盲人之间发生什么事了?是某种重要的事情,这一点毫无疑问,因为当时她好像浑身瘫软了。这个神秘的费尔南多会不会就是那个盲人?不管怎样,这个费尔南多到底是谁?她好像不愿意提到他的名字,她那种小心翼翼的样子就像某些地方的人避讳提到神明的名字一样。

他又痛苦地想,在他们之间横亘着一条万丈暗沟,而且很可能要永远把他们分开。

但是,这时他又怀着重新燃起的希望思忖道,在公园时,她为什么要走到他身边呢?她不是跟他说过她需要他吗?她不是说过他和她之间有某种非常重要的、共通的东西?

他犹豫不决地向前又走了几步,然后他停了下来,盯着脚下的地面,就像询问自己似的自语道:但是她需要我干吗呢?

他感到心里突然泛起一股对亚历杭德拉的强烈爱意。他难过地想到,她绝不会有这种感觉。即使她真的需要他,无论如何也不是怀着他对她的那种情感。

他的脑子里如乱麻一团。

14

  有很多天都没有得到亚历杭德拉的消息。他总在巴拉卡斯的那座房子周围转悠,有好几次他曾从远处盯着栏杆上生锈的铁门看了很久很久。

  在失去了印刷厂的那份工作后,他颓丧的心情达到了极点:一段时间内将不会有活儿,厂里人这样对他说。但是他很清楚,这件事个中另有缘由。

15

他不是有意识地到那儿去的；但是他就在那儿，站在平松大街商店的玻璃橱窗前面，他想自己随时都可能晕倒。**比萨饼、豆面饼**，这几个字好像不是在敲击着他的脑袋，而是直接地敲打着他的肠胃，就像在巴甫洛夫那些狗身上发生的情况一样。如果布西奇在就好了，至少是这样。但他也不敢造次。另外，布西奇可能还逗留在南方，谁知道他什么时候能回来。奇钦在那儿，戴着他那顶帽子，系着他的红背带，而以蒂托之名更为大家熟悉的温贝托·J.达尔坎赫洛，嘴里像叼着烟卷似的衔着根牙签，右手拿一份卷起的《评论报》，就像有人所说的这是他的"特别标记"，因为只有拙劣的造伪者才会企图装扮成一个嘴里不衔牙签、右手不拿一份卷起的《评论报》的温贝托·J.达尔坎赫洛。他的形象有一点飞鸟的味道，尖尖的钩状鼻子，两只小眼睛长在瘦削、扁平的脸的两侧。他一如既往那样，露出一副异常神经质和焦躁不安的样子：不住地剔着牙齿，不停地整理又破又脏的领带，而他那突出的喉结则忽上忽下地不断蠕动。

马丁入迷地盯着他，直到蒂托发现他站在那里并以其万无一失的记忆立刻把他认了出来。蒂托像个交通警似的，用卷起的《评论报》给马丁打了个手势，叫他进去。他让马丁坐下后，给他要了杯葡萄酒加苦啤酒，这时他打开报纸，翻到了体育版，用他那瘦得几乎只有骨骼的手不住地敲打着，并从大理石的小桌上面递给马丁，一面不住地舔动沾在下嘴唇上的牙签，一面说道：您知道为这小子花了多少钱吗？面对这样的问题，马丁就像一个忘了课文的学生，露出一副大吃一惊的脸色；他的嘴唇虽然动了动，但没有能说出一个字。达尔坎赫洛的一双小眼睛向他露出愤怒的闪光，喉结也一动不动地僵在喉咙的中部，他在等待回答。他脸上浮着讥嘲的微笑和苦涩的讥嘲，根据他的经验，他知道无论是小青年还是任何足智多谋的人都不能准确地回答出他的问题。当他的喉结还悬在那儿时，幸好奇钦拿着酒进来了。于是蒂托把那尖尖的脸向他转了过去，并用手背敲着报纸的体育版问道：你，奇钦，告诉我，你说吧，你知道为辛科达这个废物花了多少钱。蒂托说完后开始斟酒，奇钦答道：我能知道什么呢，五百吧，蒂托一听，侧过身子，带着痛苦和几分高兴（因为这表明他，温贝托·J.达尔坎赫洛，是何等正确）笑了起来，接着，像一位教授在做过课堂演示后把仪器收进玻璃橱一样，他又卷起了那份《评论报》，说道：八十万。在一阵长时间的沉默后，他又说道：现在你告诉我，在这个国家里我们是不是都疯了。说完，他的一双眼睛紧紧地盯着奇钦，好似要从他的表情中寻出半点不同意的迹象，有这么几分钟，一切都好像僵化了：达尔坎赫洛的喉结和他那双讥嘲的小眼睛，马丁那凝神专注的表情，头戴便帽、系着红背带的奇钦手里举着的苦艾酒也悬在空中。

这个奇特的镜头也许只持续了一秒钟或两秒钟。蒂托往苦艾酒里加了些冰块，呷了几口，然后也陷入了忧郁的缄默，眼睛望着平松大街，在类似的场合他都是这样：一副恍惚的、在某种意义上完全象征性的眼神，在任何情况下，它都不会迁就外界事物的真实视觉。过了一会儿，他又回到了他喜欢的话题：现在已没有真正的足球可言。对于可以任意买卖的球员还能期待他踢出什么好球呢？他的眼神变得朦朦胧胧，他的记忆又一次把他带入了那个伟大的时代，当时他还是个不大一点的孩子。与此同时，生性腼腆的马丁在闷着头啜饮苦艾酒，他明明知道，两天没有吃饭的情况下喝酒不会对他有好处。这时，温贝托·J.达尔坎赫洛对他说道：必须省吃俭用，小伙子。听我的话。这是生活的唯一法则：攒钱，甚至出卖感情，同时一面整理他的旧领带，一面捋捋他那破大衣的袖子，可这领带和这上衣却表明，他，温贝托·J.达尔坎赫洛，乃是他所宣扬的哲学的严厉否定者。他完全出于好意地劝马丁把苦艾酒喝完，同时又对他讲起了那个伟大的时代，马丁立刻感到他好像在遥远的大海上与他交谈。我在和你谈1915年的事，小伙子，当时我与比森特叔叔一起踢球。那时我们正处于世界大战中，而头昏脑涨、心情颓丧的马丁这时却在想着亚历杭德拉，惦念着她无声无息的消失。在塞格尔和布林部长体育场，一直到1923年我们才改到了布兰森·伊·德尔·克鲁塞罗体育场，唉，奇钦！最初这个队都有哪些人，奇钦一面望着天花板，一面举着酒杯，接着闭了一会儿眼睛并无声地动了动嘴唇（就像一个人在默诵课文似的）之后答道，有德洛桑托、贝尔加拉、塞雷索、普里亚诺、佩内伊、格兰德、法伦加、马尔特多、何塞·法伦加和巴西加卢皮，说完，接着往杯子里倒酒，蒂托连声说，是这样。虽然拉辛队拿走了冠军，这很让人遗憾，但我们已开始显露出我们的实力了，得了个第四。1918年我们取得第三名，1919年我们就大获全胜了。唉，奇钦！你说说，拿冠军的队当时有哪些人？奇钦仰头闭眼朝着天花板想了一会儿答道：奥尔特加、布索、特索列里、洛佩斯、卡纳韦里、哥尔特亚、埃利伊、博索、卡洛米诺、米兰达、马丁。说完，他继续喝杯子里的酒，蒂托下结论说，一点不错。那是个什么样的队啊，小伙子！了不起的特索列里。以后再也没有过，嗳，像阿梅里科·特索列里那样的守门员。这是温贝托·J.达尔坎赫洛跟你说的，他见识过了不起的足球队，说到这里，他整了整领带，愤怒地向外面的平松大街看了一眼；头晕目眩的马丁，好像在幻觉中看见堂潘乔·奥尔莫斯老人在述说军团的事情，看到两只胳膊倚在阳台栏杆上的亚历杭德拉，看到了阿塞韦多指挥官的那颗头颅。我跟你说，佩德罗·莱奥·霍尔纳尔，就是那个有名的卡洛米诺，也是了不起的，他是全国所有球队里跑得最快的人、闻名遐迩的自行车战术的发明者，后来那么多、那么多的人想学他。多伟大的时代，小伙子，多伟大的时代！说完，他把牙签从嘴的左侧舔到右侧，并把目光投向外面的平松大街，而马丁这时在幻觉中却看见亚历杭德拉在睡觉，发现她好像躺在深渊的边缘。但是，达尔坎赫洛说，说句公道话，小伙子，在哪一个队里都有人才，而一个狂热的足球迷、一个盲目的足球迷除了博卡队别的都不认，说句公道话，小伙子，哪一个队里都有人才，博卡队里也有好样的，我们何必要欺骗自己呢。不要到远处去找，那儿就有一个，他就是黑人塞瓦内，有名的昌查·塞瓦内，在连续好几个赛季里他都是红魔队的台柱。我对你说心里话，小伙子，黑人塞瓦内他体现了在这种高尚体育中美洲本土的古典狡猾。他是个久经沙场、聪明过人的角色，是那个时候所有守门员摆脱不了的噩梦。你知道阿梅里科·特索列里是怎样形容他的吗？说他是对手球队里的皇帝。这句话里什么都有了。多明戈·托拉斯科内呢？这位了不起的托拉斯加是业余足球运动里一个顶呱呱的前锋。他是精彩节目的主角，这已在他踢右边锋时得到证明了，改踢中锋后，他开创了阿根廷足球运动史上的一个辉煌的时期。但是……在足球运动里总是有'但是'的，正如已死去的塞内塔说的那样，与托拉斯加同一时期在球场上放射着光彩的是杰出的塞瓦内，就像我跟你说的那样。现在你注意听我要对你说的：足球场上的锋线有相对的两翼。右翼的球是学究式的、游戏性的，左翼则以有实效的进攻和连续突破过人为特点，如果不想玩得那么花哨但是却富有实战效果的话，这样的踢法就会取得积极的结果。总之，小伙子，不管怎么说，足球运动中追求的还是得分。我提醒你，我是属于那种认为球应该踢得能吸引人，让观众感到满意并能获得球迷们感谢的人。但是世界就是这样，最后所有的问题还是进球。为了让你弄清楚两翼的踢法是怎么回事，我来给你讲一件更能说明问题的趣闻。一天下午，在一场球的中间休息期间，昌查跟拉林说：老伙计，把球传给我，我突进去，定能射中。下半场开始了，拉林把球传了过去，真的，黑小子紧紧地控制住了球，随即往前突进，一记劲射，球进了，就像预先说的那样。塞瓦内扬着胳膊朝拉林跑了过去，大声叫着：看到了吧，拉林，看到了吧，拉林答道：对，但我并不开心。你看，如果大家想知道的话，这就是我们足球的所有问题。

他咬着牙签，一副沉思的表情，眼睛望着平松大街。

"多了不起的时代。"他自言自语地咕哝了一句。

他整了整领带，押了押上衣的袖子，又带着一脸痛苦的表情转身看着马丁，就像又要面对严酷的现实似的。他敲了敲报纸说为这个废物花了八十万银圆。世界就是这个样子。他那双小眼睛露着恼怒的闪光，他的手又整了整歪着的领带。接着，用食指垂直地指着，就像是在对那张小桌子讲话，说道：这儿，要让这个国家振作起来，或者你振奋士气，或者所有的球赛都一概完蛋。他扫了一眼慢慢地聚拢来的一些年轻人，但是目光却象征性地望着马丁（这时马丁好像在一个模模糊糊、充满诗意的梦境里看见亚历杭德拉在沉沉入睡），同时又晃了晃卷起的报纸，说：你看看报纸，就会清楚这桩肮脏的交易了。你竟能继续去想入非非或者看那些破书。由于"菜豆"和瘸子打断了他的话问他，你在唠叨什么？达尔坎赫洛讥讽地评论道，图科雷斯科的事情也是扯淡，其他人应声道，咳，报纸也是如此。蒂托又伸出食指指向桌子，重复着那人所熟知的格言进行回答。这儿一切问题都是贪污问题。我提醒你，我不是在说庇隆。因为当我还只是这么大的孩子时，他伸开手比到腿肚的高度，是哪些人在搞诈骗呢？保守党：贪污、盗窃。当我这么大时，他把手往上抬了抬，激进党：贪污、盗窃。后来是胡斯托政府：贪污、盗窃。你们还记得布宜诺斯艾利斯运输公司的那些买卖吗？后来是四眼儿奥尔蒂斯：贪污、盗窃。再后来是1945年的革命。那些丘八们总是说要来清扫这些垃圾，但是，最后还是贪污、盗窃。这时他又整了整领带，用愤怒的目光向平松大街望去；经过短时间（狂怒）的哲学沉思后，说道：你们要学习，做个爱迪生，发明电报机或者给人治病；就像那个大胡子的德国老头儿一样，到非洲去，流大汗，为人类做出点牺牲，看看人们怎么把你钉在十字架上，而另外的人怎么大把大把地捞钱。难道你们不知道，先驱们到最后总是一贫如洗、被人忘得干干净净吗？我呢，你用麻绳绑我我也不去。他又把愤怒的目光投向了平松大街,同时整了整那破旧的领带,抻了抻衣袖,围在那里的一群小伙子有的嘲笑蒂托,有的说道,咳,你也用老调来烦我们,昏昏欲睡的马丁又看见了蜷缩着身子沉睡的亚历杭德拉就在他的眼前,她那张微闭、傲慢、性感的大嘴正在急切地呼吸着。他看见她那闪烁着淡红色光点的乌黑长发撒落在枕头上,从而把她棱角分明的脸衬托得更加鲜明,她脸上的线条和她饱受折磨的精神一样具有同等的严厉、生硬。她的躯体,她那长长的、散发着慵懒缱绻的躯体,她那白衬衫下隐隐若现的胸脯,她那靠着他的颀长、动人的双腿。是的,她在那儿,伸手可及、张嘴可吻,在某种意义上她无一丝防备,但是她何其遥远又何等难以接近!

"永远也无法接近她。"他痛苦地、几乎是叫喊着自言自语道,这时"菜豆"高声嚷道,庇隆干得对,所有这些寡头政客们都应统统吊死在五月广场上。"永远也无法接近。"然而她选择了他,但是,干吗呢?我的上帝,干吗呢?因为他永远也不会知道,这一点他很有把握,她那些最隐蔽的秘密,而当一个小伙子把一个硬币投进自动唱机里,其他人随即唱起《银匠》一歌时,"盲人"和"费尔南多"这两个词又一次出现在他的脑际。这时,达尔坎赫洛突然大叫一声并一手扯住马丁的胳膊,说:

"我们走吧,小伙子。这儿也无法待下去了。这种把你脑子都吵得要炸开的胡闹怎么才能收场。"

16

一阵凉爽的风使马丁的头脑清醒了不少。达尔坎赫洛还在咬嚼着牙签,过了好一会儿才平静了下来。于是他问马丁在哪儿工作。马丁面露愧色地告诉他说失业了。达尔坎赫洛盯了他一眼。

"失业很长时间了吗?"

"是的,有一段时间了。"

"你成家了吗?"

"没有。"

"你住在哪里?"

马丁迟疑了片刻没有回答:他满脸通红,但幸好(他想)是晚上。达尔坎赫洛又注意地看了他一眼。

"实际上。"他咕哝了一句。

"什么?"

"这个……我不得不搬出我的住处……"

"那你现在睡在哪儿?"

马丁觉得无地自容,含含糊糊地说他哪儿都可以睡。为了缓和他的处境,他加了一句:

"总之,现在还不冷。"

蒂托停住脚步,在灯光下仔细打量了他一眼。

"但至少,你不挨饿吧?"

马丁没有答话。于是达尔坎赫洛忍不住说道:

"总该知道你为什么一声不吭吧!我说淘米,你却在剁佐料。真见鬼!"

他把马丁带到一家小餐馆,两个人吃饭的当儿,他思前想后地注视着马丁。

吃完饭，走出餐馆时，他整了整领带，对马丁说：

"放心，小伙子。我们现在去我家里。以后，再看情况。"

两个人走进一个旧马车库，过去它可能为某个绅士之家所有。

"老头子，知道吗？直到十多年前还当马车夫。现在因为有风湿病，不能动弹了。另外，今天谁还去坐马车啊？我老爸也是城市进步的众多牺牲品中的一个。总之，身子骨最重要。"

这是个大杂院和马棚的混合体：在一股浓烈的粪便气味中，四处传来的有叫喊声、交谈声，也有不同频率的电台广播声。在那些古老的车库里有几辆送货车和一辆小卡车。

马蹄敲击地面的声响随时可闻。

两个人往院子的深处走去。

"当我还是孩子时，这儿有三辆马车挺叫人喜欢，那是39号、42号和90号。我老爸赶的是39号。那可是件宝贝。这倒不因为是我老爸赶的，但我可以向你保证，它好似一个受宠爱的小姑娘：我爸给它油漆，给它上光，给它擦得就像街灯一样亮。而现在什么都没有了。"

他给马丁指了指院子深处一辆弃之不用的出租马车的残骸：没有车灯，没有胶轮，裂痕交错，车篷脱落。

"几个月前，这辆车还出去拉客人呢，真可怜。那时是我老爸的一个叫尼科拉的朋友赶这辆车，他已经去世了。这样更好，我跟你说实话，像那个可怜的人那样干活，还不如到坟墓里去。他到宪法街那边去拉客人，进货物。"

他抚摸了一下车子的轱辘。

"他妈的，"他激动地说道，"每年狂欢节，都应该看看巴拉卡斯彩车队里的这辆车子。我老爸戴着礼帽坐在驭手的座位上。我向你保证，小伙子，他的车子一出现就引起轰动。"

马丁问他是不是他一家都住在那儿。

"说什么家不家的，小伙子。住在这儿的就我老爸和我。我妈三年前就去世了。我兄弟阿梅里科住在门多萨,和我一样当油漆匠。另外一个叫巴其查,已经结婚,住在马塔德罗。第三个兄弟叫阿亨蒂诺,大家都习惯叫他蒂诺,是个无政府主义者,1930年时在阿韦利亚内达被杀死了。还有一个兄弟叫奇基廷,甭提了,得肺结核死了。"

他笑了笑。

"你知道吗?当时我们几个看样子都有点像得了肺炎。我看那是油漆里面铅的关系。我的一个姐妹玛法尔达也结婚了,住在阿苏尔。另外一个弟弟安德烈,精神有点毛病,也不知道他到哪儿去了,我想可能在布兰卡港那边。还有一个妹妹叫诺尔玛,我们提她干吗呢。她属于那种整天看广播杂志和电影过日子,并一心想当演员的人。这样,就剩下我老爸和我了。生活就是这么回事,小伙子:干活儿,生孩子,到头来只剩下孤单一人,就像我老爸。幸好我是个有点神经病的人,没有哪个女的肯跟我过日子,要不,谁能保证我不离开这儿,扔下老头儿呢,让他就像条狗一样孤零零地死去。"

两个人走进了屋子。里面搁着两张床,一张是在布兰卡港游荡的那个弟弟睡的,所以,马丁暂时可以住下来。但是达尔坎赫洛先给他看了几件宝贝:一张阿梅里科·特索列里的照片,被用图钉按在墙上,下面还饰以一个银白色的花结,照片上的题词写道:"送给温贝托·J.达尔坎赫洛朋友"。蒂托入神地看着那张照片。随后说道:

"了不起的阿梅里科。"

贴在墙上的还有其他一些照片和从《图片报》上剪下的照片,在这些照片上面,伸展着一面长长的博卡队的队旗。

在一个木箱上,放着一架用发条启动的留声机。

"还能用吗?"马丁问。

达尔坎赫洛定定地看了马丁一眼,露着惊讶而近乎责备的表情。

"现在的唱机没有一台能和它比。"

他走近留声机,用手绢揩擦了一下喇叭上的尘土。

"这机子即使拿银子我也不换。你知道为什么吧，这机子结构非常复杂。这很自然，它的声音就像本人唱的一样。"

他放上了一张唱片，叫《受苦的灵魂》，并上好了弦。喇叭里送出了加德尔的嗓音，在一片杂乱的噪声中，勉强能听得出真正的歌声。蒂托把耳朵靠在喇叭的一侧，边听边感情激动地晃着头，嘴里还不住地低语着：多了不起，小伙子，多了不起。两个人没有再说话。加德尔的歌结束后，马丁看到达尔坎赫洛的眼里闪着泪花。

"他妈的，"他说，同时勉强地笑了一声，"其他那些歌都是臭狗屎。"

他把唱片装进一个补了又补的旧封套里，小心翼翼地放在一堆唱片上，同时问道：

"你喜欢探戈吗，小伙子，唉？"

"对，当然喜欢。"马丁谨慎地答道。

"那太好了。因为现在，我跟你说实话，新的一代已经不知道什么是探戈了。他们就知道狐步舞和所有这些乱七八糟的博莱罗舞曲、伦巴舞曲，所有这些怪里怪气的东西。探戈是严肃的东西、深刻的东西。它能与你的心灵沟通。它让你深思。"

他坐到了床上，在思考着什么。

"但是，"他说，"这一切都过去了。有时候我想，小伙子，这个国家的一切都变了，所有那些好的东西都一去不复返了，譬如探戈。和探戈舞情况一样的是足球、狂欢节、彩车，以及其他许多东西。某些不自量力的人想搞什么新探戈，这些人不值一提。探戈必须是探戈，要么什么也别搞。这些都过去了，小伙子，千真万确。这是让人非常痛心的事，但它确是这样。"

因为他总想做到不偏不倚，所以接着又说道：

"嗯，他们搞的那些也许是有重要意义的音乐，我说不清楚。皮亚斯索拉很有才华，现在这些小伙子搞的东西是有意义的，那是严肃的音乐，就像施特劳斯的华尔兹。我不讨厌。但是探戈，有些人所说的那种探戈，这，小伙子，我向你保证，绝对不是。"

然后，他告诉马丁，他父亲的风湿病挺严重，特别是巴其查的事差点把他气死了。

"知道吗？"他非常难过地解释说，"一天，巴其查对他说要卖掉40号马车，然后用这笔钱和攒的钱与人合买一辆计程车。你可以想象老爷子有多火。他气极了，大骂了他一顿，后来又求他不要卖，但是说什么也没有用，因为巴其查的脾气像大理石一样硬。我向你发誓，如果当时我手里有块砖头，我一定砸到他头上去。说什么都是白费。买了出租车而且开到这里来了，你看多糟糕。老头儿在床上躺了有一个月。到他能起床时，已完全变样了。"

接着，他又说道：

"巴其查不仅达到了他的目的，更糟糕的是他对老爸说，马车已经过时了，必须向真理低头；他说，谁也无法靠那样的破车过活；他说，老爸，你不懂，我们应该适应社会的进步；他说，你不知道世界在前进，而你却死守着这堆破烂，原因就是你要这样做，你喜欢这样做，你不知道人们干事要求速度和效率；他说，世界已经一天比一天走得更快。他话中的每一个字都像刀子一样扎在老爸的心上。"

两个人躺下睡觉。

17

  他白白地等了几天。终于，奇钦向他打了个手势并给了他一封信。他颤抖着手拆开信封，展开信纸。信纸上的字写得挺大，字与字大小不一。而且显得有点神经质。信上简单地告诉他，说在六点钟等他。

  六点还差几分钟，他就来到了公园的长椅上。他心里很不平静，但很高兴。他想，现在将有人听他叙述他的不幸了。这个人，譬如亚历杭德拉，对于他是如此高不可求，这就好比一个叫花子找到了摩根财团的金库。

  他像个孩子似的向她跑去，给她讲了有关印刷厂不再给他活干的事。

  "你曾和我说起一个姓莫利纳里的人，"马丁说，"我想你说过他有家挺大的企业。"

  亚历杭德拉耸起眉毛、抬起眼睛看着小伙子，露出惊奇的神情。

  "莫利纳里？我跟你说过莫利纳里？"

  "对，就在这儿，那次你碰见我睡着了，记得吗？你跟我说：肯定你不是给莫利纳里干活儿，记得吗？"

  "可能说过。"

  "他是你的朋友吗？"

  亚历杭德拉带着嘲讽的微笑看了他一眼。

  "我跟你说过他是我的朋友吗？"

  但是，由于马丁心里抱着很大的希望，所以他没有能看出亚历杭德拉表情里隐藏的含义。

  "你觉得怎样？"他坚持问道，"你认为他会给我一份工作吗？"

  她打量了他一眼，就像医生看着那些应征入伍的新兵一样。

"我会打字,我会起草信函,改印刷厂的清样……"

"一个未来的胜利者,唉?"

马丁脸红到耳根。

"你知道在一家大企业里工作是怎么回事?你有这样的概念吗?你知道那里有上下班的定时计以及其他一些要求吗?"

马丁拿出他白色的小折刀,打开小刀叶,然后又把它合上,一副垂头丧气的样子。

"我没有什么奢求。如果不能在办公室工作,我可以到车间去,或者当小工。"

亚历杭德拉审视着他那破旧的衣服和已经穿破的鞋。

当马丁终于抬起头朝她看去时,看见她眉头紧皱、表情严肃。

"怎么?很困难吗?"

她摇了摇头。

然后,说道:

"行,你别担心,我们一定能找到解决的办法。"

她站了起来。

"来。我们去那边待一会儿,我的胃痛得很厉害。"

"是胃疼吗?"

"对,疼过多次了。一定是胃溃疡。"

两个人一直走到巴西-巴尔卡尔塞酒吧。亚历杭德拉在柜台上要了杯水,并从自己手提包里拿出一个小瓶,向水里倒了几滴药水。

"这是什么药?"

"阿片酊。"

两个人又穿过公园。

"我们去南码头待一会儿。"亚历杭德拉说。

他们沿着海军上将布朗大街往前,走到埃斯皮诺萨主教大街拐弯往下,再经佩德罗·德门多萨街,走到了一艘正在装货的瑞典船边上。

亚历杭德拉坐在一只由瑞典运来的大木箱上,眼睛看着河水,马丁坐在一个矮箱子上,好像他感到自己与那位公主之间的臣属关系。两个人都在望着水流浑浊的大河。

"你看见了吗?我们之间有很多共同点。"她说。

马丁心里想:可能吗?虽然他相信他和她都喜欢观赏江水的流逝,但他也想,这与其他那些把他们分开的深刻事实相比,只不过是微不足道的小事一件,这样的小事谁也不会认真看待,亚历杭德拉本人更是如此,就像——他想——她刚才说这句话时露出的那副笑容:好比这样一些大人物,他们在大街上突然很民主地站到一个工人或保姆的身旁,露着宽厚的笑容与他们拍照。虽然也可能那句话是事实的关键,也可能两个人一道热切地观赏河水的流逝是秘密结盟的一种方式,以便对付比这要重要得多的事情。因为,谁能知道她实际上在想些什么呢?他忧虑不安地看着高踞于上面的她,犹如一个人提心吊胆地盯着自己所喜欢的一位走钢丝者表演险象丛生的节目,但谁也无法助她一臂之力。他看见她坐在那儿,模模糊糊、心绪不安,飒飒的江风掀动着她那平直的黑发,显现着她衣服下尖尖乳房的暗影。他看见她在抽烟,一副神思专注的表情。那片被大风掠过的地区,似乎在忧伤的抚慰下渐趋平静,犹似大风本身已然停息,一片浓重的雾气笼罩在它的上面。

"远走高飞是多么令人神往的事啊,"她突然说道,"离开这个肮脏的城市。"

马丁听见她用无人称的动词说话,心里很难过。

"你要离开这儿?"他小声问道。

她没有看他,好像完全出神似的答道:

"是,我很想离开这儿。到一个遥远的地方去,到一个谁也不认识的地方去。也许去一个岛上,那里应该还有这样的岛屿,我到其中的一个上面去。"

马丁低下了头,开始用他的小折刀刻他坐的木箱,一边刻,一边看 THIS SIDE UP① 这一行字。亚历杭德拉向他望去,盯着他看了几分钟后问他,是不是发生了点什么事情。专心致意地刻着木箱并看着 THIS SIDE UP 这几个字的马丁答道,他什么事也没有,但亚历杭德拉陷入了沉思。有好长一段时间,两个人谁也没有再说话,这时,天开始慢慢变黑,码头上也逐渐趋于宁静:装卸机已停止了工作,码头工人开始往各自的家走去或者到巴霍的酒吧去。

"我们到莫斯科酒吧去。"亚历杭德拉建议道。

"去莫斯科酒吧?"

"对,在独立大街上。"

"那不太贵吗?"

亚历杭德拉笑了笑。

"那是个小酒馆,伙计。另外,巴尼亚是我的朋友。"

酒吧的门关着。

"没有人。"马丁说。

"闭嘴。"亚历杭德拉一面说,一面敲门。

过了一会儿,一个穿衬衫的男人给他们开了门:平直雪白的头发,宽厚友善的面孔,优雅而伤感的微笑。由于眼睛附近神经性的抽搐,他的面颊不住地颤动。

"伊万·佩特罗维奇。"亚历杭德拉一面打招呼,一面向他伸出了手。

这个人把她的手拿到嘴唇边,并稍微低了低头。

三个人都挨着一扇朝向哥伦布大道的窗子坐下。钱柜附近点着一盏小油灯,勉强给屋子里洒上了少许亮光,看钱柜的是个斯拉夫女人,

---

① 英语,意为"请勿倒置",直译为"这面向上"。

长得又矮又胖,她在啜着马黛茶。

"我这儿有波兰的伏特加,"巴尼亚说,"来了一条波兰船,昨天刚给我送来。"

他走开后,亚历杭德拉对马丁说:

"他是个非常好的人,但这个胖女人,"她朝钱柜那边打了个手势,"这个胖女人心很毒。她在想方设法让当局把巴尼亚关起来,以便她独占这一切。"

"巴尼亚?你不是叫他伊万·佩特罗维奇吗?"

"你太迟钝了。巴尼亚是伊万的昵称。大家都叫他巴尼亚,但是我叫他伊万·佩特罗维奇,这样他会感到如在俄罗斯一样。还有我喜欢这样叫他。"

"为什么要把他关到疯人院去?"

"他有吗啡瘾,而且经常发作。胖女人想借机捞一把。"

他拿来伏特加,一面给他们斟酒一面说:

"现在唱机挺好使。我有勃拉姆斯小提琴协奏曲的唱片,你们愿意听吗?的的确确的海菲兹①。"

他离开后,亚历杭德拉议论道:

"看到了吗?是个极其豪爽的人。他曾是哥伦布大剧院的小提琴手,而现在真不忍心看他演奏。正因为这样,他请你听海菲兹演奏的小提琴协奏曲。"

她给马丁指了指墙上的一些画:几个哥萨克人骑马奔进一个村庄,几座饰以金色屋顶的拜占庭式教堂,一群吉卜赛人。所有这些都透露出生活的动荡和艰辛。

"有时候我觉得他愿意回俄罗斯去。有一天,他对我说:总的来说,你不认为斯大林是个伟大的人物吗?他还说,在某种意义上他是

---

① 海菲兹(1901—1987),著名的立陶宛出生的美籍小提琴家。

个新彼得大帝，而且归根到底，他追求的是俄国的国威。这些话他都是一面不时看一眼胖女人一面小声说出来的。我看她会从他嘴唇的动作猜出他在说什么。"

好像是不愿意打扰这两个青年人，巴尼亚从远处向他们打了几个意味深长的手势，指了指配好的鸡尾酒，似乎是在说配得不错。亚历杭德拉一面微笑表示赞许，一面对马丁说：

"世界是个垃圾堆。"

马丁反驳说：

"不对，亚历杭德拉！世界上有很多美好的东西！"

她看了马丁一眼，也许在考虑他贫困的处境、他的母亲、他的孤独：他还能在这个世界上找到十分美好的东西！一丝讥讽的微笑取代了她原先的温柔，就像一种酸液洒在娇嫩的皮肤上，不禁使她的表情收缩起来。

"哪一些？"

"很多，亚历杭德拉！"马丁大声说道，一面把他紧握着的她的一只手放在胸前。

"这音乐……像巴尼亚这样的人…而且特别是你，亚历杭德拉……你……"

"真的，我将不得不认为你还是个稚气未消的孩子，傻瓜蛋一个。"

她愣了一会神，喝了点伏特加，又说道：

"对，当然，当然你说得有道理。世界上有美好的东西……当然有……"

于是，她朝他转过身，痛苦地说道：

"但是我，马丁，我是一堆垃圾。你懂我的话吗？不要对我心存幻想。"

马丁用双手紧紧地抓住了她的一只手，把它移到嘴唇边热烈地吻着，不停地吻着。

"不，亚历杭德拉！为什么你说这样难听的话！我知道你不是这样的人！你说的所有那些有关巴尼亚的话和我听到的你讲的其他很多事情都表明你不是这样的人！"

他的眼眶里充满了泪水。

"好吧，行了，犯不着这样子。"亚历杭德拉说。

马丁把头靠在亚历杭德拉胸前，他什么都不在乎了。透过窗户，可以看到夜幕如何在往布宜诺斯艾利斯降落，置身于这个无情城市的隐蔽角落里，这更增加了他有如身处避风港的感觉。一个他从没有向任何人提出过的问题（他能向谁提出这样的问题呢）在脑子里浮现了出来，它就像一个尚未被人触摸过的银币那样，缘线清晰，闪闪发光，无数双不知名的脏手还没有磨去它的光泽，还没有损坏它的边缘，还没有使它堕落。

"你爱我吗？"

亚历杭德拉好像稍微迟疑了一下，但还是答道：

"是，我爱你。我很爱你。"

如同使了魔术似的，马丁感到自己离开了严酷的外界现实，就像发生在剧场里的情况一样（数年后，他这样想），当我们沉浸在舞台上的世界里的同时，日常生活中的辛酸苦楚却等候在外面，一旦脚灯熄灭、魔力消失就必然要碰得我们鼻青脸肿。于是，仿佛在剧场里一样，某些时候，外部世界是能够来到他的身边的，虽然已经淡化成了遥远的声响（一声汽笛、卖报人的一声吆喝、交通警察的一声口哨），通过同样的方式，还有些东西深入他的内心，如不安的低语、细小的事情、一些搅乱和撕裂魔术的语句：她在码头上所讲的，而且将他可怕地排除在外的那些话["（我很想）离开这个肮脏的城市"]和她刚刚说的那句话（"我是一堆垃圾，不要对我心存幻想"），这些话犹如一阵阵轻微、无声的疼痛震颤着他的灵魂，当他把头靠在亚历杭德拉胸前，沉浸于当时的巨大幸福的同时,这些话在他心灵更深、更险的区域如蚁群爬动,并与其他一些神秘莫测的话窃窃私语:盲人、费尔南多、莫利纳里。"但是没有关系,"他固执地自语着,"没有关系。"他把头紧靠着她温热的胸脯,同时温存地抚摸着她的双手,好像要以这种方式来确保魔术的存在。

"但是你有多爱我?"马丁像孩子样地问。

"我已经跟你说过,我很爱你。"

然而她说出的话好像缥缈无声似的,他仰起头注视着她,看见她好像神思恍惚,她的注意力此刻不在他们之间的关系上,而是在遥远而陌生地方的某件事情上。

"你在想什么?"

她没有回答,好像没有听见似的。

于是,马丁又重问了一遍,紧握了一下她的胳膊,好像要让她回到现实里来。

这时她说,她没有想什么,没有想什么具体的事情。

以后,将有很多次马丁会感到这种疏远:她睁着两眼甚至手里干着事情,但是心不在焉,好像有种来自遥远地方的力量在操纵着她。

突然,亚历杭德拉眼睛盯着巴尼亚,说:

"我喜欢经受失败的人。你不是这样吗?"

马丁开始思索她这种奇特的说法。

"成功,"她继续说,"总是带有粗俗和可怕的成分。"

她沉默了一会儿后,又补充道:

"如果大家都成功的话,这个国家将会是什么样子!我连想都不愿想这些。有那么多人的失败才稍稍拯救了我们。你饿了吗?"

"饿了。"

他起身去跟巴尼亚说吃饭的事。回来时,他满脸通红地对亚历杭德拉说他没有钱。她一听乐得直笑。她打开手提包,拿出二百比索。

"拿着,你以后要花钱时,就跟我说。"

马丁羞愧万分,想拒绝她的赠予,于是,她惊讶地盯了他一眼。

"你疯了?或者你也是那种认为不应该接受女人的钱的资产阶级少爷?"

吃过饭后,两个人往巴拉卡斯走去。穿过笼着寂静的莱萨玛公园后,他们又顺着埃尔南达里亚斯大街继续向前。

"你知道巴塔哥尼亚魔城的历史吗?"亚历杭德拉问。

"知道一点,零零碎碎。"

"哪一天我给你看几份材料,它们还放在指挥官的皮箱里。那是有关这一位的材料。"

"有关这一位?谁?"

亚历杭德拉指了指街上的路标。

"关于埃尔南达里亚斯。"

"在你家里?这是怎么回事?"

"材料,街道的名字。这是唯一陆陆续续留给我们的东西。埃尔南达里亚斯是阿塞韦多家的先祖。1550 年他出发去寻找魔城。"

两个人默默地走了一段路,亚历杭德拉朗诵道:

> 布宜诺斯艾利斯就在那里。
> 时间给人们带来爱情或金钱。
> 但它留给我的只是一束枯萎的玫瑰。
> 这些盘根错节的街道,
> 重复着我们家族先人的大名:
> 拉普里达、卡夫雷拉、索莱尔、苏亚雷斯……
> 回荡在这些名字里的
> 是已经成为秘密的那遥远过去:
> 起床号、共和国、战马、清晨、

胜利的喜悦、军火的牺牲……

她又默默地走过了几个街区。后来突然问道：
"你听到钟声了吗？"
马丁侧耳细听，说没有听见。
"钟声怎么啦？"他不解地问道。
"没有什么，有时候我听到的钟声确实存在，有时候听到的钟声又是虚幻的。"
她笑了一声，又补充道：
"说到教堂，昨天夜里我做了个奇怪的梦。当时我在一个大教堂里，里面几乎一片漆黑，我不得不小心翼翼地往前挪动脚步，以免撞倒前面的人。我觉得（因为什么也看不见）教堂里挤满了人。费了很大劲儿才挤到了在讲道台上布道的神甫身边。我听不懂他在说些什么，虽然我站的地方离他很近，而且更糟糕的是我敢肯定他是在对我讲话。我听到的是种分辨不清的嗡嗡声，犹如听着通话性能不好的电话一样，这使我挺苦恼。我使劲睁大眼睛，以便至少看看他说话的表情。令人害怕的是我看见他没有脸，他的脸是个平面，头上没有长头发。就在这时，钟声响了，开始，节奏缓慢，过了一会儿，越来越快，最后像发疯似的回响着，直到把我吵醒了。另外，奇怪的是，我在梦里曾捂住耳朵说了一句话，好像那就是令人害怕的原因似的：是圣露西娅教堂的钟声，我小时候去过那儿！"
说完，她就陷入了沉思。
"我问自己这可能意味着什么，"过了一会儿她说，"你不相信梦的含义吗？"
"你想说精神分析的事吗？"
"不，不。嗯，也是，为什么不是呢？但梦是神秘的，数千年来，人类一直在给睡梦赋予含义。"

她笑了一下，和刚才那奇异的笑声一样：它不是健康的笑声，也不是平静的笑声，而是一种不安的、痛苦的笑声。

"我经常做梦。梦见大火、飞鸟，梦见自己陷进沼泽里，或者梦见撕裂我的金钱豹和缠在身上的毒蛇。但最多的是大火。总之，每一次梦里都有火。你不认为火有点神秘而神圣的意思吗？"

两个人快走到亚历杭德拉的家了。马丁从老远的地方就看到了那座大房子和它上面的那个望楼，它乃是一个已不复存在的世界的虚幻遗迹。

他们穿过花园，沿着墙脚往前走去：传来疯子胡乱吹奏单簧管的断断续续的响声。

"他总是这样吹吗？"马丁问。

"差不多。最终，你会习惯的。"

"你知道吗？那一天夜里当我出来时，我看到了他。他在门外面听里面的人说话。"

"对，他有这习惯。"

两个人沿着旋梯一级一级往上攀登，马丁重又感到了夏夜里那阳台的魔力。在那种好像被置于时间与空间之外的气氛里，什么事情都是可能发生的。

两个人走进了望楼。亚历杭德拉说：

"你坐床上吧。你是知道的，这儿的椅子经不住坐。"

马丁坐下的当儿，她扔下了手提包准备烧开水。接着在唱机上放上一张唱片：一缕充满激情的手风琴声开始慢慢形成一首色彩忧郁的曲调。

"你听，多美的歌词。"

> 我愿与你共赴黄泉，
> 没有忏悔也没有上帝，

> 我在痛苦中永别人世，
> 就像拥抱着终身的怨恨。

喝过咖啡后，两个人走上阳台，俯在栏杆上小憩。楼下，传来了单簧管的声音。夜，深邃而温暖。

"布鲁诺总是说，不幸的是我们把生命当成可以涂改的草稿。一个作家可以重新修改一篇有欠缺的作品或者把它扔进字纸篓里。生命，可不能这样：已经过去的岁月是无法收拾安排的，既不能洗刷它，也不能扔掉它。你意识到这是何等可怕了吗？"

"布鲁诺是谁？"

"一个朋友。"

"他是干什么的？"

"什么工作也没有，是个爱思考的人，虽然他说只是个丧失意志力的人。总之，我看他是个写东西的人。但他从没有向任何人透露过他写的东西，我相信他也绝不会把它们发表出来。"

"他靠什么生活？"

"他父亲在卡皮坦·奥尔莫斯镇有一家面粉厂。我们是在那里认识的，他是我母亲的好朋友。我觉得，"她笑着又加了一句，"他当时爱上了我母亲。"

"你母亲是个什么样子的人？"

"据说和我一模一样，我是说外形长得和我一样。我勉强能记起她。你想想，她去世时我才五岁。她叫赫奥希娜。"

"为什么你说长得和你相像？"

"因为在精神上我跟她完全不同。据布鲁诺说，她性格温和，柔顺、脆弱、安详。"

"而你，你像谁呢？像你父亲？"

亚历杭德拉一下沉默不语了。然后，她挣开了马丁，改换了声

音,沙哑、刺耳地说道:

"我?不知道……也许是那些侍候撒旦的小魔鬼之一的化身。"

说完,她解开了上衣最上面的两粒纽扣,一手抓住一边的小翻领不住扇动,好像要呼吸新鲜空气似的。她急切地呼吸着,接着又走近窗口,深深地吸了好几次,直到好像平静下来后才不再大口呼吸。

"是个玩笑。"她一面说,一面像往常那样往床沿上一坐,并在身边给马丁留了个空儿。

"把灯灭了。有时候灯光非常惹我讨厌,我的眼睛灼得难受。"

"你要我走吗?你想睡觉?"马丁问。

"不,我睡不着。如果你这样待在这儿不厌烦的话,就别走。"

"我看我最好还是走,让你休息休息。"

亚历杭德拉用有些生气的声音答道:

"你没有发觉我愿意你留下来吗?把蜡烛也熄了。"

马丁吹灭了蜡烛,又返身坐在亚历杭德拉的身旁,但心里充满了不安、困惑和胆怯:亚历杭德拉为什么需要他?与她相反,他认为自己是一个笨拙且多余的人,他唯一能做的就是钦佩她。听她讲话。而她则是个坚强的人,强大的人,他能给她什么样的帮助呢?

"你在咕哝什么?"亚历杭德拉边问边扯了扯他的胳膊,好似要把他唤回到现实里来。

"咕哝什么?什么也没有。"

"行,在想什么吧。你一定在想某件事,傻瓜。"

马丁不愿说出他想的事情,但他猜想,就像以往那样,她一定猜出了他内心的活动。

"我在想……你为什么需要我?"

"为什么不能需要你?"

"我是个微不足道的人……相反,你是个坚强的人,你有明确的想法,你无所畏惧……如果在一个吃人的生番部落里,你可以单枪匹马地保护自己。"

他听到了她的笑声。过了一会儿,亚历杭德拉说:

"这些我自己倒不知道。我寻找你是因为我需要你,因为你……总而言之,我们何必为这个问题去伤脑筋呢?"

"然而,"马丁带着痛苦的语气答道,"就是今天,在码头上,你说你很想到一个遥远的孤岛上去,你不是这样说过吗?"

"那又怎么样?"

"你说你一个人去,而不是我们去。"

亚历杭德拉又笑了起来。

马丁握住了她一只手,迫不及待地问道:

"你会跟我一道去吗?".

亚历杭德拉好像在思索:马丁无法看出她脸上神情的变化。

"行……我想可以……但是我看不出为什么这种前景会使你高兴。"

"为什么不呢?"马丁痛苦地问。

她一本正经地说:

"因为谁在我身边我都忍受不了,因为我可能给你以严重的伤害。"

"是因为不爱我?"

"唉,马丁……我们别以这样的问题来开始……"

"那么,是因为你不爱我。"

"傻瓜,爱你。正是因为爱你,我才可能伤害你,不懂我的意思吗?一个人不会伤害一个让他无动于衷的人。但是'爱'这个字,马丁,含义是这样广……爱一位情人,爱一条狗,爱一个朋友……"

"我呢?"马丁声音颤抖地问,"我是你的什么人?"

"我已经对你说了我需要你,这还不够吗?"

马丁一声没有吭,那些一直在远处转悠的幻影,嘲讽地走到了跟前:费尔南多这个字,您永远记住我是一堆垃圾这句话,那天夜里她第一次从房间里失踪。他忧伤而痛苦地想:"绝不够,绝不够。"他的两眼充满了泪水,向前微低着脑袋,好像这些想法的重负压得他抬不起头。

亚历杭德拉抬起手用指尖抚摸一下他的眼睛。

"我早就估计到了。到这儿来。"

她用一只胳膊把他紧紧箍在身边。

"来,看您是不是听话,"她说,就像和孩子讲话一样,"我已经对您说过我需要您、我很爱您。您还要什么呢?"

她把嘴唇凑近他的面颊,吻了他一下。马丁感到全身一阵震颤。

他用力抱住亚历杭德拉,感到她温热的身子贴在自己的身上,犹如一种不可战胜的力量驾驭着他似的,他开始吻她的脸、她的眼睛、她的面颊、她的头发,甚至寻找起他觉得就在嘴边的她那张丰满的大嘴。有那么短暂的一瞬,他感到亚历杭德拉在回避他的吻:她的整个身子好像突然僵硬了,她的胳膊有一个拒绝他的动作。接着,整个身体软化了,似乎有种疯狂占据了她。于是,出现了一件令马丁甚为惊骇的事情:她的两只手如同鹰爪一样紧抓着他的胳膊,掐破了他的皮肤,与此同时,她一手把他推开,并且坐了起来。

"不!"她嚷道,同时站起来往窗口走去。

马丁被吓住了,没有敢走近她身边,只见她头发凌乱,大口大口地吸着夜的空气,好像心里憋闷异常似的,她的胸口在激烈起伏,两手扶着窗台,胳膊的肌肉绷得紧紧的。接着她猛地使劲撕开了上衣,纽扣都被扯掉了,然后僵直地倒在地上。她的脸色慢慢发青,而且整个身子突然颤抖了起来。

马丁大惊失色,不知道如何是好,不知道该怎么办。当看到她往地上倒去时,他立即跑过去把她抱在怀里,并设法让她平静下来。但是亚历杭德拉什么也听不见,什么也看不见,她只是不住地扭动身子,不住地哼唧，并张着失神的眼睛。马丁想，唯一的办法就是把她抱上床去。抱到床上后，他才松了一口气，因为亚历杭德拉逐渐平静了，呻吟的声音越来越微弱了。

马丁坐在床边上，心里又乱又怕，亚历杭德拉那敞开的上衣露出的乳房就在他的眼前。有那么短暂的一瞬，他想在某种程度上，他，马丁，对于这个备受折磨、十分痛苦的人确实是不可缺少的。于是他掩上了亚历杭德拉胸口敞开的上衣，静静地等待着。她的呼吸慢慢变得有节奏了，并渐渐趋于正常，两只眼睛也闭上了，好像睡着了。就这样过了一个多小时。直到最后她睁开了眼睛盯着他，求他拿点水来。他用一只胳膊抱起亚历杭德拉，另一只手端着水让她喝。

"把灯关了。"她说。

马丁灭了灯，又坐到了她的身边。

"马丁，"她声音微弱地说，"我非常、非常累，我想睡觉，但是你别走。你可以睡在这儿，就躺在我身边。"

马丁脱去了鞋，在亚历杭德拉身旁躺下。

"你是个圣徒。"她说，一面挨着马丁蜷曲起身子。

马丁感觉得到她如何一下就睡着了，而他自己却试图理顺那乱成一团的思绪。但是，他的脑子如此错杂、零乱，结果他的那些推理都成了互相矛盾的理由，以致最后他竟被一股不可抗拒的睡意和待在自己所爱女性身边的那种甜蜜感觉所征服了。

但是，某种东西使他不能入睡，慢慢地他感受到了痛苦的折磨。

就像王子——他这样想——在走遍了广阔、荒凉的地区后，终于发现了面前有座岩洞，她由龙守护着就睡卧在那里。更令人意外的是，他发觉好像龙并不似幼儿神话里所想象的那样，凶神恶煞般地守卫在她的身旁，而是——这更令人烦恼——在她自己的躯体里面：就像是位蛟龙公主，一个无法分辨、贞洁无瑕、冒着火焰的怪物，一个既纯洁天真、又令人厌恶的妖魔，就像一位盛装打扮的美丽纯洁的少女在噩梦中发现自己成了毒蛇或蝙蝠。

好像从蛟龙公主的岩洞里刮出来的一股神秘的风搅动着他的灵魂，撕扯着他的灵魂，他的思绪全被扯断了，搅混了，而他的躯体则在一团复杂感觉的刺激下不住地颤抖。他母亲（他这样想），他那污秽、肉欲的母亲，那滚热、潮湿的厕所，那一堆暗黑的头发和气味，那令人掩鼻的温热的嘴唇和皮肤的粪便。但是他（试图理顺自己乱成一团的思绪），但是他早就把爱情分为肮脏的肉欲之爱与纯情之爱，把爱情分为纯情之爱与应该拒绝的下流性爱，虽然（或是因为）他的本能这么多次抗拒他的意志，并为这种反叛而毛骨悚然，这恐惧与他突然发现自己脸上竟有他那肉欲母亲的特征时感到的惊恐一样强烈。仿佛他那无情无义、卑鄙下贱的母亲竟能越过他为保卫自己的塔楼而每天拼死拼活地挖掘的壕沟，这条冷酷无情的毒蛇，像个散发恶臭的幽灵，每天夜里都要爬上塔楼，为了保卫自己，他便向她挥舞起锋利、无瑕的宝剑。我的上帝，跟亚历杭德拉发生什么事了？是什么含糊不清的感情这时搅乱了他的防卫？突然，肉体的爱在他眼中变为精神之爱，而他对亚历杭德拉的爱变成了肉体的爱，变成了对她肌肤的热望，对她蛟龙公主的阴暗、潮湿的岩洞的企求。但是，上帝、上帝，为什么她好像用挟着烈焰的风和受伤之龙的怒吼在守卫着那个岩洞？"我不应该想。"他自语道，一面两手紧按太阳穴，同时竭力想保持着屏住呼吸的姿态。有一刹那时间，他紧张的大脑里一片空白。过了一会儿，当他的脑子已清朗如洗时，他清醒而痛苦地思忖但是跟马科斯·莫利纳在那里的海滩上，不是这样，因为她想他或者要他，并发疯似的吻了他，所以她拒绝的是他，是马丁。他的神经稍微松弛了些，岩洞里的那股风又以暴风雨的狂怒扫过他的灵魂，这时他感到她在他身边不安地辗转反侧、低声呻吟，含含糊糊地咕哝着一些无法辨清的字眼。"我睡觉老是做噩梦。"她曾这样说过。

马丁坐在床沿上，眼睛盯着她：月光下可以看出，由于另一种风暴，由于她内心的风暴，她的脸部在不安地颤动，但是马丁将永远无法弄清这种风暴。就像在粪便和污泥中间，就像在阴森的黑暗之中，有一株洁白而娇艳的玫瑰。在这一切中最令人惊讶的是他竟爱上了这个模棱两可的怪物：蛟龙公主、污泥玫瑰、蝙蝠女孩，爱上这个在他身旁且挨着他的肌肤战栗的贞洁、热烈甚至堕落的女人，但谁也不知道她由于什么可怕的噩梦而颤抖。最令人痛苦的是在他这样接受了她后，是她好像不愿意接受他：就像那个穿着白色衣裙的小女孩（她站在泥巴中，周围飞舞着一群群黏不拉几、其脏无比的夜蝙蝠）呻吟着求他帮助，但同时又以激烈的表情拒绝他的出现，要他离开那个阴森可怕的地方。对：公主呻吟着、战栗着。她从黑暗中的荒凉地区呼喊着他，呼喊着马丁。但是他，一个可怜的、手足无措的小伙子，无法到达她所在的地方，因为他们之间横亘着不可逾越的深渊。

这样，他唯一能做的便是从这里痛苦地望着她、等下去。

"不，不！"亚历杭德拉伸出手大喊着，好像是拒绝什么东西。直到她醒了过来并重复了马丁第一次夜里在她卧室里曾见过的那个场面：他安慰她，喊她的名字，她则失神地从充斥着蝙蝠和蛛网的深渊里慢慢地浮现出来。

亚历杭德拉头倚着膝盖、弓着背坐在床上，慢慢地苏醒了过来。过了一会儿，她瞧了马丁一眼，说道：

"我希望你已经习惯这种场面了。"

马丁想用手抚摸一下她的脸代替回答。

"你别碰我！"她大声叫道，同时往后缩了一缩身子。

她站起来说道：

"我去洗个澡就回来。"

"你怎么洗这么长时间？"当他终于看见她出来时问道。

"身上很脏。"

她点燃一支烟，然后在他的身边躺下。

"我不是开玩笑,傻瓜,我说的是真的。"

马丁一言未答:他心里的疑问、他那乱成一团的思想和感情把他的神志都搞麻木了。他皱着眉头,看着天花板,试图理出个头绪来。

"你在想什么?"

"我什么也不知道……自从认识你以来,我的思想、我的感情一直乱糟糟的……我时时刻刻感到手足无措……就说现在,当你醒来时,当我想抚摸你时……在你睡着之前……当……"

他又陷入了沉默,亚历杭德拉也没有说一句话。两个人一声不响地待了好长一会儿。

只听见亚历杭德拉急切地、深深地抽烟的声音。

"你什么也不说。"马丁苦恼地说。

"我已经回答你说我爱你,我非常爱你。"

"你刚才做什么梦了?"马丁神色黯然地问。

"你干吗要知道它?没有必要。"

"你看见了吧,你心里有一个我不了解的世界,你怎么能说你爱我呢?"

"我爱你,马丁。"

"咳……你像爱小孩一样爱我。"

她没有说话。

"你看见了吧,"马丁痛苦地说,"你看见了吧!"

"不是,傻瓜,不是……我在想……我自己也说不清楚……但是,我爱你,我需要你,这一点我可以肯定……"

"你不让我吻你。你甚至不许我碰你一下,就是刚才。"

"我的上帝!你没看见我病了吗?你没看见我有多难受?你不知道我刚才做的噩梦有多可怕……"

"所以你洗澡了?"马丁讥讽地诘问。

"对，是因为做噩梦才洗澡的。"

"可以用水洗去噩梦？"

"是的，马丁，用水，再加点清洁剂。"

"我不觉得我说的这些话有什么好笑。"

"我没有笑你，小家伙。也许我是讥笑自己，讥笑我想用水和肥皂来清洗灵魂的荒唐想法。你没有看见我如何发疯似的搓洗我的身子！"

"这是异想天开。"

"当然了。"

亚历杭德拉欠起身，在床头柜上的烟灰缸里掐灭了烟头，然后又躺了下来。

"亚历杭德拉，我是个毫无经验的人。甚至可能你以为我脑子有些迟钝。虽然这样，我还是问自己：既然你讨厌我碰你，讨厌我吻你嘴唇，那为什么你要我睡在这儿，跟你睡在一起？我觉得这是场恶作剧。或者是另一次试验，就像你跟马科斯·莫利纳做过的那样？"

"不，马丁，绝不是任何试验。马科斯·莫利纳这个人我不喜欢，现在我已看清楚了。与你我之间的情况不一样。很奇怪，我自己也说不清楚：有时候我需要你立刻就在我的身边，靠着我，感受到你身子挨着我的温热和你手的接触。"

"但是不能真正吻你。"

亚历杭德拉迟疑了一会儿才继续说了下去。

"你瞧，马丁，我心里有很多事情……你瞧，我不知道……也许是因为我太爱你。你听懂我的意思了吗？"

"不懂。"

"对，当然……我自己也说不很清楚。"

"我永远也不能吻你，永远也不能碰你的身子？"马丁几乎用滑稽而幼稚的痛苦表情问道。

马丁看见她双手使劲地捂着面孔，好像太阳穴痛得她难受似的。接着，她点燃一支烟，一句话也没有讲，走到窗口，她就这样站在那儿，直到抽完了烟。最后，她朝床边走来，又坐在了铺上，她神情庄重地盯着马丁看了好一会儿，开始脱身上的衣服。

马丁几乎吓蒙了，就像一个人出席一个长期渴求的仪式，而当仪式举行时，他却知道了仪式的阴森可怖。马丁看见她的肉体如何慢慢地在黑暗中显露出来，月光映照着她的身影，她已经站在那儿，他凝视着她那用一只胳膊就可以环抱的纤细腰身，她那宽宽的臀部，她那不住颤动的高高乳房，她那撒落在肩上的平直的长发。她的脸色严峻，几乎带着悲剧性的色彩，好像一种冷漠的绝望，一种紧张的、导电的绝望注满了她脸部的神经末梢。

这时发生了一件少见的事情：马丁的眼里充满了泪水，他的皮肤像发高烧似的震颤。他看她酷似一个古希腊的两耳细颈小底瓶，一个血肉做成的、古老、高挑、优美、颤动的两耳细颈小底瓶。在马丁看来，这血肉与一种渴求交往的热望微妙地交织在一起，因为，正如布鲁诺所说，这是精神的一种不幸的易变性，但它也是精神的最深刻的敏锐性之一，即只有借助于肉体，精神才可能存在。

对于马丁来说，外部世界早已不复存在，而现在，魔术的怪圈令人眩晕地将他隔绝于那座可怕的城市，隔绝于他的贫困和难堪，隔绝于千百万说话、受苦、争吵、仇恨、吃饭的男女和孩子。由于神奇的爱情力量，所有那一切都消失了，唯有在他身边等候的亚历杭德拉的肉体，某个时候这个躯体将会死去，将会腐烂，但是现在，它是不死的，它是不腐烂的，好像栖身于它里面的精神传给它的肌肉以永生的特性。他心脏的跳动向他马丁表明，他的心脏在攀上一个过去从没有达到过的高度。高峰上面空气无比纯净而稀薄，这是一座也许被带电的大气层包围着的高山，它与黑暗阴森、散发着恶臭的泥潭有天壤之隔的距离，在那片沼泽里，他曾听到过畸形、肮脏的牲畜搅动泥水的响声。
　　而布鲁诺（当然，不是马丁），布鲁诺想，在那一时刻，亚历杭德拉发出了一声默默的然而动人的哀求，也许是悲剧性的哀求。
　　而也是他，布鲁诺，后来将会想，她讲的那句话没有被理会。

18

当马丁醒来时,灿烂的曙光已照进了房间。

亚历杭德拉不在他身边。他不安地坐了起来,这时他才发现她倚着窗台,两眼望着外面,脸上一副沉思的表情。

"亚历杭德拉。"马丁充满爱意地叫了她一声。

她转过身,带着一种好像透露出几分凄楚、忧虑的神色。

她走到床边,在床上坐下。

"你起来很长时间了?"

"一会儿。我一夜要起来很多次。"

"昨天夜里你也起来过?"马丁惊讶地问。

"当然了。"

"我怎么没有听见你起床的声音?"

亚历杭德拉低下头,避开了马丁的目光,同时皱了皱眉头,好像要强调她内心的忧虑。她想说点什么,但最后什么也没有说。

马丁伤心地看着她,虽然他不能确切地了解她忧伤的原因,但是他觉得听到了她遥远的声音,她模糊的、难以分辨的声音。

"亚历杭德拉……"他热切地盯着她说,"你……"

她向马丁转过身,露出捉摸不透的表情。

"我怎么啊?"

她没有等马丁说出那无任何意义的回答,就走近床头柜拿了一支烟,接着又回到窗口跟前。

马丁焦急地盯着她,生怕像在童话故事里说的那样,夜里魔术般地造起的宫殿,天一亮就悄无声息地消失了。某种说不准确的迹象提醒他,他所惧怕的那个脾气生硬的人即将出现在他的眼前。过了一会儿,当亚历杭德拉向他转过身时,他知道迷人的宫殿已经荡然无存了。

"马丁,我已经跟你说过,我是一堆垃圾,你别忘记,我已经提醒过你。"

稍过片刻,她又转过身朝外面望去,继续默默地抽烟。

马丁觉得自己很可笑。一看到她露出了严厉的脸色,他就用床单蒙住了头,接着又想应在她回过身来看他之前把衣服穿上。他竭力不弄出声响,先坐在床沿上,然后开始穿衣服,但眼睛却盯着窗子,生怕亚历杭德拉转过身来。衣服穿好后,他就在那儿等着。

"穿好了吗?"她问,好像完全知道刚才这会儿马丁在做什么。

"穿好了。"

"行了,让我一个人单独待在这里。"

19

那天夜里马丁做了这样一个梦：在一群人中间，一个乞丐朝他走来，但乞丐的面孔怎么也看不清楚。乞丐把从肩上拿下的小包袱往地上一放，解开打着的结，摊开包袱，把里面的东西都亮在马丁眼前。接着抬起眼睛，叽里咕噜地说了几句话，马丁一点也没有听懂。

这个梦本身没有一点可怕的地方：乞丐是一个普通的乞丐，他的举动也没有特别之处。然而马丁醒来时很烦恼，这好像是个悲剧性的象征，象征着一件他无法理解的事情；又像是一封生死攸关的信，但是打开信后，他看见信纸上的那些字，由于时间、潮湿、折痕的作弄，已经模糊不清、歪曲变形、无法辨认。

20

数年后，马丁一直试图找出他与亚历杭德拉之间关系的症结，在向布鲁诺谈及的事情中，他曾说尽管亚历杭德拉的脾气乖戾多变，有几个星期他曾过得很幸福。布鲁诺在这件与亚历杭德拉有关的事情上听到了一个如此意外的字眼，便扬起眉头，同时显露出横贯他前额的皱纹，马丁理解这个细小而默契的动作，所以他思索了片刻后，又说道：

"更确切地说：几乎是幸福的。几乎非常地幸福。"

因为，把"幸福"这个词用来谈论任何与亚历杭德拉有关的事都是不合适的；尽管曾产生了一点感情或一种精神状态，但是由于一切与亚历杭德拉有关的事情都充满了不安与风险，所以它们比任何东西都更接近于"幸福"的精神状态却没有能彻底地领略到幸福的滋味（所以说是"几乎"）；犹如攀登上如巍峨山峰一样高耸的某种东西（这就是"非常"的由来），马丁在这些山巅上曾体味到过某种威严和纯洁，曾有过登山者们在高插云天的山峰上感受到的那种热烈的寂静和孤独的销魂。

布鲁诺一只手支着下巴，带着沉思的目光注视着马丁。

"那么，她也幸福吗？"布鲁诺问。

虽然不是出于他的本意，这句话含有一丝不易觉察的、亲切的嘲讽，就像人们对一个得克萨斯的油田灭火专家问"家里一切都好吗？"这样的问题一样。布鲁诺问话里的怀疑意味也许马丁并没有觉察出来，但是这种问话方式引起了他的深思，好像在这之前他从没有想过她可能并不幸福这样的事。所以，在思索了片刻之后，他答道（但此时，他的心绪已被布鲁诺的疑问搅乱了，这种干扰悄悄地然而迅速地扩展到他的全部神经）：

"嗯……也许……在那一段时间……"

接着，他思索起亚历杭德拉可能感受的幸福到底有多少分量，或者至少她对感受到的幸福有什么流露：几许微笑，一首歌曲，几句话语。与此同时，布鲁诺自语着：好吧，为什么不呢？说到底，幸福是什么？为什么她与那个小伙子就一定感受不到幸福呢？至少在她战胜自我的那一时刻，至少当她将自己的精神和肉体投入那场为了摆脱恶魔桎梏的严酷战斗中，她曾感受到过幸福。他一手撑着下巴，继续凝视着马丁，想透过马丁的忧伤、他身后的希望和他的热情来进一步弄懂亚历杭德拉。他怀着（他想）与回忆曾经神游过的一个遥远而神秘之国时同样的那份伤感注视着马丁，即使他对这个国家的访问是通过其他游客讲述的故事，就是说通过别的途径、在别的时间里进行的。

就像经常发生的那样，两个人彼此变换着看法，然后达成折衷的意见，任何一方都不再坚持开始时表现出的那种生硬和鲜明的态度。当布鲁诺最后承认，很可能亚历杭德拉在某种程度上感受到了某种幸福的同时，马丁也重新审查了他的记忆（她的一个表情、一个怪相、一声嘲弄的讥笑），最后得出结论说，甚至在那几个星期里亚历杭德拉也不是幸福的。因为，如果情况并非这样，怎么解释后来她精神上的崩溃呢？这难道不意味着在她备受折磨的心灵中他所知道的那些魔鬼仍然在拼命挣扎，但他却想以心不在焉的样子来漠视它们的存在，好像用这种天真的魔术般的方式，就能除掉那些魔鬼。他的记忆里不仅出现了从一开始就引起他注意的、意味深长的一些单词（盲人、费尔南多），而且还有动作和针对第三者们如莫利纳里的讥讽，以及缄默和欲言又止，特别是她好像终日深陷其中而不能自拔的那种迷离恍惚。在这些日子里，马丁确信她的精神已离她而去，她的肉体遭到如此遗弃，就像那些未开化的人当他们的灵魂被妖术扯去后剩下的走肉行尸，并且在举目无亲的地方游荡。他也思忖着她那说变就变的脾气，她勃然大发的怒火，她那些不时给他传来一些模糊而含混信息的睡梦，但是，不管怎样，他仍然相信在那一段时间里，亚历杭德拉曾热烈地爱过他，如果她未曾有过幸福的时光，至少她精神上有过平和与宁静，因为他记得他们一起度过的那些美好的傍晚，她在那样的时候说的那些天真而充满柔情蜜意的话语，那些温情脉脉的动作和可亲可爱的玩笑。不管怎么说，她曾如同从前线回来的一位战士，遍体鳞伤，血流殆尽，几乎无力支撑自己的身子，但是在看护和医疗人员身边，在甜蜜、宁静的环境里，她又慢慢地恢复了生机。

所有这一切，他对布鲁诺都稍稍讲了一些，布鲁诺听后想：不能肯定事情并非如此，或者至少不能非常肯定事情不仅仅如此。由于马丁眼睛盯着他，期待他的回答，他含含糊糊地嘟哝了一句，听起来不明不白，犹如他的想法一样。

不，马丁本人也看不清楚，而且他确实从来都没有能弄懂那段进程是如何发展的，虽然他越来越倾向于推测，亚历杭德拉从来也没有能完全跳出在认识他之前已陷入的那种混乱，虽然她精神上曾有过平静的时刻。那些在她内心深处活动的阴暗势力从来也没有放弃过她，乃至最后重又突然发作，并且向进程的结局倾泻出全部的狂怒。好像当她耗尽战斗的能力并知道无可挽回的失败后，她的失望情绪以加倍的激烈重又窜上了她的心头。

马丁打开他的小折刀，任凭自己的记忆去浏览那段现在他觉得乃是极其遥远的时光。他的记忆犹如一个几乎双目失明的老人，拄着拐杖，边走边试探着现在已长满杂草的那条昔日小径，一处由时间、不幸和暴风雨改变得面目全非的景物。曾经幸福过吗？没有，多愚蠢。更确切地说，曾经有过一连串的销魂和灾难。他又回忆起在望楼上的那个黎明，当他穿好衣服后，听到了亚历杭德拉那句令人难以忍受的话："行了，现在让我单独待一会儿。"接着，他像个机器人似的沿着伊萨贝尔·拉卡托利卡大街往前走去，脑子里一片茫然，心里充满了激动。在那以后的日子里，与他为伴的便是失业、孤独，他期待着亚历杭德拉给他传来某个特别的信号,又一次激动不安的时刻,又一次的失望和痛苦。对,就像一个每天夜里都梦见被带到迷人的宫殿里去的女仆,白天醒来时,仍然睡在猪圈里。

第二章

看不见的面孔

1

真奇怪（说它奇怪，是就后来发生的事件而言），马丁很少有像在同博德纳韦会见之前那样高兴过。亚历杭德拉情绪很好，想去电影院；甚至当马丁因赴那位博德纳韦七点钟的约会而使她的打算落空时，她都没有感到不快。当马丁准备打听美洲酒吧的地址时，她拽起他的胳膊就跑，仿佛她知道那个地方似的。这是使那天下午的高兴劲儿泡汤的第一件事。

一个跑堂给他指了指博德纳韦。博德纳韦和两位先生在一起，桌子上摆着些文件，正在讨论着什么。此人四十岁左右，高高的个儿，笔挺的衣装，颇有些像安东尼·艾登[①]，但是他那双略含嘲讽的眼神以及嘴角流露出来的微笑，使他更带有阿根廷人的风度。"啊，是您。"他对马丁说。他向那两位先生表示了歉意，便邀马丁到邻近的一张桌子边坐下。但是，由于马丁嘴里含含糊糊地说着什么，眼睛望着亚历杭德拉那个方向，于是，博德纳韦在盯着亚历杭德拉看了几秒钟后说道："啊，很好，我们到那边去。"

马丁看得出，那个男人给亚历杭德拉带去的不快是显而易见的，因为在整个会面的时间里，亚历杭德拉一直在一张餐巾纸上涂画着小鸟；这是她不高兴的征候之一，马丁对这一点非常了解。亚历杭德拉情绪的突然变化折磨得他异常难受，他不得不做出努力，来继续听博德纳韦的谈话，而博德纳韦似乎在讲些同他所负的使命毫不相干的事。总而言之，他觉得博德纳韦是一个毫无顾忌的冒险家，然而重要的是将达尔坎赫洛一家扫地出门的决定已不再有效了。

离开酒吧后，马丁和亚历杭德拉穿过大街，在广场的一张条椅上坐了下来。马丁忧心忡忡地问亚历杭德拉觉得那个人怎么样。

"我能觉得怎么样？一个阿根廷人呗。"

借着她点烟时火柴的光亮，马丁看到她的脸色变得非常严峻。后来，她一直不吭一声。马丁暗暗自问：是什么东西使她的情绪产生如此剧烈的变化？显而易见，原因就是博德纳韦。在谈起那些跟他在一起的意大利人时，这家伙毫无必要地讲了一些使亚历杭德拉心里不愉快的事情。会是哪件事呢？他的出现的确打破了以往的宁静，如同一条蛇掉进了一口我们饮用的清澈见底的水井里。

亚历杭德拉说她头疼，想回去睡觉。当他们在里奥夸尔托街分手时，她终于开口对马丁说，要他去同莫利纳里谈谈，但不要抱任何幻想。

"我怎么去谈？你给我写封介绍信？"

"再说吧。也许我给他打电话，然后再给你个口信。"

马丁诧异地望了望她：口信？是的，到时她会给消息的。

"可是……"他欲言又止地说。

"可是什么？"

"我是想说……你不能明天见面时就告诉我吗？"

亚历杭德拉的脸色看上去非常苍老。

"你瞧，我现在不能给你说我们什么时候再见面。"

马丁神情沮丧，他就那天下午商量好的有关次日的安排含糊其词地说了点什么。于是，亚历杭德拉大声喊道：

"我感到不舒服！你没有看见吗？"

当亚历杭德拉打开栅栏门时，马丁转身准备离去。刚走了几步，就听到亚历杭德拉叫他。

"等一等。"

她口气不那么死板地对他说：

---

① 安东尼·艾登（1897—1977），英国政治家，自1931年起多次任外交大臣，1955年至1957年任首相。

"明天一早我就给他打电话,中午给你信儿。"

她已走进院子里了,又生硬且不怀好意地笑着说:

"注意看看他的女秘书,是位金发女郎。"

马丁疑惑不解地望着她。

"那是他的情妇之一。"

这就是那天发生的事情。要马丁对他与博德纳韦的这次会见重新思考,还需经过一段时间,如同在一件罪行发生之后,人们才对事先谁也不注意的地方或者事物细加察看。

2

　　数年以后,那时马丁已经从南方回来,在他同布鲁诺的交谈中,谈论的话题之一就是亚历杭德拉与莫利纳里之间的关系。重新谈论亚历杭德拉——布鲁诺想——如同试图复活一个已经处在腐烂中的灵魂,一个曾希望永垂不朽但现在却随着肌体的腐烂而慢慢裂开并逐渐解体的灵魂,仿佛没有肌体的支撑,它就不可能长时间地存留,而只能像那具肉体死亡时发出的淡淡的气味一样短暂:犹如一种外胚层质,或者是一种将会自行减弱的放射性气体。有些人认为这就是死者的幽灵,它能够模糊地保持死者的形状,但是它会变得越来越无意识,直到最终化为乌有。这时,如果撇开尚存于(但是到底多长时间?)其他人,也就是那些了解、仇恨或热爱过死者的人们灵魂中的残片或残片的回声,那么,死者的灵魂也许就永远地消失了。

　　马丁就是企图这样拯救那些残片的。他走街串巷,与布鲁诺交谈,不可理喻地搜集一些鸡毛蒜皮的物件和只言片语的叙谈,就像那些失去理智的遇难者的家属,他们固执地要在飞机坠毁的地方把一个已经摔成碎块的肉体拼合在一起,但不是在刚刚出事之后,而是在事件之后过了很长时间,尸体不仅东零西散,而且已经腐烂。

　　布鲁诺不能以别的方式来解释马丁何以执拗地追忆和分析关于莫利纳里事情的原因。当马丁对肉体以及灵魂的解体深入思考时,他有点自言自语地对布鲁诺说,在他看来,那次同莫利纳里的荒唐会见,毫无疑问是他同亚历杭德拉关系中的关键事件。当时,他对那次会见就感到异常惊讶:一方面虽然亚历杭德拉知道,肯定知道,莫利纳里不会给他工作干,但仍争取到了那次会见;另一方面,一个像莫利纳里这样重要而繁忙的人物,竟然花那么多时间来会见像他这样一个无足轻重的小伙子。

如果那时候——布鲁诺暗想——能像现在这样理智，就会发觉或者至少可以猜测到亚历杭德拉的精神上某种令人忧心的东西即将爆发。这些迹象也许会向马丁预示，亚历杭德拉对他的爱情，或者对他的感情，或者任何其他别的东西，即将灾难性地结束。

"我们大家都应该工作，"亚历杭德拉那时说，"工作会给人带来尊严。我也决定去工作。"

她的话尽管带着嘲讽的语气，但还是让马丁感到高兴，因为他一直在想，不管什么具体的工作，对亚历杭德拉都有好处。马丁的脸色使亚历杭德拉评论说："我看这个消息让你挺高兴。"亚历杭德拉说这话时基本上还带着先前那种嘲讽的表情，但讥讽中似乎也希望表现出一些温柔，仿佛在一片被自然灾害毁坏了的田园里（他后来这样想），在已经死亡、肿胀并且散发着臭气的动物尸体之间，在被猛禽啄开胸膛并撕成碎片的死尸之间，一棵小小的野草，不顾这一切，吮吸着奇迹般地残存在荒原最深处的微不足道、肉眼看不见的水分，竭尽全力想从地上立起来。

"可是，也许你不该这么高兴。"亚历杭德拉说。

由于马丁两眼盯着她，便解释说：

"我去万达那儿工作。"

于是，高兴的心情顿时烟消云散——马丁告诉布鲁诺说——如同下水道里的清水，大家知道，终将和令人恶心的污秽之物混在一起。因为万达似乎属于亚历杭德拉已经远远离开的那个地方的人。她离开了那里后才遇到了他（尽管应该更确切地说是"寻找他"）。在那几个较为平静的星期里，她远离了那个地方，虽然也可以更确切地说是他以为她远离了那个地方，因为他现在情不自禁地回忆起，最后那些天里，亚历杭德拉如何又像过去一样酗起酒来，而她突然失踪和无故失约的次数不仅越来越频繁，而且也越来越无法解释。但是，如同难以想象在晴空万里、阳光灿烂的光天化日之下会发生犯罪活动一样，他也难以想象她会不顾他们之间那样纯洁的关系而回到原来那个地方去。于是,他竟然愚蠢地(这个副词是很久以后才加上去的)问道:"女人的服装?设计妇女服装?你?"对于他的问话,亚历杭德拉反问他懂不懂得用被人所看不起的东西来赚钱而获得的那种愉快。当时,马丁觉得这句话就像是亚历杭德拉独具个人特色的俏皮话,但在她死后,他将有理由痛心疾首地加以回忆。

"此外,这还像个飞去来器,你懂吗?当我越瞧不起那些浓妆艳抹的丑妇时,我就越瞧不起我自己。你看这不是一桩挺划算的买卖?"

那天晚上,反复咀嚼过这几句话后,马丁难以入眠。后来,困倦温柔而坚定不移地把他推向了被布鲁诺称为死神的短暂郊游的境界。在这先兆性的境域里,我们慢慢地学着做起人生最后的长梦,这是以笨拙的动作对黑暗的最终冒险所做的初步探索,这是为了那个令人难以捉摸的最后文本拟就的一些乱七八糟的草稿,其中有对噩梦中地狱的短暂游历。这样,第二天,我们既是我们自己,又不是我们自己,因为头天夜里那神秘而令人厌恶的经历沉重地压在我们身上。因此,我们都具有些许死而复生者和幽灵的成分(布鲁诺说)。谁知道万达灵魂的什么邪恶的变形那天夜里一直折磨着他呢;但是,次日清晨,有好长一段时间,他都感到有某种沉重却难以名之的东西在他实体的神秘领域里活动着。直到后来,他才明白,那个模糊地扰乱他心绪的东西,就是万达的影子。而糟糕的是,那是在他已经走进那个令人望而生畏的候客室里时才明白的。这时候,甚至他那羞怯的性格也不能使他后退了;这时候,他那种不相称的感觉达到了无以复加的程度,如同在契诃夫或阿韦尔琴科①的故事里一样(他这样想),一个穷鬼竟然来到一个银行经理的面前,告诉他说想开一个二十卢布的账户。所有这一切是多么荒唐!当他正要集中全部力量并准备离开时,却听到一个西班牙

---

① 阿韦尔琴科(1881—1925),俄国作家。

勤杂人员叫道："卡斯蒂略老爷。"当然，是带着嘲讽的口吻（当时他这样想）。因为任何人都不可能像身穿制服的穷鬼那样对穷鬼们如此鄙视。那些衣冠楚楚的先生们，脚蹬油光锃亮的皮鞋，身穿敞开最下面纽扣的坎肩，拎着装满"决定性文件"的公文包，坐在宽大的皮面扶手椅里等候着，他们困惑不解并不无嘲弄地（他这样想）看着他朝大门走来。与此同时，在他意识的另一个层面，不停地重复着"二十个卢布"，羞愧地嘲笑自己，嘲笑那布满了破洞的鞋子以及污渍斑斑的衣服。所有的人都可尊可敬，手腕上戴着金表，用来精确地计算时间，他们的时间也都是黄金般珍贵，记载着"重要的金融事件"。这些先生的时间同他生命中大量无用的时间形成鲜明的对照；在他的生活中，除了想念公园里的一张长椅外便无所事事。如同他在博卡的那所破屋与因普拉的豪华大厦相比一样，衣衫褴褛的日子同金光灿烂的日子相比真有天壤之别。就在他走进这块神圣的地方时，他想的却是"我发烧了"，就像他在非常苦恼时发生的情况那样。与此同时，他看着那个坐在宽大的写字台后面的人。那个坐在一张大扶手椅里的人，脑满肠肥，似乎专门为那座楼房而来到这世上的。他带着一股荒唐的冒失劲儿一连说了几声"先生，我是来存二十个卢布的"。

"请坐。"那位先生一面向他指了指一把扶手椅，一面签署一位妇女递给他的文件。这位染着一头金发颇具性感的女人又使他觉得矮了几分，因为（他猜测）她可以在他面前脱得一丝不挂，就像在一台器械前，在一件无意识、无知觉的物体前一样，或者像那些最受主人宠爱的美姬在主人的奴隶们面前赤身露体一样。"万达。"于是他想：万达喝着泡沫饮料，和男人们打情骂俏，也向他卖弄风骚，她笑得轻狂而性感，同时，伸出舌头舔润着双唇，像他的母亲一样吃着糖果。他还看到在那宽大的写字台上插着一根镀铬的小旗杆，旗杆上系着一面小小的阿根廷国旗，还有皮制的文件夹子、一幅别人送给莫利纳里先生的庇隆画像、几张镶嵌在镜框里的证书、一帧镶在皮制框架里的赠给莫利纳里先生的照片、一只塑料外壳的暖瓶，以及鲁德耶尔德·吉卜林①的一首题为《假如》的诗，诗用哥特字体书写，镶嵌在墙上的一个镜框里。数不清的雇员和职员拿着文件，进进出出。那位先前出去的、染着一头金发的女秘书又进来了，她一面给莫利纳里先生呈上另外一些文件，一面低声地向他说着什么，但却毫无亲热知己的样子，任何人，更不用说这家公司的雇员们了，都不会怀疑她能与莫利纳里先生同床共枕。她走到马丁跟前，说：

"这么说您是德鲁查的朋友了。"

望着小伙子那满脸狐疑而惊奇的表情，她仿佛开玩笑似的说道："啊，那当然，那当然。"与此同时，马丁不无诧异和伤感地自言自语道：亚历杭德拉，亚历杭德鲁查，德鲁查。尽管如此，或许正因为这个缘故，他仔细地打量着那位大腹便便的老板。他身穿浅条的深色开司米外套，系一条蓝色领带，领带上还饰有红色的小点，里面穿一件真丝衬衫，袖口上钉一对金链扣，一根镶有颗珍珠的别针卡着领带，外套上面的口袋里露出真丝手绢的边角，胸前还别着一枚罗塔里俱乐部②的徽章。他的头发谢得相当厉害，但仅剩的一点儿头发却经过精心的梳理。他的身上洒满了香水，他的脸好像是在马丁走进他的办公室前十分之一秒钟刚刮过。他把整个身子都靠在扶手椅的靠背上，准备听取马丁的重要建议。马丁惊恐不安地听他说道：

"您说吧。"

一种自我折磨、自我凌辱，并且要把自己在这个世界上感到那样无足轻重以及自己那愚蠢的天真（不是把亚历杭德拉叫作德鲁查吗？）一股脑儿全都倾诉出来的奇怪愿望，差一点儿驱使他说出"我是来存

---

① 鲁德耶尔德·吉卜林(1865—1936)，英国小说家、诗人，1907年获诺贝尔文学奖。
② 即商人联合会，1905年成立于芝加哥，其宗旨是维护职业道德，捍卫世界和平和友爱的理想，在世界各地都有分会，徽章为齿轮形状。

二十卢布的"。他总算控制住了这一离奇的冲动,如同在噩梦里一样,他极其困难地解释说,他已经失去了工作,他曾经考虑过,曾经设想过,也许因普拉会给他一份工作。在他说话的当儿,莫利纳里先生已渐渐地皱起了眉头。直到他那本能的职业性微笑消失殆尽后,他才问马丁在哪儿工作。

"在洛佩斯印刷厂。"

"干什么工作?"

"校对。"

"上班的时间?"

马丁记起了亚历杭德拉的话,红着脸说他没有上班的时间,他是把校样带到家里去看。莫利纳里先生一面紧紧地皱着眉头,一面接内部电话。

"您为什么丢掉了这份工作?"

面对他的问话,马丁回答说,印刷厂有活多的时候,也有活少的时候,活少的时候,就辞退自由校对员。

"这么说,当活儿多起来的时候,您又可以回去工作了。"

马丁的脸又红了起来;他暗自思忖,这个人可太精明了,他刚提的这个问题就是要逼他讲真话,而这真话,当然是要命的话。

"不,莫利纳里先生,我想不会这样。"

"为什么?"他问道,同时用手指敲打着写字台。

"我想,先生,我一直非常担心,而且……"

莫利纳里带着刨根究底的严厉表情,一声不响地观察着马丁。

马丁垂着目光,不由自主地说道:"我需要工作,先生;我的日子很难过,我非常缺钱。"当他抬起头时,似乎觉察到莫利纳里的目光里闪烁着嘲讽的光芒。

"非常遗憾,卡斯蒂略先生,我帮不上您的忙。首先,因为我们这里的工作和您在印刷厂的工作很不相同。其次,还有一个重要的原因：您是亚历杭德拉的朋友，这会在安排工作时给我造成非常微妙的困难。我喜欢同我的雇员们保持一种不带私人交情的关系。我不知道您听懂了我的话没有。"

"是的，先生，我完全听懂了。"马丁一边说，一边站起身来。

也许莫利纳里从他的表情上觉察到了由于某种原因而使他不高兴的东西。

"不过，当您年龄再大些时……您多大了？二十岁？"

"十九岁，先生。"

"当您年龄再大些时，您就会赞同我说的道理，甚至还要为此而感谢我的。您看：我不能因为单纯的友谊，就帮忙给您份工作，特别是在认识您不久就给您工作。如果这样，不难想象我们会碰到麻烦的。"

他审阅了一份助手给他送来的"文件"，低声说了一点意见，然后接着说道：

"这会给您，给我们的组织，给亚历杭德拉本人……带来不良的后果。另一方面，我觉得您有极强的自尊心，您不会接受一份仅仅由于友谊的关系而给予的工作。不是吗？因为，如果我只是看在亚历杭德拉的面子上而给您工作，您是不会接受的。不是这样吗？"

"是这样，先生。"

"当然了。到头来对我们大家都不利：对您、对企业、对我们的友谊、对所有的人都不利。我的座右铭是不把感情同生意混为一谈。"

这时候，有个人拿着"文件"走了进来。但是，他看了看马丁，仿佛不知道该干什么。马丁站起了身，但是手里拿着"文件"的莫利纳里，头也没有抬，而是让他别走，再待一会儿，并说事情还没有谈完。在莫利纳里修改那份备忘录（也许是其他什么文件）的时候，感到极度紧张、深受屈辱和不知所措的马丁试图弄明白这一切的原因：为什么要把他留下？为什么要在一个像他这样微不足道的人身上浪费时间？更有甚者，那个"机构"好像突然发了疯似的：四台电话机接二连三地鸣响、内部电话也传来了有人要交谈的信号、金发女秘书进进出出地送来签署的文件。当有人在内部电话里告诉莫利纳里,说威尔逊先生想知道中央银行的情况如何时,马丁想他自己的躯体大概小得只有一只昆虫那么大。这时,一个男秘书向莫利纳里请示什么,莫利纳里突然暴怒起来,几乎喊道:

"让他等一等!"

男秘书快跨过大门时,他又加了一句:

"我不叫的话,谁都别来打扰我!明白吗?"

霎时一片寂静:所有的人都似乎消失了,电话也不再响了,莫利纳里先生还没有从震怒中平静下来,情绪很坏,不停地用手指敲打着写字台,沉思了好一会儿。直到他把马丁仔细地端详了好一会儿,才问道:

"您是在什么地方认识亚历杭德拉的?"

"在一个朋友家里。"马丁红着脸撒谎说,因为他从未撒过谎,但是他明白,如果讲真话,他将成为别人讥嘲的笑柄。

莫利纳里似乎在探究着马丁的内心活动。

"您是她的好朋友吗?"

"不知道……我是想说……"

莫利纳里抬起右手,仿佛无须了解更多的详情。过了一会儿,他仔细地盯着马丁说道:

"如今你们这些年轻人,总以为我们是些反动分子。然而,您肯定感到奇怪,我年轻的时候曾是个社会主义者。"

这时,一个"重要人物"从侧门探进头来。

莫利纳里对他说:

"请进!请进!"

那位先生走到莫利纳里跟前,把一只胳膊搭在他座椅的靠背上,贴着耳朵说了些什么;与此同时,莫利纳里不停地点着头。

"行！行！"他说，"行，他们干什么都可以。"

过了一会儿，他脸上掠过一丝马丁觉得藏有嘲讽的微笑，用手轻轻指了指马丁说：

"这儿，这年轻人是亚历杭德拉的朋友。"

那位把胳膊一直搭在莫利纳里座椅靠背上的陌生先生，朝马丁勉强地笑了笑，并稍稍点了一下头算是向他打招呼。

"你来得正巧，埃克托尔，"莫利纳里说，"你知道得很清楚我是如何为阿根廷的青年问题担忧的。"

那位陌生先生看了看马丁。

"我正在对他说，年轻人总认为老一代人毫无用处，认为他们全错了，是一群反动分子，等等、等等。"

那位陌生的先生望着作为"新一代"代表（马丁这样想）的马丁，善意地笑了笑。马丁还想，两代人之间斗争的力量如此悬殊，这使他沦为笑料的感觉在似乎已趋于极点时，又增添了一分：坐在宽大的写字台后面的这两位，他们得到因普拉股份有限公司的支持，墙上挂着一幅石版复制的画像，桌上陈列着系有国旗的旗杆，上衣上别着罗塔里国际俱乐部的徽章，拥有十二层的办公大楼；而他却衣衫褴褛，已有两天没有吃上饭。这差不多像祖鲁人①一样，用弓箭和画有乱七八糟图案的皮制盾牌抗击大英帝国的军队，他这样想。

"就像我刚才给您说的那样，我年轻的时候也是社会主义者，甚至还是无政府主义者，"莫利纳里和刚来的那位先生咧嘴大笑，仿佛他们在回忆着一件滑稽可笑的事情，"在这里，我的朋友佩雷斯·莫雷蒂他是不会允许我撒谎的，因为我们曾经一起经历过许多事情。另一方面，您也不要以为我们会为过去的那些事感到羞愧。我是属于那种认为青年人怀有单纯的理想并非坏事的人。时间会让他们去抛弃这些幻

---

① 南非的土著居民。

想的。往后生活会向我们表明，那些乌托邦社会不适合于人类。世界上甚至没有两个一模一样的人：一个是雄心勃勃，另一个则是暮气沉沉；一个积极主动，另一个则吊儿郎当；一个要求上进，就像我的朋友佩雷斯·莫雷蒂或者我一样，而另一个人，就是终身做个可怜的小公务员对他来说也无关紧要。总之，这是一个人为什么要活在世界上的问题。就本性来说，人是各不相同的，因此，试图组成这样一些使所有成员都完全平等的团体的想法是完全徒劳的。另外，您注意，这样可能极不公正：为什么一个勤勤恳恳的人必须和一个懒汉得到同样多的收入呢？为什么一个天才，一个爱迪生式的人，一个亨利·福特①式的人，必须和一个天生只配打扫这个大厅的可怜虫享受同样的待遇呢？您不觉得这太不公正了吗？怎么能够以公正的名义，恰恰是以公正的名义，来建立一个不公正的制度呢？这就是众多令人不可思议的事情中的一件。我历来认为，对于这样的问题应该放开手来大写特写。告诉您吧，我自己曾多次试图写点东西，谈谈这些想法。"他一边说，一边望着佩雷斯·莫雷蒂，仿佛要他作证似的。马丁看着佩雷斯·莫雷蒂如何点头称是，同时在心里自问：为什么这个人要跟我浪费这么多时间？他得出结论认为，在莫利纳里与亚历杭德拉之间应该有某种至关重要的东西曾把他们联系在一起，由于某种奇特的原因某件事情对于这个家伙曾经有过一定的价值。他觉得他们之间可能有过重要的关系，不管这种关系是什么性质，随着会见时间的延长，这一想法越来越剧烈地折磨着马丁，因为这会见时间的长短就是衡量那种关系的尺度。于是，他心里又自问亚历杭德拉让他来见莫利纳里出于何种原因，也不知为什么，他模模糊糊地推断出，亚历杭德拉这样做是为了在他们的关系正进入暗淡无光的阶段时来"试试某种东西"。于是，他开始回忆起围绕"莫利纳里"这个名字的所有大大小小的事情，仿佛一位

---

① 亨利·福特(1863—1947)，美国汽车企业家。

侦探用放大镜搜寻任何一点痕迹和征兆,尽管这样的蛛丝马迹第一眼看上去那样微不足道,但却能够最终把问题弄个一清二楚。但是,他的头脑里乱作一团,因为莫利纳里继续阐述自己"世界观"的声音总是盖过他那些痛苦的寻找。"漫漫的岁月,艰难而残酷的生活,会渐渐地使一个人信服,那些理想,不管它们如何崇高,毫无疑问它们是非常高尚的理想,但不是为实实在在的人而创立的。它们是梦幻者想象出来的理想,我几乎要说这是由诗人想象出来的理想。这些理想美丽动人,非常合适著书立说,适于在街头发表演说,但却绝对无法付诸实践。我希望看到一个像克鲁泡特金①或者马拉特斯塔②式的人物来领导我们这样一个企业,天天同中央银行的规章进行较量(说到这里,他笑了笑,佩雷斯·莫雷蒂先生也非常高兴地陪着他笑),必须千方百计地防止工会或者庇隆,或者二者合谋给一个人设下圈套。从另一个领域来看这些理想,一个小伙子或者一个姑娘能有这种无私的理想、社会正义的理想和理论上的社会的理想,那是非常好的。但是,您以后要结婚,要在社会上取得相应的地位,要建立起自己的家庭,这是所有正常人的自然愿望,而这一切会使他们慢慢地抛弃那些幻想。我不知道您听明白了我要说的话没有。当一个人还是毛头小伙子,还是靠父母养活的时候,是非常容易坚持无政府主义学说的。另一件完全不同的事是,一个人必须面对生活,必须维持自己建立起来的家庭,特别是有了孩子以后,必须履行其他一些和家庭密不可分的义务如衣服、学费、课本、疾病的治疗等。有关社会的理论是非常迷人动听的,但是,像俗话说的那样,当家里揭不开锅的时候,小朋友,就必须弯下腰来,就必须懂得,世界不是为那些梦幻者造就的,不是为那些马拉特斯塔式和克鲁泡特金式的人造就的。自由嘛,朋友,这是个神圣的字眼,是我们

---

① 克鲁泡特金(1842—1921),俄国无政府主义运动领袖和理论家。1872年加入第一国际,属于巴枯宁派。
② 马拉特斯塔(1853—1932),意大利无政府主义者和鼓动家。

必须不惜一切代价拯救的价值连城的东西之一。大家都应该享有自由：工人应该有自由，他可以在自己最合意的地方寻找工作；老板也应该有自由，他可以给自己最满意的人提供工作。供求法则和社会的自由竞争。看看您的情况吧：您自由地到这里来，并且愿意向我出卖劳动力，而我呢，由于某种理由，我觉得不合适，所以我不接受您。但您是一个自由的人，您可以离开这儿到对面那家企业去提供您的服务。请注意，这一切是件多么无法估价的事情：您，一个普普通通的小伙子，而我，一个大企业的总裁，但我们却按照供求法则平等地商谈事情。管制主义者①们愿意说什么都可以，然而这个法则是一个组织完善的社会的根本大法。在这里，每当这个人（他指着别人送给他的庇隆的照片），每当这位先生干涉自由企业的活动时，他唯一的目的就是损害我们，最终也是为了损害国家。所以，我的座右铭是：既不要社会独裁，也不要社会空想，这一点我的朋友佩雷斯·莫雷蒂非常了解。其他问题我就不对您讲了，这些问题我们可以称作为道德一类的问题，因为人不仅仅靠面包生活。我是指我们生活的社会需要有秩序，有道德等级，如果没有这些东西，请相信我，一切都会完蛋。譬如，您愿意有人对您母亲的忠贞表示怀疑吗？对不起，这是我为了举例而冒昧地作的一个假设。您自己刚才紧皱眉头，这一使人尊重的表情表明，无论对您还是对我来说，母亲这一概念所包含的一切都是神圣的。但是，怎样才能把这个概念同我们这个社会协调起来呢？在这个社会里流行着性爱自由，没有谁对由于这种关系而出生的孩子负责。婚姻如同一个简单的资产阶级制度已被抛到九霄云外。我不知道您是否明白我要说的话。如果家庭的基础遭到破坏……喂，您不舒服吗？"

马丁面色苍白，几乎要晕过去。他用一只手擦了擦额头，额头上渗出了一层冷汗。

---

① 又称干涉主义者，指主张国家积极干预经济生活的人。

"没有，没有。"他回答说。

"那么，就像我对您所说的那样，如果家庭的基础，也就是我们生活的社会的基础，遭到破坏的话，如果您摧毁了极为神圣的婚姻观念，我要问，那还会有什么呢？一片混乱。正在成长的青年，能有什么样的理想、什么样的榜样呢？这一切可不是闹着玩的，年轻人。我再告诉您，我再给您说一件事情。这件事我从未对任何人讲过，但我觉得有义务告诉您。我指的是卖淫的问题。"

但是，这时候，内部电话机响了起来。莫利纳里没有好气地问："什么？什么？"与此同时，马丁依然拿着自己的放大镜，身子摇摇晃晃，在那团令人厌恶的迷雾里越来越弄不清自己在什么地方，他自言自语地说着"万达，万达"，不断地回忆着亚历杭德拉那些关于需要工作的难听的话语，和她那句鄙弃浓妆艳抹的丑妇和鄙视她自己的话。仿佛是总结自己的调查结果，他这样自语道：所以万达是那个令人费解之谜的成员之一，莫利纳里则是另一个成员。还会有什么其他成员吗？于是，他又回顾起在这之前发生的一桩桩事情，但并没有发现什么突出的事例，只有那次同一个名叫博德纳韦的人见面的事留在记忆里，那个人亚历杭德拉也不认识，而且令人讨厌，甚至破坏了她的情绪，使她满脸阴霾，快快不乐。与此同时，马丁看到莫利纳里接内部电话时一直板着的面孔这会儿又如何变成了原先对待他马丁的面孔。而莫利纳里，一面望着马丁，一面似乎在寻找刚才的话题，终于说道：

"啊，是卖淫。您看这是多么怪诞的想法。如果我告诉您卖淫是必要的，我完全知道现在您肯定接受不了，不是吗？虽然我相信，在您深刻地分析了这个问题之后，您会同意我的看法。的确，您想一想，如果没有这个排气阀，世界将会变成什么样子。现在，我们不必扯得太远，在这里，就在我们国家，一种对道德的错误看法，我提醒您，我是天主教徒，使阿根廷教会决定禁止卖淫。禁止卖淫是在……"

他迟疑了片刻，望了望佩雷斯·莫雷蒂先生。佩雷斯·莫雷蒂正在专心致志地听他讲话。

"好像是在1935年。"佩雷斯·莫雷蒂说。

"可是，结果怎样呢？结果出现了暗娼。这是必然的。然而，严重的是暗娼更加危险，因为没有卫生检查。还有一个问题：要价太高，一个工人或者一个职员是掏不起腰包的。因为不仅要付钱给女人，而且连用的也得付钱。结果是布宜诺斯艾利斯的道德一天比一天败坏，它的后果我们很难预料。"

他把头转向站在一侧的佩雷斯·莫雷蒂先生，说道：

"正巧，在罗塔里俱乐部的上一次会议上，我讲了这个问题，这正在成为这座城市的一种烂疮，也许正在成为全国范围内的一种烂疮。"

他把脸又重新转向马丁，继续说道：

"这如同一个关着阀门、压力不断上升的锅炉一样。这个排气阀就是有组织并且合法化的卖淫。要么有由国家掌握的出卖肉体的女人，要么我们就像现在这样下去。要么有受某种控制的正常的卖淫，要么社会迟早将面临最严重的危险：它的基础结构可能遭到败坏。我知道，这种进退两难的状况不好办，但我是属于那种认为现在的问题是不能像鸵鸟那样，见到危险就把头藏起来。我扪心自问，一个良家姑娘今天会安宁吗？特别是她的父母会安宁吗？且不说这姑娘走在街上从小伙子嘴里或者从那些无法为自己的本能找到发泄之处的男人们嘴里听到的粗话和脏话。我且不说这一切，因为它会让人感到恶心。但是，对另外一个危险，人们能对我说些什么呢？年轻人之间的关系、未婚恋人之间的关系或者是两性之间单纯出于好感的关系就不会发展成难以收拾的危险吗？嗨，一个有热血的小伙子，说到底，是有本能的。你们应该原谅我说得这样粗鲁，因为没有别的方式来谈论这个问题。更有甚者，这个小伙子，由于没有一种他的经济条件能允许的嫖娼活动，由于看那些电影，上帝饶恕我们吧，这些乌七八糟的电影，由于看色情刊物，他总是处在强烈的性亢奋之中，总之，能期待其他什么结果呢？另一方面，现在的青年人没有像过去那种有坚定原则的家庭施加的约束。因为，应该坦白地说，这里我们都是表面上的天主教徒。但是，真正的天主教徒，说的是真正的天主教徒，请相信我，不会超过百分之五。我认为自己与一个真正的天主教徒相差很远。而其他人呢？如果没有这种道德约束，再加上父母忙于自己的事情，无暇看管那个本应成为真正庇护所的地方……喂，您怎么啦？"

佩雷斯·莫雷蒂先生和莫利纳里先生两人同时跑向马丁坐着的地方。

"没有什么，先生。没有什么，"稍微恢复过来的马丁回答说，"请你们原谅，我最好还是离开这儿……"

他站起身来，准备离去，但好像站不太稳。他面色苍白，大汗淋漓。

"可别走，小伙子。请等一等，我叫人给您送一杯咖啡来。"莫利纳里先生说。

"不用了，莫利纳里先生。我没事，非常感谢。街上的空气对我会更好些。非常感谢，再见。"

在莫利纳里先生和佩雷斯·莫雷蒂先生的搀扶下，马丁艰难地走出了办公室的大门。刚一走出他们的视线之外，马丁便用全身仅剩的一点力气跑步远走了。来到街上后，他两眼四处寻找着咖啡馆，但附近的地方没有看到一家。他等不及了，于是便跑到两辆汽车之间，呕吐起来。

3

在克里特里奥酒吧里，马丁一边等候，一边看着挂在一面墙上的伊丽莎白女王的照片和另一面墙上的裸体女人的版画，仿佛皇权和色情画面（他这样想）可以高尚地共存，就像正派的家庭可以和妓院共存一样。（不是尽管这样，而是正因如此，就像莫利纳里绘声绘色地讲给他听的那样）他的思路又回到了亚历杭德拉身上，并暗自问道，她是如何并且和谁发现了那个维多利亚式酒吧的。

在柜台上，迎着女王那小资产阶级的微笑（"从来也没有过如此不值一提的王室。"亚历杭德拉后来对他说），英国的一些经理和高级职员一面饮着杜松子酒或威士忌，一面说笑取乐。皇冠上的珍珠，马丁暗自思忖，几乎就在这时，他看见亚历杭德拉走了进来，后者要了杯杰彼斯金酒，在听了马丁的叙述后，她说：

"莫利纳里是一位令人尊敬的人，是'国家的栋梁'。换句话说，是一头完美无缺的蠢猪，是个数一数二的婊子养的。"

她一面喊跑堂，一面说：

"顺便告诉你，你曾多次向我打听布鲁诺，现在我就把他介绍给你。"

4

随着愈来愈走近科连特斯街与圣马丁街交叉的拐角处,"联盟"的高音喇叭也响得越来越刺耳:什么北区的寡头政治集团必须小心点儿;什么犹太人要大祸临头;什么共济会的人必须停止捣乱;什么马克思主义者们最终要毁于自己的挑衅,等等。

马丁和亚历杭德拉走进了拉埃尔维蒂卡咖啡馆。这是一个光线暗淡的地方,里面有一张高高的木制柜台,细木护壁板已陈旧不堪。一面布满污点、模糊不清的镜子,使这个幸存的角落显得更加神秘和凄凉。

一个黄头发、蓝眼睛、戴眼镜的男人站了起来,那眼镜的镜片厚得令人难以置信。此人看上去约有四十五岁左右,沉思中露出喜好女色的神态。马丁发觉他善意地端详着自己,于是面红耳赤地想:她已经给他谈起过我了。

他们交谈了一会儿;但是,亚历杭德拉显得心不在焉,以致最后起身告辞而去。于是,马丁一个人留在了布鲁诺面前,像要应付考试那样紧张不安,同时又为亚历杭德拉那突然的并且似乎永远也无法解释的中途离去而深感忧伤。他忽然意识到布鲁诺在问他什么,而问话的开头他并没有听清楚。他心里异常慌乱,正当要请布鲁诺重复一遍问话时,幸好一个男人走了进来。这个人一头红色的头发,满是雀斑的脸上长着一个鹰钩鼻子,一双眼睛透过镜片在滴溜溜地探询着什么。他微笑了一下,笑得紧张而短暂。他的整个长相使人心绪不安,并且不时露出嘲讽的表情。假如马丁单独一人和他在一起,即使眼前发生了大火,马丁也会因为他这副表情而张不开口叫喊。更使人难受的是,他那目光直视着你的眼睛,使任何一个胆小羞怯的人都无法逃脱窘境。他一面同布鲁诺交谈,一面隔着桌子向马丁欠身点头。他像一个正在被警方追捕或曾遭受过追捕的人，侧着目光飞快地把四周扫视了一眼。

"我看您对米特雷①拥护者的这个巢穴还颇有些偏爱，"门德斯指着挂在墙上的米特雷画像，辛辣地嘲笑说，"谁能告诉这位将军和那个瑞士人，有一天在距拉那西奥教堂的礼拜堂五十米的这个地方，他们的朋友会欢聚一堂！对于这样的奇事，谁也没有想到要去做心理分析，因为布宜诺斯艾利斯有这么多的咖啡馆。"

布鲁诺把一本书放在小桌子上。

"我刚刚拜读了佩雷拉的一篇文章。"他指着这本书，面带笑容地说。

门德斯做了一个最得意的鬼脸。他的红头发仿佛在冒着火星，就像教室里经过静电装置充电后的鸡毛掸一样。他的目光闪烁着讥讽的光芒。

"嗨！从标题就开始进行抨击。您想一想：拉丁美洲，一个国家。"

"就是这样。佩雷拉认为拉丁美洲是一个受西班牙压迫的多民族整体。"

"嗨！这家伙的脑袋里装满了俄国问题。多民族的整体！他整天都在想着吉尔吉斯人、高加索人、白俄罗斯人。"国家（马丁心想），国家，家庭，在黑暗中寻找洞穴，家庭，灼热的火，黑暗中舒适而明亮的避难所。仿佛布鲁诺抬起了眼睛，或许这双眼睛在怀疑曾经看见过孩提时代的亚历杭德拉，这双眼睛流露着忧伤和甜蜜的嘲讽。与此同时，他看到万达的身影和"用被人所看不起的东西来赚钱"这句话同时在慢慢地浮现，然而那时候他并不清楚亚历杭德拉的这句话有一天竟会产生那么可怕的影响。这种相当阴郁的影响，足以使他苦恼万分。

---

① 全名巴托洛梅·米特雷(1821—1906)，阿根廷政治家。

在巴桑这里，对那些为外国商人利益效劳的政治家来说，巴拿马也是一个民族，尽管连吃奶的孩子都知道，这是果品公司①制造出来的。这时，他似乎看到万达在边喝泡沫饮料，边谈论男人，并露出轻浮而性感的微笑，而那个哈诺斯，那个莫名其妙的丈夫，布鲁诺若有所思地听着门德斯说话，不停地搅动着沉淀的咖啡，于是，马丁注意观察着他那双抖抖索索的长手，并暗自问道，这个人怎么能爱上亚历杭德拉的母亲的；他还不知道，那种爱曾以某种方式延续到了她女儿身上。所以，马丁此刻所思索的亚历杭德拉，正是现在坐在他面前的男人所思索的那个对象而他对这个人却还一无所知，只是（正像布鲁诺本人以后将要多次思考甚至暗示的那样）这个人所思虑的亚历杭德拉，已经不是现在折磨着马丁的亚历杭德拉了，因为（他这样认为）对于不同的交谈对象，朋友或者情人，我们自己从来都不是同一个人。同样道理，物理课堂上的那些复杂的谐振器，每一个音符都有对应的弦，当一根弦发出声音时，其余的弦则保持沉默，仿佛在沉思，仿佛与己无关，或者仿佛保留着自己的声音以便回答某一天对它的呼唤。这样的呼唤有可能永远不会到来，在这种情况下，那些一声不响的弦就这样默默地度过它们的岁月，仿佛被世界遗忘一样，显得那样奇特和孤独。这时，门德斯几乎是慷慨激昂、以嘲讽的腔调疯狂地喊道：他，在谈抽象的国际主义！好哇！佩雷拉，好极了！从哈恰图良的芭蕾舞到巴尔加斯的桑巴舞！现在，他终于发现了阿根廷。多年来，他都是按照俄罗斯的方式生活着，喝红菜汤而不喝菜豆汤，喝茶而不喝马黛，喝伏特加而不喝甘蔗酒。阿根廷曾是一个我们命里注定要在它上面生活的奇异岛屿。但是，我们的心却在莫斯科，同志！马丁又看到了哈诺斯，露着一副暧昧、急切的眼神（为什么？），过分而做作的礼貌，吻着万达的双手对

---

① 指美国联合果品公司。

她说"*Oui, ma chère.*"①或者"*Comme tu veux, ma chère.*"。② 为什么那个令人讨厌的男人现在如此执拗地浮现在他的眼前,总像在寻找着什么东西,仿佛无时无刻不在地警戒着,热切地警戒着。这一切,无疑是由万达的态度所决定的。但是,这时他看到有人在向布鲁诺打招呼,并且在那里坐了下来,和那些低声交谈的人坐在一起。与此同时,门德斯尖刻地看着他们怎样打招呼,并且说道:他们肯定在搞什么阴谋。这帮受了教会影响的民族主义者!这帮如今又发现了美国的西班牙崇拜者!当然了,庇隆主义使他们害怕,因为唯有庇隆主义能抵御苏维埃的残暴。马丁又一次走了神,他还在想那个哈诺斯,直到好像布鲁诺给他讲了什么关于腐败的事,他才回过神来。这时,门德斯说:"这是小资产阶级的伦理主义。"而布鲁诺摇了摇头,断然表示不能同意,并说:这不是我想要说的。马丁甚为苦恼,因为他的思想跟不上他们讨论的节奏。他思忖"我是个可怕的利己主义者",因为他的思路又一次回到了那个做作而令人毛骨悚然的形象上,回到了他的态度和他那种从不松懈的戒备上,毫无疑问,这一点是由万达的在场或是不在场所决定的。但是,怎么啦?她以宽容夹杂着讥讽的心情接受了他,仿佛两者皆有,仿佛在两者之间,但是,这时布鲁诺说:因为他碰到什么,什么就腐烂变质;因为他是一个什么都不相信的无耻之徒,甚至连人民和庇隆主义都不相信;因为他是个胆小鬼,是个无所作为的人。与此同时,门德斯嘲讽地晃着头,肯定在想:一个不可救药的小资产阶级分子。而马丁却在思索:这一切怎么这样乱,生活和理解怎么这样困难,仿佛那个含糊暧昧的哈诺斯就是这样,就像是支配着他的那混乱的象征,仿佛人的本质就是模棱两可,一方面对自己的妻予以奉承和虚伪的礼貌相待,而另一方面(他对这一点曾观察得非常仔细,就像

---

① 法语,意为"喂,亲爱的"。
② 法语,意为"随便吧,亲爱的"。

对一切与亚历杭德拉有关系的事情一样），却流露出一个期待或害怕某种东西的人才有的那种既渴望又焦虑的目光，这一次是害怕或者期待着万达的什么东西。也许是因为醋意吧？说到醋意，亚历杭德拉曾忍俊不禁地甩给他一句话："你还是个毛孩子！"说完又加了一句话；悲剧发生后，马丁心有余悸并且清清楚楚地回忆起了她那句话："哈诺斯是个过分亲热的魔鬼。"这时，由于布鲁诺站起身来去打电话，就剩下马丁一人面对门德斯。门德斯好奇地端详着他，而他则因为心里胆怯而不停地喝水。

"瞧那个气鼓鼓的小服务员！"门德斯用目光指着另一张桌子讥讽地说，"他们把普选与群众的愚昧，把军营与面子，把帝国主义与路德①，看成是一码事。"

说完，发出了几声讥笑。

"可是现在他们却向着美国佬。这是害怕人民的表现！"

幸亏布鲁诺回来了。

"天气热得太难受了，"他说，"我说咱们出去吧。"

"联盟"的高音喇叭发誓要放火焚烧，要动用绞刑。

"这是个非常闭不透气的咖啡馆，但我很喜欢。这个咖啡馆开不长了，想想看，那拐角的地点值数百万呢。真可悲，他们将要推倒这家咖啡馆，另建一座摩天大楼，而在大楼的底层建一个美国人发明的那种充斥着刺眼的色调和噪声的星际酒吧。"

他松了松领带。

"他是个了不起的家伙。他与那些恨他的人将能搞起一个规模像加列戈中心那样的急救协会。至于我跟他的关系……怎么说呢？他一定认为我是个动摇不定的知识分子，是个腐烂了的小资产阶级分子……"

---

① 指马丁·路德（1483—1546），德国宗教改革家。

他微微笑了笑,暗自思忖:处于永恒矛盾中的人,哈姆莱特。

他们来到贝尔格拉诺街的大桥上,布鲁诺靠着桥栏说:"现在至少能够呼吸了。"与此同时,马丁心里问道,亚历杭德拉在桥上溜达的习惯,是不是从布鲁诺那里学来的;但是随后又一转念,也许情况应该相反,因为他看到布鲁诺性格那样的温和,思考问题时常常犹豫不决。

马丁注视着布鲁诺那细腻的皮肤,那两只瘦削的手,并且把它们与亚历杭德拉那双坚硬而贪婪的手相比较,与她那张棱角分明而紧绷着的脸相比较,而布鲁诺则在想:这些风景只有印象派画家才能表现出来,但这已经过时了,因此,那些除此之外别无他想的艺术家不免自寻烦恼。他望了望乌云密布的天空,呼吸着潮湿且又有点沉闷的空气,随后又把目光转向一条条船只映在宁静水面上的倒影,心里想,布宜诺斯艾利斯的天空和空气同威尼斯十分相似,肯定是由于停滞的河水散发出的潮气的关系。与此同时,他思想的另一个层面却仍然跟随着门德斯:

"譬如,文学方面。他们的想法太过粗浅。认为普鲁斯特①是个堕落的艺术家,因为他属于一个没落的阶级。"

他笑了。

"假如这个理论正确无误的话,马克思主义就不存在了,因而门德斯也就不存在了。马克思主义可能应该由一位工人来发明,特别是应由一个重工业工人来发明。"

两人沿着人行道往前走着,布鲁诺邀马丁在桥边的护墙上坐下,看着河水。

马丁对这一年轻人独有的特别举动颇感意外,这使他感到眼前出现了一副待他亲如同志的面影,布鲁诺给他花的这些时间和亲切热情

---

① 指法国著名作家马歇尔·普鲁斯特(1871—1922),著有长篇小说《追忆似水年华》。

的表示，好像是亚历杭德拉对他马丁亲热的体现，因为像他这样一个陌生的小伙子，如果没有亚历杭德拉对他的重视又或许爱情的支持，他是不会得到一位重要人物的热情对待的。因此，那次交谈，那次散步，以及那次在便道上并肩而坐，都是亚历杭德拉对他的爱情（虽然是间接的，虽然是脆弱的）的确认，并且在某种程度上证明（尽管模棱两可，尽管含糊糊）了她并不像他所想象的与他那样疏远。

当布鲁诺呼吸着从水面缓缓地吹来的柔风时，马丁回想起与亚历杭德拉在这同一处护墙上的同样时刻。他躺在厚实的护墙上，头枕着她的膝盖，当时他确实是（曾经是）幸福。在那个宁静的傍晚，他一面倾听着桥下潺潺的河水，一面观赏着变化万千的云彩：一会儿像预言家的脑袋，一会儿又像雪原上的车队；一会儿像轻快的帆船，一会儿又像白雪皑皑的海湾。当时那一切都是（曾经是）那样的宁静和安详。如同在刚刚睡醒后那段朦胧模糊的时间里一样，他非常舒适地把枕在亚历杭德拉膝上的头调整了一下姿势，同时心里在想，后颈枕着她的肌肉是多么柔软、多么惬意。按照布鲁诺的说法，她的肉体不仅仅是肉体，它比由细胞、组织和神经构成的单纯的肉体更加复杂，更加敏感，更加让人捉摸不透，因为它也是（让我们以马丁的情形为例），而且已经是一种回忆了，因此，它会与死亡和腐败抗争，它是某种透明、纤弱却又具有些许永恒和不朽性质的东西。它是站在那个古望楼上吹着小号的路易斯·阿姆斯特朗①，是布宜诺斯艾利斯的天空和云彩，是黄昏时刻莱萨玛公园里朴实无华的雕塑，是一位正在弹着西塔拉②的陌生人，是苏尔波斯特餐馆里的夜晚，是在防雨罩（他笑了笑）的庇护下度过的雨夜，是南部城区的街道，是从科梅加二十层的酒吧里看到的布宜诺斯艾利斯的屋顶。这一切，他通过她的肉体，她那柔软而颤动

---

① 路易斯·阿姆斯特朗（1900—1971），美国小号手、歌手、乐队指挥。
② 一种有三组九根弦的乐器。

的肉体感觉到了。她的肉体尽管终究要在蛆虫和潮湿的土块中解体消失（布鲁诺典型的思想），但此刻却能让他隐约地看到这种永恒，因为正如布鲁诺某一次可能告诉过他的那样，由于我们的躯体是这样构成的，我们只能从生命短暂而脆弱的肉体中模糊地看到这永恒。当时他叹了口气，她便问他："怎么了？"而他回答说"没有什么"，就像当我们在思考着"一切"时所作出的回答那样。这时，马丁几乎无意地对布鲁诺说：

"有天下午我和亚历杭德拉曾在这儿待过。"

他仿佛不能停住他失去控制的自行车一般，又说道：

"那天下午，我是多么幸福啊！"

他立刻为自己这句如此私密和伤感的话而感到后悔和羞惭。但布鲁诺并没有笑话他，甚至没有露出一丝微笑（马丁几乎惊恐不安地看着他），而是露着沉思、严肃的表情，凝望着河水。过了好长一会儿，当马丁认为他不会作出任何评论时，又说道：

"幸福就是这样给予的。"

他想说什么呢？马丁迫不及待地想听他说话，就像平时听任何谈论与亚历杭德拉有关的事情一样。

"一会儿给一点儿。当一个人还是孩子时，他期待着伟大的幸福，某种巨大而绝对的幸福。由于期待着这样的幸福，人们便放过或者不珍视那些细小的幸福，那些唯一存在的幸福，就像……"

但是，他戛然而止。过了一会儿，他接着说：

"请您想一想一个看不起路边施舍的叫花子吧，那是因为有人给了他一份有关一笔巨额财富的资料。一笔不存在的财富。"

他又陷入了沉思。

"看来似乎是没有多大价值的东西：同一位朋友心平气和地交谈。恐怕这些海鸥要绕圈儿飞。这片天空。刚才我们喝的那啤酒。这些好像都是些不足挂齿的小事。"

他动了动身子。

"我的一条腿麻木了。就像注射了碳酸钠一样。"

他从护墙上滑下来,接着说:

"有时候我想,这些小的幸福所以能够存在,恰恰因为它们本身的微小。就像这些不为人注意的普通人一样。"

他沉默了一下,随即又无任何明显理由地说道:

"是的,亚历杭德拉是个复杂的人。与她母亲是那样的不同。实际上,期望儿女和父母一样那是一种愚蠢。也许佛教徒是对的,那么怎样才能知道是谁投生到了我们儿女的肉体上呢?"

他仿佛朗诵着一个笑话,说道:

> 也许在我们死后,灵魂要出走:
> 附在一只蚂蚁上,
> 附在一棵大树上,
> 附在一只孟加拉虎的皮上,
> 而我们的躯体则在蛆虫的蠕动中肢解,
> 并且渗入没有记忆的土地,
> 以便日后顺着植物的茎和叶上升,
> 变成天芥菜或者野草,
> 再成为牲畜的饲料,
> 就这样变成无名的动物的血液,
> 变成白骨,
> 变成粪便。
> 也许它会碰上更可怕的命运,
> 附在一个小孩的躯体上;
> 某一天这孩子将会写诗或创作小说,
> 在他那模模糊糊的苦恼中,

(毫无感知地)
涤洗自己昔日
当兵作战或作为罪犯的过错,
或者追忆那些恐惧,
一只羚羊的惊吓,
银鼠般令人恶心的丑陋,
自己那酷似怪物、独眼巨人或者蜥蜴的模糊身份,
自己那娼妓或女巫的名声,
自己那遥远的孤独,
自己那已被忘却的胆怯和背叛。

马丁茫然、困惑地听着布鲁诺朗诵。一方面,觉得布鲁诺的朗诵是在开玩笑;另一方面,又感到这首诗以某种方式严肃地表达了他对存在的想法:他的犹豫不决,他的重重疑虑。马丁了解他那过于羞怯的性格,便自语道:这是在写他。

他起身告辞,因为他得去看达尔坎赫洛。

布鲁诺用亲切的目光看着他离去,自言自语地说:他还得经受折磨。过了一会儿,他在护墙上伸直了身子,后颈枕着双手,让自己的思想随意漫游。

海鸥不停地飞来飞去。

一切都是这样脆弱,这样短暂。写作至少是为了这个,为了使瞬息即逝的东西永恒。一次爱情,也许吧。亚历杭德拉,他心里想。还有:赫奥希娜。可是,那一切还留下什么呢?过程如何?一切是多么艰难,是何等乱七八糟地令人绝望!

此外,还不仅仅是这些,不仅仅是永恒化的问题,还要查询和探究人的内心世界,检查我们属性中最隐秘的皱褶。

乌有与一切,他几乎大声地说,用他那突然高声讲话的习惯说,

这时,他又动了动仰卧在护墙上的身子,以便躺得更舒服些。他望着暴风雨即将来临的天空,听着身旁河水有节奏的拍击声。大河不往任何方向流淌(就像世界上其他一些河流一样),河面有一百公里宽,河水几乎静止不动,犹如一个宁静的湖泊,但在东南向大风暴的日子里,却像发怒的大海。但是此时此刻,在这个炎热的夏日里,在这个潮湿而又沉闷的下午,布宜诺斯艾利斯上空那透明的雾气笼罩着一座座摩天大楼,大楼的屋顶直刺来自西面的预示着暴风雨的乌云。一阵轻轻拂过的微风,把河水吹起了道道皱纹,仿佛由于模糊地回忆起往日掀起的风浪,河面才略微颤动了一下。当大海沉睡的时候,肯定会梦见这样的风暴。这种几乎是虚幻和无形的风暴,睡梦中的风暴,仅仅能够振动它的水面,就像那些在沉睡中梦见出猎或者撕咬的猎犬一样,几乎是难以察觉地晃动身子和低沉地哼叫。

乌有与一切。

他朝城区那边欠了欠身子,又观察起摩天大楼楼群的侧影。

六百万人,他想。

突然,他觉得一切都是不可能的,也是无用的。

从不,他自言自语地说,从不。

真理,他自语着,露出讥讽的微笑。真理。好吧,权且让我们称之为一个真理吧。可是,一个真理不是真理吗?探究一颗心灵就不能获得真理吗?归根结底,所有的心不都一模一样吗?

只一颗心,他对自己说。

一个小伙子正在亲吻一个姑娘。一个骑自行车卖拉波尼亚冰棍的小贩走了过来。布鲁诺把他叫住。他坐在护墙上一面吃着冰棍,一面又注视起城区来,数百万男人、女人、小孩、工人、职员、靠年金生活者。怎么能把所有人都谈到呢?怎么能够在一百页、一千页、一百万页的篇幅里体现出那无数的现实呢?但是——他心想——艺术是一种要在一幅画或者一本书的范围里把无穷无尽的现实表现出来的意图,也许是一种狂妄的意图。一种选择。但是这种选择结果证明异常困难，而且一般来说，都是灾难性的。

六百万阿根廷人、西班牙人、意大利人、巴斯克人、日耳曼人、匈牙利人、俄罗斯人、波兰人、南斯拉夫人、捷克人、叙利亚人、黎巴嫩人、立陶宛人、希腊人、乌克兰人。

啊，巴比伦。

世界上最大的西班牙城。世界上最大的意大利城。等等。这里的比萨饼店比那不勒斯和罗马两个城市加起来还要多。

"民族性。"我的上帝！什么是民族性？

啊，巴比伦。

他用无能为力的弱小神灵的目光，凝望着那个混杂而又庞大、温柔而又野蛮、令人厌恶而又令人疼爱的集合体，它如同在西边乌云的衬托下，一头显出轮廓的可怕的海怪。

乌有与一切。

但是，的确——他思索着——一个真理就够了。或许两个、三个、四个。探究他们的心灵。

穷人或财主，仆役或银行家，美男子或弓腰屈背的罗锅。

夕阳渐渐西沉，西面的云彩瞬息万变着。在天边一片浓云的衬托下，浮现出大块、大块的五颜六色的条状云彩，有灰色的，有淡紫色的，还有黑乎乎的。可惜这块玫瑰色的，他心里想，仿佛置身于一个画廊之中。但是，没过一会儿，那块玫瑰色的云彩就迅速由深变浅，使其他所有的云彩都慢慢淡化。接着，它的色彩渐渐地减弱，先变成褐色和紫色，后来又变成了灰色，最后变成了宣告死亡的黑色，因为黑色总是那样的庄重，并且总是给结局赠以尊严。

太阳消失了。

布宜诺斯艾利斯又结束了一天：犹如一种永远也不能复得的东西，无情地让这座城市朝着自己的死亡又靠近了一步。这么快，到头来，竟是这么快！以前，岁月的步伐是那样的慢，一切都似乎是可能的，那时候，时间像一条通向地平线的大路，延伸在他的面前。但现在，岁月越来越快地奔向衰老，而他则无时不在惊奇地说"我最后一次看到他是在二十年前"，或者述说另外某件如同这件事一样普通、但也一样不幸的事情。接着，他又如临深渊地思索着通向乌有的行程，所剩的路是那样的少，少得可怜。那么，图什么呢？

当他思索到这里时，当他感到好像什么东西都没有了知觉时，他意外地碰到了一条饥肠辘辘、无家可归的小狗，它的命运微不足道（微不足道得像它的躯体，像它那小小的心脏，这颗心脏将英勇地坚持到最后一息，就像是从一座小小的堡垒里保卫着它那渺小而卑微的生命），但它渴望得到抚爱。于是，他抱起这条小狗，把它带到一座临时搭起来的窝棚里，在这里它至少不会受冻。他给它喂食，从而把某种比哲学更加令人难以捉摸但也更加强大，并且似乎重新给他的存在赋予意义的东西，变成了这个可怜的小动物存在的意义。他们像孤独中两个无依无靠的人，躺在一起，以便相互给以温暖。

5

"也许在我们死后,灵魂要出走。"马丁一边走,一边重复着这句话。亚历杭德拉的灵魂来自哪儿?她的灵魂似乎没有年龄,似乎来自时间的深处。"自己那酷似怪物的模糊身份,自己那娼妓或女巫的名声,自己那遥远的孤独。"

老人坐在大杂院门口他那张草椅上,手里拄着根用满是节疤的木棍做成的手杖,头上那顶绿色破旧的礼帽同他那件布汗衫形成了鲜明的对照。

"您好,爸!"蒂托说。

他们穿过聚集在那里的小孩、小猫、小狗和母鸡,进了大杂院。蒂托从房间里搬出了两把小椅子。

"请坐,"他对马丁说,"坐下吧,我这就去拿马黛茶。"

小伙子接过椅子,放在老人的身旁,小心翼翼地坐下来等候。

"唉,是的……"马车夫低语道,"事情就是这样……"

什么事情?马丁暗暗自问。

"唉,是的……"老人一面重复道,一面点着头,仿佛在向一位看不见的交谈者表示赞同。

突然,他说:

"当我像那个拿着皮球的小家伙这样大时,我父亲常常歌唱。"

当号角吹响的时候,
我们和加里巴尔迪一起出发。

他笑了笑,又点了几下头,重复地说:"唉,是的……"

皮球向他们飞来,几乎打着了老人。堂佛朗西斯科用多节的手杖装模作样地吓唬孩子们，而小家伙们则跑到他跟前，捡起皮球，向他做着鬼脸，一溜烟地跑了。

过了一会儿，他说：

"那时候，我们和卡法雷达的孩子们一起爬到山顶上，坐在那儿看大海。我们还吃炒栗子……多么蓝的海啊！"

蒂托拿着马黛茶和开水壶来了。

"他肯定是在给你讲过去的事。唉，爸，您别用这些瞎话来烦这孩子了！"他一面说，一面向马丁挤眼睛，同时玩世不恭地笑着。

老人摇着头表示否认，眼睛望着那遥远且已失落的地方。

蒂托一边准备马黛茶，一边带着善意的嘲讽微笑着。过了一会儿，好像他父亲不存在似的（肯定没有听他们的谈话），他向马丁解释说：

"你知道吗？他整天都在思念他出生的那个村子。"

他把身子转向了他爸爸，轻轻地摇了摇他的胳膊，好像要叫醒他一样，问道：

"唉，爸！您还愿意再去看看那地方吗？在去世之前？"

老人点了点头，表示肯定，同时目光不转地一直望着远处。

"假如您只有那么一点儿钱，您会去意大利吗？"

老人又表示肯定。

"如果能到那里去，哪怕是一秒钟，爸，哪怕就一秒钟，哪怕回来后就死，这样您也愿意吗，爸？"

老人垂头丧气地摇了摇头，仿佛在说："为什么要想象出这么多美好的事情呢？"

如同检验过某个真理似的，蒂托看了看马丁，对他说：

"我不是给你说过吗，小家伙？"

他一边把马黛茶递给马丁，一边沉思着。过了一会儿，他又说：

"想想吧，有人烂在银钱堆里。不扯远的，就说我爸爸吧。他和一个叫帕尔米耶里的朋友一起来到了美洲。两个人好得就像俗话所说的那样，如同一个人的两只手，一只在前，另一只在后。你觉得我说的是帕尔米耶里大夫吗？"

"那位外科医生？"

"是的，是那位外科医生。还有那位激进联盟的议员。他们是和我爸一起来的那位朋友的儿子。就像我告诉你的那样，他们到了布宜诺斯艾利斯后，一块儿东颠西跑。他们什么活都干：打短工、修街道，还有其他我不知道的活。我爸就在这儿待下来了，而他的这位朋友则拼命攒钱，拼命钻营。后来就把我们忘得一干二净了。有一次，那还是我母亲在世的时候，蒂诺因为是无政府主义分子，被关进了监牢，我母亲唠叨个没完，父亲只好去拜访那位议员。你能想象得出吗？他竟让父亲在驯马场等了三个小时，才派人传话，说有事改天再谈。父亲回到家里后，我对他说：爸，如果您再去找那个混蛋，我就不是您的儿子了。"

他非常气愤。他正了正破旧的领带，说：

"这就是美洲，孩子。听我的话：必须像我这样坚强。不要向后看，也不要向旁边看。如果要靠你妈过日子，你就靠她过吧。要是不愿意，那么晚安。"

他又对那些孩子威吓了一番，然后气忿地嘟囔道：

"议员！所有搞政治的都一个样，相信我吧，孩子。激进派，左派，社会主义者，全是一路货。蒂诺说得对，人类应该是无政府主义的。我对你说实话：我永远也不去投票，除非要我投保守党的票。"

马丁惊讶地看了看他。

"你觉得奇怪吗？但这是千真万确的事实。有什么办法呢。"

"可是，为什么呢？"

"唉，小伙子，所有的事情都有一个为什么，就像已经死去了的萨内塔所说的那样。总会有奥秘存在。"

他呷了一口马黛茶。

有好长一段时间，他没有作声，几乎露出一副忧伤的神态。

"我父亲把保守党的头头堂奥莱加里奥·索托从巴拉卡斯带到了北区。堂奥莱加里奥的一个女儿叫玛丽亚·埃莱娜，长着一头金黄色的头发，甭提多迷人了。"

马丁默默地笑了，感到一阵惶惑。

"可你想一想，小伙子……他们是有钱的人……而我呢，还有……这副长相……"

"这些都是什么时候的事？"马丁好奇地问。

"我给你讲的事发生在 1915 年，也就是佩卢多上台的前一年。"

"她后来怎么了？"

"她？能……能怎么呢……结了婚……有一天结了婚……我印象里就好像今天一样。那是 1924 年 5 月 23 日。"

他陷入了沉思。

"所以您就一直投保守派的票？"

"是的，小伙子。你看，一切都是有原因的。三十年来，我都是投这个坏东西的票。有什么办法呢！"

马丁好奇地望着他。

"唉，是的……"老人嘟囔着说，"圣诞节我们请他下来。"

蒂托向马丁挤了挤眼。

"请谁呀，爸？"

"那个强盗。"

"看到了吗？总是那件事。你们为什么要他下来呢，爸？"

"为了做弥撒。两个小时。"

他点头表示同意，眼睛望着远方。

"唉，是的……圣诞的夜晚。步枪手吹起了笛子。"

"步枪手唱些什么呢，爸？"

"我们唱道:

> 圣诞之夜,
> 最重要的节日,
> 我们的主降生在
> 一座简陋的屋里。"

"雪很大吗,爸?"
"唉,是的……"
老人又思念起了那块神奇的土地。蒂托向马丁笑了笑,目光中混杂着嘲讽、痛苦、怀疑和羞怯。
"我没给你说过?总是那件事。"

6

那天晚上，正当马丁在河边散步时，老天爷在经过漫长、迟疑且又矛盾重重的酝酿之后，终于开始下起雨来。在持续不断的闪电中，开始掉起了雨点。雨点掉得那样犹豫不决，以至把那些在令人窒息的夏日里总是聚集到一起的布宜诺斯艾利斯人分成了两派——布鲁诺这样认为：一派人以经历了半个世纪而几乎一成不变的怀疑和痛苦表情，断言什么都不会发生，那些压在头上的乌云将自行消散，第二天将会更加闷热、更加潮湿；另一派是一些天真、对一切充满希望的人，这些人只消一个冬天就会把这些热得难受的日子里的痛苦忘得一干二净。他们认为，"这些乌云今天晚上就会下雨"，最迟也"过不了明天"。这两派如此各执己见，如此坚信自己的预见。一派认为"这个国家完了"，而另一派则说"我们会顺利发展的，因为这里有总也用不完的巨大矿藏"。总而言之，布宜诺斯艾利斯的暴风雨与世界上任何一个城市夏季的暴风雨一样，都会把她的市民分为悲观主义者和乐观主义者。这样的区分（正如布鲁诺告诉马丁的那样）早就存在了，不管有没有夏天的暴风雨，不管有没有自然灾害或政治灾难；但在这具体条件下，这样的区分就像感光片上潜在的影像一样，经过冲洗便会显示出来。而且（他还对他说）尽管这样的区分对世界上任何有人居住的地方都适用，但毫无疑问，在阿根廷，尤其在布宜诺斯艾利斯，悲观主义者的比例远远大于乐观主义者，这和探戈舞比塔兰泰拉舞[①]、波尔卡舞[②]或者无论世界上什么地方的任何一种舞蹈都更加凄婉是一个道理。实际上，那天晚上的雨下得又大又猛，使得悲观主义者这一派人纷纷退下阵来。当然，这种退却是暂时的，因为这一派人从不作全面的退却，从不接受彻底的失败，而且总是能够说（并且就这样说）"我们看看吧，天气是否真的变得凉爽些"。随着持续不断的大雨，南风刮得越来越猛,并带来了巴塔哥尼亚那样刺骨而干燥的寒气。面对这样的寒风,由悲观主义的性质所决定从而永远立于不败之地的悲观派,这时发出了要发生感冒和伤风的不祥预言,即使没有提到肺炎,"因为在这个该死的城市里,一个人早上去市中心时,无法知道是应该穿大衣(尽管天很热)还是穿单衣(尽管天很冷)"。因此,他们认为,那些居住在郊区,上班需要乘一个小时火车和地铁的可怜鬼们,总是要忍受天气突然变冷的威胁或者潮湿而又令人难以忍受的酷热所带来的烦扰和不便。布鲁诺把这样的观念总结为:在布宜诺斯艾利斯没有气候,而只有两种风,即北风和南风。

马丁从海军上将布朗街和佩德罗·德门多萨街相交处的咖啡馆里看着大雨如何冲洗着轮船的甲板,船体不时被闪电照得闪闪发亮。

当他终于可以走出咖啡馆时,已是下半夜了,为了不致受冻,他不得不跑步回到了自己的房间。

---

① 意大利流行的一种舞蹈。
② 一种波希米亚民间舞蹈。

7

许多天过去了,亚历杭德拉还没有露面,最后马丁决定给她打电话。他终于把她叫了出来,两人在埃斯梅拉达-查卡斯酒吧待了几分钟,然而这几分钟却使他的情绪变得比以前更加糟糕:她只是一个劲儿地讲述(怀着什么目的呢?)妇女时装商店里那些女售货员的庸俗不堪的言行。

此后,又日复一日地过了许多天,马丁不得不又冒险给她打了个电话:万妮告诉他说亚历杭德拉这会儿不在,并答应转达他的口信。但后来并没有接到她的消息。

有好几次,他都差一点身不由己地要去妇女时装商店了。然而,他及时地阻止住了自己,因为他知道,那样做会让她的人生经受更多痛苦,从而(他心想),将她推得更远。这犹如一个在一条小船上干渴得要命的遇难者,他必须抗御住海水的引诱,因为他知道,喝咸水只能给他带来更加难以解除的干渴。不,当然不能给她打电话。也许他已经过分地干扰了她的自由,给她带来了过分沉重的负担,因为是他,在孤独的驱使下,冲向了亚历杭德拉,扑到了亚历杭德拉的身上。假如给她完全的自由,也许会回复到最初相交时那样的日子。

但是,一个虽然沉默但却更加深刻的信念使他想到,人类的时光永远也不会倒流,任何东西都不会回到它原来的样子,当感情遭到破坏或发生变化后,没有什么奇迹可以使它们恢复得完好如初:如同一面被弄脏和被磨损的旗子一样(他曾听布鲁诺这么说)。但是,他的希望一直在抗争着,正如布鲁诺所想到的那样,希望永远不会停止抗争,尽管这种抗争注定要归于失败,因为恰恰是在不幸之中并且由于不幸才产生希望。难道以后有人能够给予亚历杭德拉那些他以前曾经给予她的东西吗?他的温柔、他的理解、他那有分寸的爱?但是,"以后"

一词随即又加剧了他的忧伤，因为这个词使他想象到将来她再也不会待在自己身边，将来另一个男人，另一个男人！会对她说一些类似他曾经对她说过的话。当他说那些话的时候，她带着那样热切的目光倾听着，那样的时刻在此刻的他眼中是那样不真实。他曾认为，那样的目光，那样的时刻将永远为他所有，并且像一尊塑像的美一样，永远保持那绝对而动人的完美。现在，她将和另一个男人在一起，这个人的面貌现在还无法想象，他们将漫步于她曾和马丁走过的那些街道和地方；对于亚历杭德拉来说他马丁已将不再存在，或者仅仅成为她对痛苦和温柔，又或许是烦恼和笑话的日趋淡薄的回忆。随后，他又执拗地想象亚历杭德拉处于情火中烧的时刻，倾吐着只有在这种时刻才会说出的那些喃喃情话，而其他所有的人，也包括他马丁而且尤其是马丁在内，都被可怕地排斥在横陈着他们的裸体和充斥着他们的呻吟的房间之外；于是，马丁跑向一部电话机，自言自语道，不管怎样，只要拨上六个数字，就可以听到她的声音了。但是，还没有拨通，他就挂上了电话，因为他已经有足够的经验，他顿悟到，她可能在另一个男人身边，与他交谈，与他爱抚，尽管彼此之间横亘着无法逾越的围墙。如同人一旦死去，我们的灵魂会待在我们所思念的人的附近，但却被一堵看不见然而无法逾越的墙痛苦地隔离着，这堵墙总是阻止死者同活人的世界发生联系。

又过了漫长的一段日子。

终于，他去了妇女时装商店，尽管他知道此行将一无所获，而且相反，只能激起亚历杭德拉固有的暴怒，那是一种痛恨任何干涉的狂怒。他一面自言自语地说"不，我不去"，一面却正朝着塞里托街走去。当走到商店门口时，他还以顽强却又丝毫无用的毅力重复说："绝没有必要看到她。"

这时，一位戴着各种首饰、脸上涂满化妆品、长着一双阴险的金鱼眼的妇女走了出来。马丁从没有感到过亚历杭德拉比置身于这样一些女人中间更加遥远，她们中有的是经理的太太或情人，有的是有名的大夫和企业家的夫人或姘妇。"那是些什么样的交谈呀！"亚历杭德拉评论说，"这一类的谈话只能在这样的时装店或者妇女美容厅里才能听到。在火星式的装置下面，涂着形形色色染色剂的头发流淌着肮脏的液体，从如同污水沟的嘴巴里，从涂满了香脂的面孔上露出来的令人作呕的窟窿里，总是传出同样的粗话和流言蜚语，给他人以劝导，吐露出她们的真正身份和内心的怨恨，讲述与男人交往时该做什么、不该做什么。而所有这些话里又掺杂着有关疾病、金钱、首饰、服装、纤维瘤、鸡尾酒会、晚宴、流产、经理任期、晋升、股份、情人的生殖力或阳痿、离婚、背信弃义、女秘书以及绿帽子的交谈。"马丁听着她讲，感到异常惊讶，而她仅淡然地笑了笑，笑得那样凄楚，如同刚刚描绘的场面一样。"但是，"马丁结结巴巴地问道，"但是，你怎么能够忍受这一切呢？你怎么能在这样的地方工作呢？"面对这些天真幼稚的问题，她只做了一个嘲讽的表情，回答说："因为在本质上，请你好好注意，在本质上，所有的女人都有肉体和子宫，最好不要忘记这一点，看着这些滑稽可笑的女人，就如同中世纪的木刻里美貌的女人望着骷髅一样；因为在一定意义上，你看多么奇怪，这些怪物总归还是相当的诚实和始终如一，因为她们展露的污秽太多了，所以她们骗不了任何人。"不，马丁不理解，他确信这不是亚历杭德拉所想的一切。

于是，马丁推开门，走进时装商店。亚历杭德拉惊奇地看了看他，但在露出一个表情以表示向他打招呼后，便继续忙手中的事情，并请他在那儿坐下。

这时，一个异常奇怪的男人走了进来。

"Mesdames ...①"他以令人捧腹的做作恭维地说。

他吻了吻万达的手，接着又吻了亚历杭德拉的手，说道：

---

① 法语，意为"夫人们"。

"正如拉波佩斯科在《绿色的服装》里说的那样：*je me prostitu à vos pieds*①。"

接着，他向马丁走了过去，仔细地端详着，就像察看一件也许他想要买的罕见家具一样。亚历杭德拉微笑着从远处向他做了介绍。

"您惊奇地看着我，您有世界上的一切理由，年轻的朋友，"他很自然地说，"我来给您解释。我是各种意料不到的因素的综合体。比如，当人们看到我沉默不语并且不了解我时，就想我应该有夏里亚平②的嗓音，结果我说话的声音却尖锐刺耳。当我坐着的时候，他们就猜想我是个小矮子，因为我的上身很短，结果我却是个大高个。从前面看，我是个瘦子，但从侧面看，我却是个大胖子。"

他一边讲，一边真实地演示着他的每一个论断；马丁惊愕地证实，他做的与他所说的确实不差分毫。

"按照蒙戈教授的著名分类法，本人属于吉列类型。我的脸尖尖的，鼻子也是又长又尖，特别是我的肚子，不但大，而且又尖又突就像帕斯夸岛上的那些为人崇拜的偶像，仿佛我是被夹在两块夹板之间长大的。不是这样吗？"

马丁发觉两个女人在笑，而这笑声如同一部影片的伴音，在基克停留的这段时间里，一直持续着。有时候，这笑声你感觉不到，那是为了不干扰他的思路；而有时候，那是在到达高潮的时候，却笑得浑身痉挛，这也不会打扰他。马丁痛苦地盯着亚历杭德拉。他是多么憎恶她那张面孔啊！那张时装商店的面孔，那张似乎故意装出来以适应那轻浮世界的面孔，那张即使在她单独和他一起时似乎还会保持那种表情的面孔，那张面孔慢慢地变得模糊起来，在那渐渐消失的令人厌恶的线条之间，显现出几个属于他、也是他期盼的面孔，如同在摩肩接踵的

---

① 法语，意为"我跪倒在你的脚下"。
② 全名费多尔·伊万诺维奇·夏里亚平（1837—1938），俄国著名歌唱家。

人群中等候着一个久久期待、至亲至爱的旅客一样。因为,正如布鲁诺说的那样,"人"就是面孔,而每一个人都有很多面孔:做父亲的面孔、当老师的面孔、作为情人的面孔。但是,哪一个是真正的面孔呢?确实有一个面孔是真正的面孔吗?突然他想,现在他正看到的、为基克的笑语而大笑的亚历杭德拉,不是,不可能是他所认识的那个亚历杭德拉,尤其不可能是他所热恋的那个高深莫测、神奇颖异而又令人难以忍受的亚历杭德拉。但是,有时候(并且随着日子一周一周地过去,他越来越相信这一点),他也倾向于认为,正如布鲁诺一样,所有的面孔都是真的,那个时装商店的面孔也是真的,并且以某种方式表现了亚历杭德拉灵魂的一种真实,而这种对他来说是陌生的真实(谁知道其他还有多少对他来说是陌生的真实呢!)并不属于他,永远也不会属于他。因此,当亚历杭德拉似乎由于没有时间(或者愿望?)来变换自己而带着残留的其他身份来到马丁跟前时,在她双唇的强颜作笑中,在她摆动两手的姿势中,在她眼中闪烁的某些亮光中,马丁发现了一个陌生生命的残存物:如同一个刚在垃圾堆里待过,现在身上仍然带有垃圾臭味的人。他在思索,这时传来了万达的声音,她嘴里正吃着奶油夹心巧克力:

"讲讲昨天晚上那个吧。"

面对这个问题,基克把随身带来的一本书往桌上一放,优雅、平静而简洁地答道:

"一堆臭屁屁,ma chère[①]。"

两个女人笑得透不过气来;当万达能够讲话时,问他道:

"你在报社挣多少钱?"

"五千七百二十三比索五十七分,此外还有年终赏金以及我给头儿买烟或者擦皮鞋时他给我的小费。"

[①] 法语,意为"亲爱的"。

"瞧，基克：最好你别在报社干了，我们这里多付你一千比索。你不用干别的，只要逗我们笑就行。"

"Sorry①。职业道德不允许我这么做；请你想想，如果我走了，有关戏剧的报道罗伯托·J.马托雷利就干上了，那可是全国的灾难，亲爱的。"

"这我知道，基克。说说昨天晚上的事吧。"万达坚持道。

"我已经说过了；整个儿一堆臭屁屁。粗俗得没法说。"

"对，让人讨厌。可是你讲详细点，特别是关于克里斯蒂娜。"

"啊，femme②！万达：你是魏宁根③的完美无缺的女人。奶油夹心巧克力、卖淫、闲聊。我崇拜你。"

"魏宁根？"万达问道，"那是什么？"

"没错，一点没错，"基克说，"我崇拜你。"

"这我知道，说正经的，说说克里斯蒂娜吧。"

"真可怜！她不停地搓着双手，就像孩子们在电影俱乐部里看到的有弗朗塞斯卡·贝尔蒂尼出现的那些镜头。但是，那个扮演作家的人就是商业部的一个职员。"

"什么？你认识他？"

"不认识，但我可以肯定。一个无精打采、穷得叮当响的职员。看得出来他正为自己工作中的某个问题而忧心忡忡，是退休或者类似的问题。一个刚刚办完了公务的小矮子又去 pour jouer l'écrivain④ 了。我无法和你们说，我当时是多么感动：真是如痴如迷。"

这时，一个女人走了进来。如同处在荒唐睡梦中的马丁，觉得有人在给他介绍这个女人。当他明白她就是基克刚才提到的克里斯蒂

---

① 英语，意为"对不起"。
② 法语，这里指"女人"。
③ 瑞士地名。
④ 法语，这里意为"扮演作家的角色"。

娜，当他看到基克怎样迎接她时，他的脸不禁红了起来。基克向她一弯腰，说：

"美人儿。"

他一面抚摸她的衣服，一面说：

"多漂亮！这布料很配你的发型。"

克里斯蒂娜羞怯地笑了笑；她从来都不知道是否应该相信他的话。她没有勇气问他对演出的意见，但基克却迫不及待地告诉她：

"太棒啦，克里斯蒂娜！下了多大的功夫，可怜的人！但是剧场旁边的吵闹声……旁边是什么？"

"一个舞厅。"克里斯蒂娜小心谨慎地回答说。

"啊，当然了……真可恨！在最困难的时候，掺和进来了曼博舞①。最糟糕的是好像他们有把大号。粗俗极了。"

马丁看到亚历杭德拉几乎跑着到另一间屋子去了。万达背朝着基克和克里斯蒂娜，继续干着活儿，但她的身子却随着无声的颤动在摇晃。基克依然一副不动声色的样子。

"应该禁止大号，你不这样认为吗，克里斯蒂娜？没有比这更粗俗的乐器了！当然，害你们这群可怜人必须像野蛮人那样大声喊叫，才能让人听得见。多么辛苦啊！不是吗？特别是那个扮演著名作家的人。他叫什么名字来着？托纳齐？"

"托内利。"

"对了，是托内利。穷鬼一个。从体形上看，他并不配那个角色。不是吗？更糟糕的是，他不得不从头到尾一直跟大号较劲。费多大的劲儿啊！万达：观众不知道这意味着什么。此外，克里斯蒂娜，我觉得安排这样一个人很合适，他不像作家，而更像一个即将退休的职员。

---

① 古巴的一种舞蹈。

比如，那一次，在特龙剧院上演奥尼尔①的《麻绳》，那个水手就完全是一个水手的模样。太可笑了：这样的话，无论谁都可以演水手了。应该说，当那个家伙一开始讲话或者一开始嘟囔（因为谁也听不懂他说的是什么）时，他就演得十分糟糕；尽管他有一副水手的模样但演得一点不像个水手，看上去，他可以是个清洁工、是个造船工、是个咖啡馆的服务员。但是水手？Never②！克里斯蒂娜，为什么所有独立经营的剧团都非要上演奥尼尔的剧作不可呢？多么不幸啊，可怜的人！他总是那么不幸：起先是同他父亲的关系以及他恋母的变态心理；后来，在这里，在布宜诺斯艾利斯，为生活所迫不得不在码头上扛麻袋；而现在，又把全世界所有的独立经营的剧团和戏剧爱好者剧团弄得晕头转向。"他张开长长的双臂，似乎要搂抱全世界所有的剧团。然后，他面露真切的愁容，说道：

"成千上万，我怎么说呢，数百万个独立剧团都同时上演《麻绳》《早餐之前》《琼斯皇》《榆树下的欲望》等作品！可怜的亲爱的人！好像为了不再酗酒、不再看到任何人一样！当然了，你们嘛，克里斯蒂娜，另当别论。你们实际上就是专业剧团，因为你们收费那么高，就像专业演员一样。最好还是别让这样下贱的一些人白天干下水道的修理工或者会计，而晚上却扮演'博学多才的皇帝'……请你想一想吧！演那些令人厌透了的凶杀故事……当然，总还是有办法演一些情节平静的、既没有犯罪也没有乱伦的作品。或者充其量插有一两个罪行的情节。但是不能这样：那些戏剧爱好者剧团特别喜欢有大量犯罪情节、真正凶杀的剧本，就像莎士比亚一样。为什么我们要谈打扫大厅、管理服装道具、油漆墙壁、售票、当引座员、打扫厕所等这些额外工作

---

① 全名尤金·奥尼尔(1888—1953)，美国著名剧作家，1936年获诺贝尔奖。
② 英语，意为"决不可能"。

呢？这是为了提高大家的道德。这也是一种法伦斯泰尔①。通过执行严格的倒班制度，所有的人都必须打扫厕所。这样，某一天塞内塔先生在《哈姆莱特》里指挥乐团，而诺拉·罗兰德，或者范妮·拉比诺维奇，打扫 WC②。另一天，这位塞内塔也打扫 WC，而诺拉·罗兰德则指挥《榆树下的欲望》。这样，两年半之内，所有的人都发疯似的干着，有的干泥瓦工，有的干木工，有的干油漆工，有的干电工，这样剧场便盖起来了。在这些高尚的活动中，无数的新闻记者给他们拍照、采访他们，而且在报道中使用热情、兴奋、崇高的志向、人民的戏剧、真正的价值和天赋等字眼。当然，这个法伦斯泰尔有时候也会垮台。独裁统治者总是在蛊惑人心地煽动的背后虎视眈眈地窥视着。结果，马斯特罗尼科拉先生或者贝尔迪切夫斯基先生在打扫了一两次 WC 后，就发明了一种理论，说卡卡·帕斯塔费罗拉，这位在全剧团由于其好战的名声而被称为伊丽莎白·林奇的小姐，由于傲气十足，由于受到她那腐朽没落的小资产阶级反革命思想的腐蚀，因此，为了从道德和艺术上培养她，必须让她在 1955 年全年打扫 WC，而且更加糟糕的是，这一年恰好是闰年。这一切由于埃斯特尔·阿夫拉莫维奇事件而变得更加复杂。埃斯特尔·阿夫拉莫维奇进入独立经营的剧团，正如有人所说的那样，是为了大捞一把，因为，据团长说，他已经把这个高尚的纯艺术堡垒变成了一个漂亮的妓院。酷劲十足、绰号叫迪亚娜·费雷尔的梅内卡·阿皮克西亚福科，根本没有想抛弃上面曾提到的那位马斯特罗尼科拉。那位脾气酷似兰塞斯·库西亚罗尼的年轻男演员有理由吵骂、哄闹，因为自从民主的倒班制度遭到破坏后，他就被一直打入票房卖票，而这种安排纯粹出于妒忌，总而言之，是一个漂亮的妓院。所以，克里斯蒂娜，最好还是职业化，就像你们所做的那样。尽管

---

① 法国空想社会主义者傅立叶幻想建立的社会主义社会的基层组织。
② 英文 Water Closet 的缩写，意为"厕所"。

那个老家伙,他白天在某个部里工作吗?"

"哪个老家伙?"

"托纳齐。"

"托内利……托内利年纪不老,他刚勉强四十岁。"

"嗨!要不是你告诉我,我会发誓说他至少有五十好几呢。问题出在那糟糕的照明上。可是,他白天在其他地方干活,不是吗?我觉得好像在商业部对面的咖啡馆里看见过他。"

"不,他经营书店和文具。"

万达的后背在不停地颤动,好像打摆子似的。

"啊,那太好了!我这才明白了为什么把作家的角色给了他。那是当然,现在,我觉得他更像一个公职人员,这也许是因为昨天晚上我太累了,电力公司的工作搞得那么糟,灯光那样暗,这不是你们的过错,这是当然的了。还好,幸亏他有个小店。这样,至少演出的第二天他不用起得太早。可怜的人,他的嗓子一定累坏了。这讨厌的曼博舞,还有那把大号。好了,我该开路了,太晚了。祝贺你,克里斯蒂娜。再见,再见,再见!"

他吻了吻万达的面颊,同时从盒子里给她拿出一块奶油夹心巧克力。

"再见了,万达。注意保持你的线条。再见,克里斯蒂娜,再次祝贺你。这个 ensemble① 对你很合适。"

他侧身把手伸给正在发愣的马丁,然后又从把整个店分为前后两部分的屏风上面朝亚历杭德拉待的地方喊道:

"Mes hommages②,最亲爱的。"

---

① 英语,意为"剧团"。
② 法语,意为"向你致意"。

8

马丁呆呆地坐在那张高凳子上，期待着亚历杭德拉的任何表示。基克一离开那里，亚历杭德拉便对他做了个手势，要他跟她到另一个房间去，那是她绘图的地方。

"你看到了吗？"她对他说，仿佛要为自己老是不能和他见面解释清楚，"我有很多事要做。"

马丁看着亚历杭德拉在一张白纸上一笔一笔地勾画着，同时不停地开合着他那把白色的小折刀。她默默地画着，时间仿佛穿过水泥的建筑物在流逝。

"好吧，"马丁聚集起全身的力量说，"我走了……"

亚历杭德拉走到他跟前，抓着他的胳膊告诉他，他们很快就会再次见面的。马丁低下了头。

"我在对你说，我们很快就会再见面的。"她有点气恼地重复道。

马丁抬起了头。

"你知道得很清楚，亚历杭德拉，我不想干预你的生活，你的独立……"

他没有说完这句话，可是，接着他又说：

"不，我想说……至少……我希望见你时不要那么匆匆忙忙……"

"是的，当然是这样。"她赞同地说，仿佛在思索什么。

马丁又振作了起来。

"我们要处得像以前那样，你还记得吗？"

亚历杭德拉看了看他，眼睛里好像露着充满疑虑的忧伤。

"怎么，你不觉得可能吗？"

"我觉得有可能，马丁，我觉得有可能，"她说，同时垂下了目光，并用铅笔描起图来，"是的，我们将度过一个美好的日子……你等着瞧吧……"

恢复了精神的马丁，又说道：

"我们最近不能见面，有许多次是因为你的工作、你的繁忙、你的约会……"

亚历杭德拉的脸色开始变了。

"一直到月底，我都很忙，这我已经给你说过了。"

马丁做出巨大努力以免冒出指责她的言词，因为他知道，任何指责都将适得其反。但是，那些从他心底里涌出来的话带着一股默然无声而又难以驾驭的力量。

"看你手里拿着表计算着时间同我会面，这使我感到痛苦。"

亚历杭德拉抬起目光，眼睛盯着马丁，同时紧锁着眉头。马丁心惊胆战地想，再不说半句指责的话了。但是，他又说道：

"星期二那天，我以为我们要一块儿度过整个下午的。"

亚历杭德拉的脸已经变得严厉起来，而待在她身旁的马丁就像站在悬崖的边缘一样。

"你说得对，马丁。"她竟然同意说。

于是，马丁又壮着胆子说：

"因此，我倒喜欢你自己说我们什么时候再见面。"

亚历杭德拉估算了一下时间的安排，说道：

"星期五。我想到星期五我会把最紧急的活干完的。"

可她又陷入了沉思。

"但在最后一刻，也可能会有什么东西要返工或者缺少什么东西，这就很难说了……我不想让你久等……你不觉得我们把见面的时间放在星期一更好些吗？"

星期一！几乎还要过一个礼拜。可是，除了忍气吞声地接受外，他又能怎样呢？

在那个没有尽头的星期里，马丁试图用工作来麻痹自己，他看书、散步、去电影院。他去找布鲁诺,虽然他迫切希望同布鲁诺谈谈亚历杭德拉,可是他却连说出她名字的勇气也没有。布鲁诺猜得出他心里在想什么,所以也避开这个话题谈别的事情或者一般的话题。这时,马丁鼓起勇气,要说点什么。他要说的东西看起来也具有普遍的意义,并且属于那个抽象而又缺乏纯粹思想的世界,但实际上却正好表达了他自己的焦虑和期望。于是,当布鲁诺对他讲绝对性时,他便举例问道,真正的爱情是否就是一个绝对的东西。然而,在他的问话中,他使用的"爱情"一词同康德或者黑格尔使用的这个词有如此密切的关系,就像"灾难"一词与火车脱轨,或者地震与遍地的死伤,与幸存者的叫喊和流淌的鲜血一样因果相联。布鲁诺回答说,他认为,两个相爱的人之间,他们爱情的质量时刻都在变化,突然会变得神圣高尚,然后又沦为低级乏味;接着会转为温柔和舒畅,而骤然又成为悲剧性的或带破坏性的仇恨。

"因为有时候情人之间互不相爱,或者其中的一个不爱另一个,或是憎恨,或是瞧不起。"

他一边说,一边思索着琼内特有一次对他讲的话:"*L'amour c'est une personne qui souffre et une autre qui s'enmerde*①." 作为一个目睹过倒霉鬼的观察者,他回忆起,有一天一对情人坐在一家咖啡馆半明半暗的角落里,男的愁容满面,胡子拉碴,内心经受着巨大的痛苦,一遍又一遍地读着一封信(肯定是她写给他的信),读了不知多少遍,同时不停地数落她,把这张荒谬的纸片当作鬼知道什么誓约或诺言的明证。而她呢,当他怒火中烧地把注意力集中在信中的某一句话上时,她却看着手表,不停地打着呵欠。

马丁问布鲁诺,在两个相爱的人之间,是否不应该一切都是冰清玉洁、清澈透明,并且建立在真话的基础上,布鲁诺回答说,在与人相

---

① 法语,意为"爱情就是一个人感到痛苦,而另一个感到厌烦"。

处这一点上，真话几乎永远不能说，因为讲真话只能产生痛苦、忧伤和毁灭。他又说，他一直怀有一种想法（"而我也仅仅是这样的：一个只有想法的人。"他带着淡淡的嘲讽，微笑着说），有一种写一部小说或者一个剧本的想法，借此描写这样一个故事：一个试图不惜任何代价要永远讲真话的小伙子的故事。当然了，他所到之处都播下了毁灭、恐惧和死亡，直至以他自己的毁灭和死亡而告终。

"那么，必须撒谎了？"马丁痛苦地说。

"我是说不能总讲真话。实际上，几乎永远都不能讲。"

"用隐而不说的方式讲假话？"

"差不多是这样。"布鲁诺回答说，他从侧面注视着马丁，生怕伤害了他。

"这么说您不相信真话。"

"我认为，真话在数学里、化学里和哲学里是需要的，但在生活中不需要。在生活中，幻想、想象、愿望和期求更为重要。此外，难道我们知道什么是真话吗？如果我告诉您，那扇窗子的一截是蓝色的，那么，我是讲了真话。但是，这是局部的真话，因而也是一种假话。因为这扇窗子的那一截不是单独存在的，它存在于一幢房子里，一个城市里，一片景物里。它被灰色的水泥墙、淡蓝色的天空、一望无际的云彩以及其他无数的东西包围着。如果我不把这一切全部讲出来，绝对的全部，那我便是在说假话。但是，即使在窗子这个问题上，在这个物质现实上，在这单纯的物质现实上把全部都说出来那也是不可能的。现实是无穷尽的，而且色彩的层次也是无穷尽的，如果我哪怕是忘记了一种色彩，那我说的也不是完完全全的真话。现在，请您想一想人的现实，想想它的复杂性、曲折性、矛盾性和变化性。因为人的现实每时每刻都在变化，现在的我们就不是刚才的我们。难道我们永远是同一个人吗？难道我们永远有同样的情感吗？我们可以爱某个人，但随即会突然看不起他，甚至讨厌他。当我们看不起他的时候，如果给他说出来，我们就要犯错误，但我们说的是真话。然而，这样的真话是暂时的真话，过一个小时，或者第二天，或者在其他的情况下就不再是真话了。然而，我们要把真话告诉他的那个人，却认为这是真话，认为它就是真话，从来就是真话。于是，这个人将陷入绝望。"

9

星期一终于到了。

看着亚历杭德拉朝餐馆走去,马丁自语道,对她来说,好看一词不合适,甚至漂亮一词也不确切;也许可以说她清秀姣丽,但最好还是说她无与伦比,虽然她只简单地穿着件白衬衫,系一条黑裙子,脚上一双平底鞋。她朴实的衣着更加衬托出了她那异国情调的面庞,如同一座竖立在没有任何装饰物的广场上的塑像,显得格外引人注目。那天下午,一切都似乎光辉灿烂。甚至白天的宁静、无风以及似乎要推迟秋天到来的烈日(后来他曾想,秋天已在悄悄地窥伺着他,以便在他独自一人时把所有的忧愁都倾泻在他的身上),这一切都似乎表明,天象是有利的。

他们朝河岸的斜坡走去。

一辆机车拖着数节车厢在行进,一台起重机正在把机器高高吊起,一架水上飞机正在低空飞行。

"这是国家的进步。"亚历杭德拉评论说。

他们在面向着河流的一张长椅上坐了下来。

差不多有一个钟头的时间,他们没有讲话,或者至少没有讲什么重要的话,而是沉思着。这样的沉默使马丁感到非常不安。他们所说的只言片语如"那只鸟"、"烟囱里冒出的黄烟"、"蒙得维的亚"等,都是些打电报式的语言,对于陌生人来说,没有任何意义。他们没有像以前那样拟订一些计划,同时马丁也小心翼翼地避免提及那些会使这个下午过得不愉快的事情;这天下午,他如同侍候一位亲爱的病人一样,在她的面前轻声细语,竭力不使她有一点儿不顺心的事情。

可是,这种情感——马丁情不自禁地思索着——实质上是自相矛盾的。因为如果说他要维护这天下午的幸福的话,正是为了维护所有的幸福,维护他所认为的幸福:就是说和她在一起,而不是待在她的身边。说得更确切些:在她里面,钻进她的每一个缝隙、每一个细胞、每一个脚步、每一份情感、每一个想法;钻进她的皮肤、她躯体的里里外外,贴近那令人渴求和钦慕的肉体,在她的体内和她待在一起。总而言之,是一种结合,而不是一种简单的、默无声息的和令人忧伤的靠近。因此,用缄口不语、用打消进入她体内的企图来维护这天下午的纯洁是容易的,但这样做是如此的荒诞不经和徒劳无益,就像根本没有经历过这个下午一样,同时也像一个渴得要死的人,为了保持清澈的池水的纯洁,而不去喝它一样的容易和一样的荒唐。

"我们去你的房间吧,亚历杭德拉。"马丁对她说。

亚历杭德拉郑重其事地看了看他;过了片刻告诉他说,她想和他一块儿去看电影。

马丁掏出了他的小折刀。

"你别这样,马丁。我不舒服,我感到非常不舒服。"

"看你容光焕发的样子。"马丁回答,同时打开了小折刀。

"告诉你,我又感到不舒服了。"

"这怪你自己。"小伙子愤愤地说。

"你不关心自己的身体。这会儿我还看到你在吃不该吃的东西,而且喝了那么多的泡沫饮料。"

说完后,便一声不吭,开始在长椅上刮木屑。

"你别这样。"

但是,由于他固执地低着头,于是,亚历杭德拉把他的头抬了起来。

"我们曾有言在先,心平气和地过好一个下午,马丁。"

马丁嘴里不知嘟哝了一句什么。

"当然了,"她接着说,"现在你在想,如果今天下午我们过得不愉快,那不是你的错。不是这样吗?"

马丁没有回答，因为任何话都是多余的。

亚历杭德拉沉默了起来。突然，马丁又听她说道：

"好吧，那么我们回家吧。"

但是，马丁一句话也没有说。亚历杭德拉站起身来，挽着他的胳膊，问他：

"你怎么了？"

"没什么。你这样做好像是种牺牲似的。"

"别犯傻了。我们走吧！"

他们沿着贝尔格拉诺街向前走去。马丁又来了精神；突然，他几乎兴高采烈地喊道：

"我们看电影去！"

"别说傻话了。"

"不，我不想让你放弃这场电影。你都等了这么长时间了。"

"我们改日再看吧。"

"你真的不想看？"

如果她要真的让步，那么他就会更加忧伤。

"不，不想看。"

马丁感到欢乐犹如一条解冻的山间小溪，又流进了他的心田。他挽着亚历杭德拉的胳膊，迈着坚定的步伐，向前走着。过旋转桥时，他们看到一辆载满客人的出租车朝河流的方向驶来，于是向出租车打了个手势，以备万一，表明他们要到城里去，以便车子返回时好把他们带走。司机向他们做了个肯定的表示。这一天，天象表明一切都顺心如意。

他们俯身在桥边的栏杆上。极目向南远眺，在已经开始退去的雾气中，可以隐隐约约看到博卡那几座渡桥的轮廓。

出租车已经回程了，他们登上了车。

当亚历杭德拉准备咖啡的时候，马丁在一摞唱片中翻来找去，终于找到她刚买的唱片：Trying①。当埃拉·菲茨杰拉德以撕心裂肺的嗓音唱着：

I'm trying to forget you, but try as I may,
You're still my every thought every day ...②

他看到亚历杭德拉站立在那里，巧克力杯举在半空中，说道："太棒了！knocking, knocking at your door③..."

马丁默默地观察着亚历杭德拉，她的某些话语的背后总是有些阴影蠢蠢欲动，他为此感到忧伤。

但是随后，这些想法就像树叶一样被猛烈的狂风席卷而去。他们像两个彼此都要吞没对方的人一样拥抱着——他回忆道——又一次进行了那奇特的仪式，一次比一次粗野、一次比一次深入、一次比一次绝望。在躯体的生拉硬扯下，在肉体的激动与惊愕中，马丁的心灵试图让深渊彼岸的另一个心灵听见他的存在。但是，这种最终将以几乎毫无希望的喊叫而结束的沟通心灵的意图，从危机爆发前的那一刻就付诸实施了：不仅通过他们相互倾诉的话语，而且还通过彼此的眼神、表情、抚摩，甚至手的抓破，嘴的啃裂。马丁试图到达她的肉体，试图感受她、弄懂她，他抚摩着她的面颊，她的头发，吻着她的耳朵，她的脖子，她的胸脯，她的腹部，如同一只寻找秘密宝藏的狗，嗅着那神秘的地面一样，这地面到处都有可疑的迹象。然而，对于那些感觉上没有经过专门训练的人来说，这些迹象却是那样模糊，那样难以觉察。就这样，他像狗一样，当突然感到寻找的秘密近在咫尺时，便开始热切地并且几乎是发疯地挖掘起来（这时，他已经把外部世界抛到九霄云外，他变得疯疯癫癫、精神错乱，只想到和感觉到那个近在眼前的唯一而

---

① 英语，意为《尝试》。
② 英语，意为："我尝试着忘掉你，但是尽管我尽力尝试，你依然留在我的每一件事中，留在我的每一天里……"
③ 英语，意为"敲啊敲，敲着你的门"。

又强大的秘密），于是他向亚历杭德拉的躯体发起了进攻，试图钻进她的体内，一直钻到那个令人痛苦之谜的神秘底部：他挖掘着，啃啮着，疯狂地往里面楔进，并试图更加近切地感受到那个人神秘而深藏的灵魂的微弱声响，它的主人血淋淋地近在眼前，但又令人肝肠寸断地远在天边。在马丁不停地挖掘的时候，亚历杭德拉也许从她自己的孤岛上进行抗争，大声叫嚷着密码式的语言。这些话语，对于他，对于马丁来说，是无法理解的；对于她，对于亚历杭德拉来说，可能是无用的；而对于他们俩来说，则是令人心烦恼火的。

后来，如同经历了一场留下遍野横尸却又毫无作用的战斗一样，两个人都默默不语。

马丁试图探究亚历杭德拉面孔的表情，然而，在一片几乎漆黑的房间里，他什么也没有能看出来。他们走了出去。

"我要去打个电话。"亚历杭德拉说。

她走进一家酒吧，开始打电话。

马丁从门口焦急不安地望着她。她给谁打电话呢？她讲些什么呢？

亚历杭德拉垂头丧气地走了出来。对马丁说：

"我们走吧。"

马丁发觉她有点精神恍惚的样子，当他对某件事发表评论时，她都答以：唉？怎么？她还不时地看看手表。

"你有什么事要干吗？"

她看了看他，仿佛没有听懂他的问话。马丁又重复了一遍，她这才回答说：

"八点钟时，我得在另一个地方。"

"远吗？"马丁战战兢兢地问。

"不远。"她含糊其词地答道。

10

马丁望着亚历杭德拉闷闷不乐地远离而去。

这是四月初的一天,但是秋天已经开始露出预示性的征兆,宣告它即将来临,如同那令人怀念的圆号回音——马丁想——在主旋律依然雄浑壮伟的一首交响乐中还刚隐约地听到,然而,这回音(却以某种迟疑、温柔而又有增无减的执着)已经在提醒我们,那个主旋律正在结束,而那些遥远的号音却越来越近,直至变成支配一切的主旋律。一片干枯的树叶,已经在为云彩满天、悠悠长长的五六月做着准备的天空,都预示着布宜诺斯艾利斯美丽的季节在悄悄地临近。仿佛在经历了夏天的酷暑之后,天空和树木都开始露出一副息影避世的神态,这是一切事物在进入漫长的冬眠时才有的神态。

11

马丁拖着双腿机械地走进了酒吧,但他的脑子里依然在想着亚历杭德拉。如同经历了一次令人焦急不安且又充满危险的长途旅程之后到达一个熟悉的港口一样,他长长地舒了口气。这时,他听到蒂托在说,这个国家没有治了,边说边拍打着一份《评论报》,好像要证明他们刚刚争论过的某件事情似的。与此同时,波罗托说,这是因为黑手党包围了这个国家;而奇钦则站在柜台后面摆弄着一只酒杯,一只手里拿着帽子,仿佛准备要出去似的,说道,没有把这种人赶走真是大错而特错。这时,蒂托(气急败坏地,以阿根廷人特有的那种无法克服的怀疑主义)整了整破旧不堪的领带,然后用食指指着胸脯证实说,这是温贝托·J.达尔坎赫洛对你说的。这时,一位没有见过面的人物(名叫佩鲁齐?还是佩雷蒂?),穿着光洁挺括的意大利款式外套,打扮得无可挑剔,浑身浸透了香水,用刚刚学到的西班牙语说,他同意达尔坎赫洛先生的意见,这种破败的状况,譬如有轨电车的情形,应该引起注意,像布宜诺斯艾利斯这样的城市,在二十世纪的今天还使用这种粗笨的东西,这简直无法想象。这时,憋着一肚子火的温贝托·J.达尔坎赫洛使劲地盯了他一眼,以故作庄重然而充满嘲讽的客套说道(他一边说,一边整了整领带):我感到奇怪,您说说吧,在那里,在您的祖国,难道没有有轨电车吗?对于这个问题,名叫佩鲁齐或者佩雷蒂的年轻小伙子回答说,那里的有轨电车早已从市中心消失了;此外,就像整个交通系统的交通工具一样,那里的有轨电车速度很快,都是现代化的,非常干净,而且还是流线型的。他们知道从热那亚到那不勒斯的直达列车的速度打破了世界纪录吗?而在这里,说真的,在这里,火车的状况令人遗憾,甚至使人感到可笑,就像达尔坎赫洛先生刚才承认的那样。由于这样的原因,达尔坎赫洛先生本人的反应大概让他感到非常惊讶，只见达尔坎赫洛用瘦骨嶙峋的手敲击着《评论报》的第一版，上面登载着凡希奥在兰斯①获胜的横贯八栏的标题，达尔坎赫洛几乎高声嚷道：这也是意大利的吗？名叫佩鲁齐或者佩雷蒂的年轻人对这样的问话感到如此意外，仿佛一个彬彬有礼地向他借火的人突然掏出手枪对他抢劫一样，他开始结结巴巴地回答起来。他那语不成句的答复气得蒂托浑身发抖，由于过分的紧张和压抑，他的声音低得几乎难以听见：唉，师傅，凡希奥可是阿根廷人，虽然他也像我、奇钦或者兰布鲁斯奇尼先生一样，是意大利人的后裔。我们是阿根廷人，说得更确切些，是躲在轮船的底舱里来到这里，尔后又头也不抬地耕作了五十年，现在依然感激美洲的那些意大利人的儿子。我们这些人满怀着骄傲看着蓝白旗②而不是像那些现在来到这里的意大利人，整天对这个国家说三道四：什么路面上坑坑洼洼啦，什么有轨电车啦，什么火车啦，什么垃圾啦，什么布宜诺斯艾利斯令人讨厌的天气啦，什么气候太潮湿啦，什么米兰的情形是这样或者那样啦，什么这里的女人不漂亮啦，什么他们到这里来不是为了捞一把，甚至说这里的牛排也不好吃啦，等等。现在，我扪心自问，也问问在场的各位：既然对这个国家如此反感，为什么不收拾行装滚蛋呢？既然意大利像他们所说的那样是天堂，为什么不回到意大利去呢？我要问，对我来说，这一批又一批的头头脑脑、大夫和工程师意味着什么呢？他怒不可遏地站起身来，整了整领带，折叠好那份《评论报》，朝马丁喊道：我们回家去，小伙子！于是，他跟谁也没有打招呼就走了出去。

---

① 法国城市名。
② 指阿根廷国旗。

12

马丁在酒吧门口同蒂托分了手,然后朝公园走去。他沿着这个古老的乡间别墅的台阶拾级而上,在这里又一次闻到了浓烈的尿臭味;每一次经过这儿,他都有这样的感觉。他在雕像对面的长椅上坐了下来,每当爱情好像要发生危机时,他都要到这里来坐坐。有好长一段时间,他一直在思考自己的命运,并为脑子里盘旋着亚历杭德拉此刻正和另外一个男人待在一起的想法而备受折磨。他把头往椅背上一靠,任凭思绪辗转、翻腾。

13

第二天,马丁给唯一可以见到亚历杭德拉的人打了个电话:这是唯一能够通向那个陌生地区的大桥;可以走上这座桥,但桥的另一端却是笼罩着迷雾和忧伤的地方。除了他自己觉得不好意思外,布鲁诺的羞耻感也使他无法谈及他唯一感兴趣的事情。

他约布鲁诺在拉埃尔维蒂卡咖啡馆见面。

"我必须去见里纳尔迪尼神父,我们一起去吧。"

布鲁诺向马丁解释说,他病得很厉害,他刚刚同亨蒂莱大主教进行了交涉,看是否准许他回到拉里奥哈去。但是,主教们都敌视他;公正地讲,里纳尔迪尼神父已尽一切可能使自己如愿以偿。

"有朝一日,当他去世后,人们会对他赞不绝口的。这和加利·迈尼尼的情形一模一样。在这样一个充满忌恨心理的国家,一个人只有不再成其为伟大时,他才开始成为伟大。"

他们沿着秘鲁大街信步而行,忽然,布鲁诺抓住马丁的胳膊,指了指一个拄着拐杖、走在他们前面的人说:

"博尔赫斯[①]。"

当走到那个人跟前时,布鲁诺向他致了声问候。马丁触到了一只细小的、几乎没有骨头和力气的手。那个人的脸仿佛先被用色彩描画过然后又被用橡皮擦得模模糊糊似的。他讲话有些口吃。

"这位是亚历杭德拉·比达尔·奥尔莫斯的朋友。"

"哎呀,哎呀……亚历杭德拉……那很好。"

他抬起眼皮,用一双天蓝色、多泪水的眼睛打量着马丁,眼神里露出一种泛泛的、心不在焉的、没有确切对象的热情。

布鲁诺问他正在写些什么。

"嗯,哎呀……"他口吃地说,带着一种介乎于犯罪感和恶作剧的样子微笑着。这种充满讥讽的谦虚,是一种表面的自卑和内在骄傲的混合物,每当阿根廷人因一匹善跑的骏马或者他们编皮绳的技艺受到称赞时,他们就常常露出这种神态。"哎呀……嗯……在试着写点小东西,比草稿稍微成熟点。唉,唉……"

他一边结结巴巴地说着,一边开玩笑似的活动着脸上的肌肉。

当他们朝里纳尔迪尼家走去时,布鲁诺看到了门德斯,听见他挖苦地说道:寡头太太们的讲演家!但是,一切要比门德斯想象的复杂得多。

"奇怪,在这个国家里,幻想文学有那么高的质量和这样重要的地位,"他说,"这是什么原因?"

马丁小心翼翼地问他,是不是因为我们这种令人讨厌的现实造成的结果,是一种逃避现实的办法。

"不,美国的现实也是令人讨厌的。应该有另外的解释。至于门德斯对博尔赫斯的看法……"

他笑了。

"听说他不怎么像阿根廷人。"马丁说。

"他不是阿根廷人能是什么呢?他是典型的国产货。连他的欧洲主义也是阿根廷的。一个欧洲人并不是欧洲主义者:只是欧洲人,仅此而已。"

"您认为他是位伟大的作家吗?"

布鲁诺陷入了沉思。

"我不知道。我有把握说的是他的散文是当今西班牙语散文中出类拔萃的作品。但是要做一个伟大的作家,他的文笔过于雕琢了。你能想象在托尔斯泰的作品中,当某个人物的生命处于一发千钧之际时,作家只试图用一个副词让人感到迷乱茫然吗?但是也不是他所有的作

---

① 全名豪尔赫·路易斯·博尔赫斯(1899—1987),阿根廷著名作家、诗人。

品都那么不合时宜，别相信。在他的优秀作品中，有一些东西非常有阿根廷味：某种离情别绪，某种抽象的忧伤……"

他默默地走了一段路。

"其实，关于阿根廷文学应该成为什么样子，人们说了许多蠢话。重要的是它应该有深刻性。其他都是次要的。如果阿根廷文学流于肤浅，把善于骑射的高乔人或者说好找碴打架的人搬上舞台也白费功夫。伊丽莎白时代的英国最有代表性的作家是莎士比亚。然而，他的许多作品里所写的东西甚至根本不是在英国发生的。"

接着，他又说：

"……最使我感到好笑的是门德斯抨击我们作家身上的欧洲影响。依据是什么呢？这最滑稽：依据是犹太人马克思、日耳曼人恩格斯和希腊人赫拉克利特①创立的哲学学说。假如我们同意这些批评家的观点，那就必须用凯兰迪语②来描绘如何捕获鸵鸟。其他一切都是外来的和反阿根廷的。我们的文化就是从那里来的，我们怎么能避免它呢？而且，为什么要避免它呢？我不记得谁说过为了不失去自己的原本性就不看书这样的话。您明白吗？如果一个人生来就是说原本性的语言或干原本性的事情，那他看外来的书绝不会失去他的原本性。如果一个人生来就不是这种料，那他读这样的书也不会失去什么……此外，这儿什么都是崭新的，我们生活在一个不一样的强大的大陆，一切都朝着不同的方向发展。福克纳③也曾读过乔伊斯④和赫克斯利⑤的作

---

① 赫拉克利特（约公元前540—约公元前480与前470之间），古希腊唯物主义哲学家，爱非斯学派的创始人，被列宁称为"辩证法的奠基人之一"。
② 原住在拉普拉塔河南部流域的土著居民凯兰迪人的语言。
③ 全名威廉·福克纳（1897—1962），美国著名作家，1949年获诺贝尔文学奖。
④ 全名詹姆斯·乔伊斯（1882—1941），爱尔兰作家。
⑤ 全名奥尔德斯·赫克斯利（1894—1963），英国作家。

品，还读过陀思妥耶夫斯基①和普鲁斯特的著作。什么？希望一个完全的、绝对的原本性？这样的原本性是不存在的，既不存在于艺术中，也不存在于其他任何东西中。一切都是在先前的基础上建立起来的。在人类的任何事情中，都没有纯而又纯的东西。希腊诸神也是混血的，并且受到东方宗教和埃及宗教的感染（姑且这样表达）。《弗洛斯河上的磨坊》②里有一段讲一位妇女在镜子前面试戴草帽的描写：很像普鲁斯特的作品。我想说这是普鲁斯特作品的起源。其他一切都是发展。是天才的发展，几乎是癌变性的发展，但归根到底是发展。梅尔维尔③的一篇小说的情况也是这样，我记得叫 *Bertleby* 还是 *Bartleby*④，或者类似的名字。我读这篇作品的时候，深为它那种卡夫卡⑤式的气氛所打动。一切都是这样的。譬如，我们是阿根廷人，甚至当我们抱怨国家时我们仍然是阿根廷人，就像博尔赫斯经常做的那样。特别是以真正的狂怒咒骂时，如同乌纳穆诺诅咒西班牙那样，如同那些在教堂里放炸弹的激烈的无神论者一样，这是信仰上帝的一种方式。真正的无神论者是那些无动于衷的人，是那些犬儒主义的信徒。而那些我们可以称之为无祖国论的人，则是世界主义者，是那些既可以生活在这里也可以住在巴黎或伦敦的人。他们生活在一个国家里就如同住在一个旅馆里一样。但是，我们应该公正地说：博尔赫斯不是这样的人，我认为他是以某种方式在表达为祖国感到的痛心，当然，他没有农村的雇工或者冷冻厂的工人对国家遭遇感到痛心时的那种敏感和宽宏大量。这一点，表明他缺少伟大的品格，他不能理解和感觉祖国的总体性直至

---

① 全名费多尔·米哈伊洛维奇·陀思妥耶夫斯基（1821—1881），俄国作家。
② 英国著名女作家乔治·爱略特的作品。
③ 全名赫尔曼·梅尔维尔（1819—1891），美国作家。
④ 指梅尔维尔的《白鲸》。
⑤ 全名弗朗茨·卡夫卡（1883—1924），奥地利作家。

其浑浊的复杂性。当我们读狄更斯①、福克纳或者托尔斯泰的著作时，我们就感觉得到这种对人的灵魂的完全理解。"

"吉拉尔德斯②呢？"

"在哪种意义上？"

"我想说，那种欧洲主义。"

"嗯，对。在某种意义上，某个时候来看，《堂塞贡多·松布拉》仿佛是由一位生活在潘帕斯大草原上的法国人写的。可是，您瞧，马丁，请您注意，我说是'在某种意义上'，'某个时候'来看……这说明这部小说不可能是由一位法国人创作的。我认为基本上它是阿根廷小说，尽管林奇③笔下的高乔人比吉拉尔德斯描写的高乔人更加真实。堂塞贡多是一个虚构的人物，尽管如此，他还是一个不折不扣的神话。说他是一个真实神话的证据是他已在我们人民的心灵深处扎下了根。另外，吉拉尔德斯是阿根廷人还因为他那纯精神的忧虑。这一点是阿根廷作家特有的：无论是埃尔南德斯④、基罗加⑤，还是罗伯特·阿尔特⑥都是这样。"

"罗伯特·阿尔特？"

"不应对他的重要性存有丝毫疑问。许多傻瓜以为他所以能成为一个举足轻重的作家，是因为他的文笔生动。不，马丁。在他的著作里，几乎所有文笔生动的地方都是一处不足。尽管这样，他还是一位伟大的作家。他的伟大在于他刻画埃尔多萨因的独白中所表现出的惊人的抽象和宗教式的紧张心情。《七个疯子》充斥着缺陷。我不是指文体上

---

① 全名查尔斯·狄更斯（1812—1870），英国作家。
② 全名里卡多·吉拉尔德斯（1886—1927），阿根廷作家，下面提到的《堂塞贡多·松布拉》为其代表作。
③ 全名贝尼托·林奇（1885—1951），阿根廷作家。
④ 全名何塞·埃尔南德斯（1834—1886），阿根廷著名诗人。
⑤ 全名奥拉西奥·基罗加（1878—1937），乌拉圭作家，但定居于阿根廷。
⑥ 全名罗伯特·阿尔特（1900—1942），阿根廷作家。

的或者语法方面的缺陷,这样的缺陷无关紧要。我是说字里行间满是带引号的文学,狂妄自负或虚假杜撰的人物比比皆是,如那位占星术士。尽管如此,他还是一位伟大的作家。"

马丁微微一笑。

"但是……伟大的艺术家的命运是相当悲惨的:人们所以敬佩他们,一般都是因为他们身上存在弱点和缺陷。"

里纳尔迪尼亲自给他们打开了门。

里纳尔迪尼高高的个子,满头银发,瘦长的脸,表情严峻。在他的神情里,混杂着和善、嘲讽、聪慧、谦虚和自豪。

这套房子非常简朴,里面到处是书。马丁和布鲁诺进屋的时候,在纸张和打字机的旁边还放着吃剩下的面包和奶酪。里纳尔迪尼感到不好意思,他想偷偷把面包和奶酪挪开。

"我只能用一杯卡法亚特①葡萄酒招待二位了。"他找到了一瓶酒。

"我们刚刚在街上看到了博尔赫斯,神父。"布鲁诺说。

里纳尔迪尼一边斟酒,一边露着微笑。于是,布鲁诺向马丁解释说,里纳尔迪尼曾就博尔赫斯写过非常重要的文章。

"哎,那都是时过境迁的事了。"里纳尔迪尼说。

"怎么,您要修正自己的看法?"

"不,"里纳尔迪尼打着模棱两可的手势回答说,"可现在我要说另外的事情。他的小说越来越使我难以忍受。"

"可您过去很喜欢他的诗,神父。"

"对,有一些我很喜欢。但有很多是胡说八道。"

布鲁诺说,那些回忆童年、追忆昔日的布宜诺斯艾利斯、追忆古老的庭院、追忆时光流逝的诗,使他深受感动。

---

① 阿根廷地名,在萨尔塔省。

"是的，"里纳尔迪尼承认道，"使我不能容忍的是他的那些哲学游戏，尽管确切地说应该是伪哲学游戏。他是一位有才华的作家，是个伪启迪者。或者像英国人说的那样，是一位矫揉造作的作家。"

"但是，神父，一家法国报纸却大谈博尔赫斯哲理的深刻性。"

里纳尔迪尼请他们抽烟，与此同时，他狡黠地笑了笑。

"您怎么看……"

里纳尔迪尼点着了烟说：

"您看，您可以在那些消遣之作中挑任何一篇，譬如《通天塔图书馆》。在这篇作品中，他对'无限'的概念进行诡辩，把它与'不定'的概念混为一谈。二十五个世纪以来，在任何一本专著中，都会谈到这两者之间最起码的区别。当然了，从一个荒谬的论点出发，可以推导出任何东西来。*Ex absurdo sequitur quodlibet*①。从这种幼稚的混淆里得出宇宙是不可理解的启示，这是个冷酷的寓言故事。任何一个学生都知道，甚至连我都敢于推测（就像博尔赫斯可能说的那样），同时实现一切可能性那是不可能的。我可以站着，我也可以坐着，但我不能同时又站着又坐着。"

"那个关于犹大的故事②呢？"

"一位爱尔兰牧师有一天对我说：博尔赫斯是一位咒骂城市郊区的英国作家。也许还应该加上一句：是一位咒骂布宜诺斯艾利斯郊区和哲学郊区的作家。博尔赫斯-索伦森先生，这位斯堪的纳维亚-布宜诺斯艾利斯的半人半马怪提出的神学推论，几乎连推论的模样都没有。这是画出来的神学。我也一样，假如我是抽象派画家，我会用一个三角形和几个小点画出一只母鸡；然而，这样的鸡是熬不出鸡汤来的。那么，在博尔赫斯的作品中，这种把戏是有意的还是无意的呢？我是

---

① 拉丁文，意思即前句的意思。
② 指《关于犹大的三种说法》。

想说：博尔赫斯是一位诡辩家还是一位装腔作势者？这种嘲弄的主题对任何诚实的人来说都是无法容忍的，即使人们说这是纯文学的事。"

"就博尔赫斯来说，这是纯文学的事。他自己也会这样说的。"

"这对他更为糟糕。"

这时候，他火气上来了。

"这些对犹大仁慈的幻想家表明了一种贪图安逸和胆怯懦弱的倾向。在重大的事情面前，在善良面前，在最卑劣的行径面前，他们让步、退缩。因此，今天，一个骗子并不是骗子，而是一个政治家。这是优雅大方地拯救魔鬼。魔鬼并不是像人们所描绘的那样可怕，得了吧！"

他的目光盯着马丁和布鲁诺，仿佛要他们作出解释似的。

"实际上恰恰相反：魔鬼比这些人所描绘的更为可怕。他们不是蹩脚的哲学家；但糟糕的是他们是蹩脚的作家。因为他们连亚里士多德早已看到的这个至关重要的心理现实都感觉不到。埃德加·坡①把它称作 *the imp of perversity*②。上个世纪的伟大作家们，从布莱克③到陀思妥耶夫斯基，对这一点也都看得一清二楚。可是，当然……"

他突然打住话头，两眼透过窗口向外面望了一会儿，然后淡淡地一笑，总结性地说道：

"这么说来，犹大在阿根廷还逍遥自在……他是财政部长们的守护神，因为他通过那些从没人想过的地方弄到了钱。然而，可怜的宝贝，犹大没有梦想过要做统治者。可现在，在我们国家，好像他就要取得或者已经在政府里获得了职位。好了，不管有政府还是没有政府，犹大终将被绞死。"

后来，布鲁诺向他解释了向亨蒂莱主教的交涉。里纳尔迪尼打了

---

① 全名埃德加·爱伦·坡（1809—1849），美国作家。
② 英文，意为"邪恶的小魔鬼"。
③ 全名威廉·布莱克（1757—1827），英国诗人、画家。

个手势，以某种无可奈何而又饱含善意的嘲讽微笑着。

"巴桑，做人不能太毒。红衣主教们是不会放过我的。至于这位亨蒂莱主教，不幸的是他是您的亲戚，最好别去干那些教会的肮脏的政治交易，经常读读福音书吧。"

马丁和布鲁诺离开了那儿。

他孤单一人待在那里，怪可怜的，穿着那身破旧的教士服，马丁这样想。

14

亚历杭德拉一直没有露面，马丁也埋头于自己的工作或者与布鲁诺泡在一起。这是一段痛苦思考的日子，但还不是混乱、无望的痛苦日子。好像人们的情绪同布宜诺斯艾利斯的那个秋天颇为一致，那是个不仅有枯黄的树叶、灰暗的天空和蒙蒙细雨的秋天，而且还是个气候多变、雾气沉沉的秋天。人们都对别人心怀疑惧，彼此缺少共通的语言，更缺少一致的想法（如同在某些民族战争中或在获得某些集体荣誉后所发生的那样）：在一个国度里有两个民族，而这两个民族是不共戴天的敌人，虎视眈眈地瞪着眼对望着，相互之间怀着深深的怨恨。而深感孤独的马丁，对什么都要问个明白：对生与死、对爱情与上帝、对自己的国家、对所有人的命运。但是，这些想法没有一个是单纯的，每个问题都不可避免地围绕着亚历杭德拉的话语和回忆、她那灰绿色的眼睛，以及她那怨恨和矛盾表情的深处来提出。突然之间，她仿佛变成了祖国，不再是象征性插图上的那个漂亮然而脱离不了常规的女人。祖国是童年和母亲，是家室和温柔；而这些马丁都不曾有过。虽然亚历杭德拉是女人，他本可以在某种程度上，以某种方式，期待她给予母亲的爱和温暖，但是，她是一块神秘而混乱的土地，经受过地震的震撼和飓风的袭击。在他那焦虑、晕眩的头脑里，一切都搅和在一起，一切都围绕着亚历杭德拉的形象在急速地旋转，他甚至想起了庞隆和罗萨斯，因为在那个中央集权派的后代、但却赞同联邦派的姑娘身上，在阿根廷历史上那个矛盾而又活生生的结论中，一切混乱和敌对的东西，一切邪恶和无耻的东西，一切模棱两可和含糊不清的东西，在他眼前似乎都概括、综合成一体。于是，他又看到可怜的拉瓦列踏上了布宜诺斯艾利斯省那寂静而露着敌意的土地，他是那样的困惑不解和深怀怨恨，或许在捉摸着生活在漫长、沉思的寒夜里的人民心中的奥秘；或许裹着那天蓝色的披风，默默不语地望着炉膛里变化不定的火苗；或许在倾听着流传于老乡中间充满敌意的歌谣的微弱回声：

> 因为多雷戈之死，
> 天空乌云蔽日，
> 黑沙罩满大地，
> 悲歌哭苍天。

布鲁诺，这个马丁紧紧地抓住不放并且用热切期待的疑问目光紧紧地盯着的布鲁诺，也似乎备受疑问的折磨，他在不断地追问自己关于普遍存在的意义，询问自己世界上到底存在不存在人们在那里生活、在那里受苦的那个神秘地区。他，马丁，亚历杭德拉，还有在布宜诺斯艾利斯街头流浪，就像在一片混乱中踯躅的无数市民，他们之间谁也不知道真理在哪里，谁也不相信任何东西。像堂潘乔那样的老人们（布鲁诺这样想）生活在对过去的梦幻中；冒险之徒们不择手段地敛财捞钱；恬不知耻的教授们在讲授他们曾经唾弃过的东西中已经适应了新的秩序；学生们在反对庇隆的同时，实际上却同虚伪而又利己的自由的捍卫者们结成联盟；那些年老的移民在梦想着另外一种现实，一种迷人而遥远的现实，就像达尔坎赫洛老人一样，遥望着那片已经无法够着的土地，低声咕哝道：

> *Addio patre e matre,*
> *addio sorelle e fratelli.* ①

---

① 意大利语，意为"再见吧，父亲母亲；再见吧，兄弟姐妹"。

这两句话可能是某个移民诗人在船要离开雷焦①或者保拉②时在老人耳边说的。在那一时刻,男男女女都把目光投向曾一度被称为大希腊③的群山,他们不是用(懦弱的、不定的、说到底是无能为力的)肉体的眼睛,而是用他们心灵的眼睛眺望着。今天,这些眼睛越过大海和时间,仍在遥望着那些高山和栗子树。这些眼睛凝神专注而缺少理智,但它们不会为生活的贫困和经历的坎坷、遥远的距离和生命的衰老所压服。达尔坎赫洛老人(歪戴着他那顶破旧的绿色小礼帽,酷似一位滑稽演员和时间及"失望"的幽默象征,带着温顺而又疯狂的无所畏惧)用这样的眼睛望着他那遥远的卡拉布里亚④,而蒂托则用讥讽的小眼睛望着他,嘴里啜着马黛茶,脑子里在想"他娘的,我要是有钱的话"。那么(马丁一边望着正盯着自己父亲的蒂托,一边思索着),阿根廷是什么呢?对于这样的问题,布鲁诺可能会不止一次地回答他说,阿根廷不仅仅是罗萨斯和拉瓦列,高乔人和潘帕斯草原,而且还是——以多么悲惨的方式!——戴着绿色小礼帽、目光漠然的达尔坎赫洛老人,以及他那个怀疑中夹杂着温情、对社会的不满夹杂着急公好义、多愁善感夹杂着分析的才智、长期的失望夹杂着对某种东西急切而始终如一的期望的儿子温贝托·J·达尔坎赫洛。我们阿根廷人都是悲观主义者(布鲁诺说),因为我们心里蕴藏着大量的希望与幻想,要成为悲观主义者,就必须事先期望过某种东西。但这并不意味着阿根廷人是一群欲壑难填的人,尽管他们中间不乏恬不知耻之徒和追求安逸享受之辈;阿根廷人民是一群饱受折磨的人民,这与唯利是图的民族是完全不同的,因为利欲熏心者对一切都是逆来顺受,对什么都无所谓。而阿根廷人对什么都在乎,他们可以为任何事情而大动干

---

① 意大利地名。
② 意大利地名。
③ 南意大利城市的总称。
④ 意大利地名。

戈、痛不欲生、愤愤不平和耿耿于怀。阿根廷人对什么都不满意,对自己也是如此,他们爱记恨,易反感,好激动,性暴躁。是的,达尔坎赫洛老人的乡愁……布鲁诺议论道,仿佛在说给自己听似的。但是,这里的一切都有怀念故土的情思,因为在世界上,这样的情感如此反复地出现的国家大概为数不多:首先是西班牙人,因为他们怀念自己遥远的祖国;后来是印第安人,因为他们怀念失去的自由,怀念自己存在的意义;再后来是高乔人,外国的文明把他们撵出了自己的家园,他们不得不背井离乡,在自己的土地上过着流放者的生活,他们怀念着那原始独立的黄金时代;再后来是那些像堂潘乔一样出生于拉丁美洲的老族长,因为他们觉得,那个慷慨大方、注重礼貌的过去早已变为吝啬和谎言的时代;最后,还有那些外来的移民,因为他们思念自己那古老的土地、古老的风俗、古老的神话,还有那围着炉火的圣诞节。因此,怎么会不理解达尔坎赫洛老人呢?因为,随着我们愈接近死亡,我们也就越接近土地,这可不是泛泛而论的土地,而是那块小小的(但它是多么亲切,多么令人怀念啊!)土地,我们在它上面度过了童年,在它上面做过游戏、玩过魔术——那不可复得的童年的不可复得的魔术。于是,我们回忆起它上面的一棵树,一个朋友的面孔,一只小狗,一条在夏日午休时尘土飞扬的道路以及知了的鸣叫和潺潺的小溪。诸如此类的东西不一而足。它们不是什么重要的东西,而是细小的,微不足道的东西;但是,在死亡来到之前的这个时刻,这些东西却获得了难以置信的重要性,特别是在这个乃是移民世界的国家里,当一个即将死去的人只能用对童年时代的那棵小树或者那条小溪那样极不完整、那样透明而又缺少肉体感的回忆来进行自卫时,更是如此。他与这些东西之间不仅横亘着时空的深渊,而且还汹涌着茫茫的大海。因此,我们能够看到许多像达尔坎赫洛这样的老人,他们几乎终日沉默不语,好像无时无刻不在眺望着远方,而实际上他们是在凝望着内心,凝望着他们记忆的最深邃的地方。因为只有记忆才能抵御时间和它们产生的破坏力，它有点像永恒在这段连续不断的时空里表现出的一种形式。由于岁月的增添，我们（我们的意识、我们的感觉、我们坎坷的经历）在慢慢地变化，我们的皮肤、我们的皱纹也慢慢地变成了这段时空的明证和证据，但是，在我们身上，在我们躯体里面，在肉体最神秘的地区，有某种东西，它用指甲和牙齿紧紧地抓着童年和过去，抓着自己的种族和土地，抓着传统和梦想，仿佛在抵御着这一悲剧性的进程：它就是记忆，是铭记我们自己的神秘记忆，是铭记我们的现在和过去的记忆。如果没有记忆（那该多么可怕啊！布鲁诺自语着），这些像是在幽深的地层发生的一次巨大的、破坏性的爆炸中失去了记忆的人，他们就会如同一片片细薄轻微、无依无靠、轻飘之极的落叶，被这狂怒而没有知觉的时间之风席卷而去。

15

一天下午,终于发生了一件令人惊异的事:马丁在莱安德罗·阿莱姆街和坎加略街相交的拐角处等候电车,当流动的车辆停下来时,看到了亚历杭德拉坐在一个男人驾驶的一辆凯迪拉克跑车里。

他们也看到了马丁,亚历杭德拉顿时面色苍白。

博德纳韦叫马丁也上车,亚历杭德拉把身子往座位的中间挪了挪。

"我碰到了您的女朋友,她正在等公共汽车。多么巧的事啊!您上哪儿去?"

马丁告诉他说去博卡,回自己的住处去。

"好,那么我们就先送您。"

为什么呢?马丁如同在晕眩中一样暗自问道。那个"先"字可能就是构成令人苦恼的问题的第一个字眼。

"不,"亚历杭德拉说,"我先下。就这儿,在五月大街。"

博德纳韦颇觉意外地看了看她,或者至少马丁觉得是这样,因为当后来回味那次不期而遇的情景时,他记起了博德纳韦当时的惊讶确实非同寻常。

当亚历杭德拉下车时,马丁问她要不要他陪她,她说她时间很紧,最好还是改日再见。然而,在她离去的时候,又犹豫了一下,转过身告诉马丁,说次日下午六点钟在赛马俱乐部等他。

在去博卡剩下的那段路上,博德纳韦一句话也没有说,几乎一直绷着脸;与此同时,马丁却在试图分析那次奇突的相遇。是的,那个男人可能是偶然碰到了亚历杭德拉,他不也是偶然地碰到自己的吗?由于他那善于交际的性格,当他在街上认出亚历杭德拉时邀请她上车也不足为奇。这绝对没有什么值得大惊小怪的地方。令人感到惊讶的倒是亚历杭德拉接受他的邀请。另外，当她说她在五月大街下车时，博德纳韦为什么感到那么诧异？这一反应可以说明，他们是有意结伴而行，而不是意外的相遇。亚历杭德拉决定先下车是为了向马丁表明，那是一次偶然的相遇，除此而外她和那个家伙没有任何别的瓜葛。她的这一决定使博德纳韦大吃一惊，以致他无法掩饰那明显的表情。马丁感到，在他的精神里某种东西正在崩溃，但他试图不为绝望所俘获，以执拗的清醒，继续分析发生的这件事。他稍微松了口气，因为他想博德纳韦的惊异可能另有原因：如亚历杭德拉上车时说她要回家，她的家在巴拉卡斯（的确，他们沿莱安德罗·阿莱姆街向南行驶证明了这一点），但是，她想如果马丁在博卡下车后她还和博德纳韦待在一起会引起他的猜疑，于是她便决定在五月大街下车，而这突如其来和自相矛盾的决定引起了博德纳韦的注意。事情是这样也好，可那个家伙为什么表情那么阴沉、那么闷闷不乐呢？好了，毫无疑问，因为他曾打算一旦亚历杭德拉与他单独在一起，他就可以同她调情，而那个决定使他的如意算盘落了空。然而，还有一个值得怀疑的地方：为什么亚历杭德拉拒绝马丁陪她？他们会不会晚一点儿在他们要去的地方再碰头？有一个让人宽心的细节：除了偶然的相遇，亚历杭德拉怎么能和博德纳韦联系上呢？她和他不熟悉，不知道他住在什么地方，至于博德纳韦，他甚至不知道亚历杭德拉叫什么名字。

然而，一种模模糊糊的感觉一再地驱使马丁分析那一次的相遇。那次相见看起来普普通通，可是现在，在这又一次相遇之后，它有着非同一般的重要性。亚历杭德拉死后好多年，马丁才确信，那次发生的事情，仅仅是一个潜伏性的先兆：博德纳韦同亚历杭德拉在普拉萨酒吧见面一事，与她后来要马丁去见莫利纳里的冲动做法有关，那些驱使她自寻短见的事件以及她最后一次同博德纳韦的交谈，有一天会向马丁表明那个男人在这场戏中所扮演的角色。数年之后，当他同布鲁诺谈起这件事时，他将不得不凄楚地讥嘲自己当年处事的周到，是他马丁把那个男人推到了亚历杭德拉要走的路当中。他以怪癖般的仔细又一次回忆了普拉萨酒吧初次见面的细节。那次见面平淡无奇，如果不是最后那些事件出乎意料而又令人恐惧地澄清了那份被人遗忘的手稿的话，它会作为毫无意义的事情而消失在乌有之中。

但是，马丁暂时还不能看出最后才暴露出来的那些牵连。他反复地回忆着普拉萨酒吧那次见面的经过，想起了当他把博德纳韦介绍给亚历杭德拉时，亚历杭德拉的眼睛里露出了一道瞬息即逝的闪光；继这一闪光之后，她的态度一直都很生硬。虽然这个细节也有可能（布鲁诺这样想）是一个错误的记忆，他能发现这一细节，是因为他那具有追溯以往能力的清醒头脑，这种清醒的神志是灾难赐给的，或者我们以为是灾难给我们的；当我们说"现在我记起了当时听到了一种可疑的声响"时，实际上那个声响是想象给记忆中那些真正而又简单的事实加上去的。这是现在用先兆性的苗头修改过去、丰富过去、歪曲过去，从而影响过去的惯常方式。

马丁试图一句一句地回忆博德纳韦在那次见面中所说的话，不过，没有一句是重要的，但至少对他的问题是重要的。因为博德纳韦当时说，这些意大利人——当时有两个意大利人在那儿，他用有点儿卑劣的表情指着那两个人——全都一个样：全都是工程师、律师、修道院长。但是，实际上他们都是些心术不正的家伙，必须提防着他们点儿。马丁记得在博德纳韦讲话的时候，亚历杭德拉没有看他，而在一张餐巾纸上胡乱涂着乱七八糟的画，并且突然变得不高兴起来。那两个人讲的第一个词（博德纳韦在继续讲着）是 *corruzione*①，于是，有人不得不提醒他们，那些在非洲指挥与英国人打仗的倒霉蛋，在半路上坦克就都散了架。那些家伙的事情陷入了死胡同，他们把事情弄糟了：总之，把钱给了不该给的人，该给的人倒没有给。于是，当那两个

---

① 意大利文，意为"腐败"、"贿赂"等。

意大利人去见他时，他不禁放声大笑：怎么，没有找贝维拉夸①的麻烦？为作践这两个意大利人，他着重告诉他们说，贝维拉夸是意大利人的姓，尽管他姓贝维拉夸，他却不喝水，而喝别的东西。他还说："你们是意大利人，一定有欣赏笑话的能力。"但是他的话使他们感到非常难堪，这正如他所期望的那样。一种小手小脚的报复，见鬼。让他们到这里来做纯洁的人吧……另外，他还要让他们明白，如果他们是那样高雅，又为何要加入这场游戏？收头钱的人和给头钱的人一样肮脏。马丁惊奇地望着他。亚历杭德拉死去后，他又反复地回忆起她在场的每一个细节，并且得出结论：当时博德纳韦的那些话正是讲给亚历杭德拉听的；这使马丁感到非常惊奇，因为他不明白博德纳韦怎么能用谈论这些事情来企图征服亚历杭德拉。后来，博德纳韦又谈起了政治家：所有的政治家都腐败透顶。当然，他不是指庇隆主义者：他是泛指所有的政治家，指 1936 年的市政府官员、帕洛马尔机场②的 *affaire*③、协调委员会的非法交易。一句话，不胜枚举的事例，至于那些实业家，他们牢骚满腹（马丁想到了莫利纳里），但是他们从来没有像现在这样挣那么多钱，尽管他们也瞎扯什么腐败，谈论什么不进行贿赂能不能进口一根织布机的机针，什么工人们愿意不愿意干活儿。总之，尽是一些废话。但是，什么时候，他这样自问，什么时候，实业界获得过与这些年来同等的巨大财富呢？他们富得流油。那些来到布宜诺斯艾利斯的外地人，没有一家没有电动搅拌器。军人呢？上校以上的军官，除了个别诚实的外，除了个别还相信祖国的疯子外，全都被用小汽车和外汇收买了。工人呢？他们唯一感兴趣的是生活得舒服些，年终得到一份圣诞节礼物，知晓博卡队和河床队的输赢，支取大笔

---

① 这是一意大利姓，意为"喝水"。
② 阿根廷机场，位于布宜诺斯艾利斯省。
③ 法文，意为"桃色事件"。

的解雇赔偿费——再去另一家民族工业——享有工资照付的假期和圣庇隆日。他笑着说:"他们要做资产阶级唯一缺少的东西就是资本。"过了一会儿,他一边用食指搅着自己威士忌里的冰块,一边说:"看风使舵派,看风使舵派而已。"在这个国家,只要把钱往桌子上一放,什么事都可以办成。如果一个人有钱,哪怕他是个土匪,也会受各方面的重视,他会成为老爷,成为绅士。总而言之,这里没有必要气恼发火,到处都是腐败,没有办法收拾。国家已经被外国佬搞得乌烟瘴气了,这个民族也不是曾经给智利和秘鲁带去自由的民族了。今天,它已成为贪图享受者、胆小怕事者、那不勒斯的足球赛赌棍、牛皮大王、国际冒险家,就像那儿的两位,还有骗子和足球迷的国家。这时,他站起身,把手伸给马丁,最后告诉他别担心,不会让达尔坎赫洛一家流落街头的。马丁和亚历杭德拉出来后,穿过街道,在一条面朝着河流的长椅上坐了下来。马丁回忆着亚历杭德拉当时的每一个表情,当他问她觉得那个男人怎么样时,她点燃了一支烟,马丁借着火柴的光亮,看到她神情严峻,脸上布满阴霾。"我能觉得怎么样?"她回答说,"一个阿根廷人呗。"后来,亚历杭德拉便一声不吭,这一切表明她不会再讲什么了。当时,马丁只是看到,博德纳韦的出现搅乱了她内心的平静,仿佛一条蛇掉进了清澈的水井里,而我们正准备从这口井里打水饮用。这时,亚历杭德拉说她不舒服,想回家睡觉。当他们在里奥夸尔托街的铁栏杆对面分手时,她没好气地对马丁说,她将去和莫利纳里谈一谈,但他别抱任何幻想。

当他全面地回顾这段往事时,亚历杭德拉的一些话以令人难以置信的清晰显现在他的脑际。现在,在她去世之后,这些话获得了意想不到的意义。是的,在他们手挽着手散步的那个平静的下午与同莫利纳里的荒唐会见之间,出现了博德纳韦。某种令人无法忍受的东西已经闯入了他们之间。

16

马丁无意识地来到了奇钦的咖啡馆门口,进门后,听见一边喝着烧酒、一边像往常一样没有忘记说教的洛科·巴拉甘说孩子们,血与火的时代到来了。他像劝世者和预言家那样,用右手食指威胁地指着同他嬉闹的大孩子们。除了庇隆或者星期天同西部铁道队的球赛外,这些孩子对什么都采取一种毫不在乎的态度。与此同时,马丁在想,当他碰见亚历杭德拉的一刹那,她的脸色一下变得苍白,虽然也有可能他觉得是这样,因亚历杭德拉戴着帽子,要准确无误地看出她是否面色刷白,也非易事。当然,这是一个十分重要的细节,因为它将表明,她同博德纳韦在一起不是偶然相遇,而是事先约好的;可是,怎么约定的?什么时候约定的?我的天,怎么约定的,什么时候约定的?复仇的时代,孩子们,洛科·巴拉甘边说边用右手在空中做出书写的样子,字写得挺大挺大,还加了一句,写下了,逗得孩子们笑得透不过气来。此时,马丁却在思索,然而面色苍白这一点并非明确的证据,也可能是因为被马丁碰见和一个曾表示过看不起的男人在一起而感到害羞。另外,连博德纳韦住在哪里都不知道,她怎么能与他约定见面呢?而且马丁觉得即使有再丰富的想象力,也不可能想象她会在电话簿里寻找博德纳韦的地址和电话号码,并打电话给他。血与火的时代,因为这座可恶的城市、这座新兴的巴比伦必须用火来净化,因为我们大家都是罪孽深重的人,尽管有可能他们是在普拉萨酒吧碰见的,因为亚历杭德拉确实经常光顾或者过去经常光顾这家酒吧,正如那次见面时她准确无误地把他马丁带到这家酒吧所表明的那样。所以,可能她走进酒吧后(但是,去干什么呢,我的上帝,去干什么?)碰见了博德纳韦,两个人便交谈了起来,也许很可能是他主动与她交谈的,因为明摆着他是个好色之徒,是个及时行乐的家伙。是的,你们这群游手好闲的人在哄笑,但是,我要告诉你们,我们必须经历血与火的洗礼,虽然大家都在哄笑,甚至连巴拉甘本人此刻似乎也跟着他们一起在笑,他是个脾气很好的人,然而,当他把目光转向马丁时,他的眼睛立刻露出了耀眼的光芒,一种也许带有预见性的光芒,尽管是一位无足轻重、喝醉了酒,而且笨手笨脚的预言者的光芒(可是,正如布鲁诺所想的那样,对于命运为了含糊地暗示它的目的而选择的工具,人们又能知道什么呢?由于命运常常以令人难以分辨的邪恶行事,它通过像疯子和孩子这样一些很少一本正经的人来传递它那狡猾的信息,这难道是不可能的吗?)好像是另一个人,而不是正同酒吧里的小伙子们开玩笑的这个人在说话似的。他又说,可是你,孩子,你不行,因为你必须拯救我们大家,所有的人都一下停止了嬉笑,疯子的这几句出人意料的话给酒吧间带来了一片沉寂。虽然小伙子们随即又喧闹起来,问道,你说说,疯子,明天哪个号码能赢,然而巴拉甘摇晃着头,喝着他的烧酒,回答说,对,你们笑吧,可是你们会看到我要对你们说的事情,你们会亲眼看到,这个被糟蹋了的城市必须受到惩罚,有一个人应该来,因为世界不能继续这样下去。这时,马丁非常感动,目不转睛地盯着巴拉甘并把他的话同亚历杭德拉关于先兆性睡梦和有关烈火净化的话联系了起来。

"他们夺走了我们的基督,可又给了我们什么呢?汽车、飞机、电冰箱。可是你,奇钦,我举个例子,你现在有了电冰箱,可是你现在比跛子阿库尼亚带着冰棒来的时候更幸福吗?我们假设,只是个假设,明天你,洛伊阿科诺,可以去月球,"这句话又引起了一片哄笑,"可是我告诉你们,傻瓜,这是个假设,又能怎样呢?难道你因此会比现在更幸福吗?"

"可是,您给我在讲什么样的幸福呀,"洛伊阿科诺愤然地说,"我在这他娘的生活中已经感觉很幸福。"

"好了,很好,我告诉你这是个假设。可是,我问你:你因为去月球而感到更幸福吗?"

"我能知道什么?"洛伊阿科诺反感地回答说。

但是,疯子巴拉甘没有听见他的话,而继续自己的说教;他的问话已经变成某种演说。

"因此,我告诉你们,小伙子们,幸福必须在心里寻找。但是,为此必须让基督再来。我们忘记了基督,忘记了他的教诲,忘记了他为了我们的过错、为了拯救我们而受尽折磨。我们是一群忘恩负义的家伙,是一群坏蛋。如果他再来,我们有可能不认识他,甚至会嘲笑他。"

"是谁告诉你的?"迪亚斯说,"你就是基督,我们现在正在嘲笑你呢!"

大家都为迪亚斯的风趣回答欢畅大笑。可是,巴拉甘却摇晃着脑袋,露出醉酒后的友善微笑,继续讲着,话语越来越含糊不清:

"我们大家都很悲伤。"一些人反驳说,我不悲伤,你看看!等等。"我们大家都很悲伤,小伙子们。我们不要欺骗自己了。为什么我们大家都很悲伤?因为我们的心不满足,因为我们知道我们是一些卑鄙的人,一些混蛋。因为我们问心有愧,是强盗,因为我们的灵魂里充满了仇恨。大家都要跑走。我问你们,为什么呢?到哪儿去?你们都为能有几个芒果而争斗。何苦呢?难道我们大家都不死吗?我们既然不相信上帝,为什么还要热爱生活呢?"

"好啦,哎呀,算了吧,"洛伊阿科诺说,"你也相当的好,疯子。你大谈上帝,大谈基督,大谈这个,"他努了努嘴,"你让你老婆像一头母驴一样干活养活你,可你却在这儿高谈阔论。"

疯子巴拉甘用善良的目光把洛伊阿科诺打量了一番。他喝了一口烧酒,问道:

"谁告诉你我不是个笨蛋呢?"

他拿着他小小的烧酒杯子,痛苦地说道:

"我，小伙子们，我是个醉鬼，是个疯子。人们叫我疯子巴拉甘。我酗酒，整天游来荡去，胡思乱想，却让老婆从早到晚忙个不停。我又能帮她干什么呢？我是这样地出生，又要这样地死去。我是个坏蛋，这我不回避。可是，这不是我要告诉你们的东西，小伙子们。人们不是说小孩子和疯子讲真话吗？好，我是疯子，可有很多次，我发誓，我都不知道自己讲的是什么。"

大家又哈哈大笑起来。

"是的，笑吧。可是我告诉你们，有一天晚上，基督出现在我面前，对我说：疯子，世界必须用血与火来净化，某种非常伟大的事情必定要来临，烈火将降临到所有人的头上，我告诉你，世界将被夷为平地。这就是基督告诉我的话。"

除了洛伊阿科诺外，小伙子们全都笑得前仰后合。

"是这样的，这下该明白了，小伙子。信不信由你。你们笑吧，笑完了再讲给我听。这里只有一个人懂得我所说的话。"

笑声停止了，这最后一句话带来了一片沉寂。但是，大家随即又开起玩笑来。接着，开始对星期天的球赛进行预测。

然而，马丁在目不转睛地打量着疯子；这时，亚历杭德拉关于火的那些话又回到了他的记忆里。

17

亚历杭德拉没有去。但是,万达来了,并带来了一个口信:这星期里不能见他。

"很多活儿。"万达说,一边望着自己的音乐打火机。

"很多活儿。"马丁重复道,与此同时,博德纳韦的影子阴险地显现在他的眼前。

万达只是不停地点燃打火机,然后又把它熄灭,一连重复了好几次。

"她会给你打电话。"

"好吧。"

万达走后,一种巨大的重负压得马丁直不起身来。但是,最终他还是站了起来,去给布鲁诺打电话。他畏畏缩缩地给布鲁诺打着电话,也不说想去看他,然而,布鲁诺最后总是坚持要马丁到他那儿去。

马丁坐在一个角落里,布鲁诺试图以比较随便的话题来分散他的心思。

"您认识莫利纳·科斯塔吗?"

"不认识。"

"在他的田园旁边有座别墅,别墅主人名叫皮尔逊·斯帕克。他的儿子威利对父亲常有责言,因为他总穿英国马裤,而父亲却总穿灯笼裤而从不穿英国马裤。有一次,儿子对他说:'爸爸,你需要这一切,因为你叫皮尔逊·斯帕克;但是因为我叫莫利纳·科斯塔,所以我可以穿马裤摆摆阔气。'"

布鲁诺十分开心地笑了起来;马丁以前从没有看到他这样笑过。这件趣事似乎使他感到非常愉快。当他平静下来后,说:

"毫无疑问,在我们最近抵制欧洲事物的努力中,有一种强烈的不安全感。您不觉得这样吗？这里的民族主义团体中，名叫凯利或者拉武费蒂的人到处皆是。"

他摘下眼镜，带着那种要把眼镜保护得一尘不染的洁癖擦了擦镜片，或许他这样做，是因为肌肉抽搐时震动了眼镜。摘下那厚厚的镜片后，他的眼睛看上去忽然增大了许多，也使他的面孔给人一种奇怪的裸露感觉，这种感觉几乎使马丁感到害羞。另外，布鲁诺的目光显得更加深邃，面对这丰富多彩的小天地仿佛失去了保护。

布鲁诺向马丁谈起了他正在阅读的那本关于时间的书，他向马丁解释了天文学家的时间观同普通人的时间观的区别。与此同时，他也在思索，所有这些里面没有任何东西会对马丁有用，而只能单纯地给他解解闷。一切抽象的思索尽管它考虑的是人的问题，但都不能安慰任何一个人，不能减轻一个有着血肉之躯的具体人、一个两眼焦虑地望着（望着什么或者望着谁？）远方的可怜虫、一个仅仅为了希望而活着的人所经受的忧伤和痛苦。因为，幸运的是（布鲁诺这样想），人不仅是由失望铸成的，而且也是由信念和希望铸成的；不仅是由死亡铸成的，也是由对生命的热望铸成的；人不仅是由孤独铸成的，也是由交往和爱心铸成的。因为如果失望占上风的话，那我们大家就将听凭死亡的来临或者自杀身死，而这种情况无论如何也是不会发生的。在布鲁诺看来，这表明理智是无足轻重的，因为在我们生活的这个世界上，保持希望是不理智的。我们的理智，我们的聪慧，不断地向我们证明，这个世界是凶残的，由于这样的原因理智是毁灭性的，它导致怀疑，导致无耻，并且最终导致毁灭。然而，幸运的是，人几乎从来都不是理智的生灵，所以希望在灾难中一次又一次地复生。得以复生的东西是如此荒唐、如此微妙、如此情真意切地不合情理、如此缺少任何根据，其复生恰恰证明人是不理智的生灵。所以，当地震把日本或者智利的大片地区刚刚夷为平地后，当一场特大洪水在长江流域刚刚把数十万中国人吞没之后，当一场残酷的战争，对绝大部分没有意识的受害者来讲，就像三十年代的那场战争一样，刚刚对妇女、儿童和老百姓进行了奸淫、烧杀后，那些幸存者，那些惊恐且又无能为力地目睹了这些天灾人祸的人，那些在失望的时刻再也不想活下去、不想重建自己的生活、即使有这样的愿望也无法重建的人，那些男男女女（特别是女人，因为女人就是生活本身，是故土，她们永远也不会丧失最后一线希望），那些自身难保的人，已经像愚蠢而又英勇的小蚂蚁一样，开始建设他们自己日常的小世界：这个世界确实很小，但正因为小才更加感人。因此，拯救世界的不是思想，不是智力，也不是理性，而恰恰是相反的东西：人们那些不明智的希望、顽强的生存欲望、只要可能就要呼吸的愿望，面对不幸每天都要表现出来的小小的、固执的和可笑的英雄主义。如果说痛苦就是对·一·无·所·有的体验，就好像一无所有的本体论的证明，那么，希望不就是·存·在·的·隐·蔽·感·官的证明？不就是值得为之而斗争的某种东西吗？既然希望比痛苦强大（希望总是战胜痛苦，否则我们都将要自杀身亡），那么，权且这样说，这个隐蔽感官不是比名声斐然的一无所有更加真实吗？

与此同时，布鲁诺非常浅显地给马丁讲了一些东西；这些东西表面上看和他那些深刻的思考毫无关系，但实际上两者之间却有着无规律的然而至关重要的联系。

"我总是想，也许我愿意做个像消防队员那样的人。"

由于马丁莫名其妙地看着他，他作出了解释，同时想着，也许这一类的思考对马丁的不幸会有点用，不过他的嘴角上露出一个淡化他企图的微笑。

"也许是消防班长。因为那时候一个人会感到自己正献身于某种集体的事情，某种一个人为他人尽力的事情，而且身处危险之中，而死亡近在咫尺。因为，我猜想，作为消防班长，一个人将感到要对他所在的小集体负责。而对于小集体的人来说，他就是准则和希望。在这个方寸世界里，一个人的灵魂被融进了集体的小灵魂。这样，痛苦就是大家的痛苦，欢乐就是大家的欢乐，危险也是大家的危险。另外，还必须知道，一个人可以也应该信任自己的同志，在生命的极限时刻，在死亡突然疯狂地向我们挑战的这些毫无把握的、令人头晕目眩的区域里，他们——同志们——将同死亡较量，保护我们，为我们忍受痛苦，为我们满怀希望。然后，便是他们小小的目标：保持装备的整洁，把铜的部件擦得锃亮，把斧子洗涮干净，磨得锋利，在新的危险也许是死亡来临前，简朴地生活。"

他摘下眼镜，擦了擦。

"有很多次，我想到了圣埃克苏佩里[①]。他在上面，驾驶着他的小飞机，英勇顽强地搏击着暴风雨，翱翔在大西洋的上空。他的报务员坐在他的身后，寂静和友谊把两个人紧紧连在一起；共同的危险和共同的希望把他们连在一起；他们倾听着发动机的怒吼，焦急地观察着燃料还剩多少，不时地互相交换一下眼色。这就是面对死亡的同志情谊。"

他戴好眼镜，笑了笑，望着远处。

"好啦，也许人总是羡慕他无法做到的事情。我不知道自己是否能做到圣埃克苏佩里任何一件事的百分之一。当然，这是够伟大的了。可是，我想说，即使是小人物……消防班长……而我……我是什么呢？一个孤独的旁观者，一个无用的人。我甚至都不知道自己是否有朝一日能够写出一本小说或者一个剧本。即使写出来……我也不知道这是否能够同入伍当兵、用钢枪保卫同志们的睡梦和生命这样的事相比拟……不管战争是由无耻之徒还是由银行界或石油界的强盗挑起来的，那支小部队，那个得到保卫的睡梦，同志们的那种信念，这一切永远都是绝对的价值。"

[①] 全名安托万·德·圣埃克苏佩里(1900—1944)，法国小说家，1939年应征入伍，成为空军飞行员。著有《夜航》《小王子》等。

马丁瞪着一双黯然无神的眼睛呆呆望着布鲁诺。布鲁诺则暗自思索：好吧，最终我们大家不都处在一种战争中吗？我不是属于一支小部队吗？马丁在某种意义上不就是那个人吗：他的睡梦我彻夜守护，他的痛苦我试图减轻，我像在狂风暴雨中保护一团微弱的火苗一样保护着他的希望。

接着，他的脸红了起来。

于是，他讲了个笑话。

18

星期一,马丁等候亚历杭德拉的电话,结果白等了一天。星期二,他迫不及待地打电话到时装商店找她。他觉得她的声音有些沙哑,这可能是工作劳累的关系。在马丁的再三坚持下,亚历杭德拉说她在查卡斯-埃斯梅拉达酒吧等他喝咖啡。

马丁一路小跑地赶到了酒吧,看到亚历杭德拉在等他:她一边抽烟,一边看着街上。他们的交谈时间很短,因为她还要回工作间去。马丁对她说,他希望看到她安安静静地和他待一个下午。

"我不可能,马丁。"

看到小伙子的眼神,亚历杭德拉开始用随身带的一个烟嘴敲起桌子来,仿佛在思索和算账。她的眉头紧皱着,她的表情看上去忧心忡忡。

"我病得很厉害。"她终于说道。

"你出什么事了?"

"最好还是说,我什么事没有出呢?"

噩梦、头痛(先在后颈,然后扩展到全身)、眼冒金星。

"好像这些还不够,再加上教堂的那些钟声。医院和教堂搅和在一起,就像你看到的那样。"

"这样,所以你就不能见我了。"马丁略带嘲讽地说。

"不,我可没有这么说。但是,一切都碰到一起了,你懂吗?"

"一切都碰到一起了。"马丁自言自语地重复道,因为他知道,在这个"一切"中,有使他更加痛苦的东西。

"这么说,你无法见我了?"

亚历杭德拉盯着马丁的眼睛注视了片刻,然后低下头,开始用烟嘴敲打桌子。

"好吧,"她终于说,"明天下午我们见。"
"待多长时间?"马丁焦急地问。
"整个下午,如果你愿意的话。"亚历杭德拉说,没有看他,也没有停止用烟嘴敲打桌子。

后来,亚历杭德拉抬起了头;当她看到马丁两眼闪闪发亮时,又说:

"但是有一个条件,马丁。"

马丁的两眼又变得黯然无光。

19

第二天，太阳像那个星期一一样，金光灿灿，但是风却很大，空气中满是尘土。一切都和那天相似，但却没有什么东西是相同的，仿佛那天各种天体的有利会合已经变了样似的——马丁心里担忧着。

那天达成的协议给新的相见带来了充满伤感的平静：两个人轻声细语地交谈，如同两个好朋友一样。然而，恰恰这一点，使马丁感到如此忧伤。也许是没有完全感知到（布鲁诺这样想），他没有看见走近河边和坐在那条长椅上的那一刻，就像人们想重复一件事情而只是重复第一次引起这件事的神奇方式一样，当然，他也不知道，在何种程度上那个星期一对他来说是完美无缺，而对亚历杭德拉是无声的痛苦。因此，重复以往的事情对他是一种幸福，但带给她的却是忧虑不安，且不说回到曾是美好时刻的见证者的地方总不免有些不祥之感。

他们终于来到了河边，坐在了那条长椅上。

有好长一段时间，他们都没有说话，沉浸在一种宁静之中。然而，对马丁来说，在餐馆里的天真希望之后，这种宁静越来越带有忧伤的色彩，因为这种安静正是由于亚历杭德拉事先附加的条件才得以存在的。对于亚历杭德拉来说（布鲁诺认为），这种宁静只不过是一种插曲，是那么不稳定，那样无实质性内容，如同一位癌症患者打了一针吗啡之后所获得的宁静一样。

他们望着河里的船只，望着天空的云彩。

他们观察蚂蚁；蚂蚁以它们特有的认真和勤恳在工作着。

"看它们是怎么在干活儿，"亚历杭德拉说，"第二个五年计划。"

亚历杭德拉的目光紧紧地盯着一只蚂蚁；这只蚂蚁背上驮着重物，摇摇晃晃地在寻找道路。它背上驮着这么大体积的东西，如同一个人背着一辆汽车。

她一边注视着这只小动物赶路,一边问:

"你知道当苏维萨①到了地狱时,胡安西托·杜阿尔特②对他讲的话吗?"

是的,他知道。

"关于庇隆下地狱的笑话呢?"

不,这他还不知道。

他们还讲了流行的有关阿洛埃③的笑话。

后来,亚历杭德拉又谈起了蚂蚁。

"你还记得马克·吐温关于蚂蚁的一篇故事吗?"

"记不起来了。"

"几只蚂蚁要把一条蝗虫的腿运到洞穴里去。故事证明它们是宇宙间最愚蠢的动物。非常有趣:一种虚名,除了梅特林克④等人的那些多愁善感外,就只剩这种虚名了。你不觉得这太愚蠢了吗?"

"我从未想过。"

"鸡就更不值一提了。一天下午,在胡安·卡洛斯的庄园里,有好几个小时,我一直试图用棍子和食物在它们身上训练出某种条件反射。我说,就是巴甫洛夫的那种发现。但是却一无所获。我真想带上这些鸡去见巴甫洛夫。它们真笨,笨得让你发火。难道笨蛋不使你发火吗?"

"我不知道,这要看情况。如果是傻瓜而且又卖弄学问,也许我会发火。"

---

① 全名罗曼·苏维萨(1913—1955),庇隆执政时期的法学家和政治家。
② 原名胡安·杜阿尔特(1914—1953),庇隆夫人的哥哥,庇隆总统的私人秘书。
③ 全名卡洛斯·阿洛埃(1900—1978),拥护庇隆主义的阿根廷军人和政治家。
④ 全名毛里塞·梅特林克(1862—1949),比利时诗人和剧作家,1911年获诺贝尔文学奖。

"不，不，"亚历杭德拉激动地说，"我给你讲的是纯粹的笨蛋，道道地地的笨蛋。"

马丁好奇地看了看她。

"我不信有这样的人。那就如同一块石头会使我发火一样了。"

"这不是一码事！鸡不是石头：它能活动、会吃食，有意图。"

"我不知道，"马丁茫然地说，"我不明白，这为什么一定要让我发火呢？"

他们又沉默起来，但也许两个人在想着不同的事情。马丁觉得，在亚历杭德拉身上总是有着他永远也无法理解的感情和想法，而亚历杭德拉（马丁认为）则有点孤高。或者，更糟糕的是，她有某种马丁连猜也猜不透的情感。

亚历杭德拉打开自己的钱包，取出一本通讯录，从里面拿出了一张照片。

"你喜欢吗？"她问。

这是亚历杭德拉在巴拉卡斯的阳台上倚着栏杆拍的一张一次成像照片。在这张照片上，她的面孔显得深邃而热切，期待着某种难以说清楚的东西。当马丁初次见到她时，这张面孔曾使他如此倾倒。

"你喜欢吗？"亚历杭德拉又问了他一声，"是在那些日子里拍的。"

的确，马丁认出了那件衬衫和那条裙子。一切似乎都这样遥远！为什么她现在要给他看这张照片呢？

然而，亚历杭德拉坚持问道：

"你喜欢不喜欢？"

"当然了，我怎么能不喜欢呢。谁给你照的？"

"一个你不认识的人。"

一片乌云顿时使那片忧伤而宁静的天空暗淡了下来。

过了一会儿，马丁双手捧着照片，怀着复杂的心情注视着，胆怯

地问道:

"能给我吗?"

"我带来就是给你的。只要你喜欢。"

马丁感到激动,同时又感到难过:仿佛这张照片具有某种分手的意义。马丁给亚历杭德拉说了点这样的感觉,可是她什么话也没有答。她专心致志地观察起了蚂蚁,马丁在一边探究着她的表情。

马丁垂头丧气,他的目光落在了亚历杭德拉的手上。她的手放在凳子上,在马丁身旁,手里还拿着那本打开的通讯录,里面露出一个折着的航空信封。亚历杭德拉在通讯录上记的地址和她收到的信件,这一切对于马丁来说是一个令人痛苦的陌生世界。

虽然马丁总是话到口边不说出来,但有的时候也不免冒出一句不合时宜的问话。这一次便是如此。

"是胡安·卡洛斯的信。"亚历杭德拉说。

"这混蛋讲了些什么?"马丁痛苦地问。

"你想,还不是那些胡说八道。"

"哪些胡说八道?"

"不管是航空信,还是普通信,胡安·卡洛斯能在一封信里讲些什么呢?想想吧,德尔卡斯蒂略同学。"

亚历杭德拉面带笑容地望着马丁,而马丁却一本正经,这样的表情会使亚历杭德拉感到(他确信)愚蠢。他反问道:

"调情吗?"

"太对了,亲爱的。九分。我所以不给你打十分,是因为你是在问了我之后才说的,而不是直接猜到的。通篇都是与丹麦女郎的调情之词,说这些姑娘个个长得亭亭玉立,傻乎乎的,一头淡黄淡黄的金发。总之,他已被这些姑娘迷得神魂颠倒了。信中说这些女郎的皮肤都晒得挺黑挺黑,因为她们在露天做系统的体育运动训练,也因为她们同小伙子们亲密无间地乘坐小艇做长途旅游。这些男青年个个晒得和她们一样黑,个儿也都长得挺高。他们还常来 practical joke①,胡安·卡洛斯非常喜欢干这个。"

"把邮票给我看看。"马丁请求说。

马丁还保留着童年时期对异国情调邮票的爱好。他接过信时,觉得亚历杭德拉流露出欲给又止的表情,也许这是无意识的。马丁被这个细小的动作弄得心神不安,于是便装出仔细看邮票的样子。

他把信还给亚历杭德拉时,又注意地看了看她,感到她有点失态的表现。

"不是胡安·卡洛斯的信。"马丁冒险地说了一句。

"当然是胡安·卡洛斯的信。你没有看到四年级小孩一般的字吗?"

马丁一声不响,每当碰到这样的情形,他都沉默不语。他无法走得更远一些,无法深入她灵魂的那片浑浊不清的领域里去。

他捡起根小棍儿,在地上刨了起来。

"别犯傻了,马丁。你别又把今天的日子给毁了。"

"你刚才不想把信给我看。"马丁说,依旧用小棍儿在地上刨着。

沉默无语。

"不是吗?我没有弄错。"

"是的,你说得对,马丁,"亚历杭德拉承认道,"因为他没有说你的好话。"

"那又怎样?"马丁带着明显的不快问道,"总而言之,我也没有打算看它。"

"没有,当然没有……可是,我觉得让你不知内情地拿着信封是一种失礼……就是说,我现在想想,我觉得这就是我当时犹犹豫豫的原因。"

---

① 英语,意为"恶作剧"。

马丁抬起头看着她。

"他为什么要说我的坏话?"

"咳,不值得。你不值得为这点事烦恼。"

"他知道我什么,这个白痴?他几乎连一次也没有见到过我。"

"马丁,你想想,我曾经向他谈起过你。"

"你向这头蠢驴谈起过我?谈起过我们?"

"可是,这同没有和任何人说过一样,马丁。就像同一堵墙说过一样。我没有向任何人说过任何事,懂吗?同他讲话犹如同一堵墙讲话。"

"不,我不懂,亚历杭德拉。为什么要同他讲呢?我希望你把有关我的话说给我听,或者读给我听。"

"这是胡安·卡洛斯的典型蠢话,何苦呢?"

亚历杭德拉把信给了马丁。

"我已经告诉你了,这会使你伤心的。"亚历杭德拉愤愤地说。

"没关系。"马丁回答说。他贪婪地拿过信,显得有些紧张。与此同时,亚历杭德拉靠近他身旁,就像一个人要同另一个人一起看一份东西似的。

马丁猜想她要一句一句地加以解释,后来他把这一想法告诉了布鲁诺。布鲁诺认为,亚历杭德拉的做法很不明智,这无异于让我们坐在一个驾驶技术不高明的人的车子里去监视他如何开车。

马丁正要从信封里取出信来,突然意识到这样做有可能毁了亚历杭德拉的爱情中仅存的那点微薄而脆弱的关系。他拿着信封的手颓丧地垂了下来,就这样待了一会儿,直到最后把信还给了亚历杭德拉。亚历杭德拉又把信收了起来。

"你对这样一头蠢驴吐露秘密。"马丁说,但却模糊地感到自己在犯一个错误,因为他深信,亚历杭德拉绝不会对那个人吐露"秘密"的。可能是好话或者坏话,但绝不会是秘密。

他感到有必要刺伤她,并且知道,或者直觉地感到,那句话应该刺伤了她。

"别说蠢话了!我刚才已告诉你,同他讲话,就如同一匹马讲话一样。你还不明白?是的,不管怎么说,我的确什么都不应跟他讲,这一点你是对的。可是我当时喝醉了。"

喝醉了,同他(马丁更加痛苦地想)。

"这好比,"稍停了片刻,亚历杭德拉说,语气不那么生硬了,"好比你让一匹马看一张风景优美的照片。"

马丁觉得一种巨大的幸福正力图穿过浓密的乌云,而"风景优美"这几个字,不管怎样,像充满着光明的信息,一直深入了他那饱受痛苦的心灵。但是,他必须奋力在那些乌云中打开通路,特别是通过"我当时喝醉了"这句话。

"你在听我讲话吗?"

马丁做了个肯定的表示。

"你看,马丁,"他突然听见她说,"我要和你分手了,但你千万不要认为我们关系中有什么不对的事。"

马丁惊愕地看了看她。

"是的。有很多理由使我们不能再这样继续下去,马丁。这对你更好些,好得多。"

马丁不知道说什么好。他的两眼充满了泪水,为了不使亚历杭德拉发现,他开始尽量把眼睛朝前看,向远处看:犹如看着一幅印象派的画,眼睛望着远方,却没有看见栗色船体的大船,还有几只白色的海鸥在船顶盘旋。

"现在,你又开始想我不爱你了,认为我从来都没有喜欢过你。"亚历杭德拉说。

马丁露出一副入迷的神态,目光盯着那艘航行中的栗色大船。

"然而。"亚历杭德拉说。

马丁低下了头,又看起了地上的蚂蚁,其中一只扛着一片三角形的大树叶,酷似一艘小船的船帆。风吹得树叶摇来晃去,这来回不定的晃动使它更像风中的一叶船帆。

他感到亚历杭德拉的手在抚摸他的下巴。

"来,"亚历杭德拉有力地对他说,"把脸抬起来。"

但是马丁使劲而固执地避开了她的企图。

"不,亚历杭德拉,让我在这里待一会儿。我希望你先走,让我一个人留在这里。"

"别犯傻了,马丁。让你看到了这封愚蠢的信,这倒霉的时刻。"

"我要诅咒那个让我第一次碰到你的时刻。它是我一生中最不幸的时刻。"

他听到了亚历杭德拉问话的声音:

"你这样认为吗?"

"对。"

亚历杭德拉没有再吭声。过了一会儿,她从长椅上站起来,说:

"至少我们一块儿走走吧。"

马丁沉重地站起身来,开始跟在她后面走着。

亚历杭德拉等了等马丁,然后挽起他的胳膊,对他说:

"我不止一次地对你说过,我喜欢你,非常喜欢你。你不要忘了这一点。我对自己不信的事情,从来不讲一个字。"

一种缓慢的、灰色的宁静伴随着这几句话渐渐地落入了马丁的心灵。但是,亚历杭德拉情绪最坏时的暴风雨比这毫无希望的灰色宁静要好得多!

他们缓缓地走着,各自想着自己的心事。

走到温泉疗养院对面的咖啡馆时,亚历杭德拉说她要去打个电话。

咖啡馆里,一片凄凉的景象,在马丁看来,在工作的日子里,欢乐的场所就是这副样子。桌子一张压着一张地堆在一起,椅子也是一把一把地叠得老高,跑堂穿着衬衫,卷着裤腿,正在擦地板。亚历杭德拉打电话的当儿,马丁待在柜台边,想要一杯咖啡,但是店里的人告诉他,咖啡机里的咖啡是凉的。

亚历杭德拉打完电话后,马丁告诉她说没有咖啡;于是她提出去莫斯科酒吧喝杯酒。

可是,这家酒吧关着门,他们敲了半天,白等了一场。

他们去拐角的亭子打听原因。

"怎么,你们不知道?"

店主被关进比埃伊特斯的疯人院了。

这好像是个征兆:那个酒吧是马丁第一次尝受到幸福的地方。在他和亚历杭德拉的关系处于最低潮的时候,他的脑海里总是浮现出对那个下午的回忆,当时他依窗而坐,静静地观看着夜幕怎样降临在布宜诺斯艾利斯的屋顶。他从未感到过像当时那样远离城市,远离都市的混乱和喧嚣,远离人们之间的怨恨和残酷。他从未感到过自己像当时那样隔绝于他母亲的那些丑事,隔绝于那种对金钱的贪欲,隔绝于充斥着形形色色的交易、令人齿冷的厚颜无耻和彼此勾心斗角的气氛。在那里,在那个狭小而坚固的庇护所里,在那个整天酗酒吸毒、既失意又慷慨的男人的目光下,好像整个野蛮的外部现实都化为乌有了。后来,他还想过,像巴尼亚这样温文尔雅的人最后竟整天酗酒吸毒,这是否不可避免。墙上那些朴实无华地代表着遥远祖国的廉价绘画,也使他感动不已。那一切,正因为如此廉价和纯朴,才那样感人!这不是某个自以为技艺高明的低劣画家满怀奢望画出来的东西,而是,可以完全肯定地说,由像巴尼亚这样酩酊大醉和潦倒失意的艺术家创作的作品。这位艺术家也像巴尼亚一样的不幸,被彻底地流放出自己的祖国,而且注定要在这里生活下去,生活在一个对他们来说是无比荒谬、无比遥远的国度里,直到了此残生。而那些廉价的画,可以以某种方式来回忆遥远的祖国,就像舞台上的布景所起的作用。虽然它们是用普通纸做的,虽然常常制作得很笨拙、很粗糙,但仍能以某种方式使我们感到戏剧或悲剧的真实性。亭子里的人摇了摇头。

"他曾是个好人。"他说。

他用动词的过去时态赋予疯人院的围墙以确实具有的不祥含意。

马丁和亚历杭德拉又转身往科隆大道走去。

"终于,"亚历杭德拉说,"那帮家伙得逞了。"

刚才情绪非常颓丧的亚历杭德拉,提出到博卡去。

走到佩德罗·德门多萨街和布朗海军上将大街的交叉路口时,他们进了拐角处的酒吧。

从一头名叫雷西费的巴西马背上,跳下来一个浑身汗水的胖黑人。

"路易斯·阿姆斯特朗。"亚历杭德拉用拿着三明治的手指着说。

后来,他们来到码头上散步。两个人走了很远,在堤岸上一块无遮无掩的地方坐了下来,望着信号塔。

"按照星占学,有些日子是不吉利的。"亚历杭德拉说。

马丁注视着她。

"你的日子是哪天?"马丁问。

"星期二。"

"你的颜色呢?"

"黑色。"

"我的颜色是紫色。"

"紫色?"亚历杭德拉有些奇怪地问。

"我是在《马里贝尔①》上看到的。"

---

① 当时出版的一份妇女杂志。

"我看你选择的阅读材料不坏。"

"这是我母亲喜爱的杂志之一,"马丁说,"是她文化的一个源泉。是她的《纯粹理性批判》。"

亚历杭德拉摇了摇头,表示不赞同他的说法。

"在星占学上,没有什么能够比得上《贵妇名媛》①了。真是粗俗……"

他们继续看着船只的进进出出。一艘雪白的流线型轮船,犹如一只气息奄奄的海鸟,在里亚丘埃洛河的水面上向前滑行,被拖轮拖向入海口。吊桥在缓缓地升起,轮船鸣了几声汽笛,驶了过去。令人感到奇怪的是,它外表的温柔、高雅和滑行时的悄无声息同拖轮的震撼力量形成鲜明的对比。

"堂娜阿尼塔·塞贡达号。"亚历杭德拉通过前面的拖轮发现了这艘船的名字。

这些动听的名字使他们着了迷,于是决定进行比赛,看谁发现的名字最好听,就给谁奖励。"加里巴尔迪·特塞罗"、"拉努埃瓦·特雷西纳"、"堂娜阿尼塔·塞贡达",都不难听,但是,马丁想的并不是比赛,而是在思索那一切如何已经属于一个一去不复返的时代。

拖船吼叫着,喷出一股弯曲的黑色烟柱。拖绳绷得紧紧的,如同弓上的弦。

"我总是有一种感觉,在这样的拖曳中,总有一天拖船会得疝气的。"亚历杭德拉说。

马丁伤心地想,所有这些,所有这一切,将会从他的生活中消失。如同那艘轮船一样:它在默默无声地但却毫不留情地消失,它将驶往遥远而陌生的港口。

"你在想什么,马丁?"

---

① 一种妇女杂志。

"一些事情。"

"说说看。"

"一些事,一些说不清的事。"

"你别犯傻,说吧。"

"想我们进行的比赛。想我们离开这个城市的计划,到其他任何地方去的打算。"

"是这样。"她予以证实。

突然,马丁告诉她说他弄到了一些针剂,这种针剂可以通过促使心脏停止跳动而导致人的死亡。

"别给我讲这些事情。"亚历杭德拉不大感兴趣地说。

马丁把针剂拿给她看。然后,他无精打采地说:

"你记得有一次我们说过一块儿死的事吗?"

"记得。"

马丁看了看她,又把针剂收了起来。

天已经黑了,亚历杭德拉说该回去了。

"你回商店去?"马丁问道,他在痛苦地想,一切都已经结束了。

"不,我回家去。"

"要我陪你吗?"

他把语气装得无所谓的样子,然而他的话里饱含着焦虑。

"好吧,如果你愿意的话。"亚历杭德拉犹豫了一下后回答说。

送到家门口时,马丁感到不能在那里分手,他求亚历杭德拉让他上楼去。

亚历杭德拉又一次在犹豫之后同意了他的要求。

一爬上望楼,马丁就崩溃了,仿佛世界上一切不幸的事都压在了他的背上。

他一头栽倒在床上,痛哭起来。

亚历杭德拉在他身边坐下。

"这样好,马丁,这样对你更好。我知道我在对你说什么。我们不应再见面。"

抽泣声中,小伙子对她说,他将用给她看过的针剂自杀。

她一下深思起来并感到茫然失措。

马丁慢慢恢复了平静,后来便发生了那不该发生的事情。在这一切都发生了之后,他听到亚历杭德拉说:

"你曾答应过,我们不干这样的事。在某种意义上,马丁,你干了一种……"

她没有把话说完。

"一种什么?"马丁提心吊胆地问。

"没有什么,现在已经干了。"

她站起身,开始穿衣服。

他们走了出来,亚历杭德拉说她想喝点什么。她的语调阴郁而生硬。

她好像漫不经心地走着,其实全神贯注在某种无法摆脱而又不能外露的思绪里。

她开始在巴霍的一家小酒馆里喝酒;后来,就像每次发生的情况那样,由于开始主宰她的那种难以言状的心绪不宁,那种使马丁无比痛苦的神思恍惚,她不能在一个酒吧待太长时间,她必须出来再换另一家酒吧。

她显得焦躁不安,仿佛要去赶火车似的,必须看好时间以免误了车次。她用手指敲打着桌子,听不见别人对她讲的话,或者似懂非懂地报以嗯、嗯?的回答。

最后,她走进一家小咖啡馆。在这家咖啡馆的玻璃窗上,贴有半裸体女人的照片和歌星的照片。咖啡馆里的灯散发出淡红色的光芒,女主人正在用德语同一位手里拿着高脚红酒杯痛饮的海员交谈。在那些小桌子的周围,可以隐约地看到水兵和军官们同"雷蒂罗公园"里的女人搂抱在一起。这时,大厅里出现了一位年约五十岁的女人,脸上浓粉重黛,头上是黄中透白的银发。她那巨大的乳房犹如两个气球,在绸上衣的压力下仿佛随时都可能爆炸。她的手腕上、指头上、脖子上都戴着奇异的饰物,在地板上红色灯光的照射下,闪闪发光。她的声音嘶哑而淫荡。

亚历杭德拉着了迷似的看着她。

"怎么啦?"马丁焦急地问。

然而,亚历杭德拉没有回答,她的目光一直盯着那个胖女人。

"亚历杭德拉,"马丁碰了碰她的胳膊,又叫了一声,"亚历杭德拉。"

她终于看了看马丁。

"怎么啦?"马丁又问。

"她已经给毁了。她不能再唱歌了,也不能在床上有所作为了,只能作作装饰品。谁会同这样的魔鬼做爱?"

亚历杭德拉又把目光盯向那位女歌手,嘴里咕哝着,仿佛在同她自己说话:

"要像她这样会给多少钱呀!"

马丁惊异地看了她一眼。

后来,面对亚历杭德拉这个令人不解的谜,随着短暂的惊讶之后,便产生了一股惯常的热切而忧伤的情感,他感到自己注定要永远置身于这个谜之外。往日的经验已经向他表明,当亚历杭德拉到了这种地步时,就会把不可解释的怨恨撒向他。那种喷发着烈焰和充满嘲讽的愤恨,从未能得到解释,并且在他们关系的最后一段时间里常常粗野地爆发出来。

于是,当亚历杭德拉把眼睛,那双由于过量的酒精而变得呆滞的眼睛,转向他时,他已经知道从她那咬得紧紧的、充满蔑视的嘴唇里要蹦出尖刻的报复性的话语来。

亚历杭德拉从那令人讨厌的高脚凳的座位上盯着马丁看了几秒钟，马丁觉得这几秒钟好像有无限长似的。她仿佛是一位古老而残暴的阿兹台克神，要她的牺牲品献上滚烫的心。这时，她粗暴而低沉地对马丁说：

"我不想在这儿看到你！你马上走开，让我一个人待在这里！"

马丁试图让她安静下来，可是她却爆发出更大的火气。她站起来，大声吼着叫马丁走开。

马丁犹如个机器人一样站了起来，在水兵和妓女的目光下，慢慢离去。

一到外面，凉爽的空气开始使他恢复了理智。他朝雷蒂罗公园走去，最后在布里塔尼卡广场的一张长椅上坐下来；钟楼上的时钟正好指在晚上十一点半上。

他的脑子里乱作一团。

他曾一度试图把头抬得高高的，但是，很快他就没有这份耐力了。

20

过了几天,绝望的马丁终于又拨了时装商店的电话。但是,当他听到万达的声音后,却没有勇气答话便挂上了。等了三天,他又去打电话。结果是她。

"你为什么还要惊奇呢?"亚历杭德拉说,"我记得,我们已经说好不再见面了。"

那是一场含糊不清的谈话,马丁的话有些让人听不太明白。后来,亚历杭德拉答应第二天去查卡斯-埃斯梅拉达酒吧。可是,她并没有践约。

等了一个多小时后,马丁决定去她的工作间。

时装商店的门半开半掩着;借着一盏吊得很低的灯的亮光,马丁从暗处看见基克独自一人坐在那里的侧影。客厅里没有其他人,基克弓着身,眼睛看着地面,好像在聚精会神地思考着什么。马丁一时间不知该怎么办。很显然,无论是万达还是亚历杭德拉都不在另一个房间里,因为要是在的话,会听到她们谈话的声音,而现在是一片沉静。但是,显然她们在试衣室里,万达的这个小试衣室在这所房子的后面的楼上,要通过一道狭窄的楼梯才能上去;否则,基克坐在那儿,又半开着门就无法解释了。

但是,马丁拿不定主意是否进去:在基克那副沉思而孤独的神态中,有某种东西阻止他迈开脚步。也许是由于那弓腰曲背的姿势,马丁发觉基克似乎苍老了,目光中有一种深邃的表情,这以前他可没有在基克的身上看到过。也不知究竟为了什么,他突然为那个孤独伶仃的人而感到难过。在此后的多少年里,他都将以这样的心情回忆着他。他将会试图弄明白,那种怜悯,那种难受的情感,是当时感觉到的还是多年之后才感觉到的。他记起了布鲁诺曾给他说过的话:看着一个自认为绝对而确实孤独的人总是可怕的，因为在他身上有着某种不幸的东西，也许是神圣的东西，同时又是令人毛骨悚然和令人羞愧的东西。我们总是——布鲁诺说——戴着一副面具；这副面具从来不是一个样，而是随着我们在生活中扮演的角色而变化：老师的面具、情人的面具、知识分子的面具、受骗丈夫的面具、英雄的面具、亲热兄弟的面具。可是，当我们孤身独处的时候，当我们认为没有人，没有任何人注意我们、约束我们、倾听我们、要求我们、恳求我们、亲近我们和攻击我们的时候，我们戴哪副面具，或者我们还剩下什么面具呢？也许此刻的神圣性是因为人置身于"神"的面前，或者至少是置身于自己那无情的良知面前。如果一个人在最后而本质地裸露——这最可怕、最重要的暴露——自己面孔的时刻，被他人发现了，也许谁也不会予以原谅，因为这样的裸露展示出没有任何防护下的灵魂。对于像基克这样的喜剧演员来说，这样的裸露则更加可怕和令人羞愧，所以（马丁这样想）自然地他要比一个天真单纯或者头脑简单的人更能激起别人怜悯。因此，当马丁最终决定走进大门时，他先悄悄地退了回去，然后在走过通向时装商店的走廊时，用鞋跟敲着地板。于是，基克以喜剧演员的迅速反应，在马丁面前选择了淘气捣蛋、假装天真和无比好奇的面具（这个小伙子会和亚历杭德拉有什么瓜葛吗）。他那涎皮赖脸的微笑把原先在马丁身上激起的怜悯一扫而光。

　　在生人面前手足无措的马丁，此刻当着基克的面，连坐都不会坐了，因为他深信，基克会留心观察一切并且会保存在他那可恶的记忆里的：谁知道将来人们会在什么地方、以怎样的方式拿他的样子和他的痛苦当笑料呢。基克那演戏的表情，他那装模作样的举止，他那虚与委蛇的狡诈，他那闪烁其词的话语，这一切都使人感到，他像一位具有讥嘲性残忍的学者放大镜下的丑八怪。

　　"你知道吗？一看到你就会使我想起格列柯的一幅人物画。"基克一见他时便这样说。

这句从基克口中自然流露的话，可以解释为一种溢美之词或者是一张荒唐可笑的一次性成像照片。基克由于在新闻报道中常常使用一些所谓的赞美之词而出名。实际上，这些词语不过是含沙射影和尖酸刻毒的批评，如"永远都不迁就使用深刻的比喻"、"任何时候都不为成名的欲望所引诱"、"不怕面对观众的厌倦"。

和前一次来访一样，马丁受到了冷落。他默不作声地在高高的画凳上坐下，并本能地缩了缩身子，就像在战场上一样，尽量不让人发现。还好，基克开始谈起亚历杭德拉来。

"她们在小试衣室里，有万达，还有特莱基伯爵夫人，夫人婚前的名字叫伊图雷里亚，俗名叫马里塔。"

他小心翼翼地看着马丁，问道：

"你认识亚历杭德拉很久了吗？"

"有几个月。"马丁回答说，脸一下红了起来。

基克连人带椅子往他身边挨近了些，小声地说：

"告诉你，我敬重奥尔莫斯一家。就凭住在巴拉卡斯这一点，就足以使 la haute① 笑掉大牙，而每当有人发现我们同奥尔莫斯家有远房亲戚关系时我的表妹拉拉便肝痛得难受，歇斯底里大发作。因为，就像上一次她狂怒地对我说的那样：你告诉我，谁，是谁还住在巴拉卡斯？而我呢，当然了，让她安静了下来，告诉她那里没有任何人住，只有四十万头大肥猪，以及同样多的狗、猫、金丝雀和鸡。我还说，这些人（奥尔莫斯家的人）永远不会让我们感到过分明显的不快，因为堂潘乔老大爷整年坐在一张轮椅上，除了拉瓦列军团的事情外，他什么也看不见，什么也听不见，而且很难想象，有朝一日他会到北区来看亲访友，或者在报纸上发表对庇隆的看法；埃斯科拉斯蒂卡老太太虽然神经不正常，但已经去世了；贝韦叔叔，尽管是个疯子，但却像人们说的

---

① 法语，意为"上流社会"。

那样，自我囚禁在房间里，迷上了学吹单簧管；特雷莎姑奶奶尽管也是个疯子，但幸好也已经死了，说到底，特雷莎姑奶奶够可怜的，她总是忙着去教堂和出殡，没有时间在本城这片可敬的地区打扰任何人，因为她已经成了圣卢西亚的虔诚信徒，实际上她从未越过 colour line①，甚至也没有时间去拜访一个教区牧师，去询问某个神甫的病情或者某个大主教的癌症怎么样。奥尔莫斯一家只剩下了（我对拉拉说）费尔南多和亚历杭德拉。我的表妹大声嚷道：'又是两个疯子！'当时在场的马努乔摇了摇头，眼睛望着上天大声说：'正如 Phèdre② 里说的那样 O, déplorable race③！'说真的，除了谈论奥尔莫斯一家的时候，拉拉还是相当稳重的。因为在她看来，世界是'讨厌'和'可爱'斗争的结果。可爱这个词没有重音：不要把它同哲学上的另一个词混淆起来④。举例说吧，'小说多么让人讨厌啊！''你看，请原谅，可我要讲给你听的才叫讨厌呢！''克洛林多的画令人讨厌。''现在，甚至在圣菲街也有了贱民（指庇隆主义者），这才让人讨厌呢。'再说可爱的例子：'《民族报》上刊登的莫尼克最近写的一篇故事多么可爱！''米歇尔·摩根的那副外表多可爱。'世界分为'讨厌'和'可爱'两股力量。这两股力量之间'永恒而又永无定局的斗争，产生了现实中的一切变化'。当'讨厌'占有优势时，那可是要命的事情：令人可怕的或矫揉造作的风尚；难以理解的神学小说，卡德维拉⑤或拉雷塔⑥在'书友社'的文学讲座，人们不得不硬着头皮去听这样的讲座，否则阿尔韦蒂托就要生气；饿得气息奄奄、要求宪法（当他们不喜欢统治的时候）的

---

① 英语，意为"（种族歧视制度下的）种族分界线"。
② 法语，《菲德拉》，剧本名，是法国悲剧诗人 J.拉辛的代表作。
③ 法语，意为"噢，可怜的家族"。
④ 在西班牙语里 monada 是"可爱"的意思，而带重音的 mónada 则是哲学用语"单个"、"单元"。
⑤ 全名阿图罗·卡德维拉（1889—1967），阿根廷作家。
⑥ 全名恩里克·罗德里格斯·拉雷塔（1875—1961），阿根廷作家。

人们；不合时宜的来访；老不死的家财万贯的亲戚（'马塞洛多让人讨厌，他有那么多公顷土地，可永远也不死'）。当'可爱'占有优势时，事情就有趣（拉拉的又一个基本词汇）了，或者至少让人忍受得了。喂：一个迷上了写作，但起码还没有停止玩马球，也没有同像费罗或者塞雷塔尼这样罕见姓氏的人交朋友的小伙子；格雷厄姆·格林①的一部关于间谍或者轮盘赌的小说；一位不打算去获取民心的陆军上校；一位为人善良并光顾跑马场的共和国总统。但是，事情不总都是这样黑白分明，因为，正如我告诉你的，在这两种力量之间存在着永恒的斗争，所以，现实有时候更丰富多彩，拉雷塔突然讲了个笑话（在'可爱'那神秘的压力下），或者与此相反，像万达一样，是女服装设计师的可爱，但是，当她有意要模仿美国人的怪模怪样时，咳，那可就是讨厌了。总而言之，过去世界相当令人快活，可是最近一段时期，由于有了庇隆主义者，必须承认，它几乎变得完全让人'讨厌'了。这就是我表妹拉拉的哲学。如你所见，这是阿纳克西曼德罗②同斯恰帕雷利③和波菲里奥·鲁维罗萨④的杂交品种。太粗野了。"

这时，听见了万达和女顾客的声音，两个人正朝这里走来。她们走进了客厅，在她们之后稍一会儿，亚历杭德拉也走了进来。看上去，由于马丁的出现，她脸上露出了惊讶的神色；但是，这种冷漠的表情向熟知她性格的马丁表明，她在强忍着巨大的愤怒。在那种难堪的气氛中，亚历杭德拉用与任何一位相识的人打招呼时的表面亲热回答着马丁的问候，一点也没有避开在场的人向他解释为什么没有去赴约的意思。在万达和基克的面前，她露出一副轻薄浮躁的样子，使人觉得她

---

① 格雷厄姆·格林（1904—1991），英国作家。
② 阿纳克西曼德罗（公元前610—公元前547），爱奥尼亚哲学家。
③ 全名希奥万尼·比尔希尼奥·斯恰帕雷利（1835—1910），意大利天文学家。
④ 波菲里奥·鲁维罗萨（232—304），古希腊哲学家。

仿佛属于另一个种族，这个种族与马丁讲的不是同一种语言，甚至也不可能理解另一个亚历杭德拉。

女顾客一边走，一边不停地和万达谈着关于杀死庇隆的刻不容缓的必要性。

"应该把所有为非作歹的家伙统统杀死，"女顾客说，"我们这些正派人都不能在街上走了。"

一系列混乱和矛盾的情感使马丁忧上添愁。

"我告诉你们，"那个女人和基克互相吻了吻面颊后说，"共产主义要来了。但是，我已经想好了：如果共产主义来了，我就去庄园，一了百了。"

基克一边漫不经心地忍受马丁的存在，一边面露喜色、越过马丁的肩膀望着亚历杭德拉，因为，正如他后来所说，"谁不会编出这样的话来呢？"

马丁竭力装出一副毫不在乎的样子注视着亚历杭德拉；但是，他的面部神经似乎已不为他的意志所支配，慢慢地、不可避免地流露出一种令人不快的表情，它交织着责备、痛苦和疑问。

"马里塔，"基克对女顾客说，"已经证明那家伙不叫庇隆，而叫庇隆内，这你知道吗？"

"你说什么？"那女人怀着极大的兴趣问道。

"说真格的：那家伙叫庇隆内。"

马里塔刚一走，基克就把他的理论加以发挥：

"在这个国家里，如果你姓比尼奥斯，即使你的祖父曾在巴约那或者比亚里兹干过卖肉的行当，你也会受人尊敬。但是，如果你不幸姓德鲁希埃罗，哪怕你的父亲曾是那不勒斯的哲学教授，你也会倒霉。你会对你父亲说：老头子，你永远都是个卖菜的。关于姓氏的事，要仔细研究，"他说，与此同时，万达和亚历杭德拉开始大笑起来，"因为通过杂交和移民，国家面临着'巨大的危险'。穆西奥·埃昌达就是例子。有一天，玛丽亚·路易莎不得不对他说：'得了吧，你呀，你两个姓也凑不成一个姓！'说得对，真见鬼。要凑成一个姓，至少第二个姓是伊瓦古伦或者阿尔萨加。总之，任何一个显赫的巴斯克姓。然而，现在生米已成熟饭，正如有一天我对胡安·卡利托斯说的那样：你打错主意了，老头子。在这里，亲爱的女士们，凡事要三思而行，因为意想不到的情况经常发生。假如不慎重从事，那就看看琼纳特的遭遇吧。他同黑子吵了起来，黑子给他写了一封信。已经喝了几杯的琼纳特在别拉·丰迪达突然拽住了我，对我说：'那个婊子养的！你知道（他朝两旁看了看），我没有第四个姓。''*Sans blague*.①'我说。于是，他把信封连同黑子那居心叵测的笑话一起拿给我看，毫无疑问，那笑话是用来打趣下人的。实际上，信是寄给琼纳特·阿尔萨加·巴萨维尔瓦索·阿尔萨加，而第四个姓，真叫你大吃一惊！……穆拉图雷！你能想象得到吗，亚历杭德拉？那个在反对联邦制的战争中被委任为布宜诺斯艾利斯舰队司令的外国水兵。这个职位相当于圣马力诺驻军的元帅。你懂吗？元帅，我的上帝！现在，你明白了琼纳特的悲剧了吧。的确，他的姓名中有一对阿尔萨加。如果至少是'阿尔萨加-'的话，那就是另一回事了。然而不是：一个巴萨维尔瓦索和一个穆拉图雷。如果这两个姓中至少有一个长得像一条大道一样，那可就有意思了。然而不是这样：仅是一条长三十厘米的街道。真是粗鲁极了！我的理论是，如果你有一个令人羡慕的姓，那么你就必须拼死捍卫自己，嗨！你想想一个人姓名叫佩德罗·马斯特罗尼科拉所遭受的不幸吧。好了，不说了，这有点儿太过分了，这没法保护，和中产阶级一样。我们打个比方，你叫佩德罗·马罗尔达。你该怎么办呢？你必须进行殊死的斗争，并且还要格外小心，但这是另外的笑话了。*De la*

---

① 法语，意为"别恶作剧了"。

mésure avant toute chose! ①因为你不能因自己叫佩德罗·马罗尔达,就要像饿鬼一样匆忙寻找一个乌里武鲁的姓。你怎么能够叫佩德罗·马罗尔达·乌里武鲁呢? 那样做大家都会把你当成小丑,当成国际骗子,当成 déguisé②。你也不能用两个小姓来代替乌里武鲁这个姓,譬如莫亚诺和纳瓦罗。你知道,佩德罗·马罗尔达·莫亚诺·纳瓦罗是个演小丑的,是个海盗一类的科尔多瓦人。在这些情况下,最好还是选择一个不过分奢侈的姓:佩德罗·马罗尔达·莫亚诺。你们会对我说,这并不那么重要。我同意你们的说法,但是 that works③。我告诉你们,在一个人身处困境时,没有比求助于街名更好了。有一次,我和埃尔格里略一起把萨尤斯弄得神魂颠倒。萨尤斯是个爱赶时髦的人,我们告诉他,要把马蒂塔·奥列罗斯、拉贝瓦·波萨达斯和蒂蒂纳·阿斯库埃纳加介绍给他。地铁站名嘛,我可以给你们说说,那可真是个大宝藏。譬如开往帕莱莫的地铁线。这条不是最好的路线,但几乎从始发站名开始就很有用:丘奇·佩列格里尼(不值得完全相信,但尽管如此,还是个有点重要性的人,因为归根到底这个外国佬做过总统)、梅查·普埃伦东、托塔·阿圭罗、恩里克塔·布尔内斯。你们听懂了吗?"

---

① 法语,意为"别着急,慢慢来"。
② 法语,这里意为"乔装打扮的人"。
③ 英语,意为"有效果,行得通"。

21

马丁期待着某种暗示、某种呼唤。于是,他孤注一掷,走近亚历杭德拉,问她能否一道出去一会儿。"好吧。"她说,然后走近万达,说:

"几分钟我就回来。"

"几分钟。"马丁心里思忖。

他们沿着查卡斯大街来到了位于埃斯梅拉达拐角的酒吧。

马丁对亚历杭德拉说:

"那一天我等了你一个半小时。"

"当时突然接到了一项紧急差事,而我又无法通知你。"

马丁预感到灾难即将发生,于是他试图至少改变一下自己说话的语调,尽量心平气和地显出一副无所谓的样子。但是,他却无法做到。

"在这些人面前,你像是另外一个人。我不能想象……"他突然刹住了要说的话,随即又说道,"我觉得你的确是另外一个人。"

亚历杭德拉没有回答。

"不是这样吗?"

"也许是吧。"

"亚历杭德拉,"马丁说,"你什么时候才能成为真正的你呢?什么时候?"

"我试图永远成为真正的我,马丁。"

"可是你怎么能忘记我们曾经一块儿度过的那些时刻呢?"

亚历杭德拉恼怒地转过身,说道:

"谁告诉你我忘记了!"

沉默了一会儿后,她又说:

"因为这个,因为我不想使你丧失理智,我宁愿不再见你。"

她脸色阴沉、一声不吭,对马丁的话支吾搪塞。突然,她说:

"我不希望我们再经历那样的时刻了。"

她又粗鲁地讥讽道:

"那些不寻常的美好时刻。"

马丁绝望地望着她。这不仅因为她所说的话,而且还因为她说话时的那种毁灭性的腔调。

"现在你会自问,我为什么这样嘲讽你,我为什么要让你这样受折磨。不是这样吗?"

马丁开始端详起脏兮兮的粉红色桌布上的一个咖啡色污点。

"好了,"亚历杭德拉说,"这我不知道。我也不知道为什么我不愿意和你一起再去共享那样不寻常的时刻。你应当明白,马丁:这件事该彻底结束了。这样下去不行。最好的办法就是我们绝对别再见面。"

马丁的眼里噙着泪水。

"如果你撇下我,我就自杀。"马丁说。

亚历杭德拉表情严肃地看了看他,接着用少有的夹杂着冷淡和伤感的语调说道:

"我无能为力,马丁。"

"我自杀你也无所谓吗?"

"当然了,我怎么能无所谓呢?"

"但是你不会采取什么行动来阻止我。"

"我怎么能阻止你自杀呢?"

"这么说,我自杀或者继续活下去对你都是一样了。"

"我没有这么说。不,对我不会一样。你要是自杀我觉得那太可怕了。"

"你很在意?"

"很在意。"

"所以呢?"

他小心而又焦虑地看了看亚历杭德拉,仿佛看着一个处于万分危急中的人,他要寻找搭救她的一线可能。"不会的,"他这样想,"一个同我一起经历过那些事情的人,才仅仅几个星期,是不会真正相信这一切的。"

"所以呢?"他又问了一声。

"所以什么?"

"我告诉你,或许我现在就自杀,从雷蒂罗公园或地铁的站台上,跳到火车下面,你也觉得无所谓吗?"

"我已经对你说过不是无所谓了,我会感到不寒而栗的。"

"但你将继续活下去。"

亚历杭德拉没有回答,她搅动了一下剩下的咖啡,望着杯子的底部。

"所以,这几个月来我们一起经历的那些事情,所有这一切只不过是一堆垃圾,都应当扔到大街上去!"

"谁也没有对你这么说!"她几乎喊道。

马丁一声不吭,他感到茫然,感到痛苦。过了一会儿,他说:

"我不理解你,亚历杭德拉,真的,我从来都没有理解过你。你和我说的这些事,你对我做的这些话,也在改变那一切。"

他想好好地思考一下。

亚历杭德拉脸色阴沉,也许根本没有听他说话。她凝神注视着街上的某一个地方。

"所以?"马丁坚持问道。

"什么也不会再有了,"她生硬地回答说,"我们别再见面了。这是最好的办法。"

"亚历杭德拉:不再见面的想法我不能忍受。我想见到你,通过什么方式都行,按你说的方式办……"

亚历杭德拉什么也没有回答；泪水开始从她的眼里溢出，但她的面孔并没有改变那僵硬和冷漠的表情。

"唉，亚历杭德拉？"

"不，马丁。我讨厌模棱两可的事情。要么就会出现眼前这样的场面，这对你非常不好；要么就像星期一那样的约会，这我不愿意，你明白吗？我不想再和你上床了。无论如何都不了。"

"可是，这是为什么呢？"马丁抓住亚历杭德拉的手喊道，他激动地感到某种东西，某种非常重要的东西不顾一切地把他们分隔开来。

"因为不！"亚历杭德拉大声喊道，目光里喷射着仇恨，并使劲地把手从马丁的手中抽了出来。

"我不理解你……"马丁结结巴巴地说，"我从来没有理解过你……"

"你别操这份心。我也不理解我自己。我也不知道我为什么要对你这么做。我不知道我为什么要让你这样难受。"

她用手捂住脸，喊道：

"太可怕了！"

她用双手捂着脸，开始歇斯底里地痛哭起来。她一面抽泣，一面重复地喊道："太可怕了！太可怕了！"

在他们相处的这些日子里，马丁很少看到亚历杭德拉哭过，她这样的哭泣给他留下了永远忘却不了的印象，几乎令人毛骨悚然。她仿佛一条受了致命之伤的龙，流淌着泪水。但是，这泪水（如同假设的那样，是龙的泪水）是可怕的，而不是意味着懦弱，更不是意味着需要温柔，它像液化的怨恨形成的苦水在流淌，它们是滚沸的，它们能毁灭一切。

尽管如此，马丁还是壮着胆子去拨开她的手，温柔而坚定地试图让她把脸露出来。

"亚历杭德拉，你太痛苦了！"

"你还怜悯我!"她双手仍然捂着脸,含含糊糊地说。她说话的语调使人难以断定是恼火、是蔑视、是嘲讽,还是痛苦,抑或是这些情感兼而有之。

"是的,亚历杭德拉,我当然同情你。难道我没有看见你非常痛苦吗?我不希望你痛苦。我向你发誓,这样的事情永远不会再发生了。"

亚历杭德拉渐渐地平静下来。最后,她用手绢擦干了眼泪。

"不,马丁,"她说,"最好还是我们别再见面。因为迟早我们得以比这更糟糕的方式分手。我无法控制我内心的那些可怕的东西。"

她又用双手捂住了脸,马丁再次试图把她的手从脸上拿开。

"不,亚历杭德拉,我们不会再干傻事了。你看着吧。全是我的错,我错在非要见你,非要去找你。"

他试图笑一笑,便接着说:

"仿佛一个人去找杰基尔医生,结果碰上了海德先生①。而且是晚上,用弗雷德里克·马奇②的指甲捂着脸。不是吗,亚历杭德拉?只有当你愿意,你打电话给我时,我们才见面。待你身体好一点时,我们再见面。"

亚历杭德拉没有回答。

过了好长一会儿,马丁为这段时间的白白流逝而深感失望,因为他知道已经晚了,亚历杭德拉很快就要走,她随时都可能离去,而把他留在这完全崩溃的状态中。以后等待他的将是暗无天日的日子,将远离她,远离她的生活。

要发生的事终于发生了,她看了看手表,说:

"我得走了。"

"我们不能这样分手,亚历杭德拉。这太令人害怕了。让我们先决

---

① 杰基尔医生和海德先生都是英国作家史蒂文森作品《化身博士》中的人物。
② 弗雷德里克·马奇 (1897—1975),美国电影演员。

定一下我们以后怎么办。"

"我不知道,马丁,我不知道。"

"至少我们可以商定我们哪一天再见,不用那么急。你情绪这么坏,我们什么都别去做最后决定。"

在他们默默地走出酒吧时,马丁心想,那两个街区留给他的时间是那么少,那么可怕得少。他们慢慢地走着,尽管这样,也只剩下五十步、二十步、十步了,最后路走完了。于是,马丁绝望地抓住亚历杭德拉的胳膊,紧紧地攥着她的胳膊,又向亚历杭德拉恳求说,至少再见一次面。

亚历杭德拉看了看他。她的目光似乎来自很远的地方,来自一个非常陌生的地区。

"答应我吧,亚历杭德拉!"马丁恳求说,眼睛里充满泪水。

亚历杭德拉严厉地盯着他看了好一会儿。

"好吧,就这样。明天下午六点,在阿达姆咖啡馆。"

22

时间慢得令人痛苦:仿佛在登山,最后的一段路几乎难以攀登。马丁的情感非常复杂,因为,一方面,他为能再一次见到亚历杭德拉而感到神经质的高兴;另一方面,他直觉地感到,这次见面恰恰是这样:是又一次见面,也许是最后一次见面。

六点还差很多,马丁已经坐在阿达姆咖啡馆里盯着门口了。

六点半已过,亚历杭德拉才姗姗来迟。

她已经不是昨天气势汹汹的亚历杭德拉了,但她神情漠然,这很使马丁失望。

那么她为什么要来呢?

堂倌不得不重复了两三次问她要点什么。她要了杯杜松子酒,随即便看了看她那该死的手表。

"这么说,"马丁以嘲讽的悲哀说,"你这就要走了吗?"

亚历杭德拉茫然地看了看他,但并没有意识到马丁话里的讥嘲,回答说不马上走,说她还有一会儿时间。马丁低下头,摇了摇酒杯。

"那你为什么要来呢?"他不得不问。

亚历杭德拉望着他,似乎要集中自己的注意力。

"我答应过你来,不是这样吗?"

杜松子酒一端上来,她就一饮而尽。接着,她说:

"我们出去吧。我想呼吸点新鲜空气。"

出了咖啡馆,亚历杭德拉朝广场走去。她沿着草坪往前走,最后在一条面对河流的长椅上坐了下来。

有好长一会儿,他们谁也没有开口。后来,亚历杭德拉打破了沉默:

"互为仇敌该是多大的宽慰!"

马丁凝望着英国人钟楼,钟楼上的钟在记录时间的流逝。钟楼的后面,是电力公司庞大的厂房和它那些粗壮硕大的燃烧炉,还有新港及码头上的起卸机和吊车。这些起卸机和吊车犹如古代的抽象动物,它们长着钢铁的嘴喙,像巨鸟一样低垂着头,仿佛要啄食那些停泊在水面的轮船似的。

马丁垂头丧气,默默地注视着夜晚怎样降临在这个城市,烟囱和塔顶的红色灯光、雷蒂罗公园的霓虹灯广告和广场上的街灯怎样开始在蓝黑色的天幕下闪烁着。与此同时,数以千计的男男女女,从地铁的出口处匆匆忙忙地走了出来,然后又像每天一样争先恐后地挤进市郊火车站的候车室。他望着卡瓦纳格大楼,那里的窗户开始亮起了灯光。上面,在三十层或者三十五层,或许是一个孤独的男人的小房间里,也亮起了一盏灯。像他们这样的分手离别该有多少啊!就那一座摩天大楼里,有多少人经受着孤独的煎熬!

这时,他终于听到了他害怕随时可能听到的话:

"我得走了。"

"这就走?"

"对。"

他们沿着草地走下了陡坡。一走到坡下面,亚历杭德拉便和他告别,然后朝雷科瓦走去。马丁跟在她后面走了几步。

"亚历杭德拉!"他喊道,这时他几乎变成了另外一个人。

亚历杭德拉停住脚步,站下来等他。一家武器商店玻璃橱窗里的灯光照亮了她的全身:她的面色严峻,表情令人难以捉摸。但是,最使马丁感到痛苦的是她心里的怨恨。我什么地方得罪她了?在痛苦的驱使下,他这样无意识地自我问道。亚历杭德拉咬紧了牙,把目光转向玻璃橱窗。

"我对你只有温柔和谅解。"

亚历杭德拉的唯一回答是,她一分钟也不能再待了:八点钟她必须到达另外一个地方。

马丁眼巴巴地望着她一步一步离去。

突然,他决定盯住她。如果她发现他跟着她,那他就会倒大霉了。

亚历杭德拉沿着雷科瓦走了三个街区,然后折入光复街,最后走进了一家名叫乌克兰的酒吧饭馆。马丁小心翼翼地走近饭馆,从暗处偷偷地窥视着。他的心一下收缩了起来,变得坚硬如铁,仿佛被人从胸腔里掏了出来,又被孤零零地扔在一块冰块上:亚历杭德拉坐在一个男人的对面。在马丁看来,这个男人如同这家酒吧一样,险恶、不祥。男人的皮肤颜色暗黑,但眼睛却是浅色的,也许是灰色。他的头发稀疏花白,梳向后面,脸上的线条粗犷,面孔好像用斧子砍出来的似的。这个人看上去不仅体格健壮,而且还具有一种阴险的男性美。马丁是那样痛苦,他感到待在这个陌生人的身边自己太渺小了,这个人根本不会把他放在眼里。马丁仿佛自语地说:对我来说,还会有什么比这更可怕的呢?马丁既为眼前的场面所深深吸引,同时又感到十分忧伤。他能够一丝不漏地看到那个人的表情、他的沉默和他手的每一个动作。实际上,那个人讲话很少,说话时,语句简短、干脆。他那瘦骨嶙峋、神经质地颤动的双手,似乎同隼或鹰的爪子有某种血缘关系。是的,的确是这样,这个人的一切都酷似猛禽:他的鼻子细而高,呈鹰钩状,他的双手精瘦、贪婪而无情。这是个个性残暴的人,他什么事情都干得出来。

马丁发觉他像某个人,但却说不准到底像谁。起初,他觉得也许曾在某个场合见到过,因为那张面孔是不可能被忘记的;如果过去曾见过一面,那么现在无论如何他也应该认得出来。突然,他想起那个人有点像萨尔塔的一个名叫科尔内霍的小伙子。然而不是,并不是因为他才会觉得此人有那么一点挺熟的感觉。

亚历杭德拉情绪激动地讲着话。真奇怪:两个人表情都很生硬,似乎彼此怀着敌意。然而，这一想法并没有使马丁心里平静下来。相反，当他意识到这一点时，他失望、恼火的程度更是无以复加。为什么呢？最后他似乎明白了事情的真相：那两个人被如火如荼的感情纠缠在一起。就像两只猎鹰在相爱，他这样想。像两只尽管相爱也能并且也想用自己的喙和爪击败对方、撕裂对方，直至杀死对方的鹰。当看到亚历杭德拉用自己的一只手握住那家伙的一只手——一只爪子——时，马丁感到从那一刻起一切都无所谓了，人生完全失去了意义。

23

清晨,当马丁漫步时,他突然一下明白了:那个人像亚历杭德拉!他立刻回忆起古望楼上的那个场面。当时,亚历杭德拉一说出费尔南多这个名字,便随即把话咽了回去,仿佛说出了一个应该秘密保守的名字。

"那个人是费尔南多!"马丁想。

那灰绿色的眼睛、那有点像蒙古人的颧骨、那深色的皮肤和特里尼达·阿里亚斯式的面孔!当然,好像认识的这种感觉现在有了解释:那个人有很多地方像亚历杭德拉,像特里尼达·阿里亚斯,亚历杭德拉曾把特里尼达·阿里亚斯的画像拿给他看过。亚历杭德拉曾经说过,只有她和费尔南多,就像一个与世隔绝的女人同一个男人,而现在他明白了,那是一个她敬慕的男人。

可是,费尔南多是谁呢?她的一个哥哥?一个她不想提及的哥哥?假定那个人是亚历杭德拉哥哥的这一想法本应使他完全释却心里的重负的,然而马丁心里只稍微得到了点平静。为什么(他问自己)我高兴不起来呢?当时,他对这个疑问没有找到答案。他只是发觉,他必须安静下来,但却无法做到。

马丁没法安安静静地入睡:仿佛在他睡觉的屋子里钻进了一个吸血鬼。他翻来覆去地回忆着他目睹的那些场面,试图找出自己心神不安的原因。最后,他认为他找到了:手!他突然痛苦地回忆起亚历杭德拉抚摸那个人的手的方式。那绝不是妹妹抚摸哥哥手的方式!亚历杭德拉时时刻刻在思念他:施行催眠术的人是他。她回避他,但是迟早她都得像疯子似的去找他。现在,马丁认为亚历杭德拉许多难以解释和自相矛盾的行动得到了解释。

在他刚刚认为找到了问题的答案时,他又陷入了更深的困惑:两个人为什么如此相像。毫无疑问：那个男人是亚历杭德拉家的人。马丁想可能是她的一位堂兄弟。是的：是一位堂兄弟，名叫费尔南多。

不可能是别的什么了，因为这种可能性可以解释所有的事情：引人注目的相像，那天晚上当她失口说出费尔南多名字后的突然缄口不语。那个名字（马丁想）是个至关重要的名字，一个神秘的名字。"除了费尔南多和我外，所有的人……"亚历杭德拉曾无意地说出这样的话，但随即便刹住了在说着的话，并且也没有回答他马丁提的问题。现在，一切都明白了：她和他与世隔绝地生活在一起，骄傲地生活在另一个世界里。她爱他，爱费尔南多，因此，她为在他马丁面前失口说出那个泄露天机的名字而追悔莫及。

随着时光的流逝，马丁内心的不安愈来愈强烈。最后他实在无法再忍受下去了，便给亚历杭德拉打了个电话，告诉她说有一件非常要紧的事要和她谈：只一件事情，哪怕它是最后一件。当两人见面后，马丁几乎讲不出话来。

24

"怎么啦?"亚历杭德拉粗暴地问道,因为她直觉地感到马丁是因某件事情而受到了伤害。为此她情绪很激动,因为正如她曾多次对他讲过的那样,他没有任何权利支配她,她对他没有做过任何许诺,因此她没有任何事需要对他做出解释。特别是现在,因为他们已经决定结束他们之间的关系了。马丁摇了摇头,做了否定的答复;然而,他的眼睛里却含着泪水。

"告诉我,你怎么啦?"她对他说,同时摇晃着他的胳膊。她等了一会儿,目光一直没有离开他的眼睛。

"我只想知道一件事,亚历杭德拉:我想知道费尔南多是什么人。"

亚历杭德拉面色一下刷白,眼睛射出闪电似的光芒。

"费尔南多?"她问,"你从哪儿找出来的这个名字?"

"那天晚上在你房间里,当你给我讲述你家的历史时说的。"

"那些胡说八道跟你又有什么关系呢?"

"比你可能想象的要重要得多。"

"为什么?"

"因为我觉得你后悔说了这句话、这个名字,不是这样吗?"

"我们假定就算是这样,你又有什么权利向我提这个问题呢?"

"什么权利也没有,这我知道。但是,不管你怎么想,请你告诉我,费尔南多是谁,是你的一个哥哥吗?"

"我既没有兄弟,也没有姐妹。"

"那么,是你的一个堂兄了。"

"为什么必须是堂兄呢?"

"你说过,全家人中,只有你和费尔南多不是中央集权派。因此我想,如果不是你的哥哥,那就是你的堂兄。不是这样吗? 不是你的堂兄吗?"

亚历杭德拉终于松开了紧紧抓着马丁胳膊的双手;她沉默不语,情绪颓丧。

她点着了一支烟,过了一会儿,说:

"马丁:如果你想我对你保留一个友好的回忆,就别向我提问题了。"

"我就向你提这一个问题。"

"可为什么呢?"

"因为对我来说这非常重要。"

"为什么对你这么重要?"

"因为我得出了结论:你喜欢这个人。"

亚历杭德拉的脾气又变得粗暴起来,她的两眼放射出她情绪极坏时才有的那种闪电似的光芒。

"你有什么根据?"

"这是直觉。"

"这么说你可完全错了。我不喜欢费尔南多。"

"好吧,也许我没有说清楚。我是想说你爱他,你在爱他。可能你不喜欢他,但你却爱着他。"

他用颤抖的声音说出了最后这几句话。

亚历杭德拉用那严厉而结实的双手(像他的手——马丁非常痛苦地想道——像他的手一样!)抓住了马丁的双臂,她一边摇晃着,一边愤恨而粗暴地对马丁说:

"你跟踪我!"

"对!"马丁喊道,"我一直跟踪你到光复街的那家酒吧,看见你同一个和你长得相像、你正恋爱着的男人在一起!"

"你怎么知道这个人是费尔南多?"

"因为他像你……因为你说过,费尔南多是你家的人,因为我觉得在你和费尔南多之间有着某种秘密的关系,因为仿佛你和他另成一体,远离其他所有的人,因为你后悔自己说出了他的名字,还有你抚摸他手的方式。"

亚历杭德拉摇晃着马丁,好像不停地在捶打他一样,而马丁让她摇晃,仿佛一具软弱无力、毫无生气的躯体一样。后来,她松开了马丁,用那双贪婪的手捂住面孔,好像要把脸抓破似的,也好像要干哭似的。她干哭时就是这样。从她那掩着脸的双手中,马丁听到她在叫喊:

"笨蛋!笨蛋!那个人是我父亲!"

说完,她就跑着离开了。

马丁呆若木鸡,不知道该做什么、该说什么才好。

25

仿佛定音鼓的一声巨响揭开了黑暗降临的序幕,从亚历杭德拉那几句可怕的话语里,马丁感到自己好似置身于一个黑色的巨梦里,巨梦如此沉重,使他感到有如睡在注满液态铅的海底。一连许多天,他就在布宜诺斯艾利斯的街头流浪、徘徊,琢磨着那个奇特的人曾从陌生中来,而现在又回到了陌生中去。家,他突然自言自语地说,家。这些话零零碎碎,看上去也没有意义,但是,也许是指当暴风雨在雷鸣电闪的黑夜越下越猛时,一个人躲在自己那温暖、熟悉并充满柔情的窑洞里。家,火,明亮而温情四溢的庇护所。因此(布鲁诺说),一个正流落异国他乡的人会感到更加孤独,因为祖国也像家,也像火和童年,像充满母爱的庇护所,而客居在外国是那样忧伤,如同住在一家无名而又冷漠的旅馆里一样,没有回忆,没有熟悉的树木,没有童年,没有幻想。因为祖国就是童年,因此,也许把祖国称作母国①要更为恰当,它能在孤独和寒冷的时刻给你以庇护和温暖。可是他马丁,什么时候有过母亲呢?而且,这个祖国看上去是那样冷漠,那样生硬而且不能给人以保护。因为(也像布鲁诺说的一样,但他现在已记不起来,而是亲身体会到,犹如风雨交加的时候待在露天一样)我们的不幸是,当我们的国家还没有完全建立好,孕育它的世界就开始吱吱作响,随后便开始崩溃了。因此,我们甚至连在欧洲或者墨西哥或者库斯科②被称作永恒幻影的巨石阵也没有。因为(他说)我们这里既不是欧洲,也不是美洲,而是一个被肢解了的地区,一个被肢解和撕裂了的饱受动荡、不幸和混乱之苦的地方。所以,这里的一切都特别短暂和脆弱,没有任何能够抓得住的牢固东西;人也更容易死亡,而他的身份更是昙花一现。希望能有某种坚固而绝对的东西可以在发生灾难时抓住的他(马丁),希望有个温暖的窑洞能够避风遮雨的他(马丁),却既没有家，也没有祖国。或者说，这更加糟糕，他有一个建筑在粪便和失望上的家，有一个摇摇晃晃和哑谜般的祖国。所以，他感到孤零，孤零，孤零：这是他明明白白地感到和想到的唯一词语，但毫无疑问，也是表明了那一切的词语。犹如黑夜里的一位落水者，他迫不及待地扑向亚历杭德拉。然而，他这样做无如是正当他在洞穴里寻找藏身之处时，突然洞穴深处窜出了吃人的老虎。

---

① 在西班牙语里，padre 意为"父亲"，madre 意为"母亲"，patria 意为"祖国"。作者根据这几个词的意思以及结构，发明了一个词，即 matria，这里取其意译为"母国"。
② 秘鲁城市，建于公元 11 世纪，曾是印加帝国的国都。

26

在那些百无聊赖的日子里，有一天马丁突然感到自己被奔跑的人群拽着往前走，头顶上数架喷气式飞机发出刺耳的轰鸣，人们大声喊着五月广场，满载工人的汽车发疯似的往那里飞驰，混乱不清的喊叫声响成一片，擦着摩天大楼一闪而过的飞机令人头晕目眩。接着是炸弹爆炸的阵阵巨响，机枪劈劈啪啪的射击和高射炮的隆隆怒吼。人们在不停地奔跑着，不顾一切地挤进大楼，但是飞机刚一过去，便又好奇地跑出来，激动地交谈着，直到飞机又飞过来，他们才又跑进楼里去。与此同时，另外一些人把身子贴着墙（仿佛是对付一场普通的雨一样），望着天空，或者伸着胳膊、指着不太确切的方向，露着一脸困惑或好奇的神情。①

接着，夜幕降临了。蒙蒙细雨开始悄悄地洒在这座遭受谣言的惊吓和损害的城市上。

---

① 1955年6月，阿根廷首都布宜诺斯艾利斯爆发旨在推翻庇隆政权的军事政变，阿根廷海军动用几十架军机轰炸五月广场，造成300多名平民丧生。在政变宣告失败的当天晚上，庇隆主义者们出于报复纵火烧毁了好几座教堂，因为教会在此前的政变中站在了庇隆政权的对立面。后文提到的"联盟派"便是支持庇隆政权的党派之一。

27

孤独的日子是忧郁的,夜间,大火向铅灰色的天空喷射着凶险的光焰。

鼓声咚咚震耳,如同在疯人的狂欢节上。

马丁被一群失去理智、乱作一团的人推搡着来到了教堂的前面。一些人拿着左轮手枪和另一些手枪。"是联盟派的人。"有人说。喷在一扇扇大门上的石脑油一下燃烧了起来。人们蜂拥着挤进教堂,同时不住地大声叫喊。有人把教堂里的长椅拖出来倚在门上,大火烧得更旺。另外一些人把祷告用的跪椅、圣像和长椅搬到了街上。蒙蒙细雨依然冷漠地下着。有人又喷了些石脑油,木头在一阵阵冰冷的雨丝中燃起熊熊的火焰。人们大声叫喊,远处不时传来零星的枪声,一些人在东奔西跑,另一些人掩藏在对面的廊沿下,身子紧贴着墙壁,个个被大火和惊恐吓得魂不附体。有个人双手高举着圣母像,要把它扔到烈火中去。站在马丁身旁的一个青年工人,像是印第安人,大声喊道:"把圣像给我!不要烧!"

"什么?"那个高举着圣像的人生气地盯了他一眼。

"别烧它,我还可以把它变几个比索呢。"小伙子说。

那个人放下了圣像,摇了摇头,把圣像给了他,接着又把一些长椅和别的画扔到了烈火里。

这时,小伙子把圣母像放在脚跟前,想找人帮忙。当看到一个警察也在看热闹时,便求他帮助把这尊圣像搬走。

"你别找麻烦了,小伙子。"警察劝他说。

马丁走了过来。

"我来帮你。"他说。

"好,抓住底座。"青年工人说。

他们走出了人群。外面，雨，依旧下着，但大街上的火势却越烧越猛，雨水淋在燃烧的石脑油上噼啪作响。一个头发金黄、高高个儿、蓬头散发的女人，一只手拄着一根铜烛台，一只手拖着个装满圣像和其他宗教用物的口袋。

"流氓！"她嚷道。

"住嘴，疯婆子。"人们叫喊着。

"流氓，"那女人又说了一句，"你们都要进地狱的。"

她拖着那个大口袋，拄着铜烛台继续往前走着，铜烛台现在成了她的防身机械。这时，有个小青年伸手猥亵地摸了她一下，另一个则冲着她骂了一些不堪入耳的下流话，但是那个女人却一面用铜烛台自卫着一面继续往前走去，嘴里还不断地骂着"流氓"。

"滚吧，假虔诚！"小伙子们喊道。

那个女人一边继续走，一边重复地骂着"流氓"，声音沙哑而干巴，那样子几乎是个目空一切、旁若无人的狂热信徒。

"她是个疯子，别理她。"人们喊道。

一个像印第安人的妇女在守着篝火，不时用手里的粗木棍儿拨弄火堆，仿佛在烧烤一块巨大的肉似的。

"她是个疯子，让她走吧。"人们这样说。

黄头发女人拖着袋子，穿过一大群向她嚷着污言秽语的孩子继续往前走着，孩子们一边向她扔烧红的火炭，一边纵声大笑，同时企图伸手摸弄她的身子。

这时，教堂的大火喷着熊熊的烈焰，火吞噬着各种文件和登记表格。一个头戴软帽、肤色黝黑的男人，歇斯底里地狂笑着，不停地朝大火扔着石头、瓦砾和砖块。

黄头发女人从火光照到的地方消失了。

此刻又传来了狂欢节的欢乐乐曲：街头乐队的小伙子们吹吹打打地已经围绕街区转了一圈。

> 昌塔夸特罗的街头乐队
> 前来拜访您……

火光里，人们扭动身子的曲线显得异常动人。圣餐杯被用来当作铜锣。有些人身披十字裾①乔装打扮，高举着圣杯和十字架，用镀金的大烛台打着拍子。有一个人在敲鼓。后来，齐声唱道：

> 我们的指挥，
> 喜欢遮遮掩掩……

接着，鼓声有节奏地响了起来，火光中人们扭动得越来越欢，并且一直用镀金的烛台敲打着拍子。

这时枪声又响了起来，一些人匆匆奔跑。不知道枪声是从哪里传来的，也不知道是谁开的枪。到处一片惊慌。有人说："是联盟派开的枪。"一部分人安静了下来。同时传递着别乱跑的命令。另一些人仍在奔跑，并高声叫喊着："他们就要来了！"或者："镇静，小伙子们。"

街中的火势越烧越大。一群青年男女在往大火中扔忏悔规则的书页。他们又搬来了一些圣像和其他的绘画。

一个男人拖着一尊基督受难雕像，这时一个刚刚来到的女人恶狠狠地喊道：

"给我！"

"什么？"那个男人不屑一顾地看了她一眼说。

有人说："她是基金会的。"

"她是谁？她是谁？"人们相互问着。

这时街头乐队唱道：

---

① 神父的一种法衣。

冈萨莱的姑娘，

喜欢香蕉……

那个女人紧紧地跟在男人后面，两手抓住了基督受难雕像的脚，不让男人拖着圣像往前走。

"松开！"男人喊道。

"给我！"女人喊道。

由于两个人相持不下，有那么一会儿基督受难像被举在空中。

"这儿来，夫人。"一个从教堂里把圣像拿了出来的小伙子说。

"什么？"那个女人问，但她的手并没有松开基督受难像的脚。

"来吧，别要那个了。"

"什么？"女人发疯似的反问。

"你把这个圣像拿去。"小伙子对她说。

女人犹豫了一下，并没有松开仍在不停地晃动的基督受难像。

"您来吧，夫人。"小伙子说。

女人似乎还在犹豫不决，这时那个男人使劲一拽，把圣像从她手中夺走了。女人像傻了一样，看着他远离而去，随即又把目光转向小伙子旁边放在地上的圣母像。

"来吧，夫人。"小伙子说。

女人走了过来。

"这是无人庇护者圣母像。"小伙子说。

女人不解地看了看他，似乎没有弄明白：和她说话的是个黑不溜秋的外地人。也许她在想他们要捉弄她。

"对，夫人，"马丁说，"我们刚把它从教堂里抢出来，是这个小伙子把它从大火里救出来的。"

她看了看那个黑黑的外地小伙子。这时，街头乐队慢慢离开了那里。

昌塔夸特罗的街头乐队，

我们现在就要离去……

女人走到跟前。

"那好吧，"她说，"我把它拿回家去。"

小伙子和马丁弯下腰去抬圣母像。

"先别抬，等一等。"她说。

她解开大衣纽扣，脱下衣服盖在了圣像上。然后，她想帮着抬。

"您别动手了，"小伙子说，"我们两人足够。告诉我们，朝哪儿走。"

他们迈开脚步。女人走在前面，有个男人跟在他们后面。这时，雨逐渐大了起来，小伙子觉得圣像头上的星形皇冠扎在他的脸上。他已经什么都不清楚了：一切都混乱不堪。

"一个人受伤了，"他喊道，"劳驾。"

人们给让出了道。

他们沿着圣菲街朝卡利亚奥走去。红色的火光越来越弱，渐渐地，漆黑、孤独、冰冷的夜笼罩了一切。雨在悄悄地下着，远处传来零星的喊叫声。枪声和口哨声。

终于到了。他们乘电梯升到第七层，然后走进一套豪华的房子。马丁看到青年工人露出一副手足无措的样子：他羞怯地望着屋子里的那个女用人，不知在那些深颜色的家具和艺术品之间该怎样迈开脚步。

他们把圣母像竖放在一个角落里；也许小伙子没有注意到，他竟把那困倦而乱蓬蓬的头倚在了圣母像上，就像在静静地休息一样。突然，他觉察到有人在对他讲话。

"走吧，"女人说，"还得回去一趟。"

"行。"小伙子机械地回答说。

他环顾了一下四周，好像寻找什么似的。

"要什么？"女人问。

"我想。"小伙子说。

"什么，你想要什么，小伙子？"女人问。

"一杯水，我想要一杯水。"

有人给小伙子端来了水；小伙子仿佛干得嗓子眼儿冒烟似的，把水一饮而尽。

"好了，现在我们走吧。"女人说。

雨小了些，街头乐队大概在其他某个着火的地方演奏。这里的火依旧在燃烧，在寂静中燃烧着：男男女女们站在对面的人行道上，他们已成了默默无声和入迷的旁观者。

一个男人腋下挟着几件十字褡。

"您愿意把这些十字褡给我吗？"那个女人问道。

"什么？"男人反问了一句。

"这些十字褡。您是不是愿意把它们给我？"女人说。

那男人没有回答，而是看了看大火。

"十字褡，"女人平静地重复道，镇定得像个夜游症患者，"我想把它们保存起来，以便在教堂重建后派上用场。"

那男人依然默默地望着大火。

"您不是天主教徒吗？"女人愤愤地问。

那男人继续望着大火。

"您没有受过洗礼吗？"女人问。

那男人还是望着大火，但是他的眼色已经沉了下来（马丁发觉了这一点）。

"没有孩子吗？您没有母亲吗？"

那男人突然炸雷似的大声喊道：

"为什么您不去找那个生您的婊子娘去？"

"我是天主教徒,"女人如同个梦游者似的不动声色地说,"我想要这些十字褡,留作重新修建教堂时用。"

那个男人看了看她,出人意料地以平静的口气说:

"我留着它们是用来遮雨的。"他说。

"请您把十字褡给我吧。"女人平静地重复道。

"我住得很远,在罗德里格斯将军街。"那男人说。

在那个固执的女人身后,有人说道:

"那么您是从罗德里格斯将军街来的了,您就是那些烧教堂的人了。"

固执的女人转过头看了一眼:讲话的是个鬓发斑白的老头儿。

一个头戴软帽的人解开雨衣,掏出了一把手枪。他冷冷地、轻蔑地朝老头儿面前一站。

"您是什么人,问这问那的?"他问。

挟着十字褡的男人也掏出了手枪。一个妇女,手里拿着一把挺大的菜刀,走到那位神情冷漠的女人跟前,说道:

"你想让我们把这些十字褡塞进你的屁眼里吗?"

神情冷漠而近乎疯癫的女人向拿着十字褡的男人提出了交换的条件:

"这把伞的把儿是金的。"她说。

"什么?"

"我用这把伞换这些十字褡。伞把是金的。您看吧。"

那男人看了看伞把。

那个手拿菜刀的妇女把刀尖儿对着提出交换建议的女人的肋部,又重复了一遍她前面说的话。

"好吧,"那男人说,"把伞给我。"

拿菜刀的女人气疯了,冲着那男人喊道:

"笨蛋!你被收买了!"

"什么收买不收买的，"拿十字褡的男人不耐烦地说，"我留着十字褡有什么用？"

"你是个被收买的笨蛋！"拿菜刀的妇女喊道。

拿十字褡的男人突然震怒了：

"听着，你不想让我打死你的话，最好还是闭上你的臭嘴。"

拿菜刀的妇女大骂那个男人，并把刀举到他的脸前面，但那个男人接过雨伞后，没有答话。

女人拿起十字褡，在一片喊声和骂声中离开了那里。

于是，那位戴软帽的男人说：

"好了，小伙子们，这里没有什么可做的了。我们走吧。"

用雨伞换得了十字褡的女人走到了马丁和那个外地小伙子待的地方。他们两个胆战心惊地站得远远的。看见女人拿着十字褡走来了，他们又陪着她来到埃斯梅拉达街她的家里。马丁又一次觉得这个外地小伙子很可怜。小伙子站在门口，缓缓地望着大厅里那些大扶手椅，那些绘画和瓷器。

"进来吧。"女人坚持地说。

"不了，夫人，"小伙子说，"我走了。您已经不需要我帮忙了。"

"等一等。"女人说。

小伙子毕恭毕敬地等候着。

女人看了看他。

"你是工人。"她对小伙子说。

"是的，夫人。我是纺织工人。"小伙子回答说。

"你多大岁数了？"

"二十。"

"是庇隆主义分子吗？"

小伙子没有说话，低下了头。

女人狠狠地看了看他。

"你怎么会是庇隆主义分子呢？你没有看见他们犯下的那些暴行吗？"

"烧教堂的都是一些拿枪的强盗，夫人。"小伙子说。

"什么？什么？他们都是庇隆主义分子。"

"不，夫人。这些人不是真正的庇隆主义者。确实不是庇隆主义者。"

"什么？"女人咆哮地问道，"你在说什么？"

"我可以走了吗，夫人？"小伙子问，同时抬起了头。

"别走，等一等，"女人说，好像在思考什么，"等一等……你为什么要救出无人庇护者圣母像？"

"我能知道什么啊，夫人。我不喜欢烧教堂。对于那一切，圣母有什么过错呢？"

"什么那一切？"

"轰炸五月广场这样的事，我能知道什么。"

"这么说，你认为轰炸五月广场不好，是吗？"

小伙子惊愕地看了看她。

"你不知道必须把庇隆干掉吗？你不知道必须把这个无耻的混蛋、把这个败家子干掉吗？"

小伙子目不转睛地盯着她。

"不是吗？你不认为是这样吗？"女人毫不放松地追问道。

小伙子又低下了头。

"我当时在五月广场，"他说，"我和数千名同伴都在五月广场。就在我面前，一颗炸弹把一个女同胞的一条腿炸飞了，把一个朋友的脑袋炸搬了家，把另一个朋友的肚子炸开了膛。死了有好几千人。"

女人说：

"可是你不明白你在为一个流氓说话吗？"

小伙子没有吭声。过了一会儿，他说：

"我们是穷人,夫人。我的父母,还有七个兄弟加上我,住在一间小屋子里,我是在这间屋里长大的。"

"等一等!等一等!"女人大声喊道。

马丁也要往外面走去。

"你呢?"女人问马丁,"你也是庇隆主义分子?"

马丁没有回答。

马丁走进了夜幕里。

黑暗而寒冷的天空犹如他心灵的象征。缕缕纤细的雨丝随着东南风的吹拂无声地飘洒着。东南风(布鲁诺自言自语地说)加深了这位布宜诺斯艾利斯人的忧愁。此刻,这位布宜诺斯艾利斯人正透过咖啡馆模糊不清的玻璃窗望着大街上,嘴里在小声地嘀咕:见了鬼的天气,与此同时,另一个更深沉的人在内心深处想:多么无尽的忧愁!马丁感到冰冷的雨水落在脸上,他毫无目的地走着,紧皱眉头,着了魔似的一个劲儿地望着前方,仿佛全神贯注于一个巨大而复杂的谜。他反复地重复着三个词:亚历杭德拉、费尔南多、盲人。

28

马丁漫无目的地走了好几个钟头。突然,他发觉自己来到了位于贝尔格拉诺的圣母受孕广场。他在一条长椅上坐了下来。对面的圆形教堂似乎还在经受着昨天晚上烈火的恐怖。那危机四伏的寂静,那半明半暗的光线,还有那细细的雨丝,给布宜诺斯艾利斯的这个角落添上了一种不吉的含意:仿佛在那幢同圆形教堂相切的古老建筑物里藏着一个强大而恐怖的谜,一种难以解释的魔力吸引着马丁,他的目光紧紧地盯着这个他一生中第一次见到的角落。

突然,他几乎大声地喊出了声:亚历杭德拉穿过广场,朝那幢古老的建筑物走去。

黑暗中,由于马丁站在树底下,亚历杭德拉并没有看见他。而且,她像夜游症患者一样走着,在无意识地往前走着,马丁以前曾多次发觉过她这样的举动。然而,此刻,他觉得她的无意识行为更加强烈、更加难以理解。亚历杭德拉穿过广场,径直往前走去,如同一个人在梦境中向着由超意志力指定的目标走去。显而易见,她什么也看不见,什么也听不见。她像一个被施了催眠术的人一样,坚决地,但是漠然地向前走去。

她很快就走到了那座建筑物的廊沿下,接着毫不犹豫地朝一扇关着的、无声无息的门走去。她打开门,走了进去。

一时间,马丁想是不是自己在做梦,或者是眼前出现了幻觉?他以前从没有来过布宜诺斯艾利斯的这个小广场,没有任何有意识的东西驱使他在这个不祥的夜晚来到这里,没有任何东西能够使他预见到一次如此令人惊异的重逢。太出乎意料了,因此,他一时想到幻觉或做梦也是很自然的。

但是,马丁在那扇门前的长时间等待使他毫不怀疑:那个走进这所房子并且待在里面的人就是亚历杭德拉,这一点无须使他可以理解的理由。

天空已露出晨曦,马丁不敢再等下去,他害怕被亚历杭德拉在光天化日之下看见。另外,就是看到她出来,他又能得到什么呢?

他怀着一种转化为肉体疼痛的惆怅,朝市政厅方向走去。

这是灰暗、阴沉、困顿、忧伤的一天,是从那光怪陆离的夜晚中醒过来的一天。

第三章

关于盲人的报告

啊,夜的神灵!
啊,黑暗、乱伦与罪恶、
 忧郁与自杀的神灵!
啊,老鼠与洞穴、
 蝙蝠、蟑螂的神灵!
啊,粗暴而又无法探知的
 梦幻与死亡的神灵!

1

对我行将结束的谋杀是从什么时候开始的呢？我的头脑现在异常清醒，宛如一盏明灯。我可以凭借一束十分强烈的光，照亮我广漠的记忆之域：我看到了一张张面孔，看到了谷仓里的老鼠、布宜诺斯艾利斯或者阿尔及尔的街道、娼妓和海员。我移动了一下光束，看到了更远处的东西：庄园里的清泉、令人窒息的午休、小鸟以及我正在用一颗钉子刺扎的眼睛。也许是在那里，但谁知道呢？也可能还要久远，在我现在已经记不起来的时代，在我非常遥远的孩提时代。我不知道。但这有什么要紧的呢？

相反，我清楚地记得我系统调查（另一次调查，下意识的调查，也许是最深刻的调查，我怎么能知道呢？）的始端。那是1947年夏季的一天，我沿着五月广场对面的圣马丁大街，走过市政府门前的人行道的时候。我正在凝神细思，突然听到了敲钟的声音。那钟声仿佛是有人为了把我从千年的梦幻中唤醒而敲的。我一边走，一边听着那试图钻进我意识深处的钟声：这钟声我是听到了，但我不是有意听的。忽然，那隐隐的但又深沉而缠人的声音好像在敲打"我"身上某个敏感的地方。在这种地方，"我"的皮肤异常细腻，"我"的感觉甚为异常。我惊醒了，仿佛面临着一个突如其来而又邪恶的危险，仿佛我的双手在黑暗中触到了一只爬行动物那冰冷的皮肤。我看到一个女盲人在那里兜售便宜货。她站在我面前，整个脸都冲着我，显出一副令人费解和冷酷的样子。她已经停止了敲钟，似乎那钟只是为我而敲的，是为了把我从那朦胧的梦幻中唤醒，是为了告诉我，我以前的存在像一个愚蠢的准备阶段已告结束，现在应该面对现实。她一动不动，深奥莫测的面孔对着我，而我却一动不动地站在那里，好像被一个来自地狱且又冰冷的幻象吓呆了似的。我们就这样相持了好一会儿。这一会儿不属于时间的范畴，但却打开了通向永恒的大门。后来，当我的知觉又重新回到时间的洪流里时，我便一溜烟地逃跑了。

我生命的最后阶段就是这样开始的。

从那一天起，我就明白了，一刻也不能再耽误下去，应当立即对那个阴暗的世界进行探索。

几个月过去了，直到那年秋季的一天，我再度遇到了盲人。那是一次决定性的相遇。我那时正忙于调查，但是，由于我心灰意懒，我的工作进展得非常缓慢。这种心灰意懒的心态在当时是难以解释的，而现在我认为，那可能是对陌生东西感到恐惧的一种虚假形式。

然而，我并没有放弃对盲人的监视和研究。

我一直关心着他们的出身、社会地位、生活方式和动物属性，并对此进行过多次的探讨。正当我开始假设他们的皮肤是冰冷的时候，我便遭到了那些同盲人世界有着联系的社团成员的辱骂。他们有的通过信函对我进行辱骂，有的则当面破口大骂。这些共济会和秘密教派组织，就是用这样的效能、速度和神秘的情报一直监视着我们，跟踪着我们，决定着我们的前途、我们的失败乃至我们的死亡。他们神不知鬼不觉地分散在人们当中，没有人知道他们，也没有人怀疑他们。这种情况在盲人帮中尤为突出。对于那些还未注意到的人来说，最大的不幸就是盲人使用的都是些正常的男人和女人：这些人有的受了盲人组织的蒙骗，有的则接受了多愁善感和蛊惑人心的宣传，总而言之，都是由于惧怕遭到肉体上和灵魂上的惩罚。传说那些胆敢打听盲人秘密的人，都遭到了这样的惩罚。顺便提一下，我那时就感到已经部分地受到了这样的惩罚，而且深信以后还将以更加令人恐惧和尖刻的方式继续受到这样的惩罚。然而，毫无疑问，由于我的自尊，这只能加剧我的义愤，我非要把调查工作进行到底不可。

假如我再稍微狂妄一点儿的话，我也许会吹嘘自己通过这些调查证实了从青年时代起就有了的关于盲人世界的假设，因为正是我童年的噩梦和幻觉最初给我暴露了盲人世界的真实。后来，随着我渐渐长大，我对这些强取豪夺的家伙的成见愈来愈深。他们都是些道德上的讹诈者，因此，也就自然而然地遍布在地底下。由于这一属性，他们可以和那些皮肤光滑的冷血动物结亲联姻。这些动物栖居在窑孔里、山洞里、地窖里、古老的通道里、排水管里、下水道里、枯井里、深深的裂缝里、被遗弃了的并且悄悄地渗进了水的矿井里；其中有一些，那些强者，栖居在巨大的、有时深达数百米的地洞里，这些地洞似乎是从洞穴学家和宝藏探寻者那错误的、言未尽意的报告中推断出来的。然而，对于那些知道试图揭示这一伟大秘密者所面临的威胁的人来说，这是再清楚不过的了。

以前，当我还很年轻，还不那么多疑的时候，虽然我相信自己的理论，但我还是坚持要验证它乃至阐明它，因为那些煽动情绪的感情偏见妨碍我穿越盲人帮设置的防线。这样的防线是细微的，是穿而不透和看而不见的。它用从学校里和报刊上学到的口号做成，受到政府和警察的尊重，得到慈善机构、女士们和先生们的传播。这样的防线阻止人们到达那些黑暗的郊区；在那里，公共场所开始越来越少，人们也开始怀疑起真理的可靠性。

为了逾越外部防线，需要经过许多年。就这样，我用在噩梦里使人们走向恐惧那样巨大而又怪诞的力量，渐渐地钻入了禁区。在这些禁区里，思想上开始呈现出一片黑暗，环顾左右，起初难以分辨，看到的仿佛全是瞬间即逝且又模糊不清的幽灵，后来才清楚而恐惧地看到一个全由可恶的生灵所组成的世界。

我来谈谈我是如何获得这一令人恐惧的特权的，是如何在数年的寻求和遭受数年的威胁之后才得以进入那个环境中去的。在那里，一群生灵在兴风作浪，而普通的盲人只不过是他们最不动人的代表罢了。

2

我非常清楚地记得那个6月14日：那是一个寒冷且又下着细雨的日子。我当时正监视着一个在通往帕莱莫的地铁列车上工作的盲人的一举一动。他是个身材低矮、四肢结实的男子，体格健壮，颇有生气，但却毫无教养。在挤得水泄不通的车厢里，他横冲直撞，兜售领卡。在密密层层的人群中，他心怀不满地向前猛挤，一只手高高地举起，接过那些不幸的小职员虔诚地奉上的贡品，另一只手拿着象征性的领卡。任何人都不可能以真正出售这些领卡来维持生计，因为一对领卡足可以让一个人用上一年，至少也能用上一个月，没有人——不管是疯子还是百万富翁——会每天买上十个领卡。因此，正像所有的人理解的那样，领卡自然而然地成了象征性的东西，颇有些像盲人的标志，是除了他那滑稽可笑的白拐杖外用以区别于其他人而进行海盗活动的一种执照。

我注视着事态的发展，决心跟踪那人到底，以便彻底地验证我的理论。我在五月广场和帕莱莫之间乘地铁来往了无数次，试图以此来掩饰我在终点站的出现，因为我害怕引起盲人帮的怀疑，在我的生命具有不可估量的价值之际，竭力避免被诬陷为小偷或者白痴什么的。我就这样小心翼翼、密切地注意着那个盲人。当我们最终乘一点半钟——正好是6月14日那一天——的末班车时，我决定跟踪追击，直到他的巢穴。

在五月广场站，当列车最后一次开往帕莱莫时，盲人下了车，朝对着圣马丁大街的出口走去。

我们开始沿着这条街向坎加略走去。

在拐角处，盲人折向巴霍。

我必须格外小心，因为在那个凄凉的冬夜里，除了我和盲人外，街上已无行人，或者几乎已无行人。考虑到盲人特有的听觉，和他们能觉察任何窥探他们秘密危险的本能，为了慎重起见，我同他保持着一定的距离。

寂静和孤独让人这样深刻地感到它们的存在，银行区的夜晚历来如此。这个区在晚上比任何一个区都更加寂静和孤独，这也许是由于同白天对比而产生的结果。在白天里，这些街道呈现出异常忙碌的景象，嘈杂之声充塞于耳，纵目所及，是一片难以形容的混乱、紧张和望不到尽头的人群。然而，几乎可以确信地说，在"钱大人"休息之后，笼罩着这些地方的乃是神圣的寂寞。当最后一批职员和经理离去时，这种令人发狂、精疲力竭的经营便暂告结束。在这样的经营中，一个月薪为五千比索的可怜鬼却掌管着五百万比索；一群群人小心翼翼地把具有魔力的纸片存进来，而另一些人则谨慎地从另外一些窗口把这些纸片取出来。整个过程都隐若幽灵而富于魔幻意味，因为连那些自认为最现实、最实际的善男信女们，也乐意接受那些肮脏不堪的纸片。在这样的纸片上，只要认真细看，就可以辨认出一种荒诞的许诺。按照这　许诺，一位先生甚至无须亲手签字，就能以国家的名义承诺给予信徒不知何种东西，以换取这些纸片。令人奇怪的是，信徒对他作出的许诺心满意足；据我所知，还不曾有谁提出过要求履行诺言。更加令人惊奇的是，那里交给信徒的不是那些肮脏纸片，而一般都是另一种干净的但却更具魔力的纸片。在这种纸上另一位先生答应给信徒一堆上述的脏纸片，以换取这张纸：这有点儿像疯狂的疯狂。一切都代表着"某个东西"，这个东西从未有人看见过，但人们都说它存放在"某个地方"，尤其在美国，存放在用"钢铁"铸成的洞穴里。所有这段历史都是宗教性质的事情，首先表明这一点的是信任和信用[①]这些

[①] 作者在这里用的是双关语，因为原文既有"信任""信用"的意思，也有"信贷"和"信用价值"之意。

词汇。

据说，晚上，当那些疯狂的信徒们离去之后，这个区比其他任何一个区都显得冷清，因为由于笼罩在那里的寂静和教堂的巨大门厅及储藏着不可思议财富的地窖所具有的寂寞，晚上没有人住在那里，而且也不可能住在那里。与此同时，那些操纵着这一魔术的权势人物，在服了药丸或者吸了毒品之后，便蒙头大睡，常常做一些在金融上遭到灭顶之灾的噩梦。这个区所以比其他任何一个区都显得冷清，还有一个明显的原因，这就是在这个区里没有吃的东西，没有能够使人甚至老鼠或者蟑螂永久生活下去的食物；那些一无所有的多面堡里干干净净，一切都是象征性的，充其量也只是纸上的东西。这些纸片，也许是某种可供螟蛾或其他小动物食用的东西，但却保存在令人望而生畏的钢板焊成的空间里，任何生灵都对其无可奈何。

就在这笼罩着银行区的死一般的寂静中，我跟踪着盲人，经过坎加略，直奔巴霍。他的脚步发出低沉的声音，并且无时不显出他是一个非常神秘而邪恶的人。

我们就这样走到了莱安德罗·阿莱姆大街。穿过了这条街之后，我们径直朝港口区走去。

我格外小心。我不时地暗自思忖：盲人可能听到了我的脚步声，甚至听到了我那急促的呼吸声。

现在，盲人蛮有把握地走着；这样的把握使我深感恐惧，因为它使我排除了他也许不是个真正的盲人的浅薄想法。

然而，使我更为吃惊、更为恐惧的是，他突然向左一转，朝"月亮公园"大楼走去。我所以说他的举动使我毛骨悚然，是因为他那样做不合逻辑。假如这是他原来的计划，那么在此之前没有任何理由在穿过大街之后向右拐。说他走错了道，那是根本不可能的。从他走得那样有把握、那样敏捷来看，剩下的假设（可怕的假设）就是他发觉我在跟踪他，因而企图甩掉我。或者他企图给我设一个圈套，这是最糟糕不过的了。

但是，那种常常引诱我们探身于深渊的本性引导我继续跟踪盲人，而且这种决心越来越大。我们就这样几乎奔跑着（假如不是夜色朦胧的话，准会令人觉得荒唐可笑），人们可以看到一个手持白拐杖的人，携带着一个装满了领卡的袋子，被另一个人悄悄而又疯狂地追赶着：开始时沿着博查德街朝北，经过"月亮公园"大楼之后，便向右走去，就像有人所想的那样，朝港口区走去。

这时，我看不见盲人了，因为我自然而然地要和他保持半个街区的距离。

我拼命地向前赶，惟恐失掉了他，因为我已经把相当一部分秘密掌握在自己手中了（我当时就是这样认为的）。

我几乎飞跑着赶到了拐角处，之后，突然向右拐，就像盲人刚才做的那样。

多么可怕啊！盲人靠墙而立，异常激动，显然在等待着。我无法控制地向前冲去。于是，他以超凡的力量抓住我的胳膊，我感到他呼出的气迎面而来。这里灯光暗淡，我几乎辨认不出他的模样；但是，他的态度，他那呼呼的喘气，他那铁钳般抓着我胳膊的手，以及他的声音，这一切都表现出仇恨和冷酷无情的愤怒。

"您一直在跟踪我！"他低声喊叫道，像在咆哮一样。

我感到恶心（我觉得他呼出的气扑在我的脸上，并嗅到他那潮湿的皮肤的味道），感到惊恐不安。我语不成句地嘟囔着，竭力否认。我对他说："先生，您弄错了。"由于恶心和反感，我几乎昏厥了过去。

他怎么会发觉我跟着他的呢？他是什么时候发觉的？他是以什么方式发觉的？一个普通人以正常的手段，是不可能发觉我在跟踪的。那么他是用的什么办法呢？难道他有同伙？难道盲人帮狡猾地在四面八方、在那些最不会被人怀疑的岗位上，如保姆、中学教师、尊敬的主妇、图书管理员、有轨电车看守员等中间都布满了盲人合作者吗？鬼知道。但是，那天拂晓，我就是以这样的方式证实了我对盲人帮的直接感觉的。

我一边奋力摆脱他紧紧抓着我的魔爪，一边这样飞快地思想着。

我一挣脱他的手，便一溜烟地逃走了。此后有好长一段时间，我都没有勇气继续我的调查。这不仅仅是由于恐惧——我确有难以忍受的恐惧——而且还由于谨慎，因为我想象得到，那天晚上的事情会引起他们对我进行严密而危险的监视。我必须月复一月，乃至年复一年地等待下去，必须甩掉他们，必须使他们相信，那次跟踪是想偷他点东西，仅此而已。

三年多之后，另一件事情使我进行了一次伟大的跟踪，我终于进入了盲人的巢穴，进入了那些被社会称为"失去视力的人们"的棱堡。社会所以这样称呼他们，一方面是由于人民的多愁善感，但另一方面，几乎可以肯定地说，也是由于害怕，就如许多宗教派别因为恐惧而从不敢对神灵直呼其名一样。

3

在那些因疾病或者事故而失去视力的人们与先天性的盲人之间，有着根本的区别。这种区别是我最终打入他们的内部才知道的。当然，我没有能进入他们最秘密的堡垒；在那里，那些鲜为人知的大头目统治着"帮派"，因而也统治着"世界"。我差不多就是从这样的郊区开始获得有关这些魔鬼以及他们统治整个世界的手段的消息的；这些消息常常是言不及义和模糊不清的。我就是这样了解到了这种统治权是通过（除了平时利用人们通常的同情外）匿名信、玩弄诡计、传播瘟疫、控制睡眠、噩梦、梦游症和贩卖毒品而获得并维持下来的。人们只要回忆一下美国中学里发现的买卖大麻和可卡因的情况就够了。在这些学校里，十一二岁的少男少女就遭到腐蚀，他们无条件地、绝对地任人摆布。当然啦，调查在本应真正开始的地方结束了：在那不容跨越的门槛外面结束了。至于通过睡眠、噩梦和邪恶的魔术来进行统治，不消说，盲人帮在这一方面拥有一大批视力完好的人、走街串巷的巫婆、江湖医生、神手郎中、信件投递员和招魂术师；他们当中的很多人，可以说是大多数，不过是纯粹的滑稽演员，而另外一些人则确有真正的法术。令人奇怪的是，他们常常在某种信口雌黄的幌子下掩饰着这些法术，以便更好地控制周围的世界。

就像人们所说的那样，如果上帝有统治天堂的权力的话，那么，盲人们则有统治大地和肉体的权力。我不知道这个组织最终是否要向可能被称作"光明之国"的机构呈送一份报告；但是，显而易见，宇宙在它绝对的权力控制之下。这是生与死的权力；它是通过瘟疫或者革命、疾病或者拷打、欺骗或者虚伪的怜悯、捏造口实或者匿名信、小小的女教师或者宗教法庭的法官，来实施的。

我不是神学家，我无法相信这些恶魔般的权力会在某种被歪曲了的自然神学里得到解释。不管怎么说，这大概就是理论或者希望，而另外的，即我所看到的和遭受过的，则是事实。

还是让我们来看一看他们之间的区别吧。

尽管我们对这些恶魔般的权力可以撇开不谈，但是有关他们的很多事无法不说，因为也许有某个天真之士认为，这只是一个简单的隐喻，而不是残酷的现实。我对邪恶的东西历来非常关心。还是在孩提时代，我就常常手执铁锤，蹲在蚁穴旁边，无缘无故地砸死那些小动物。那些幸存者一片惊慌，四散奔逃，然后，我用水管向蚁穴注水：一场洪水。我可以想象到洞里的情景，应付危急形势的抢险工程，你来我往的奔跑，为了抢救、储粮、卵子，以及保卫皇后安全等的互相矛盾的各种命令。最后，我用铁锹把地翻了个遍，挖了很多大口子，寻找洞穴，疯狂地摧毁着：一场大灾难。后来，我开始思考存在的普遍意义，思考我们自己的洪水和地震。我就是这样逐步地创立了一系列理论。因为，在我看来，认为我们被一位无所不能、无所不知而又仁慈善良的上帝所统治的想法是那样的互相矛盾，以至于我认为对这种想法几乎可以不予认真的考虑。当到了打家劫舍的团伙时代之后，我已经设想了下述几种可能性：

1. 上帝是不存在的。

2. 上帝是存在的，但他是个流氓。

3. 上帝是存在的，但有时沉睡不醒：他的噩梦就是我们的存在。

4. 上帝是存在的，但他有精神病：他的神经错乱就是我们的存在。

5. 上帝并不是无所不在的，他不可能存在于一切地方。有时候就哪儿也见不着他。在另外的世界上？在其他东西里？

6. 上帝是个可怜的魔鬼，他面临着一个极为复杂的问题，这个问题他无力对付。他同物质的斗争犹如艺术家同自己作品的斗争一样。

有时候，他偶尔也会取得戈雅①那样的成功，但在大多数情况下，他是一个极其笨拙的家伙。

7. 上帝早在史前时期就被"黑暗王子"打败了。失败后，他变成了可疑的魔鬼，声名更为狼藉，因为人们把这个多灾多难世界的存在归咎于他。

这些可能性并不是我的发明，虽然那时候我也是这样认为的。后来，我证实，其中的几种可能性已经成为人们的坚强信念，特别是关于胜利了的"恶魔"的设想。一千余年来，勇敢而聪慧的人们由于揭示了这一秘密而不得不面对死亡和严刑拷打。他们或被消灭或被击溃；因为，可以想象，那些统治世界的力量，当他们能够做到通常在做的那些事情时，他们是不会停留在微不足道的小事上的。这样，可怜的魔鬼们或者天才们，也同样备受折磨，或被宗教法庭烧死，或被绞死，或被活活地剥皮；整座整座的村镇被杀戮殆尽或被捣毁得七零八落。从中国到西班牙，国家宗教（无论是基督教还是拜火教）把世界上一切想要揭露以上事实的企图清除得一干二净。可以说，他们在某种程度上如愿以偿。因为，虽然一些派别幸免于难，但都反过来变成了谎言的新来源，譬如，伊斯兰教就是这样。让我们来看看这一变化的过程吧：在诺斯替派教徒看来，能够感觉得到的世界是由一位叫作耶和华的魔鬼创造的。上帝曾经在好长一段时间里让他在世界上为所欲为，但是，后来却派自己的儿子暂时地附在耶稣身上，以便把世界从摩西那虚伪的说教中解放出来。穆罕默德当时也像一些诺斯替派教徒一样，认为耶稣只是一个普通的人，在他受洗礼时，"上帝之子"降到了他的头上，后来在受难时把他抛弃了。如果不是这样，就难以解释这有名的喊叫声了："我的上帝，我的上帝，为什么把我抛弃了呢？"当古罗马

---

① 全名弗朗西斯科·德戈雅-卢西恩特斯（1746—1828），西班牙宫廷画师。

人和犹太人嘲弄耶稣的时候,他们实际上在嘲弄一种幽灵。但是,严重的是,如此一来(其他叛逆的教派情况大致类似),欺骗非但未能被揭穿,反而更为强化了。因为,如同伊斯兰教认为的那样,在认为耶和华是"魔鬼"、认为耶稣开创了新世纪的基督教徒看来,如果说"黑暗王子"甚至统治过耶稣(或者穆罕默德),那么,现在恰恰相反,他已被击败了,他回到自己的地狱里去了。正如人们所理解的那样,这是双重的欺骗:当那个弥天谎言被削弱时,这些可怜的魔鬼却来巩固它。

我的结论是一目了然的:"黑暗王子"依旧在统治着。这种统治是通过"神圣的盲人帮"来实行的。这一切是如此的明了,以至于我要是不感到恐惧的话,都会放声大笑起来。

4

还是让我们直截了当地回到那些区别上来吧。

特别需要指出的是，在先天性的盲人和因疾病或者事故而丧失了视力的人之间，存在着本质上的区别，当然，随着时间的推移，外国移民获得了阿根廷人的许多特性，他们部分地经历了同犹太人一样的过程。犹太人之所以成为犹太人，是因为他们生活在一个仇恨或者鄙视他们的种族之中。因为，这是一个罕见的事实，盲人对外国移民的仇恨远远超过了对视力完好的人的仇恨。

出现这种现象的原因可能是什么呢？最初，我认为这和相邻国家之间或者本国的国民之间产生怨恨的原因大致相同：正如人们所知道的那样，最残酷的战争是一个国家的内战，这只须回顾一下阿根廷上个世纪的内部斗争以及西班牙的内战就可以了。有一位名叫诺尔玛·格拉迪斯·普格列塞的女教师，我曾在研究郊区知识分子的某些心态时使用过她几个月。这位女教师很自然地认为，人们之间的仇恨和战争，是由于人们之间互不理解和愚昧无知而产生的。我不得不向她解释说，维持人们之间和平的唯一的方式，就是使他们不要相互了解和继续愚昧无知。只有在这样的条件下，人们才比较善良，才比较有正义感，因为对那些不感兴趣的事，我们大家都相当的公正。我不得不手拿几本历史书和晚报的警讯版，向这位可怜的老师讲解有关人类属性的基本常识。这位老师曾经从于一些名声斐然的女教育家，并且差不多认为，学会读书写字便可以解决人类的所有问题。我当时就提醒她，世界上扫盲最彻底的民族就是曾经修建集中营、严刑拷打和大肆焚烧犹太人和天主教徒的人民。结果是，几乎每当我对她这样解释时，她就从床上跳下来，义愤填膺地对着我，而不是把愤怒发泄在德国人身上；因为神话比试图打破它的事实还要坚固，而阿根廷小学教育的神话，尽管看起来是那样的荒谬绝伦和滑稽可笑，但抵御过并且将继续抵御无论多少嘲讽和论据的进攻。

还是回到我们感兴趣的问题上来吧。后来，当我更好地了解和研究了盲人帮之后，我认为，这种对外来移民仇视的决定因素，是社会阶层的傲慢，因此，也是对那些试图接近盲人帮并且在某种程度上已经接近了这一帮派的人的反感。当然，不仅仅盲人是这样，社会上那些上层阶级也都如此。一些人只是由于拥有巨额的财富或者因为他们的子女与有钱人联姻结亲，最终才勉强被上层阶级接受，但存在着一种微妙的冷漠，这种纯粹的冷漠慢慢地掺进一种与日俱增的反感。这也许是因为上层阶级直觉地感到，以这样的方式，通过这种缓慢但却稳妥的浸透，那些闯入他们生活圈里的人已经不像原来想象的那样安然无恙和坚不可摧；总之，那些人就这样开始体会到一种不可思议的低人一等的感觉。

最后，他们的秘密活动意外地被一些人发现这一事实也不无影响。这些人在发现他们的秘密活动之前一直是受他们摆布的一群无知的牺牲品，是他们残酷行径的攻击目标。这些令人厌烦的目击者，尽管他们不可能再回到他们原来的世界中去，但不管怎样，他们却惊奇地发现了那些曾经企图使所有的人都无家可归的家伙们的思想与情感。

然而，这一切只不过是分析，而糟糕的是，它是用对我们都适用的语言和概念所进行的剖析。实际上，我们有这么多的可能去理解盲人的世界，就像我们有可能去了解猫或者蛇的世界一样。我们说，猫生性独立、养尊处优、背信弃义、朝三暮四；但实际上，所有这些观点的价值都是相对的，因为我们把人类的观点和评价标准用于那些不能同我们人类相提并论的实体；同样道理，人类也不能设想世上有缺少人的特性的神仙，我们甚至到了这样荒诞的地步，认为希腊众神之间也有偷情通奸之事。

5

现在，我就来说一说排字工塞莱斯蒂诺·伊格莱西亚斯是怎样地起了作用，我又是怎样跟踪追击的。但是，在此之前，我想说一下我是谁，以什么为职业，等等。

我名叫费尔南多·比达尔·奥尔莫斯，1911年6月24日生于卡皮坦·奥尔莫斯镇，该镇位于布宜诺斯艾利斯省，是以我高祖父的名字命名的。我身高一米七八，体重约七十公斤，眼睛灰绿色，花白的头发平平直直，无任何特别的特征。

也许会有人问，我活见鬼为什么要进行这种填表式的描述？在人们中间，没有什么偶然的事情。

孩提时候，我常常做着这样一个梦：我看见一个小男孩（这个小孩构造奇特，就是我自己，而他却又像是另外一个小男孩，看着我，打量着我）在默不作声地玩一种游戏；这种游戏我当时还不懂。我全神贯注地观察着他，试图弄清楚他的表情、眼神以及低声嘟哝的话语是什么意思。突然，他一本正经地看着我，对我说："我在观察这堵墙映在地上的影子；要是这影子最终移动起来的话，我不知道会发生什么事情。"他的话里含有一种很有分寸但令人感到恐惧的期待。于是，我也开始怀着恐惧的心情注视着墙的影子。不消说，这不是指由于太阳的移动而产生的影子位置的普通变化，而是另一码事。这样，我也焦虑不安地观察起来。我终于发觉影子开始移动了，非常缓慢，但可以感觉得到。每每醒来，我都大汗淋漓，大喊大叫。那是什么？是什么警告？是什么象征？每天晚上，当我解衣就寝时，我都担心做这样的梦。每天早上醒来之后，当我证实自己又一次摆脱了那个危险时，我的胸膛才感到轻松一些。有一些晚上，可怕的时刻还是来临了：我又看见了那个小男孩、那堵墙和那个影子；那个孩子又一本正经地看着我，又低声细语地说着他那些莫名其妙的话。在我又迫不及待地观察了那堵墙的影子后，我发现影子开始移动、变形了。于是，我惊醒了，浑身冒汗，并且大喊大叫起来。

　　这个梦折磨了我好几年，因为我知道，几乎同所有的梦幻一样，它应该有隐而未露的意义；就这一个梦而言，它无疑预示着说不定什么时候我将要发生点儿什么事情。但是，直到现在，我还不知道那个梦是不是我后来发生的事情的预兆，或者说，是不是那件事情象征性的开始。第一次是许多年以前，那时我还不满二十岁，率领着一帮拦路抢劫的强盗（后面我再看是否讲一点有关那一段的经历）。我突然发现，如果我不集中全部意志来稳住现实，那么现实就会开始变形。我担心周围的世界说不定什么时候会开始移动、变形（起初是缓慢的，接着是剧烈的）、分解、变化和完全失去意义。犹如梦境中的那个小男孩，我集中精力注视着我们周围的现实这个影子，它是我们无法看见的一些结构或者高墙的影子。突然（我那时正待在阿韦利亚内达自己的房间里，幸好孤身一人，在床上躺着），我惊恐地看到影子开始移动，昔时的梦幻开始变成现实。我感到头晕目眩，失去了知觉，沉入一片混乱之中；但是，我费了九牛二虎之力终于又浮了上来，开始把那些似乎要随波漂流的现实碎片拴在一起。一种类似锚定漂浮物的做法。正是这样：仿佛我迫不得已地要使现实抛锚停航，而轮船是由许多支离破碎的小块组成的，我必须把这些小块都拴在一起，然后再做一次艰难的抛锚，以便拴起来的整体不再随波漂流。不幸的是，这样的事情后来又重复发生了许多次，有时候非常厉害。我骤然感到滑动已经开始，接着便是解体；但是，由于我已经知道了征兆，我不会像第一次那样束手旁待。我立即全力以赴地干了起来。人们不知道我发生了什么，看着我全神贯注但目光恍惚的样子，以为我疯了。他们哪里知道，与此相反，恰恰相反，因为正是由于那样的努力，我才得以把现实维持在原来的位置上，使它保持原来的形状。但是，有时候，尽管我做了巨大的努力,现实还是开始渐渐地解体和变形,仿佛它是由橡胶做成的,仿佛有强大的拉力从外部(从天狼星,从地心,从所有地方)吸引着它:一张面孔开始鼓起来,从一侧鼓起了一个球,两眼渐渐地挨近,嘴巴慢慢地张大,直至爆裂,与此同时,一副可怕的表情改变了面孔原来的模样。

不管怎么说,那样的时刻把我吓坏了,而我始终保持头脑清醒、神情集中、高度警惕和反应敏捷,这件事又把我折磨得苦不堪言。突然,我渴望把自己关进一所精神病院里,以便使自己能好好地休息一下,因为在那里,谁也没有义务把现实维持得如同所企求的那样。仿佛在那里一个人会说(肯定会说):现在,让他们去收拾吧!

然而,糟糕的事情不是发生在我的周围,而是发生在我的内心,因为我的自我突然开始畸形发展,开始拉长,开始变形。我名叫费尔南多·比达尔·奥尔莫斯,而这几个字好像是一个印记,证明我是"某个东西",一个非常确定的东西:不仅因为我眼睛的颜色、我的身高、我的年龄、我的出生日期以及我的父母(也就是说,因为身份证上的那些资料),而且还因为某种更为深刻的精神上的东西,即一个人内心能够维持那个"东西"的结构的一整套回忆、感情和思想,这个"东西"是费尔南多·比达尔,而不是邮差或者屠夫。但是,有什么东西能够阻挠守门人的灵魂或者萨德①的灵魂由于某种大的动乱而立刻栖身于我那个填写在身份登记册上的躯体里呢?难道在我的躯体与我的灵魂之间有某种不可侵犯的关系吗?我一直感到惊异,一个人虽然可以不断成长,产生各种幻想,经受百般挫折,奔赴前线打仗,精神上消沉颓唐,变更自己的思想,变更自己的感情,然而,却依旧接受同一个名字:费尔南多·比达尔。这有意义吗?或者说,尽管如此,真的存在着

---

① 全名多纳西亚诺·萨德(1740—1814),法国作家。他小说中的主人公都以使无辜的灵魂备受折磨为自己生活的乐趣。

一条可以无限地拉长而又可以奇迹般地连在一起的线,而这条线能够通过这些变化和灾难来保持"我"的身份?

我不知道别的人会怎么样。我只能说在我身上这种身份突然失去了,"我"的这种变形突然达到了畸形的程度:我精神上大片大片的区域开始膨胀(有时候我甚至感觉到躯体的压力,特别在头上),如同古罗马竞技场上那默无声息的看台墙,盲目而又神秘地向人类的其他领域走去,最后甚至扩展到了动物界那黑暗而古老的领域;一个回忆开始膨胀,渐渐地不再是童年某个夜晚我听到的钢琴演奏的《蜻蜓舞》的乐曲,而是一首越来越奇特、越来越离谱的曲子,接着又变成了吼叫和呻吟,最后又变成了疯狂的咆哮,随即又变成了震耳欲聋的钟声。更奇怪的是,这钟声开始变为我口腔里的酸味或令人作呕的味觉,仿佛从耳朵虽转移到了喉咙里。由于想呕吐,我的胃痉挛起来;与此同时,另外一些声音、另外一些回忆和另外一些感情,也开始发生类似的变化。有时候我想,转世再生这样的事也许是真的,在我们的"我"最隐蔽的角落里,也许沉睡着我们先人的回忆,甚至还保存着鱼类或者爬行动物的残骸;它们被新的"我"和新的躯体控制着,但是,当维系现在这个"我"的力量、拉力、网络以及螺钉,由于某种不为我们所知的原因有所松弛和减弱时,它们很快就会苏醒并摆脱控制。于是,栖身在我们身上的史前的飞禽走兽就会获得自由。这样,每天晚上,当我们进入梦乡后所发生的事情就会突然变得无法控制,并且还在噩梦中开始驾驭我们。这些噩梦甚至在大白天里也会继续下去。

但是,当我的意志还能回应我时,我就有某种安全感,因为我知道,多亏了它,我才能够摆脱混乱,重新组织我的世界。当我的意志起作用的时候,它是强大的。糟糕的是,我感到在意志方面我的自我也在分化瓦解。或者说,仿佛意志依旧属于我,但是躯体的某些部分或者传达意志的系统的某些部分已不为我所有了。或者说,犹似躯体依旧是我的,但在躯体和意志之间却横着"某种东西"。譬如,我想活动一下胳膊，但胳膊却不听使唤。我把全部注意力都集中在胳膊上，全神贯注地看着它，做了一次努力，但我发现，它不听使唤，仿佛我的大脑与胳膊之间的通讯联系被切断了似的。这样的事情在我身上发生了很多次，好像我是一块被地震摧毁了的土地，布满了巨大的裂缝，连电话线也被震断了。在这种情况下，什么事情都会发生，因为没有警察，也没有军队。任何灾难都可能发生，任何抢劫或掠夺都可能发生。似乎我的躯体为他人所有，对一切都无能为力、沉默不语的我只好看着在那片为他人所有的土地上，如何产生着令人怀疑的震动。这震动预示着一场新的痉挛，直到灾难渐渐地控制了我的躯体，最终控制了我的灵魂。

我所以说这些，是为了让人们理解我。

因为我要是不把这一切都说出来，人们对我将要讲述的故事会无法理解，无法相信。但是，这些故事在很大程度上是由于我的身份经受的灾难性破裂才得以发生的；不是尽管产生了这种破裂，那些事故仍然发生了，而是恰恰由于这种破裂那些故事才发生了。

6

这份报告，是准备在我一旦离开人世后，提供给一所对继续研究这个世界感兴趣的机构。时至今日，这个世界还不曾被探索过。因此，报告只限于我经历过的事实。在我看来，这份报告的价值就在于它那绝对的客观性：我希望像一位探险家讲述自己如何探测亚马孙河或者中非那样来讲述自己的探险经历。当然，激情和仇恨常常会使我混淆是非，但起码我的意愿是公正的，它不会使我跟在这些感情后面随波逐流。我有过可怕的经历；但是，正因为如此，我才渴望尊重事实，尽管这些事实会给我的生命投下一抹不愉快的亮光。在我讲完之后，也许没有人会公正地认为，这份报告的目的就在于唤醒人们对我本人的同情。

譬如，我来坦白地讲一件不光彩的事实，以示我的诚意：我没有朋友，从来就没有过朋友。当然，我也有热情，但我从未对任何人产生过好感，我也不相信会有人对我产生过好感。

然而，我同许多人有过联系。我有过"熟人"，正如人们习惯用这个如此模棱两可的词所说的那样。

在这些熟人当中，有一个人对下面将要谈及的故事至关重要。他是一个干瘦干瘦的、少言寡语的西班牙人，名叫塞莱斯蒂诺·伊格莱西亚斯。

我第一次见到他是在1929年，在阿韦利亚内达一个叫作"黎明"的无政府主义者中心。就在同一时期，我在这个中心结识了塞韦里诺·迪·希奥万尼，就是说在他被枪杀的前一年认识了他。我那时常常进出于无政府主义者们活动的场所，因为我当时已经有了一个模糊的打算，要组织一个剪径帮。后来，我居然真的拉起了一帮拦路抢劫犯。虽然并非所有的无政府主义者都是刺客，但他们当中的确不乏形形色色的冒险家、虚无主义者；总之，不乏那些始终吸引着我的社会之敌。在这些人当中，有一位叫奥斯瓦尔多·R.波德斯塔，他参与了圣马丁银行的抢劫案。在西班牙内战中，他被赤色分子用机枪在塔拉戈纳港附近射伤。当时，他驾着一条满载金银和珠宝的小船，正准备逃离西班牙。

我是通过波德斯塔认识伊格莱西亚斯的：仿佛是一只狼向我介绍了一头小羔羊。伊格莱西亚斯是一位性格和善的无政府主义者，他连一只苍蝇都不忍打死：他是和平主义者，是个素食主义者（因为他对依靠其他生灵的死亡而生存感到厌恶）。他热烈地希望，有朝一日世界会成为自由和博爱的合作者的亲热的大家庭。这个"新世界"只讲一种语言，就是世界语。因此，他克服重重困难，掌握了这种整形器械。这种器械不仅令人望而生畏（对一个世界性的语言来说，这也许不是最坏的事情），而且实际上谁也不讲（对一个世界性的语言来说，这则意味着灭亡）。就这样，他伸着舌头，吃力地写着信，和世界上与他有着同样想法的五百人中的一些人进行联系。

无政府主义者中间的奇闻怪事层出不穷：像伊格莱西亚斯这位天使般的人物，竟然从事伪造钞票的勾当。我第二次见到他就是在博埃多大街的一个地下室里。奥斯瓦尔多·R.波德斯塔在那里拥有干这种行当的一切东西，伊格莱西亚斯就是秘密任务的执行者。

伊格莱亚西斯当时约有三十五岁，长得干瘪精瘦，肤色黝黑，身材矮小，一副瘆三模样。如同许多西班牙人一样，仿佛在烧焦了的土地上活了一辈子，几乎没有填饱过肚子，盛夏无情的烈日和隆冬严酷的寒冷把他们折磨得精瘦精瘦。他为人很慷慨，身上从未有过一分钱（他所有的收入和他伪造的钞票，都捐给了工会或者为波德斯塔那些可疑的活动所花光）。他总是在自己的小屋子里为某位在无政府主义者中间经常碰到的那种食客提供方便。尽管伊格莱亚西斯连一只苍蝇都不忍心打死，但他生命的大部分时间却是在西班牙和阿根廷的牢房中度过的。他有点像诺尔玛·普格列塞，以为人类的一切弊端可以通过

"科学"与"相互了解"的混合物得到解决。必须同那些几百年来坚持与"真理"的胜利作对的"黑暗势力"进行斗争。但是,"思想的进步"是永不间断的,"黎明"的到来迟早是不可避免的。与此同时,还要同已经组织起来的国家力量进行斗争,揭穿"教权主义的谎言",重视"军队",促进"人民教育"。一座座图书馆已经建起来了。在这些图书馆里,不仅有巴枯宁或者克鲁泡特金的著作,而且还有左拉的小说以及斯宾塞①和达尔文的著作,因为他们甚至认为进化论也是具有破坏性的理论,一条奇特的纽带把"鱼类"和"有袋目"的历史同"新思想的胜利"连结在一起。图书馆里也不乏奥斯特瓦尔德②的《动能学》这样的书。这是一部关于热力学的《圣经》,在这本书里,上帝被一个世俗的但同样不可解释的实体所取代,它叫"能量"。这个实体像它的被取代者一样,可以解释一切,而且无所不能,还和"进步"、"机车"相联系。经常出没于这些图书馆的男男女女,后来都自由地结为夫妻,生儿育女,并且把这些儿女叫作"光明"、"自由"、"新纪元"或者"乔尔丹诺·布鲁诺"③。这些孩子经常按照儿子对老子造反的办法,或者有时仅仅由于复杂而通常辩证的"时间推移",变成地地道道的资产阶级、工贼乃至凶残镇压"运动"的刽子手,像众所周知的乔尔丹诺·布鲁诺·特伦蒂警察局长一样。

西班牙内战爆发后,我就再也没有看到伊格莱西亚斯,因为他像其他许多人一样,投入"伊比利亚无政府主义者联合会"的旗帜下去参战了。1938年,他逃亡到了法国。在那里,他大概有机会体察了这个国家公民之间的兄弟般的情谊,以及"邻里"和"知远忘近"的优越之

---

① 全名赫伯特·斯宾塞(1820—1903),英国社会学家、不可知论者、唯心主义哲学家。
② 奥斯特瓦尔德(1853—1932),德国物理化学家。
③ 乔尔丹诺·布鲁诺(1548—1600),文艺复兴时期意大利思想家、自然科学家、哲学家和文学家。

处。最后，他从法国回到了阿根廷。在地铁事件发生两年后，我在这里又见到了他。关于那次事件，我已经讲述过了。我那时同一个伪造钞票的集团有些瓜葛；由于我们需要一名可靠而又有经验的人，我便想到了伊格莱西亚斯。我在那些老关系当中打听他，在拉普拉塔和阿韦利亚内达的无政府主义团体中打听他，终于把他找到了：他在克拉福特印刷厂当排字工。

我发现他的变化相当大，特别是他的一条腿没了：战争中他被截去了右腿。他比以往任何时候都更加枯瘦和沉默寡言。

他对我请他出山犹豫不决，但当我告诉他伪造的钞票将用来资助瑞士的一个无政府主义团体后，他终于接受了我的请求。要拿出说服他的理由一点也不困难，只要你第一眼看上去像个乌托邦者，特别如果你是个真正的乌托邦者，就根本没有问题了。他的天真幼稚是无以复加的：他不是为波德斯塔那样的无耻之徒效过劳吗？关于这个无政府主义团体的国籍，我最初踌躇了一下，但是，由于谎言愈大愈可信，最后我决定告诉他是瑞士的一个无政府主义团体，因为对一个普通的人来说，相信瑞士的无政府主义者如同承认在保险柜里有老鼠一样。我第一次经过瑞士时，就感到每天早上这个国家都被那些家庭主妇打扫得干干净净（自然，尘土都扫到意大利去了）。这一印象是如此强烈，以至我反复地想起那个民族的神话。趣闻轶事基本上是真的，因为它们是编出来的，是一件一件地编成的，以便使它们恰好与某个人吻合。民族神话也是如此，它是为了描述一个国家的灵魂而编造的。我当时就是这样想到了真实地描述瑞士灵魂的威廉·退尔[①]的神话：当

[①] 十四世纪初瑞士独立的传奇英雄。关于他的神话是这样的：德国皇帝阿尔贝托一世的骑士赫斯莱尔把自己的公爵帽挂在阿尔特道夫广场的一根长杆上，企图强迫所有的瑞士人在经过时向它致意。威廉·退尔拒绝忍受这一侮辱，于是总督令人把他抓起来。当知道他擅长射箭后，便让人在其儿子的头上放一个苹果，命令他用箭射穿苹果，结果，威廉·退尔在这场考验中获胜。

这位弓箭手射中苹果——当然，射在苹果的正中间——时，（德国人）便失去了唯一一次可以使这个民族蒙受一场巨大悲剧的历史机会。对于这样一个国家可以期待什么呢？往最好处想，就是成为一个钟表匠的种族。

7

　　人们也许会想象到那些最终把我带进了盲人世界的多得令人难以置信的偶然因素：假如我与无政府主义者们没有联系，假如在这些无政府主义者中间没有伊格莱西亚斯这个人，假如伊格莱西亚斯不是伪钞制造者，假如他尽管是个伪钞制造者，但却未曾遭受那场使他失去视力的事故，等等。为什么我要继续找他呢？这些事情是偶然性的还是似乎是偶然的，这要看从什么角度观察现实。从相反的角度来看，为什么不能假设我们所发生的一切都服从于最终目标呢？从孩提时起，琢磨盲人就成了我无法摆脱的念头。我记得，从我记事的时候起，我就一直有着一种模糊而固执的想法，渴望有朝一日打入他们所生活的世界。倘若我身边没有伊格莱西亚斯的话，我就会想其他办法，因为我精神的全部力量都贯注在实现这一目标的努力上。当一个人强烈而执拗地追求一个目的，而这件事情在一定范围内又具有实现的可能时，当不仅我们有意识的力量，而且我们最强大的潜意识的力量都调动起来时，结果就会在我们的周围产生一个心灵感应力场，它能使我们的意志凌驾于其他人的意志之上，甚至可以产生一些表面上看起来纯属偶然，但实际上却为我们精神上看不见的力量所左右的事件。在跟踪地铁里碰到的那个盲人失败之后，有好几次我曾想要是在视力健全者和盲人这两个王国之间找到一个类似中间人角色的人，那对我将太有用了。这个人在一次事故中失去了视力，但他依旧生活在我们有视力的人的世界里，尽管这样的生活不会长久；与此同时，他的一只脚已经踏上了另一片国土。谁会知道，这个越来越让我无法摆脱的念头竟然渐渐地占据了我的潜意识，并且最终——正如我所说的那样——以强大的、然而又无法看见的磁场方式，在某个进入磁场者的身上，决定了我在生命的此时此刻最渴望的事情：一场导致失明的事故。仔细想想伊格莱西亚斯当时使用各种酸液的情形，我记得爆炸是在我进入实验室之后才发生的，发生在我突然地、几乎强烈地产生了如果伊格莱西亚斯靠近瓦斯灯就会发生爆炸这样的想法之后。爆炸是有预兆性的吗？我不得而知。有谁知道，那次事故是否在某种程度上由于我的希望才发生的呢？有谁知道那次后来似乎是冷漠无情的物质世界的一个独特现象的事件，恰恰相反，并不是产生和滋长我们那些最可疑念头的世界的一个独特现象呢？我本人对那件事看不清楚，因为我当时正经历着一个极为艰难的时期，我感到自己犹如一艘在暴风雨中漂泊的轮船的船长。指挥台被飓风卷得无影无踪，船体被龙卷风刮得吱吱作响。我力图保持清醒，使一切都维持在原来的位置上。在剧烈的颠簸和茫茫的黑暗中，我的意志和注意力全部集中于保持轮船的航向。后来，我一头栽倒在船舱里，意志全然皆无，记忆中出现了大片大片的空白，仿佛我的精神被暂时摧毁了似的。我费了好几天的时间才使一切慢慢地恢复正常；随着海水渐渐地平静下来，我现实生活中的人和事也逐渐地出现或者再现，显得是那样的凄凉和忧伤，那样的悲惨和冷漠。

这段时期过去之后，我又恢复了正常的生活，对我以前的存在隐隐约约地记得一些。这样，伊格莱西亚斯又渐渐地出现在我的记忆中，我费了九牛二虎之力才恢复了有关那些最后以爆炸而收场的事件的回忆。

8

在经历了一个漫长的过程之后，我才朦朦胧胧地看到了最初的结果。因为，不难想象，把两个世界分割开来的这个中间区域，充满了疑虑、试探和模棱两可：由于盲人世界的秘密和凶残，若不进行一番精心细致的乔装打扮，谁也无法接近这个世界。

我密切地注意着这一过程。除了在迫不得已的情况下，我同伊格莱西亚斯形影不离。那是我打入这一禁区最有把握的机会，我不应由于疏忽大意而把它错过。我就这样尽最大可能、但也最不被人怀疑地待在他身边。我照料他，给他读克鲁泡特金的作品，和他谈论"互助"；但是，我最主要的任务还是观察和等待。我在房间里贴了一大张纸，纸上的字从床头望去一目了然，上面写着：

察言观色
耐心等待

我对自己说：他们迟早会出现的。在新盲人的一生中，总会有一个时刻他们应该来找他。然而，这个时刻（我也忐忑不安地对自己说），这个时刻也可能没有什么明显的标志，恰恰相反，很可能显得无关紧要乃至平平常常。必须密切注视那些微不足道的细节，监视任何接近伊格莱西亚斯的人，即使这个人看上去并无任何值得怀疑的地方。在这个问题上，特别要截获来往信件和电话等。就像人们可以理解的那样，我的计划庞大且压得人透不过气来，并且几乎复杂得像座迷宫。对于我那时表现出的焦急不安，只需回顾一个细节便可想而知了：住在公寓里的另一个人，便可能是盲人帮的牵线者，甚至是忠实的信徒。他可能在我无法监视他的时刻去见伊格莱西亚斯，甚至躲在厕所里等候他。在一个又一个漫漫的长夜里，我在自己的房间里苦思冥想，制订了一整套颇为周密的监视计划。要实行这些计划，也许需要一个庞大的间谍组织，就像一个国家在战争时期所需要的间谍组织一样。我每时每刻都面临着反间谍的危险。因为，众所周知，任何一个间谍都可能是个双料谍，我必须同这个暗藏者进行斗争。总而言之，经过长时间的分析——我认为这样的分析会使我丧失理智——之后，我决定把计划变得简单一些，仅仅去实施那些有可能实施的部分。要细致、耐心，要勇猛、柔顺。我从跟踪那个兜售领卡的家伙的失败中得到了教训，这就是，通过直接而迅速的途径进行正面袭击，将是一无所获。

我写了"勇猛"一词，也许还应该写上"焦虑"这个词。因为关于盲人帮是否从我跟踪那个家伙的事件之后对我实行最严密的监视这一疑虑一直在折磨着我。我感到任何防范都是不够的。我来举一个例子：当我坐在帕索街的一家咖啡馆里佯装读报时，突然，我闪电般地抬起目光，试图在胡安尼托的表情上发现什么值得怀疑的东西，如他眼睛中闪烁的某种光芒，或者面颊上流露出的羞涩。然后，我用手招呼他。"胡安尼托，"我对他说，虽然他的脸并未发红，"你为什么脸红呢？"当然，这家伙矢口否认。然而，这也是一个再好不过的检验：如果他面不改色地否认，在相当程度上可以证明他内心无愧；如果他脸红了，那可就要当心！当然，对我的问话脸不发红并不能证明他同密谋毫无关系（因此我说"在相当程度上"可以证明），因为一个出色的间谍不应该有这一类的缺陷。

人们会以为，所有这一切都是一个人由于遭受迫害而精神错乱后所说的胡言乱语；但是，后来的事实却证明，不幸的是，我的疑虑并非像一个思想上毫无准备的人所想象的那样是失去了理智。然而，我为什么敢冒那么大危险走近深渊呢？因为我身上带有现实世界的不可免的瑕疵。在现实世界里，即使盲人的监视系统和间谍系统也难免失误。除此而外，我还带有某种理所当然地可以猜测得到的东西：盲人们对我的仇视和反感，就像在其他任何一个与我有不共戴天之仇的群体里发生的情况一样。总而言之，我认为，一个视力健全的人，在对盲人世界的探索中可能遇到的困难，与二战时期一个英国间谍在希特勒那严密而又充满裂痕和怨恨的制度中所遇到的困难并无太大的区别。

然而，这里的问题要加倍的复杂；因为，正如预料的那样，伊格莱西亚斯的思想开始发生转变，尽管恐怕应该说这种转变不是思想上（或者谈不上是思想上），而是他"种族"的，或者说"动物属性"的转变。就像由于一项基因实验的结果，一个人开始缓慢地但却无情地变为蝙蝠或者蜥蜴；而更为残忍的是，如此深刻的巨变从外表上一点儿也看不出来。晚上，当一个人孤身独处于门窗紧闭、一片漆黑的房间里，并且知道里面有一只蝙蝠时，那总会使人心里发怵，特别是当你觉察到这种长了翅膀的老鼠飞动的时候；而当我们感到它在悄悄的、猥亵的飞行中，一只翅膀擦过我们的面孔时，这就更令人无法忍受了。如果这个动物有着一副人的模样，那么我们该感到多么害怕啊！伊格莱西亚斯经历了这些对其他人来说也许是觉察不到的微妙变化，但对于机智而严密地监视着伊格莱西亚斯的我来说，这些变化却是显而易见的。

伊格莱西亚斯变得越来越多疑多虑。当然，他还不是一个真正的盲人，他不具备在黑暗中行动的能力以及敏锐的听力和触觉；同时，他也不是一个能够用自己普通的双眼洞察一切的人。我觉得他已经感到失去生活的航向了：他不能正确地判断距离，他觉得一切都在晃动，他经常出差错，走路碰碰磕磕。他笨拙地捧着一只水杯，不停地用手探索着有无障碍物。他常常大发雷霆，尽管他出于自尊心总是试图加以掩饰。

"没有什么，伊格莱西亚斯。"我对他说。我并没有保持沉默和假装心不在焉。

那些使他发火和加剧他恼怒的事情，恰恰是我所希望的事情。

我突然沉默起来，让——权且这么说——死一般的寂静围绕着他。对一个盲人来说，他周围的寂静，犹如我们有视力的人所面临的一道把我们同世界其他地方隔离开来的漆黑深渊。他无所依从，他同外部世界的一切联系都在盲人的黑暗中失去了；这黑暗就是绝对的寂静。盲人必须全神贯注地倾听最为细小的声音，因为危险从四面八方窥视着他们。

此时，他们显得那样的孤独和无能。闹钟那单调的嘀嗒声，仿佛是远处的一盏小灯。在童话里，这盏小灯就是当主人公在茫茫的林海中迷失方向而感到害怕时所依稀看到的光亮。

于是，我装作不小心的样子，用一个手指轻轻地在桌子上或者椅子上敲一下，发觉伊格莱西亚斯是怎样立即神情慌张地把全部注意力都集中到这个方向来。在孤独中，他也许暗暗自问："比达尔想干什么？他在哪儿？他为什么沉默不语？"

的确，他对我已经很不信任了。随着时间的流逝，这种不信任与日俱增；又过了三个星期，当他的变化过程完全结束后，我和他的关系已经陷入无可挽回的境地了。假如我的理论没有错的话，有一种迹象应该表明，伊格莱西亚斯最终地加入了新的王国，他完全转变过去了。这迹象便是我对货真价实的盲人感到的厌恶。这种厌恶或者反感，或者憎恨，也并非一夜之间产生的。我的经历表明，它是逐渐产生的，直到有一天，一桩已成事实的、令人毛骨悚然的事件摆在了我们面前：我们已经置身于蝙蝠或者爬行动物的面前。我清楚地记得那一天：当我走近伊格莱西亚斯在公寓里的那个房间（自从事故后，他就一直住在这里）时，我感到一种模模糊糊的不安，一种捉摸不定的疑惧。离他的房间越近，这种疑虑就愈大，以至于在敲门之前我还犹豫了片刻。最后，我几乎颤抖地喊道："伊格莱西亚斯！"这时，有个东西应声道："请进！"我推开门，在一片黑暗中（当然，他孤身一人时是用不着开灯的），我感觉到了这位新魔鬼的呼吸声。

9

然而，在这一关键时刻到来之前，还发生了其他一些我必须讲一讲的事情，因为它们使我能够在伊格莱西亚斯的变化过程完成之前进入盲人的世界。我犹如那些战时急得走投无路的通讯员，骑着摩托车穿过一座明知随时都有可能被炸毁的大桥。因为我清楚地看到，他最终完成变化的不幸时刻在渐渐逼近，我试图加快我奔跑的步伐。我不时地这样想，可能来不及了，尽管我拼命地飞奔，在我穿过壕沟之前，桥还是有可能被敌人炸毁。

我怀着越来越焦虑的心情看着时间一天一天地过去，我估计伊格莱西亚斯的内部变化会不可避免地继续发展下去，但我还未看到他们出现的任何迹象。我排除了那种认为盲人们并不知道某人失去视力，所以他应该被发现，应该使他同盲人发生联系的这一荒谬假设。然而，那无动于衷的时间进程和我愈来愈强烈的不安，使我想到了这一假设以及其他更为荒诞不经的假设，仿佛我的情感模糊了我的判断力，并且使我忘掉了对盲人帮了解的一切。的确，情感对于创作一首诗歌或者谱写一首乐曲可能有用，但对于纯理性的事情来说，却危害匪浅。

对于一开始我担心来不及穿越大桥而露出的种种愚言蠢行，我真是羞于回忆。那时，我甚至猜想，一个失去了视力的人，可能会像一望无际的冷漠大洋中的一座孤岛。我想说，像伊格莱西亚斯这样一个由于事故而双目失明的人会怎么样呢？难道他因为自己的处世方式而不愿意也不去寻求同其他盲人接触吗？因为他厌世、沮丧和胆怯就不希望同那些明显地（同时也是表面地）体现着被禁止世界的团体如"盲人图书馆"、"合唱团"等进行联系吗？初一看，有什么东西能使一个像伊格莱西亚斯这样的人与世隔绝，不仅不去寻找他的同类，而且还逃避他的同类呢？正当我胡思乱想这些蠢事的时候，我突然哆嗦了一下，感到头晕目眩（因为蠢事也可以使我们为之震动）。我随即试图让自己平静下来。我暗自思忖：伊格莱西亚斯必须工作，他一贫如洗，不能这样无所事事地待下去。一个盲人如何工作？他必须走上街头，做一些专门留给盲人做的小生意如卖梳子、小杂货，卖加德尔和莱吉萨蒙的相片，卖那有名的领卡；总而言之，干一点能使盲人帮的人轻而易举地发现他，并且迟早会信任他的事情。我试图加快这件事的进程，要求伊格莱西亚斯从事一些这样的小买卖。我热情地向他讲起领卡，并且告诉他在一趟地铁列车里就可以赚到钱。我给他描绘瑰丽的前程；但是，伊格莱西亚斯依旧沉默不语，满腹狐疑。

"我还有几个比索，我们以后再说吧。"

以后！多么令人失望的字眼啊！我劝他摆一个报摊，但他还是打不起精神来。

我无计可施，只好等待下去，继续观察，直到饥馑迫使他走出房门。

我再说一遍：现在，我对自己当时由于恐惧而做出那样的蠢事深感羞愧。在我理智健全的情况下，我怎能猜想盲人帮需要通过这个排字工摆设报摊这样荒唐的做法来了解他的存在呢？那些看见过事故之后伊格莱西亚斯出入的人呢？医院里照看过他的护士和大夫呢？这还没说盲人帮具有的势力，以及那庞大复杂的情报间谍系统。这个系统宛如一张看不见的大蜘蛛网，把整个世界都罩在了里面。然而，我必须说，在经历了几个令人发笑的烦恼之夜后，我终于得出了结论，那些设想全是无稽之谈，伊格莱西亚斯绝不可能被遗弃。对我来讲，唯一可怕的事情，是接头的时间可能太晚。但是，对此我无能为力。

我不可能从早到晚守候在伊格莱西亚斯的身旁。于是，我便寻找不在跟前监视他的办法。下面就是我采取的一些措施：

1. 我给了公寓女主人一笔数目相当可观的钱。这个女人人们管她叫埃切帕雷博尔达夫人。令人感到宽慰的是，我发觉她头脑有些迟钝。我请求她照料伊格莱西亚斯，把一切同这个排字工有关的事情都报告给我。当然，借口就是他是个残疾人。

2. 我请求排字工在做任何事情时，都事先告诉我一声，因为我希望在各方面能对他进行帮助。我对这一点没有抱多大希望，因为我确有把握地认为他将日益同我疏远，对我的怀疑也会日益增加。

3. 如果他要外出，我就尽一切可能严密监视他的行动，或者说监视那些有可能接近他的人的行动。他的公寓位于帕索街，在二十多米开外正好有一家咖啡馆，我可以像其他那些游手好闲的人一样，长时间地待在那里，佯装看报或者和堂倌们聊天。为此，我必须成为这些堂倌的朋友。当时正值盛夏，我依窗而坐。从敞开的窗口，我可以监视公寓的出入口。

4. 我利用了诺尔玛·格拉迪斯·普格列塞，我这样做的目的有二：一是为了不引起猜疑，因为一个单身男子进行监视容易引起怀疑；二是我可以看一会儿足球或者谈一会儿阿根廷政治，再逗逗这位女教师，从中获得一点小小的乐趣。

10

以后的五天使我大失所望。除了苦思冥想、同堂倌聊聊天、翻翻报纸外，我还能有什么作为呢？我利用这个机会，阅读两类历来使我感兴趣的东西：广告和警讯。这是我从二十岁时起就阅读的唯一栏目，它是向我们解释人性和重大的形而上学问题的唯一材料。第六版有这样一条消息：突然精神失常，斧砍爱妻与四子。关于这个人，我们只知道他叫多明戈·萨莱诺，为人勤劳忠厚，在卢加诺镇开了个小店，他疼爱他的妻子和孩子。除此而外，我们一无所知。可是，他却突然用斧子把妻子和孩子都砍死了。多么深刻的奥秘啊！另外，一个人在看了那些政治家们的高谈阔论后，再来读一读警讯栏的消息，会有多么真实的感觉啊！所有的政治家，仿佛都戴着假面具，都是国际伪造者，是兜售生发精的小贩和弄蛇儿。怎么能把这些玩弄骗术之徒同萨莱诺这样纯洁的人相比呢？广告栏也使我很感兴趣。有这么一则广告：今天皮特曼学院的学生，明天事业上的成功者。两个容光焕发的青年，一男一女，手挽着手，笑容满面，灿烂辉煌，阔步走向"未来"。在另一则广告里，一张写字台上放着两部电话机和一部内部交换机。桌后面的大扶手椅空空的，虚席以待，电话机里发出亮闪闪的光线。下面的解说词是：期待阁下占据此坐。一则吸引我的是波德斯塔眼镜店刊登的迎合顾客心理的广告：您的眼睛应佩戴最好的眼镜。剃须膏的广告采取了颇富寓意的连环画方式。在第一幅画中，满脸胡须的佩德罗邀请玛丽亚·克里斯蒂娜跳舞。第二幅画是近景，可以清楚地看到佩德罗那不知所措的面孔和玛丽亚·克里斯蒂娜那极不愉快的表情；她一边跳舞，一边尽可能地把脸扭到一旁。在第三幅画里，她向一位女友议论说："佩德罗蓄着这样的胡须多让人讨厌！"女友回答说："你为什么不直截了当地告诉他呢？"在紧接着的一幅图画里，玛丽亚·克里斯蒂娜告诉女友，说她不敢那样做，但是也许女友会把这件事告诉她的未婚夫，好让他把这件事转告佩德罗；在倒数第二幅画里，真的看到女友的未婚夫在低声向佩德罗说着什么。最后一幅图画也是近景，可以清晰地看到佩德罗和玛丽亚·克里斯蒂娜在幸福地、笑容满面地翩翩起舞，佩德罗已经用名声斐然的"帕尔莫利维"牌剃须膏把脸刮得干干净净。下面的说明是：由于令人遗憾的疏忽，您本可能失去未婚妻。

推销同一商品的还有几幅画，其中一幅里佩德罗失去了一个绝妙的就业机会；另一幅中，他永远也得不到提拔：在一个放着很多写字台和坐着很多职员的大厅的深处，一眼就可以看见胡子拉碴的佩德罗。一位经理从远处望着他，显出一副厌恶和反感的样子。各种除臭膏：身边的未婚妻、优秀企业里的职位、节日的邀请等，莫名其妙地失去这一切都是因为没有使用"奥多罗诺"牌除臭膏。

有些广告刊登的是一些有着运动员面孔的先生。他们头发梳理得整整齐齐，笑容可掬，同时又显得那样精力充沛和生气勃勃。他们像"超人"一样，有着巨大的方形的颌骨，用拳头敲击着数部电话机之间的桌面，并且把躯体倾向一位无形的、犹豫不决的交谈者，大声喊道：成功就在您伸手可及的地方！有时候，"超人"并不敲击桌子，而用食指指着看报的人，神情激昂，没有一丝犹豫。看报的人总是那样胆小怯懦，无精打采，总是把自己的"时间"和"高贵的条件"浪费在枯燥乏味的事情上。"超人"对他说：您要是利用好这些时间，每月可挣五千比索。"超人"随即要他在一个小本的划有标记线的地方写上地址和姓名。

阿特拉斯①先生皮肤皆无、露出一身强健的肌肉。他向那些弱不禁风的人发出了世界性的号召：七天之内，您将会发觉"进步"，并将

---

① 希腊神话里的顶天之神，宙斯之子。

拿定主意重建和修补您的躯体,很快您就会有一副像阿特拉斯先生那样的身体。广告说:人们羡慕您那宽阔的肩膀。您将会得到最漂亮的姑娘和最理想的工作!

但是,任何东西都不能像《读者文摘》①那样激发起"乐观主义"和"善良的情感"。弗兰克·I.安德鲁斯撰写了一篇题为《当旅馆老板团结起来的时候》的文章,文章的开头是这样写的:"对我来说,结识那些代表拉美各国同行来到美国的杰出的旅馆老板,是我一生中最为感动的时刻。"接着,数百篇文章刊登了出来,目的是要鼓舞起下面这些人的精神,他们是:贫民、麻风病患者、跛子、俄狄浦斯②式的家伙、聋人、盲人、哑巴、聋哑人、癫痫病患者、肺结核病人、癌症患者、瘫痪病人、巨头人、细脑人、神经官能症患者、狂疯病患者的儿孙、平跖足患者、哮喘病患者、受贬受压者、口吃患者、有口臭的人、婚姻不幸者、风湿病患者、失去视力的画家、被截去双手的雕刻家、丧失听觉的音乐家(请想一想贝多芬!)、由于战争而致残的竞技者、一次大战中遭受瓦斯毒害的人、十分丑陋的女人、野兔一样的孩子、说话带鼻音的人、胆怯的小贩、巨人、矮子(几乎是侏儒)、体重达二百公斤的胖子等。这些文章的标题有:《我第一次参加工作就被踢出了厂门》《我们的罗曼史始于麻风病院》《我虽身患癌者,但生活得很幸福》《我虽失去了视力,却交上了好运》《您的耳聋可能是一大优点》等等。

从酒吧出来后,我去位于"十一日"广场附近的公寓做了一次夜访。后来,我便观赏起写有"圣卡塔利娜通心粉"字样的广告来。我虽

---

① 美国杂志,原文为 *Reader's Digest*。
② 古希腊底比斯国亚拉伊俄斯之子。他杀死了拉伊俄斯,而不知道被他杀死的就是他的生身父亲。之后,他又向王后求婚,也不知道王后是他的母亲。王后悲痛欲绝,便悬梁自缢。俄狄浦斯随即双目失明,在女儿安提戈涅的带领下,流浪全希腊。

然记不起圣卡塔利娜是何许人也,但我不难看出她曾饱受折磨,因为受折磨是圣徒们几近职业性的终结。于是,我不得不思考起人类存在的这一特征。这个特征就是一个被钉在十字架上的人,或者一个被活剥了皮的人,随着时间的推移,会变成通心粉或者罐头的商标。

11

我认为诺尔玛是出于对我的怨恨,才在那一天领了一个不男不女的人进来的。此人名叫伊内斯·冈萨雷斯·伊图拉特。她身材高大,体格健壮,长着明显的胡子,头发花白,一身裁缝打扮,穿一双男人的鞋子。假如不是她那隆起的胸部,猛一看上去,肯定会称她为"先生",从而犯下一个错误。她精力充沛,办事干练,诺尔玛完全受她的制约。

"我认识您。"我对她说。

"认识我?"她十分惊讶,好像这样的可能性是对她的一种侮辱。可想而知,诺尔玛早就给她讲了许多关于我的事了。

的确,我记得在什么地方见到过她。在这次不愉快的会见(我必须从她那硕大的身躯后面监视 57 号)结束的时候,我会解释一下这个小小的谜。

诺尔玛迫不及待地希望在我们之间发生某种如一场辩论这样的事。由于她同我辩论屡遭失败,因此,她怀着报复的心理,希望我同那位原子学者展开一场激烈的争论。然而,我的注意力在另一方面,我不能也不应该把注意力从 57 号转移开来。所以,我没有表示出一点儿兴趣去同那个家伙论长道短。不幸的是,我不能站起身来,如果在其他场合,我早就这样做了。

诺尔玛的胸脯犹如风箱一样,一起一伏。

"伊内斯是我的历史老师,我已经告诉过你了。"

"是这样。"我彬彬有礼地说。

"我们这个班的姑娘非常团结,她是我们的导师。"

"好极了!"我用同样的语调说。

"我们评论书籍,参观展览,还去参加讲座。"

"很好。"

"为了学习,我们还去旅游。"

"太棒了!"

她的火气越来越大,几乎充满愤怒地补充道:

"现在,我们正和她,还有罗梅罗·布雷斯特老师,对美术馆陈列的展品边参观、边进行评论!"

她瞥了我一眼,眼睛里喷射着火焰,她期待着我的评论。我礼貌周全地说:

"多好的主意啊!"

她几乎大声嚷道:

"你以为女人只应该干擦地板、洗盘子、看家这样的事情吗?"

这时,有个人扛着一架梯子,好像要进57号的大门。但是,在核对了门牌号码之后,他又向隔壁走了过去。我平静了一下情绪,恳请诺尔玛把刚才的话重复一遍,因为我没有听清楚。她更加气愤了。

"当然啦!"她喊道,"你压根儿就没有听。你对我的话就是这样地不感兴趣。"

"我非常感兴趣。"

"装模作样!你对我说过无数次,说女人就是和男人不一样。"

"这更加使我对你的话感兴趣了。一个人对不同的或者陌生的东西总是非常感兴趣的。"

"啊!这就是说,你承认女人完全不同于男人!"

"不要为这个显而易见的事实过于激动,诺尔玛。"

那位历史学教授一直以讥讽的面孔看着我们争吵。这时,她发觉(肯定发觉)我是一个蒙昧主义者,于是便插话道:

"您以为是这样吗?"

"以为什么?"我露着一副天真的神情问道。

"这个,男女之间的区别是显而易见的这件事。"她挖苦地特别加重了这几个字。

"大家都认为，男女之间是有一些相当大的区别。"我心平气和地向她解释说。

"我不是指这个，"女教授冷冰冰地反驳道，"您知道得非常清楚。"

"'这个'，什么'这个'？"

"性别，您知道得非常清楚。"她斩钉截铁地说。

她仿佛一把锋利无比而又消过毒的尖刀。

"您认为这还不够吗？"我问道。

我这时的情绪很好，另外，有她们在也减轻了我在等待中的焦虑。只有一件事依然使我感到烦恼：我隐隐约约地觉得见过女教授，但记不起来是在哪里见到的了。

"这不是最重要的！我们是指另外的东西，是指精神价值。你们所确定的男人和女人在能动性上的区别，是落后社会的典型差别。"

"噢！我懂了，"我平静地说，"对你们来讲，子宫和阴茎之间的区别是'愚昧时代'的一种残迹。随着汽灯的亮光和扫盲运动的展开，它将会消失。"

女教授顿时面红耳赤。我的这些话不仅使她感到气愤，而且使她感到害羞，但她感到气愤和害羞并不是因为我说了"子宫"和"阴茎"这两个词（作为科学的术语，这两个词不会比"中微子"或"链锁反应"更使她惶恐不安）。假如问爱因斯坦教授他的肠胃是如何工作的，那么他也会感到厌烦。女教授所以感到害羞，也是因为这个道理。

"这是句废话。"她提出了自己的见解，"的确，在今天，女人可以在任何活动中与男人进行竞争。这就是使你们恼怒的原因。请您看看刚刚抵达的美国妇女代表团吧：她们中间有三人是重工业工厂的厂长。"

充满女性温柔的诺尔玛满怀胜利地瞥了我一眼：对我的恼恨使她做出了这样的表示。不管怎样，那些魔鬼为她在床上的奴颜婢膝报了仇。美国钢铁工业的发展，在某种程度上减弱了她在"高潮"时刻的喊叫，减弱了她无条件奉献时表现出来的狂热。一种使人蒙受羞辱的姿态，由于美国的石化工业，竟然发生了动摇。

的确如此：我现在不得不翻阅报纸，因为我记得看到过那个草台戏班抵达的消息。

"还有女人练拳击呢，"我评论说，"如今，这样的魔鬼现象使你们振奋……"

"您把一个女人当上大企业的领导成员这样的事称作魔鬼现象？"

我不得不又一次越过冈萨雷斯·伊图拉特小姐那运动员般的肩膀，去监视一个可疑的行人。我这一完全可以解释清楚的举动，更加使那位膀大腰圆的女妖怒发冲冠了。

"像居里夫人这样在科学上崭露头角的天才，"她居心叵测地眯缝着小眼说道，"难道您也认为是魔鬼吗？"

无法回避了。

"天才，"我像老师讲课那样平静地解释道，"就是能够在互相矛盾的事物中间发现其共性的人，就是能够在表面上看起来互不相干的事物之间发现其联系的人。这样的人能够在个性中揭示共性，在现象中揭示本质。这样的人发现，往下坠落的石头和不落的月亮是同一种现象。"

女教授听着我的推理，两只小眼睛射出讥讽的光芒，如同一个老师在听一个惯于撒谎的小孩子说长论短。

"难道居里夫人的发现微不足道吗？"

"居里夫人，小姐，她没有发现动物进化规律。她携着步枪出去猎虎，结果却碰到了一条恐龙。如果要用这个标准来衡量的话，那么，第一个看见合恩角①的水手也是一位天才了。"

---

① 地名，位于南美洲南端，智利火地岛之南。

"您爱怎么说就怎么说吧,反正居里夫人的发现使科学来了个革命。"

"如果您去猎虎,结果却碰到了一个半人马怪,那么您也会在动物学上掀起一场革命。然而,这样的革命并非天才们所进行的革命。"

"照您说来,科学是妇女的禁区了?"

"不,我什么时候说过这样的话?还有,化学活像烹调。"

"那么哲学呢?您肯定禁止妇女进入哲学、文学系了。"

"不,为什么要这样呢?她们进入哲学、文学系不会伤害任何人。另外,她们在那里还可以找到男朋友,然后结婚。"

"哲学呢?"

"如果她们愿意,那就学去吧。这对她们没有什么坏处,但也没有什么好处,这是真的。对她们不会有什么影响。此外,她们成为哲学家也不构成任何危险。"

冈萨雷斯·伊图拉特小姐大声叫了起来:

"问题是这个荒唐的社会不给予妇女像男子那样多的机会!"

"怎么可能呢?我们不是正在说没有人阻止她们上哲学系吗?而且,我听说这个系虽女生很多。谁也没有禁止她们搞哲学。从来也没有阻止她们思考,不论是在家里还是在外边。怎么能阻止一个人思考呢?而哲学需要的无非是头脑和思考的兴趣罢了。无论是现在还是希腊时代或者三十世纪,都是如此。也许某个社会偶尔会通过讥讽、抵制等类似的手段来禁止一个妇女出版一部哲学著作,但是,能够禁止她思考吗?一个社会怎么会阻止柏拉图的思想在一位妇女的头脑里安家落户呢?"

冈萨雷斯·伊图拉特小姐暴跳如雷:

"有了像您这样的人,世界永远也不会前进!"

"而您从哪里推断出世界前进了呢?"

她轻蔑地笑了笑。

"当然前进了。二十个小时就能到纽约不是进步?"

"我看不出这样短的时间就能到纽约有什么好处。旅途用的时间越长越好。另外,我相信您指的是精神上的进步。"

"我指的是一切,先生。飞机的产生并非偶然,它是各方面进步的象征。甚至包括道德价值。您不会对我说人类至今还没有一种高于奴隶社会的道德吧?"

"啊!您喜欢拿薪水的奴隶?"

"做个犬儒主义信徒是件不费吹灰之力的事。然而,任何一个善良的人都知道,当今世界的道德价值在古代根本还不为人所知。"

"是的,我懂。坐火车旅行的兰德吕①当然要比乘三层桨战船旅行的第欧根尼②强。"

"您专门挑些荒唐的例子。但道理是显而易见的。"

"布痕瓦尔德集中营③的营长当然要比古代划船苦役犯的长官高级。用凝固汽油弹杀人当然比用弓箭杀人要强。广岛的原子弹比普瓦蒂埃战役④更管用。用电棒折磨漂亮女人比用小耗子折磨当然更进步了。"

"所有这些例子都是诡辩,因为都是些孤立的事实。人类将克服这些野蛮的行径。无知最终也将全面让位于科学和知识。"

"可是目前,宗教精神比十九世纪有过之而无不及。"我不怀好意地提醒说。

"形形色色的愚昧主义最终会退避三舍的。但是,进步不可能没有小小的退却和小小的曲折。您刚才谈到了进化论,这是科学能够反对一切宗教神话的典范。"

---

① 全名昂利·德西雷·兰德吕(1869—1922),法国杀人犯,曾杀害10名妇女,最后被捉拿归案。
② 第欧根尼(约公元前404—约公元前323),古希腊犬儒学派哲学家。
③ 布痕瓦尔德集中营是纳粹在德国图林根州魏玛附近建立的集中营,也是德国最大、建立最早(1937)和最臭名昭著的集中营之一。
④ 普瓦蒂埃是法国的一个城市,公元732年,卡洛斯·马特尔曾在这里大胜阿拉伯人。

"我看不出这个理论有什么破坏性的效果。我们不是刚刚承认宗教精神又有所抬头吗?"

"这是由于其他原因。但是,进化论最终戳穿了许多谎言,比如说世界是在六天之内创造的那个谎言。"

"小姐:如果上帝是万能的,那么,在六天之内创造出世界,并且在世界上放置几具大懒兽的骨骼,以便检验人们的信仰或愚蠢,这对他来说有什么困难的呢?"

"算了吧!您休想让我也正儿八经地说出这样的诡辩来。此外,您刚才还在赞扬那位发现了进化论的天才呢,怎么这会儿又拿它来开玩笑呢?"

"我没有拿它开玩笑。我只是说,这一理论并没有证明上帝是不存在的,也没有驳斥世界是在六天之内创造出来的这一说法。"

"倘若您是上帝的话,那连学校也没有了。如果我没有弄错的话,您应该是赞成大家都成为文盲的。"

"德国在1933年是世界上扫盲运动开展得最好的国家。假如人们不识字,起码不会被每天看到的报纸杂志弄成白痴。不幸得很,即使人们一字不识,但还有科学进步的其他奇迹,如广播、电视等。也许应该把孩子们的耳膜摘除,把他们的眼睛挖掉。但这将是一个更加困难的计划。"

"尽管您这样进行诡辩,但光明总会战胜黑暗,善总会战胜恶。恶就是愚昧。"

"直到现在,小姐,恶历来都比善略胜一筹。"

"又一个诡辩。如此荒谬的理论您是从哪里找来的?"

"我什么也没有找,小姐。这是历史的冷静的证明。请您打开奥肯[1]撰写的史书,无论在哪一页上,您看到的只有战争、砍头、阴谋、

---

[1] 全名吉列尔莫·奥肯(1838—1905),德国作家,著有《世界史》。

拷打、政变和宗教法庭。还有，如果善历来都占上风，为何还需提倡呢？如果人从本性上就不倾向于作恶，那为什么要禁止恶呢？为什么要把恶弄得声名狼藉呢？您看看：就连最高级的宗教也鼓吹善呢！更有甚者，它们发布圣训，要求人们不要通奸，不要屠杀，不要行窃。必须这样规诫他们。而恶的威力是那样强大，那样厉害，以至于它常常被用来作为告诫人们要行善的工具：如果我们不去做这件事或者那件事，那么就有进地狱的危险。"

"那么，"冈萨雷斯·伊图拉特小姐咆哮了起来，"照您说来，应该是提倡恶了。"

"我可没有这么说，小姐。问题是您太激动了，没有听明白我说了些什么。恶无须提倡，它独自存在。"

"可是，您想证明什么？"

"别激动，小姐。请不要忘记，您是主张善具有优越之处的，但我看您似乎乐意把我剁成碎块。简言之，我想告诉您，不存在这样的精神进步，甚至连有名的物质进步也需考核。"

一副嘲讽的怪相使女教授的胡须变了样。

"啊！您现在要向我证明，今天的人比罗马帝国时代的人生活得还糟糕。"

"这要看怎么说了。譬如，我不认为，一个在电子仪器控制下每天在炼钢厂工作八小时的可怜鬼，比一个希腊的牧羊人更为幸福。美国可以堪称机械化的天堂，然而，那里三分之二的人都是神经官能症患者。"

"我很想知道，您是否愿意乘马车而不愿意乘火车旅行？"

"当然了。乘马车旅行更漂亮、更安宁。假如能骑马旅行，那就更好了：可以呼吸新鲜空气，可以晒太阳，还可以悠然自得地观赏风景。机器的倡导者告诉我们，人们将一天比一天有更多的时间用来消遣。可是事实上，人们的时间一天比一天更少，人们一天比一天更加失去理智。甚至连战争都是美丽的:有趣的和带男子气的,是光彩夺目的(由于那些五颜六色的军服)。战争甚至是健康的。譬如,看看我们的独立战争和国内战争吧:一个人如果未被长矛刺死或被砍头,那他可以活到一百岁,就像我的高祖父奥尔莫斯一样。当然了,他必须风餐露宿,必须经历过戎马生涯。如果一个小伙子体弱多病,就会被派去打仗,以增强他的体质。"

冈萨雷斯·伊图拉特小姐怒气冲冲地站起身来,对她的学生说道:

"我走了,诺尔米塔①。你知道该做什么。"

于是,她转身离去了。

诺尔玛两眼直冒怒火,随即也站了起来。她一边往外走,一边说:

"你真没有教养,你真无耻!"

我把报纸折叠起来,准备继续监视 57 号。现在,我可以不受女教授那硕大身躯的影响来进行监视了。

那天晚上,当我坐在抽水马桶上,完全处于那种浮游在病理生理学和形而上学之中的状态时,我一边使劲儿拉屎,一边思考着世界的普遍意义,就像人们在屋子里这块唯一的哲学之地上常常所做的那样。我终于意识到了见面开始时我记忆上出现的那个错误,它使我很不自在:没有,我以前没有见过冈萨雷斯·伊图拉特小姐,但她与《八个被判刑的人》里那个从热气球上散发主张妇女参政传单的丑陋而又凶暴的人物确实相差无几。

---

① 诺尔玛的爱称。

12

那天晚上，当我像平常一样，对当天发生的事情进行总结和回顾时，我突然感到惊恐不安：为什么诺尔玛把冈萨雷斯·伊图拉特小姐引荐给我？她们迫使我进行的关于恶之有无的讨论，也绝非单纯的巧合。想着想着，我发现女教授具有"盲人图书馆"馆员的一切特征。怀疑随即也扩及诺尔玛·普格列塞。我曾一度对诺尔玛·普格列塞发生兴趣，归根到底，因为她爹是一位社会主义者，每天都花两个小时的时间按照布莱叶①盲字规则抄写书籍。

我对于自己为人的方式，常常产生错觉；阅读这份报告的读者可能会对这一类的轻率感到惊讶。实际上，尽管我有系统性的愿望，但由于我所从事活动的性质，我能做出一些最令人意想不到因而也是危险的举动来。我所干过的最无法形容的蠢事就出在女人身上。我将设法把自己所经历的事情说清楚，而这些事情并非像初看上去那样冒失荒唐，因为我过去一直认为女人好似盲人世界的郊区；所以，我同她们之间的往来，并不像一个肤浅的观察家可能想象的那样没有分寸，那样无缘无故。此时此刻，我自责自谴的并不是这一点，而是我会突然表现的那种几乎难以想象的缺乏戒心。就像在诺尔玛·普格列塞这件事上一样。从命运的观点来看，这件事情是完全合乎逻辑的，因为命运会使注定要瞎眼的人双目失明；但从我个人的角度来看，这件事情则是荒诞无稽和不可宽恕的。但是，在我身上，继神志异常清醒之后，常常出现另外一些时刻，在这些时刻里，我的一举一动似乎是由另一个人所操纵，受另一个人所摆布的，而且我的脑子还会突然发生极其危险的混乱，如同一个身处险境的孤独的航海家可能发生的那样，在睡意的支配下，他不断地点头、打盹。

谈何容易。我乐意看到我的任何一位批评者也置身于如我一样的境地，周围被一个巨大无比、狡猾异常的敌人包围着，整天生活在一个看不见的间谍网里，必须昼夜不断地警惕周围活动的每一个人和发生的每一件事。这样，他就不会感到那么自负，他就会懂得，这样的错误不仅是可能的，而且实际上是不可能避免的。

譬如，在见到塞莱斯蒂诺·伊格莱西亚斯之前的整个那段时间，就是我精神上处于极度混乱的时期。在这段时间里，仿佛黑暗通过烈酒和女人紧紧地吸住了我：一个人就是这样地走入"地狱"的迷宫的，或者说，走进了"盲人"的世界。所以，并非我在那段黑暗的时间忘记了自己的宏伟目标，而是在紧随我那清醒而科学的跟踪之后，突然出现了一场混乱的突袭。在这场突袭中，表面有个东西主宰着一切；那些毫无顾忌的人称这个东西为"偶然"，但实际上只不过是盲目的巧合。我的脑子一片混乱，头晕眼又花，我的神志发木，好似酩酊大醉，我可怜、可鄙又可悲。尽管如此，我突然含含糊糊地说道："不要紧，不管怎么说，这是我应该探索的世界。"于是，我便沉溺于那昏头昏脑、晕晕乎乎的快感里了；这种快感，只有当英雄们在最艰苦、最危险的战斗时刻，理智已无法给我们以任何规劝，我们的意志只蹒跚于血与本能的污浊控制之中时，才会感受到。直到我突然从那漫长的黑暗时期慢慢醒来，就像淫荡之后出现禁欲一样，在一场混乱之后，我的组织癖便随之而来。这一癖好突如其来，并非有悖于我有混乱的倾向，而恰恰得益于我固有的混乱倾向。于是，我的大脑开始以强行军的节奏和令人惊异的速度与清醒工作起来。我做出准确而果断的决定；一切都如定理那样透彻明了；我不凭本能行事，此时此刻我已经完全看住了我的本能并牢牢地控制着它。但是，奇怪的是，我在这一段神志清醒时期所作出的决定和所结识的人，很快地又重新把我带入了

---

① 全名路易斯·布莱叶（1809—1852），法国教授。1829 年设计出一种供盲人书写、摸读的文字符号，这些文字符号被称为"布莱叶盲字"。

无法自我控制的时期。例如，我认识"盲人合唱团合作委员会"主任的妻子，我知道通过她可以获得极其宝贵的情报。我在她的身上下了一番功夫；最后，我怀着严格的科学目的，与她上了床，但是，结果这女人弄得我头晕目眩，她要么是个荡妇，要么是个中了邪的疯婆，我的全部计划虽没有遭到彻底的破坏，但它却搁浅了或者说要延期实施了。

当然，诺尔玛·普格列塞的情况并非如此。可是，就是在诺尔玛身上，我也犯了不该犯的错误。

阿梅里科·普格列塞先生是老资格的社会主义党党员，他以胡安·B.胡斯托①从建党起就制定的那些准则教育女儿。这些准则是"真理""科学""合作主义""戒烟""禁酒"等。阿梅里科·普格列塞是个非常正派的人，对庇隆深恶痛绝，在办公室里很受政敌的尊重。正如人们可以理解的那样，这样的背景激起了我想与他女儿上床的强烈愿望。

诺尔玛·普格列塞当时正与一位海军中尉热恋。这桩婚姻同普格列塞先生的反军国主义思想完全吻合。由于心理作用的关系，反军国主义者对海军另眼相待，他们钦佩海军，因为海军不那么粗鲁，他们见过很多世面，非常像老百姓，仿佛这一缺陷可以成为赞扬的原因似的。正如我向诺尔玛解释的那样（她听了后大发雷霆），因为一个军人不像军人或者不那么像军人而赞扬他，这同给一艘难于潜入水下的潜水艇评功摆好是同一回事。

我就是用这样的道理，摧毁了海军的基地，并且最终得以与诺尔玛同眠一床。这件事表明，与女人上床的目的，可以通过那些最意想不到的原理来达到。对女人来说，唯一的具有重要意义的道理，就是那些以某种方式同水平卧位有着联系的道理。这正好同男人的情况相

---

① 全名胡安·包蒂斯塔·胡斯托（1865—1928），阿根廷政治家，于1893年创建了阿根廷工人社会党。

反。因此，很难根据一个权威的道理把一个男人和一个女人放置在同一个几何卧位上：必须要么采取谬误的推理，要么用手反复地抚摩。

获得水平卧位之后，我花费了很长时间来开导诺尔玛·普格列塞，使她适应于一个"新的世界观"：从胡安·B.胡斯托教授的世界观转到萨德侯爵的世界观。这可不是件轻而易举的事情。必须从她所使用的语言开始，因为她狂热地信仰科学，并且读过像《完美无缺的婚姻》之类的作品，常常把如用来描写"色彩折射规律"的这一类词语不恰当地用在床笫生活上。在这个纯正的真理（对她来说，真理是神圣的）的基础上，我一个台阶一个台阶地把她引向了劣迹昭彰的深渊。社会主义党的议员、官员和演说家们多年来在她身上耐心教化的结果，在短短的几个星期里就化为乌有了。那么多的区图书馆、那么多的合作社和那么多市政府官员们对她的健康影响，到头来却让诺尔玛干起了这样的勾当，好像这样做是为了让她在来日对合作制度树立起忠贞不渝的信念似的。

是的，好极了，让我们讥笑诺尔玛·普格列塞吧，就像我在许多处于优势地位的时候所做的那样。但是，我现在满腹狐疑，而且，突然，我有种她是敌人派来的精明间谍的感觉。另一方面，这也是可以意料的事情，因为只有鲁莽的或者愚蠢的敌人才会使用令人生疑的人去充当间谍。诺尔玛的为人是那么纯朴，那么正直，而且她憎恶谎言和欺骗，这难道不是对她应该多加留神的最有决定性的理由吗？

在分析了我们之间关系的细节之后，我开始焦虑不安起来。

我原以为我对诺尔玛·普格列塞已经划分好了类别。由于她受过社会主义和萨米恩托①主义的教育，我觉得深入地了解她并不是件困难

---

① 全名多明戈·福斯蒂诺·萨米恩托（1811—1888），阿根廷政治家、教育家和作家。1868—1874年任阿根廷共和国总统。他的作品对拉美浪漫主义文学的发展有较大的影响。

的事情。真是严重的错误！我不止一次地为意想不到的反应而惊诧不已。她本人最后的堕落，同她父亲给她的如此健康纯洁的教育几乎是水火不相容的。但是，如果说男人同逻辑的关系是那样微乎其微，那么，对女人又能期待什么呢？

那天晚上，我彻夜未眠，回忆和分析了诺尔玛对我言行的每一个反应。我有许多理由使自己惊慌不安，但至少有一件事使我满意，这就是我及时地发现了近在咫尺的危险。

13

  我突然产生了这样一个想法,在读了关于诺尔玛·普格列塞的故事之后,你们当中有些人定会认为我是个流氓。从现在起,我就告诉你们,你们猜对了。我自认为是个流氓,并且对自己毫无尊敬之感。我是一个对自己的良心有深刻了解的人,而一个对自己良心的每一个皱褶都了如指掌的人又怎能自尊自敬呢?
  至少我认为自己是诚实的,因为我不欺骗自己,也不想欺骗其他人。也许你们会问,我是如何毫无顾忌地欺骗了在我道路上遇到的那么多不幸者和女人的。欺骗的事的确有,先生们。这些欺骗都是微不足道、无关紧要的。正如不能把为了最终的前进而命令退却的将军斥为胆小鬼一样。我的那些手法是策略性的、偶然性的和暂时性的欺骗,那是为了进行无情的调查,以便彻底弄清事实真相。它们过去是这样,现在仍然是这样。我是一个调查邪恶的人,如果我不把脖子钻进垃圾堆里,我怎么能调查邪恶呢? 你们一定会对我说,看来我从这种调查中一定得到了莫大的乐趣,而不是像一个迫不得已从事这一工作的真正调查者那样可能会感到恶心和愤怒。这也是千真万确的,我毫不掩饰地予以承认。你们看,我是多么的诚实啊! 我从未标榜过自己是个好人:我说我是个调查邪恶的人。这两者是很不相同的。另外,我还承认自己是个流氓。你们还想从我身上搞出什么名堂来呢? 一个举世闻名的流氓,的确如此。我为自己不与那些伪君子为伍而感到自豪;那些人虽然和我一样卑劣,但却企图成为一个令人尊敬的人,成为社会的栋梁、正派的君子、杰出的公民,企图死后会有众多的人为他送葬,而关于他的新闻报道也会随之出现在一家正正经经的报刊上。我可不是这样:如果有朝一日我的名字会出现在这样的报刊上,毫无疑问,那肯定是在警讯栏里。关于我对严肃报刊以及它们的警讯栏的想法，我相信已经说清楚了。因此，我毫无羞愧之感。

对表现高尚情感的那种世界性的喜剧，我深恶痛绝。这种庸俗的做法常常（什么时候不是这样呢？）表现在语言上。譬如，当说篡改真理的罪魁祸首时，把"真理"一词的第一个字母大写，而提到名词"老头子"时，则必然地要在前面加上"可怜的"这样的形容词，仿佛大家不知道一个慢慢变老的无耻之徒并不因为年迈而不再成为无耻之徒。恰恰相反，随着白发的增多，他卑鄙的情感与个人主义和怨恨会越发强烈。对于"崇敬的老叟"（其实，他们当中的大部分只配遭人唾弃）和"尊贵的主妇"（她们几乎所有的人都为虚荣和最露骨的利己主义所驱使）等这些虚情假意的词语，也许应该把它们付之一炬。这些词语是由人们的多愁善感创造出来的，它们为那些左右社会的伪君子所认可，并受到学校和警方的保护。至于作为本报告主题的"可怜的盲人们"一词，则更不用说了。我必须说清楚，如果说这些可怜的盲人惧怕我，恰恰因为我是个流氓，因为他们知道我是他们当中的一个，是个不讲蠢话、不重弹陈词滥调的冷酷无情的家伙。对那些搀扶他们过马路的可怜人中的一个，他们怎么会害怕呢？这些人手里捧着圣诞小鸟和五颜六色的彩带，脸上像迪士尼电影表演的那样流淌着催人泪下的同情。

假如把地球上所有的流氓排成队，列成行，那将是一支多么了不起的大军和一件多么令人意想不到的展品啊！从系着白色围嘴儿（"童年纯洁天真的象征"）的孩童到彬彬有礼然而却把纸张和铅笔往家里拿的市政府官员，什么样的人都有。有部长、省长、几乎所有的医生和律师，有上面已经提到的可怜的老头子（数量庞大可观），有刚才说到的但如今却主持着以帮助麻风病患者和心脏病患者为宗旨的协会的主妇（她们是躺在别人床上如骑马奔腾地干过了一番那样的事后才去忙协会的工作，正是由于她们的折腾，才增加了心脏病的患者），有大企业的经理，有长着诱人的脸蛋儿和羚羊般眼睛的妙龄女郎（对于任何一个相信女性的浪漫主义或女性的脆弱性和女性的性器官无保护性的傻小子,她们会把他的钱财骗个精光),有市政府督察,有区政府官员,有荣获勋章的大使,等等。流氓们,前进! 一支什么样的队伍啊,我的上帝! 前进,婊子养的! 别停下来,也别哭鼻子,我已做好一切准备恭候你们光临!

流氓,前进!

多么壮观和富有教益的场面啊!

这支队伍中的每一个士兵,到了马厩后,将各自吞食自己的卑鄙言行。这些言行早已变成了货真价实的粪便(并非隐喻)。没有任何例外的照顾和安排。即使是部长先生的爱子,也不能允许他去啃硬面包,而不去吃他自己的屎尿。不,先生:要么去做该做的事情,要么就什么也别干。去吃自己的大便吧,而且要把自己拉的屎全部吃完! 要是我们同意他象征性地吃一点儿该有多好啊! 不,没有什么象征不象征的:每一个人都必须把刚好属于自己的那一份全部吃完。可以理解,这样做是天经地义的:不能以对待一个只是幸灾乐祸地盼望他的长姐长兄们早日翘辫子以便能得到几块钱的可怜鬼的同样方式来对待一个渴望进天堂然而却在危地马拉的金矿里剥削黑人的再洗礼教徒。不能这样,先生! 要伸张正义,坚决地伸张正义:每一个人都必须把自己拉的屎吃掉,要么就一点也别吃。别指望我给你们照顾,至少别来这种讨价还价。

要知道,我的立场不仅是毫不动摇的,而且还是大公无私的;因为,正如我所承认的那样,作为一个十足的流氓,我将加入这支食屎者队伍的行列。我这样做,只不过维护了我不骗人的品格。

这件事促使我考虑,有必要事先发明一种办法,在那些可尊可敬的人身上发现他们的恶棍行径,并且准确地衡量出它们的分量,以便把每个人应当扣除的恶行扣除掉。一种流氓行为测量仪可以做出"最终判定",它用一个指针指出 x 先生一生中拉了多少屎,以此推算出他的诚实或善良所占的份额。经过计算，就可以知道这位先生应该吞下粪便的分量。

在对每个人都做了一番准确无误的计量之后，这支浩浩荡荡的队伍必须起步直奔自己的厕棚；在那里，每个成员将把属于自己的那份垃圾吞食掉。如人们所想象的那样，这件工作是无穷无尽的（真正的热闹也许就在此吧），因为按照"粪便储存原则"，他们在大便的时候，要把吞食进去的东西都拉出来。拉出来的东西，又被放在他们的嘴巴前，随着一声命令，他们集体统一行动，粪便再次被他们吞食掉。

如此周而复始，无穷无尽。

14

我还须再等两天。这期间,我收到了一种连环寄发的信件,这类信通常情况下都是丢在大街上的。这封信增加了我的忧虑,因为我的经历向我表明,在一场如此少见的阴谋诡计中,就像这封信里包藏着的令人难以置信的阴谋那样,没有任何东西是能够草率地对待的。信封上是这样的:

没有任何东西

我仔细地阅读了这封信,试图在那些遥远的、有关退役军人和将军的事件之间找出什么蛛丝马迹的联系来。这封信说道:"这类连环信件寄自委内瑞拉,是由巴尔多梅罗·门多萨先生写的,目的是要它们传遍全世界。请您将此信复制二十四份,分发给您的朋友,但无论如何不要分发给您的亲戚,哪怕是关系非常遥远的亲戚。这虽然不是什么迷信,但是事实将向您表明它的效力。例如,埃塞基耶尔·戈伊蒂科亚先生将复制的信件寄给了他的朋友,九天之后,他收到了十五万玻利瓦尔[①]。一位名叫巴基利亚的先生,把这些信件当作儿戏,结果他的家遭了一场火灾,一部分亲人丧了生,他本人也因此神经错乱了。华金·迪亚斯将军于1904年受到了一场严重的打击,并因此得了一场大病。后来,他发现了这些信件,便让女秘书加以复制和散发。结果,他病好得很快,而且他现在的情况也非常好。加雷特的一个职员复制了信件,但忘了寄出去。九天之后,他遇到了一件不愉快的事情,结果失去了他的工作。后来,他又复制了信件,并全部寄了出去,结果,他不仅恢复了工作,而且还得到了一笔赔偿。墨西哥城的阿方索·梅希亚·雷耶斯硕士收到了这些信件的复制件,由于疏忽大意,把复制件丢了,结果,九天之后,一块飞檐落在他的脑门上,不幸一命呜呼。工程师德尔加多中断了这一连串的信件,时隔不久,他贪污公款的事件就被发现了。请您千万不要中断这种连环信。请您复制和散发这些信件。1954年12月。"

---

① 委内瑞拉货币名称。

15

我就这样等待着，直到有一天，看见了一个盲人沿着帕索大街悠然自得地从里瓦达维亚向巴托洛梅·米特雷走去。我的心开始剧烈地跳动起来。

我的本能告诉我，这个高个子、黄头发的人同伊格莱西亚斯的问题有关系，因为他走路的神态全然不像一个因目标还很遥远而漫不经心地行走的人。

他没有在 57 号门前停留；但是，他经过门口时非常缓慢，并且仿佛用那白色的拐杖在侦察一片不久将要采取决定性行动的地区。我猜测他是进行侦察的某种先遣部队。从这时起，我就倍加提高了警惕。

然而，这一天并没有再发生任何值得引起我注意的事情。晚上九点差几分，我来到七楼，那里同样也没有发生在我看来是异乎寻常的情况：冷饮店的老板、商店的店员，总而言之，都是些通常看到的人。

那天晚上，我在床上辗转反侧，久久不能入睡。天还没有亮，我就起了床，随即便跑到帕索大街，因为我担心某个重要人物在下面大门打开的瞬间上楼进入伊格莱西亚斯的房间。

但是，在走进大楼的人中间，我觉得没有一个是可疑的，而且整整一天中，我也未发现任何使我感兴趣的蛛丝马迹。那位高个子、黄头发的盲人的出现，仅仅是个偶然现象吗？

我已经说过，本人不怎么相信偶然性，更不相信关于盲人的偶然性。因此，这天晚上，在结束了我那可以称作日班的警戒之后，我决定去公寓里对埃切帕雷博尔达夫人做一番密不透风的询问。

由于我急不可耐，我甚至不惜使用了最令人厌恶的巴结讨好的手段。我历来讨厌身材肥胖的女人，而公寓老板娘则是个肥得出了格的女人。她身着一件好像是为普通体形的女人而缝制的连衣裙，她那圆溜溜的脖颈和洁白巨大的胸脯都暴露无遗，宛如一个颤抖着的巨型圆台状奶油蛋糕；一个有着内脏的圆台状奶油蛋糕。

我对她的皮肤赞扬了一番，并对她说，简直令人难以置信她已有四十五岁的年纪。我也称赞了她居住的小客厅。那里的每一张桌子、茶几和全部具有平面的物件，都覆盖着饰有流苏的花边台布。一种惧怕空白的心理使她没有留下任何未被覆盖或者未被塞满东西的空地。屋子里到处是陶瓷小丑、青铜大象、玻璃天鹅、镀铬的堂吉诃德，还有一个几乎和真实孩子一般大小的洋娃娃。在一架钢琴上，盖着两块流苏花边台布，一块在键盘上，一块在钢琴顶部。女主人解释说，自从丈夫过世之后，这架钢琴就没有弹过。在钢琴顶部，有几幅亚麻呢织成的高乔人像；另外还有一幅埃切帕雷博尔达先生的画像，他半侧着身子，用严峻的目光凝视着一尊巨型青铜大象，仿佛统率着这些奇形怪状的收藏品。

对她那令人作呕的镀铬相框，我也大加赞扬。于是，埃切帕雷博尔达夫人用忧郁和睡意惺忪的表情看了看画像，向我解释说，两年前，她的丈夫弃世而去，那时他才刚刚四十八岁，正是风华正茂的时候，并且他要办半退休的夙愿也行将实现。

"他是洛斯戈维利诺斯邮局国内邮件部的第二主任。"

我心急如焚，因为直到这时我还不能开始自己的询问；于是，我评论说：

"一个挺重要的邮局，真了不起！"

"可不是嘛！"她心里乐滋滋地应声道。

"一个挺受信任的职位。"我补充说。

"我也这么想，"她对我说，"别的人可不配这个位子，但对我那已故的丈夫，他们绝对信任。"

"这是你丈夫姓氏的荣耀。"我说。

"是这样的，比达尔先生。"

"巴斯克人的诚实"、"大不列颠人的冷漠"、"法兰西人的慎重"，这些神话，同其他神话一样，在可怜的事实面前是坚不可摧的。实际上，像埃切维里部长这样的赌场老板、像摩根①海盗这样的魔鬼，或像拉伯雷②这样非凡的人物，能有什么意义呢？我只好顺从地评价起胖女人开始从一本家庭影集里翻给我看的那些照片。其中有一张是她和丈夫于1948年度假时在普拉塔海拍的，两个人都浸在水里。

"那盏灯，"她指着一盏用贝壳制成的陈放在一块台布上的灯说道，"就是那个夏天他赠送给我的。"

她站起身，把灯拿了过来，向我指着上面的铭文："普拉塔海留念"；稍下一点，是用钢笔加写上去的日期：1948。

接着，她又去翻影集，而此刻我已急得犹如热锅上的蚂蚁。

另一张照片，是埃切帕雷博尔达先生偕同夫人在帕莱莫花园里。在另一张照片上，他周围挤满了侄子、外甥，还有一个妹夫，一个姓拉武费蒂或者类似这样姓氏的先生。在又一张相片上，他正和洛斯戈维利诺斯邮局的工作人员一起庆祝一个私人节日。据埃切帕雷博尔达夫人讲，庆祝活动是在博卡的埃尔佩斯卡迪托饭店举行的，等等、等等。

一排排光着身子、躺在地上、目光盯着相机的小孩们的照片，结婚照片、其他假日照片、姐丈妹夫们的照片、堂兄表弟们的照片、娇小温柔的女友们（公寓女主人把像她那样的庞然大物竟也这般称呼）的照片。

我很高兴，看到她终于把影集合了起来，并准备把它放进衣柜的抽屉里。在衣柜的上面，陈列着一些小小的雕塑，还挂着一幅普罗旺斯③的风景画，画名是：

---

① 全名亨利·摩根(1635?—1688)，英国海盗，曾于1671年抢劫巴拿马城。
② 全名弗朗索瓦·拉伯雷(1494?—1553)，法国人文主义者、作家。代表作为《巨人传》。
③ 法国省名。

敞开你的心扉

"这么说,可怜的伊格莱西亚斯没有发生任何新的情况了?"我问道。

"没有,比达尔先生。他在那里,可怜的人,关在自己的房间里,谁也不想见。实话告诉您吧,比达尔先生:我的心都要碎了。"

"当然了。没有人来询问过他吗?没有人对他的处境发生兴趣吗?"

"没有人,比达尔先生。至少到现在为止是这样。"

"奇怪,太奇怪了!"我说道,好像是在对我自己讲话。

我曾经告诉过她,我已经和各协会分别联系过了。这个谎真可谓一箭双雕,作用不可估量:一方面,我可以制止她采取任何主动行动(正如人们可以理解的那样,这样的主动行动有使她变得难以驾驭的危险);另一方面,与此同时,我可以查问任何可能发生的事情。不要忘记,我不仅主动要求为伊格莱西亚斯提供服务以便打进这个秘密团体,而且还要事先调查和证实我的一些关于秘密组织的推论:如果在不向任何人告诉排字工处境的情况下,他竟然被人发现了,那么,我的理论就在最糟糕的方面得到了验证,因我也必须倍加小心。但是,另一方面,我又担心他们不能及时来到,而这样的等待对我将意味着危险而且也会加剧我的不安。

我一面焦虑不安地等待着,一面通过研究伊格莱西亚斯的面部特征和说话方式来核实他变化的进程。特别是在晚上,当楼下的大门上锁之后,那位既令人生畏又令人望眼欲穿的使者光临公寓的危险暂不存在时(无论如何也不能让盲人帮发现我和排字工待在一起),我就走进伊格莱西亚斯的房间,试图和他交谈交谈,或者至少可以设法陪他听听收音机。正如我说的那样,伊格莱西亚斯变得越来越沉默寡言,而且几乎可以明显地看出他的疑心越来越重,在他身上已经露出了盲人帮成员才有的那种冷漠的怨恨。我也注意着他生理上变化的一些迹象；同他握手时，我留心他的皮肤是不是已经分泌出那种几乎难以觉察的冷汗。这种冷汗表明他同蟾蜍、整个蜥蜴目或者类似动物的亲缘关系。

　　我敲了敲他房间的门，随即便听到一声"请进"。于是，我走了进去，顺手拉了一下门框左边的电灯开关，打开了灯。伊格莱西亚斯坐在一个角落里，旁边放着收音机，一天比一天显得更加严肃、更加内向。像其他盲人一样，他用虚无而抽象的表情望着我。根据我的经验，这是盲人们在潜移默化过程中所获得的第一个特征。一副仅仅用来遮掩他那萎缩了的眼窝的墨镜，使他的表情给人留下更加深刻的印象。我清楚地知道，在那黑色玻璃片的后面空无一物；然而，归根到底，正因为它空无一物才使我感到恐惧。我觉得另外一双眼睛，一双长在额头后面的眼睛，一双无形的却又越来越无情和狡黠的眼睛正盯着我，探究着我的内心活动。

　　他从没有说过一句使人不愉快的话；相反，他非常注重礼貌。这种礼貌在出身于西班牙某些地区的人身上是很常见的，这种久远的礼貌使卡斯蒂利亚贫瘠高原上的普通农民一个个看上去都像尊贵的老爷一样。我们就这样宛如两尊埃及雕塑，僵直地坐在那里，默不作声地相互对望着。但是，随着时光一天天地流逝，我在这种互相对望中感觉到伊格莱西亚斯的怨恨渐渐也占据了他精神的每一个角落。

　　我们不声不响地抽着烟。为了打破这令人难以忍受的沉默，我突然讲了件在别的时候也可能使排字工感兴趣的事。

　　"阿根廷地方工人联合会宣布码头工人罢工了。"

　　伊格莱西亚斯嘟囔着吐了一个单音节词，一本正经地吸着他那支黑色的烟卷，我随即在心里说了一句：*我对你了如指掌，流氓！*

　　当这种局面持续到实在再也难以持续下去的时候，我便起身告辞。尽管这样的见面使人感到极为别扭，但不管怎样，我还是达到了对他的变化进行监视的目的。

来到街上之后,我又在周围转了一圈,仿佛是在呼吸新鲜空气,是在漫不经心地散步,嘴里还吹着口哨;其实,我是在观察敌人出现的蛛丝马迹。

然而,在那位黄头发、高个子的盲人出现后的两天中,我没有发现任何有意义的事情。

16

第二天,当我来到公寓进行夜访时,果真发现了一个新的、令人不安的迹象。

在去伊格莱西亚斯的房间之前,我先拜访了埃切帕雷博尔达夫人,以便打听出点儿什么来。那天晚上,像平常一样,她请我坐下,并为我准备了咖啡。当时我想,公寓女主人会以为我是专门去她家看望她的,关心伊格莱西亚斯的失明只不过是我的借口罢了。就像人们在相应的暗语里所说的那样,我鼓励她想入非非:我今天称赞她的衣着,明天又对她的某件新镀铬器皿心醉神迷,后天我又请求她讲埃切帕雷博尔达先生那生动活泼的思想。

那天晚上,当她忙着准备那有名的咖啡时,我又向她提出了那些同样的问题。而她也像平日一样,回答说没有人对这位排字工的命运感兴趣。

"令人难以置信,比达尔先生。这好像要让大家对人类失去信心。"

"永远也不要丧失希望。"我用埃切帕雷博尔达先生的诸多名言中的一句回答说,他其他的名言还有"必须对祖国充满信心""这就是生活""必须对民族的前景深信不疑"等。这些名言表明了已故的洛斯戈维利诺斯邮局国内信函部第二主任的级别,它们现在则深深地感动着他的遗孀。

"这正是我已故的丈夫常常说的话。"她一边说着,一边把糖罐递给我。

接着,她谈起了生活费用。她说一切过错都归咎于庇隆这个流氓。她从来都不喜欢这个人。"您知道我为什么不喜欢他吗?因为他搓手和微笑的方式像个牧师。"而她从来不喜欢牧师,虽然她尊重所有的宗教。的确如此（她和已故的丈夫同属巴西利奥兄弟派）。最后，她谈到了电费又涨价这件令人气愤的事情。

"这些人想干什么就干什么，"她说，"就说今天吧，电力公司来了一个人，把屋子查了个遍，看看我们家里的家电设备、熨斗、暖气等是否有问题。我这样问自己，比达尔先生，他们是否有权随便检查他人的屋子。"

我被她的话震惊得犹如一匹发现地上有可疑物体的烈马在飞奔中突然停住一样，前蹄腾空，昂首直立，两耳不住地激烈扇动。

"电力公司的一个职员？"我问道，差一点儿从座位上跳了起来。

"是的，是电力公司的。"她愕然地回答说。

"什么时候？"

她想了想，答道：

"大约下午三点钟。"

"一个胖男人？一个身穿浅色衣服的家伙？"

"对，是个胖子，是……"她越来越感到茫然不解，两眼紧紧地盯着我，仿佛我病了似的。

"他是否穿着浅色的衣服？"我生硬地问道。

"是的……一件浅颜色的衣服……是的，可能是府绸的，就是现在人们穿的那种轻飘飘的衣服。"

她那样吃惊地望着我，以致使我不得不给她作出某种合乎情理的解释，不然的话，谁知道我的表现是否连这位不幸的人见了都会产生怀疑。但是，怎么对她解释呢？我试图瞎编一些使人能够相信的理由：我告诉她说，那家伙欠我一笔债。我含糊而又匆忙地说了一连串的话，因为我知道，无论说什么，都无法把我的惊慌解释清楚。我所以惊慌，是因为就在那天下午三点钟，一个身着浅色府绸衣服的胖子引起了我的注意。他手里拎着一只小提箱，在帕索大街57号周围转来转去。当时，那个人就引起了我的怀疑。现在，据公寓女主人所说，他检查了公寓，从而证实了我的直觉。这一切足以使我大惊失色。

后来，我将与我的调查有关的事件细细地回顾了一遍，我觉得我的惊慌失措、我对电力公司那个人的态度，以及我对公寓女主人作的所谓解释，真是冒险的举动。

她要是稍微有点头脑的话，我的那一举动便足以引起她的怀疑。

但是，费了九牛二虎之力建造起来的大厦并不会因为这个小小的裂缝而坍塌。那天晚上，我的头脑乱得像一团麻；我感到决定性的时刻即将来临。第二天同往常一样，可是我却更加焦急不安，早早地就坐在了我的"观察室"里。我喝了杯牛奶咖啡，然后便打开了报纸。但是，实际上，我的眼睛一直没有离开57号。同时干这样两件事，我已经有了高超的本领。胡安尼托给我讲着有关钢铁工人罢工的事，我也不知道他到底都讲了些什么。这时，我怀着按捺不住的激动，看到电力公司的那个人出现在帕索大街上，手里拎着同样的小提箱，身上穿着头一天穿的浅色衣服。但是，这一次他由一个矮小的先生陪伴着，这位先生的相貌酷似皮埃尔·弗雷斯奈①。他们一边走，一边交谈着。每当胖子附在矮个子耳边说点什么（为此他必须弯下身子）时，矮个子就点点头，表示同意。他们来到了57号，矮个子走了进去，而电力公司的那个人则朝着米特雷街方向离去，最后，在拐角处停下来等候。他掏出一包烟，开始抽了起来。

伊格莱西亚斯会跟着另一个人下来吗？

我觉得不大可能，因为他不是一个贸然接受一项建议或者一项邀请的人。

我试图想象此时发生在楼上的场面：那家伙将对伊格莱西亚斯说些什么呢？他将怎样自我介绍呢？他很可能自称是"图书馆"或"合唱团"或其他类似机构的成员，说他们获悉了他的不幸，他们已经筹划好

---

① 皮埃尔·弗雷斯奈（1897—1975），法国电影演员，身高1.66米。

了帮助他的办法，等等。但是，正像我所说的那样，我觉得伊格莱西亚斯很难在这第一次见面中就同意接受他们的安排。他已经变得非常多疑，而且比过去更加高傲；远在他失明之前，这种高傲就显得非常突出，就像在很多西班牙人身上表现出的那样。

当这位密使独自一人走下楼来与电力公司那个人去会合时，我满意地感到自己的推测毫厘不差。这一切表明我对事态的发展了如指掌。

电力公司的那个人似乎怀着浓厚的兴趣听着矮个子的报告。后来，他们一边热烈地交谈，一边向普埃伊雷东大道方向走去。

我飞快地跑上了楼：必须尽早地打听出点儿什么来，但同时又不引起伊格莱西亚斯的怀疑。

寡妇热情地接待了我。

"这个协会的人终于来了！"她双手紧紧地握着我的右手，大声说道。

我力图使她平静下来。

"最重要的是，夫人，"我对她说，"对伊格莱西亚斯守口如瓶。千万别告诉他，是我让这些人注意关心他的。"

她向我肯定地说，她对我的建议记得清清楚楚。

"很好，"我说道，"伊格莱西亚斯决定怎么办？"

"他们给他提供了份工作。"

"什么样的工作？"

"我不知道。他什么也没有告诉我。"

"他是怎么答复的？"

"他回答说他要考虑考虑。"

"考虑到什么时候？"

"到今天下午，因为今天下午那位先生还要来。他要给伊格莱西亚斯介绍一下。"

"给他介绍一下？在哪儿？"

"我不知道，比达尔先生。"

我对这番询问深感满意，随即便起身告辞。要出门的时候，我又问道：

"我忘记了，那位先生几点钟再来？"

"三点钟。"

"好极了。"

事情开始走上了轨道。

17

像在别的时候一样,心情一紧张就使我产生立刻要上厕所的需要。我进了安提瓜佩拉德尔翁塞饭馆,径直朝厕所走去。奇怪的是,在这个国家里,唯一讲"女士"与"男士"①的地方,恰恰是女人与男人不再成为"女士"与"男士"的地方。有时候,我想,这是阿根廷人嘲讽或怀疑的诸多方式之一。我一边蹲在臭气熏天的简易便所里,一边证实着自己那个关于厕所是唯一的哲学场所并且会慢慢净化的理论,与此同时,我开始辨认起那些乱七八糟的"题词"、"留言"。在原来必不可少的庇隆万岁的基础上,有人粗暴地把万岁二字划去了,代之以完蛋。完蛋二字又被人划掉,重新写上了万岁。这后写上去的万岁成了最初那个万岁的孙子。这两个词就是这样来回交替地取代着,状如宝塔,或一座正在施工中的摇摇欲坠的楼房。左右两侧,上下两边,全都画满了指示箭头、惊叹号或者含沙射影的图画。那句最先写上的话,就这样被有关庇隆的母亲、埃娃·杜阿尔特②的社会特征与体形特征,以及素不相识的评论家们和出恭者们假如有幸与庇隆夫人待在一张床上、一张椅子上或者同在安提瓜佩拉德尔翁塞的厕所里时,可能会干出来的那些事情的形形色色的评论所修饰、所丰富、所发挥(仿佛是由一个充满暴力和色情注释家的种族所为)。表示愿望的词句和成语被部分地或全部叉去,被新加的一个表示谩骂或者祝贺的副词所截断、歪曲或者丰富,为新加的一个形容词所加强或者减弱。这些字全是用五颜六色的铅笔或者粉笔写上去的。还有一些附有解说词的漫画,仿佛是由一个像泰斯蒂③那样酩酊大醉、口淌涎水的教授画的。那些图画附近的空白处,无论是画的下面还是旁边,有时还饰有边框(就像见诸报端的那些重要的广告一样),里面有用各种各样的字迹(迫不及待的或无精打采的、满怀希望的或厚颜无耻的、固执的或轻浮的、工整的或潦草的）写成的文字，向那些具有这样或那样肉体特性、愿意进行这样或那样的"配合"或"壮举"、施展这样或那样的手段、抱有这样或那样的幻想、进行这样或那样的变态性行为或者性虐待的男人们索取电话号码或者留下电话号码。这些话又被那些第三者用嘲讽的或辱骂的、攻击的或幽默的评论所更改。由于某种原因，这些第三者不愿意参加上述"配合"，但他们又在某种程度上（其评论证明了这一点）也渴望知道并且已经知道了那淫荡而又使人着迷的魔术。在那样一片混乱之中，某个人的答复用指示箭头指明他会在什么时候、以什么方式等候"肛门王子④"，字里行间充满了渴求和希望。有时候还附上一句柔情绵绵但看来又与厕所里的告示格格不入的话：我将手持鲜花等候。

"世界的阴面。"我这样想。

像报纸的警讯栏一样，那里登的一些消息看来也暴露着人的真正面目。

"爱情与粪便。"我又想。

在我系裤子的时候，我也琢磨：" '女士'与'男士'。"

---

① 在一些讲西语的国家里，常用这两个词作厕所标记，相当于我国的"女厕"和"男厕"。
② 阿根廷时任总统胡安·多明戈·庇隆的第二任妻子。
③ 全名让·列奥·泰斯蒂（1849—1925），法国著名医生和解剖学家。
④ 意指男同性恋者。

18

因担心发生意外，下午两点我就来到了咖啡馆里。可是，那位酷似皮埃尔·弗雷斯奈的小矮个直到三点钟才露了面。这时，他毫不犹豫地迈着步子，快走到公寓时，他抬起头，核实了一下门牌号码（因为他从远处走来时一直耷拉着脑袋，仿佛在心里咕哝着什么），随即走进了57号。

我的每一根神经都绷得紧紧的，焦急地等待着他从公寓里出来。我冒险中最危险的一段已经临近了；虽然我当时也想到了他们会把伊格莱西亚斯带到某个互助会或者福利会去的这种最一般的可能性，但是，我的直觉随即告诉我，事情绝不可能这样发生；再过些时候他们才会这样做。第一步应当是某种远非天真无邪的行动，把他带到某个有点儿身份的盲人面前，也许这是与盲人帮头领们进行联络的渠道之一。我倾向于这种推测的根据是什么呢？我琢磨，在一个新盲人入会（权且这么说）之前，头领们要深入地了解他的外表特征、地位和任务，他的聪明程度和愚蠢程度：一位优秀的特工头目绝不会在未考察一个特务的优缺点之前，就交给他任务的。显而易见，一个在地铁列车上奔走募捐的盲人并不需要一个监视海军基地那样重要地方的盲人所具有的条件（如同那位头戴礼帽、年纪约六十岁的高个儿盲人，他始终一声不响地拿着一支铅笔，使人觉得他完全像一位英国绅士，只是由于命运中一次可怕的意外，才来到这里）。正如我所说过的，盲人的种类名目繁多。虽然他们都有一个基本的共同属性，这个属性也使他们有了那种最低限度的帮会特征，但是，我们切不可把问题简单化，认为所有的盲人都同样地精明和敏锐。有的盲人只配与人顶撞。在盲人当中，有的只不过相当于码头工人或者宪兵罢了，但也不乏克尔恺郭尔[①]和普鲁斯特式的人物。此外，人们无法知道，一个因疾病或事故进入这个神圣帮会的人会变成什么样,因为,像在战争中一样,令人意料不到的事情会随时发生。当年,谁也没有想到,那位在波士顿一家银行里工作的胆小怕事的小职员,竟然成了瓜达尔卡纳尔岛②的英雄。现在也不能预言,失明会以怎样令人惊异的方式抬高一个守门人或者排字工的社会地位。据说,在世界范围内操纵盲人帮的四个盲人中(他们居住在比利牛斯山某个地方的一个异常幽深的岩洞里。1950年,一群洞穴学家曾试图探索这个岩洞,结果一场致命的惨剧夺去了他们的生命),有一个不是先天失明的。更令人惊讶的是,他以前曾是米兰跑马场上的一个普通职业骑手,就是在那里的一次比赛中丧失了视力。正如人们可以想见的那样,这是几经转手的情报了。虽然我认为一个非先天性的盲人进入最高领导层是不大可能的事,但我还是重述了一遍这个故事,目的仅仅在于表明,人们对于一个人由于丧失视力而成为伟人的这种可能性相信到何种程度。盲人帮里的提拔制度是那样机密,以至于我怀疑没有人能打听出四巨头的身份。事实上盲人世界里传说和散布的那些消息,并不总是真实可靠的:一方面,也许是因为他们保持着诽谤别人和传播流言的癖好,这种癖好是人类特有的恶习,并且由于病理因素的作用,在盲人身上得到了更充分的发展;另一方面——这是我的一个假设——是因为头领们把利用假情报当作一种手段,以便维持他们那个世界的神秘性和模糊性,这是任何一个类似的组织所拥有的两个强有力的武器。但是,不管怎样,要让一则消息真实可靠,至少必须使这则消息在原则上成为可能。这一点足以证明,就像那个令人可疑的前职业骑手的情况所表明的那样,失明可以把一个普普通通的人抬高到何种地位。

---

① 克尔恺郭尔(1813—1855),丹麦唯心主义哲学家。他的思想是现代资产阶级哲学流派存在主义的理论根据之一。
② 瓜达尔卡纳尔岛是太平洋所罗门群岛上的一座火山岛。第二次世界大战期间,美国海军于1943年在此大胜日军。

还是回到我们的问题上来，我设想伊格莱西亚斯在第一次外出中将不可能被引荐给一个公开的团体。在这些机构里，盲人们常常利用那些双目完好的可怜鬼或者心地善良而头脑简单的妇女，利用那些最糟糕、最廉价的感情蛊惑工具。因此，我直觉地感到，伊格莱西亚斯第一次外出就会一下把我带入一个秘密的多面堡，而且意味着各种各样的危险，这是真的，但同时也包含着种种了不起的可能。因此，这天下午，当我坐在咖啡馆里的时候，我已经采取了一切自认为明智的措施，准备进行这样一趟旅行。有人会对我说，采取理智的决定去科尔多瓦山旅行是件轻而易举的事，但是，他们全然没有看到，探索盲人世界，怎么能采取理智的措施呢？除非他是个疯子！好吧：事实上，那些不寻常的措施有两三条，且比较合乎逻辑：一个手电、一些压缩食品，以及两三件诸如此类的用品。我决定，作为压缩食品，最好带巧克力，就像潜水员那样。

我带着袖珍手电筒、巧克力和一根在最后一分钟突然想起来的可能对我有用的白手杖（就像敌人巡逻时穿戴的统一制服），我最大限度地绷紧了每一根神经，等待伊格莱西亚斯和那个小矮个出来。的确，作为西班牙人，这位排字工也有可能拒绝陪同那个小矮个出去，决定高傲地孤身独处。假如事情是这样的话，那我苦心营造起的整座大厦，就会像纸牌搭起来的楼阁一样，在瞬间坍塌，而我的巧克力、手电筒和白手杖这些装备，也将变成一个疯子的可笑装备了。

然而，伊格莱西亚斯下来了！

矮个子先生一边走，一边兴致勃勃地给排字工说着什么，而排字工则以一副贫困潦倒的绅士尊严听着他讲话。在他身上，这种尊严丝毫没有减退，而且永远也不会减退。他笨拙地挪动着腿，胆怯地移动着那个人给他带来的白手杖。突然，他把手杖举在空中，走了好几步，就像一个人提着热水瓶一样。

他要学会使用手杖，还差得远呢！证实了这一点后，我又重新鼓起勇气，镇定自若地跟在他们后面往大街上走去。

我对他们的跟踪，矮个子先生始终没有露出过怀疑的迹象。这一点增加了我的信心，甚至激起了一种骄傲的情绪，因为事情正像我这么多年来的期待和初步研究中所估计的那样发展着，因为——我不知说过没有——自从我跟踪那个乘坐开往帕莱莫的地铁上的盲人失败后，我就几乎利用生命的全部时间，来仔细而系统地观察在布宜诺斯艾利斯大街上所碰到的那些盲人和他们引人注目的活动。在这三年里，我买了数百份毫无用处的杂志，买了一打又一打领卡，然后又全都扔掉，还买了数千支铅笔、各种开本的歌剧剧本，参加过盲人音乐会，学会了布莱叶盲文，并在图书馆里待过无数天。正如人们所理解的那样，这种活动的危险性很大，因为，如果有人怀疑上我，那么，除了我的生命危在旦夕外，我的一切计划也将毁于一旦。但是，这种活动是不可避免的，在某种程度上它不可思议地成为摆脱这些危险的唯一机会：这有点儿像那些训练寻找地雷的工兵们，他们冒着生命的危险学习找雷的本领，在训练的关键时刻，他们必须面对的危险恰恰是他们要去避免的危险。

然而，我没有贸然从事，为了对付这些危险，我采取了一些基本的安全措施：我更换衣服装束、戴上假胡须和墨镜，并改变说话的声调。

就这样，三年里我调查了许多事情。多亏了这枯燥乏味的准备工作，我才得以打入这个秘密的王国。

而这就是我的结局……

因为在我死到临头的这些日子里，我已经毫不怀疑，我的命运早已决定，也许从我刚刚开始调查的时候起，从在五月广场和帕莱莫之间的地铁列车上数次来回监视那个盲人的那个不祥之日起，就已经决定了。有时候我想，当我自以为最狡猾的时候，当我最自负地庆贺我认为的自己的绝顶聪明时，正是我被人最严密地监视的时候，正是我最起劲地自取灭亡的时候。我甚至怀疑起埃切帕雷博尔达的遗孀。原以为她用那些小装饰品、小古玩、大洋娃娃、拼接而成的小资产阶级夫妇度假的照片，以及景色幽静的普罗旺斯风景画拼凑成的那台戏，一句话，她玩弄的那一切把戏——我傲慢地在内心深处感到好笑——充其量不过是一台粗劣、可笑的表演。现在看来，我这种看法才是何等可笑。

尽管如此，这些只不过是猜想，即使是立足于实际的猜想。而我打算讲讲事实；因此，还是让我们回到那些发生过的事情上来吧。

在伊格莱西亚斯外出的前几天，我就像琢磨一盘棋一样仔细研究了他出去时可能会采取的各种方式，因为我必须做好准备对付每一种可能。譬如，那些来找他的人，很可能是乘坐出租汽车或者私人小车。由于我不想因为忘了他们这样一种可以简单地预料的配合而失去我一生中最灿烂的机会，我在附近停放了一辆吉普车；它是由和我一起制造假钞的一个同伙 R 提供的。但是，那天当我看到酷似皮埃尔·弗雷斯奈的密使徒步而来时，我明白自己的预防手段用不上了。显而易见，剩下的方式就是他一会儿叫辆出租车把伊格莱西亚斯一起带走。尽管今天在布宜诺斯艾利斯找出租车还有如寻觅猛犸象一样困难，当那位密使下楼时，我还是全神贯注地考虑着这种可能性。然而，他们并没有像要出租车那样站在大门口等候；恰恰相反，矮个子连左右环顾一下都没有，就挽起排字工的胳膊，朝巴托洛梅·米特雷方向走去。显然，他们是往有公共交通工具的地方去的。

确实，还有另一种方式，就是电力公司的那个胖子驾一辆车在某个地方等候他们，但我觉得这不大合乎逻辑，因为看不出他有任何理由不来帕索街这里等候。另一方面，我突然觉得乘公共汽车或者小公共汽车比较合适，因为他们可能不想一下给这位新盲人一种感觉，即他们是个无所不能的帮会；在一个残忍、自私但是又易于产生恻隐之心的社会中，方式的卑贱甚至资财的拮据乃是一件有效的武器。尽管这里的"但是"应该由简单的连接词"和"来取代。

我跟在他们后面，同他们保持着适当的距离。

到了街角处，他们向左一拐，朝普埃伊雷东走去。到了那里后，他们在一个交通标志杆前停了下来。有几个人在那里排着队，其中有男有女。在一位挟着公文包、戴着眼镜的先生的倡议下，大家让"盲人"优先上车，排在了前面，那位先生貌似诚实，但凭直觉我感到他是一个冷酷的无耻之徒。

于是，在我们这两位先生之后，人们又重新排起了队。

标志杆上写有三个数字。在我看来，这三个数字是解开一个大哑谜的第一把钥匙。因为这些数字不是开往雷蒂罗和政法学院、实习医院或贝尔格拉诺的公共汽车的路号，而是开往"陌生"世界之门的路号。

他们上了一辆开往贝尔格拉诺的公共汽车。我也尾随着上了这辆车。但我是让另外两个人在我之前先上去，然后才上车的，这样可以用他们做我的掩护。

汽车到了市政厅站后，我开始暗暗自问："他们将在贝尔格拉诺的什么地方下车呢？"汽车继续前行，但矮个子没有流露出任何担忧的迹象。直到抵达比雷伊·德尔皮诺后，他才开始请求闪身让道，接着两个人便站到了下车门的旁边。他们在苏克雷街下了车。沿着苏克雷街，他们走到了奥夫利加多街，然后又沿着这条街一直往北走去，走到了胡拉门托街。沿着胡拉门托街又走到了古巴街，然后，他们顺古巴街往北走去。到了门罗街之后，他们返回到奥夫利加多街。然后，他们又沿着奥夫利加多街，回到了刚才经过的、位于埃切维利亚街和奥夫利加多街相交处的小广场。

显而易见，这是要甩掉"尾巴"。可是，要甩掉谁呢？要甩掉我吗？要甩掉像我一样跟在他们后面走的任何一个值得怀疑的人吗？这种假设不能排除，因为，当然了，我并不是第一个企图打进这个秘密世界的人。在人类历史的长河中，可能曾经有过许多人企图这样做过，不管怎样，我认为至少有两个人：一个是斯特林堡①，他曾为此而落得精神错乱；另一个是兰波②。在兰波去非洲之前，对他的迫害就已经开始了。这一点在诗人给他的胞妹的信中可以隐约看到。这封信被雅克·里维埃③解释得错误百出。

也可以假设，这是为了甩掉伊格莱西亚斯这个"尾巴"，因为考虑到一个人失明后就会具有极其敏锐的方向感。但是，这样做是为了什么呢？

不管为了什么，他们在如此反复地走了好几趟后，又回到了小广场，圣母受孕教堂就坐落在这里。一时间我真以为他们要进教堂了，并一下联想到教堂的地下室以及这两个组织之间的秘密协议。但是，他们没有进教堂，而是朝布宜诺斯艾利斯的这个奇怪角落走去，这个角落由一排旧的两层楼房组成，这排楼房正好和教堂的圆圈相切。

他们进了一道通向楼上面的门，随即沿着那肮脏、陈旧的木结构楼梯，拾级而上。

---

① 斯特林堡 (1849—1912)，瑞典作家。
② 兰波 (1854—1891)，法国诗人。
③ 雅克·里维埃 (1886—1925)，法国诗人。

19

从这里，开始了我调查中最艰苦、最危险的阶段。

我在小广场上停了下来，考虑着接下去我可能而应该采取的步骤。

很明显，由于盲人帮具有的危险特性，我不可能立即跟随他们进去。有两种可能：或者是等他们出来并远离后，我再上去询问能够询问的东西，或者适当地等一会儿后，也上楼去，而不必等他们出来。

第二种方案虽然最为危险，但是也最有成功的前景。它的好处在于，如果我上去查询后一无所获，那么不管怎样，我还有另一种可能，还可以坐在小广场的长椅上等候他们出来。于是，约摸等了十分钟左右，我便开始小心翼翼地上楼，虽然可以想象得出，有关伊格莱西亚斯的安排或介绍或别的什么，绝非几分钟可以处理好的事情，而是需要数个小时，否则我对那个组织的看法就大错特错了。楼梯又脏又旧，因为这是一幢老房子。这样的房子也曾有过富丽堂皇的过去，而现在却无人照管，肮脏不堪，这样的房子一般都是出租给别人住：对一个贫困的家庭来说，显得太大，而对一个有点儿地位的家庭来说，又显得太脏。我所以思考这些问题，是因为假如这幢楼是租赁给人住的，那么问题就会变得几乎像迷宫那样错综复杂：他们去拜访谁？在哪套房间？另一方面，我的脑子里突然生出了一个想法，帮会的首领或首领的情报员很可能就住得这样普通甚至贫困潦倒。

在我沿着楼梯一步一步往上走的时候，这些思绪使我踌躇不定，使我感到苦恼，因为在经过了这么多年的等待之后，结果却有可能陷入一座迷宫，这太使人沮丧了。

幸好，我有一种总是把事情从最坏处设想的习惯。我说"幸好"，是因为这样我的准备工作就会比以后现实给我提出的问题更高一筹。

虽然我已从最坏的可能做好了准备，但现实并没有我所预料的那么困难。

至少，有关这幢楼房的问题是这样。至于另一个问题，则比我预料的还要糟糕，这是我有生以来第一次遇到这样的情况。

上到二楼后，我发现只有一扇门，楼梯在这里就到头了，所以没有阁楼，两套房子也无其他入口。问题看来是非常简单。

我在那扇关闭着的门前停留了片刻，两耳仔细地捕捉着最轻微的脚步声，双腿随时准备往楼下跑。我冒着一切危险，把一只耳朵紧贴在一道门缝上，试图获得点儿蛛丝马迹，但是，什么也没有能听到。

给人的感觉是这套房子似乎无人居住。

我别无他择，只好在广场上等候了。

我下了楼，坐在一张椅子上，决定利用这段时间来研究与这座房子有关的一切东西。

我已经说过，这座建筑颇为奇特，因为它延伸到整个街区，同教堂的圆形建筑相切。中间的那一部分，即和教堂主体相接的部分，肯定属教堂所有，我猜测那里是圣器室及教堂的一些其他设施。但是，这些建筑的其余部分，即左边部分和右边部分，都居住着住户，就像阳台上的花盆、衣服、金丝雀等所表明的那样。然而，在我的仔细观察中，盲人们待的那套房子的窗户没有逃过我的注意：它们没有任何一点表示有人居住的特征，而且还关得严严实实。可以推断，盲人不需要光亮。但是，空气呢？另外，这些迹象证实了我刚才在楼上隔门偷听后得出的结论。我一边监视着出口，一边绞尽脑汁地思考着这一独特的事实。经过一番苦思冥想，我得出了一个似乎令人惊愕但又无可辩驳的结论：那套房子无人居住。

我所以说令人惊愕，是因为这套房子如果无人居住，那么伊格莱西亚斯和那个酷似皮埃尔·弗雷斯奈的矮个子进去干什么？推论也是无可辩驳的：房子只是通向别处的入口。我所以说"别处"，是因为它很可能是另一套房子，也许是可以从里面某个地方进去的隔壁那套房子，但也可能是更加难以想象的"某处"，因为这是涉及盲人世界的事。难道里面有一条通向地窖的秘密小道？这并不是不可能的。

总而言之，我觉得此刻再绞尽脑汁地继续思索下去，也无济于事，因为只要那两个人一出来，我就可以有机会把问题更加深入地调查一番。

我事先已经料到，介绍伊格莱西亚斯是一件复杂因而也是很费时间的事情，但是，它比我预料的可能还要复杂，因为到凌晨两点钟，他们才走了出来。在我全神贯注地等候了八个小时之后，已是子夜时分。沉沉夜幕使布宜诺斯艾利斯的这个奇特的角落显得更加神秘，我的心开始越来越剧烈地收缩，仿佛开始怀疑，在隐蔽的地洞里，或潮湿的墓穴里，在某个居心险恶、双目失明的秘义传授师的主持下，正在举行鼠窃狗偷般的接纳仪式，仿佛这阴森凄惨的仪式给我传来了未来征途的预兆。

凌晨两点！

我觉得伊格莱西亚斯出来时的脚步比进去时更加没有把握，似乎精神上有一个巨大的东西压迫着他。但是，这一切也许只不过是我个人的印象罢了。这种印象是由于多种不祥情况凑在一起而产生的，如我对帮会的看法、广场上那微弱暗淡的灯光、教堂上面那巨大的穹隆屋顶，特别是那只悬挂在楼道门口的肮脏不堪的小灯泡投射在楼梯上的若明若暗的亮光。

我等着他们离去，并注意观察他们如何朝市政厅那边走去，当我确信他们不会再回转来时，便飞也似的往房子那边跑去。

在凌晨的寂静中，我的脚步声犹如震耳的雷鸣。旧楼梯的每一下吱吱声都要使我回过头来看看背后。

上了楼后，等待着我的是我到那时为止还没有想到过的巨大意外：门上挂着一把锁！这一点我的确在任何时候都没有预料到。

我沮丧极了，不得不坐在那该死的楼梯的第一个台阶上。我这样待了好一会儿，茫然不知所措。但是，我的头脑一下又运转了起来，我的想象力又为我提供了一连串的假设：

他们刚刚出去，之后再没有人出去，这样，锁是他们进来时由那个酷似皮埃尔·弗雷斯奈的人取下然后出来时又由他挂上的。因此，假如那套房子里有什么人居住或者经由一条秘密通道通往住户居住的"某种居所"，那么，不管怎么说，这些生灵都不是经由现在我所看到的这个门出入的。这个"居所"、这套房子、这座楼、这个洞穴，或者别的任何什么，应有另一个或者好几个也许通向本区或本城其他地方的出口。上锁的门只是为密使或矮个子这个中间人保留的吗？对，是的：是为他或者其他负有同样使命的人保留。必须假定他们每个人都有一把同样的钥匙。

这一连串的推理证实了我在小广场观察这幢房子时所得出的猜测：那里无人居住。从这时起，我就可以肯定地得出对以后阶段至关重要的结论：那套房子只不过是通向其他地方的通道。

· · · · · ·

这个"其他地方"会是什么呢？这是无法想象的，我唯一能够做的就是去大胆地尝试着撬开那把锁，然而进入这套神秘的房子，看它能够通向哪里。要这样做，我需要一把撬锁器，或者干脆用一把钳子或其他任何钝器。

我心里是如此焦急，我不能等到第二天。我排除了砸锁的念头，因为那样做会弄出声响来。我想，最好还是去求助于一位老相识。于是，我下楼来到市政厅，等候出租汽车，凌晨这个时候，车子还是有的。看来，我运气不错，几分钟后，我就乘上了一辆出租车，命令司机把我送到帕索街。到了帕索街后，我登上那辆吉普车，然后往弗洛雷斯塔的家里驶去，因为F就住在那里。我大声地向F解释说（他以睡觉睡得死沉而出名），我今晚需要打开一把锁。他醒来了，当得知我说的是什么样的锁时，便怒气冲冲地又躺到了床上。唤醒他去打开一把锁，犹如为一宗一千法郎的诈骗案去询问斯塔维斯基①。我使劲地推搡他、威胁他，终于把他拖进了我的吉普车。我驱车飞驰，仿佛这个组织当天夜里就要垮台似的。仅用了三十来分钟，我们就到了贝尔格拉诺小广场。我把车停在埃切维利亚街上，在确定周围确无一人之后，我和 F 下了车，朝我们那所房子走去。

F 仅仅用了大约半分钟，就把锁打开了，接着，我告诉他，他必须独自一人回弗洛雷斯塔去，因为在这所房子里我还有许多事情要做。这使他更加恼火，但是，我还是说服了他，告诉他说这是一件对我至关重要的事情，况且在市政厅那里找一辆出租车非常方便。他充满自尊地拒绝了我要给他的车钱，连道声"再见"都没有就转身离去了。

我必须说明，当我乘车前往帕索街的时候，我的脑海里突然闪出了这样一个问题：在我第一次上楼时，为什么门上没有上锁？对，当然没有，因为那两个人已经到房间里面去了，他们不可能再从外面把门锁上。但是，如果说这道门像一切使人猜想的那么重要，又如何解释他们却把门对任何一位不速之客开着？我想，这一切可以这样解释：他们进去之后，矮个子把门从里面用插销插上了，或者用一根棍子顶上了。

如我所料，屋子里漆黑一团，死一般地寂静。开门时发出的嘎嘎声，使我觉得有如雷声隆隆。我用电筒照了照门背后，我高兴地发现有一个铜插销，插销没有生锈，这表明它常被使用。

我关于门里面有插销的猜测得到了证实，从而也验证了这个门从未开着过的假设（可怕的假设）。

很长时间以后，当我思索起这些事实的时候，我曾自问：既然这个门如此重要，为什么用一把 F 仅费了不到一分钟的时间就打开了的

---

① 法国诈骗犯。1931 年，在毫无资产保证的情况下，斯塔维斯基成立了一个公司，大量发行股票。1934 年，这个公司宣告破产。这一诈骗案被称为斯塔维斯基案件。

锁来把门呢？这个相当引人注目的事实只有一个解释：所以这样做，目的是使这套房子看起来像一所普通的房子，一所由于这样或者那样的原因而空闲着的房子。

虽然我来时就确信那里无人居住，进去时我还是小心翼翼，并用电筒照了照第一个房间的墙壁。我不是胆小鬼；但是，任何人如果处于我此时的情况，当他缓慢而小心地走在那套空无一物、浸没在一片漆黑里的房子里时，也会像我一样感到恐惧。意味深长的是，我用白手杖不停地敲击着墙壁，俨然一个货真价实的盲人。直到这时，我还没有考虑到这个令人不安的征兆，虽然我向来认为，要同一个强大的敌人进行长时间的斗争，最终就会变得同这个敌人一模一样。如果敌人迟早要发明机关枪，而我们又不想被消灭的话，那么我们也应该发明和使用机关枪，对于战争武器这种粗陋而具体的造物是这样，对于心理的、精神上的武器也是如此，后者有着更深刻、更微妙的目的：如表情、微笑、举手投足和蒙骗别人的风格、交谈时惯用的语句、表达感情与平常生活的方式。所以，丈夫和妻子到头来变得非常相似是司空见惯的事情。

是的，我已经渐渐地获得了这个该死帮会的许多缺陷和长处。几乎如经常发生的情况一样，探索他们的世界已经成了探索自己的阴暗世界，这一点我现在已经开始朦朦胧胧地看出来了。

电筒的光亮立刻向我表明，第一个房间里空无一物：没有任何家具，甚至连一件破烂都没有被遗留。整个房间覆盖着一层灰尘，地板上遍布着小洞，墙皮已经剥落，还残留着一些已经腐朽、高高卷起的老牌墙纸。这一番查看使我镇定了许多，因为它使我想起了我在小广场时就已经预见到了的情况：这所房子无人居住。我更加坚定和迅速地查看了其他附属设施，逐渐地完善和证实了这个最初的印象。于是，我明白了为什么没有必要对这个门采取过分小心的保护措施，因为倘若偶尔有个小偷来溜门撬锁，他会立即失望而去。

对我来说，却全然不同，因为我知道这所神秘的房子不是目的，而是一种手段。

不然的话，就该设想，那个去找伊格莱西亚斯的无足轻重的小矮个儿就是个神经有点错乱的家伙，因为他把西班牙人带到这样一个阴暗龌龊的地方，屋里一片漆黑，连个坐处都没有，但是却与他谈了长达十个小时。无论他要与他说的话题有多可怕，完全可以在排字工的房间里讲。

必须寻找通向其他地方的出口。最先产生的和最为简单的想法，就是设想有一扇显而易见的或者秘而不见的门，通向旁边的一所房子。其次应该设想的和不那么简单的（但并不因此而更加不可能，一件有关这些如此可怕的家伙的事情，为什么一定是简单的呢！）想法，就是设想这扇显而易见的或者秘而不见的门连着一个通道，而这个通道则通向地窖或者更为遥远和危险的地方。无论是哪种情形，我现在的任务就是寻找这扇秘密的门。

我首先检查了所有看得见的门。毫无例外，它们全都连接着各个房间和附属设施。我要找的门应该像推测的那样，是看不见的，或者至少是第一眼看不见的。

我记起了在电影里或在冒险小说里看到的情形：任何一个方格或镶框架的画像都可能是一扇乔装打扮的门。由于这所被遗弃的房子里没有一张画像，所以毫无必要在这一点上浪费时间。

我一个房间一个房间地检查了墙皮已经剥落的墙壁，看看是否在某个角落里、檐口上或护壁上，有经过伪装的电按钮或者任何其他类似的机关。

什么也没有。

我更认真地检查了厨房和厕所这两个附属设施，由于这两个地方的性质，它们更具特性。虽然看上去乱七八糟，实际上却具有别的房间所不能提供的丰富可能性。没有盖子的抽水马桶不给人以太大的希望，尽管如此，我还是试图转动了一下已经没有盖子的旧合页。之后，我拉了拉锁链，打开了水箱盖，扭动或者试图扭动各种水龙头，我还想移动那已经有了年头的浴缸，以及其他诸如此类的举动。在厨房里，我也进行了类似的检查，但同样一无所获。

检查进行了一遍又一遍，而且是那样的仔细，以至于假如不是知道那两个人这天下午刚在那里待过的话，我早就停手不干了。

我垂头丧气地坐在旧煤气灶上。鉴于以前的经验，我知道在到达某个点之后，就不应该重复以前的推理，因为这时头脑里已经形成了一个框框，阻止思维向其他方向发展。

突然，我吃起了巧克力，假如此时那里藏有任何一个旁观者，他定会觉得我的举动非常滑稽可笑。当我为这个想象中的场面暗自发笑时，我被一种感觉吓得几乎要死；的确，有谁能向我保证，没有人在看不见的地方正观察着我呢？

天花板上布满了孔洞，墙皮也已剥落。墙壁上很可能有暗孔，通过暗孔可以从隔壁的房子里进行监视。恐惧又重新主宰了我。我把电筒熄灭了几分钟，仿佛这个已经晚了的提防，能够对我有点用处。在一片漆黑中，我试图辨别最细小的声音传来的方向。然而，我最后还是清醒了过来，明白自己的提防不仅是一个无用的愚蠢之举，而且适得其反，因为没有光亮比有光亮更无法自卫。于是，我又打开了电筒。虽然我的神经比以前绷得更紧，但我还是试图思索那个应该弄个水落石出的秘密。

有人通过小孔进行监视的念头一直纠缠着我，使我不得不开始用电筒查看这所被遗弃的房子的天花板。天花板用石膏做成，光滑平坦，四周用木头支撑着。的确，看得出已有大片大片的石膏掉了下来，线脚也已经损坏。当然，一个人或者几个人通过这样的窟窿进行监视是可能的；但是，不管怎样，在天花板没有发现类似出入口的地方。此外，如果有的话那么就得要一架梯子，而房间里哪儿也看不到梯子。

除非他们在爬上去后把梯子从上面撤走：一种类似绳梯的装置。

当我仰望着天花板、思索着这样的可能性时，我终于想出了答案：地板！就像许多时候一样，最后想出来的答案，往往是最简单的答案。

20

我的神经绷得愈来愈紧，我开始用手电照亮每一块地板，终于发现了一个无法隐没的东西：一个难以察觉的方形沟槽。毫无疑问，它是通向地窖的盖子。当然了，谁能想到，在二层的一个房间里，会有一个地窖入口呢？这在某种程度上证实了我最初的想法，即这所房子经过一道秘密的门与隔壁的房子相通。但是，谁又能想到这房子竟会是下面的房子呢？当时，我万分激动，根本没有考虑到一种也许会使我惊恐万状地逃跑的东西：我踩在地板上发出的声响。住在一楼的盲人，尤其是对于盲人而言，怎么可能没有注意到这响声呢？正是这种冒失，这种错误，使我能够继续进行寻找；其实，并非总是真理引导我们去从事伟大的发现。此外，我所以说这些，是想让人们看看我在调查中犯下的如此典型的错误和过失，尽管我的大脑不停地、疯狂地运转。现在我认为，在这种东查西找中，有一个非常强大的东西在引导着我们。一个模糊不清但万无一失的直觉，它是如此难以解释，却又那样稳妥可靠，就像梦游症患者的视觉一样，它能使梦游者们径直走向自己的目标，走向自己那无法解释的目标。

盖子的缝口是那样的严密，不借助于一个尖利而坚硬的工具是无法把它撬开的，很显然，它是从下面打开，而且可能应在与密使约好的时间打开。这件事必须在当晚干完，因为第二天会有人发现锁被撬开过，到那时，虽然事情不会弄到无可挽回的地步，但一切都会变得更加困难。想到这些，我非常恼火。怎么办？没有任何东西可以助我一臂之力。我在头脑里迅速地把身边的东西检查了一遍：只有厨房和厕所里会有能帮我实现目的的东西。我飞也似的跑到厨房，却没有发现任何对我有用的东西。随即我又奔向厕所，终于发现浮筒的连杆是一件比较有用的工具。我把浮筒卸下，使劲把连杆向下弯曲，直到焊口断裂。随后飞身跑回发现地板上有缝隙的房间。利用焊口留下来的极不规则的利口，花了一个多小时，才把一边的槽缝抠得差不多。最后，我把连杆从槽缝里塞进去当作杠杆，小心翼翼地向下压。压了好几次都失败了，这使我更加恼火。但我终于把盖子撬起了一点儿，足以塞进我的手指，从而用手完成了这一工作。我小心翼翼地掀开盖子，把它放在一边，并用电筒照了照里面。如我猜想的那样，这个缺口没有通向楼下的房间，而是连着一个向下延伸的管状长梯。我沿着这个梯子，拾级而下。

这样，我下到了一个古老的地窖里。这个地窖在楼下房间的底下，曾理所当然地属于一楼的房间；后来，由于这两套房子的最初主人的某种交涉，转归为二楼房间所有了，上下时就通过那个异常的、不曾预料到的梯子。

这个地窖属于布宜诺斯艾利斯许多住家都有的那种地窖，只是里面空空如也，就像它所归属的房子一样，完全被遗弃了。我弄错了吗？难道我费了九牛二虎之力，只找到了一个死洞吗？必须极其仔细地查看一下地窖，就像刚才查看房间那样。

然而，没有什么好查看的，水泥窖壁光溜滑，没有什么诱人的希望。朝街的方向有一个带栅栏的窗子，这在其他类似的建筑中是司空见惯的。透过栅栏，可以看到小广场上的灯光。接着，地窖拐了个弯（整个地窖呈 L 形）。我用电筒照了照那个难以发现的角落，第一眼就看到了另一个带栅栏的窗子。这个窗子更大些，朝着——它朝着哪里呢？朝着邻屋的地窖吗？由于没有其他出口，而且也不可能与其他什么建筑物的附加部分相通，我想也许这个窗子是可以移动的，因而很可能就是那个了不起的出口。我用双手握住两边的立档，结果窗子轻而易举地就松动了，我的心又重新激烈地跳动起来。

我把假窗栅丢在一边，打开了手电：没有什么邻屋的地下室，而是一条暗道，手电所及之处，还看不到尽头。自然，我把这归咎于电筒有限的光距。

在我估计大约延伸了二百米之后，暗道折向右侧。在这个拐角的地方，有一个通向上面的阶梯。台阶共有十二级（我数了一下，因为我想知道往上走了多少）。正当我聚精会神地数着台阶时，我惊愕地看到，台阶尽头有一个平台。平台通向一个门，说得更确切些，通向一个低矮的小门，要穿过它必须弯下腰去。

想到这个门这天晚上要阻止我进入那个至关重要的堡垒，我不仅感到意外，也感到沮丧。说是这天晚上，也许该说是永远吧，因为我在那套虚假的住宅里面翻找过之后，盲人们次日将会采取安全措施，从而使我无法再进来。我大骂自己的急躁，咒骂自己过早地把F打发走了，因为我虽然确实不能使他参与我的计划（他大概认为这是疯子干的事），但我可以请他为我做伴，直到情况表明他对我来说已不再是必不可少的时候为止。譬如现在，我怎么打开那个门呢？

我待在平台上，默默地思考着：这就是我在小广场上猜想的那个通向邻屋或房间的入口吗？十二级台阶，每一级大概升高二十厘米，总共约升高近三米。由此看来，这个房间和外面的街道位于同一水平线上，而且几乎可以肯定地说，在附近的某个街道上有一个普通的门，很可能是个商店。不知何故，我竟然会冒出一个念头，认为它可能是个女裁缝或女时装设计师的家。

的确，谁能想到一个女时装设计师的工作间会是一个庞大迷宫的入口处呢？然而那个酷似皮埃尔·弗雷斯奈的矮个子不走这个正常的门也合情合理：两个男子汉，其中还有一个是盲人，去一个女时装设计师家里干什么呢？也许一次拜访不会引起人们的注意；但是，如果多次重复这种访问，人们就会开始想象某种意味更为深长的事情了，所以，我并不认为共济会会忽视"人们"中有像我这样的人。因此，保留一所空房子作为入口，不失为理智之举。

我一边站在那个神秘的小门前等待，一边思索着这些问题。一点儿声响也听不到，由于现在才凌晨四点半钟，女时装设计师还在梦乡里遨游呢！

功亏一篑。这犹如一场政变失败后，革命者被贬成盗贼，沦为笑柄一样，现在，我借着微弱的光亮瞧着自己，我瞥了一眼白手杖，心想。"我是一个多么笨拙多么可笑的白痴啊！"一个堂堂男子汉，一个熟读黑格尔的著作并且参加过抢劫银行的人，现在却在凌晨四点半钟的时候待在布宜诺斯艾利斯的一个地窖里，面对着一个小门，猜想里面可能住着一个为秘密组织服务的冒牌女时装设计师。这不是无稽之谈吗？我怀着那种由于使劲按压身上的某些痛点所产生的痛苦快感，又在手电的亮光下欣赏起这根白手杖来，它使我荒唐的处境更增添了一层古怪的色彩。

"好了，"我自言自语地说，"这一切完了。"

我已经转身沿着那条极不舒坦的道路往回走了。这时我突然想，那个门也许没有上锁。这一想法使我又一次充满希望地激动起来，因为此时此刻，我并没有想到这表面上看来有利的情况会产生的结局：他们在等候着我的残酷结局。

我朝小门走去，并用手电照着它，这时，我迟疑了片刻。"不，这不可能，"我对自己说，"这扇门只有在等候密使带着某个盲人到来时，才会开着。"

然而，一种颤抖着的预感引着我的手伸向了弹子锁。我转了转锁把，推了一下门。

门没有上锁！

21

我低低地弯着腰,穿过那个小门,走进了房间。随后,我直起身,扬起手电,以便看看我所在的地方。

一股冰冷的电流震撼了我全身:灯光在我眼前照出了一张面孔。

一个女盲人在注视着我。她像地狱的幽灵,一个从冰冷而黑暗的地狱里钻出来的幽灵。

显而易见,她并没有被我进屋时可能弄出的细微声响惊动而走到那个秘密的小门跟前去。她没有去:她穿着衣服,显然早已在等候我了。

这位美杜莎①用令人恐惧和阴森可怕的目光望着我。我被她的目光吓僵了。我不知这样愣了多长时间,之后便昏厥了过去。

以前,我从没有昏厥过,后来我问自己,是不是由于惊恐或者由于那个女盲人的魔力,我才昏厥过去的;因为,如我现在所清楚地看到的那样,这位女圣师具有呼魔唤鬼的本领。

实际上,这不是一次完全的昏厥。因为要是那样的话,我会失去知觉的。当我要倒下地(说得更确切些,"当我要栽倒")的时候,困倦和疲劳开始支配了我,以一种像流感猛烈袭击患者时的那种方式和特征,迅速地控制了我的肌体组织。

我记得,当时两边的太阳穴跳得越来越厉害,一时间甚至感到脑袋像一个装有千万个大气压、可能要爆炸的锅炉。一种高烧犹如容器里流动的沸水,由下而上地占据了我的全身。与此同时,一道闪闪的亮光,把黑暗中的女盲人照得更加清楚。

直到传来了一声如同炸穿我耳膜的巨响,我倒下了,或者如刚才所说,栽倒在那间屋子的地面上。

---

① 希腊神话中的蛇发女怪,被其目光触及者即化为石头。

22

我什么也看不见。但是，我感到自己苏醒在一个曾经觉得或现在觉得比另一个现实更加紧张激烈的现实里，这个现实具有某种稍显热切的力量，犹如人在高烧时产生的幻觉。

我待在一条小船上，小船在茫茫一片的湖面滑行。湖面上风平浪静，黑色的湖水深不可测。寂静压迫得人喘不过气来，同时也使人感到烦躁不安，因为我怀疑在那一片暗影里（没有阳光，只有发自夜间太阳的那模模糊糊的幽幽亮光），我并非孤身一人，我处在别人的监视和观察之下，我看不见他们，但他们肯定住在我模糊的视线所达不到的地方。他们等待我干什么呢？特别是在那一片阴森、静止的苍凉水面上他们等待我干什么呢？

虽然我还保持着模糊的知觉和对童年的沉重的记忆，但我的脑子却不能思索。在那些鲜血淋漓的年代里被我挖掉了双眼的小鸟，好像在高空中翱翔，并且不停地在我的头顶上盘旋，仿佛在监视着我的旅程，因为我不假思索（我已失去了思维的能力）地正朝着一个方向奋力划动双桨，而这个方向似乎是那个夜间的太阳在几个小时或者几个世纪之后就要沉落的地方。我好像听到了它们那些巨翅的沉重拍击声，仿佛童年的那些小鸟如今已经变成了翼手龙或者硕大无朋的蝙蝠。在我的头顶和背后，也就是说，在那个茫茫无际的黑色大海的东面，我预感到有一个满腔怨恨的老头儿也在监视着我的行进。他的额头上仅有一只大眼，像个独眼巨人。他的块头大得脑袋差不多触到了天穹，身子一直下垂到地平线上。我几乎无可容忍地感受着他的存在，甚至可以描绘出他面部的那种可怕的表情。他的存在使我无法转身往后看，使我的身体乃至面孔只能僵直地朝着前面。

"日落之前能赶到对岸就好了。"我暗自思忖或者自言自语道。我朝对岸划去,但是,我行得非常慢,仿佛是在噩梦中行走。船桨浸在那黑色浑浊的水中,我感受到它们击水时发出的哗哗声响。

漂浮在水面上的巨形叶片以及酷似高贵但凄楚且已腐烂了的王莲的花瓣,一碰到桨击,便远远地离去。我试图把注意力集中在这一艰巨的任务上,不愿去想象魔鬼那令人毛骨悚然的模样,但可以肯定,它们就盘踞在这一片深不可测、臭气熏天的水域中。我的目光紧紧地盯着太阳沉落的方向(或者说我自认为是太阳落山的方向),恐惧而又固执地朝着那里划去,试图在那个太阳落下之前到达对岸。

船行得令人痛苦地艰难和缓慢。太阳也以同样的速度向西移动着,我疯狂地划沉重而又迟钝的双桨,脑海里只有一个迫切的想法:日落之前一定赶到。

当那个天体接近地平线的时候,我感到自己的船触到了湖底。我扔掉船桨,飞跑到了船头。我跳下船,在没膝的泥水中朝岸边走去,因为在那半明半暗的暮色中,岸边依稀可见。很快我就感到自己已置身在那可以称作"陆地"的东西上了,但实际上那只不过是一片沼泽。在沼泽地上行走和乘船航行一样地困难:每拔出一只脚前进一步,都要费九牛二虎之力。但是,不管怎样(我是那样的绝望),我在前进着,在缓慢而不停地前进着。适才我只有一个念头,就是靠岸登陆;现在,又一个念头在激励着我:这就是一直向西,到达那座朦胧可见的大山。"岩洞就在那里。"我记得当时是这样想的。什么岩洞呢?为什么我一定得到那里去呢?这些问题,我当时一个也没有想到,就是现在一个也回答不出来。我只知道必须到达那里,而且无论付出什么代价,也要进入岩洞。我应该说清楚的是,那个陌生的庞然大物一直耸立在我的背后。他那只永远睁着的独眼,发射出仇恨的光芒。他犹如一位背信弃义的导游,监视乃至指引着我的西进。他张开的双臂,搂抱着我身后的整个天空,又好像用他伸向南北的两只大手支撑着自己的身躯,完全占据了后半个苍穹。我此时的处境让我只能继续向西前进，没有其他出路。在那个疯狂的现实中，我把向西前进看作是合情合理的决定。我的想法是：逃脱他的目光，钻到岩洞里去。因为我知道，在那里，他的目光终将变得无能为力。我就这样走了一段时间，我觉得好像有一年之久。太阳继续往下落去，虽然山峦已愈来愈近，但这一段距离仍令人毛骨悚然。在同疲劳、恐惧和绝望的斗争中，我走完了这最后的一段路程。身后，我感到了那个"人"阴险的笑声。头顶上，我感到有翼手龙在笨拙地飞行；它们不停地盘旋着，时而还用翅膀蹭我一下。我的恐惧不仅来自它们触到我时那种黏糊糊、冷冰冰的感觉，而且还担心它们有向我猛扑过来，用有利齿的尖嘴最终挖出我眼睛的可能。我担心它们让我成年累月地进行这种荒诞无稽并且使人精疲力竭的旅行，使我在这种无济于事的努力中耗尽气力，以便在我以为目的地已近在眼前的时候，用挖去我眼睛的办法，使我本来就模模糊糊的希望完全落空。

这种感觉在我走上最后一段路程时就开始有了，仿佛一切都是为了使我遭受最大的灾难而事先策划好了似的。"因为，"我神志清醒地思索着，"假如一开始就挖掉我的双眼，那我就不会怀有任何希望，就不会试图穿越那未知的大海和肮脏的沼泽进行艰苦卓绝的跋涉了。"

在这样思考的时候，我觉得那个"老头儿"的面孔显露出一种凶恶的欢笑。我明白，这一切都是真的，现在等候我的是这次跋涉中最惨烈的灾难。然而我不想抬头仰望，而且这样做也没有必要，因为我的双耳告诉我，那些尖喙巨鸟开始越来越近地在我的头顶上盘旋，我感到它们约有两米宽的翅膀在沉重地抖动着。我一次又一次地感到它们触到了我的面颊和头发；这种接触虽然轻微而短暂，但却令人恶心。

还差一点儿，一小点儿，就可以到达在磷光闪烁的昏暗中已经依稀可见的岩洞了。我浑身上下都沾满了黏糊糊的泥浆，我用四肢支撑着身子，在地上往前爬行。我的双手不断地碰到游蛇，这真使我恶心，每一次触到后,我都立即把它们扔开。在这片广阔的沼泽地里,有千万条蛇在蠕动,但是,我对当时已经知道的在等候着我的结果是那样地惧怕,以至我对蛇群的侵扰几乎都置之漠然了。

终于,疲劳战胜了绝望,我倒在了沼泽地里。

我尽力把头保持在泥浆上面,抬头望着岩洞;在这同时,我身子的其余部分却在越来越深地陷入那令人作呕的泥浆中。

"我必须呼吸。"我想。

但是,我也想:"这样我就把自己的眼睛送到他们手里了。"

我把这件事想了想,仿佛我倒了最大的霉,我要被宣判施行那可怕的手术,仿佛我是自告奋勇地将自己奉献给那残忍而似乎无法避免的仪式的。

我身陷泥潭,我的心在包围着肉体的一片污秽中剧烈地跳动,我两眼望着前方和上面,看到了那些巨鸟如何在我的头顶上缓缓地盘旋。我发觉其中的一只从后面落下来,在落日的微弱亮光下,我依稀看到了它的轮廓,擦过我身边时它显得那样巨大,接着,它把身子转向了我,啪的一声巨响落在沼泽地上的一个水洼里,正好对着我的头。它的喙尖得像把短剑;它的表情有着盲人的目光那种深奥莫测,因为它也没有眼睛:我可以清楚地看到它那空空如也的眼窝。它好像是在祭献时刻来到前降临的一位远古尊神。

我觉得它的尖嘴伸进了我的左眼;刹那间,我感到了眼球那富有弹性的抵抗,接着,我感到那尖利的喙如何生硬而令人痛苦地往我眼里钻进,同时,我觉得有一股热乎乎的液体如何开始顺着我的面颊往下流。由于一种因为缺乏逻辑我至今仍未弄懂的机制,我始终把头保持着同一种姿势,好像这样做是为了方便它完成那邪恶的使命,就像我们在牙科大夫面前一样,尽管疼得彻骨钻心,但还是仰着头,张着嘴。

在感到血和泪沿着左颊往下流淌时,我暗自思忖:"现在我得忍受另一只眼睛的痛苦了。"那只巨鸟甚是平静,我看它并不怀着敌意,我为自己记得这样清楚而感到惊异,在结束了左眼的钻挖后,它稍稍后退了几步,又用尖嘴对我的右眼重复地啄了起来。我又一次感到眼球在轻微、短暂而又富有弹性地抵抗着,随后便感到那利喙生硬而令人疼痛难忍地楔进以及面颊上流淌的晶莹泪水和鲜血;这两种液体迥然不同,一种是淡淡的、冰凉的晶体,一种是滚烫的黏黏稠液。

接着,飞鸟飞离了地面,它的伙伴们也跟着它纷纷离去,因为我听到了它们起飞时翅膀的沉重拍击声,之后,便远远离我而去了。"最糟糕的时刻过去了。"我这样想。

现在,我什么也看不见了,但是,尽管我疼痛难忍,以及对自己感到一种莫名的厌恶,我并没有放弃爬向岩洞的打算。

我就这样艰难地向前爬着。

慢慢地,我的努力终于让自己如愿以偿:沼泽地在我的脚下和手下渐渐地消失了,很快一种罕见的寂静,一种迟钝的、也是安全的感觉向我表明,我已经走进了这了不起的岩洞。于是,我瘫倒在地,往梦乡飘去。

23

当我恢复了知觉后,极度的疲倦完全占据了我的躯体,仿佛我在睡梦中干了件无比繁重的工作。

我躺在地上,不知自己身在何处。脑袋昏昏沉沉,我凝视着身边周围的地面,竭力回忆发生的一切:我猜测,就像过去某次一样,我喝得酩酊大醉地回到了自己的房间,不知不觉地倒在了地上。一束微弱的晨光从某个地方射进了屋子。我使劲地抬起了头,缓慢而艰难地扫视了一下四周的空间。

虽然我十分疲倦,但我却几乎蹦了起来:女盲人!

我突然记起了发生过的事情:伊格莱西亚斯、那个酷似皮埃尔·弗雷斯奈的家伙、贝尔格拉诺小广场、秘密通道。我半抬起身子做出超人的努力想完全站立起来,同时,我飞快地查看了一下自己四周的环境,并寻思了一下摆脱这一困境的方式。终于,我站了起来。

女盲人还保持着我在黑暗中借助于手电的亮光初看到她时的那副严肃姿态。我经历了一场纯粹而短暂的幻觉吗?噩梦是在我晕倒时开始的吗?

晨曦中,我试图快速地为周围的环境勾画出一幅草图。这是一间普通的房间,里面摆着一张床、一张桌子(工作台?)、几把椅子、一张沙发、一套组合音响。我发觉屋子里既没有挂画也没有照片。这一点向我证实,居住在这间屋子里的人是盲人。透进晨光的那扇门肯定朝向临街的一间房子,它可能是我事先猜想的裁缝店。还有一个旁门,大概通向厕所。我看了看后面:是的,小门就在那里。这个荒唐而低矮的小门给我带来了如此大的恐惧,以至我几乎都希望它不复存在了。

这一番查看大约只用了几秒钟。

女盲人依然一声不响地站在我的面前。

两件事加剧了我的焦虑：一件我记得非常清楚，就是她可能是站在我进来的那个小门后面专门等候着我的到来；另一件，这也是不可思议的，就是她那纹丝不动的姿势，既无法捉摸，又咄咄逼人。

我在内心自问，我可以做些什么，我应该说些什么，说些最不愚蠢的话，说些最能使人相信的话。

"对不起，"我含糊其词地说，"我进来想偷点儿东西，但一看见您就晕倒了……"

当我嘴上说这些话时，我心里明白它们是何等的荒谬。这样的胡说八道也许会使一所普通房子里的普通居民相信，但怎么能够说服女盲人呢？怎么能够说服一个显然在等候我到来的女盲人呢？

我似乎发现她的脸上露出了些许嘲讽的表情。

过了一会儿，她转身从那个敞开着的门走了出去，随手关上了门。我听到了钥匙锁门的声音。

我坠入一片黑暗之中。我绝望了，我摸索着跑向房门，白费气力地转动着弹子锁门把。随后，我又沿着墙来到另一个房门前。这个门在右边。然而，同样无济于事，因为不难想象它一定也被用钥匙锁上了。

我靠着墙站在那里灰心丧气，满腹恐惧和疑虑。一团乱麻般的思绪在我的脑海里起伏翻腾：

我落入了一个无法逃脱的圈套。

女盲人已经去找其他盲人了：现在他们将要决定我的命运。

女盲人是在这儿等候我到来的，所以他们知道我要来这儿，但是从什么时候起知道的呢？

他们是前一天知道的：一台电控器使他们能从远距离之外监视那上了锁的门周围的动静。

他们是从伊格莱西亚斯获得了帮会的超自然能力时知道的。因此，是从他得以洞悉我的企图时知道的。

　　他们知道得更早一些：我刚刚发现，我以前的构想里有一条巨大的裂缝。由于难以解释的健忘（健忘？），在伊格莱西亚斯确诊时，我忘记了他被带到一个西班牙男护士所推荐的公寓里去住了。据这位男护士讲，在那里，伊格莱西亚斯将会得到很好的照顾。

　　正是在我神志清醒的这会儿，我残忍而又可笑地确信，当我极其狂妄自负地为自己的狡猾、诡诈沾沾自喜时，正是我受到帮会最严密地监视的时候。他们恰恰是通过那位滑稽可笑的埃切帕雷博尔达夫人来监视的！那时候，我认为她那些廉价的小摆设、小玩艺儿、那几幅普罗旺斯的风景画，以及埃切帕雷博尔达夫妇那些虚假的照片只不过是一种非凡的舞台表演的想法，显得何等可笑！我羞愧地认为，他们甚至都没有考虑用某种更巧妙点儿的手段来蒙骗我，或者，也许除了蒙骗外，他们还想顺便刺伤我的自尊心，因而用一种事后甚至引起我自嘲的东西来蒙骗我。

24

我不知在那黑暗的牢狱里满腹狐疑地待了多长时间。更为糟糕的是，我开始感到缺少空气，因为这很自然，除了墙壁的裂缝外，那个该死的房间别无任何通风的地方。从通向第一个房间的门那里，有股极其微弱的气流进入屋子，这一点可以肯定。就凭这一点气流够调节房间里的氧气吗？看来不能，因为我感到愈来愈憋气，尽管我认为这当然也可能是由于心理作用的缘故。

但是，如果帮会的目的是要把我活活地埋葬在这间密闭的房子里呢？

突然，我记起了在长期调查中所发现的一件事情。在位于吉多街的埃查圭家里，当老头子还健在的时候，有个女用人被一个盲人利用了，盲人让她假日里去雷蒂罗公园"干活"。1935年，一个年纪轻轻、脾气暴躁的西班牙人来到这一家当上了看门人。他爱上了当女佣的姑娘，最后终于使她甩掉了那个无赖。有那么几个月，姑娘一直生活在担惊受怕之中；后来，她渐渐地看到，正如看门人竭力使她明白的那样，有关盲人可能对她进行惩罚的说法纯粹是说说而已。又过了两年。1937年1月1日，埃查圭全家搬去庄园避暑。所有的人都出去了，只剩下看门人和女佣，他们这时住在楼上，但是代替管家的老仆人胡安以为他们出去了，便拉下了电闸，随后走了出去，用钥匙锁上了大门。然而，当胡安拉电闸的时候，看门人和他的妻子正乘着电梯下楼。三个月后，埃查圭一家回到了城里，发现了电梯里他们曾同意假期里留在布宜诺斯艾利斯的看门人和女佣的尸骨。

当埃查圭向我讲这件事的时候，我还远没有想到日后有一天我将会开始对盲人们进行明察暗访。数年后，当我回忆所有那些在某种程度上同这个帮会有关的情报时，我想起了那个卑鄙的盲人，并且深信，那次事件虽然表面上看起来出于偶然，但实际上是帮会精心策划的阴谋。然而，为什么对那件事从来都没有查究过呢？我同埃查圭谈过这个问题，并把心里的怀疑告诉了他。他惊奇地望着我——而且我相信自己发觉了——他那蒙古人似的小眼睛流露出某种嘲讽。虽然如此，他表面上还是接受了这种可能性，并向我问道：

"你认为我们应如何查究呢？"

"你知道胡安住在哪里吗？"

"通过冈萨雷斯可以知道。我想他们之间有联系。"

"好吧，请你记住我对你说的话：这个人大有文章。"

他知道那两个人当时在楼上。而且，他监视了他们启动电梯的那一刹那间，当他估计他们下到两层楼之间时（一切都经过事先演习，他手里拿着表计算着时间），便拉下了电闸，或者向另外一个人喊了一声或打了个手势，而这个人的手肯定已经握着电闸。

"向另外一个人？什么另外一个人？"

"你怎么能问我是什么人呢？向另外一个人，向他们那一伙中的任何一个成员，不一定是你家的一个仆人。虽然也有可能就是这个冈萨雷斯。"

"这么说，你认为胡安参加了一个团伙，一个同盲人有关系或者受盲人操纵的团伙？"

"我丝毫不怀疑。你对他查询一下就知道了。"

他又一次用隐隐的嘲讽的目光望了望我，但除了说他将去查究外，别的什么也没有说。

过了不久，我打电话给他，问他是否有什么新情况。他说想见见我。于是，我们就在一个酒吧里见了面。他到达酒吧时，已不是先前的那副表情了：他异常惊愕地盯着我。

"那位大名鼎鼎的胡安呢？"我问道。

"冈萨雷斯和他还保持着联系。我向他解释说，我想见见胡安。他说已经有好长时间没有看见他了，但将设法去一处住所找他。冈萨雷斯说他觉得胡安快要搬离那儿了，所以他也没有把握。当时他说话的表情多少引起了我的怀疑。他问我找胡安是不是为一件重要的或紧迫的事情。我觉得他问我时有点儿惊慌不安。这一点我不是当时发现的，而是后来在对谈话的情景稍做回忆时才发现的。我当时思想上毫无戒备，因为我说我一直想弄清楚电梯上的事是在什么情况下发生的，我想也许胡安可以提供一些事实。冈萨雷斯听我说话时，脸上露出一副让人难以捉摸的表情。怎么对你说呢？……有点儿像扑克牌上人物的表情。就是说，我觉得他的表情非常冷漠。这一点我也是后来才想到的。真不幸！因为如果我当时就这么想的话，我会把他带到一个僻静之处，揪住他的衣领，三拳两掌就会让他核桃枣儿全倒出来。好了，结局就用不着对你说了。"

"结局是什么呢？"

埃查圭搅了搅剩下的咖啡，说道：

"什么结果也没有。我再也没有见到冈萨雷斯。他从工作的糖果店里销声匿迹了。当然，你要是有兴趣的话，我们可以和警方一起开始调查，看他到哪里去了，并设法找到这两个家伙。"

"你想都别这么想。这就是我想知道的一切。其余的细枝末节我可以想象得到。"

现在，我又想起了这件事。由于我有想象那些令人毛骨悚然的事件的癖好，所以我可以想象出那次事件的每一个细节。首先，当看到电梯突然停止时，看门人小小地吃了一惊。他一次又一次地按电钮，打开折叠门，又把它关上。后来，他大声朝下面喊，让胡安把楼下的大门关上，如果门还开着的话。没有人回答。他更加使劲地喊（他知道胡安在下面，等候所有的人从屋里出来），但还是没有人回答。他又更加使劲地喊了好几次，最后惊恐地叫了起来，过了一会儿，他和妻子互相对望着，好像在相互询问发生了什么事情。后来，他又大声喊叫，妻子也扯着嗓子叫了起来，两人一起喊叫着。他们讨论了各种可能："他去卫生间了；他在外面和车夫多姆布罗夫斯基（隔壁一家看门的波兰人）聊天；他去查看屋子，看有什么东西拉下了；等等。"于是，他们等了一会儿。过了十五分钟，他们重新喊叫起来，但没有任何反应。他们又喊叫了五分钟或十分钟，结果还是没有听到任何动静。现在，他们等得更加焦急了，同时，他们互相凝望着，越来越不安，越来越害怕。他们俩谁也不愿意讲出什么失望的话，然而，他们却不约而同地开始想到，也许所有的人全都离去了，并且拉下了电闸。于是，他们又开始大喊大叫，先是一个人喊，接着是另一个人喊，最后两个人一起喊；起初是扯着嗓子喊，接着便惊心动魄地叫了起来，最后则像被猛兽包围了的动物一样发疯似的嗥叫。这种嗥叫持续了好几个小时，之后便渐渐地变得微弱起来：由于体力的消耗和心理上的恐惧，他们的嗓子都喊哑了。现在，他们发出的呻吟声越来越微弱。他们一面啼哭，一面愈来愈无力地敲打着这个停在两层楼之间的固若金汤的物体。后来的情形可以设想出好几个场面：可能先是一段时间的惊恐，黑暗中两个人无声无言，目光呆滞。后来，他们可能开口讲话，交换想法乃至还抱有渺茫的希望：胡安会回来的，他到街角那边喝酒去了；胡安把某件东西忘在屋子里了，他会回来取，当他按电梯上楼的时候，会碰见他们两人，他们会痛哭流涕地迎接他，并对他说："你知道吗？胡安，我们可吓坏了！"随后，三个人一边评论着这场噩梦，一边走出屋子，并为大街上发生的任何一件蠢事、听到的任何一句蠢话而开怀大笑，他们是那样的高兴。但是，胡安没有回来，也没有去街角的小酒馆，也没有去同隔壁的波兰籍看门人闲聊。好几个钟头过去了，在这个一片寂静的、被遗弃的宅第里，什么新的情况也没有发生。这时，他们已恢复了些体力，又开始大声叫喊起来，接着便是哀号和嗥叫。最后，可以想象，是越来越微弱的呻吟。可能这时他们已倒在了电梯里，思考着怎么可能发生这种令人毛骨悚然的事情：当发生某一件可怕的事情时，这样的思考是人的典型表现。他们自语着:"这是不可能的,不可能的!"但是,令人不寒而栗的事情正在发生,恐惧重又开始吞没他们。可能这时他们又开始了一阵呼喊和嗥叫。然而,这有什么用处呢?胡安此时已在去庄园的旅途中,因为他要去主人那里,火车是夜里十点钟开。喊叫无济于事;尽管如此,人们对叫喊和嗥叫仍怀有某种不理智的信赖,这在许多天灾人祸中都得到了证明。于是,凭着残存的奄奄一息的气力,他们又开始叫喊起来,狂吼起来,最后,又像这之前一样,变为呻吟。当然,不能继续这样下去:到了应该抛弃一切希望的时刻了,于是,尽管这似乎有点滑稽可笑,他们想到了吃饭。为什么要吃饭呢?为了延长这种折磨吗?在那个狭小的亭子里,在一片漆黑之中,他们躺在地上(坐在地上或者互相依偎着),两个人想着同一件可怕的事情:当饥饿难忍时,将吃些什么?时间在过去,他们也想到死,想到几天之后,死亡就将降临到他们的头上。死是什么样子?饿死又是什么样子?他们回想过去,幸福日子的记忆便涌上心头。她现在觉得在雷蒂罗公园拉客的那些日子也是美好的:公园里洒满了阳光,那些年轻的水手或者刚入伍的新兵,有时也和善可亲,温情绵绵;总之,想的全是这些生活中的事。尽管这些事淫秽肮脏,但在人的弥留之际,似乎也都是那样美好。他应该想起童年时在加利西亚某个海湾发生的一些事情,想起他们村里欢歌狂舞的情景。那一切是多么遥远啊!他,或者她,或者两人一起又一次想:"但这是不可能的!"的确,这些事情不会发生。怎么会发生呢?可能就这样又开始了一阵新的喊叫,但比前几次更加有气无力,持续的时间也更加短暂。接着,又开始他们的思索和回忆,回忆加利西亚,回忆皮肉生涯的幸福日子。好了,总之,干吗还要继续这样烦烦叨叨地描述呢?任何一个人,只要稍有一点想象力,都可以再现这样的描述:两个人饥肠辘辘,彼此为过去的事情相互猜疑、争吵和辱骂。也许他想将女佣吞而食之,但为了得到良心上的宁静,他开始指责她过去的卖笑生涯:你不害臊吗?你没有想到这一切都是肮脏下流的吗？等等。

当他想（在忍饥挨饿了一两天后），虽然不把她完全弄死，但至少可以吞食她身体的一部分：哪怕折下她两个指头，或者吃她一只耳朵。此外，谁要想再现这一事件，可不要忘记，这两个人在那里还要拉屎撒尿。因此，地上越来越脏，越来越臭，越来越令人难以忍受。但是，尽管如此，他们越来越渴，越来越饿。干渴可以用尿来缓解，用手接住尿，然后喝下去，这是已被前人证实了的。可是饥饿呢？前人也已证实，如果身边还有另外一个人的话，谁也不会去啃自己的胳膊和大腿。你们还记得乌戈利诺伯爵和他的儿子们被困的故事吗？总之，很有可能——我在说什么！——可以肯定，在被野蛮地、臭气熏天地囚禁了四天之后，也许还不到四天，他们相互间的怨恨已越来越深，于是，他们中间的最强者开始吞食最弱者。在这次事件中，就是看门人吞食女佣，在给她头上重重一击或者把她的头在电梯的四壁上来回撞击之后，先是将她部分地吞食，从手指头开始，直到把她全部吃光。

有两个细节证实了我对这次事件的描述：一个是她的衣服，另一个是她的骨头。她的衣服被撕碎成布条，在肮脏不堪的地面上到处可见。她的骨头也遍地皆是，仿佛是被那个吞食同类的男仆一根一根地抛在了地上。而他的躯体则侧卧在那里，虽然已经腐烂，并且已经部分地变成了骷髅，但却完好无缺。

在绝望的斜坡上，我越滑越远，甚至想到，自从对那位兜售领卡的盲人采取冒险行动时起，我的命运就已决定了。在这三年多的时间里，我自以为在跟踪盲人，实际上却是他们在跟踪着我。我想，我进行的侦查并没有经过深思熟虑——这是我命中注定的定数、我那有名的大大咧咧的作风的产物——我命中注定要紧跟着帮会的那些成员，从而也紧跟着自己的死亡，或者某种比死亡更为糟糕的东西。的确，对于等待着我的东西，我能知道什么呢？我刚才经历的噩梦不会是预感吧？他们不会挖掉我的双眼吧？那些硕大无朋的巨鸟不会是等待着我的残忍而现实的手术的象征吧？

最后，我不是在那场噩梦中记起了孩提时挖过猫和鸟的眼睛吗？我不是从童年起就注定要如此吧？

25

  那一天，我的脑子里全是这些乱七八糟的想法和有关侦查盲人情况的回忆。每隔一会儿，我就想到那位女盲人，想到她的消失以及随后而来的囚禁。冥想着电梯上的惨剧。有一段时间，我甚至琢磨，对我的惩罚可能也是把我饿死在这个陌生的小房间里；但是，我随即明白了，同施加于那两位不幸者的惩罚相比，对我的惩罚将要引人注目地仁慈一些。在黑暗中饿死？行！我几乎嘲笑起自己的这一希望。

  正当我陷入沉思的时候，寂静中，我似乎听到了从某个房门传来的低沉的声音。我悄悄地站了起来，光着脚走近那个可能通向前面房间的门。我小心翼翼地把耳朵贴在一道门缝上谛听着：什么也没有。随后，我又摸着墙来到另一个房门前，像刚才一样，又把耳朵贴在一道门缝上：的确，我感到本来正在讲着话的几个人，在我把耳朵贴近门上的同时，突然中止了讲话。毫无疑问，虽然我小心翼翼，他们还是觉察到了我的动静。尽管这样，我还是把耳朵贴在门上待了好长一会儿，但是，连最微弱的声音或者动静也没有能听到。我猜测，在门那边，"盲人委员会"正在休会，以等待我放弃自己偷听的愚蠢念头。我知道，我的侦查将一无所获，而且还有可能激怒那些人；于是，我又迈步返回房间。这一次我没有那样小心谨慎，因为我猜到他们已经窥探过我了。我一头倒在床上，打算吸烟。我还能做什么呢？不管怎样，我可以肯定，这次秘密会议将会很快宣布对我作出的某种决定。

  在这之前，我曾抵御住了抽烟的欲望，以免白白地消耗氧气。据我推测，是房门上的那些缝隙给我不断提供一丝微弱的新鲜空气。但是，我想了想，事情已经到了这等地步，还有什么能比因烟雾窒息而死更好的事情呢？从这一刻起，我开始像烟囱一样喷吐起烟来。结果，空气越来越稀薄。

我思索着，回忆着。特别是思索、回忆着帮会进行的报复。于是，我又一次分析了卡斯特尔事件。这一事件不仅由于它所牵连的人引人注目，而且由于杀人凶手从精神病院寄给一家出版社的报道而轰动一时。有两个原因引起我强烈的兴趣：我认识玛丽亚·伊里瓦内，并且知道她的丈夫是个盲人。我要结识卡斯特尔的兴趣是不难想象的，但阻挠我结识他的恐惧也是不难猜测的，因为这无异于把自己往狼口里送。除了仔细阅读、研究他那篇报道外，我还能有别的什么办法呢？"我对盲人历来就有看法。"他在报道里这样坦白地说。当我第一次阅读那份材料时，确确实实吃了一惊，因为他讲到盲人冰冷的皮肤、汗津津的双手以及其他一些特征，如他们喜欢生活在山洞里或者其他黑暗地方的怪癖。所有这些特征我也曾注意观察过，而且它们总是死死地纠缠着我。就连那篇报道的标题也由于它的意味深长而震撼了我：《隧道》。

我的第一个冲动就是想跑到精神病院去拜访那位画家，打听他的调查已经进行到了什么地步。但是，随即我又明白了自己的想法是多么的危险，这如同在黑暗中划火柴来调查一座火药库。

毋庸置疑，卡斯特尔的犯罪是帮会进行无情报复的结果。但是，准确地说，他们使用的是什么办法呢？多年来，我一直想了解它、分析它；但是，我从没有能弄清过这种隐蔽的手法。这种手法在盲人们策划的任何一次行动中，都得到典型的运用。这里，我陈述一下自己的结论，这些结论会突然形成许多分支，就像迷宫里的回廊：

在布宜诺斯艾利斯的知识界中，卡斯特尔是一位非常有名的人物；因此，他对任何事情的看法也应该会引起人们的注意。像对盲人如此之深地着魔的事，他不表现出来几乎是不可能的。帮会决定通过玛丽亚·伊里瓦内的丈夫阿连德对他进行惩罚。

阿连德命令自己的妻子到美术馆去，卡斯特尔正在那里展出他最新的几幅作品。玛丽亚·伊里瓦内对其中的一幅画表现出了极大的兴趣，全神贯注地在画前站了很长时间，这给卡斯特尔提供了发现她并研究她的充分机会。然后，她便消失了。消失了……这是说话的一种方式。就像帮会历来所做的那样，跟踪者实际上常常伴装成被跟踪者，从而使受害者迟早落入他们的手中。卡斯特尔终于和玛丽亚再度相会了，并且发疯地爱上了她，他就像疯子一样（也像傻瓜一样），无时无刻地不在"追踪"她，甚至追到了她家里。在玛丽亚家里，她的丈夫交给了她一封情书。这件事至关重要：除了帮会确定的罪恶目的外，对她丈夫的态度还能作别的什么解释呢？请你们回忆一下，卡斯特尔当时为这一无法解释的事实深受折磨。后来的事就不值得在这里赘述了：只要回忆一下卡斯特尔由于吃醋而精神失常的事实就行了，最后他杀死了玛丽亚，并被关进了一所精神病院。对于帮会来说，这是囚禁他的一个万无一失的地方，而且永远排除了需要澄清事实的危险。谁会相信一个疯子提供的证据呢？

这一切都清清楚楚。哑谜和迷宫现在开始了，展现在人们面前的有以下几种可能的组合方式：

1. 作为导致囚禁卡斯特尔的结果，玛丽亚的死早已决定了。但是，这个计划阿连德并不知道，他确实爱自己的妻子并且需要她。由此才有最后那一幕的"荒唐"一词和阿连德的绝望。

2. 玛丽亚的死早已决定，而且阿连德也知道这一决定。这里又含有两种可能：

A. 阿连德无可奈何地接受了这一决定，他尽管爱自己的妻子，但必须偿还他失明前的某桩罪行。这桩罪过我们不得而知，在他被"帮会"夺去视力时，他已经部分地偿还了。

B. 阿连德高兴地同意了这一决定，因为他不仅不爱自己的妻子，而且憎恨她，希望通过这种方式来报复她对他的无数次欺骗。怎样把这种可能同阿连德最后的绝望协调起来呢？非常简单：用美术馆那出戏，甚至帮会可以强加一出戏来抹去这种扭曲了的报复的痕迹。

从这些可能里还可以引出一些别的可能来，这无须我来详述，因为你们每一个人都可以像做练习一样，毫不费力地进行试验。从另一方面来说，这样的练习大有裨益，因为人们永远也不会知道，一个人将在什么时候、以什么方式落入帮会设下的某个隐秘的圈套。

就我来说，在对那位兜售领卡的盲人采取冒险行动后不久发生的那件事，使我大吃了一惊。我当时惊恐万状，决定不仅从时间上，而且从空间上，来摆脱他们的追踪：我离开国家去了国外。读了这些回忆后，许多人会认为这一措施有点儿小题大做。这些先生们如此缺乏想象力，常常使我忍俊不禁。他们以为，为了找到一个真理，就必须给事实以"恰如其分的比例"。这些侏儒们想象（当然，他们也具有想象力，但那是侏儒的想象力），现实不会超过他们的身高，不会比他们那苍蝇般的头脑更为复杂。这些人自诩为"现实主义者"，因为他们的目光看不到比鼻子尖更远的地方，把"现实"同一个以他们可怜的脑袋为圆心，"直径、为、两、米、的、圆"混为一谈。这些未曾见过世面的乡巴佬，对自己不懂的东西挖苦讥笑，对自己那如此有名的圆以外的东西毫不相信。他们以农民的典型狡黠，总是把那些给他们述说如何发现美洲的冒失鬼拒之门外，但是他们一进城，却总要买街上的邮筒。他们喜欢把心理上的东西看作是合乎逻辑（又一个他们喜欢的词汇！）的东西。司空见惯的东西就这样地变成了合情合理的东西。根据这种法则，拉普人①觉得把自己的老婆让于一位路人是合情合理的，而欧洲人则认为这是神经错乱的举动。这一类无赖曾先后否定过对跖人、机关枪、微生物以及赫兹波的存在。他们是以否定（通常是用嘲笑、暴力甚至牢狱和精神病院来否定）未来的现实为特点的现实主义者。

且不说另一句至高无上的格言："恰如其分的比例"。仿佛从罗马帝国到陀思妥耶夫斯基，在人类历史上从未有过什么未经夸大的重要

---

① 指居住在北欧拉普尼亚地区的人。

东西。

总而言之，让我们把这些愚蠢的言行全都抛到九霄云外去，从而回到唯一应该使人类感兴趣的主题上来吧。

我决定远离祖国，虽然起初我打算从拉普拉塔河口的三角洲出发，搭乘一只和F有联系的走私小船；但是，后来我考虑，这样做我不可能到达比乌拉圭更远的地方。没有别的办法，只好去弄一份假护照。我找到了一位名叫图尔基托·纳西夫的人，弄到了一份持照人名为费德里科·费拉里·阿多伊的护照。这是图尔基托那伙人偷窃来的许多护照中的一本，当时还在期待着它的最后归宿。我所以挑选这份护照，是因为我曾一度和费拉里·阿多伊有过不和，这次可有机会以他的名字去为非作歹了。

尽管有了这一证件，但我觉得最好还是先从河口三角洲搭乘走私船去蒙得维的亚。我乘船到了卡梅洛，从那里改乘公共汽车到科洛尼亚，又倒了一次车，终于抵达蒙得维的亚。

我去阿根廷领事馆验签了护照，并且买了一张两天后法国航空公司的机票。在这两天中干点儿什么呢？我心情紧张，焦躁不安。我沿着"七一八"大街信步而行。我走进一家书店，喝了几杯咖啡和白兰地，以抵御严寒。但是，这一天的时间过得非常慢，真让我意乱心烦：何时何日才能在我与那个兜售领卡的家伙之间横隔一片汪洋呢。

当然，我不愿见到任何一个相识的人。但是，真不幸（不是出于偶然，而是因为不幸，由于疏忽大意，因为我应该待在蒙得维的亚某个没有任何可能遇见相识者的地方，度过这两天），在图皮-南巴咖啡馆，拜塞和一个金发女郎发现了我。这位女郎是个画家，我是更早时候在蒙得维的亚认识她的。有一个人陪伴着他们俩。这第三个人身着蓝布工装裤，脚穿一双稀奇古怪的雨靴：一个身材瘦削的青年，很具知识分子的气质，我觉得他身上的某个部位看上去眼熟。

没有办法避免了：拜塞走过来，把我带到了他们桌上，我向莉莉打了个招呼，便同那个穿雨靴的人攀谈起来。我告诉他说觉得认识他，您从没有去过瓦尔帕莱索①吗？您不是一位建筑师吗？是的，是建筑师，但从没有去过瓦尔帕莱索。

我感到很奇怪。正如人们可以理解的那样，这是件值得怀疑的事情，虽然看起来纯属偶然：我不仅觉得认识他，而且我猜中了他的职业。他否认瓦尔帕莱索的事是想避免我得出危险的结论吗？

我是那样的焦虑不安（请想一想，领卡事件发生才刚刚几天），以至于无法连贯地同他们交谈。他们谈到了庇隆（什么时候不谈庇隆呢？）、建筑以及不知什么理论和现代艺术。建筑师随身带有一本《屋顶建筑艺术》。他们对一件类似陶瓷公鸡的东西大加赞扬，惶惶不安的我，迫不得已也看了一眼：这是一位叫作杜雷利或者弗拉特利（这有什么关系呢？）的意大利人的一件作品。这位意大利人肯定是剽窃了一位名叫斯陶德的德国人的，这位德国人则是剽窃了毕加索的，毕加索是剽窃了非洲某个黑人的作品，就数这个黑人是唯一没有用公鸡赚到美元的人。

我依旧为建筑师的事折磨得心神不安：我越注视着他，越证实曾经见过他的想法。他姓卡普罗。但是，这是他真实的姓吗？当然了！多么荒唐：他是蒙得维的亚人，拜塞和莉莉是他的好友，他怎么能给我一个假姓呢？好吧，这无关紧要：他的姓可能而且也应该是真的。但是，他说他自己从没有去过瓦尔帕莱索是撒谎吗？这里面又隐藏着什么呢？我竭力迅速地回想瓦尔帕莱索那帮人里有没有人直接地或者间接地提到过有关盲人的事情。譬如，这个人特别注意公鸡，这里面就大有文章，因为用来搏斗的公鸡，结果必然是双目失明。没有，我什么也没有记起来。突然，我觉得见过此人的地方也许不是瓦尔帕莱索，而是图库曼。

---

① 智利主要港口城市。

"您从没有去过图库曼吗?"我直截了当地问。

"图库曼?没有,也没有。我去过布宜诺斯艾利斯好多次,但从没有去过图库曼。为什么问这个?"

"不为什么。我觉得见过您,便想是在哪儿见到您的。"

"老兄!最大的可能是你以前在这里,在蒙得维的亚,看见过他!"拜塞说道,一面嘲笑我的固执。

我做了一个否定的表示,又陷入了苦思冥想。这时,他们仍在谈论着公鸡。

我借故离开了他们,走到了另一家咖啡馆,但脑海里依旧盘旋着建筑师的问题。

我试图再回忆一下自己同图库曼那帮人的接触,就同我一贯做的那样,我总是用这些人来掩护自己的真正活动。这很正常:我不常去会见那些当地的假钞制造者,也不使自己在当地的抢劫团伙中抛头露面。我给一个学建筑的姑娘打了个电话;以前,我曾与她同过床。

我去看望她。她已大有进步,在系里授课,还与一帮年轻的建筑师合作搞了个项目。这些建筑师正在图库曼修建一幢楼房。她后来给我看了看有关的图纸,那可能是一座工厂、一所学校,或一个疗养院。我弄不清楚,反正就是那么回事,因为人们都知道,在这样的楼房里,明天既可以安装一部车床,也可以设置一个妇产医院。这就是他们所说的"功能主义"。

正如我所说,我女友的经济条件已大有改善了。她已不像在布宜诺斯艾利斯时那样,住在简陋的学生宿舍里了;现在她住在一套现代化的、适合她身份的房子里。在女佣打开房门的那一刻,我差一点儿都要转身离去了,因为我以为那儿没有任何人居住。我刚一低下头,便看到了那些家用器具:一切都紧贴着地面,好像是为鳄鱼而准备的。五十厘米以上的空间什么也没有。然而当我进屋之后,我发现宽阔的墙壁上有一幅画,就一幅画,可能是加夫列拉某个男友的作品:在纯银灰的底色上，用鸭嘴笔画了一条蓝色的直线，直线右边约五十厘米的地方有一个黄褐色的小圆圈。

我们躺在地上，我觉得十分别扭。加夫列拉爬到一个有二十厘米高的小桌旁，准备往几个杯子里倒咖啡。杯子是陶瓷的，没有把。我一边捧着滚烫的杯子，一边心里想：在这个冷若冰窖的屋子里，没有半打威士忌我将难以达到与加夫列拉再度良宵的体温。当我已屈从于命运的安排的时候，来了几个她的男友。他们走到我跟前时，我发现其中一个是女的，虽然她也身着蓝布工装裤。另外两个人是建筑师，一个是那位身着蓝布工装裤女人的丈夫，另一个看样子是加夫列拉的男友或情夫。他们全都身着这样的裤子，脚穿罕见的"祖国"牌雨靴。这样的雨靴过去只有新招募的士兵才穿，现在大概已专门为供应建筑系的需要而生产了。

他们用自己的行话交谈了好一会儿。这些话有时还夹杂着精神分析学的术语，对他们来说，在马克斯·比尔的一条对数螺旋线面前与面对此刻正被他们分析的某个男友的鸡奸欲虐待狂好像一样地感到心醉神迷。他们还谈到了克洛林多·特斯塔和要在密西昂奈斯①地区建立模范警察局的计划。用电棍？

在那一次的记忆重建中，我恍然大悟了。我没有见过卡普罗，肯定是那着了魔的念头在作怪，使我觉得曾在瓦尔帕莱索或者图库曼见到过他。因为他们这些人全都穿得一模一样，很难看出他们的差别，尤其是从远处看，或者在半暗不明的地方看，或者就像我那样，在情绪激动时看人全都模模糊糊。

对于卡普罗的事，我平静下来了。于是，我愉快地度过了其余的时间：看了一场电影，又去了城郊的一个酒吧，最后我把自己关在旅馆里，足不出户。次日，当法航的班机从卡拉斯科腾空而起时，我才开始

---

① 阿根廷东北部的一个省。

心平气静地呼吸起来。

我抵达奥利时，那里热得透不过气来（那时正值八月）。我汗流浃背，气喘吁吁。一位查验我护照的工作人员、一个属于那种看到拉美人就大作怪相但却说拉丁美洲人爱作怪相的法国佬竟用一种夹杂着嘲讽与宽容的口吻对我说：

"你们那里，对更加糟糕的气候应该习以为常了，不是吗？"

人们早已知道：法国人是最讲究逻辑的，那个海关人员的笛卡儿式的思维逻辑是不可辩驳的。马赛的位置偏南，天气炎热；布宜诺斯艾利斯更加靠南，所以那里的天气应当更加炎热。这表明逻辑推理助长着一种精神失常：一个完美的推论可以把南极一笔勾销。

我让他放心（对他大献殷勤），说他真聪明智慧。我告诉他说，在布宜诺斯艾利斯，我们一年四季都只穿三角裤衩；只要一穿上其他衣服，人就热得受不了。于是，那家伙便高高兴兴地在我的护照上盖了印，并且满面笑容地把护照还给了我："*Allez-y!*①再受点教育去吧！"

在巴黎，我没有什么具体明确的打算。但是，为了慎重起见，我觉得应该作出两个决定：一个是同 F 的朋友们接上头，以防万一我带的钱不够用；另一个就像我一贯做的那样，避开我在蒙帕纳斯和巴里奥的朋友们（？）：那些组成"巴黎学派"②的加泰罗尼亚人、意大利人、波兰犹太人和罗马犹太人。

我住进了一所带家具的公寓，它位于杜索姆拉尔大街。战前我曾在这里住过。但是，皮纳德夫人已经不是公寓的管理员了。另一个肥肥胖胖的女人代替了她，负责从门房监视那些大学生、事业上失败的艺术家和皮条客的出入。这些人不仅构成公寓的主要居民，而且还是

---

① 法语，这里意为"请过吧"。
② 巴黎学派指的是两次世界大战之间（1915—1940）活跃于法国巴黎的一群另类艺术家，其主要创作风格包括后印象主义、表现主义、超现实主义，等等。

女房管传播流言蜚语和谈论存在哲学的取之不尽、用之不竭的材料。

我在四楼租了一个小房间。随后,我便出去寻我熟识的一些人。

我直接来到了多梅咖啡馆,但谁也没有见到。有人告诉我,那些人已经从这家咖啡馆转到别的咖啡馆去了。他们告诉了我有关多明格斯的一些情况。于是,我便去他的工作室找他,现在的工作室在大茅舍学院。

很显然,我不管做什么,最终还是要踏入"禁区";而且,似乎有一种万无一失的嗅觉不可抗拒地把我向它引去。"这个,"多明格斯拿出一块画布对我说,"是一个女盲人模特儿的画像。"说完他笑了笑。他向来喜欢干一些下作的事情。

我只好坐了下来。

"你怎么了?"他问道,"看你脸色这样苍白。"

他给我拿来了白兰地。

"我胃不舒服。"我解释说。

出来后,我决定再也不去他的工作间了。然而,第二天,我意识到如果这样做的话,事情更糟糕,正如下面这一连串的推断所表明的那样:

1. 多明格斯对我的不辞而别将大感意外。

2. 他可能会在记忆中寻找可以解释我失踪的原因。唯一的原因就是当他拿出那块画着女盲人模特儿的布时,我差一点儿晕过去。

3. 最后他可能对这件事要大加议论,甚至,而且特别可能要说给那个女盲人听,这样就会闹得满城风雨,但他很有可能会这样做。这种可能非常可怕,因为由此会产生下列后果。

4. 女盲人打听我的身份底细。

5. 询问我的姓名、籍贯等。

6. 立刻将我的情况告诉给盲人帮。

以后的事情就再明显不过了:我的性命将又一次陷入险境,我得逃离巴黎,也许逃往非洲或者格陵兰。

我的决定你们一定会猜到,任何一个有点儿头脑的人都可以猜到,这就是:就像什么也没有发生一样,冒着同女盲人见面的危险,再一次到多明格斯的工作室去。除此以外,别的没有任何可以掩饰的办法。

在经过一次长途而代价昂贵的跋涉后,我又碰上了我的命运。

26

在我临死前的这一刻,我的大脑令人惊异地清醒。

我迅速地记下想要分析的问题,如果时间还来得及的话。这些问题是:

患麻风病的盲人。

克利奇事件,书店里的暗中监视。

"穷人"圣朱利安教堂地下室和拉雪兹神父公墓之间的隧道,让-皮埃尔,当心。

27

与跟踪有关的胡思乱想！总是那些现实主义者，那些主张"恰如其分的比例"的大名鼎鼎的家伙。当他们最终将我烧死时，那时他们才会确信无疑，好像非得用米尺来衡量太阳的直径，才能相信天体物理学家的论断似的。

这几页纸将作为证词。

死后的虚荣吗？也许吧：虚荣是那样的空幻缥缈，那样的不"现实"，以至于引诱我们去为死后人们的说三道四而劳心伤神。

这是灵魂不朽的一种明证吗？

28

确实,一帮什么样的无赖啊!为了确信不疑就得把一个人活活烧死。

29

于是,我又去了工作室。现在,事情决定了后,一种迫不及待的焦急又来驱使我。刚一到工作室,我就请多明格斯给我谈谈那位女盲人。但是,多明格斯喝得醉醺醺的,开始对我破口大骂,他在精神失去控制时的典型表现就是这样。他弓着那巨大的身躯,像个凶神恶煞,烈性酒使他变成了一个可怕的魔鬼。

但是,第二天,他又平静地画着画,温顺得像只绵羊。

我向他询问关于女盲人的事,告诉他说我对这位女盲人产生了兴趣,想在她不知道的情况下看看她。这样,我就又调查了起来,但这比我预计动手的时间要早得多。因为一万五千公里的遥远距离,无论如何也抵得上两年的时间。这就是我当时的愚蠢想法。说清楚这件事,也不顶什么用:有关我的秘密考虑我对多明格斯只字未提。我只是说由于好奇,病态的好奇。

他对我说,我可以待在楼上,爱听什么,爱看什么都行。想必诸位一定了解画家工作间的结构:一个类似棚屋结构的建筑物具有相当的高度,下面安放着艺术家作画的画架、画柜、一张模特儿用的简易床,还有就是供坐着休息或者就餐的椅子和桌子,等等;棚屋的一侧,大约在两米高的地方,铺着木板,木板上有一张睡觉用的床。那就是我的观察室:它虽不是专门为观察建造的,但对我的任务来说却再合适不过了。

实现这一打算的前景让我兴奋不已。在等候女盲人到来的当儿,我和多明格斯谈论着我们的一些老朋友。我们想起了马塔,她过去在纽约;还谈到了埃斯特万·弗朗塞斯、布雷顿、特里斯坦·特萨拉和佩雷特。马塞列·费里在干什么呢[①]?直到敲门声宣告了女模特儿已经来到时,我们才终止了交谈。我飞身跑到木板上去,多明格斯在那里有一张床,像往常一样,又乱又脏。从那里我一声不响地准备观看"稀有的场景",因为多明格斯事先告诉过我,女盲人非常放荡,有时"不得不"同她做爱。

从门孔里刚一看到这位女人,我浑身便不寒而栗、毛骨悚然。天哪!我从来还未能习惯看到盲人不颤抖呢!

女盲人中等身材,娇小玲珑;但是,她的一举一动都表明她犹如一只正在发情的雌猫。她没有要任何人帮助,就走到了那张简易床边,随即便脱光了衣服。她的躯体娇嫩、迷人,特别是她那猫一般的动作,更加诱人。

多明格斯一笔一笔地画着,女盲人不住嘴地咒骂着她丈夫。直到我明白她的丈夫也是个盲人时才激起了我的强烈兴趣:这是我一直寻找的裂缝!一个敌对国家,从远处看上去固若金汤,无隙可乘,像一块我们永远也无法渗透进去的结构严密的巨石。但是,在它里面也有不满、仇恨和报复的欲望;不然的话,间谍活动几乎就是不可能的了。被占领国家的通敌活动也几乎是无法做到的。

自然,我并没有欣喜若狂地扑向那个缺口。在这之前,必须做下列这几点调查:

a) 那个女人对我的存在和出现是否真的一无所知;

b) 她是否真的仇恨自己的丈夫(可能是一个引诱间谍上钩的圈套);

c) 她的丈夫是否真的也是个盲人。

她那露骨的仇恨在我头脑里引起的激动,与她后来所演出的场面在我感官上所产生的激动交织在一起。生性堕落和实足虐淫狂的多明格斯,利用那个女人眼睛看不见的弱点,对她百般逗引调戏,使她到处

---

① 我清楚地记得,当时我没有向他询问维克托·布劳内尔;命运使我们晕头转向!

摸索着找他。他甚至给我做鬼脸，让我下去与他合作，但是，由于我珍视这贵如珍宝的机会，我不愿为一次纯粹的性满足把它失去。这样的喜剧又继续演了一会儿，直到后来变成了一场阴森可怕、几乎是令人感到恐怖的性搏斗：两个着了魔似的东西又是大喊大叫，又是你啃我咬，你抓我挠。

用不着怀疑，她的一举一动都是真的，这为我以后调查提供了一个重要事实。虽然我知道一个女人甚至在春心最荡漾的时刻也能够沉着冷静地撒谎，但我仍然倾向于认为她所说的有关她盲人丈夫的那些话都是可信的。这一点应该肯定下来。

当他们渐渐地平静下来后，两个人躺在一片混乱的工作间里（因为他们不只是喊叫和咆哮，多明格斯还故意滚来滚去，逗女盲人追他，并用污言秽语和非比寻常的暗示刺激她），一声不响地待了好长一会儿。后来，女盲人穿上衣服，说了声"明天见！"俨然如一位女办事员一样，款款而去。多明格斯连答都没有答一声，依然光着身子、昏昏欲睡地躺在那张简易床上。我有点儿令人发笑地还继续待在我的观察室里。最后，我决定下来。

我问多明格斯，女盲人的丈夫是否盲人，他曾见过他没有。我还问他，女盲人是否像流露的那样真的恨自己的丈夫。

多明格斯像回答问题似的对我解释说，女盲人想出的、折磨她男人的一个办法就是把情夫带到家里去，当着她男人的面和情夫上床做爱。由于我对这样的可能性不大理解，他又向我解释说，她所以能这样羞辱他，是因为那家伙不仅双目失明，而且还全身瘫痪，不能行动。他只能坐在一张轮椅上，经受着她设计的折磨。

"但是，这怎么可能呢？"我问道，"他连椅子都不能转动吗？他不能在房间里追他们吗？"

多明格斯张开他那犀牛般的大嘴，一边打着呵欠，一边做了个否定的表示。不能：那个盲人完全瘫痪了，他仅能稍微动动右手的两个指头，含糊不清地发出几声哀鸣。当这种淫荡作乐的场面达到高潮时，发疯似的男盲人只能动动手指，蠕动一下他那面团一样的舌头，发出几声喊叫。

　　为什么她这样恨他？多明格斯不得而知。

30

让我们来说说模特儿女盲人吧。直到现在,每当我想起与女盲人那短暂的交往时,我仍不寒而栗,因为我从来没有能像那时那样临近那个深渊。我的精神里还藏有多少鼠目寸光的看法和愚蠢之极的打算啊!我自以为是个头脑敏锐的人,自以为做事从来都是未探清虚实前,绝不迈出一步,一向觉得自己是个几乎一贯正确、强大有力的推论家。可怜的我啊!

我没费什么劲就和女盲人拉上关系了。(就像有人可能说的那样,这个笨蛋,"没有费什么劲就让人给骗了"。)我在多明格斯的工作室碰到了她,我和她一同离开了那儿,两个人开始交谈起天气,谈论阿根廷,谈论多明格斯。当然,她不知道我在头一天曾从观察室里看到他们两人寻欢作乐的场面。她对我说:

"他是一个了不起的人。我像喜欢兄弟一样喜欢他。"

她的话向我证实了两件事:第一,她不知道我曾待在观察室里;第二,她是一个惯于撒谎的女人。这后一个结论使我对她以后的表白总是持有戒心:一切都应当经过考察、过滤。还需经过一段时间,才能知道第一个结论是否值得怀疑。这段时间,从长度来说,是短暂的,但从它的质量来讲,却是重要的。是由于她的直觉,是这种第六感官使盲人们能够猜出某个人的存在吗?是因为多明格斯的合谋吗?这我后面再说,现在先让我来谈谈事情的来龙去脉吧!

我对待自己就像对待世界上其他人一样残酷无情。直到今天,我还在问自己,是不是仅仅由于我对帮会着了迷才把我引向了同路易莎的那次风流冒险。譬如,我问自己,如果可能的话,是不是会同一个可怕的女盲人上床做爱?这也许倒是真正的科学精神吧!就像那么一些天文学家的精神,漫长的冬夜里,他们冻得直打寒战,瑟瑟缩缩地在穹隆屋顶下记录着各个行星的位置，累了时，就蜷缩在木质的小床上。因为要是环境舒服了的话，他们就会坠入梦乡；他们追求的目标不是睡梦，而是真理。然而，我这个缺点满身、淫荡好色的人，却听随欲望把我拖向危险无时不在窥伺着我的境地，疏忽了多年来我确定要实现的远大目标。

然而，当时我无法把真正的调查精神同病态的性满足区分开来。因为我对自己说：追求那种满足对深入神秘的帮会也同样有用。如果帮会通过黑暗势力控制着世界，那么，还有什么能比凶残地钻入肉体和精神以研究这些势力的界限、范围及影响更合适呢？我说的并非自己现在已经有绝对把握的某件事情，我是在反省自己，试图在不屈从于自己的弱点的情况下弄清楚自己在那些日子里对这些弱点退让到了何种地步，我接近乃至深入真理墓穴的英勇气概和大无畏精神达到了什么程度。

关于我同女盲人那令人厌恶的交易的详情细节不值得一提，因为这些细节不会对我希望留给未来的调查者的这份报告增添任何有重要价值的东西。我希望这份报告与这种细节描写的关系，就像中非社会地理学的描写与一次吞食人肉行为的刻画之间的那种关系一样。我只将告诉大家，我就是活上五千年，至死也忘不了同那个女人一起度过的那些夏日午休。她如章鱼一样浑身长满了吸盘，她的动作细腻、缓慢得有如蛞蝓，她的腰肢柔软、邪恶得如同一条巨大的毒蛇，她的反应敏捷、兴奋得好似夜间的雌猫。在我们上下翻腾的同时，她那位瘫痪的、无性能力的且又痛苦万分的丈夫，坐在轮椅上，无可奈何地伸伸右手的两个指头，用他那破布似的舌头含糊不清地不知咕哝着什么咒骂、什么含含混混（而且无济于事）的威胁。那个吸血鬼，直到吸干了我的血，使我变成了一个犹如令人厌恶的、死气沉沉的软体动物后，才把我扔在了一边。

我们还是把问题的这个方面先放到一边，让我们来看看与这份报告有关的那些事实和我对这个被禁止的世界的观察吧。

很显然，我首要的任务就是调查女盲人对她丈夫厌恶的性质和深度；因为这一裂缝，正如我所说的那样，是我曾一直寻找过的众多可能性中的一个。不用说，我不是通过直接询问路易莎本人来进行这种调查的，因为要是这样询问，早就会引起她的注意和怀疑了。我是通过有关日常生活的漫长交谈，以及事后我在自己安静的房间里对她的回答、评论、沉默或者暗示进行分析，才得出这样的结果。这样，在我认为是坚实的基础上，推断出那个家伙确是她的丈夫，她对他的怨恨确实深得就像她当着他的面与别人淫荡作乐的邪恶念头所表现的那样。

我所以说"确实深得就像……所表现的那样"，当然是因为我脑子里最先产生的怀疑是以为它是引我上钩的一出丑剧，其提纲如下：

a) 仇恨丈夫；

b) 仇恨所有的盲人；

c) 打开我的心扉！

我的经验提醒我，要我提防设计得如此聪明的圈套，确定它真伪的唯一手段就是调查那种反感的真实性。我以为最能使人信服的因素是他们失明的类型：男的是长大成人后才失明的，路易莎却是生下来就失明了，我已经说过，对初入帮会的人，盲人是深恶痛绝的。

事情的经过是这样：他们在"盲人图书馆"相识，然后彼此相爱，于是两人就生活在一起了。后来，由于男的怀有醋意而引发了一系列争吵，最后，这种争吵发展成为辱骂和动手打架。

据路易莎说，她男人加斯东的醋意是毫无根据的，因为她一直爱他；加斯东是一位才貌双全的小伙子。但是，加斯东的醋劲儿是那样超越了常规，以至于有一天他决定进行报复，他把女盲人绑在床上，从外面带回来一个女人，当着女盲人的面和她淫荡。在这种折磨下，路易莎发誓要报仇雪恨。几天之后，他们一起出门（他们住在五层，人们知道，在巴黎这样的小公寓里，电梯仅供上楼用），走到楼梯口时，她将他一推，加斯东失足而倒，连翻带滚地一直滚到了第一层。结果摔得全身瘫痪。恢复之后，唯一没有受影响的器官是他那异常敏锐的耳朵。

他与外界隔绝了联系，他一不能说，二不能写，永远也没有人能够了解他摔倒的真情实况，所有的人都相信路易莎对那次跌倒的说法，因为对一个盲人来说，从楼梯上摔滚下来完全有可能。由于无法把真情说出来，和路易莎为了报复而演出的那些丑剧，加斯东受尽了折磨，他仿佛自我幽禁在一个坚硬的甲壳里；每当女盲人和她的情人在床上作乐嗥叫时，就像有成群结队的食肉蚁在活生生地吞噬着他身上的肉。

在我证实了女盲人确确实实的恨她丈夫后，我打算对加斯东再调查一番，一天晚上，当我思考着白天的事情时，我脑子里突然蹦出了个怀疑：那个男人失明之前，是不是那些数千年来试图打进这个被禁止的世界的无名而勇敢、清醒而无情的人们中的一个呢？会不会是帮会把夺去他的眼睛作为第一步，然而女盲人引他爱上自己，接着对他进行凶残而永久的报复呢？

刹那间，我以为自己也被囚禁到了那个甲壳里面。我的智力丝毫没有受到损害，我的愿望也许更加强烈，我的听觉异常敏锐，听见那个曾一度使我神魂颠倒的女人与她的一个又一个情夫做爱的呻吟和嗥叫。只有这帮人才能发明出类似的折磨。

我激动不安地起了床。那天晚上，我再也无法入睡，我在房间里踱来踱去，不断地抽烟，思索。我必须通过某种方法弄清楚这种可能。但是，这是我对帮会调查以来最危险的一次调查。这是涉及要看看那位受折磨的人在何种程度上是我本人的体现！

天亮后，我的脑子还是晕乎乎的。我洗了个澡，想让自己的思维更清晰一些。我心平气静地对自己说：如果那个家伙是被帮会惩罚的，那么，女盲人告诉我恰恰会引起我往这方面怀疑的情报，是出于何种目的？为什么她对我解释说，她在惩罚他呢？假如她有意使我落入圈套的话，她可以而且应该隐瞒这一事实。从我这方面说，没有她的帮助我将永远无法把这事调查清楚，因为多亏她提供的情报，我才得知那家伙耳朵能听见，并且在忍受着那种折磨。还有：如果帮会的目的是想在女盲人设下的圈套里逮住我，那么有何必要把那个男盲人置于那种暧昧的、而且无论如何都会引起我怀疑的境地呢？另外，我还想，多明格斯也在同样的条件下与那女子睡觉，她向他揭露此事时对我的调查还一无所知。我情绪镇定下来，但是，我还是决定要倍加小心。

就在这一天，我采取了一个早已经过深思熟虑但到现在还没有使用的办法：隔门偷听。如果她对她男人的憎恶是真实的，那么，她单独在家里时，也会大声辱骂她的男人。

我乘电梯上到六楼，然后又小心翼翼地下到五楼。下一个台阶，我就停下来，待上五分钟，再下另一个台阶。就这样，我走近了他们的房间，并把耳朵贴在房门上，我听到了路易莎和一个男人谈话的声音。这引起了我的注意，因为尽管这与她约我来的时间还隔有一个小时，她有能力在我就快到达的时候，还接待另一个男人吗？剩下的就是等着瞧了。

我蹑手蹑脚地沿着走廊往前走，然后掩在一个角落里等候起来，同时我暗自思忖，如果有人走来或者有人从这里经过，我就沿楼梯继续向下，这样就不会引起任何怀疑。很幸运，这段时间楼梯上没有任何动静，这样我就可以一直等到和路易莎约定的时间、不待那个家伙出来便进去。于是，我想，大概女盲人一边和某个朋友或者老相识交谈，一边等候着我的到来。不管怎样，已经是约定的时间了。我走近了房门，随即敲了敲门。她给我打开了门，我走进了屋子。

我差一点儿昏厥过去！

屋子里空无一人，当然，除了女盲人和坐在轮椅上的瘫子外。

我脑子里飞速地想象到了一出阴险的丑剧来：一个装成瘫子和哑巴的盲人，由帮会作为女流氓的丈夫安插在这里，从而使我落入这个由异乎寻常的仇恨、引人注目的裂缝以及最后我必不可免的招供所编织成的圈套。

我飞身跑出了屋子，因为我的脑子很少有当时那样清醒和正确过，我记得我留了一手，没有把自己的地址告诉任何人，就连多明格斯也不知道我住在哪里。而且，那个阴险的小丑，不管他是不是真的瘫痪，他看不见走路这一点使他无法跟着下楼来追赶我。

我闪电般地穿过大街，跑进了卢森堡公园，紧接着，毫不停留地从另一端的出口跑了出来。从那里我坐上了一辆出租车，马上想到回旅馆取自己的手提箱，赶快逃离巴黎。可是，正当我在途中想起这件事时，我突然意识到，虽然我没有把地址透露给任何人，但帮会很有可能（我说的什么啊！应该说"肯定"）预料到我会仓皇逃走，所以他们肯定早就派人跟踪到那里了。见它的鬼去吧，我那个手提箱有什么要紧的呢？护照和钱我一向都随身携带。而且，由于不能确切地知道到底会发生什么事情，长期调查的经验使我采取了一项现在看来我认为堪称杰作的措施：护照上具有两个或三个国家的签证。因为，请想一想，盖-吕萨克大街的事件一发生，帮会马上就会向阿根廷领事馆派去一名探子，以便跟踪我。在激动不安中，一种来自我的预见和天赋的了不起的力量感又一次在我身上占了上风。

我到了林荫大道，告诉司机把我带到无论哪个旅行社去。我买了最早一次航班的机票。我也想到了他们可能对机场的监视，但是我觉得，从帮会派人去领事馆等我时，他们就被我甩掉了。

我就这样飞往了罗马。

31

我们带着严密推理的神气，却干了多少蠢事啊！当然，我们推理得不错，我们对A、B、C这些前提的推理非常出色，只是没有考虑到前提D。还有前提E和前提F，以及整个拉丁字母表和俄文字母表。正因如此，那些进行心理分析的调查者们，在干瘪枯瘦的基础上得出了无比正确的结论之后，才会显得非常镇定自若。

在去罗马的途中，我进行了多少痛苦的反思啊！我试图理顺自己的思绪、理论以及我所经历的事情。因为只有努力发现过去的规律，才有可能准确地推测未来。

过去犯了多少错误啊！多少疏忽大意啊！多少天真无知啊！那一刻，在我回想起维克托·布劳内尔事件时，我就发觉了多明格斯的可疑角色。现在，事情过去了数年之后，我证实了自己的猜测：多明格斯最后被关进了精神病院，从而被推上自杀的道路。

是的，旅途中我想起了维克托·布劳内尔的奇怪事件，而且我也记得，当我见到多明格斯时，我向他打听过所有的人：问了布雷顿、佩雷特、埃斯特万·弗朗塞斯、马塔、马塞列·费里，就是没有问到维克托·布劳内尔。多么意味深长的"遗忘"啊！

现在我来讲一下那桩事件，因为也许你们还不知道。这位画家对盲人着了魔，在好几幅画中，他都画了一只眼睛被扎瞎或者被挖掉了的人物肖像。甚至在他的自画像中，一只眼睛也空空如也。战前不久，在一个超现实主义派画家的工作间所举行的狂欢作乐的晚会上，喝得酩酊大醉的多明格斯，把酒杯朝一个人扔了过去，这个人闪身一躲，酒杯击中了维克托·布劳内尔，使他失去了一只眼睛。

请你们现在看看，看能不能说那是偶然，偶然在人们中间是不是有一丝一毫的意义。人们像梦游症患者一样，朝着常常凭直觉模糊地感到的目标走去；但被这些目标吸引着的人，有如飞蛾扑向火苗。布劳内尔就是这样走向了多明格斯的酒杯，走向了他自己的失明；我也是这样地于1953年走向了多明格斯，并不知道我是又一次去寻求自己的命运。1953年的夏天，在我本可能拜访的所有人中间，我仅仅想到去拜访一个以某种方式为帮会效力的人。其余的事情已经清若溪水了：那幅引起我注意并使我感到恐惧的画、盲人模特儿（仅仅是这一次的模特儿）、与多明格斯淫乐的那场闹剧、我从观察室进行的愚蠢监视、我同那个女盲人的接触、那个瘫子的表演等等。

我谨告知那些天真无知的人：

绝没有偶然！

特别要告知那些在我之后、在阅读了这份报告之后，决定进行这样的调查并且将要走得比我还远的人。如此不幸的先驱者像莫泊桑（他为此神经错乱）、兰波（尽管他逃到了非洲，但最终也神经错乱，并生了坏疽），以及另外许多我们还不知道的无名英雄，他们在不为任何人所知的情况下，一定已经结束了自己的生命，在精神病院的围墙里死去，或在政治警察的折磨中丧生，或在水井里窒息而死，或被沼泽地活活吞没，或被非洲的食肉蚁当作了美味佳肴；或被阉割后卖给了东方的苏丹，或者就像我本人一样，注定要被活活烧死。

我从罗马逃到了埃及，又从埃及乘船到了印度。好像命运总是先我一步而且在等候我似的，在孟买，我一下走进了一家盲人妓院。我吓得如惊弓之鸟，从那里逃往了中国，又从那里逃到了旧金山。

我在一座公寓里安安静静地住了几个月，公寓的女主人是意大利人，名叫乔万娜。直到我认为再不会发生任何可疑的事情时，我才决定返回阿根廷。

由于我已经吸取了教训，所以回到阿根廷后，我就采取了观望的态度，等待某个亲戚或某个熟识的人因某种事故失明后，再去跟踪他。

你们已经知道后来发生的事情了：排字工塞莱斯蒂诺·伊格莱西亚斯、等待、事故、再等待、贝尔格拉诺的那套房子和最后我认为将可能找到我最终结局的这间密不透气的小房子。

32

我不知道是由于疲劳，或连续数小时紧张的等待，还是由于那污浊的空气的关系，越来越沉重的睡意的确开始主宰了我。终于，我跌入了，或者现在我觉得已经跌入了一种模模糊糊、骚动不安的似睡非睡的迷梦中：没完没了地做着噩梦，噩梦里混杂着对类似电梯事件或者路易莎事件的回忆，或者这些回忆在助长着噩梦的发展。

我记得，有一次我以为要窒息而死了，于是绝望地起身下床，朝门口跑去，并且发疯似的敲起门来。接着，我脱去了上衣外套，随后又脱去了衬衫，因为这些东西使我感到沉重，感到窒息。

直到这里，我对一切的记忆都非常清晰。

但是我不知道是不是由于我敲门的原因，还是由于我大喊大叫的原因，门被打开了，女盲人也出现了。

我现在依然看得见她。她倚在门边的墙壁上，沐浴在一片我觉得像闪烁不定的磷火的亮光中；她显得神圣、庄严。在她身上有一种威严的气势，她的姿态，特别是她的脸上，散发出一种勾魂摄魄的魅力，犹如一条默默无声的巨蟒挺立在门口，它的两只眼睛正一动不动地盯着我。

我想努力摆脱这种使我动弹不得的魅力。我的目的是（肯定是愚蠢的，但如果考虑到我对其他任何事情都不抱希望的话，这一打算几乎是合情合理的）：必要时向她猛扑过去，把她推倒在地，然后夺门而出，寻找通向大街的出口。但事实上，我只能勉强地站立起来。一种沉沉的困倦，一种巨大的疲劳，支配了我的肌肉。这是一个人在发高烧时才能感到的那种病态倦意。确实，我的太阳穴跳动得越来越厉害，甚至有一个时刻觉得脑袋像个瓦斯罐一样行将爆炸。

然而，一丝理智告诉我，如果不抓住这个机会逃命，那么永远也休想逃出去。

我以坚强的意志把全身的力量都集中到了一点，突然向女盲人猛扑过去。我使劲将她往旁边一推，冲向了另一间屋子。

33

在那模糊不清的暗黑中，我跌跌撞撞地寻找随便一个出口。我打开一道门，进了另一间比刚才还要黑的房子。绝望中，我碰到的又是桌子和椅子。我倚墙摸索，找到另一个门。我把它打开，迎接我的是一片更浓重的黑暗。

我记得，在一片混乱中，我暗自思忖："这下可完了！"仿佛剩下的精力已经消耗殆尽，我倒在了地上，不再怀有任何希望。毫无疑问，我是被关在一座迷宫似的建筑物中，从这里永远也逃不出去了。我就这样大概待了几分钟，气喘吁吁，大汗淋漓。"我不应该失去理智。"我这样想。我试图理清自己的思绪，随即我记起了身上还带有一个打火机。我打着打火机，发现这间屋子四壁空空，但它还有一扇门。我走到门前，将它打开。这扇门朝着一个走廊，走廊的尽头无法看清。但是，除了扑向这唯一的希望外，我还能干什么呢？此外，经过短暂的考虑后，我明白了原来认为要在迷宫里了此一生的想法是不对的，因为帮会无论如何也不会让我这样舒舒服服地去死。

于是，我沿着走廊往前走去。尽管我心急如焚，但行走的速度却非常缓慢，因为打火机的亮光非常暗淡，而且为了节省汽油，我偶尔才用一下。

走了约摸三十步，走廊到了尽头，接着便是一个向下的梯子。这个梯子有些像那个把我从最初的那套房子引向地窖的梯子；也就是说，是用管子安装而成。可以肯定，经过这些房间或者屋子，能够到达布宜诺斯艾利斯的那些地下室和地下铁道。大约十米之后，梯子没有了，继而出现的是一片宽阔的却又伸手不见五指的空间。这片空间大概是地下室或者贮藏室，虽然在打火机微弱的亮光下我无法看得很远。

34

越往下面走,越感到有一种奇特的流水声,这使我得出结论:我已经接近某条下水道了。在布宜诺斯艾利斯,这样的下水道组成了一个庞大而错综复杂的下水道网,有上万公里长。的确,不一会儿,我就下到了一条恶臭熏天的隧道。隧道的底部,一股腐臭的水流急速地流淌着。远处的一束光亮告诉我,水流的去处可能是一个所谓的"暴风口"①;或者通向大街的出气口,或者也许是与某个主干下水道的汇合口。我决定走到那里去,必须沿着下水道狭窄的边沿,小心翼翼地行走,因为在这里失足滑倒,不仅是致命的灾难,而且即使能幸免于死,也会感到无法形容的恶心。

一切都是臭烘烘、黏乎乎的。隧道的墙壁也是湿漉漉的,上面还蔓延着涓涓细流,大概是地面上渗下来的水吧。

在我的一生中,我不止一次地考虑过这种地下网络的存在,毫无疑问,这是因为我喜欢思考有关地窖、水井、隧道、窑孔、山洞和一切以这样或那样的方式与这个地下令人费解的现实相联系的东西,如蜥蜴、毒蛇、老鼠、蟑螂、负鼠②和盲人。

多么令人恶心的布宜诺斯艾利斯的下水道啊!多么令人毛骨悚然的地下世界——一切污秽的汇合处啊!我想象着上边地面上金碧辉煌的大厅里那些娇柔艳丽的女郎、衣冠楚楚的银行经理、教导孩子们不要在墙上胡写乱画的老师,我想象着浆洗过的洁白罩衣、轻绢或薄纱的晚礼服、倾吐给情妇的诗一般的甜言蜜语、称颂贵族美德的感人肺腑的讲演。而下面,在淫秽和恶臭的浊流中,混杂着那些情意缠绵的情妇排泄出来的经血、身披薄纱的妙龄女郎拉出来的粪便、举止庄重的经理们使用过的避孕套、成千上万个流产致死或致残的胎儿、数百万家庭和餐馆的残羹剩饭:布宜诺斯艾利斯那多得无法估量的垃圾。

所有这一切，都经过地下的秘密通道流入大海，"化为乌有"，仿佛上面的那些人想忘掉或者企图装作不理解他们自己的这一部分现实。而像我这样的反英雄，似乎命中注定要承担讲述这一现实的既讨厌又可恶的差事。

污秽的探查者们！垃圾与恶念的见证人！

是的，骤然间我觉得自己是一种英雄，一位反英雄，倒霉且又令人讨厌的英雄，但是英雄。我是一个类似愚昧无知的齐格弗里特③式的人，高举着自己黑色的旗帜，在黑暗和恶臭中前进，在地狱里暴风的吹拂下，旗子不住地哗哗作响。但是，朝哪里前进呢？这是我当时弄不清楚的问题，也是现在，在我就要命赴黄泉的这一刻，依然没有弄明白的问题。

我终于到了原先以为是个暴风口的地方，因为从那里射来一束微弱的亮光。我就是借着这一丝亮光，沿着下水道前进的。它确实是这条下水道流入另一条更大的、几乎是汹涌怒吼的下水道的汇合口。上边的一侧有一条缝隙，我估计有一米长，二十厘米高。由于缝口狭窄，而且无法靠近，根本别想从那里出去。我垂头丧气地向右拐去，以便沿着这条新的、更加宽阔的下水道继续前进，我一边走、一边想，这样走下去，只要不被这混浊恶臭的空气熏晕过去，也不滑入那肮脏的浊流中去，迟早总会走到总汇合口。

但是，走了还不到一百步时，我惊喜若狂地发现，在这个羊肠般的小道上，有一个用石头或者水泥砌成的阶梯通向上面。毫无疑问，这是工人们使用的出入口。他们在不得已时，常常从这里钻到这些阴暗龌龊的地方来。

---

① 下水道的圆形井口。
② 一种生活在美洲热带的、类似袋鼠的动物。
③ 德国剧作家查理·瓦格纳同名歌剧中的主人公，是一位高尚、勇敢的英雄，但他却无防备背后的能力，最后被叛徒杀害。

在这一希望的鼓舞下，我沿台阶而上。上了六七个台阶后，阶梯拐向了右边。我又向上攀登了和第一段差不多相同的台阶，来到了一块平台上，从这里走进了另一条通道。我开始沿着通道往前走，终于到了一个和前面相似的阶梯。但是，令我大吃一惊的是，阶梯是往下延伸的。

我踌躇了一会儿，迟疑不决。该怎么办呢？回去吗？回到那个大下水道，继续前行，直到遇见一个向上的阶梯吗？按理说，阶梯应该向上，但它却重新折向下面，这使我百思不解。然而，我认为，先前的那个阶梯、刚刚走过的通道，以及这个向下的阶梯，它类似一座桥，位于一条交叉而过的下水道之上，如同地铁站换乘点的立体交叉桥。我觉得，不管怎样，只要沿着同一个方向继续走下去，最终总会以这样或那样的方式走出地面。于是，我又重新前进：先是沿着一条新的台阶往下，然后又沿着另一条通道往前。

35

越往里面走，那条通道就变得越像煤矿里的一条巷道。

我开始感到一种潮湿的阴冷，这时，我发觉已经在湿漉漉的地面上走了好一会儿，毫无疑问，这是因为在愈来愈不平整并且布满裂缝的墙壁上悄悄地流淌着股股细流的结果。这里的巷道已经不是由工程师们建造起来的水泥通道，看起来好像是在布宜诺斯艾利斯城下的泥土里随意挖掘成的一个地道。

空气越来越稀薄，或者也许这是由于那条黑暗、封闭的地道给我造成的主观印象，因为它似乎永远走不到尽头。

我还发现，地面已不再呈水平状，而是渐渐向下倾斜，但又毫无规律，仿佛巷道是依随着地质的松软挖掘的。换句话说，它不是由工程师设计并依靠一定的机器建成的东西，而是一条龌龊的地下巷道，它使人感到好像是由史前人类或动物利用——也许是拓宽——那些自然裂缝和地下水渠挖掘而成。数量越来越多、越来越令人讨厌的水流证实了这一点。这些水流一刻不停地在泥土的巷道中哗哗流淌，一直浸蚀到岩石结构或土质坚硬的地方为止。墙壁上渗出的水流越来越粗。巷道愈来愈宽，我突然发现它汇入了一个应该无比宽广的洞穴，因为我的脚步发出的强烈回声使我感到仿佛站在一个巨大的拱形屋顶之下。非常遗憾，由于打火机的亮光极度微弱，我无法看见洞穴的边缘。我还发现了一团雾，但它不是由水蒸气形成，正像一股浓烈的气味向我表明的那样，也许是由一堆烂柴或一根朽木缓慢地自燃所产生的。

我停住了脚步，我认为当时是被那模糊不清而又奇大无比的洞穴或者拱顶地下室吓住了。脚底下，我感到地面上都是水，但这水不是静止的，而是朝着一个方向流去。我设想它将流入洞穴学家们所要探测的某个地下湖泊。

绝对的孤独,无法看到边缘的洞穴,一望无际的流水,使我头晕目眩的水汽或者浓烟,这一切使我感到无比焦虑,以至到了难以忍受的地步。我觉得世界上就剩下我独自一人了。一个想法闪电般地掠过我的脑海:我以为自己已经下到世界的源头了。我感到自己既伟大又渺小。

我担心在我就要发现有关存在的主要秘密的时候,那片雾气最终会把我呛得神志不清,使我跌到水里去被活活地淹死。

从这时起,我就不会分辨实际上发生的事情和我的梦境或者诱发的幻觉了,以至于现在我对什么都没有把握,甚至对我认为是前几年乃至前几天所发生的事情都没有把握了。今天我甚至可能对伊格莱西亚斯发生的事都会产生怀疑,假如不是目睹他在一次事故中失去了视力的话。但是,从他那次事故以后,其他所有的事情,如帕索街的公寓、埃切帕雷博尔达夫人、电力公司的那个人、酷似皮埃尔·弗雷斯奈的那个密使、贝尔格拉诺那所房子的入口、女盲人以及我等待判决的监禁,我都记得非常清楚,仿佛是我做的一个漫长而可怕的噩梦。

我的头脑开始混乱起来,在我确信自己迟早要跌倒在地、失去知觉时,我仍能准确无误地退到一个水位不那么高的地方,就在那里,我精疲力竭地倒下了。

于是,我感到了——现在我猜想那是在梦中——奥尔莫斯上尉别墅里拉斯莫哈拉斯小溪在流入阿雷西费斯河时拍击凝灰岩发出的呜咽声。一个夏日的黄昏,我躺在牧场的草地上,耳旁传来了好似来自无限遥远之处的我母亲的声音,因为她有一个习惯,每当在小溪里洗澡时,嘴里总要哼点儿什么。开始时,我觉得那曲调非常欢快,但后来却变得越来越使我痛苦。当时我想弄清楚这是怎么一回事,虽然我做了不少的努力,但还是没有弄明白,所以,关键问题在于这首歌的歌词的想法越来越使我无法忍受：歌词是生死攸关的内容。我大呼大叫地醒了过来："我不明白！我不明白！"

像我们平时从噩梦中醒来后常常发生的那样，我试图弄清楚我在什么地方和我的真实处境。我长大以后，有许多次从睡梦中醒来时，我都以为是在奥尔莫斯上尉别墅我童年时的房间里，而且要经过好长一段令人恐惧的时间才能重新回到现实里来，回到我当时真正所在的房间和真实的时代：像一个快要被淹死的人一样，像一个费了九牛二虎之力、刚刚从一条水流阴暗汹涌的大河里爬上来抓住了现实的边缘、生怕再次被急流卷走的人一样，伸出手到处乱抓。

在那一时刻，当那歌声或呻吟包含的焦虑达到了最令人痛苦的顶点时，我又一次体验到了这奇特的感受，并企图拼命抓住我醒来时那个真实环境的边缘。可是，现实更加糟糕，仿佛我在苏醒之后又堕入了一个相反的噩梦。我的叫声在洞穴巨大的拱顶下引起的低沉回声把我又唤回到了现实。在一片空旷而黑暗（在我跌倒时，打火机已经掉进了水里）的寂静中，我醒来时说的话一次又一次地回荡着，直到消失在很远很远的地方，消失在一片黑暗中。

当我喊叫的最后一声回音消失在寂静中时，我茫然地待了好一会儿。这时候，我好像完全意识到了自己的孤孤零零，才意识到了周围是一片强大的黑暗。直到这时为止，或者说得更确切些，直到进入童年梦境之前，我一直生活在紧张繁忙的调查中，我觉得自己仿佛在一种疯狂的下意识里被拖着走。在这之前所感到的害怕乃至恐惧，都未能吓倒我；我的整个存在似乎沿着一条若痴若癫的道路冲向深渊，任何东西也阻挡不住我。

只有在这个时候，当我坐在这个大得无法想象的地下洞穴中央的烂泥巴上、浸没在黑暗之中时，才开始对自己绝对而残酷的孤独有了清晰的感觉。

仿佛那一切都属于梦幻，现在，我记起了上面的另一个世界——

混乱不堪的布宜诺斯艾利斯，满街都是疯狂的、上紧了发条的洋娃娃——我觉得一切都如同童年的幻影，没有现实的分量。而现在的这个才是现实。就像我曾解释过的那样，只有在世界的那个极点，我才感到自己既伟大又渺小。我不知道那种惊愕持续了多长时间。

但是，洞穴里的寂静并非是单纯而抽象的寂静，它渐渐地获得了一种复杂性，这种复杂性是在它被充满热望的人感受了一个漫长时期后才获得的。于是，人们发现，这种寂静中布满了许多小小的杂音，开始是难以觉察的声音，继而是低沉的沙沙声，最后是神秘的撕裂声。这如同人们耐心地观测潮湿墙壁上的水迹时，会依稀看到人的面部轮廓、动物的轮廓、神话里魔鬼的轮廓，同样，在那个洞穴里的寂静中，专注的听觉会慢慢发现各种不同的结构，描绘出逐渐具有意义的形象：远方瀑布的特有声响、谨小慎微者的低沉说话声、也许近在咫尺的人们的窃窃私语声、令人费解的断断续续的祈祷声、夜鸟的尖叫声。总而言之，催生新的恐惧或者愚蠢希望的无穷无尽的声音和迹象。因为，这就如同达·芬奇并不是在水渍中凭空捏造面孔和怪物的轮廓，而是在那些迷宫似的多面堡里发现它们一样，同样也不应该认为是我的热切想象力和我的恐惧，使我听到了这些意味深长的低沉的说话声、恳求声、巨鸟翅膀的拍击声或尖叫声，不，我的焦虑、我的想象力、我向帮会长期而令人恐惧的学习、我敏锐的感觉以及我在多年侦查中练出的聪明，使我能够发现普通人难以察觉到的邪恶的声音和结构。早在孩提时代，我就在噩梦和幻觉中见识过那个邪恶的世界。在以后的年代里，我所做的和看的都以这种或那种方式同那个秘密的阴谋相联系。这些在普通人看来毫无意义的事情，却以清楚的轮廓突现在我的眼前，就像在那些儿童图画里，总应该找到一条隐藏在大树和小溪之间的苍龙一般。就是这样，当别的同学在老师的强迫下，极其厌倦荷马却不得不草草了事地阅读荷马诗篇时，曾经扎过小鸟眼睛的我，却对荷马以令人惊骇的力量、以几乎机械般的精确、以熟谙内情者的奸诈和以复仇者的虐待狂,对尤利西斯①和他的伙伴们把西克洛佩②的一只大眼睛挖下来并用一根燃烧着的柴棍煮沸的描写,第一次感到了震撼。荷马本人不就是个盲人吗?有一天,我偶然打开了母亲的那部神话集念道:"我,忒瑞西阿斯③,由于看见正在沐浴的雅典娜④,并对她产生了欲望,受到了失明的惩罚。但是,心怀怜悯的女神赋予我掌握先知鸟语的本领。所以,我告诉你,俄狄浦斯,尽管你不知道你是个杀害了自己的父亲、又和自己母亲成婚的家伙,还是必定要为此受到惩罚。"由于我从来不相信偶然性,甚至从小时候起就是这样,那场游戏,那次我认为是出于调皮而做出的翻书举动,我觉得是个预兆。我的脑海里,永远也摆脱不掉俄狄浦斯的结局:在听了忒瑞西阿斯的那些话以及亲眼看到自己母亲悬梁自缢后,他用一根针扎瞎了自己的眼睛。就像我也不能摆脱精神上这样一个愈来愈有依据的信念,即盲人通过噩梦和幻觉、瘟疫和巫婆、占卜者和小鸟、毒蛇等,总之,通过黑暗和洞穴中的一切魔鬼,操纵着整个世界。我就是这样透过这些表面现象逐渐发现了令人可憎的世界;也就是这样,我逐渐锻炼了自己的感觉,使它们通过激情和焦虑、等待和恐惧的磨炼,变得更加敏锐,使自己最后能看到黑暗的巨大力量,就像那些虔诚的信徒能够看到光之神和善之神一样。而我,"垃圾"和"地狱"的虔诚信徒,可以也应该说:相信我吧!

就这样,在那个一望无边的洞穴里,我终于模糊地看见了被禁止的世界的外围地区。除了盲人外,大概很少有人去过这个世界。它的发现是以经受可怕的惩罚为代价的,它的证据至今还没有确凿无疑地到达上面那些依然生活在天真美梦中的人手里,他们对这种证据不屑

---

① 希腊神话中的英雄奥德修斯,罗马神话中称为尤利西斯。
② 希腊神话中的独眼巨人。
③ 希腊神话中的盲人先知。
④ 希腊神话中的智慧、艺术、战争女神。

一顾，或者面对那些应该使他们觉醒的迹象如某个睡梦、某个瞬间即逝的幻觉、某个孩童或疯子的叙述，只是耸耸肩膀而已。他们把阅读那些也许渗透进了那个被禁止的世界的人留下来的残缺不全的报告，仅仅当作纯粹的消遣。这些作者最后也都以精神失常或自杀结束了他们的一生（如阿尔托德①、劳特雷阿蒙特②、兰波），所以，他们只配得到像大人施予小孩那样的一种夹杂着称赞与轻蔑的宽容。

我感到黑暗中有看不见的生灵在移动；一群群巨大的爬行动物、蠕动在烂泥中的成堆的毒蛇，犹如附着在一头巨兽腐尸上的无数条蛆虫；类属翼手龙的一种巨形蝙蝠扇动着硕大的双翅，那声音此时我听得清清楚楚，有时还令人恶心地触及我的身子甚至面孔；那些已经不是严格意义的人的人，他们所以沦落成这样，或是由于长时期同地下魔鬼密切相处，或是由于本身在沼泽地里活动的需要；所以，倒不如说他们是在洞穴里堆集起来的泥巴和垃圾中爬行。这些细节，虽不能说经我亲眼证实过（因为洞里漆黑一团），但我曾通过成千上万种迹象预料到过，而这些迹象从来都不会使我们失误，如一声喘气、一种哼叫的方式、一种戏水的模样。

我一动不动地待了好长时间，预感到那个令人厌恶和沉默忧郁的存在。

当我站起来时，觉得我的大脑里仿佛灌满了泥土，布满了蜘蛛网。

我摇摇晃晃地站了好一会儿，不知道该怎么办。直到我终于明白了应该朝那似乎可以看得见一束微弱的亮光的地方走去。于是，我也清楚了，在原始人的语言中，亮光和希望它们是何等紧密地联系在一起。

---

① 全名安东宁·阿尔托德（1896—1948），法国超现实主义作家。
② 全名伊西多雷·杜卡塞·劳特雷阿蒙特（1846—1870），法国作家，超现实主义的先驱。

我所走过的那段路面很不平整：一会儿水淹没了我的双膝，一会儿水仅仅浸湿了地面，它使我感到与我童年时在潘帕斯大草原见到的水塘底部一模一样：那样的泥泞，那样的富有弹性。碰到水位升高的地方时，我就从水位下降的那一边绕一下，然后再继续朝着把我引向那束遥远的冷光的方向走去。

36

越往前走，那束光显得越明亮，亮得使我明白了原先以为所待的处所是山洞的地方，实际上是一个坐落在一片辽阔平原上的大阶梯剧场。平原笼罩在一种融汇着紫、红两种色彩的暗淡光亮中。走出阶梯剧场相当一段距离后，当我一览无余地把那片陌生的天空尽收眼底时，我看到这惨淡的亮光来自一颗星球，它也许比我们的太阳还要大一百倍，但那暗淡的光泽表明它是一颗行将死亡的星球，它以最后残剩的能量，照亮着周围那些冰冷的、被遗弃的星球。它那片亮光，犹如在一间寂静无声、漆黑一片的大房间里，壁炉里的劈柴已经燃尽，只剩下最后几块被周围的灰烬所吞没的炭火发出的微弱亮光。在万籁俱寂的夜晚，那神秘的红色亮光总使我们沉浸在怀乡的、谜一般的思绪里：面对我们存在的无限深处，我们思考过去，思考远古的神话和千里之外的国家，思考生与死的含义，直到我们沉沉欲睡，仿佛随着木筏漂流在几乎纹丝不动的水面上。

多么令人伤感的地方啊！

在悲伤和沉寂的压迫下，我一动不动地待了好长时间，凝视着那片辽阔的地方。

好像是在西面的方向，在铺陈着一片紫色夕照的天空，看似风云滚滚，但云块却又静止不动，仿佛一场顷刻即来的大风暴，由于一个讯号的暗示而暂时凝固不动，形成了满天的浓云，这浓云酷似浸透鲜血的棉絮，又被扯成了碎片，抽成了纱条，同时，云层中显现出一座座塔楼，它们被数千年的岁月，抑或曾经摧残了这片凄惨土地的同一场灾难破坏得东倒西歪。还有高大的山毛榉的残骸，它们那灰白色的幽灵般的身影，在血红的浓云衬托下，显得格外鲜明，让人觉得，一场全星球的大火，或许是一切的开始或者结束。

在那些高塔之间，矗立起一座与它们等高的塑像。在塑像的肚脐眼里，闪烁着一盏磷火似的明灯。假如笼罩着这片地方的死亡不表明那一闪一闪的灯光只不过是我感官的幻觉的话，我将会发誓看见了那盏灯在不停地闪烁。

我确信，那里将是我了结漫长人生的场所，也许在那个不祥的多面堡里，我最终会找到自己存在的意义。

北面，高寒荒原一直伸展到一个月牙形的山脉脚下；这座山脉就如一条体型庞大的巨龙的脊椎。在平原的南部边缘，一座座火山口异常触目，这些已经熄灭的火山或许曾在另一个时期用那奔腾的岩浆摧毁了整片土地。

那只磷火似的眼睛仿佛在召唤着我，我突然觉得自己注定要走向那座塑像。

但是，我的心脏好像已经进入了一个潜伏期，就像漫漫严冬里的爬行动物：心脏几乎不跳动。我有一种痛苦的、隐隐约约的感觉，感到在那片不祥的景色前，我的心脏好像萎缩了，硬化了。在那个阴森凄惨的帝国里，听不见一丝动静和声音，闻不着一点沙沙轻响；一种说不出的凄楚像一股雾气从那片忧伤的土地上慢慢升起。

我再次凝望那些塔楼，思考在浩劫发生之前它们有何使命。会是凶残而厌世的巨人居住的多面堡吗？

有一阵子，我没有办法思考，因为那颗星球一动不动地停在高空，我向巨塔走去，离那些巨塔越近，塔就越显得神秘和威严。我数了数：它们总共二十一座，分布在一块面积等同于大都市的多边形土地上。这些塔都是用黑色的石头建成，它们在被红色条云撕成碎块的天空的映衬下，显得更加醒目。

现在，可以清楚地看见塔区中央的神像，骇人而阴郁，掌管生命与死亡。那二十一座塔守卫在它的身边。神像是用赭色的石头雕塑而成。它的躯干是女人的身子，但又长着吸血蝠的翅膀和脑袋，这两部分都是用闪耀着光泽的黑色玄武岩雕成。

它的手和脚都是爪子。女神没有面孔。眼中闪烁的磷光，或许是内部火焰的反光，因为它时而强烈，时而颤动或减弱。

神像四周的平原上陈列着一些烧焦的遗骸，恍若静止的恐怖博物馆：静卧在被遗弃的豪华邸宅里的黄眼睛雕像，肤纹酷似斑马的女神，身上刻着难以辨认的铭文的、令人默默崇拜的偶像。

这是个好像在举行唯一一场"死亡仪式"的地方。突然，我感到如此孤独，不禁失声喊叫起来。我的叫声消失在那片绝对的寂静中。

我继续前行，因为那只眼睛确凿无疑地在召唤着我。我来到守护神像的多边形围墙边上。我估摸着有哥特式教堂那么高。但是，那些塔要高得多。

我知道应该有一个入口能让我走进里面去，它也许仅仅为此而开。我的灵魂仿佛被这种绝对把握迷住了：这一切（座座高塔、凄凄惨惨的地区、围墙、衰弱的星球）早就在等待着我的到来，而且就是因为等待我来才没有化为乌有。所以，一旦我能进入那只"眼睛"，一切将像一个古老的幻影一样顷刻消失。

我沿着那道巨墙的周围精疲力竭地走了很久后，终于找到了大门。

大门的入口处，有一个石砌的阶梯，肯定通向那个忽闪忽闪的眼睛。我将要攀登成千上万个台阶。我担心头晕和疲劳会把我压倒。但是，狂热和绝望以一股野性的力量支配着我，我开始往上攀登。

在一段我也弄不清有多长的时间里（因为那颗星一直停在同一地方），我磨破的双脚和我的心脏，却在沉寂之中丈量着那种非人的努力。没有人用他们的祈祷，哪怕是仇恨，来帮助我：那是一场我必须孤身一人进行的斗争。有很多次我瘫软在地，甚至失去知觉，但醒来后我又继续攀登。那只眼睛越来越大，让我既害怕又兴奋。

当我最终爬到"它"跟前时，我跪倒在地，就那样待了很久。

直到一个似乎发自那只"眼睛"的"声音",这样说道:
"现在请进!这是你的开始,也是你的终结。"
我直起身来,光芒已经夺去了我的视力。我走了进去。
一束磷火特有的强烈而闪烁的光,溶解着周围的地区并使地面不停地颤动,同时照耀着一条向上延伸的细长隧道,隧道如此狭窄,我不得不把肚皮贴着地面匍匐爬行。我感觉那束亮光来自上方,我猜测此地类似一个海底洞穴。这束光也许是海藻产生的,和我夜晚航行在热带的马尾藻海面上盯着海底深处凝望时隐约看到的相似。在海底墓穴的死寂中,藻类植物自燃时产生的荧荧之光照亮着那些栖息着各种魔鬼的地区。这些魔鬼只在某些时刻才露出水面,向那些不幸经过它们附近的船只上的船员传布恐惧,使他们精神失常,投海自杀,遗下船只,作为灾难的无声见证;随后,这些弃船任凭海流和狂风的摆布,如幽灵似的在大海上漂流数十年,直到暴雨、台风、热带阳光以及时间朽烂和撕碎船体及桅杆,直到最后海水的盐分和碘分、海葵和海鱼把它们腐蚀殆尽,使其最终消失于海底。
沿着那条光滑的,并且越来越感到闷热的肉体隧道爬着爬着,我发生了某种变化:我的身子渐渐地变成了鱼的躯体,我的四肢令人厌恶地变成了鳍,我的皮肤覆盖上了一层坚硬的鳞片。
洞口的亮光变得越来越强烈。在寂静中,我似乎又听见那呻吟或呼唤。它使我如同在梦境中一样回忆起了遥远的无法确定的往事。
我的鱼身子几乎不能顺着那个孔洞往前滑动,我已不再是依靠自己的力量在往上行进了,因为我连活动一下鳍的可能都没有:是那个肉体隧道产生的收缩力压迫着我的身子,同时以吸力把我带向高处。在我的最后一段上升路上,无数面孔从我面前闪过,并且好像都在端详着我,还有各种孩提时的画面,奥尔莫斯上尉别墅谷仓里的老鼠,灯光幽暗的妓院,大声叫喊着令人无法理解的话语的疯子,向我袒露自己无一丝遮掩的性器官的女人,盘旋于潘帕斯草原上马匹尸体上空的猛禽，我父母庄园里的风力磨房，在垃圾桶里翻来找去的醉汉，以及那些带着尖喙冲向我的双眼的复仇之鸟。

直到我进入了洞穴，沉入了一种炙热的胶状液体里。

我失去了知觉。

37

  我不知道失去知觉的时间有多长。当我逐渐恢复知觉后，我还弄不明白自己身在何处，记不起朝拜女神的长途跋涉，也忘记了在这之前发生的那些事情。我仰卧在一张床上，脑袋沉重得仿佛灌满了铅，眼睛模糊得勉强能看见一点点；只能看到一道磷光，正是我逃走之前曾在女盲人的房间里看到过的那道亮光。我的肌肉无法动弹。我的记忆，就像经历了一场地震后的通讯中心，似乎逐渐地在重新组织恢复，我之前经历中的零碎片段开始在脑子里再现了出来：塞莱斯蒂诺·伊格莱西亚斯、贝尔格拉诺那套房子的入口、地底下的那些通道、女盲人的出现、房间里的关禁、后来的逃跑以及最后朝着女神的攀登。这时，我才发觉，照耀着我所在房间的那道磷光，就是洞穴里或者那尊巨大塑像腹部上的亮光。我的双眼渐渐地在那个屋顶和那些墙壁上所朦胧地看到的东西，使我怀疑又回到了我曾从那里逃走的那个房间。虽然我不敢把头转向门口，但我觉得女盲人就在那里。因此，我在布宜诺斯艾利斯隧道和下水道里的跋涉，在那个行星平原上的行程，以及我最后向女神腹部的攀登，都是由女盲人或整个盲人帮施展的巫术所引起的幻觉。然而，我无法接受这一切，因为那一切是那样有力，那样精确，真切得就像真实发生过的一件事情。当时，我既没有充分的理智，也没有必要的冷静来分析这件事，但是，现在我认为，我的确经历过那一切，即使我并未走出女盲人的房间，我的灵魂也确确实实涉足过那片可怕的地域。

  我感到那个女人在朝我的床边走来。这是我那已经变得十分敏锐的感官以及直觉告诉我的，而不是她走路的脚步声，因为根本听不出她步履的声音，仿佛她是在赤着脚行走。我一动不动地躺在那里，几乎已经变成了岩石，两只眼睛盯着天花板；然而，我确信她正向我走来。我紧闭两眼,好像这样就可以避免那必然要发生的事情似的,直到我感觉她站在床前观察着我。

真是少有的事情。我觉得,由于我自己本身那不可抑制却又执著的呼唤,那个女人才走到了我的身边。直到现在,我的头脑已完全清醒,我还不知如何解释这一切:的确,看来我已是盲人帮的掌中囚了,而那个此刻就站在我身旁,我将与她发生最邪恶的交媾的女人,是帮会对我进行"惩罚"的一部分,但的确也是我多年来,出于我的意愿而进行的跟踪的终结。

一种复杂的感觉使我浑身麻木,又使我受到刺激:恐惧夹杂着热切,厌恶夹杂着性感。当最后我睁开眼睛时,我看到她已经一丝不挂地站在我的面前,从她的肉体上仿佛放射出一股电流,这股电流传到了我的体内,从而激起了我的淫欲。我怀着应该称作是"不幸"的希望(或许是存于地狱里的希望),明白那条毒蛇即将扑向我。在热带夜晚的黑暗中,我曾看到过从桅杆的顶端迸发出神秘的电光;现在,我也看到她的指尖、带电的头发、睫毛和挺立的乳头如何迸发出磷光并把房间照得通亮,它们就如同肉做成的罗盘,被强大的磁铁穿越发狂的地区,吸引到了我的跟前。因为一道闪电给了我启示:就是她!那个盲人帮原来是用来满足我们的情欲并最终实施其复仇的工具。

我一动不动,犹如一只被有麻醉作用的蛇眼盯着的小鸟,静静地躺在那里,看着她如何缓慢而充满淫欲地往我走近。当她的指头终于碰着了我的皮肤时,就仿佛那栖息在海底的"黑色巨虹"释放的电流刺了我一下。

后来,我就失去了对日常事情的感觉,失去了对我真实存在的准确记忆,失去了对人应当经历的那些伟大而有决定性区别的意识:天堂与地狱、善与恶、肉体与灵魂。还有时间与永恒:因为我不知道——而且永远也将不会知道——那次穷凶极恶的交媾持续了多长时间,因为在那个洞穴里,既没有黑夜,也没有白昼,一切都是地狱里无尽的一天。我亲眼见过许多灾难和折磨，看到了自己的过去和将来（我的死），拥有过地质时代，觉得自己还记得一道动荡的风景：翼手龙走过太古时代的蕨类植物。一轮混浊的月亮照耀着灼热沙土间散发恶臭的沼泽。

我就像一个欲火中烧的野兽，朝一个女人奔跑而去。这个女人皮肤黝黑，眼睛深紫，她一面等待我的到来，一面放声吼叫。在她那汗津津的肉体上，我依然看见那敞开的私处。我发疯似的进入那座肉的火山，任其将我吞噬。接着我退出，而它那血盆大口正等待新一轮进攻。我就像一只好色的独角兽，向那个女人跑去。我越过散发着恶臭的沼泽，在我的脚步所经之处黑色的乌鸦腾空而起，发出声声刺耳的尖叫，而我再次进入洞穴。我相继变成了蛇、剑鱼和带触须的章鱼，轮番进入，最后变成复仇的吸血蝠，被永久吞噬。在暴风雨的雷鸣电闪中，女人变成了娼妇，变成了洞穴和深井，变成了女巫。大气里充满了电荷，宇宙中响彻着喊叫，而我需像长着男性生殖器的老鼠，有血有肉的桅杆一般一次又一次满足她的淫欲。暴风雨越来越猛，天空越来越昏暗：野兽与那女人淫猥作乐，老鼠们甚至在其私处打洞。

在雷电的劈击下，整块古老的土地都在颤抖。最后，月亮炸成了块块碎片，燃着了莽莽的森林，引发了全面的毁灭。大地开裂并塌陷，变成了螃蟹蛰居的沼泽。缺胳膊少腿的人在废墟中奔跑，失去双目的头颅在摸索中寻找，肠子如污秽的藤条一般缠作一团，胎儿在垃圾之间惨遭践踏。

整个世界向我们坍塌而来。

38

那天的事到底折腾了多长时间,我现在一点也不知道。当我醒来时(权且这么说),我感到,不可逾越的鸿沟把我同那个黑暗的世界永远地分开了。这是空间与时间的鸿沟。我眼瞎耳聋,犹如一个从海底深处漂浮上来的人,又慢慢重新出现在每天的现实中。我问自己,这个现实归根到底是不是真正的现实。因为当我逐渐恢复了白昼意识的力量,我的眼睛慢慢能够看清周围世界的轮廓并发现待在德沃托镇自己的房间里、待在自己唯一而且熟悉的德沃托镇的房间里时,我惊恐地想,这也许是我要开始经历的一场新的、更加不可理解的噩梦。

我知道,这个噩梦必将以我的死亡而结束,因为我回想起了我在那个巫术中看到的血与火的未来。多么罕见的事情:看来现在没有谁跟踪我了。贝尔格拉诺街房子的噩梦已告一段落。我不知道自己如何得以自由的,我现在待在自己的房间里,没有人(表面上)监视我。帮会当在远不可及的地方。

我是如何重又回到自己房间的?盲人们如何放我离开那个被迷宫包围着的房间的?我不知道。但是,我点滴不漏地知道那一切发生了。我甚至——尤其!——还知道最后一天那些阴暗诡秘的事情。

我也知道,我的时间是有限的,死亡正在等待着我。令人奇怪并且我自己也无法理解的是,这种死亡在某种程度上是按照我自己的意愿在等待着我,因为没有谁会跑到这里来找我,将是我自己要去,我应该去,到预言必定实现的地方去。

我的狡猾、我对生的渴望以及我的绝望,使我设想出成千上万次的逃跑,成千上万个摆脱命运的方式。可是,谁能够逃脱自己的命运呢?

我在这里结束我的报告,把它藏在一个帮会无法找到的地方。

现在是夜里十二点。我到那里去了。

我知道她一定在等待着我。

第四章

陌生的上帝

1

1955年6月24日夜，马丁辗转反侧，难以入寐。他又看见亚历杭德拉朝他走来，就像第一次在公园里看到她时那样；后来，他的脑海里朦朦胧胧地展现出那些温柔而可怕的时刻；再后来，他又一次看到她朝他走来，还像初次见面时那样，显得那么独特和神奇。直到最后，沉沉的昏睡渐渐地支配了他，而他的想象也开始在这个模糊的领域里无拘无束地奔驰开来。那时，他自信听到了遥远而凄楚的钟声，听到了飘忽不定的呻吟声，也许是无法辨别的呼唤声吧。渐渐地，这呻吟声变成了忧伤的、几乎感觉不到的喊声，不断地重复着他的名字。与此同时，钟敲打得更加紧密，直到最后真正狂怒地响了起来。天空，那个梦幻中的天空，现在仿佛被一场大火血红的光芒照得通亮。于是，他看到亚历杭德拉在一片微微泛红的雾气中朝他走来。她神色慌张，双臂前伸，嘴唇不停地嚅动着，好像在焦急而无声地重复着那个呼唤。"亚历杭德拉！"马丁大声喊道，随即便醒了过来。打开灯后，他发觉自己孑然一身，待在房间里，于是便不寒而栗了。

此时是凌晨三点钟。

在好长一段时间里，他不知该想些什么，该做些什么。终于，他开始穿衣服。在他穿衣服的时候，他感到更加不安起来。最后，他冲上大街，朝奥尔莫斯家跑去。

当他从远处依稀看到浓云密布的天空中燃烧着熊熊的烈火时，他已经没有什么可怀疑的了。他拼命地朝那所房子奔去，一头栽到蜂拥而至的人群中。当他在邻居家苏醒过来时，便又向奥尔莫斯家奔跑。然而，此时警察已经把尸体运走了，消防员正在阁楼里做最后的努力，以便确定起火的位置。

马丁从那个夜晚回想起了一些孤立的、互不相联的事情：一个白痴对一场灾难所具有的想法。但是，事情似乎是以下面的方式发生的。

凌晨二时许，一个沿帕特里西奥斯街去里亚丘埃洛河的男子，（据他事后说）看见了滚滚的浓烟。后来，和往常在其他事情上一样，又有好几个人说看见了滚滚的浓烟或者熊熊的大火，或者怀疑发生了什么。一位居住在旁边大杂院里的老太太说："我平时觉很少，所以我闻到了一股烟味。我把此事告诉了我的儿子，但他却对我说，让我别打搅他。他在军事航运公司工作，和我睡在一个房间里，是个瞌睡虫。"她自豪地补充道："你们看，我当时是对的。"这种自豪，在布鲁诺看来，是大多数人，特别是上了年岁的人，在预言大病或者重灾时所表露出来的自豪。

当人们在阁楼里试图扑灭大火的时候，警察继抬出亚历杭德拉及其父亲的尸体后，又从屋子里抬出了堂潘乔老头儿。堂潘乔身上裹着一条毯子，依然安坐在自己的轮椅里。"疯子呢？""胡斯蒂娜呢？"人们相互询问着。这时，有人看到一个头发花白、脑袋长得像个飞船似的男子被抬了出来。他手里拿着一根单簧管，似乎流露出某种欢快。至于那个老印第安女仆，她依旧板着素日那副冷漠的面孔。

有人高声喊叫着，请求大家撤离街道。左邻右舍的一些人协助消防员和警察，抢救家什和衣物。人们匆匆地行动起来，以承受顷刻间搅乱他们那平庸生存的灾难的淫威，承受那场大火灾。

关于那天晚上发生的事情，布鲁诺未能查明任何值得提及的东西。

2

次日，埃斯特尔·米尔贝格打电话给布鲁诺，说他刚刚在《理性报》上看到了警方消息（大概各晨报未能来得及刊登这则消息）。布鲁诺一无所知：马丁像白痴一样在布宜诺斯艾利斯的大街上游荡，还没有到达布鲁诺的家里。

起初，布鲁诺不知道该做什么才好。后来，他朝巴拉卡斯跑去，想看看大火劫难后的残余物，尽管这在实际上毫无用处。一名警察不许他走近房子。他打听老奥尔莫斯、女仆和疯子。警察告诉他的话以及他后来得到的消息，使他得出这样的结论：阿塞韦多家的人在得知晚报的消息后，又是愤慨，又是震惊，随即便果断地做出了决定（并不完全因为那则消息，因为可以推测，任何来自那个充斥着疯子和堕落之人的家庭的东西，都不可能使阿塞韦多家的人感到震惊）。那则消息引起了人们对奥尔莫斯家的一片惊愕和议论纷纷，尽管他们两家只不过是远亲。他们，这富有和明智的支系，一直都在卓有成效地做着努力，以便使家族中这不幸的一部分得以默默无闻地存在着（甚至在布宜诺斯艾利斯也很少有人知道他们的存在，特别是他们的亲缘关系），现在却突然出现了刊登在警讯栏里的这般丑闻。因此（布鲁诺继续思索着），他们便匆匆地带走了堂潘乔、贝韦和胡斯蒂娜，以便不留下任何痕迹，使记者们无法在这些毫无责任感的人身上捞到什么。因为，如果了解——就像布鲁诺所了解的那样——阿塞韦多一家人对辉煌的过去的那个可怜的遗迹抱有的仇恨的话，必然就要排除同情和怜悯的可能性。

这天晚上，布鲁诺回到自己家里时，得知"那个瘦小伙子"来找过他。从佩帕（她仿佛总是对布鲁诺负责指出他朋友的不足之处）那指责的表情来看，那个小伙子现在似乎还是一个误入歧途的人。这个

"还"字使他在惊恐中哑然失笑，因为它表明了女房东在可怜的马丁身上相继发现的一大堆缺点，直至这最后的、灾难性的"误入歧途"。这几个字正好准确无误地适用于他那真正的、令人恐惧的精神状态：宛如一个在夜间森林里迷了路的小孩，浑身哆嗦，惊恐万状。马丁前来找他，这怎么会使他感到惊奇呢？尽管马丁平时沉默寡言，甚至从未听他对任何东西——更不用说对亚历杭德拉了——说过一句完整的话，可怎么能不去找他这个唯一可以听他部分地倾诉自己的焦虑，乃至给他某种解释、安慰和支持的人呢？当然，布鲁诺也并非不知道他们之间是什么关系，这不是因为亚历杭德拉曾告诉过他（她不是那种把这样的隐私外露的人），而是因为那个小伙子曾在他身边寻找那种静谧的藏身之处，因为他有时含糊不清地说一些有关亚历杭德拉的话，尤其因为情人们具有的那种要打听自己所爱慕之人的一切的欲望；然而，那个小伙子却不知道自己正在询问或者倾听一个对亚历杭德拉也产生过爱（虽然是另一种爱——对赫奥希娜真正的爱——的虚伪而暂时的反映）的人。布鲁诺虽然知道或者直觉地感到马丁同亚历杭德拉保持着某种关系（"某种"一词，当然是指她而言了），但对那种曾使他大为吃惊的爱情瓜葛的细节却一无所知，因为尽管马丁是一个在许多方面都与众不同的小伙子（的确如此，他是个小伙子，差不多还是个乳臭未干的毛孩子），但亚历杭德拉却有着惊人的、几乎堪称久经沙场的阅历，虽然在年龄上只长他一岁。这样的惊奇表明了（布鲁诺对自己说）他身上长期存在的、似乎永不消失的粗心大意，因为他清楚地知道（是凭智力知道，而不是凭感情知道），关于人的任何东西永远也不会引起惊奇，尤其因为，正如普鲁斯特所说，"虽然"几乎总是不为人知的"因为"，毫无疑问，精神年龄与处世阅历之间的鸿沟正好可以解释一个像亚历杭德拉这样的女人为什么去接近一个像马丁这样的毛孩子。在发生了那场大火以及亚历杭德拉了却残生之后，这样的直观感觉便渐渐地形成了。与此同时，布鲁诺听到了马丁和她的关系的细节；这些细节模糊而又离奇，有时还颇为详尽。说它离奇和详尽，并非因为马丁是个不正常之人，是个疯子，而是因为亚历杭德拉的亡灵一直缠绕着的那些光怪陆离的事情，迫使他进行这种几乎是胡思乱想的分析；因为中烧的情火由于受到阻碍——特别是模糊不清、难以解释的阻碍——而产生的痛苦，历来都是使（布鲁诺认为）最明智的人像一个失去了理智的疯子那样去思索、感受和行动的最充分不过的原因。显而易见，这些故事不是他在大火之后的第一个晚上讲的。这天晚上，由于那罪恶的行径以及那场大火而几乎变成了白痴的马丁，在穿过布宜诺斯艾利斯的大街小巷之后露面了。这些故事是在后来，在后来的那几个白昼与夜晚讲的，直到他产生了思念博德纳韦的不祥念头，这期间，马丁待在他身边，有时候一连数小时一言不发，有时候却滔滔不绝地说个没完，宛如一个被灌了吐露实情的迷魂汤的人，或者说得更确切些，也许是他被灌了那种吐露人类最深邃、最奥秘之处的纷乱迷妄形象的迷魂汤。这些故事在数年之后还要讲，那时马丁会从遥远的南方来看望他；这是由于马丁也具有人们通常对自己十分喜欢过的人的任何遗物都深恋不舍的愿望（布鲁诺这样认为）。肉体和灵魂被遗弃在那里：在那些已遭破坏、模糊不清但却永存不朽的东西中，如画像、偶尔讲给他人的话语、某个人想起某种表述的纪念品（或称之为回忆），甚至那些具有象征性和巨大价值的小东西（如一匣火柴、一张电影票）。这些东西或者话语会产生奇迹，使那个灵魂出现在眼前，尽管这样的出现是短暂的、抓不住摸不着的和令人绝望的。一件有着某种瞬间即逝的香味的心爱的纪念品或者一段音乐，也是如此。这段音乐没有理由一定是重要的和深奥的，它可以是普通的甚至是低劣的曲子。在那个魔幻的时代里，它由于粗俗使我们忍俊不禁；而现在，却由于死亡和永久的分别变得如同阳春白雪，使我们感到动人和深奥。

"因为您，"那次回来后，马丁对他说，同时把一直低垂朝地的脑袋抬起来一会儿，那表情还是他青年时代的表情，也许还是他孩提时的表情,永远也不会改变,如同人的指纹一样,陪伴着人一直到死,"因为您也爱过她。不是这样吗?"

这大概就是他在那里,在南方,经过了多少个漫长而宁静的夜晚的思考之后得出的(终于得出的!)结论吧。然而,布鲁诺只是耸了耸肩头,依旧沉默不语。因为,他能告诉马丁什么呢?他怎么向马丁解释赫奥希娜的事以及童年的那种幻景呢?尤其因为,他对这是否是真的,至少对马丁是否真的可以想象到那件事,没有一点儿把握。于是,他闭口不答,只是模棱两可地望着马丁,认为经过数年的沉默和远别之后,经过多年的孤独的苦思冥想之后,那个能自我克制的小伙子还需要把自己的历史讲给某个人听听。因为他也许还——又一个"还"字!——希望找到能够解开那个悲惨而离奇的相错之谜的钥匙,希望有人能满足这一迫切而又诚恳的需要。人们常常感到有找到这种所谓的钥匙的需要。这种钥匙,假如有的话,也会模糊和深奥得如同有待解释的事件本身一样。但是,大火之后的第一个晚上,马丁仿佛变成了一个已经丧失记忆的遇难者。他在布宜诺斯艾利斯的街头游来荡去:当他站在布鲁诺面前时,甚至都不知道要告诉他什么。他看到布鲁诺吸着烟,等待着,凝视着他,打量着他。可是打量他什么呢?亚历杭德拉已经一命归阴,的的确确死了,被熊熊的大火可怕地烧焦了。一切都无济于事,甚至还有点令人难以置信。当他毅然决然地离去时,布鲁诺抓住了他的胳膊,告诉了他点儿什么,但他没有听懂,或者他后来无论如何也记不起来了。此后,他像一个梦游症患者,漫步街头,在那些仿佛亚历杭德拉说不定什么时候就会出现的地方徘徊。

在另外几次会见中,在那些滑稽可笑而又一时令人难以忍受的相逢中,布鲁诺渐渐地对事情有所了解。马丁经常突然像机器人一样地讲起来,说一些前言不搭后语的话,仿佛要在刚刚被强劲的南风扫过的沙滩上寻找一个珍贵的足迹,而且是幽灵般的、非常模糊的足迹。他寻找着钥匙,寻找着那藏而不露的意义。而布鲁诺可能知道,他应该知道：他不是从童年起就认识奥尔莫斯一家的吗？他不是几乎看着亚历杭德拉降生人世的吗？他不是费尔南多的好友或者类似好友的人吗？因为他——马丁，一无所知；他的不在、那些莫名其妙的朋友、费尔南多，还有什么别的东西？布鲁诺尽是望着他，打量着他，或许也怜悯他。当马丁从那个遥远的藏身之地归来后，布鲁诺才知道了大部分至关重要的事实。此刻，时间早已在马丁心灵的深处埋下了痛苦。同那些与那次悲剧密切联系的人和事的再度相遇而引起的激愤和冲动，使这一痛苦模糊了他的灵魂。虽然亚历杭德拉的肉体早已腐烂，并且变成了泥土，当年那个乳臭未干的毛孩子，如今也已长成了真正的男子汉，但他依然被他们的爱情缠绕着，而且谁知道还要被缠绕多少年（也许一直到他寿终正寝）呢！在布鲁诺看来，这正是灵魂不朽的证明。

他"应该"知道，布鲁诺以忧伤嘲讽的口吻对自己说。他当然"知道"。但是。知道多少？可靠程度又如何？因为，归根结底，对人们最隐蔽的秘密，即便那些距我们最近的人，我们又能知道什么呢？大火后的第一个晚上，在那里，他想起了马丁。他突然想起了一个小孩，这孩子和其他孩子被拍了照，并见诸报端。那是在地震之后或者夜间误入歧途之后，他们坐在一捆衣服上或者一堆瓦砾上，双目无神，骤然显得那么苍老。这一切都是灾难所致；在短短的几个小时内，灾难就可以给人的肉体和灵魂造成漫长的岁月所能带来的破坏，造成疾病、失望和死亡。后来，在这个忧伤的形象之上，又堆集起了另外一些后来才出现的形象。随着时间的推移，他们像那些残疾人一样，靠着拐杖的支撑，从自己的遗迹上站立起来。他们已经远离那场几乎使之丧生的战争，但他们和以前已截然不同，因为他们有了——永远有了——恐惧和死亡的经历。布鲁诺看到那个小伙子双臂下垂，凝神注视着一个点；这个点大概在布鲁诺脑袋的右后侧。他仿佛以无声而痛苦的残忍在自己的记忆中寻找着什么，宛如一个危在旦夕的伤员，试图小心翼翼地从自己那已被撕裂了的肉体中拔出毒箭。"他多么孤独啊!"布鲁诺这样想。

"我什么也不知道。我什么也不明白。"他突然开口说道,"亚历杭德拉那件事是……"

他说了一半就戛然而止,同时把已经垂向地面的头抬了起来,终于望着布鲁诺。然而,他尽管望着,却似乎没有看见。

"更确切地讲……"他一边含含糊糊地说着,一边万分焦急地寻找适当的言辞,仿佛担心不能表达"亚历杭德拉那件事"的真正意思。而布鲁诺——比他年长二十五岁的布鲁诺,不费吹灰之力就可以补充他想要说的话:"那件事既奇妙而又不幸。"

"您知道……"他痛苦地攥紧手指低声地说,"我没有明显的关系……我永远也不明白……"

他掏出那把引人注目的白色小折刀,端详一番,便打了开来。

"有好多次,我都认为它像爆炸时发出的一连串的火光,像……"

他在寻找着对比物。

"像石脑油爆炸一样,是这样……像石脑油在漆黑的夜晚,在暴风雨的夜晚,爆炸了一样……"

他的眼睛又注视着布鲁诺,但也许被那个幻景所迷住,注视着他自己的内心世界。

就在那一次,经过一番沉思后,他说道:

"虽然有时候……就几次,的确如此……我觉得有一种小憩从身旁一擦而过。"

这种小憩,就像(在布鲁诺看来)那些在可怕的枪林弹雨中穿越了一片陌生而阴暗的地域之后的士兵待在一座墓穴或者一个临时隐蔽所里的小憩一样。

"我也不能确定是什么样的感情……"

他又一次抬起双目,但这一次是为了真正地看看布鲁诺,仿佛向他要一把钥匙。然而,由于布鲁诺一言不发,他又垂下了眼皮,端详起那把白色的折刀。

"当然啦,"他低声地说,"这不可能持续下去。如同在战时一样,生命朝不保夕……我猜想……因为前途是捉摸不定的,而且总是可怕的。"

后来,他对布鲁诺解释说,在那次狂乱中,渐渐地出现了灾难的征兆,犹如在火车司机失去理智时,人们可以想象到的要发生什么事情一样。那次狂乱使他不安,但同时又吸引着他。他又抬起目光,望了望布鲁诺。

于是,为了开口说点什么,也为了填补那个空白,布鲁诺说:

"是的,我明白了。"

但是,他明白了什么呢?明白了什么呢?

3

费尔南多之死（布鲁诺对我说）使我不仅三番五次地想到他的生命，而且还想到我的生命。这表明我自己的生存，如同赫奥希娜以及众多的男男女女的生存一样，是怎样地被费尔南多的生存所震动，而且震动到了何种程度。

人们询问我，威逼我："您是和他最亲近的人，是对他最了解的人。"但是，"亲近"、"了解"这些字眼，对比达尔来说，简直是荒唐可笑的。的确，在三四次关键的时刻，我生活在他的身边，而且也部分地了解他的人品：这一部分，宛如月亮的那一部分，是面向着我们的。对于他的死，我也的确有过几种假设。然而，我不趋于表露这些假设，因为这很有可能是错误的。

在费尔南多的一生中，有好几次我生活（在物质上）在他的身边。这我已经说过了：我们的童年有一段是在卡皮坦·奥尔莫斯镇度过的，大约是在1923年；两年之后，在巴拉卡斯家里，那时他的母亲已经故世，是祖父把他带到了那里的；后来，是在1930年，在无政府主义运动中，那时我们都已长成了小伙子；最后，是最近这些年里短暂的相会。但是，在最后这段时间里，对我的生命来说，他已经成了一个完全陌生的人，甚至对所有人的生存（虽然不包括亚历杭德拉的生存，当然不包括）来说，在某种程度上也是陌生的。他早已变成了一个真正堪称或者可以称之为精神病患者的人，变成了一个同我们认为——也许天真地认为——是"世界"的东西毫不相干的人。那一天我至今记忆犹新。那是不久前的一天，我看见他像一个梦游症患者一样，漫步在光复街头。他仿佛没有看见我，或者佯装没有看见我，因为对他来讲，这两种可能都是合情合理的。那时，我们已有二十余年未曾见面，对一个正常的人来说，会有多少理由要停住脚步畅谈一番啊！如果他看见了我——这完全是可能的——为什么装作没有看见呢？这个问题，这个关于比达尔的问题，不可能有一致的回答。一个可能的回答，就是他当时正值追踪狂想期，尽管是老相识，也可能对我避而不见，而且正因为是老相识，才避而不见。

然而，对他生命中其余大部分时期，我则一无所知。当然，我知道他周游了许多国家，尽管对费尔南多来说，更为合适的说法应该是"逃到了"许多国家。这些旅行，这些探索，都留下了痕迹。通过那些看见过他或者听到过谈论他的人，可以找到有关他行踪的蛛丝马迹：列亚·卢夫林有一次在多梅咖啡馆里看到了他；卡斯塔格尼诺在皮亚萨德斯帕格纳街附近的一家餐馆里看见他进餐，尽管当他刚一觉察到被人认出后就用一张报纸遮住了面孔，仿佛正在专心致志地读报，并且眼睛似乎是那样近视；拜塞证实了他那份报告中的一段：他在蒙得维的亚的图皮-南巴咖啡馆里碰到过他。就这些。因为对他的旅行，我们了解得不深，也不连贯，更不用说他的那些太平洋岛屿和西藏之行了。贡萨洛·罗哈斯告诉我，有一次他听人讲，一个"如此这般"的阿根廷人，在瓦尔帕莱索询来问去，要乘一条定期去胡安·费尔南德斯岛①的轻便船。通过他提供的情况，以及我的解释，我们得出了下面的结论：这个人就是费尔南多·比达尔。他到那个岛去干什么？我们知道，他和唯灵论者以及从事巫术的人有着联系。但是，这种人的佐证是颇值得怀疑的。在所有那些离奇的事件中，唯一能够被视为确凿无疑的也许是同古德吉夫在巴黎的相遇。之所以说它确凿无疑，是因为他同古德吉夫吵了起来，结果引起了警方的干预。也许您使我想起了他的回忆录——那份名声斐然的报告。我认为，虽然在更深的意义上说，这部回忆录应该是真实可靠的，但不应把它视为事实真相的影印

---

① 智利岛屿，归瓦尔帕莱索省管辖。于1574年被胡安·费尔南德斯发现，从而得名。是英国作家笛福的长篇小说《鲁滨孙漂流记》的原型地。

文件。这部回忆录似乎表明了他处于幻觉和神经错乱的时刻。严格地说来,这些时刻几乎包括了他生存的最后阶段。在这些时刻里,他身陷囹圄,或者杳无踪影。这部洋洋百页有余的回忆录,突然使我感到,比达尔仿佛沉入了地狱的深渊,晃动着一条手绢,示意辞别,犹如一个嘴里吐露着狂妄而嘲讽的辞别话语的人,或者也许是一个正在绝望地高呼救命的人,只是在其自负和傲慢的掩饰下,这样的呼救声变得令人费解罢了。

我试图把这一切从头讲给您听,然而,我不得不一次又一次笼统地告诉您。我甚至不得不认为,我自己的生命中没有任何重要的东西不同费尔南多那纷乱不堪的生命联系在一起。他的灵魂一直支配着我的灵魂,甚至在他死后也是如此。这对我无关紧要:我不打算摒弃他的思想而洁身自好。这些思想虽然没有创造他的生命,也没有毁灭他的生命,但却创造了我的生命,也毁灭了我的生命。这些思想就像那些爆破老手一样,能够毫无危险地安装和拆卸一枚炸弹。因此,我将不再向自己提出那种疑虑,也不再独自进行那种徒劳无益的不着边际的思索了。另一方面,我觉得,承认他强于自己对我来说是再公正不过的了。我俯首帖耳,这是自然而然的,我甚至为承认这一点而感到宽慰和快乐。然而,我从不喜欢他,尽管我常常羡慕他。我憎恶他,因为在我看来,他历来朝三暮四,从未始终如一。他不是那种看来一成不变地在我们身边转来转去的人,而是时而博得我们的喜欢,时而又使我们感到厌恶,常常又总是既使我们感到喜欢,又使我们感到厌恶。在他的身上,似乎有一种磁力,可以成为吸引力,又可以成为排斥力。当像我这样袖手旁观和优柔寡断之人进入他的势力范围之后,就会被震动,宛如那些小巧玲珑的罗盘进入被磁石的风暴所震动的区域一样。更有甚者,他是一个变化无常的人,常常从万分的狂热一落而至万分的沮丧。这是他无数的自相矛盾之一。他一会儿说得头头是道,逻辑极其严密,一会儿又变成一个狂妄之徒,尽管说起话来颇为严肃认真，但都是毫无根据的胡说八道，可在他看来，却均系不失为正常而真实的结论。他时而陶醉于夸夸其谈，时而又变成一个非常孤僻的人，谁也不敢对他讲一句话。我自信，在能够表达他人品特征的言辞中，我已经说过"淫荡"一词；然而，在他生命的某些时期，他骤然间就变成了一个坚强的禁欲主义者。他有时候袖手旁观，有时候却疯狂地行动起来。童年时期，我在卡皮坦·奥尔莫斯镇曾目睹他极其残忍地折磨那些毫无自卫之力的小动物，而后又格外温柔地抚爱它们。这两种态度全然不可相容。难道是他乔装不成？难道那是他在嘲讽和无耻的心理的驱使下，当着我的面进行的一场表演吗？我不得而知。有时候，他仿佛以他所厌恶的自体观窥欲进行自我欣赏，但旋即又在自己身上重复那些最为蔑视的看法。他捍卫美洲，随之又嘲笑土著主义者。当有人被他对我们的显赫人物的讽刺和讥笑所感动，也想添油加醋地说上几句时，却马上又被他的示意反对的嘲笑噎回去。总而言之，他与一个持重的君子截然相反。如果说君子与小人的区别仅仅在于某种坚毅，在于思想上和感情上的某种持续和连贯，那么，除了他那冷酷而持久的胡思乱想外，在他身上没有任何连贯的东西。他同哲学家大相径庭，同思考和发展一个宛如一座建筑和谐的大厦的体系的人大相径庭。他倒有点像一名思想恐怖主义分子，一个反哲学的家伙。甚至他的面孔也变化无常。的确，我一直认为，在他的身上体现着各种各样的人。虽然他无疑是个流氓，但我还是要贸然地断言在他身上存在着某种纯洁，尽管是地狱式的纯洁。他是一种生活在地狱里的圣徒。恰好有一次我听他说，地狱和天堂一样，也有三六九等，从可怜而平庸的罪人（地狱里的小资产阶级，他这么说），到堕落而失望的伟人和有权坐在撒旦右侧的黑魔。虽然他没有明确地说出来，但那时他可能正在不打自招地表明他对自己人品的看法。

同天才一样，疯子也是灾难性地摆脱了自己祖国或时间的局限，来到了这个谁也不属于的地球上。这个地球荒诞而又奇妙，狂妄而又纷乱，善良的平民以多变的情感观望着它：从害怕到仇恨，从表面上的蔑视到令人恐惧的羡慕。然而，在我看来，这些非同凡响的人，这些不受法律和祖国约束的人，却保持着他们得以出生的地球的许多属性，保持着直到昨天还作为其同类的人们的许多属性，尽管他们被用曲光镜和特高度放大镜组成的可怕的投影体系改变了形状。堂吉诃德除了是一个西班牙的疯子之外，还能是一个什么样的疯子呢？虽然他那异乎寻常的身材及其痴癫使他具有了普遍性，并且以某种方式为全世界的人所理解和羡慕，但在他身上却体现着那个既十分现实又荒诞得出奇的国家——西班牙——所独有的特征。尽管费尔南多·比达尔是这般模样，但在他的身上也不乏阿根廷人的特征。他言谈举止自相矛盾，当然，这其中大部分是由于他的个性，由于病理遗传；这种情形在世界上任何一个地方都会发生。但是，我认为，另一部分是他作为阿根廷人——某种类型的阿根廷人——的产物。虽然就其母方来讲，他出身于一个古老的家族，但是，正如人们所推测的那样，他未能单方面地体现如今被称为民族寡头的阶级，至少他缺乏一般人对这些人所期待的特点。一般人总是认为英国人清高冷漠；他们以同样的方式和同样的肤浅之见认为民族寡头也是如此，而当每每提及丘吉尔那样的英国人时，他们便令人忍俊不禁地茫然不知所措了。的确，使费尔南多·比达尔脱离常规的这些变异，一方面可能是由于其父方的遗传，而另一方面也可能是由于奥尔莫斯家族有点古怪和不伦不类（尽管在许多古老的家族中，这也是地道的民族特征）。这个没落的家族给人这样一种印象，似乎她是由幽灵或者漫不经心的梦游症患者组成，处在一个他们感觉不到、听而不闻且又不能理解的残酷现实之中。令人惊奇乃至发笑的是，他们竟能突然不可思议地穿越现实那固若金汤的城墙，仿佛它并不存在似的。然而，费尔南多并不完全属于这个家族，因为他具有（虽然是时有时无，并且一旦有时就非常强烈）一股狂烈的力量，尽管这一力量总是用于否定和摧毁。毫无疑问，这一特征是他从父亲那里继承下来的。他的父亲出身卑微,但却拥有凶暴和阴险的力量。他把这种力量传给了儿子,尽管儿子仇恨他,拒绝承认他。甚至可以说,费尔南多之所以仇恨他的父亲和拒绝承认他的父亲,可能正是因为他在自己的身上发现了父亲的属性。他非常厌恶父亲,甚至在儿时就曾试图毒死他。比达尔的血液注入那个古老的家族,在费尔南多身上,以及后来在亚历杭德拉身上,都产生了强烈的反应。我觉得这和某些处于病态或者脆弱的植物一样,外来的有害激素可以在它们身上发展成毒瘤,以其强大的生命力占据它们的一切,最终将其彻底消灭。那个古老的家族正是如此,她全然缺乏现实主义,在这方面她高尚动人得可笑。他们令人难以置信地依旧居住在那幢老房子里,居住在巴拉卡斯那些残留的屋子里。在那里,他们的先辈曾经有过自己的乡间别墅,而现在他们被困在那些残留的寒碜的屋子里,在工厂与大杂院的包围之中默默地度着余生。在那里,曾祖父常常似睡非睡地怀念着那些早已被当代残酷无情的岁月毁灭了的古老美德。同样,混乱的嘈杂声也淹没了昔日那纯朴而又柔和的民歌民谣。

  我也以自己的方式爱过亚历杭德拉。后来,我才领悟到她的母亲赫奥希娜是我曾经爱慕过的人。赫奥希娜拒绝了我,从而把我推向了她的女儿。时间使我意识到了自己的错误,于是我又唤起了我最初的(也是无用的)激情。我自信这一激情将持续到赫奥希娜死,持续到我尚有一线希望把她弄到手。因为,尽管您感到愕然,但她毕竟还活在人世,并不像亚历杭德拉所以为的那样……或者装作以为的那样,早已一命归阴了。由于她的禀性及世界观的缘故,亚历杭德拉不乏理由仇恨自己的母亲,也有许多理由以为她已弃世而去了。但是,为了不使您胡猜乱想,我必须马上说明,赫奥希娜是一个心地极为善良的女性,她不会伤害任何人,更不会伤害自己的女儿。那么,为什么亚历杭德拉如此仇恨她,并且从童年时起就把她从脑海里抹掉了呢?为什么赫奥希娜远离亚历杭德拉,并且远离奥尔莫斯家族所有的人呢?我不知能否向您解释清楚这些问题，以及其他一些关于这个家族的问题。在我的一生中，这个家族曾是多么重要，而现在，在那个小孩的一生中是多么重要。坦白地告诉您，关于我对赫奥希娜的爱情，我曾不打算向您作任何透露，因为……好吧，比方说，我不喜欢倾诉我个人的烦恼。但是，现在我发觉，如果不向您述说赫奥希娜的事情，哪怕是轻描淡写地述说一番，就难以看清楚费尔南多的某些人品。我已经告诉过您赫奥希娜是费尔南多的表妹吗？是的，她是帕特里西奥·奥尔莫斯的女儿、单簧管迷贝韦的姐姐。而费尔南多的母亲安娜·玛丽亚，则是帕特里西奥·奥尔莫斯的姐姐。您听明白了吗？因此，费尔南多和赫奥希娜是姨表兄妹，而且——这个情况至关重要——赫奥希娜酷似安娜·玛丽亚：像亚历杭德拉一样，不仅长相酷肖，而且特别是气质酷似。这一点似乎表明，奥尔莫斯家族的精髓，并未受到比达尔那粗暴、邪恶的血缘的污染，依然是那样的纯洁和善良，怯懦而又有点儿虚幻，给人以娇嫩和深邃的女性感。至于赫奥希娜同费尔南多的关系……

我们可以想象，舞台上一位漂亮的女子，以其严肃的表情、庄重和内在的美吸引着我们；然而，她却在一个毒辣阴险的家伙所进行的催眠术实验或者思维过渡实验中充当被催眠之人或者主角。我们所有的人都曾目睹过这样的场面，都看到她是如何下意识地服从那位施催眠术之人的命令和目光的，我们都看到了实验受害者的那种目光，它是那样的空泛，宛如盲人的目光。我们可以想象，这位女子不可抗拒地吸引着我们，甚至在她未眠或者完全清醒的间隙里，也稍稍向我们点一点头。当她处在施催眠术者的控制之下时，我们能干什么呢？只能绝望和忧伤。

我和赫奥希娜就是如此。在仅有的几次例外的时刻，那种魔力似乎有所减弱，于是（啊，多么美妙、诱人和短暂的时刻），她把头斜倚在我的胸膛上，啼哭不止。然而，那些幸福的时刻是多么的不牢靠啊！眨眼间她又陷入了巫术之中；于是，一切都无济于事；我在她的眼前晃动双手,同她讲话,抓着她的胳膊,但她却看不到我,听不见我,也不能以任何方式感觉到我。

至于费尔南多,他爱赫奥希娜吗?他又是怎样爱她的呢?对此,我没有确定的看法。首先,我觉得他从来就没有爱过任何人。其次,他的优越感是如此的强烈,以致连嫉妒的情感都不会有;更有甚者,当他看到有人在赫奥希娜身边时,便露出一副令人难以察觉的嘲讽或蔑视的表情,仅此而已。另外,他自信,只要他轻轻地动一下,就可以摧毁任何一种正在发展着的微弱的感情,如同手指轻轻的一击,便可把好不容易用纸牌垒起来的城堡推倒一样,又如同屏住呼吸那样轻而易举。然而,赫奥希娜焦急地期待着他的这一表情,仿佛这是他对她爱慕的最大表示。

她是一个刚强的女人,经得住任何打击。譬如,我记得费尔南多结婚的时候就是如此。噢,当然了,这事您是不知道的。还有更让您吃惊的呢?不仅是因为他结婚了,而且因为他并没有同其表妹结婚。的确,仔细地想一想,他这样做几乎是不可思议的。总之,这确确实实令人吃惊。不:他和赫奥希娜有着秘密的联系,因为那时候他是被禁止进入奥尔莫斯家的。我不怀疑是堂帕特里西奥以其特有的善良解除了这一禁令。后来,当赫奥希娜有了孩子……算了吧,说起来话就长了,而且也没有意思。也许只消告诉您她离家出走就可以了。她出走不是由于别的缘故,而是由于羞愧,因为无论是堂帕特里西奥,还是他的妻子玛丽亚·埃莱娜,都不会庸俗和粗暴地对待她。然而,她走了,在生亚历杭德拉前不久销声匿迹了。差不多可以告诉您,就像大家所说的那样,她被大地吞没了。但是,为什么当亚历杭德拉长到十岁时她和孩子分道扬镳了呢?为什么小姑娘到巴拉卡斯家和外公、外婆一起生活呢?为什么赫奥希娜再也没有回到那里去呢?这一切把我弄得也实在有点摸不着头脑。但是,如果您还记得我曾经告诉过您,亚历杭德拉渐渐地长大了,她越来越刻骨地仇恨自己的母亲时,那么,您也许可以对这些问题理解一二。我还是回到刚才的话题——费尔南多的婚事——上来吧。对那个嘲弄一切资产阶级感情及思想的虚无主义者和道德恐怖主义者竟然能够结婚成家,没有一个人不感到愕然。然而,要是知道他怎样结的婚,则将更为吃惊。他和谁结的婚呢?……一个年方十六的妙龄女郎,她非常漂亮,也十分富有。费尔南多十分喜欢那些相貌动人、非常性感的女人,但同时也十分蔑视她们。特别是对那些年轻女子他尤为如此。具体的细枝末节我不得而知,因为那时我已见不到他了。即使能常常见到他,也不可能了解太多的详情,因为他是一个可以安逸地生活在两个或者更多的截然不同的社会环境中的家伙。然而,我还是听到了一些风言风语。这些风言风语应该和事实真相有着联系;但这一事实真相,也像所有同费尔南多的行为及思想有着联系的东西一样,令人怀疑。当然了,有人告诉我,说他是看上了那姑娘的财产,说那姑娘被这个伪君子弄得神魂颠倒,又说费尔南多曾经和那姑娘的母亲保持着暧昧关系(有人说是在他结婚之前,也有人说是在他结婚期间及以后)。姑娘的母亲是一位波兰籍犹太人,四十上下的年纪,颇有些知识分子的气质。她和丈夫的生活很不融洽。她的丈夫森费尔德先生,是几家纺织厂的老板。人们传说,当费尔南多同母亲保持着这种暧昧关系的时候,女儿却怀孕了,于是"只好结婚"。人们告诉我这件事时,我乐得捧腹大笑,因为把这样的话用于费尔南多是极不明智的。一些提供消息的人自称比其他人更具权威,因为他们当时正在位于圣伊西德罗的那幢房子里玩纸牌。他们坚持认为,在那引人发笑的喜剧的演员们之间,曾发生过激烈的场面——嫉妒和威胁的激烈场面;这使我也颇感滑稽。但是,费尔南多却坚持认为,即使森费尔德夫人离了婚,他也不可能同她结合,因为他出身于一个古老的天主教家族,而且,他的义务是和同他曾有过暧昧关系的姑娘结为伉俪。

正如您可以预料的那样,对于像我这样了解费尔南多的人来说,这些街谈巷议只能给我一种痛苦的消遣。当然了，在这些街谈巷议中，也不乏真实的成分，就像那些最令人难以置信的神话故事一样。瞬间，这些街谈巷议竟变成了真正的事实。费尔南多和一位年方十六岁的犹太女郎结了婚。在两年的时间里，他把森费尔德先生买下赠送的一幢位于马丁内斯街的漂亮房子据为己有。他挥金如土，把为结婚而弄到的钱花了个精光，最后连那幢房子也卖掉了。于是，他抛弃了那位姑娘。

这些全都是事实。

至于那些说法和议论，有很多需要加以分析。我把我的想法告诉您，也许不是多余的，因为这些奇闻异事有助于说明费尔南多的人品，尽管这样的说明充其量也只不过是用对他的一些充满悲喜剧色彩的卑劣行径的了解来说明魔鬼的本质。非常奇怪："悲喜剧色彩"一词，第一次在我的脑海里被用来形容费尔南多的人品，但我自信它符合事实。费尔南多基本上是一个不幸的人，但在他的生活中，也有接近欢快的时刻，尽管是一种晦涩的欢快。譬如，在他结婚的那段混乱的时间里，大概他就有接近过凄楚而诙谐的时刻，从而使他表演了一出十分令人厌恶的喜剧，而他在这样的喜剧中却感到了莫大的快活。"悲喜剧色彩"是牌场上的太太们的用语，也是影射费尔南多家中的天主教教义和费尔南多不可能同一个离婚的女人结为伉俪的用语。这个词有着双重的离奇古怪的含义，因为除了讥笑他家天主教教义和整个的天主教教义以及任何一个社会原则或理论外，也是说给姑娘的母亲听的，因为费尔南多同她也保持着暧昧关系。这种"为人所尊敬"与行为卑劣相掺杂的方式，是费尔南多的一大特征。就像人们传说他为了把马丁内斯街的那座漂亮的房子据为己有时所说的话一样："她不要这个家啦。"而实际上却是姑娘惊恐地逃离出走，或者更有可能是被一个阴险狡猾的伎俩赶了出去。费尔南多最喜欢的消遣就是把一看便知道可以做他的情妇的女人领回家，说服（他进行说服的本领几乎是无穷无尽的）姑娘接待她们，并让她们在家里留宿。但是，毫无疑问，这样的事情愈演愈烈，结果使姑娘渐渐地感到厌恶，直至最终逃离家门，而这正是费尔南多求之不得的。他以什么样的方式把那份产业弄到手，我不得而知，但我猜想他大概懂得同母亲（她依旧爱着他，因而也吃自己女儿的醋）和森费尔德先生进行交易。森费尔德先生如何同这个被到处议论纷纷、说成是自己妻子的情夫的人结为挚友，这种友谊或者说癖好又怎样使一个精明的生意人把一幢豪华的房子赠送给一个不仅是自己妻子的情人，而且还使自己的女儿也惨遭不幸的家伙，这一切都是比达尔那鲜为人知的品格的一个奥秘。然而，我深信，这样的目的是经过一番极其微妙的交易才得以实现的，同那些奸诈的执政者与那些相互为敌的在野党所进行的交易如出一辙。我的看法是：森费尔德仇恨他的妻子，因为他的妻子不仅同费尔南多欺骗了他，而且在此之前，还同一位名叫沙皮罗的合伙人欺骗了他。当得知那个历来瞧不起他的善于卖弄学识的女人终于被羞辱和折磨时，他可能感到欢欣鼓舞。从欢欣鼓舞到敬佩直至产生好感，会有一个过程。而这个过程，在费尔南多那决意要诱惑人时所表现出来的天资的帮助下，是可以逾越的。费尔南多的这一天资，由于他全然缺乏真挚和诚实而得以施展，因为真挚和诚实的人，当他们由于在人们中间，甚至在那些堪称正人君子的人们中间所出现的千变万化的情况，不得不在自己的友谊中掺杂一些令人不悦的表示时，永远也不会取得那些无耻之徒和骗子们所能取得的绝对令人陶醉的业绩。同样的道理，谎言比事实更使人感到愉快，因为哪怕那些最接近完美无缺且我们最想使之高兴和满意的人也具有瑕疵，所以事实总是更显丑陋。另一方面，在证实妻子的痛苦来自使他引以为豪的凌辱时，森费尔德先生简直欣喜若狂了。森费尔德夫人之所以受到凌辱，显然同年龄有关，因为费尔南多用一个年轻美貌的姑娘欺骗了她。总而言之（也许还有别的缘故），森费尔德的欣喜若狂在于在这桩交易中，他——森费尔德，一无所失。不管怎样，他早已是个被欺骗了的丈夫。那是沙皮罗先生干的；作为行骗之人，沙皮罗先生也许会有一种比森费尔德先生更加强烈但也更加脆弱的自豪感。在情场纵横驰骋是沙皮罗唯一高出其伙伴一筹的地方（因为尽管森费尔德作为丈夫有这样或者那样的瑕疵，但在做生意方面却被公认为最精明的人），因此，这一次情场上的失意，使他陷入了颇为羞辱的境地，相反却使森费尔德东山再起。森费尔德不仅纺织厂获得了新的迅猛发展，而且自从费尔南多结婚后，他显然在第三者面前用几乎是保护般的同情对待他的合伙人。

至于赫奥希娜，我来向您讲一件颇具特征的事情。她是1951年结婚的。那时，我在"林荫道"附近的迈普街上碰到了她。能碰见她真是稀罕事，因为她从不到市中心来。差不多有十年左右我未见到她了。她已年逾四十，成了徐娘半老，激情已息，容颜已退，比任何时候都沉默寡言。虽然她历来就少言寡语，但当时她那一声不吭的样子，几乎令人难以忍受。她随身携带着一个包裹。像往常一样，我感到莫大的震动。这些年她幽居何处？她的悲剧又在什么鬼地方悄然无声地演出？这些年她都干了些什么？想了些什么？受了什么样的痛苦？这一切我都渴望询问她。然而，我深知这是白费气力。如果说要她进行一次随随便便的谈话都颇为困难的话，那么，要她回答涉及其隐私的问题就更无希望了。我一直认为，赫奥希娜宛如那些位于偏街僻巷的房子，几乎永远都大门紧闭，悄然无声，里面住着离奇而神秘的人物，譬如一对光棍兄弟、某个曾经遭受过不幸的单身汉、某个受了挫折或者鲜为人知的艺术家、某个携带着一只金丝雀和一只猫的愤世嫉俗的人。对这些房子，我们一无所知；它们只是在某个时刻才以令人难以察觉的方式打开，以便送食品进去。商贩或者商店里的学徒是不能进去的，只有他们带来的东西才能进去。从一扇半开半掩的门里，孤僻的居住者伸出一只胳膊，把那些东西接进去。在这些房子里，晚上通常只开一盏灯，也许是在类似厨房的地方，因为那位孤僻的主人也要在这里停留,填充肚子;之后,灯光便转移到另一间屋子去了。在这间斗室里,他可能蒙头大睡,或者读书看报,或者做某种荒诞不经的活计,如把一只小纸船放进一只瓶子里游动。这样的孤灯,常常使我像一个好奇而满腹狐疑的人那样暗自思忖:这个男人,或者女人,或者一对老处女,是何许人也?他以何为生?他有年金吗?是继承下来的吗?他为什么从不出门?为什么这灯光一直亮到深更半夜?难道他在读书看报?或者在著书立说?难道他是那种只有依靠灯光这个真实或者想象中的幽灵的大敌的帮助,才能对付寂寞的孤独而又可怕的人吗?

我不得不抓住她的一只胳膊,几乎是摇晃着她,以便让她认出我来。她仿佛在半睡半醒地走着。看到她在布宜诺斯艾利斯这样混乱的交通中竟安然无恙,委实令人感到惊奇不已。

一丝微笑爬上她那疲惫不堪的脸庞,犹如在一个黑暗、寂静和忧郁的大厅里点燃了一支蜡烛,散发出一丝柔光。

"跟我来。"我对她说,把她径直带到了伦敦咖啡馆。

我们坐了下来。我把一只手放在她的手上。她是多么的疲顿啊!我不知要告诉她什么,要问她什么,因为真正使我感兴趣的事情不能问,而其他事情,又何必去问呢?我只是凝望着她,如同一个在宁静之中浏览昔日风光的人,满怀柔情和忧伤地端详着岁月在她脸上留下的杰作:倒下的大树、坍塌的房屋、生锈的框架、老花园里陌生的植物、丛生的荆棘、蒙在残余器具上的灰尘。

然而,我无法自控,用嘲笑和遗憾兼而有之的可恶口吻说道:

"这么说,费尔南多结婚了。"

对我来讲,这是一个应该舍弃的举动。虽然这个举动是无意识的,但我马上便感到追悔莫及了。

两滴几乎察觉不到的泪珠开始慢慢地从赫奥希娜的眼睛里滚落出来,这眼泪仿佛是一个饱尝饥饿和折磨而濒临死亡之人在最后一次残忍的打击之下，从嘴里喃喃地吐出的最后一句微不足道的忏悔。

人们会说我是个稀奇古怪的人，并且会起劲地诅咒我，因为此时此刻，我不仅对自己前面那不幸的评论没有以某种方式加以缓和，反而颇为反感地说道：

"你还哭呢！"

霎时间，她的眼睛里喷射出了昔日的那种光芒，仿佛是对一种现实的追忆。

"我不许你对费尔南多说三道四！"她回答说。

我把自己的手抽了回来。

我们都沉默不语。在沉默中，我们喝完了咖啡。之后，她说：

"我得走了。"

昔日的痛苦又占据了我。这种痛苦在我自动退让的那么多年里一直在沉睡着。谁知道我何时才能再看到她呢！

我们默默无言地分了手。但是，她在走出几步之后，停了片刻，几乎羞涩地把身子半转过来。我觉得她的眼神里包含着痛苦、温柔和绝望。我想跑过去，吻一吻她那憔悴的面颊、泪花闪闪的眼睛和苦涩的小嘴巴，请求她同我再度相会，允许我待在她的身边。然而，我没有这样做。我清楚地知道，我们命里注定总是天各一方，不能相见，直到离开这个世界。

那次邂逅后不久，费尔南多就和妻子分道扬镳了。我还得知，马丁内斯街的房子——森费尔德先生的那份人人皆知的馈赠——已被拍卖，费尔南多已搬到德沃托镇的一幢小房子里。

这期间大概发生了许多事情，费尔南多的上述举动可能是他一生沉浮盛衰的结果，因为我知道，他那时正在马尔·德尔普拉塔玩轮盘赌，输掉了大宗钱财。我还听说他参与了一宗埃塞伊萨机场附近的地产交易或者说非法地产交易，虽然这很可能是森费尔德家的某个朋友编造的假消息。但是，他最后的确住进了德沃托镇那幢简陋的房子里。那份《关于盲人的报告》就是在这所房子里发现的。

　　我已经向您说过,森费尔德帮助了费尔南多。现在,我认为应该这么说,在费尔南多举行那个令人难以置信的婚礼之际,森费尔德"奖赏了他"。像其他许多人一样,森费尔德落入了费尔南多的圈套,而且陷得很深,甚至后来还在他的投机生意中帮助了他,在他赌博期间把他从困境中解救出来。尽管如此,由于我所不了解的原因,费尔南多同森费尔德先生的那种令人不可思议的友谊已告结束,或者说大概已告结束,否则的话,就无法解释他那悲惨的结局。

　　我最后一次在大街上碰到他(我不是指在宪法区的那次相遇。那次他装作不认识我,也许压根儿就没有看见我。他漫不经心地走着,已经处于为盲人的事而发疯的最后阶段了)时,他由一个身材高大、头发金黄、面孔冷酷无情的家伙陪伴着。由于我几乎跟他碰了个满怀,他无法躲避我,便和我攀谈了几句。与此同时,那个陪他的家伙躲开我们,在大街上东张西望。后来,费尔南多把他介绍给我,他有一个德国人的名字,我现在已记不起了。数月之后,我在《理性报》的警讯栏里发现了这个人的照片。他那冷酷无情、尖嘴猴腮的面孔是令人难以忘却的。他站在另外一些警方正在通缉的人当中。这些人被怀疑是加利西亚银行弗洛雷斯分行的抢劫犯。那次抢劫干得十分漂亮,据猜测是由战时敢死队进行的。这个家伙是波兰人,曾在安德斯①的军队里当过敢死队员。他的名字跟费尔南多告诉我的不是一回事儿。

　　这种骗人的把戏更加使我确信警察没有弄错。在那次意外相遇时,那家伙正在策划一项重大的行动。费尔南多和那次行动有牵连吗?很有可能。他年轻的时候,曾经率领过阿韦利亚内达那帮拦路抢劫的土匪。在他的经济状况每况愈下之际,他更有可能重操旧业:抢

---

① 安德斯(1892—1970),波兰保守派军人。1939年被苏军俘虏,1941年被释放后曾组织了一支60 000人的军队。1946年逃亡英国。

劫银行。他历来认为,抢劫银行是一下子就能弄到一大笔钱的最理想的办法。而且,对他来说,抢劫银行还具有象征性的价值。

"银行,"当我们还都是小伙子时,他不止一次地对我说,"这个字头大写的银行,是资产阶级幽灵的庙堂。"

不管怎样,他没有被列入警方通缉的名单之中。

最近这两年,我未能再见到他。从那份稀奇古怪的报告来看,这段时间他沉醉于对那个地下世界进行极不理智的探索之中。

从现在我能够记得起来的时候开始,费尔南多就对盲人和失明着了魔。

我记得有一件事情,颇能表明这一特征。那是在他母亲作古前不久,当时我们还住在卡皮坦·奥尔莫斯镇。他捕获了一只麻雀,把它带到他楼上的房间里。他把这个房间称为他的小堡垒。他用一根尖利的针刺扎麻雀的眼睛。后来,他放了这只麻雀。由于疼痛和恐惧,小鸟发了疯似的在房间里飞来撞去,却不能从窗口飞出去。我试图制止他这般蹂躏小鸟,但我感到一阵头晕。我相信我在下楼时可能会晕过去,因而不得不在很长一段时间里紧紧地抓住楼梯扶手,直至恢复过来。与此同时,我听见费尔南多在上面大声地讥笑我。

虽然在此之前他曾告诉过我,说他会挖小鸟和其他动物的眼睛,可是目睹他这样干还是第一次,同时也是最后一次。那天早上的毛骨悚然的感觉,我终生难忘。

发生了这个插曲之后,我再也没有去他们家,也没有去庄园,因此失去了对我来说是至关重要的东西:拜访他的母亲并聆听她的讲话。但是,现在想来,我之所以那样做,正是因为当时我知道她是一个像费尔南多这样的孩子的母亲,是一个像胡安·卡洛斯·比达尔这样的男人的妻子。我至今一想到胡安·卡洛斯·比达尔,便感到恶心。

费尔南多憎恨他的父亲。当时他只有十二岁,像他父亲一样的皮肤黝黑,神情冷酷。虽然他憎恨父亲,但又表现出许多和父亲相似的特征来。不仅是肉体上的特征，而且还有气质上的特征。他的面孔上有奥尔莫斯家族的人所特有的某些标志：绿色的眼睛、高高隆起的颧骨。其余全是他父亲的标志。随着年龄的增长，他越来越鄙视那种相似。我认为，这种相似是他突然间自我怨恨的一个主要原因。他的粗暴的性格和残酷的性感等，这一切都是来自父亲。

我惧怕他。他平时沉默寡言，但突然间就会爆发出一股无名的怒火。连他的笑声也是冷酷的。他的父亲是个酒色之徒。也许是对其父的反叛吧，费尔南多年轻时好长时间都滴酒不沾，我常常看见他致力一种惊人的禁欲主义，仿佛他受这样的折磨是心甘情愿的。后来，他打破了这种局面，变成了一个性虐待狂。他利用女人来达到一种极其卑劣的满足。在利用她们的同时，他又看不起她们，随后便用嘲讽般的粗暴拒绝她们，仿佛她们是他的不完美的罪魁祸首。尽管他装模作样，洋相百出，但他性情孤僻，而且是个禁欲主义者。他没有朋友，他也不希望有朋友或者不可能有朋友。如果我们想用"喜欢"一词来解释某种好感、亲昵或者爱情，那么，我相信他只喜欢他的母亲，虽然我很难想象那个小伙子会喜欢什么人。也许他只对他的母亲产生一种病态的、歇斯底里的激情。我记得有这样一件事：我以一匹名叫弗里兹的枣红马为模特儿，画了一幅水彩画。安娜·玛丽亚经常骑这匹马，非常喜欢它。她为这幅画高兴得眉飞色舞，满怀激情地吻了我一下。那时，费尔南多向我猛扑过来，举手便打。由于安娜·玛丽亚把我们拉开，并且责备了自己的儿子，费尔南多便离家出走了。我在一条他经常沐浴的小溪旁找到了他，试图同他和解。他静静地听着我的话，嘴里不停地啃着指甲。他烦恼的时候就是这样。突然，他手执打开的折刀向我扑来。我拼命地挣扎，丝毫也不理解他的狂怒。待我把刀子夺下来，扔到了远处，他才离开了我，去把它捡起来。正在我万分惊恐——因为我以为他又要向我进攻了——之际，他却把刀子扎入了自己的手。也许要经过很多年，我才能够明白他那样做是感到何等的自豪。

此后不久，便发生了那次麻雀事件。从那时起，我再也没有看见过他，再也没有去过他家和庄园。我们那时都十二岁。数月之后，到了冬天，安娜·玛丽亚便寿终正寝：一些人说她由于痛苦过度而死亡，也有人说她是由于服了过量的安眠药而离开了人世。如今，对那个不幸的日子的悲伤情感又在我身上出现，并且和菲尔波①在同登普塞②的较量中的惨败（这件事成为当时民众口中的唯一话题）以及我的邻居伊图里奥斯家的留声机里播放的何塞·博尔用刮板演奏的希迷舞③《蜻蜓》的乐曲交织在一起。

又过了三年，我才重新见到了他。我当时年仅十五岁，孑然一身住在布宜诺斯艾利斯的一间公寓里。在那些漫长的星期天里，我的思想又禁不住回到了卡皮坦·奥尔莫斯镇。想必我已经告诉过您，我几乎记不起我的母亲，她在我两岁时就弃世而去。因此，对我来讲，卡皮坦·奥尔莫斯镇在很大程度上是对安娜·玛丽亚的回忆。这怎么会使人感到惊奇呢？夏天，在庄园的那些绚丽的黄昏中，我常常见到她用法语朗诵诗句。那些诗句我虽然不懂，但从安娜·玛丽亚那深沉的音调里，却感到一种微妙的惬意。"她们在那里，"我思索着，"她们在那里。"在这个复数的动词里，在这个把主语变成复数的自我欺骗中，以及在我的灵魂和意志的深处，都包括着我的母亲：仿佛在巴拉卡斯那幢我所熟识的房子里我曾经看见过她（安娜·玛丽亚给我谈起许多关于她的事），仿佛她的灵魂还以某种方式存在着；仿佛在她的儿子——她那令人厌恶的儿子——的身上，在赫奥希娜身上，在父亲以及姊妹们身上，无论是明显地还是模糊地，都带有安娜·玛丽亚的印迹。我围着那幢破旧的房子徘徊着，却没有勇气开口叫门。直到有一天，我

---

① 古巴著名拳击运动员。
② 美国著名拳击运动员。
③ 一种浑身颤动的狐步舞。

看见费尔南多朝房子走来时，我才不想也不可能躲开他了。

"是你？"他这样问我，脸上露出一丝轻蔑的微笑。

我又一次在他的面前体味到了一种令人难以理解的、似乎永远难以摆脱的过错的感觉。

我在这里做什么呢？他那敏锐而恶毒的目光使我无法撒谎。而且，撒谎也无济于事；他完全猜得出我在围着房子转悠。我觉得自己像是一个初次步入恶道的笨拙的罪犯，竟然无力向他陈述自己的情感、自己对故土的思念，宛如身置陈满尸体的解剖室里，无法谱写一首罗曼蒂克式的情诗来似的。我羞愧地沉默不语，让费尔南多领着，就像是跟他去乞讨似的，因为无论如何我想看看那幢房子。我们迎着黄昏的余晖穿过花园，一股浓郁的故乡的茉莉花香扑鼻而来。在我看来，这茉莉花香永远是"故乡的"，而且重音在"故"字上，历来都意味着遥远、母亲、温柔和坚强。在阁楼上，我似乎看到了一张老妪的面孔，一个隐没在昏暗之中的幽灵悄然离去。房子的主体由一个暗道和阁楼所在的小建筑群相连接，形成一个半岛的模样。这个小建筑群有两个房间，大概曾一度是仆人的住房，还有阁楼的一楼（正如后来在费尔南多对我的考验中看到的那样，是个堆放家什杂物的储藏室，由一个木头梯子同二楼相连接），以及一个螺旋金属梯子，从外面沿着这个梯子上去，便是阁楼前面的平台了。平台下面就是我所说的那两个大房间，周围装有栏杆，这在许多过去的建筑中是屡见不鲜的。那时，栏杆已经东倒西歪了。费尔南多一言不发，默默地沿着那个暗道走着，随后便进了一个房间。他打开了灯，我想那大概就是他的房间。房间里有一张床，一张老式饭桌，现在他用来作写字台，一个衣柜，还有一套破烂不堪的家具，这套家具看来已无用处，但由于房子一缩再缩，无处可放，只好摆在那里。我们刚一进去，从连接第二个房间的门里便闪出一个小男孩来，这个小男孩使我本能地产生了一种反感。他一不打招呼，二不作解释，开口就问："你带来了吗？"费尔南多冷冷地回答说："没有。"我惊奇地看了看那个小男孩,他约摸十四岁左右,脑袋又大又长,酷似一个橄榄球,皮肤光滑得如同象牙,头发垂直而纤细,黄牙齿,翘鼻子,眼睛红红的,这一切使我本能地产生了一种反感;这种感觉也许我们只有在看到一个来自另外一个星球、表面看起来几乎和我们完全相同但暗里却与我们存在着可怕的差异的人时才会产生。

费尔南多没有再说什么。那个小孩用红不棱登的眼睛看了看他,便把一根笛子或者单簧管靠向嘴边,开始吹起一种曲子来。费尔南多在屋角一摞积满灰尘的小人书里翻来翻去,似乎在寻找着什么特别的东西,对我的在场不闻不问,仿佛我就是这座房子里的普通一员似的。终于,他把一期封面上印有会飞的胡斯蒂西亚这位英雄画像的小人书抽了出来。当我看到他打算出去,似乎对我置之不顾时,我深感不快。我不能像朋友那样和他一起出去,因为他刚才没有请我进来,现在也没有请我陪伴他。我也不能待在那个房间里,更不能和那个吹单簧管的奇怪的小男孩待在一起。顷刻间,我觉得自己是世界上最不幸和最滑稽可笑的人。另一方面,我现在领悟到,费尔南多当时所做的一切都是经过深思熟虑的,而且是居心叵测的。

当红发女郎笑容可掬地出现在我的面前时,我才如释重负。费尔南多皮笑肉不笑地拿起他的小人书,连招呼都不跟我打就转身离去。我目不转睛地望着赫奥希娜。她变化颇大,已经不是安娜·玛丽亚故世时我在卡皮坦·奥尔莫斯镇看到的那个骨瘦如柴的小姑娘了。她现在已有十四五岁,开始接近成形,就像画家粗线速写的画稿开始接近最终的丹青之作一样。也许是由于发现了她那隐藏在绒衣底下的胸脯开始隆起的缘故,我顿时面红耳赤,把目光转向了地面。

"他没有带来。"贝韦说,手里依然拿着单簧管。

"好吧,我带来吧。"她回答说,口气宛如一位慈母在欺骗自己的儿子。

"什么时候？"贝韦问道。

　　"很快。"

　　"但是，到底什么时候？"

　　"我告诉您很快，您就等着瞧吧。现在，您坐在那里，吹您的单簧管吧，好吗？"

　　她轻轻地挽起男孩的胳膊，把他领向另一个房间。与此同时，她对我说："来吧，布鲁诺。"我尾随他们走了进去。这大概是他们姐弟俩的寝室，同费尔南多的房间大不相同。虽然家什器具也那样陈旧破烂，但却有着别的异样的东西：一种令人赏心悦目的女性的色调。

　　她一直把他领到一把椅子跟前，让他坐下，然后对他说：

　　"现在，您就待在这里吹吧，好吗？"

　　随后，她像一个安排完了家务准备接待来客的家庭主妇那样给我介绍她的东西：一个绣花绷子，上面是一条正在给她父亲刺绣的手绢；一个起名为埃尔维拉、晚上伴她上床睡觉的黑色大洋娃娃；一套男女电影明星的照片，用图钉钉在墙上，其中有教长打扮的巴伦蒂诺[①]，有波拉·内格里[②]，有在影片《十条戒律》中担任主角的格洛丽亚·斯旺森[③]，还有威廉·敦坎、佩尔拉·怀特等。我们对他们每个人和他们演的影片成绩和缺点进行了一番讨论。这中间，贝韦用单簧管重复着同一段乐曲。她对鲁道夫·巴伦蒂诺最为欣赏，而我却更喜欢埃迭·波洛，虽然我也承认巴伦蒂诺是一位了不起的演员。至于影片，我热烈地赞扬《章鱼的踪迹》，而赫奥希娜却说这部影片太恐怖了，在最紧张的时刻，她不得不把视线从银幕上移到别的地方去。我觉得她说的也

　　[①] 全名鲁道夫·巴伦蒂诺（1895—1926），美国著名电影演员，祖籍意大利。主演过《茶花女》《血与沙》等。

　　[②] 波拉·内格里（1897—1987），波兰著名女电影明星。主演过《轻浮的女人》《我们离婚吧！》等。

　　[③] 美国电影明星，曾在《脆弱的意志》《凯利女皇》等影片中担任主角。

不无道理。

贝韦停止了吹单簧管,一双红红的眼睛紧紧盯着我们。

"吹吧,贝韦!"赫奥希娜不假思索地说,同时开始在绷子上绣了起来。

然而,贝韦依然沉默不语地望着我。

"好吧,那么请把您收集的塑像拿给布鲁诺看看吧。"她说。

贝韦顿时变得容光焕发起来。他兴高采烈地撇下单簧管,从床底下取出一个鞋盒来。

"给他看看吧,贝韦!"她一本正经地重复说,眼睛仍没有离开她的绣花绷子。她那种机械的样子,就像一个母亲在专心致志料理重要家务的同时吩咐儿女们干各种活计一样。

贝韦站到我身边,把他的宝贝拿给我看。

"您有翁萨里的塑像吗?"我问他。

他把七八个比多格利奥的塑像当成了翁萨里的塑像。

"当然了!"他对我说,随即便找了起来。

他把翁萨里的塑像拿给我看了之后,便在地上把它们分门别类摆放开来。这是件极其艰难的工作,如把苏格兰人的塑像放在一起。他的杰作使我赞叹不已。

突然,他剧烈地咳嗽起来。赫奥希娜连忙丢下手中的绣花绷子,走到一个柜子旁边,拿出一瓶"古药特"牌止咳浆。贝韦憋得满面通红,两眼淌着泪水。他用手示意不必吃药。但是,赫奥希娜又温柔又坚决地使他吞下去一大勺。

"如果治不好,傻瓜,您就吹不成单簧管了!"她说。

这就是我第一次在赫奥希娜家里见到赫奥希娜时的情形。以后的二三次相见使我深感愕然,因为在这些会见中,在费尔南多面前,她完全变成了一个毫无自卫能力的人。令人奇怪的是,我从未超越过那两个几乎是这个家中的最偏僻的房间(在阁楼里我还有一段可怕的经历；此事以后我会讲给您听）和同那三个年轻人的接触。那三个人是如此的不同，又是如此的离奇：一个文雅娇弱，充满女性气质，这个女子被一个恶棍所奴役；一个头脑迟钝，或者有点儿呆傻，这就是那个小伙子；再就是一个魔鬼。至于这幢房子里的其他居住者，我得到的消息都是似是而非和七零八落的。然而，在为数不多的几次拜访中，对于在正院围墙内发生的事情，我什么也看不出来，而我当时的胆怯又阻止我向赫奥希娜（她是我唯一能够打听的人）打听她的父母、她的姑妈玛丽亚·特雷莎和她的爷爷潘乔是什么样的人，以及他们如何生活。看来，那几个孩子独立地生活在那两个院子尽头的房间里，处在费尔南多的控制之下。

多年之后，直到1930年，我才认识了居住在那幢房子里的其他人。现在，我领悟到，有了这些人，里奥夸尔托街那幢房子里所发生的或者不发生的任何事情，都是完全在意料之中的。我想我已经告诉过您，奥尔莫斯家的所有人（当然，费尔南多和他的女儿例外，理由我已说过了），都有一种非现实主义的态度，似乎他们对周围世界冷酷的现实一无所知：他们日益贫困潦倒，却又不去做任何可以赚钱或者至少维持其剩余家业的明智的事情；他们没有寻求良机的意识和政治敏感，生活在一种备受远亲嘲讽和恶意议论的境地中。在一个各国人杂居并且已经商业化了的冷酷无情的城市里，面对一片混乱，奥尔莫斯一家日益远离自己的阶级，给人一种这个古老家族即将结束的印象。当然，人们并没有发现，他们依然保持着古老的克里奥略①的美德：热情好客、慷慨大方、朴实无华的族长作风和适度的贵族气质。其他的家族，为了免于破落，早已把这些美德当作累赘抛到九霄云外去了。远房富有的亲戚对奥尔莫斯家族的反感，也许正是部分地源于他们不懂得保持这些美德，因为他们已经步入了国家从上世纪末就开始了的

---

① 指出生在拉丁美洲的西班牙人。

商业化和实利主义的进程。这就像某些人一样,自己有了过错,却去怨恨清白无辜的人,可怜的奥尔莫斯一家就这样纯朴乃至滑稽可笑地孤立于巴拉卡斯那古老的庄园里,遭受着亲戚们的冷落,因为他们依然生活在如今已沦为平民区的城区,而没有移居到北区或者圣伊西德罗;因为他们依旧喝马黛而不喝茶;因为他们一贫如洗,死无葬身之地;因为他们常常同地位低微且又没有什么高贵传统的人交往。如果说这一切在奥尔莫斯一家人身上都不是故意做出的,如果说尽管所有那些美德给他们三个人带来了令人怒不可遏的缺陷,但他们却总是天真纯洁地实践着,那么就不难理解,对我和其他人来说,那个家庭就是某种从那个国家一去而不复返的东西的动人而忧伤的象征。

那天晚上,当栅栏门就要上锁的时候我才离开了那幢房子。不知为什么,当时我的目光不由自主地转向了阁楼。阁楼的窗户里透出朦胧的亮光,我似乎看到那里有一个偷偷窥视的女人的身影。

我迟疑了许久,想再回去:费尔南多的出现阻挠着我,而赫奥希娜的出现则使我梦想和渴望再次看到她。在这两种截然相反的力量之间,我的灵魂仿佛处于你争我夺的境地,实在难以决定是否回去。最后,同赫奥希娜再度相会的愿望终于占了上风。在这段迟疑的时间里,我左思右想,又一次准备将事情刨根问底,并且准备在可能的情况下结识她的父母。"也许,"为了给自己打气,我心中这样想道,"费尔南多不在。"我猜想他有朋友或者熟人要拜访,我记起了他曾寻找那期小人书,并且出门去了。这无非是去会见其他男孩子。我对费尔南多相当熟识,尽管在我这样的年龄凭直觉即可判断他不可能有什么挚友,但是同其他男孩子保持某种联系也并非不可能。后来,这一猜测得到了证实。尽管吞吞吐吐,赫奥希娜还是告诉了我她的表兄指挥着一帮男孩子。他们深受诸如《纽约秘事》和《破碎的钱币》之类的传奇影片的影响,有自己秘密的誓约、铁的纪律和不可告人的目的。在时过境迁的现在看来,我觉得那个团伙是他后来于1930年组织持枪抢劫集团的一次大演习。

从中午时分起,我就在里奥夸尔托和伊萨贝尔·拉卡托利卡两街相交处找了个地方安顿下来。我暗自思忖:午饭之后,费尔南多可能出来,也可能不出来。如果他出来,哪怕时间很晚,我也要进去。

在我告诉您我在那个街角处从一点钟一直待到七点钟这件事后,您就可以想象我渴望重新见到赫奥希娜的兴趣了。七点钟,我看到费尔南多出来了。于是,我沿着伊萨贝尔·拉卡托利卡街撒腿就跑,一直跑到另一个拐角。这样,如果他走这条街,我就可以脱身溜走;如果他一直沿着里奥夸尔托大街走去,我则可以转身回来到家中去。果然如此:他沿着里奥夸尔托大街扬长而去。于是,我三步并作两步地朝家中奔去。

我确信赫奥希娜非常高兴见到我。再说,她也曾坚持要我再来。

我向她询问有关她家庭的一些情况。她向我谈了自己的母亲和父亲,也谈了她那位一向多病多灾的玛丽亚·特雷莎姑妈,还向我谈了她的祖父潘乔。

"就是住在那上面的人吧!"我撒谎说,因为我凭直觉认为"那上面"隐藏着一个秘密。

赫奥希娜看了看我,脸上流露出惊讶的表情。

"那上面?"

"是的,在阁楼里。"

"不,爷爷不住在那里。"她含糊其词地回答说。

"但是有人住在那里。"我对她说。

我觉得她不愿意回答。

"我似乎看见有人在上面,是那天晚上。"

"埃斯科拉斯蒂卡住在上面。"她终于极不情愿地回答说。

"埃斯科拉斯蒂卡?"我不无惊奇地问道。

"是的,以前人们就这样起名字。"

"可是，她从来没下来过吗？"

"没有。"

"为什么呢？"

她耸了耸肩膀。

我仔细地端详着她。

"我好像听费尔南多说起过点什么。"

"说起点什么？说什么？什么时候？"

"关于一个女疯子的事。是在那里，在卡皮坦·奥尔莫斯镇。"

她满面通红，低下了头。

"他告诉过你这事？告诉过你埃斯科拉斯蒂卡是疯子？"

"不，他说过一个女疯子的事。是她吗？"

"我不知道她是不是疯子。我从未和她讲过话。"

"你从未和她讲过话？"我惊奇地问道。

"是的，从没有。"

"为什么呢？"

"我不是告诉你她从未下来过吗？"

"可是，你从未上去过吗？"

"是的，我从未上去过。"

我目不转睛地望着她。

"她有多大年纪？"

"八十四岁。"

"是你奶奶吗？"

"不是的。"

"是曾祖母吗？"

"不是的。"

"那么是什么呢？"

"是我爷爷的二婶，阿塞韦多上校的女儿。"

"她是从什么时候起开始住在上面的呢？"

赫奥希娜看了看我，她知道我不会相信她的话。

"从1853年。"

"从未下来过吗？"

"没有。"

"为什么呢？"

她又一次耸了耸肩膀。

"我想是因为头颅。"

"头颅？什么头颅？"

"父亲的头颅，阿塞韦多上校的头颅。他的头颅从窗口被扔了进去。"

"从窗口？谁扔的？"

"玉米棒子党。于是，她捧起头颅就跑了。"

"捧起头颅就跑了？跑到哪儿去了？"

"跑到那里，跑到阁楼上。从此再也没有下来过。"

"因此就发了疯吗？"

"不知道。我不知道她是否疯了。我从未上去过。"

"费尔南多也从未上去过吗？"

"费尔南多，他上去过。"

这时，我恐惧而又沮丧地看见费尔南多回来了。显而易见，他出去只是办了一件不费周折的事。

"啊，你又回来了！"他对我只说了这么一句话，两道敏锐的目光却不住地查询着我，仿佛试图把我重新拜访的目的弄个水落石出。

表兄一进来，赫奥希娜就判若两人了。也许在前一次的拜访中，由于精神过度紧张，我未能发觉费尔南多的出现对她的存在方式所产生的影响。她变得十分胆怯，一声不吭，动作也更加笨拙。每当她迫不得已要回答我所询问的事情时，总是侧目斜视她的表兄。费乐南多早已躺在床上,一边残酷地啃着手指甲,一边注视着我们。局面变得异常尴尬。突然,他提议,既然我也在,我们就玩一个游戏,因为他说他感到无聊极了。然而,他的目光却没有表现出任何无聊的迹象,而是一种我所难以分辨的东西。

赫奥希娜胆怯地看了看他,随即便垂下了头,仿佛在等待着他的判决。

费尔南多从床上坐起来,似乎在思索着什么,但却一直看着我们,不断地啃着手指甲。

"贝韦在哪儿?"他终于开口问道。

"和妈妈在一起。"

"把他带来。"

赫奥希娜执行命令去了。剩下我们两个人相对无言,直到赫奥希娜和贝韦进来。贝韦依然拿着他的单簧管。

他讲了讲做游戏的方法:他们三个人分别在两个房间、柴垛或者花园(时已值夜晚)里藏起来,我来找他们,并且辨认出他们是谁,但不许讲话,不许询问,只能通过摸脸蛋来辨认。

"为什么要这样做呢?"我不禁愕然地问道。

"我待会儿告诉你。如果你辨认对了,就会得奖。"他嘿嘿地笑着说。

我担心他会像在卡皮坦·奥尔莫斯镇时那样嘲弄我。然而,我也不敢拒绝,因为在这些事情上,他总说我胆小害怕才拒绝他。我知道,他的游戏免不了要包藏着什么可怕的东西。但是,我暗自思忖:这一次会是什么可怕的东西呢? 看来只不过是一个愚蠢的玩笑,出出我的洋相罢了。我看了看赫奥希娜,仿佛要从她的面孔上寻找启示,寻找忠告。然而,赫奥希娜已经不是刚才的赫奥希娜了:她那青紫的面孔和圆睁的眼睛表现出一种迷惑或惊恐,或者二者兼而有之。

费尔南多吩咐关灯。他们分头藏了起来,而我则一跌一撞地开始寻找。不一会儿，我便认出了贝韦，他傻乎乎地坐在自己的床上。然而，费尔南多规定必须至少找到并认出两个人。

除了贝韦外，那个房间里再没有人了。我还有一个房间和柴垛需要寻找。我小心翼翼地在费尔南多的房间里找来找去，一会儿碰到这里，一会儿又撞到那里，直到我觉得在一片寂静中听到了另外两个人中的一个的呼吸声。我祈求上帝，让他保佑那个人可别是费尔南多，因为不知为什么，我讨厌在黑暗中这样地找到他。我侧耳细听，极其谨慎地朝着那个低沉的声音走去。我走到了一把椅子跟前。我的双臂伸向前方，左一下、右一下地来回摸索着。终于，我摸到了一面墙：墙是潮湿的，积满了灰尘，墙纸也已剥落。触到墙后，我便向右移动了一下，因为我觉得那低沉的呼吸的回音就来自右边。首先，我的双手碰到了一个柜子，随后我的双膝又触到了费尔南多的床。我弯下身，摸来摸去，看看是否有人躺在或者坐在床上。然而，我谁也没有摸着。之后，我又沿着床一直向右走，首先碰到了床头柜，随即又触到了裱纸剥落了的墙壁。这时，我已经确信无疑了：呼吸声更加清晰，变成了微弱而紧张的喘气声，这大概是因为我已接近目标的缘故吧。一种莫名其妙的冲动搅乱了我的心，仿佛我已置身于一个可怕的秘密的边缘。我的移动非常缓慢，几乎难以觉察。突然，我的右手触到了一个躯体。我赶紧把手抽了回来，宛如碰到了一块灼热的铁，因为我本能地感觉到那是赫奥希娜的躯体。

"费尔南多。"我低声地说，好像是因为羞愧才撒谎的。

但是，她没有回答。

我的手颤抖而又热切地向她伸去，但这次却抬得和她的面孔一般高。我摸到了她的面颊，随后又摸到了她的嘴巴。我感到她的嘴紧闭着，不停地颤动着。

"费尔南多。"我又一次撒谎地叫道，自感面红耳赤，仿佛其他人能够看见我似的。

我没有得到回答，这件事至今仍使我百思不解。然而，当时我认为，她这样做是为了让我继续调查，因为按照费尔南多的规定，早应该宣布我输了。我好像在行窃，而且这行窃还得到受害者的允许。此事至今仍使我深感愕然。

我的手缓慢而颤抖地停在了她的面颊上，然后又划过她的双唇和眼睛，仿佛在寻找某个标记，在进行见不得人的爱抚（我不是已经告诉过您，这两年赫奥希娜出落得如出水芙蓉，变成了一个亭亭玉立的少女，开始有点儿像安娜·玛丽亚了吗？）。她的呼吸又急促起来，好像她在做着巨大的努力，显得那样激动。我差一点脱口而出喊起来："赫奥希娜！"以便随后绝望地夺门而出。然而，我克制住了自己，继续用手在她的脸上抚摸着，死活不让她离开，从而使我产生了多年中不能消失的奢望，至今亦然。

"赫奥希娜！"我终于叫道，声音沙哑，几乎听不到。

于是，她差一点儿要哭了起来，低声地喊道：

"行了！饶了我吧！"

接着，她便一溜烟地朝门口跑去。

我笨拙地跟在她后面，感到有什么非常混乱和矛盾的事情发生了，但又不知如何解释。我的双腿不住地打着抖，仿佛我已陷入无法挽救的危险之中。当我走进另一个房间时，房间里亮着灯，只有贝韦一个人；赫奥希娜早已无影无踪了。费尔南多几乎马上进了房间，他用阴森森的目光把我打量了一番，仿佛在他胸中燃烧的邪恶的烈火此刻在黑暗中蔓延开来。

"你赢了。"他以蛮横而冷酷的声音说，"作为奖赏，你明天可以历经一次更为重要的考验。"

我知道自己应该告辞了，而且赫奥希娜也不会再出现。贝韦手里拿着单簧管，嘴巴半开半合，两只迷惘而明亮的眼睛不停地望着我。

"好吧。"我说，随即走出了房间。

"明天晚上，吃过晚饭后，十一点钟。"他对我说。

那天晚上，我彻夜都在思索着已经发生了的事情以及次日将要发生的事情。我担心费尔南多在这条道上越走越远，虽然我也说不清为什么如此担心，虽然我也知道这中间还有赫奥希娜。为什么在我说了费尔南多的名字后她不加否认呢？为什么她依旧保持沉默，好像同意我的手轻举妄动呢？次日夜里十一点整，我来到了费尔南多的房间。费尔南多和赫奥希娜已在等候我。我发觉赫奥希娜的眼睛里有一种令人恐惧的期望，在她大理石般苍白的面孔的衬托下，显得尤为明显。如同巡逻队队长给全队队员下达指示一样，费尔南多简明扼要地对我说：

"在阁楼里，在那上面，住着埃斯科拉斯蒂卡老太婆。这会儿她已经蒙头大睡了。你带着这个手电筒进去。在床的对面有一个衣柜，你把从上数第二个抽屉打开，里面有一个帽盒，你找到它拿来。"

赫奥希娜望着地面，含糊其词地说：

"别拿头颅，费尔南多！其他什么东西都可以，但别拿头颅！"

费尔南多露出一副蔑视的神态，说道：

"其他东西有什么意思！就要拿头颅。"

我想起赫奥希娜给我讲的故事，差一点儿晕了过去。这不可能，这样的事情在现实中从未有过。我为什么一定要干这样的事呢？谁强迫我呢？

"我为什么一定要这样做呢？谁强迫我呢？"我声嘶力竭地喊道。

"为什么？为什么人们要登阿空加瓜山①呢？登阿空加瓜山没有任何益处，布鲁诺。这么说你是个胆小鬼了？"

我知道难以逃脱了。

---

① 阿根廷山峰，海拔 6 959 米，是美洲最高的山峰。

"好吧，把手电筒给我，告诉我怎样上去。"

费尔南多把手电筒交给我，并且准备告诉我怎样上到阁楼去。

"等一等，"我说，"如果那老太婆醒来呢？她会醒来，会喊叫，我该怎么办呢？"

"老太婆几乎看不见，听不着，而且几乎不能动弹。你放心好了。糟糕的是我怕你还没拿到头颅就要下来了；但是，我希望你有足够的胆量把头颅拿下来。"

我已经告诉过您，阁楼底下有一个家什储藏室，从那里沿着一条古老的木楼梯可以上去。费尔南多把我带到了那个储藏室，里面连电灯都没有。他对我说：

"上去之后，你会碰到一道不用钥匙就可以打开的门。你推开门就可以进到阁楼里。我们在我的房间里恭候你。"

说罢，他走了，剩下我一个人拿着电筒待在那阴暗的储藏室里。我的心脏激烈地跳动着，声音清晰可辨。在好一阵子之后，我又一次自问：我到底是发了什么神经，去干这种荒唐事？除了我自己死要面子外，又有谁强迫我上去呢？接着，我便把一只脚放在了第一道台阶上。我越上越害怕，速度慢得连我自己都感到害羞。然而，我毕竟上去了。

果然，在楼梯尽头有一个平台，平台上有一扇门通向老疯婆的房间。尽管我知道她差不多已是个残废人，但我还是非常害怕，出了一身冷汗，胃抽搐得很厉害。更要命的是，我发觉自己的身体或者汗液散发出一股令人难以忍受的怪味。然而，我已不能退却，事已如此，还是越快越好。

我小心翼翼地转动了门把，力图不弄出声来，因为如果老疯婆不醒来的话，一切都不会过分可怕。门"吱扭"一声打开来，我觉得那声音响极了。房间里漆黑一团。我想用手电筒照一下老太婆静卧的床，看看她是否已经入梦，但又担心电筒的光亮会把她惊醒。一时间，我犹豫不决。可是，这样一个陌生的房间，里面关着一个老疯婆，不弄清她是睡着了还是坐着观察我的一举一动，我怎么能够进去呢？在厌恶和恐惧交织的情感支配下，我打开手电筒，把房间照了一遍，寻找那张床。

我差一点儿昏厥过去：老太婆不仅没有入睡，而且还站在床边，用一双圆睁睁的令人恐怖的眼睛紧紧盯着我。那老太婆宛如一个木乃伊，非常娇小，非常枯瘦，像一副活着的骨骼。她那干瘦的嘴唇里，蹦出了一句什么话，我觉得似乎是与玉米棒子党有关的话，但我没有把握，因为我一看到她那黑暗中的身影，便逃之夭夭了。我飞也似的下了楼梯，一进费尔南多的房间便不省人事了。

当我恢复知觉后，我看到赫奥希娜用双臂搂着我的头，豆大的泪珠从她的眼里滴落下来。我用了好长时间才回忆起当时的情形。于是，我感到无限的羞愧。只有我一个人和赫奥希娜在一起。费尔南多早已离去，他对我的胆量进行了一番恶毒的嘲笑：这一点我深信不疑。

"她站着。"我含含糊糊地说道。

赫奥希娜什么也不说，只是默默地哭泣。

对我来讲，那对表兄妹开始成了一个令人难以猜测的秘密，既吸引我，又使我感到恐惧。他们宛如主持一种陌生礼仪的两个祭司。这种礼仪的意义不得而知，而且它会带来暴行。我一会儿想象着费尔南多在嘲笑我，一会儿又担心他正在准备一个阴险的圈套。这一对表兄妹同家里其他人老死不相往来，只两个人单独在一起，如同一位国王和唯一的臣民，或者说得更确切些，如同一位至高无上的牧师和唯一的信徒。而我一到他们那儿，就成了这种诡秘崇拜的唯一的牺牲品。费尔南多蔑视世界上所有的人，或者说对世界上所有的人都高傲地不予理睬，而对我则要求某种我难以分辨的东西。我觉得这种东西同模糊的情感、忧郁的冲动以及醉人的快感密切相关。那些立于神圣的金字塔顶端的阿兹台克牧师，在把他们用来献祭的人的跳动着的滚烫的心掏出来时，大概体验到的就是这种醉人的快感。更使我无法解释的是，我竟然也以某种模糊的性感，参加了赫奥希娜以一位令人毛骨悚然的女祭司的身份所主持的祭奠。

这是因为那些事件仅仅是个开始。在我逃走之前，在我以痛苦的恐惧领悟到那个可怜的姑娘像被施了催眠术似的盲目地执行着费尔南多的命令时，又发生了许多离奇而邪恶的遵守礼仪的事。

现在，在经过了三十年之后，我依然试图弄明白他们两人之间的确切关系；然而，我还是无能为力。他们如同两个截然相反的天地，然而却又被一种令人费解而又强大无比的关系紧密地联结在一起。费尔南多支配着她，但我不能肯定，使她依附于其表兄的是否仅仅是一种神圣的恐惧；有时候，我觉得在赫奥希娜身上有一种怜悯。怜悯一个像费尔南多这样的魔鬼吗？是的。她常常突然摆脱他的魔鬼行径，我曾看见她躲在巴拉卡斯家中的一个黑暗角落里可怕地哭泣。然而，我也记得，每当我攻击费尔南多时，她都以母亲般的气力为他辩护。"你想象不到他是多么的痛苦。"她不止一次地这样对我说。现在，心平气和地想一想费尔南多的人品以及他的许多所作所为，我得承认，他的确没有人们常说的天生罪犯特有的那种冷漠。以前告诉过您，他有一种混乱而绝望的内心矛盾感。但是，我应当开诚布公地对您说，我没有足够高尚的心灵来怜悯像费尔南多这样的人，而赫奥希娜却具有这样的心灵。

"他有什么样的痛苦呢？"您也许会这么问我。他有许多痛苦，形形色色的痛苦：肉体上的，思想上的，乃至精神上的痛苦。肉体上和思想上的痛苦是一目了然的。他常常产生幻觉，做噩梦，突然失去知觉。我曾目睹过这类情景，他虽然没有昏厥过去，但却仿佛已不复存在，自己不能讲话，也听不见别人讲话，连在他面前的人也视而不见。每当这时，焦急地守候在他身旁的赫奥希娜便对我说："他很快就好了。"有时候（赫奥希娜告诉我）他对赫奥希娜说："我在看着你，我知道我在这里，在你身旁；但是，我也知道我在别的地方，在很远很远的地方，在一个门窗紧闭的黑洞洞的房间里。他们在寻找我，要挖掉我的眼睛，要把我干掉。"他常常从最强烈的冲动跌入绝对的被动和忧郁；那时，按照赫奥希娜的说法，他就变成了世界上最无防卫能力和最无依无靠的人，宛如一名弱小幼童似的蜷缩在表妹的膝盖上。

当然，我从未看到过费尔南多处于这种极为狼狈的境地。我相信，假如我看到的话，他会叫我一命呜呼的。可是，这是赫奥希娜告诉我的，她从来都不撒谎，而我也绝不相信费尔南多在她面前会装模作样，尽管他实际上是个装模作样的大师。

我从他身上看到的总是些令人不悦的事情。他自认为凌驾于社会和法律之上。"法律是为那些可怜鬼制定的。"他这么说。由于某种我所无法理解的原因，金钱使他着了迷。但是，我认为，他并没有把金钱仅仅视作普通人所具有的单纯的钱财；而是除此而外，他还把金钱视作魔幻之物，喜欢像谈及"黄金"一样谈论它。也许因为这个稀奇古怪的爱好，他对炼丹术和魔法颇为热衷。然而，在一切直接或间接地同盲人有关的事情上，他的病态尤为明显。我第一次亲自证实他这样还是在卡皮坦·奥尔莫斯镇。当时，我们正沿着米特雷街向他家走，突然看到村乐队里一个打鼓的盲人朝我们走来。费尔南多差一点儿昏厥过去，当时他不得不抓住了我的胳膊。那时，我感到他在剧烈地打着哆嗦，宛如一个疟疾病患者。他的脸色苍白而呆板，就像死人一样。过了好长时间他才恢复过来，坐在人行道边上。后来，他便对我大发雷霆，歇斯底里地骂我，因为我扶了他的胳膊，没有让他栽倒。

1925年严冬的一天，我生命中那个迷惑不解的阶段宣告结束。当我走进赫奥希娜的房间时，我看见她正在床上嚎啕大哭。我急忙上前抚慰她，询问她，但她只是一遍又一遍地说道："我希望你走开,布鲁诺,别再来了。看在上帝的面上!"我早已认识了两个赫奥希娜:一个和蔼可亲,充满着女性气质,像她的妈妈一样;另一个则为费尔南多的魔力所支配。现在,我又看到了一个自暴自弃而毫无自卫能力、畏惧恐慌而情绪低落的赫奥希娜。她请求我逃走,永不再回来。这是为什么呢?她想对我隐瞒的可怕实情是什么呢?她从未告诉过我,虽然后来随着年龄和见识的增长,我已猜到并且予以证实。但是,在那一切中,令人忧伤的既不是赫奥希娜的恐惧,也不是费尔南多那邪恶的灵魂对一个娇嫩温柔的女子的摧残,而是赫奥希娜在爱着他。

我虽然一味愚蠢地坚持,但最终还是弄明白了,在世界上这个似乎藏有不祥之秘的小角落里,我已经不可能也不应该做什么事了。

直到1930年,我才再度见到了费尔南多。

"预言过去,从来不费吹灰之力。"他常常这么挖苦地说。现在,时过近三十年,当时看起来是那样偶然、那样毫无意义的小事情,都显示出了它们的意义。这就像在一个刚刚读完一部长篇小说的人看来,每个人物的命运之门一旦像现实生活中的死亡一样最后关闭时,便获得了深远的意义,而且常常是悲惨的意义,尽管它的语言平淡无奇,如同"阿列克塞·卡拉马佐夫是我们区一位农场主的三儿子"①一语似的。直到最后,某一天在我们中间所发生的事件,谁也不知道是历史的重演还是仅仅是偶然之事;是一切(尽管看起来平淡无奇),还是什么都不是(尽管这样是令人痛苦的)。多年的远离之后,一些无足轻重的事情又把我置于费尔南多的道路上,仿佛他必不可免地要存在于我的命运之中,仿佛我为远离他所做的一切努力都付之东流了。

我怀念那个遥远的时代,脑海里出现的全是"象棋""卡帕夫兰

---

① 俄国作家陀思妥耶夫斯基的著作《卡拉马佐夫兄弟》里的一句话。

卡①和阿廖欣②""艾尔·乔尔森③""大雨之下引吭高歌④""萨科和万塞蒂⑤""桑地诺⑥与尼加拉瓜"一类的词汇。多么令人奇怪和忧伤的混合啊!可是,有哪些回忆我们青年时代的词汇不是令人奇怪和忧伤的呢?这些词汇所能提示的一切连同那个艰苦迷人的时代都已宣告结束了。在那个时代里,国家的生存和我们自己的生存都经历了一次脱胎换骨的变革。这一时期恰好和费尔南多的出现联系在一起,仿佛他既是我生命中这一阶段的模糊不清的象征,又是我变化的最有力的原因。这样说,是因为在1930年那一年,我的生存进入了一个危机的时刻,也就是说,进入了思维判断的时刻,因为一切都在我的脚下开始动摇了:我生命的意义,我的祖国的意义,以及整个人类的意义,因为当我们在思考判断我们自己的生存时,必不可免地也要思考判断全人类,虽然也可以说在我们开始思考判断全人类之际,我们实际上也是在探究自己心灵的深处的奥秘。

那是引人注目的、激动人心的年代。

譬如,我想到了卡洛斯,他的真实姓氏我始终不得而知。我现在依然看着他,他现在依然感动着我。他贪婪地扑向那些三四毛钱一册的廉价刊物,艰难地嚅动着双唇,两只拳头紧紧地按着太阳穴,宛如一个绝望的小伙子,汗流浃背,吃力地寻找着一个箱子,并且最后终于将它从地下挖了出来。有人告诉他,那个箱子里面藏着他不幸生存的答案,以及他作为青年工人所受的痛苦的关键所在。祖国啊!谁的祖国?数以百万计的人从西班牙的山洞、意大利贫困的村庄和比利牛斯

---

① 古巴著名国际象棋大师,曾荣获世界冠军。
② 移居法国的苏联国际象棋大师,曾战胜过卡帕夫兰卡。
③ 美国黑人歌星。
④ 美洲二三十年代流行的一首歌曲。
⑤ 萨科和万塞蒂均为美籍意大利人,美国著名的工运领导人和工会组织者。
⑥ 尼加拉瓜著名的将领和爱国者。

山来到了这里。他们同是天涯沦落人,蜷缩着挤在货仓里,但却做着美梦:自由在那里恭候他们,现在再也不当牛做马了。美洲啊!金钱撒满大街的神秘国家。后来便是艰辛的工作、低微的薪水和十二至十四个小时的工作日。这就是大多数人最终面临的真正的美洲:贫穷与眼泪、奴役与痛苦、怀念与乡愁。他们如同孩童一样被神话故事所蒙骗,结果沦为奴隶。于是,他们,或者他们的儿子,便把目光转向另外的乌托邦,转向充满暴力但同时对他们——穷人——也充满温情的书籍所宣扬的未来的国家。这些书籍对他们大谈土地和自由,把他们推向反抗和动乱。结果便是布宜诺斯艾利斯的街头血流成河,这些不幸者中的许多男男女女,乃至儿童,分别于 1905 年、1908 年和 1910 年踏上了黄泉之路。祖国一百周年纪念日!谁的祖国?卡洛斯讥讽而痛苦地自问道。不存在什么祖国,难道这我还不知道吗?只有主子的世界与奴隶的世界。"面包和自由!"来自四面八方的工人们大声疾呼着。与此同时,那些胆战心惊的疯狂的老爷们把警察和军队推向动乱的人群。这样,又发生了新的流血、新的罢工和游行示威、新的谋杀和爆炸。老爷的公子在瑞士或者英国或者法国的某个学府里就读,而无名工人的儿子则为一天能挣上五毛大钱在冷藏库里工作,在那里染上结核病,最后惨死在无名而肮脏的医院里。老爷的公子读济慈①和波德莱尔②,而工人的儿子,就像此时的卡洛斯一样,费着九牛二虎之力,连猜带蒙地阅读马拉特斯塔③或者巴枯宁的某篇文章。一个名叫罗伯特·阿尔特的孩子竟然在街头学习人类生存的普遍意义。这种情形一直持续到"大革命"的爆发。"黄金时代"即将来临!起来,全世界受苦的人!"强者的末日已经来临。"新一代清贫的青年和忧国忧民、持

---

① 全名约翰·济慈(1795—1821),英国著名诗人。
② 全名夏尔·波德莱尔(1821—1867),法国著名诗人和作家。
③ 埃里科·马拉特斯塔(1853—1932),意大利无政府主义者,曾担任第一国际的领导工作,属巴枯宁派。

不同政见的学生读起了马克思和列宁的著作,读起了高尔基和克鲁泡特金的著作。他们其中的一个就是那个卡洛斯。我现在又看到他如饥似渴地啃着那些书本,仿佛他就在我眼前,仿佛未曾度过这三十年。现在,我觉得他是三十年代衰败的象征。那时候,随着他的华尔街的殿堂的坍塌,对"无限进步"的信仰也宣告结束了。令人敬畏的一排排银行惨遭破产,大工厂接连倒闭,成千上万的人自杀。那个风行世俗信仰的大都市的危机海啸般波涛汹涌地扩展到地球上最偏僻的角落。在这里,伊里戈延①垮台了;新港区,一个昔日被打倒了的人们的世界正在崛起;长长的队伍等候在公共场所;那些已经失业的小职员待在马索托酒吧里,心醉神迷地欣赏着迪斯塞波洛②演唱的痛苦而缺乏信仰的探戈;斯卡拉夫里尼③正在撰写一部关于离群索居的布宜诺斯艾利斯人的著作;巴塞洛以其开设的妓院和赌场控制着阿韦利亚内达区。这正是自动酒吧开业和流氓无赖猖獗的大好时机。

贫穷和放弃信仰嘲讽般地笼罩了这座巴比伦式的城市。流氓无赖、单枪匹马的抢劫者、妓院与赌场、醉鬼与游民、失业者、乞丐、两个比索的廉价娼妓,比比皆是。宛如来自"惩罚"与"希望"的雷厉风行的使臣,那些成年的和未成年的男子,聚集在简陋的房间里,准备着一场"社会革命"。

卡洛斯就在其中。

他是使我同费尔南多再度相会的关键人物,虽然后来他像魔圣一样离开了费尔南多。也许您认识卡洛斯,因为您和拉普拉塔的无政府主义集团有过联系,甚至至今我还记得您曾提起过他。我认为,他同费尔南多之间的痛苦经历使他脱离了无政府主义,投入了共产主义运

---

① 阿根廷政治家,1916—1922年任阿根廷共和国总统,1928年再度当选总统,1930年被何塞·费利克斯·乌里武鲁领导的革命推翻。
② 阿根廷著名歌星。
③ 全名斯卡拉夫里尼·奥尔蒂斯(1898—1959),阿根廷作家。

动,虽然您可想而知,这一简单的事实不可能改变他那一成不变的思想。他在搞恐怖主义的罪名下被清除出共产主义运动一事,就是对他的思想的恰当解释。我在1938年,1938年的冬天,才得到他的消息。当时,那些在西班牙惨遭失败后穿过了比利牛斯山的男男女女,非法地到了巴黎。多次在我学院路的房间里受我掩护过的保利娜(可怜的保利娜!),向我讲述了卡洛斯之死。他和另一位名叫埃切韦雷的阿根廷人牺牲在同一辆坦克里。他蜕变为托洛茨基分子了吗?保利娜不清楚;她只看到过他一次:他依然像平素那样忧郁和孤独,那样冷静和不可捉摸。

卡洛斯是一个虔诚纯洁的人。他怎么会赞同和理解像克拉梅尔这样的共产党人呢?他怎么会赞同和理解那些普通的人呢?盲目的崇拜、天生的邪恶和腐化堕落这些被污染了的人类属性,那个十分纯洁的人怎么会接受呢?但是,尤为令人愕然的是,没有人性的人,在某种程度上却对有着纯人性的人起着莫大的影响。我本人就是被他的风度和纯洁卷入了共产主义,而他的脱离也导致了我的脱离,这也许是因为我当时还是个对严酷的现实不甚了了的青年吧。我怀疑现在会否以与当时同样严肃的态度来看待克拉梅尔那样的党员,看待他们争权夺利的斗争、他们的缺点和虚伪以及卑鄙行径。因为,能有多少人有这样的权利呢?因为(我的上帝),除了几乎对人类属性尚一无所知的青年、圣徒和疯子外,还能在哪里找到对这些污秽的东西一尘不染的人呢?

宛如一名对信的内容一无所知的信差,那个陌生的小伙子又一次把我推到了费尔南多的道路上。

1930年1月底,当结束了在卡皮坦·奥尔莫斯镇的度假回来后,我又投宿在坎加略街的那所公寓里。由于习惯的作用,我几乎机械地走向了学院咖啡馆。去那儿干什么?去看卡斯特利亚诺斯和阿隆索,去观赏那没完没了的棋赛。总而言之,去看平日所看的一切。因为我还未曾领悟到习惯也会骗人,我们机械的步履并非总把我们引向同一现实。因为我还未曾知晓现实是出人意料的,并且由于人的本性,最终还是悲惨的。

与阿隆索对弈的是一位酷似埃米尔·路德维希的新手。他名叫马克斯·斯坦贝格。一位陌生的、看来是萍水相逢的人,把我引到了一位出生在我的故土、其家世与我们的家世有着密切联系的人的面前,这似乎有点令人惊奇。这里,我们也许应该引用费尔南多的一句颇有些怪僻的格言:"不存在偶然,只有命运。"只有寻找,才会找到,而寻找的东西则以某种方式隐藏在我们的心灵深处。因为,如果不是这样的话,为什么与同一个人的相遇不会在两个人身上产生相同的结果呢?为什么同一个革命者的相遇把一个人引向了革命,却使另一个人无动于衷呢?因此,看来一个人最终都是要遇见他应该遇见的人,从而使偶然性变得微乎其微。所以,人们生活中的这些似乎是令人惊奇的相遇,譬如我与费尔南多的再度相会,只不过是那些通过袖手旁观的人们使我们接近的陌生力量的结果,就像铁屑顺着一块磁力极强的磁铁聚拢起来一样。如果对这样的运动只略知一二而不能充分彻底地认识其中的道理,那么就会对铁屑的变化感到惊奇。我们就这样像梦游症患者一样(但具有同梦游症患者一样的把握)朝着那些以某种方式从一开始就是我们的目标的人走近了一点儿。我之所以陷入这样的思索,是因为刚才我差一点儿要告诉您,直到同卡洛斯萍水相逢之前,我的生活和每一个学生都是一样的:有自己典型的问题和幻想、学校里或公寓里的玩笑、初恋、勇敢和胆怯。在我动手写这些话之前,我就知道这样的认知并非完全真实,它将使人们对我在相遇以前的那个时期产生错误的看法,而这一错误的看法又将使人们对我和费尔南多真正的再度相逢感到惊奇。当我们对围绕着表面看来是不可思议的事实的环境做出入木三分的观察之后,惊奇便会减少,并且一般都会消失。总而言之,看来这样的惊奇只是由于纯粹的表面现象,仿佛是由目光短浅、愚蠢言行或者漫不经心导致而成似的。的确,在那五年中,那个家族使我着了魔,我无法摆脱对安娜·玛丽亚、赫奥希娜和费尔南多的回忆:他们在我灵魂的最深处闪动着,并且常常出现在我的睡梦中。现在,我回想起来了,早在1925年的相遇中。我就听到费尔南多不止一次地提起他将来要组织一伙抢劫者和恐怖分子团伙的计划。如今我认为,他的这一念头,虽然在当时看来是无稽之谈,但却镌刻在了我的心灵深处。也许我向无政府主义组织最初的靠拢,就像我精神上的其他许多活动一样,是受费尔南多的思想和魔念所左右,而我对此却一无所知。我已经向您说过,此人对许多男女青年都起着无法抵御并且常常是不良的影响,因为他的这些思想乃至怪癖在不少人中间广为流传,这些人结果便成了那个魔鬼的模糊而低廉的画像。这样,您大概可以明白我前面告诉您的事情了:我与费尔南多的再度相逢并非那样出人意外,因为,在我不断结识的人当中,那些不能使我接近他的人,都被我不知不觉地一一抛弃,而当我发现马克斯和卡洛斯是无政府主义组织的成员时,便立刻靠拢他们了。这里的无政府主义组织和世界上其他地方的无政府主义组织一样是少数派,并且相互间总保持着联系(虽然这样的联系,就像在这件事上一样,只维系于他们与政府的不共戴天,不赞成建立任何形式的政府)。因此,我必不可免地要和费尔南多相遇。也许您要问,既然这是我的最终目的,为何不在巴拉卡斯他的家里找他。我可以回答您,同费尔南多相遇绝不是什么有意识的目的,而是一个几乎不可告人的魔念。恰恰相反,我的理智和良知从未赞许过我,更没有规劝过我去寻找那个只能给我带来并且已经带来混乱和痛苦的人。

此外,还有其他一些因素,也促成了那个无意识的行动。我记得已经告诉过您,我早年丧母,更糟的是,我被送到了离家那么远的大城市去求学。我孤孤零零,胆小怕事,更不幸的是我有一种不祥的敏感。在我看来,这个世界,除了一片充斥着险恶、不公正和痛苦的混乱之外，还能有什么呢？我怎么能不到孤独之中以及这些遥远的幻想和虚构的天地里来躲避风雨呢？如果我告诉您我崇拜席勒①和他笔下的强盗，崇拜夏多布里昂②和他作品中的美洲英雄，崇拜葛兹·冯·贝利欣根③，这几乎是毫无用处的。我当时准备拜读俄国人的作品：假如我不是资产阶级的子弟，而是像那些我后来结识的青年人一样，是工人的子弟或者穷苦人家的儿子，也许我已经读过俄国人的作品了。在那些青年看来，俄国革命是我们时代的一桩伟大的事件，是伟大的希望。因此，碰到读高尔基著作的青年要比碰到读曼西利亚④或者卡内⑤著作的青年容易得多。这就是我们成长中的一大矛盾，这就是许久以来在我们和我们自己的祖国之间出现了一道道鸿沟的事实。为了接触一个现实，我们异化了另一个现实。可是，我们的祖国，除了一系列的异化之外，还能是什么呢？不管怎样，我于1929年结束了我的中学必修课程。我现在依然记得，考试结束后的几天里，我们的学校也和其他学校一样，让学生们全都各奔东西度假去了，整个校园里呈现出一片令人十分忧伤的寂寞。于是，我感到有必要最后一次去看看曾经在那里度过了五年——永不再回还的五年——的地方。我信步来到了花园，坐在一块草坪上，沉思了良久。后来，我站起身来，朝一棵树走去。几年前，当我还是个孩童时，我在那棵树上刻下了我姓名的第一个字母：B. B. 1924。当时我是多么的寂寞啊！一个乡村的孩子，在一

---

① 全名弗里德里希·席勒（1759—1805），德国作家，作品有《强盗》等。
② 夏多布里昂（1768—1848），法国作家，作品有《阿达拉》《勒奈》《殉难者》等。
③ 葛兹·冯·贝利欣根（1480—1562），德国勇敢的骑士。1525年参加农民战争，被帝国军队俘虏。后为皇帝效力，同土耳其人作战，并参加了侵法战争。
④ 全名卢西奥·V.曼西利亚（1831—1913），阿根廷军人、作家。作品有《兰科印第安人访问记》等。
⑤ 全名米格尔·卡内（1851—1905），阿根廷政治家、作家。作品有《青春》等。

个遥远而奇妙的城市里,他是多么的孤独和忧愁啊!

几天之后,我启程去卡皮坦·奥尔莫斯镇。这大概是我在家乡度过的最后一个假期。我的父亲虽然已经年迈体衰,但依旧粗暴冷酷。我感到父亲和兄弟们都很陌生。我的心情由于茫然的冲动而起伏不定。但是,我所有的愿望都模糊不清。我凭直觉感到有什么事情将要来临,但却不能准确地知道是什么事情,尽管我的睡梦和围绕着比达尔家房子无休止的徘徊可以向我提示究竟是什么事情。总而言之,在那次假期里,我一直观察着我的家乡,然而我却没有看到它。在经历了许多年之后,在我遭受了许多次打击、丢掉了美妙的幻想以及结识了许多新人之后,我才重新找到了我的父亲和我的故乡,因为通向亲人知己的道路,常常是一次穿越人间和宇宙的漫长旅行。我就是这样重新找到了我的父亲。然而,几乎和平时所发生的事情一样,此事已为时晚矣。假如当时我的直觉能告诉我那是我最后一次看到他身体尚好,假如我能够料想到三十五年后,当我再度看到他时他已经变成了一堆肮脏的骨头和正在腐烂的内脏,只是用一双几乎与这个世界毫不相干的眼睛凄惨地望着我,那么,我就会试图理解这个冷酷而又善良、倔强而又纯朴、粗暴而又高尚的人。然而,对那些与我们最亲近的人,我们总是理解得太晚。当我们开始掌握生活这个艰难的职业时,我们已经死到临头了,而那些最该用我们的智慧加以善待的人则早已长眠地下了。

返回布宜诺斯艾利斯后,对将来要学习什么我心中没有一点数儿。我什么都想学,或者也许什么都不想学。我酷爱绘画,也写一些小说和诗歌。可是,难道这是一个职业吗?难道能够一本正经地告诉人们,一个人希望以写写画画为生吗?写写画画难道不只是那些游手好闲、无所事事之人的消遣吗?其他同学都非常坚定,上了医学院或者工程学院,研究怎样医治猩红热或者如何修筑一座大桥,而我还在跟自己开玩笑。由于这种难为情的缘故,我进了法律系,虽然我打心眼里肯定自己永远也不会成为一名律师。

我有点儿扯得太远了，您大概不感兴趣了。可是，不说说我那时的情感，就不可能谈到对我来讲是至关重要的人物。因为，要不正是由于我的焦虑和多愁善感，这些人怎么会对我至关重要呢？

好吧，我还是来谈马克斯。

当他们下完了一盘棋后，我好奇地看了看他。他像许多犹太人一样，软绵绵，懒洋洋，颇有些要发福的趋势。他的鼻子呈鹰钩形，又粗又大。但他的整个面部，由于凸起的额头，显得温和而高贵。某种深思熟虑般的宁静使这张脸成为一个老成持重、饱经沧桑的人所特有的面孔。他不修边幅，衣服上的扣子缺三差四，领带系得歪歪扭扭，全身的衣服都好像随随便便穿上去的，仿佛那只是为了不赤身裸体地走在大街上。后来，我发觉他连一点儿务实精神都没有，丝毫不知道如何使用自己的钱：拿到月薪后，他肆意挥霍，几天之后便不得不典当书籍和衣服。他母亲送给他的一枚戒指，也在劫难逃地落入当铺。结识了他的全家后，我证实他的父亲也像他那样的温和，但也像他那样的荒唐。在那些对犹太人有着一般印象的人看来，这父子俩堪称"家破人亡"的楷模。两个人都缺乏务实精神，都疯疯癫癫（温柔镇定的疯疯癫癫），都是温和善良的朋友，都沉静和懒散，都那样的无私，都毫无赚钱的本领，都热情奔放，又都荒唐可笑。后来，当我在公寓里见到他时，我目睹了他生活的紊乱：爱什么时候睡觉就什么时候睡觉，吃什么东西都躺在床上，为此他床头柜上放着一大堆色拉或者奶酪三明治。床头柜上还有一个热水器和一包马黛，他无须下床就可以无休止地喝下去，间或吸上几支烟。在那张肮脏不堪的大床上，他半裸着用自己的象棋研究着一个个著名的棋局，并且不时地查阅一些专业书籍和杂志。

通过那个小伙子，我结识了卡洛斯：仿佛穿过一座摇摇欲坠的橡胶桥，来到了一块坚硬的石头地上——一块拥有巨大的、行将爆发的火山的玄武岩质的陆地上。数年的风风雨雨使我多少次看到,有些人仅仅是充当某两个人相逢的桥梁,使他们日后得以保持千丝万缕的具有着决定性的联系;他们就像那些为千军万马临时在深渊之上架起来的简易桥,一旦军队通过,便被拆掉。

一天晚上,我在马克斯的房间里见到了卡洛斯。我一进去,他们的交谈便戛然而止了。马克斯把他介绍给我,但我只听清了他的名字。我记得他的姓是意大利的。他是个瘦削的小伙子,长着一双水泡眼。他的面孔和双手显得坚硬且又粗糙,我觉得他是一个善于克制和内向的人。他似乎一生饱经磨难;除了他那显然的贫穷之外,在他的精神上肯定还有令他忧虑和痛苦的其他原因。后来,由于他同费尔南多的接触,我对他发生了强烈的兴趣。一想起他,我就觉得他全然是个幽灵,仿佛他身上的肌肉由于高烧已被烧成硬块,仿佛他那备受折磨和燠烤的躯体已经缩为一堆包裹在皮肤里的骨头,缩为寥寥几块然而却坚硬无比的肌肉,靠了这几块肌肉,他方能活动,方能支撑他那紧张的生存。他一言不发,两只眼睛突然燃起愤怒的火焰,而他的双唇则宛如他那呆板的面孔上挨了一刀后留下的裂痕,紧紧地合在一起,把那些令人焦虑的重大秘密予以封闭。

那时候,我对马克斯同卡洛斯的关系非常欣赏。他们的关系犹如用一把锋利的钢刀切一块奶油面包。当时,知道人间的一切都不足为奇的时期尚未到来。现在,我领悟到,在马克斯的身上,有着适合那个表面上看来如此离奇的友谊的条件:他那无比的善良可以缓和卡洛斯精神上的紧张,就像水可以缓解一个刚刚跋涉过大沙漠的人的干渴一样;他那无比的温柔宛如一架缓冲器,使他得以把像卡洛斯和费尔南多这样如此迥异和冷酷的人聚集到自己身边而不发生太大的矛盾。除此而外,世界上有哪个警察能够想象得到,像马克斯这样的人同无政府主义者和持枪抢劫的人有着联系呢?

以上是关于卡洛斯的情况。至于费尔南多,有一件事情更是见不得人，起初我有所怀疑，后来得到了证实。这就是：马克斯的母亲。不知我是否已经告诉过您，费尔南多有一个奇特的癖好：对两类女人颇感兴趣，一类是含苞待放的妙龄女郎，另一类则是老成持重的成年妇女。由于他装模作样的本领无穷无尽，所以他不仅可以把一个喜欢手挽着手走路的小姑娘弄到手，而且也可以把一个对常常拜倒在她石榴裙下的男人们有着广泛而痛苦的了解的妇女弄到手。如果说一个男人只有在处于孤独中时才具有最真实的面容的话，那么费尔南多最真实的面容是残忍和凶恶的，仿佛是用刀子刻出来似的；但是，如果说一个店主不管遭受到任何打击都仍然能够（而且必须）对顾客笑脸相迎的话，那么费尔南多完全有本领在他那张脸上模仿种种店主的表情，或柔和，或同情，或浪漫，或天真，这要以顾客而定。在这方面，他对人类——尤其是对妇女——的全面鄙视助了他一臂之力。我认为，在这种恶作剧中，他不仅找到了满足其情欲的最佳方式，而且也找到了进行自我鄙视的方式。他讥笑那些关于女人的简单化的理论，说它们只是一般的原则。那些原则有的认为女人是罗曼蒂克的，应该在皎洁的月光下征服，有的则认为对女人应当实施虐待。在费尔南多看来，有些女人需要一束鲜花，有些需要一巴掌，而另外一些女人（有时候就是前面说过的那些女人，依情况而定）则既需要鲜花又需要巴掌。然而，归根到底，他总是虐待所有的女人，而且其虐待的方式有时十分残酷，譬如，当性行为达到高潮之际，他却打起呵欠来。

　　马克斯的母亲当时约四十岁左右。尽管她是犹太人，尽管她肤色黝黑，但却有着一副完全斯拉夫人的外表。我不知道她是否有几分姿色，只知道她是一位被奴役的女人：这一点从她那似乎燃烧着欲火的大眼睛以及她的经历中可以看得出来。毋庸向您解释，马克斯同他母亲没有任何相像之处；恰恰相反，他在形体和精神上完全继承了父亲的特征。

　　纳迪娅非常迷人，或许她的经历更使我着迷。她的母亲曾在圣彼得堡学医，与维拉·费格内同窗。后者是"土地与自由"运动的创始人之一。和其他许多学生一样，纳迪娅的母亲放弃了自己的学业，在农民中间进行革命宣传工作。后来，在发生了一连串的谋杀活动之后，沙皇当局决定镇压这个运动。于是，她便逃走了。之后，她加入了苏黎世小组，结识了一位名叫伊萨耶夫的被流放的小伙子。他们俩喜结良缘，从而使纳迪娅降生人间。纳迪娅的童年和少年是在颠沛流离中度过的，常常从欧洲的这个国家移居到那个国家，后来又回到了瑞士。在瑞士，纳迪娅同一位名叫斯坦贝格的医学本科生结为伉俪。最后，夫妻双双来到阿根廷，纳迪娅攻读医学，并为教育和供养全家精神饱满地奋斗着。

纳迪娅的面孔有点儿像鞑靼人；她那乌黑平直的头发从中间分开来梳向后边，挽起一个大发髻，这一切都使她酷似某部俄国影片里的角色。

"您是什么样的犹太人？"有一天，我壮起胆子问纳迪娅。

"我们出身于排犹运动。"她笑着对我说。

但是，数年之后，当我对犹太人有了更为深刻的了解时，我发觉纳迪娅突然会耸耸肩头或者摆摆手，俨然一副经过细微却又明显的修正之后的斯拉夫人的模样。那时，我注意到这种特征在斯坦贝格这样的犹太人中间是司空见惯的：面孔常常是斯拉夫人或者鞑靼人的，用家里古老的俄式茶炉烧茶，崇拜普希金、果戈理或者陀思妥耶夫斯基（读他们的俄文版著作）。然而突然，当我们像习惯了光线极差的斗室里的昏暗一样习惯了这些特征之后，在她身上除了那些明显的特征外，还会开始发现古老种族的特征。这些特征并非总是肉体上的，有时候是细微的思想或者行动，有时候则是一丝难以察觉的微笑或者声音。在那副坚毅的斯拉夫人的脸膛上，常常会突然地露出一丝忧伤的微笑，仿佛我们看到从一个坚固的假面具后面终于走出来一个担心遭到抢劫的娇弱的姑娘。有时候，这些特征则表现为纳迪娅的那种耸耸肩头，它意味着对非犹太人世界的某种嘲讽和不信任，某种痛苦的失望，以及对悲惨的往事默不作声的追忆。这些肉体上或者精神上的特征，令人难以捉摸地展现在一张斯拉夫人面孔上，宛如画家为完善一幅图画而挥笔留下的一道道极其精细美妙的线条。最终，这些特征表现为犹太人就事论理的一种特殊的方式。这种方式出乎大多数人的预料，同严谨的推理几乎毫不相干。如果说逻辑学是以"A 就是 A"这一公式为依据的话，那么，一个犹太人则宁愿耸耸肩头，断然问道："为什么 A 非得是 A 呢？"仿佛这样可以推卸自己的责任似的。之所以如此，是因为他们从来就不知道如何以及为何推理。这种耸耸肩头、挥挥手、皱皱额头，用含混不清的情感、隐而不露的嘲讽以及含糊沉默的评论，影响、篡改和歪曲了哲学术语中的同一性法则，使犹太人远离纯理性主义，就像普鲁斯特的感情分析远离一部心理学著作那样。

不管怎样，通过纳迪娅，我学会了热爱和崇敬沙俄这块充斥着醉汉和民粹主义者、庸医和结核患者、官僚和将军的辽阔的土地。

1928 年一个周末的晚上，在阿韦利亚内达区一个叫作"黎明"的文学协会里，马克斯和费尔南多拉上了关系。当时，冈萨雷斯·帕切科正在那里作一个关于"无政府主义与暴力"的讲座。对这个问题，那时争论得异常激烈，尤其是在迪乔瓦尼一再行刺抢劫之后。此类争论十分危险，因为相当一部分与会者都携带着武器，而且无政府主义也分为许多派别，相互间恨之入骨。像那些站在远处或局外观看革命运动的人常常猜想的那样，以为革命运动的所有成员全是清一色，那可是大错而特错了。这种观点性错误，跟我们给可以称之为"英国人"的人以明确的属性，天真地把像英俊的布鲁梅尔[1]和利物浦码头上的搬运

---

[1] 全名乔治·布鲁梅尔（1778—1840），英国人，由于其衣着考究被称为"美男子"。

夫这样如此不同的人相提并论时所犯的错误，或者和我们断言所有的日本人都一模一样，忽视了或者没有注意到他们每个人之间的差别时所犯的错误一模一样。这种心理机制特别能使我们从外部体察到共同的特征（因为共同的特征是首要的，是一眼就可以看得见的），但是，在我们置身于这个集体中之后，又可以反过来使我们体察个体间的千差万别（因为此时个人的特征就成为重要的东西了）。

然而，争论是无穷无尽的。托尔斯泰主义者拒绝食肉，因为他们反对一切因暴力而造成的死亡。他们还常常是世界语学者和通神论者。而暴力的支持者，则不问青红皂白，凡暴力一概支持，因为他们认为国家只有诉诸武力才能进行战斗，因为只有这样才能给其残忍的本能以出路，就像波德斯塔的情况那样。由于受施蒂纳和尼采影响而参加运动的知识分子和大学生，大都像费尔南多一样，是一些倔强而善于交往的人，往往以支持法西斯主义而告终。那些几乎一字不识的工人之所以靠拢无政府主义，是为了寻求本能的希望。有些人是心怀不满，以这样的方式发泄对老板或社会的仇恨；然而，当他们获得了一笔财富后，就变成惨无人道的老板，或者当上一名警察。那些充满仁慈和高尚情操的十分纯洁的人，尽管他们仁慈和纯洁，但也会像西蒙·拉多维茨基一样，在某种正义感的驱使下，对他们认为致妇女和无辜的儿童以死命的罪犯们进行暗杀和行刺。那些善于精打细算过生活的人，有了无政府主义这个法宝，日子过得十分惬意。他们在同伴家里吃，在同伴家里住，而分文不掏。他们还时不时地偷人家点东西，或者夺走人家的妻子；而当他们由于胡作非为受到主人含蓄的指责时，竟然会鄙夷不屑地回答说："您算什么无政府主义者，同志！"那些向往过小鸟式的自由生活、渴望接触太阳与田野的流浪汉，肩上扛着旅行袋，出门周游列国，到处传播令人振奋的消息。白天，他们收割庄稼、修理碾磨机或者木犁；晚上，他们在短工棚里教那些目不识丁的人读书写字，或者以浅显易懂但又热情洋溢的言辞向他们讲解新社会的到来,告诉他们在这个社会里穷人不再受凌辱、痛苦和贫困,或者把随身携带的某一本书,比如马拉泰斯塔关于意大利农民的书或者巴枯宁的书,读几页给他们听,而他们的听众,由于一整天的劳累,都默不作声,蹲在地上或者坐在煤油桶上,品尝着马黛茶,很可能在回想着意大利或者波兰某个遥远的村庄。他们半睡半醒地进入了那个奇妙的梦乡,希望它是真的,然而(在日复一日的残酷现实的教唆下),他们不得不想到它的不可能性,就像那些虽然备遭不幸却常常梦想最终进入天堂的人一样。在这些短工中间,也许会有某个美洲土生白人,认为上帝为所有的人创造了大地、天空及其星辰。这种美洲土生白人怀念昔日未被铁丝网圈起来的潘帕斯大草原上那种令人自豪的自由自在的生活。这种利己而又能自制的乡巴佬,最终把那些久远的、名不见经传的使徒的业绩据为己有,而且永远信奉希望的学说。

1928年的那天晚上,有一位托尔斯泰主义的鞋匠认为,谁都无权杀害谁,更不用说以无政府主义的名义了。他还说,就连动物的生命都是神圣的,因此,他向来吃素。当时有一位约摸十七岁,高高的个子,黝黑的皮肤,绿莹莹的眼睛,嘲讽而冷酷的面孔的陌生青年起来反驳道:

"也许吃莴苣会改善您肠胃的功能,但我认为这样做很难推翻资产阶级社会。"

所有的与会者都不约而同地望了望那位陌生的青年。

另一位托尔斯泰分子挺身而出,为鞋匠辩护。他回忆起了菩萨为平息老虎的饥饿而心甘情愿地为老虎所吞食的那个神话故事。但是,一位主张进行正义暴力的人随即问道:"假如菩萨看到老虎不是扑向他,而是扑向一个毫无自卫之力的小孩,他会怎么办呢?"此后,争论变得激烈起来,变得充满嘲讽味,变得充满激情,变成人身侮辱,变得愚蠢、天真或者粗野,这要以发言者的性格而定。争论再一次表明,一个没有阶级、没有社会问题的社会,也许和现在这个社会一样充满暴力,一样的不和谐。同样的理由、同样的回忆又一次被搬了出来:拉多维茨基杀死了制造1909年"五一"惨案的警察头子难道不对吗?八名牺牲的和四十名受伤的无产者难道没有要求复仇吗?牺牲的人中间难道没有妇女吗?答案是肯定的。"资产阶级国家"坚决捍卫自己的特权,它武装到了牙齿,草菅人命,压制自由。对那些只追求维持自己特权的暴君来说,正义和声誉根本不存在。然而,那些常常死于无政府主义者的炸弹下的无辜者又应该如何评价呢?而且,通过暴力和报复能够建立一个更美好的社会吗?无政府主义者难道是正义和自由、博爱和互相尊重这些人类最优秀品德的真正的持有者吗?还有,以实行这些高尚的原则为由,镇压那些无辜的、地地道道的银行家和商店老板,屠杀他们,从而得到他们的钱财,用以进行值得令人怀疑的事情,这样的做法难道是可取的吗?有时,骂声和喊声交织在一起,最后还动了武。在这一片混乱中,争论宣告结束。冈萨雷斯·帕切科竭尽其演说才能,并且提醒在场的无政府主义者,让他们明白,设若这样辩论下去,则恰恰证明资产阶级那些最强烈的指控是正确的,这样才平息了这场混乱。

　　马克斯告诉我,他就是在那个时候遇到费尔南多的。费尔南多那嘲讽的言辞和面孔引起了他的注意。他们和费尔南多以及另一个名叫波德斯塔的人一同离去。后来,我也结识了波德斯塔。一个团伙的形成就这样迈出了第一步。可以肯定,这位波德斯塔很想组织和领导这个团伙;然而,这个团伙后来却必不可免地为费尔南多所领导。奥斯瓦尔多·R.波德斯塔是一个从一认识就让我讨厌的家伙:在他的身上有某种模棱两可和拐弯抹角的东西。他举止温和,几乎同女性一样。他还比较有教养,因为他在加入迪乔瓦尼集团之前曾经上到中学四年级。他总是眯缝着眼睛,半侧着身子看人,那模样委实叫人厌烦。随着时间的过去,当我了解了他的历史之后,我完全证实了对他的第一印象。在和费尔南多集团一起抢劫了布拉塞拉斯银行后,迪乔瓦尼被处决，"运动"也因严格地实行了"军事管制法"而遭到镇压，于是，波德斯塔搭乘一艘走私船逃到了乌拉圭，后来又到了西班牙。在那里，他从事工会组织的暗杀活动，同工厂老板进行殊死的斗争（内战前的几年中，有三百人死于非命）。但是，由于某个我不得而知的原因，人们怀疑他同警方同流合污，沆瀣一气。为了证明自己的赤诚，他表示愿意暗杀指派给他的任何人。让他去杀巴塞罗那的警察头子，他真的把那家伙击毙了，从而似乎重新恢复了大家对他的信任。然而，内战一开始，他就对自己的集团犯下了不可饶恕的罪行，以至伊比利亚无政府主义联合会宣布判处他死刑。得知这一消息后，波德斯塔和他的两个好友企图乘一艘满载货物和金钱的摩托艇从塔拉戈纳港逃走，但却被及时赶来的人用机枪击毙了。

　　费尔南多这样的人把一个像波德斯塔这样的人留在自己的集团里，这是可以理解的。令人感到离奇的是，像卡洛斯这样的小伙子，竟然也与这帮家伙同流合污；这一现象只能用他的单纯来解释。此外，您不应忘记，费尔南多进行说服的本领是无穷无尽的，他可以不费吹灰之力地向卡洛斯证明，和他们一起干是同资产阶级社会进行斗争的唯一办法。可尽管如此，当卡洛斯发觉打家劫舍弄来的钱并没有扩大任何一个工会的资金，也没有被用来帮助那些身陷囹圄或者被流放的同志的妻儿老小时，他便愤愤地离开了那帮家伙。他的离去正是在他知道了加蒂没有收到费尔南多许诺的用于组织蒙得维的亚的犯人越狱的资金后发生的。由于不能再拖延下去，这次越狱是用通过其他途径紧急征集来的钱而组织的。卡洛斯非常敬重加蒂（我自己亲自证实了这件事）。在卡洛斯看来，那次事件是一次彻底的大暴露。也许您还记得那次著名的蒙得维的亚越狱吧。十四名犯人从一条三十多米长的地道里得以逃走。地道是在加蒂的领导下，从一座位于监狱对面的煤窑挖起的。因此，人们都称加蒂为"工程师"。加蒂以科学的方法进行工作，使用了罗盘、地图、一台小型的电动挖掘机和一节有轨斗车。为了不弄出声响，人们用绳子拉车。挖出来的土装在袋子里，堆起来，表面上看去像是煤，随即便用汽车拉走。这一复杂而漫长的工作需要耗费许多钱，而这些钱大部分是通过打家劫舍筹集的。然而，正如您可以理解的那样，也正如费尔南多常常以嘲讽的口吻所说的那样，这一切后来全都成了一种自我教唆：为把因打家劫舍而被关押的无政府主义者从监牢里解救出来而进行新的打家劫舍。

无政府主义者筹款的办法主要有两种：抢劫和伪造。这两种办法在哲学上都讲得过去，因为据无政府主义的某些理论家称，财产的拥有是一种窃取，通过打家劫舍，可以把个人曾经不公正地据为己有的东西再归还给社会；通过伪造货币，不仅可以设法为越狱和罢工筹集资金，而且还可以以某种方式，尤其是在大量印发假钞时，使政府财政破产，使国家垮台。历史上，英国就曾把其有名的假代金券用渔船运到法国，企图颠覆法国的革命政府。无政府主义者效法英国，多次大量伪造货币。伪造货币是一项秘密工作，他们为此备受艰辛。然而，由于许多会员酷爱印刷术，干起来也并不十分困难。迪乔瓦尼开办了一个大型刻板作坊，面值十比索的假钞票就是在那里印制的。在那里工作的有一位西班牙排字工，名叫塞莱斯蒂诺·伊格莱西亚斯，是个纯洁且又慷慨的人。费尔南多当时认识了这个人，在他去世前几年，费尔南多又去找过他，请他重操制造假钞的旧业。当时，那场夺去伊格莱西亚斯视力的事故还未发生。

让我们还是回头来再谈谈我们的重逢吧。

那是1930年的元月。我们同马克斯一道去看了影片《叛国罪》。到了酒吧后，我们对埃米尔·詹宁斯[①]以及有声电影的优劣还争论不休（像雷内·克莱尔[②]和卓别林一样，马克斯对有声电影的前景感到惊

[①] 埃米尔·詹宁斯（1884—1950），德国著名电影演员。
[②] 雷内·克莱尔（1898—1981），法国著名电影导演。

恐)。这时,我们看见费尔南多坐在马克斯通常就座的小桌旁,正在等候着马克斯。虽然他此时已长大成人,可我还是立刻就认出了他。他的相貌已经成形,但没有变化,因为他属于那种从小就有了固定相貌特征的人,岁月不能改变他的相貌,而只能增强它。那张脸上的特征是那样的突出,那样的令人难忘,即使在熙熙攘攘的人群中,我也能一眼认出他来。

我不知道他是真的没认出我来,还是装作不认识我。我向他伸过手去。

"啊,布鲁诺!"他一边说,一边漫不经心地也把手伸给我。

他们起身离座,费尔南多低声地对马克斯说了些什么。我望着费尔南多,依然沉浸在惊讶——几乎使我哑口无言的惊讶——之中,因为,虽然后来我为那次重逢找到了一系列的解释,正如我前面告诉过您的那样,但是,当时对我来说,他的出现却宛如一个奇迹。一个不祥的奇迹。

他们分手之际,他缓缓地向我转过身来,并且打了个手势,以示告别。我问马克斯费尔南多是否向他说起过我,是否告诉过他我们是在何处相识的。

"没有,他什么也没有告诉我。"马克斯回答说。

当然,对马克斯来说,那次相逢并非那么出人意料:在一个城市里,相识之人多着哪!

就这样,我又重新走进了费尔南多的势力范围。虽然我见到他的次数寥寥无几,但是,他的言谈,他的理论,以及他的嘲讽,对我一生中那个最关键的时期产生了举足轻重的影响。事实上,我从未参加过他的集团所进行的秘密活动,但是,通过马克斯和卡洛斯,我从远处热切地注视着那种有如暴风骤雨般紧张的生活的一切迹象。像马克斯这样的青年能够对那个组织赞同到何种程度,并且以何种方式赞同,对我来说,至今仍是一个不可探索的奥秘。我认为,他可能起着某种横向的或者联络的作用，因为无论是他的性格还是他的思想，都不适宜从事具体的行动，更不用说这种行动了。时至今日，我还在纳闷：为什么马克斯同那个集团如此近乎？是出于好奇？是由于家世的某种遗传或者影响——微乎其微的影响？对马克斯那种变幻无常的模样，我至今仍常常忍俊不禁。他是那样的温顺和宽容，以致他可以找到与布宜诺斯艾利斯的警察头子为友的理由。毋庸置疑，如果遇到机会的话，他肯定早已跟那个警察头子下上棋了。在那伙人中间看到他，就如同在大地震中看到一个人躺在安乐椅里悠然自得地看报纸一样让人莫名其妙。在那帮拦路抢劫的家伙和恐怖主义分子大谈假钞、炸药和地道之际，马克斯却向我讲述奥涅格①当时在哥伦布剧场指挥的清唱剧《大卫王》，或者评论泰罗夫②在奥德翁剧院指挥的《大卫王》，或者喋喋不休地分析卡帕夫兰卡和阿廖欣的一盘好棋；或者他突然大发脾气，拂袖而去。他的禀性同那一切全然格格不入，宛如在一群喝杜松子③的酒鬼面前放了一小杯波尔图④。

从9月2日起，事件接连发生：学生游行、向学生开枪，随后便是学生阿吉拉尔之死、工人罢工，最后是"9月6日"革命和伊里戈延总统倒台。"9月6日"革命结束了国家的一个时代（现在我们才知道如此）。我们再也不会像昔日那样了。

成立了军事委员会和实行戒严后，整个运动受到了严重的打击：工人中心和学生中心被捣毁，外国工人被驱逐，革命运动遭到摧残，损失惨重。

在那样的一片混乱中，虽然我没有看到卡洛斯，但我猜想他可能

---

① 全名阿图尔·奥涅格（1892—1955），瑞士作曲家。
② 全名亚历山大·亚柯夫列维奇·泰罗夫（1885—1950），苏联著名的乐队指挥。
③ 荷兰的一种烈性酒。
④ 葡萄牙波尔图出产的一种柔和的葡萄酒。

在干着某种极其危险的事情。12月1日，当我从报纸上看到位于卡塔马卡街的布拉塞拉斯银行遭到抢劫时，我马上回想起，两个月前，卡洛斯在我的陪同下，以寻找一家秘密印刷所为借口，在此地转了一大圈，颇有些让人生疑。当时我就深信那次抢劫为费尔南多集团所为，后来我又得到了证实。那次抢劫是卡洛斯参加的最后一次行动，因为他那时已确信无疑，费尔南多的目标与他的目标毫无共同之处。尽管费尔南多以恬不知耻而又颇具摧毁力的理由破坏他对共产主义的同情，但他还是在阿韦利亚内达加入了共产党的一个支部。我曾有几次恭听过费尔南多的那些理由。卡洛斯在听这些理由或者嘲讽时，总是双目凝视地面，紧紧地咬着牙关。那时，卡洛斯已被共产党的青年做过工作，开始发现另一个运动有着很大的优势：他们似乎为某个可靠而明确的目标而斗争；他们表明了单枪匹马式的恐怖主义即使不是有害的，但也是无用的；他们以严肃的论据批驳了使像迪乔瓦尼这样的集团得以产生的运动。总而言之，他们表明，只有组织起来的无产阶级的力量，才是反对组织起来的资产阶级国家力量的唯一有效的力量。然而，费尔南多并没有像其他无政府主义者一样，抨击共产主义运动要建立一个也许比以前更为残酷的新国家，要建立一个为了未来的社会而取缔个人自由的专政。他没有抨击这些，他抨击的是这个运动要以钢铁工业、水力发电、鞋袜衣帽和美味佳肴来解决人类最终问题的平庸计划与希望。

依我看来，可怕的并不是费尔南多试图以诡辩的理由来摧毁卡洛斯那生来具有的诚实，而是他对共产主义和无政府主义那一套根本不屑一顾，而只是挥舞其辩证法的武器，执意毁灭一个像卡洛斯这样无依无靠的人。

但是，正如我以上所说，这些都发生在抢劫布拉塞拉斯银行之前。从那时起，直到1934年，我才又见到了卡洛斯。至于费尔南多，此后二十年我一直未见到他。

1931年元月，在一次告密之后，警察在一个地下印刷所对迪乔瓦尼进行了突然袭击。迪乔瓦尼在城中心穿过了几条街，又跳过了几家的屋顶，在密集的枪击中被堵在一个角落里包围活捉了。2月1日凌晨，他和同伴斯卡尔福一起被枪杀。就义之时，他们高呼："无政府主义万岁！"然而，实际上，那些呼声却像宣布无政府主义在世界的这一地区的彻底灭亡。

随着无政府主义的消失，许多事情都宣告结束。

与费尔南多的再度相逢以及当时我所经历的使我比中学最后几年更感孤独的危机，大大地增加了我要回到"比达尔一家"中去的热望。

我向来是一个好隔岸观火的人，然而，突然却置身于激流之中，仿佛一条水流湍急的山间大川卷杂着许多东西奔腾而去，而片刻之前，这些东西还在安安静静地观赏着周围的世界。因此，虽然现在已经过去了这么多年，但我仍觉得那个时代就像睡梦一样的不现实，就像小说里的世界一样的诱人（然而也是那样的遥远而陌生）。

由于警方的行动以及我同卡洛斯的关系，事态突然变得复杂起来。我的公寓被警察查封，我不得不到奥尔特加的公寓里去避难。奥尔特加是一位学习工程学的学生，当时他正试图把我引向共产主义。他住在巴西街，距宪法区不远。房主是一位西班牙寡妇，对他很崇拜。我临时在那里凑合一下并不困难。房主把朝利马街的一间小房子腾出来，为我放了一张床垫。

那天晚上，我做了一个令人不安的梦。凌晨醒来，我几乎大吃一惊。我不能马上想起前一天的事情，直到我完全恢复神志后，我才诧异地望着周围那混混沌沌的现实，因为我们平时睡觉不是一下子就醒来的，而是要经历一个复杂的、循序渐进的过程。在这个过程中，我们就像一个刚刚漫游了遥远而模糊的大陆之后归来的人，要渐渐地认出原来的世界。那就像在经历了数百年昏暗生活之后，已经失去了对以前生活的记忆，只能支离破碎地回想起它的片断。然而，经过一段难以估量的时间之后，白昼的光亮开始微弱地照进那些使人备受折磨的迷宫的出口；于是，我们迫不及待地跑向白日的世界。这样，我们终于到了睡梦的边缘，宛如那些遇难者在同暴风雨进行了漫长的斗争之后精疲力竭地爬上了海滩。在白天的世界里，我们虽然仍处于半昏迷状态，但却渐渐地静下心来，开始以感激的心情辨认日常世界——平静而舒适的文明世界——的某些特征。安托万·德·圣埃克苏佩里讲过，在同暴风雨进行了令人痛苦的斗争之后，他在大西洋上空迷失了方向。当他和他的机械师几乎对着陆已不抱希望时，他们却远远地依稀地看到了非洲海岸上的一点亮光。他们用最后一升汽油终于抵达了那个望眼欲穿的海岸。于是，他们在一间茅屋里喝的那杯牛奶咖啡便成了他们与整个生命相联系的微不足道但又意义重大的标志，成了再度与生存的小小而美妙的重逢。同样道理，当我们从睡梦的那个世界返回之后，任何一张小桌子、一双已经穿破的鞋子、一盏普通的油灯，都是我们渴望抵达的海岸的激动人心的光亮，都是安全的标志。因此，当我们朦朦胧胧地发现那些现实的碎片——那张熟悉的小桌子、那双已经穿破的鞋子或者那盏油灯——中有某样东西并非是我们所期望的时，我们便焦急不安起来。当我们在一个陌生的小屋、一家无名旅馆的凄凉的空荡荡的房间或者为环境所迫于头天晚上投宿的陋室里突然醒来时，我们的感觉常常就是这样。

我渐渐地明白了，那个房间不是我的房间。于是，我也渐渐地回想起了那天的查封和警察。现在，在晨光之下，那间房子的格调与我的情绪格格不入。我又一次发现，就连那些与事无关的人，也难以逃脱某些事件的无理的粗暴追逐。由于一连串离奇的连带关系，我这个自信天生就是隔岸观火和独自苦思冥想的人也被卷入了混乱乃至十分危险的事件中去了。

我起了床，打开窗户，俯视下面那座冷漠的城市。

我感到孤独和惶恐不安。生活在我面前变得错综复杂和咄咄逼人。

奥尔特加怀着素日那有益于健康的乐观情绪出现在我的面前,对我开起有关无政府主义者的玩笑。去学校之前,他给我留下一本列宁的书,并再三嘱咐我读一读,因为那本书对恐怖主义进行了彻底的批判。在纳迪娅的影响下,我曾读过维拉·费格内的回忆录。维拉·费格内由于参与了刺杀沙皇行动,被长期监禁在沙皇的监狱里。因此,我不能怀着好感去阅读那本残忍而嘲讽的著作。"小资产阶级的绝望。"在马克思主义理论家那无情的眼睛里,那些浪漫主义者是多么的荒唐可笑啊!随着岁月的流逝,我渐渐地领悟到,列宁与维拉·费格内相比,现实更近于前者;然而,我的心却一直向着那些天真而又有点儿荒唐的英雄。

对我来说,时间似乎突然停滞不前了。奥尔特加劝我先在公寓里待几天,不要出门,看看风头再说。但是,三天之后我就待不住了,开始出门上街,心想警察不可能认出一个没有前科的青年来。

中午时分,我走进宪法区的一家自动酒吧,在那里吃了中饭。无论是在街头还是在咖啡馆里,都可以看到许多无忧无虑的人,这使我感到非常奇怪。当我躲在小屋子里阅读革命书籍时,我觉得世界似乎随时都可能爆炸。但是,走出房门之后,我发觉一切都平安无事:职员照常去上班,商人照常营业,甚至还可以看到有人懒洋洋地坐在广场的长凳上,望着时辰一个一个地过去,所有的时辰全都一模一样,单调无奇。我又一次——而且可能不是最后一次——在这个世界上感到自己是局外人,仿佛从梦中突然醒来,不了解它的规律和意义。我漫无目的地踯躅在布宜诺斯艾利斯的街头,望着街上熙来攘往的人群,随后又坐在"宪法广场"的一条长凳上沉思起来。后来,我又回到了自己的小屋,结果感到比以往任何时候都更加孤独。我仿佛只有一头栽进书本里,才能重新找到现实,而外面街头上的那种生活,似乎只是被施了催眠术的人们的宏大梦境。要使我理解在布宜诺斯艾利斯的街头和广场上,乃至商店里和办公室里也有成千上万的人在思索或者感到我此刻所感到的东西,还需要许多年。这些人有的感到苦恼和孤独,有的思索着生活的乐趣和生活的无聊,有的似乎看到了周围沉睡着的世界——一个充满被施了催眠术或者变成了机器人的人的世界。

在那座孤零零的多面堡里,我开始写起小说来。现在,我发觉我每一次写的都是自己如何的不幸,自己感到如何的孤独或者感到同这个我出生的世界如何格格不入。我暗自思忖,当今的写作技巧——使人紧张和伤心的技巧,是否都必不可免地来自我们的不协调、焦虑和不快。这是人这种脆弱、不安和充满渴望的生灵力图与世界相协调的一个尝试。动物不需要这种尝试,它们只要能生存便可以了,因为它们的生存同遗传的需要十分和谐。一只小鸟只需几粒谷物或者几只蠕虫、一棵供其造巢的树和得以展翅翱翔的广阔空间就可以了。从出生到死亡,它都以幸福的旋律生活着。这种旋律既不为形而上学的失望所打破,也不为心血来潮的狂热所打破。而人自从在后腿的支撑下直起躯体并且把第一块锋利的石头变成斧子以后,就为自己的伟大打下了基础,但也为自己的烦恼准备好了温床,因为人将用自己的双手以及用双手制作的工具竖立起宏伟和古怪的被称为"文化"的建筑物,从而开始了其伟大的自我决裂,因为他虽然已不再是单纯的动物,但也还未变成其灵魂所启示的"神"。这种具有两重性的不幸的人,活动和生活在动物的大地和他的神仙的苍穹之间,他失去了他在地上天真烂漫的乐园,但也还未获得他在空中的救世的天堂。这个在精神上处于痛苦和病态的人,将第一次自问他生存的意义何在。他的双手、那把斧子、火,还有科学和技术,一天天把一条鸿沟越挖越深,将他同原来的种族以及他作为动物的幸福分隔开来。城市终将成为他疯狂奔跑的最后阶段、他自豪的最高表现以及他异化的最高形式。于是,有些盲目又有点儿发疯的闷闷不乐的人,试图摸索着恢复那种失去的与奥秘和血统之间的和谐,描绘或者撰写一个与不幸地围绕着他们的现实大相径庭的现实，一个常常表面上看来令人难以置信的疯疯癫癫的现实。然而，奇怪的是，这个现实结果却比日常生活中的现实更加深刻，更加真实。于是，这些脆弱的人梦想为大家做点儿什么，便从个人的不幸中站立起来，变成了集体命运的解释者乃至救星（痛苦的救星）。

然而，我的不幸历来都是双重的，因为我的懦弱，我的观望态度，我的优柔寡断，以及我的丧志，一直挠阻我达到这一新的领域，这一新的世界——艺术实践。我总是从那座有可能拯救我的盼望建成的大楼的脚手架上跌落下来。每次跌落下来，我不仅受到皮肉之苦，精神也倍加忧伤。于是，我便去寻找那些普普通通的人。

当时我也是如此：我所营造的一切都是笨拙的、不能如愿的。如同当我感到孤独和惶惑时那样，每次失败后，我都在寂寞之中悄然地听到来自灵魂深处的安娜·玛丽亚的声音，这声音同一位我几乎已经回想不起来的梦幻中的母亲的模糊声音交织在一起。安娜·玛丽亚是唯一近似一位我所认识的有着血肉之躯的母亲的人。这声音仿佛是神话里已被洪水淹没的大教堂的大钟在暴雨和狂风冲击下发出的回声。由于我的生命历来暗淡无光，那一遥远的声音开始听得更为清晰，仿佛是一种召唤，仿佛在说："不要忘记，我一直在这里，你任何时候都可以到我身边来。"有一天，那召唤突然响亮得使人难以忍受。于是，我从坐了许久一直徒劳无益地苦思冥想着的床上跳下来，怀着突然产生的早就该去——很早很早就该去——重新收复那个童年、那条河流、庄园的那些遥远的黄昏以及安娜·玛丽亚所遗留的东西的热望跑了出去。对，要去收复安娜·玛丽亚所遗留的东西。

然而，我错了，因为我们的热望并非总把我们引向事实。同赫奥希娜的那次重逢无异于一次别离，无异于一种新的不幸的开端。在某种意义上讲，这种不幸一直持续到现在，而且肯定还要持续到我死去。不过，这已经不是您所感兴趣的故事了。

是的，的确如此：我多次见到了她，并和她在那些街头徜徉。她对我温情脉脉。谁说那些为非作歹的家伙只能使我们遭受折磨呢？

她不仅少言寡语，而且说话也言不尽意，仿佛她永远是忧心忡忡的。不是她的言谈话语告诉了我她在其生命的那个时刻的情况以及她所受的痛苦。而是她的画告诉了我这一切。我不是向您讲过她从小就绘画吗？您切莫以为她的画会告诉我直接的东西，因为在她的画中甚至连人的图像也没有，更不用说轶闻趣事了。她的画全是些静物画：一把靠窗的椅子、一只花瓶。可是，奇怪：当一个人说"椅子"、"窗子"或者"钟表"这些我们周围冷漠呆板的世界的单纯物体时，我们却会马上想到某种神秘而无法确定的东西，比如密码或者我们生存某个深处的忧伤信息。虽然我们嘴里说的是"椅子"，但我们所要表达的并非"椅子"，对此人们也理解我们，或者至少那个忧伤信息所秘密涉及的人们会理解我们。虽然经过了无数冷漠和敌视的人们，那个忧伤信息的秘密仍未被识破。因此，这双木屐，这支蜡烛，这把椅子，并非要表达木屐、苍白的蜡烛和椅子，而是要表达文森特·凡·高（尤其是文森特），要表达他的忧虑、苦恼和孤独，以便使他的自画像更为贴切，把他最深刻痛苦的忧虑描绘得更加动人。人们总是借助那些外在的冷漠的物体，这个呆板而冷酷的世界——这个在我们之外、也许在我们之前就已经存在并且很可能在我们死后依然呆板而冷酷地存在的世界——上的物体，仿佛它们是临时架设在一个人与世界之间永远存在的深渊之上的摇摇欲坠的小桥（如同诗人的词藻），仿佛是那种深奥和隐秘的东西的象征。对不懂得其中奥妙的人来说，那些物体是如此的冷漠、客观和平淡，但对了解其奥妙的人来说，它们又是如此的热烈、紧张和充满神秘色彩。因为这些描绘出来的物体实际上不是那个冷漠世界上的物体，而是由那个孤独、失望和迫切需要倾吐衷肠的人创作出来的物体。他与物的关系犹如灵与肉的关系：灵魂将自己的愿望和情感注入肉体，而且通过肉体的一道道皱褶、眼中的光芒、微笑以及双唇的张合来加以表现。这就像一个人试图在他人身上，而且常常是与己全然无关的人，如一个癔病患者或者一个职业巫师、一个天生冷酷的人的身上表现（绝望地表现）自己的情感一样。

我就是以这样的方式得知了赫奥希娜灵魂最隐秘处，也是我最思念之处所发生的一些事情。

为了什么呢，我的上帝？这到底为了什么呢？

4

一连数日，马丁围着房子转来转去，期待着解除警戒。他只能远远地望着那所他曾经体验过陶醉和失望的房间所剩余的东西：一具被大火烧黑了的骨骼。他愁眉苦脸地试图沿着螺旋梯接近这具骨骼。夜幕降临的时候，在那些刚刚能被街角的路灯照亮的墙壁上门窗口一个个显露出来，宛如被烧焦的头颅上的深陷的眼眶。

他在寻觅什么？他为什么要进去？也许他自己也无法作出回答。然而，他耐心地等到了那个毫无用处的警戒的解除；于是，就在那天晚上，他爬过栅栏门进去了。他手拿电筒，绕过房子，径直朝阁楼走去。许多年以前，在一个夏日的晚上，他第一次拿着电筒也这么走过一遭。整个过道，以及阁楼底下的那两个房间，还有储藏室，全都被烧成了黑乎乎的墙壁。

那是一个寒冷的乌云密布的夜晚，凌晨的宁静是那么深沉。远处传来一声轮船汽笛的回声，随后又是一片宁静。有好长一段时间，马丁一动不动地待在那里，心里却感到紧张不安。这时，他听到了亚历杭德拉那微弱而清晰的声音（其实那只不过是由于他紧张想象出来的）。亚历杭德拉只叫了声"马丁"。小伙子瘫了，把身体靠在墙上，待了许久。

他终于克服了怯懦，朝屋子走去。他感到有必要进去，有必要再一次看看祖父的那个房间。在那里，奥尔莫斯家族的精神似乎以某种方式已经形成；在那里，从古老的画像上，亚历杭德拉一家那颇有先见之明的眼睛永远审视着一切。

门厅锁上了。他退回来，发现有一道门用链条和挂锁锁着。他在灰烬中找到了一根粗细适中的铁棍，甩它撬掉门上套着链条的大铁环：这并非难事，因为木头已经枯了。他走进过道，在电筒光下，一切都是那样的凌乱，宛如一座拍卖的房子。

　　老头子的房间里，除了那辆轮椅不翼而飞外，一切都一如既往：那盏老式煤油灯、由普埃雷东①画的戴压发梳的太太和先生们的画像、靠墙的小桌、威尼斯镜子。

　　他寻找特里尼达·阿里亚斯的袖珍画像，之后便观赏起那位美人的脸蛋儿来。她那印第安人的相貌，仿佛是对亚历杭德拉相貌的低声细语的表述。在英国人与西班牙征服者的交谈中，这样的表述被吞没了。

　　他觉得自己正在进入梦乡，就像那天晚上一样。那天晚上，他同亚历杭德拉一起走进了这个房间。而现在，这个梦被大火和死亡淹没了。那位先生和那位头戴压发梳的太太似乎在墙上望着他。武士、疯子、市议员以及教士的幽灵都无形地进入了这个房间，并且好像在讲述着关于征服者和各路征战的故事。

　　尤其是塞莱多尼奥·奥尔莫斯的幽灵更是如此。塞莱多尼奥·奥尔莫斯是亚历杭德拉祖父的祖父。在他年迈的岁月里，就在那间屋子里，也许就在那把大沙发椅子上，他屡屡追忆了那次最后撤退的情形，那个结局。对明智的人来说，那次撤退没有任何意义。那次撤退是在法迈利亚②灾难之后发生的。当时，军团的兵力已被奥里韦的军队击溃，并且由于失败和叛变而四分五裂，军人由于绝望而没有了一点士气。

　　现在，他们沿着陌生的羊肠小道，朝萨尔塔③前进。这些小道只有那个向导才知道。他们仅仅剩下了六百名残兵败将。而他——拉瓦

---

① 全名普里利迪亚诺·普埃雷东（1823—1870），阿根廷画家。
② 阿根廷北部的一个区，归图库曼省管辖。
③ 阿根廷北部城市，萨尔塔省省府。

列,却还抱有一线希望,因为他似乎总是如此,尽管如伊里亚特①所想象的那样以及奥坎波和奥尔诺斯指挥官背后所议论的那样,他的希望只不过是空想和幻影而已。率领着这些残兵败将,他要去和谁对阵呢?然而,他头戴草帽,帽顶上还有一个天蓝色的花结(已经不是天蓝色了,说不上是什么颜色),身披天蓝色的斗篷(也不是天蓝色了,倒有点儿接近土色),走在前面,不知在胡思乱想些什么。也许他在力图使自己不屈服于绝望和死亡吧。

塞莱多尼奥·奥尔莫斯少尉正在马上竭力留住自己那十八岁的年华,因为他感到自己的年龄已经濒临一道深渊,并且随时都可能跌入那无底的深渊里去,跌入那无可度量的年代中去。他疲惫不堪,拖着一只受了伤的胳膊,依然坐在马上,望着走在前面的首领及身旁的佩德内拉上校。佩德内拉上校紧绷着脸,陷入沉思之中。塞莱多尼奥·奥尔莫斯少尉在竭力地捍卫那些宝塔,那些他青年时代明亮而傲慢的宝塔,那些以其大写指明了善与恶的界线的光彩夺目的言辞,那些为保卫独裁专制而感到自豪的卫士。他依然在那些宝塔中进行自卫。因为在继八百莱瓜②的溃败和背信弃义、叛变和争吵之后,一切都变得模糊不清了。在敌人的追击下,他血迹斑斑,心烦意乱,手执马刀,一个台阶一个台阶地登上那些宝塔。昔日那些光辉灿烂的宝塔,如今已被鲜血和谎言、失败和疑虑玷污了。他捍卫着每一个台阶,深切地望着自己的同志,默默地向那些进行了同样战斗的人求援:向弗里亚斯,也许还向拉卡萨。他听到弗里亚斯对比林赫斯特说:"他们要抛弃我们,我打保票。"弗里亚斯一边说,一边望着科连特斯③骑兵中队的指挥官。

---

① 全名托马斯·德伊里亚特(1794—1876),阿根廷将军,参加过独立战争。
② 西班牙的度量单位,1莱瓜约合5.6公里。
③ 阿根廷城市,科连特斯省省会。

"他们已经准备就绪，要背叛我们。"布宜诺斯艾利斯骑兵中队的指挥官这样想。

的确如此，奥尔诺斯和奥坎波骑着马并肩而行。其他人望着他们，猜测他们要叛变或者开小差。当奥尔诺斯离开他的同伴，来到将军跟前时，所有的人都不约而同地这么想。于是，拉瓦列下令停止前进，人们顿时喧哗起来。喧哗什么呢？议论什么呢？后来，当行军重新开始时，自相矛盾而又耸人听闻的说法便传开来了：他们取代了将军；他们试图说服将军；他们已经告诉将军，他们要离开军队。人们还传说，拉瓦列慷慨陈词道："假如没有希望，我就不会继续进行斗争了。但是，萨尔塔和胡胡伊的政府将援助我们，向我们提供人员和装备，我们将在山里变得强大起来。奥里韦必须用相当大一部分兵力来对付我们，拉马德里①将在库约②进行抗击。"

于是，当有人嘟嘟囔囔地说"拉瓦列完全疯了"时，塞莱多尼奥·奥尔莫斯少尉旋即抽出马刀，要捍卫那座宝塔的最后一部分。他挥刀向那人砍去，但被他的朋友们拦住了，而那个人则被弄得瞠目结舌，遭到一顿臭骂，因为此刻尤其要（他的朋友们说），尤其要团结一致，免得将军看出什么或者听到什么。"仿佛（弗里亚斯这么想）将军沉睡了似的，进入梦乡——空想的梦乡——似的。仿佛将军是一个疯疯癫癫而又天真可爱的小孩，而他们则是他的兄长和父母，捍卫着他的美梦。"

弗里亚斯、拉卡萨和奥尔莫斯望着自己的首领，惟恐他醒过来。然而，幸运的是他在索萨士官的照料下，依然在梦乡遨游。索萨是一位忠贞不渝、不受大地和人类任何权力左右、坚韧不拔并且历来少言寡语的士官。

---

① 全名格雷戈里奥·阿拉奥斯·德拉马德里（1795—1857），阿根廷将军，曾在独立战争中立下了丰功伟绩，后来与罗萨斯进行了坚决的斗争。
② 阿根廷的一个区，位于安第斯山麓。

那个援助的美梦、抗击的美梦、装备的美梦、马匹和人员的美梦,终于在萨尔塔无情地破灭了:人们早已逃之夭夭,所有的大街小巷都笼罩着一片恐慌。奥里韦已在距城九莱瓜的地方,一切都不可能了。

"现在,您看到了吗,我的将军?"奥尔诺斯对他说。

奥坎波对他说:"我们科连特斯师的余部,决定穿过大峡谷,去助帕斯①将军一臂之力。"

夜幕降临到了这座乱作一团的城市。

拉瓦列垂下头,一句话也没有回答。

"怎么啦?还在做梦吗?"奥尔诺斯和奥坎波两位指挥官相对而视。终于,拉瓦列回答说:

"我们的责任是保护我们这些省的朋友。如果我们的朋友撤向玻利维亚,那么我们应该最后撤离。我们应该断后。我们应该最后离开祖国的土地。"

奥尔诺斯和奥坎波两位指挥官又相互看了看。他们只有同一个想法:"他疯了。"用什么力量去断后呢?怎么去断后呢?

拉瓦列双目凝视着地平线,默默地重复道:

"最后。"

奥尔诺斯和奥坎波两位指挥官暗自思忖:"傲慢,他那该死的傲慢,也许还有对帕斯的反感,支配着他。"他们说:

"我的将军,我们深感遗憾。我们中队要去和帕斯将军的部队会合。"

拉瓦列望了望他们,随即便垂下了头。他额头的皱纹每时每刻都在增多。那些生死搏斗的岁月场景朝着他的灵魂压了过来。当他抬起

---

① 全名何塞·玛丽亚·帕斯(1791—1854),阿根廷将军,中央集权派首领。

头来再望他们的时候,他已是一位老翁了。

"好吧,指挥官。祝你们走运。但愿帕斯将军能够把这场斗争进行到底。看来我对这场斗争已经无能为力了。"

奥尔诺斯师的余部飞快离去,留在将军身边的二百人默默地望着他们。这些人的心房紧缩,头脑里只有一个想法:"现在一切全完了。"他们唯有在首领身边等死。拉瓦列告诉他们:"我们撤退吧。瞧吧,我们要在山里打游击。"这时,他们双目凝视着大地,默不作声。"眼下,我们可以去胡胡伊。"那些人明知去胡胡伊是愚蠢之举;也知道唯一能够挽救他们性命的办法就是沿着鲜为人知的羊肠小道去玻利维亚四散而逃,但他们却回答说:"好吧,我的将军!"因为谁能够把这位天真幼稚的将军从其最后的美梦中唤醒呢?

现在,他们正朝那里进发。他们还不足二百人。他们沿着大路朝胡胡伊城进发。沿着大路!

5

"德尔卡斯蒂略。"他对他说。"亚历杭德拉。"他对他说。什么？你在说什么？全是些零散的、毫不连贯的话。但是，最后的"死亡"、"大火"等词，唤起了那个人的惊奇。虽然马丁感到同他谈亚历杭德拉犹如要从混着粪便的泥土中寻回一颗宝石，但他还是同他谈了。"好的，我明白了。"当博德纳韦来到后，他用一种探究的目光望了望他，目光里流露出惊慌和恐惧：博德纳韦同他第一次看到时已判若两人。马丁说不出话。"喝吧。"他劝说道。他觉得嗓子发干，感到非常虚弱。他想同他谈谈关于……但是，望着已经空了的杯子，他不知从何谈起。"喝吧。"可是，他忽然感到那样做不仅无济于事，而且愚蠢之至：他们能够谈些什么呢？酒下肚后，他的头脑越来越模糊，世界也越来越混乱。"亚历杭德拉。"另一个人说。是的，一切都混乱不堪。那个人也变得不一样了：他仿佛看到他格外殷勤，几乎亲热地向他欠着身子。许多年来，他对那个意识模糊的时刻进行过分析。后来，当他从南方归来后，还把此事讲给了布鲁诺听。布鲁诺认为，博德纳韦虐待亚历杭德拉，不仅是为自己报仇，而且也是为马丁报仇，就像那些劫富济贫的卡拉布里亚[①]强盗一样。但是，请等一等，那一切都还极不明朗。首先，为什么他要对亚历杭德拉进行报复呢？亚历杭德拉冒犯了他吗？辱骂了他吗？或者使他蒙受了羞辱吗？马丁通过那场混乱所回忆起来的一个词颇具意义：博德纳韦谈到了蔑视。然而，在布鲁诺看来则是对她的仇恨和反感。谁也不会蔑视自己所仇恨的人，因为被蔑视的人总是比自己差的人，而被反感的人总是比自己强的人。因此，博德纳韦虐待她或者经常虐待她（仅凭寥寥无几的依据是很难确定虐待的准确频率的），是为了发泄一种令人难以捉摸的怨恨。这种怨恨或者情感，在某些阿根廷男人身上颇为典型。这些男人视女人如仇敌，并且永远也不会饶恕女人对他们的蔑视或者羞辱。对于熟知二人秉性的人来说，这样的蔑视或者羞辱是不难想象的。因为，几乎可以肯定地说，博德纳韦有足够的理智和直觉来理解亚历杭德拉的优势。作为真正的阿根廷男人，他感到自己蒙受了羞辱，因为他觉得自己无法获得支配亚历杭德拉肉体以外的东西，觉得在亚历杭德拉那对他来说难以接近的精神领域里，他受到监视、嘲弄和蔑视。他还有一种更加使他气愤的想法：她利用他，肯定就像利用其他许多男人一样，把他当作一个简单的工具——一个看来他永远也理解不了的、居心不良的复仇工具。他之所以趋于同情马丁，不仅因为他不视马丁为情敌，不仅因为他们在共同的敌人面前有着兄弟般的情谊，而且还因为，当亚历杭德拉伤害了一个如此无依无靠的小伙子时，她就变成了一个更脆弱的人，甚至可以遭到博德纳韦的攻击。犹如仇视一位大阔佬一样，虽然懂得这种情感是低下的、不公正的，但还是利用他的某个粗俗的瑕疵（譬如他的吝啬），对他进行毫无顾忌的诅咒。然而，所有这一切都不是马丁当时想到的，而是在经历了很长时间以后。一想到这些，就仿佛有人要把他的心脏拽出来，用石头在地上把它砸得粉碎；就仿佛有人用一把豁了口的刀子把他的心脏挖出来，然后用指甲掐破。模糊不清的情感、微不足道的感觉、令人头昏脑涨的事物，以及对那个人曾一度是亚历杭德拉的心上人的迅速证实，都使他难以启齿。博德纳韦困惑地望着他。可是，为了什么呢？"她已经死了。"博德纳韦说。马丁依然低垂着头。是的，这种想要知道的愿望，这种刨根问底的荒唐愿望是为了什么呢？马丁不得而知，而且，即使他模糊地感觉到了，也无法用语言表达出来。然而，有某种东西颇不理智地驱使着他。博德纳韦打量着他，仿佛在称量什么东西，称量着一剂分量相当可观的药。

"喝吧，"他一边递给他一杯白兰地一边说，"您情绪不佳。"

---

① 意大利地名。

喝吧。"

仿佛陡然间有了灵感，马丁说道："是的，我想一醉方休，我想死。"与此同时，他听到博德纳韦说了点什么，好像是"是的，在另一层楼，在上面，您知道"。当马丁又操杯续饮的时候，博德纳韦仔细地打量着他。过了不多久，一切都开始晃动起来。他感到恶心，双腿发软。他的胃从发生火灾的那天晚上起就感到空空如也，但此刻却好像装满了沸腾的令人作呕的东西。他费了九牛二虎之力，登上了那个极不光彩的地方。犹如在梦幻之间，透过那硕大的窗户，他看到了河流。怀着自愧自嘲的感觉，他暗想道："我们的河流。"他觉得自己看上去小得像个孩子，这使他深感痛苦，仿佛那个孩子就在自己面前。那地方漆黑一团，伸手不见五指。一股浓郁的香味增加了他要在地上的大垫子上呕吐的欲望。这时，博德纳韦打开壁橱，立刻露出一套组合留声机来。他嘴里说："非常隐蔽。"给那个秘密又增添了点分量。他还评论说："强盗们，您以后想想看，如果拿到这些录音。"就像是个圈套。他似乎听到谈论生意上的事。另一位是个至关重要的人物，而他——博德纳韦，由于铝厂的问题对此人甚感兴趣（顺便提一下，布鲁诺思索着，谁知道他要对亚历杭德拉进行什么样的报复？肉体上折磨和情感上虐待的报复？反正总归是报复）。另外，由于他必须知道，对此他十分坚持，那么让他知道也好：在那台录音设备运转的时候，她对为能弄到钱而与人同床共枕感到莫大的快活。而他——马丁，甚至都不能请求博德纳韦停下那讨厌的机器，只能在那场可怕、阴险且又卑鄙的交媾中听到说话声、叫喊声和呻吟声。然而，这时，一种超人的力量使他做出了反应，他犹如一个被追捕的人，飞跑下来，一路上跌跌撞撞，摔倒又爬起来，终于来到了大街上。街上冰冷的空气和蒙蒙的细雨把他这位冷漠的死人从那讨厌的地狱里唤醒了。他开始慢慢地走着，宛如一具既无灵魂又无皮肤的躯体，被无情的人群推动着，行走在碎玻璃片上。

他们连二百人都不到了，甚至已经连士兵都不是了：他们是被打败了的、肮脏不堪的人，其中有许多人都不知道自己因何而战，为何而战。塞莱多尼奥·奥尔莫斯少尉也像其他人一样，坐在鞍马上，双眉紧锁，默默地追忆着在克夫拉乔·埃拉多战役中阵亡的父亲——奥尔莫斯上尉，以及他的兄长。

溃败八百莱瓜。他现在什么都不懂了，而伊里亚特那些恶毒的话语又不断地出现在他的脑海里：疯子将军、不知自己在想些什么的人。不是由于拉瓦列的缘故，拉索拉纳·索托马约尔才抛弃了布里苏埃拉吗？现在，他正望着布里苏埃拉：他披头散发，酩酊大醉，身边围着一群狗。拉瓦列派去的人谁也别想靠近！现在，那位萨尔塔姑娘不正朝他身边走去吗？塞莱多尼奥·奥尔莫斯少尉已经什么都不懂了。两年前，一切都是那样的明了：自由或者死亡。可是现在……

世界变得一片混乱。他想起了自己的母亲，自己的童年。可是，布里苏埃拉准将的身影又浮现在他的眼前：一个用肮脏的碎布头做成的咆哮不止的洋娃娃。一只只狂怒的猎狗围在他的身边。后来，他又试图追忆那个童年。

他漫不经心地走着，对周围的一切全然不顾。与此同时，其余的思绪又被剧烈的冲动搅得七零八落，宛如已经被地震摧毁了的高楼大厦，又为余震所晃动。

他上了一辆公共汽车。他感到世界失去了意义。这种感觉强烈地缠绕着他：公共汽车以如此的决心和威力朝着一个他不感兴趣的地方驶去；这台如此精确、技术上如此高效的机械装置载着他，而他既没有任何目标，也不相信任何东西，既不期望任何东西，也不需要到任何地方去。混乱的运输有着准确的时刻表、价目表、查票小组、交通条例等。他愚蠢地把心脏注射剂扔得一干二净，而现在为此去找巴勃罗，无异于到舞会上去寻找上帝或者魔鬼。不过，列车、多雷戈街岔道口，也许去那里吧，眨眼间就完了。他回想起了那次事故的人群。怎么回事？怎么回事？挤不到人群中间去，他听到有人在说太可怕了，这人走路没留神，被火车撞了，死得真惨，您在说些什么？他是故意撞上去的，他想自杀，另一个人惊呼，这里有只鞋，里面还有脚！又或许去水边，博卡大桥，然而下面是油腻的水，在往下跳的那几秒钟里，也许会产生疑虑或者后悔。这短暂的瞬间会成为永恒的、可怕的却又广阔的存在，如同做噩梦的那几秒钟一样。谁知道呢！或者像胡安·佩德罗一样，把自己关在屋子里，打开煤气阀门，再服上大剂量的安眠药。然而，内内把窗子留了一道小缝。可怜的内内，他亲切而又嘲讽地思索着。他那满含悲剧色彩的微笑，宛如暴风雨和海啸之日瞬间闪现的骄阳。这时，检票员高声喊道："到站了！"最后一批乘客全都下去了。怎么啦？怎么回事？到哪儿了？看看吧，帕斯将军街，是的，一座宝塔。从一个门厅里跑出来一个小孩。一位妇女，大概是孩子的母亲，从里边对孩子喊道："我要抓住这个小孽种！"小孩恐惧地跑到了街角，从那里拐到另一条街上去了。他身着一条棕色裤子和一件红背心，在灰蒙蒙的雨天的陪衬下，宛如一幅小巧玲珑却又瞬间即逝的丹青佳作。在同一条街上，他还看见一位身披黄雨衣的城区姑娘，并且认为她是去商场买东西，或为了喝马黛茶而去买松糕。母亲，或者已经退休在家的父亲对她说："多么美丽的下午，喝马黛茶吃松糕该有多好啊！去吧，去买点儿回来！"也许是某个为她们这些妙龄女郎所喜欢的小伙子叫她去的吧。这个小伙子可能分文不名，并且已经向她倾诉了衷肠。或者可能是她那位在此处有着一所小作坊的哥哥叫她去的，因为他现在看到了一个小小的汽车库，车库里有一个青年男子，大概就是她的哥哥。这个青年男子身穿一套油渍斑斑的工作服，手里拿着一把英国造扳手，正告诉他的徒弟佩里科去借充电器来。徒弟听罢吩咐，旋即离去。然而，这一切好像是一场梦。充电器、英国造扳手和机械师，这一切都是为了什么呢？他为那个被吓得失魂落魄的孩子感到难过，因为他认为，既然我们大家都在做梦，那么为什么要惩罚那个孩子呢？为什么要修理汽车？为什么要有同情？为什么还要结婚生子，使他们也梦想生活，使他们也吃苦受罪，去打仗或者去斗争，或者为纯粹的梦想而绝望？他随着人群走，宛如一叶没有艄公的小舟随波逐流。他机械地走动着，就像那些几乎完全失去意志和知觉的患者，任凭护士搬来搬去，用剩余的模糊不清的意志和知觉听凭摆布，虽然不知道这是为了什么。"493路，"他暗自思忖，"我坐到查卡里塔，然后再坐地铁到佛罗里达，最后再步行到旅馆。"于是，他上了493路公共汽车，机械地买了张票。在半个钟头的乘车时间里，他依然看见那些幽灵在梦想让他们忙个不停的东西。在佛罗里达站，他下了车，从圣马丁大街出来，然后沿着科连特斯街步行到光复街，从那里径直走到"华沙旅馆"——一家专供男士寻欢作乐的旅馆——沿着那又脏又破的楼梯，拾级而上，一直到了第五层，随后便一头栽到那张简易床上，仿佛他在迷宫里已经遨游了好几个世纪。

　　佩德内拉望了望走在前面一点儿的拉瓦列。拉瓦列下身穿着高乔人的灯笼裤，上身穿着一件破烂不堪的衬衫，袖筒高高地卷起，头上戴着一顶草帽。他瘦削多病，忧心忡忡，仿佛是当年安第斯军中那个拉瓦列的衣衫褴褛的幻影……多少年已经过去了啊！二十五年的征战，二十五年的荣耀，二十五年的失败。但是，至少那时他们懂得为何而战：他们渴望美洲获得自由，他们为"统一的祖国"而斗争。可是现在……美洲的大江小川里流淌了那么多的鲜血，人们目睹了那么多绝望的黄昏，听到了那么多兄弟间相互厮杀的喊叫声。从那里，从不太远的地方，走来了奥里韦。他不是和他们一起在安第斯军并肩作过战吗？还有，多雷戈呢？

　　佩德内拉忧郁地望着那些巨大的山脉，目光缓缓地扫过已经荒芜了的山谷，仿佛在向战争询问时间的奥秘是什么……

黄昏时的黑暗悄悄地笼罩了每一个角落，使所有的颜色和物体都化为乌有。衣柜上那块平凡而廉价的镜子，也和所有的镜子（无论廉价与否）一样，渐渐地承担起夜晚那神秘的重要性，宛如所有的人，无论是乞丐还是国王，在死亡的面前都承担着同样神秘的意义。

然而，他仍然希望见到她。

他打开独脚小圆桌上的台灯，然后坐在床沿上。他从内衣口袋里掏出一张已经磨损的照片，把躯体靠近那张小圆桌，仔细地看了起来，仿佛在检查一份不太合法的文件，而许多至关重要的事件都取决于对这份文件的正确解释。在亚历杭德拉的许多副面孔（所有的人都如此）中，那副面孔最应属于他马丁，或者至少曾经最应属于他马丁。那是一副深沉且又有点忧伤的表情，从中可以看出她渴望得到某种东西，但事先又知道这东西是不可能得到的。那是一张焦虑而又早已绝望了的面孔，仿佛焦虑（也就是希望）与绝望可以同时表现出来。此外，她用那副几乎难以察觉却又十分强烈的表情蔑视某种东西，也许是蔑视上帝或者整个人类，或者更有可能是她自己，或者是蔑视一切。不仅是蔑视，而且还是鄙视，甚至是厌恶。然而，他曾亲吻和抚摸过那张可怕的面孔；虽然这一时刻刚过去不久，但他却觉得已非常遥远，就像那些在睡梦中使我们感到震动或者在噩梦中使我们受到恐吓的捉摸不定的幻影一样，虽然我们刚刚醒来，但却感到它们已异常遥远。现在，那张面孔将马上同这个房间，连同布宜诺斯艾利斯以及他自己的记忆，一起永远地消失掉。仿佛一切都只不过是一个由一位惯于嘲弄他人和心地不善的巫师所炮制的幻影似的。当他深入地探究那个静止的形象——某种不可能性的象征——之际，在他那混乱的脑海里似乎感到（尽管非常模糊），他不是为了她，为了亚历杭德拉，而是为某种他难以确定的更为深沉和永久的东西，才自寻短见的：好像亚历杭德拉只不过是一片在荒漠中延长绝望行程的虚假的绿洲，它的消失可以促使死亡，因为绝望（因而也是死亡）的最终原因并非这个虚假的绿洲,而是荒漠,是残酷无情的一望无际的荒漠。

他的头脑宛如一个旋涡,一个缓慢而又沉重的旋涡。旋涡里不是清澈的(尽管是汹涌澎湃的)水,而是残渣、油污和已经腐烂了的尸体同无人保护的漂亮的照片以及令人爱慕之物的残骸相杂在一起的黏糊糊的混合物,就像洪水中漂流的东西一样。他看到自己在寂寞的午休时刻沿着里亚丘埃洛河信步而行,"犹如一个弃儿"(有一次他曾听一位邻居这么说),既忧伤,又孤独。奶奶去世之后,他把所有的爱都给了"博尼托"。这只小狗常常在他面前跑来跑去,跳跃着追逐某只麻雀,欢快地吼叫着。"变成一只狗该有多么幸福啊!"他当时这么想,并且还把这个想法告诉了堂巴其查。堂巴其查一面若有所思地听他说,一面叼着烟斗吸烟。突然,在这些混乱的思想和情感之中,他记起了一首诗。这首诗既不属但丁,也不属荷马,而是一位像"博尼托"一样流落街头、低微卑贱的诗人之作。"当你离去之际,上帝又在何处?"那位不幸的人自我问道。是的,当他的母亲盛怒之下要杀死他的时候,上帝又在何处呢?当安格洛公司的汽车压死"博尼托"时,上帝又在哪里呢?"博尼托",这个在世界上可怜的、无足轻重的生灵,被压得口吐鲜血,后半个躯体变成了一堆肮脏的糊状物,小眼睛在惊恐的挣扎中忧伤地望着他,仿佛要向他提出一个难以言传而又普通的问题。这个生灵无任何过错需要偿还,无论是它自己的还是别人的。它那样娇小,那样可怜,至少应该得到公正的对待,安安静静地死去,在晚年的昏昏沉睡中,回忆夏天的某个水坑,回忆在那遥远而幸福的时代沿着里亚丘埃洛河畔进行的某次长途跋涉。当亚历杭德拉同那个混蛋在一起的时候,上帝又在哪里呢?他还突然看到了那幅新闻纪录片的画面,那画面使他永远难以忘却。阿尔瓦雷斯把纪录片收藏在自己家里,并且不时地以某种色情受虐狂的劲头回味着。在画面中,他又看到了(一遍又一遍)那个七八岁的小男孩,夹杂在成千上万逃往法国的男男女女中间,迎着纷纷扬扬的大雪,沿着比利牛斯山出逃。他孤孤单单，无依无靠，用他那唯一的一条腿和临时制作的拐杖，在那群不知姓甚名谁的惊恐的逃亡者中间笨拙地向前蹦着，仿佛巴塞罗那那场轰炸的噩梦永远不会结束，仿佛在那里，在那个地狱般可怕的无名的夜晚，他失掉的不仅仅是一条腿，而是在那些漫长得犹如数百年的日子中，在孤独和恐惧中，他早已在一片一片地丢弃着自己的灵魂。

瞬间，他被这个念头震动了。

这个念头在他那异常兴奋的脑海里突然出现，宛如在暴风雨来临前的滚滚黑云中间亮起的一道闪电。如果宇宙有其存在的理由，如果人的生命有某种意义，总而言之，如果上帝是存在的，那么，"他"就应该出现在那里，出现在他的房间——那个肮脏不堪的旅馆的房间里。为什么不是这样呢？为什么"他"还要拒绝这一挑战呢？如果"他"是存在的，那么，"他"就是坚者，就是强者。而坚者和强者是宽宏大量的。为什么不是这样呢？"他"不出现会对谁有补益呢？"他"这样做会满足他什么样的自豪感呢？我会等到黎明时分，他用一种怨恨的惬意自言自语地说道，给"他"设定具体时限使他突然感到自己拥有一种令人畏惧的权力，也增加了他那解恨的满足，就像他在对自己说：我们走着瞧吧。如果上帝不出现，他就自寻短见。

他起了床，心情格外激动，仿佛一种突如其来的巨大活力使他获得了新生。

他神经质地开始从屋子这一头踱到那一头，牙齿紧紧地咬着手指甲，紧张地思索着，仿佛置身于一架翻滚着要栽向地面但却多亏某种超凡的力量又勉强得以保持平衡的飞机上。突然，由于一种难以说清的恐慌，他止住了脚步，显得十分不安。

此外，如果上帝出现，那么，"他"将如何出现呢？"他"会是什么样子？是一副巨大的令人恐惧的容貌，一个模糊的形象，一片寂静，一个声音，还是一种温柔而平静的爱抚呢？如果上帝出现，而他却不能发觉呢？倘若如此，那么他的自寻短见不就是无益而错误的了吗？

房间里一片寂静，几乎听不到楼下城市的喧闹。

他认为，任何一种城市的喧闹声都可能是意味深长的。他感到自己好像失落在数以百万计的熙来攘往的人群之中，必须认出一张陌生的面孔，这个陌生人给他带来一封救命的信，而他对这个陌生人也仅仅知道这一点：给他带来一封救命的信。

他坐在床沿上，浑身不住地哆嗦着，面颊烧得烫人。他思索着：不知道，我不知道"他"以怎样的方式出现。到底以怎样的方式，他实在不得而知。假如"他"是存在的，并且想拯救他，那么"他"就知道该如何去做，免得不被发觉。最后这个念头使他安静了一会儿。于是，他又躺了下来。然而，他马上又重新不安起来，并且这不安顷刻变得令人难以忍受。他又开始在房间里踱来踱去。突然，他跨到街上，信步而行，宛如一名已经精疲力竭的遇难者，躺在小舟的舱底，任凭狂风暴雨冲卷着自己的小舟。

向胡胡伊进发已经十五个小时了。将军身染重病，三天未曾入眠。他疲惫不堪，沉默不语，听凭他的坐骑载着他前进，期待着拉卡萨副官应该带来的消息。

拉卡萨副官的消息！佩德内拉、丹尼尔、阿塔耶塔、曼西利亚、埃查圭、比林赫斯特和拉莫斯·梅希亚这样思索着。可怜的将军，必须继续他的梦想，不要让他完全清醒过来。

拉卡萨催马加鞭而来，要通报他们早已知道的事情。

他们一个也没有围拢上去，他们不想让将军发觉他们中间没有人对副官的报告感到吃惊。他们远远地站着，默不作声，以亲切的嘲讽和凄楚的宿命论注视着那一荒诞无稽的对话，那个令人伤心的报告：集权派的人全都逃到玻利维亚去了。

要塞的军事长官多明戈·阿雷纳斯已经倒戈联邦派，他正恭候着拉瓦列，准备把他干掉。"向玻利维亚逃吧，抄哪一条近道都行！"早在撤离布宜诺斯艾利斯之前，贝多亚大夫就这样建议过。

拉瓦列怎么办呢？拉瓦列将军又能怎么办呢？大家全知道，一切都无济于事：他永远也不会回避危险。大家准备跟随他走，一直走到那个最后导致死亡的行动。这时，拉瓦列将军下令继续朝胡胡伊进发。

显而易见：那位首领每时每刻都在衰老着，他感到死亡已近在咫尺。仿佛需要自然而快速地走完人生的旅程似的，那位四十四岁男子汉，在其思考问题的方式上，在那极度弯曲的后背上，以及在他最后的疲劳中，都已有了苍老和死亡的预兆。他的同志们都从远处望着他。

他们依然目不转睛地注视着那座可爱的废墟。

弗里亚斯这样想道："蓝眼睛的英雄。"

阿塞韦多这样思索着："你为了这块大陆的自由，进行了一百二十五次战斗。"

佩德内拉这样琢磨："胡安·加洛·德拉瓦列将军，这位埃尔南·科特斯①和堂佩拉约②的后裔，这位被圣马丁称为'解放军'第一剑的男子汉，这位伸手去握刀柄从而使玻利瓦尔哑口无言的男子汉，正朝着死亡走去。"

拉卡萨这样考虑着："在他的族徽上，一只刚健有力的手臂紧握着一把剑——一把永不屈服的剑。摩尔人未能征服它，后来西班牙人也未征服它。现在它也不会屈服。这是事实。"

达马西塔·伯多，这位骑马走在将军身旁，焦急地试图弄清楚她所爱慕之人的面部表情却又觉得自己置身于一个遥远的世界的姑娘，这样思索着："将军：我希望你偎依在我的身上，把你疲惫不堪的脑袋放在我的胸膛上，让我的双臂像摇篮一样晃动着你，使你好好睡上一

---

① 埃尔南·科特斯（1485—1547），西班牙征服者。
② 堂佩拉约，西哥特伟人，公元718年在科瓦东加战胜穆斯林，成为阿斯图里亚斯第一位国王。

觉。世界不会把你怎么样,世界不会把一个酣睡在母亲怀抱里的孩子怎么样。我现在就是你的母亲,将军。看着我吧,告诉我你爱我,告诉我你需要我的帮助。"

然而,胡安·加洛·德拉瓦列将军默默不语地走着,沉浸在一个人在知道死亡已经近在眼前时所具有的思想里。是进行总结的时候了,是清理一生的不幸和回顾昔日面孔的时候了。不再是儿戏和观望单纯的外部世界的时候了。那个外部世界几乎已经不复存在,很快就会变成一场梦幻了。现在,他的脑海里浮现出真正而永久的面孔——那些曾密藏在他灵魂最深处的面孔。于是,他的心头出现了那张衰老而布满皱纹的脸;那张脸曾一度是个美丽的花园。现在,这个花园杂草丛生,几乎干枯,无花可见。然而,他又看到了这个花园,并且认出了那座凉亭。过去,他们常常在那里幽会,当时他们几乎还都是小孩子,失望、不幸和时光还未完成它们进行破毁的杰作。他们的柔嫩双手的接触,他们的眉来眼去,预示着以后将要来临的儿女,就像一朵花儿预示着将要来临的寒冷一样。"多洛雷斯。"他低声地说,毫无生气的脸上露出一丝微笑,仿佛我们在一座荒凉的山头为得到最后一点儿温暖拨弄灰烬时所发现的一块几乎熄灭的炭火。

达马西塔·伯多一直万分焦虑地望着将军;她几乎听到了将军低声吐出的那个遥远而可爱的名字。于是,她把目光移向前面,觉得眼睛里充满了泪水。这时,他们已经抵达胡胡伊郊:城中教堂的圆顶和钟楼已举目可见。这里是塔皮亚尔·德卡斯塔涅达家的别墅。夜幕已经降临,拉瓦列命令佩德内拉在那儿安营扎寨,他和一小队卫兵则去胡胡伊。他要找一所房子过夜:他身染疾病,疲倦和高烧把他弄垮了。

他的同伴们一个个面面相觑:能干什么呢? 一切都是疯狂的举动,不管怎样,都难免一死。

他漫无目的地游荡着。他待在下层人出没的小咖啡馆里。过去，他曾和亚历杭德拉光顾过这些小咖啡馆。他的醉意愈浓，世界就愈失去其形状及其坚实的基础。他感觉到有喊声和笑声，那些具有渗透性的灯光钻进他的脑壳，浓妆艳抹的女人拥抱着他，甚至他似乎看到巨大的、犹如棉花似的红铅团也将他压向地面。他依靠临时准备的拐杖，在一望无际的泥泞的平原上，在垃圾与死尸之间，在粪便和可以将他吞没的多蟹的沼泽地之间，艰难地行进着，竭力想使每一步都踩得稳稳实实。他睁大双眼，以便在半暗不明中朝那张神秘的面孔移动。那张面孔在远远的地方，和他相距约一莱瓜，紧贴着地面，仿佛是一轮刚从地狱里钻出来的明月，要照亮那幅令人厌恶且又被虫蛀了的风景画。他依靠着拐杖的支持，朝那里跑去；那张面孔似乎在那里恭候着他，那个呼唤无疑也来自那里。他在平原上跌跌撞撞地跑着。突然，当他站起身来时，他看见那张面孔就在前面，几乎就在他身边。那张面孔是如此的令人讨厌，如此的悲惨，仿佛他在远处时被某种邪恶的魔术欺骗了似的。他大喊一声，一骨碌从床上爬了起来。"安静点儿，孩子！"一位妇女紧紧地按着他的胳膊对他说，"现在，请安静点儿！"

一直在马鞍上安睡的佩德内拉神经质地坐了起来：他觉得听到了马枪声。但也许是他的幻觉吧。在这个不祥的夜晚，他竭力使自己进入梦乡；然而，一切努力都无济于事。血与死的幻觉在折磨着他。

他站起身来，在酣睡的同伴中间走着，一直走到哨兵跟前。是的，哨兵也听到了枪声，很远，在城那边。佩德内拉喊醒了他的同伴。他有一种阴暗的直觉，认为必须给马备好鞍子，保持警惕。于是，大家开始动手给马备鞍。这时，拉瓦列卫队的两位射击手驰马而来，大声喊道："他们杀死了将军！"

他试图思索，然而他的头脑里仿佛装满了铅液和乌七八糟的东西。"已经过去了,孩子,已经过去了。"那位女人对他说。他觉得脑袋疼,好像压力很大的气体压迫一台锅炉似的压迫着他的脑袋。透过一片陈旧而浓密的纵横交错的蜘蛛网,他发觉自己置身于一个陌生的房间:在床对面,他依稀看到了身着礼服的卡利托斯·加德尔,另一张照片也是彩色的,是埃维塔的,下面还有一个插着鲜花的花瓶。他感到那位女人的手放在他的额头,仿佛在摸他是否发烧了,如同许多年前他的祖母摸他一样。他开始听到了加热器的响声,原来那位妇女离开了他,去打开了加热器。加热器的轰轰响声越来越大。他还听到了微弱的哭声,是几个月小孩的哭声,就在他旁边,但他却没有力气看上一眼。他又一次被迫进入了梦境。这已经是第四次了。那个乞丐朝他走来,嘴里不住地咕哝着令人费解的话语。他把一个包裹放在地上,解开来,拿出里面的东西。马丁迫不及待地要弄清楚里面是什么东西。乞丐的话语是那样地难以理解,宛如一封明知对我们的命运有着决定性的作用但因时光和潮湿的侵蚀已经变得无法辨认的信。

将军的躯体倒在门厅里,浑身鲜血淋漓。达马西塔·伯多跪在他的旁边,紧紧地抱着他,哭个不停。索萨士官望着那个场面,宛如一个在地震中失去了母亲的孩子。

所有的人都奔跑着,喊叫着。联邦派的人在哪里?为什么没有杀死其他人?为什么没有砍下拉瓦列的头颅?这一切,谁都不得而知。

"黑夜里,他们不知道打死的是谁。"弗里亚斯说,"他们在黑暗中放的枪。""明白了。"佩德内拉思忖着。必须在他们明白事态之前逃走。他果断而准确地下达了命令。将军的尸体用斗篷裹了起来,放在他自己那匹黑白相间的坐骑上。他们催马返回塔皮亚尔·德卡斯塔涅达家的别墅,军团其余的人正等候在那里。

佩德内拉上校说:"奥里韦发誓要把将军的头颅挑在长枪尖上,在维克托利亚广场示众。这永远也不会发生,伙计们。七天内我们就可以抵达玻利维亚边境，我们将军的遗体将安放在那里。"

于是，他把队伍分开来，命令一队射击手断后，然后便踏上了通向流亡的最后征途。

他又听到了婴儿的啼哭声。"好啦，好啦。"那女人一边说，一边忙着给他准备茶。在她准备好茶，并且把茶放在床上之后，她便朝另一头走去；婴儿的啼哭声就是从那里传来的。她哼哼唧唧地唱了起来。马丁费了九牛二虎之力把头转向旁边，发现她向什么东西弯着腰。后来，他才看清楚那是一个抽屉。"好啦，好啦。"那女人说。接着，她又低声唱了起来。在作为摇篮的抽屉里，有一幅石印彩色画：基督敞开着胸膛，用一个手指指着心脏，就像在泰斯蒂的解剖图中一样。再下面是一些神像。不远的地方还有一只抽屉，主教的画像就在里面，头上还戴着一顶宽檐帽。"好啦，好啦。"她重复说，声音越来越小。接着，她又单调地哼唧起来，声音也越来越听不到了。此后，万籁俱寂，但她又等了一分钟，一直弯着腰，面对着孩子，直到确信小孩已经入睡。随后，她又回到马丁那里，力图不弄出声响。"睡着了。"她对他说，脸上露出笑容。然后，她稍稍弯下腰，把手放在马丁的额头上，问道："您好点儿了吗？"她的手长满了老茧。马丁作了一个肯定的回答。他睡了三个小时，现在又开始产生幻觉了。他望了望她：痛苦和工作，还有贫穷和不幸，都未能把甜蜜和母亲的表情从那位妇人的面孔上抹掉。"您身子垮了，我告诉他们把您带到这里来。"马丁脸红了；他想坐起来，可是那女人止住了他。"请等一等，谁在追踪您呢？"她无可奈何地笑了笑，接着说："您讲了许多事情，孩子。""什么事情？"马丁问道，他感到不好意思起来。"许多事情，但全都听不懂。"那女人一面羞怯地回答，一面仔细地查看自己的裙子，好像在查看一道几乎看不见的裂缝。她说话的音调是一些做母亲的进行温和的责备时常用的音调。她抬起头来时，发觉马丁正在看着她，脸上流露出痛苦嘲讽的表情。也许她理解他那副表情的含意,因为她说:"我也……别信以为真了。"她迟疑了一会儿。"但是,至少现在我在这儿有工作,我可以和孩子在一起。有很多事,真的。但是我有这间房子,还有孩子。"她又查看起那道看不见的裂缝,摆弄她的裙子。"后来……"她低着头说,"生活中有那么多美妙的事情。"她抬起头来,在马丁的面孔上又看到了那副嘲讽的表情。她又用起了那种责备的音调,责备中带有同情和恐惧。"不必去太远的地方了,看看我吧,看看我这一切吧。"马丁看了看那女人,看了看她那副贫寒的模样以及她那肮脏不堪的小屋里所充满的孤独。"我有孩子,"她固执地说,"我还有这台留声机,还有加德尔的一些唱片。您不觉得《盛开的藤忍冬》很好听吗?《小路》呢?"她异想天开地评论道:"没有什么东西能够像音乐那样美妙,的确如此。"她朝那位歌唱家的彩色画像投了一瞥:身着礼服、令人眼花缭乱的加德尔仿佛在九泉之下也向她报以微笑。随后,她又转向马丁,继续清点她的财产:"还有鲜花、小鸟、小狗,还有什么来着?……遗憾的是咖啡馆的猫把我的金丝雀吃掉了。它可是个了不起的同伴呢!""她没有提及丈夫。"马丁暗自思忖,"她没有丈夫,或者她的丈夫已经过世了,或者她被人骗了。"那女人几乎热情洋溢地说道:"生活是多么美好啊!您看,孩子,我今年才二十五岁,但我已经为有朝一日要死去而感到难过了。"马丁瞥了她一眼,他本以为她已经四十岁了呢。他闭上眼睛,陷入了沉思。那女人以为他又感到不适,因此她走近了他,把手再次放在了他的额头上。马丁又感觉到了那只长满茧子的手。他还感到,那只手安安静静地待了一秒钟后,便羞怯地抚摸起来,动作虽然笨拙,但却不乏温柔之情。他睁开眼睛,说道:"好像您给我把茶准备好了。"那女人听了似乎感到莫大的快乐。马丁在床上坐起来。"我要走。"他说。他感到非常虚弱,头昏脑涨。"您感觉好了吗?"她忧心忡忡地问道。"很好。您叫什么名字?""奥腾西亚·帕斯。愿意为您效劳。""我叫马丁,马丁·德尔卡斯蒂略。"

马丁把戴在小手指上的一枚戒指摘下,那是他奶奶送给他的礼物。"这枚戒指送给您。"姑娘羞得满面通红,拒绝了他的馈赠。"您不是告诉我,生活中有许多欢乐吗?"马丁问道,"如果您接受了这件礼物,我将非常快活。这是我在最后时刻得到的唯一的快活。您不想使我高兴吗?"奥腾西亚依然犹豫不决。后来,她把戒指戴在手上,一溜烟似的跑了出去。

6

马丁回到自己房间的时候,天色已经发亮。他推开了窗户。东边,在灰蒙蒙的天空中,一轮红日渐渐地显露出来。

有一次布鲁诺怎么说的?战争也许是荒诞的和模糊的,而一个人所属的部队则是一种绝对的东西。

譬如,达尔坎赫洛在那儿。奥腾西亚也在那儿。

一只狗,够了。

夜晚冷若冰霜,皎洁的月光冷森森地映照在山谷里。一百七十五条汉子风餐露宿,期待着南来的消息。格兰德河犹如一道闪闪发光的水银,蜿蜒伸向前方;它是战斗、远征和厮杀的无动于衷的见证。印加帝国的军队,俘虏的队伍,已经带有其血统(塞莱多尼奥·奥尔莫斯少尉这样认为)并且在四百年之后将神秘地活在亚历杭德拉血统中(马丁这样认为)的西班牙征服者的队伍。后来,爱国的骑兵阻击哥特佬①北进;于是,哥特佬便转身南进,但又一次遭到爱国者的阻击。他们用长矛和马枪、利剑和大刀,以兄弟间你争我夺的狂怒,互相杀戮。此后,在万籁俱寂的夜晚,他们又感觉到了格兰德河那单调的潺潺流水声,这声音缓慢而坚决地传到那些血迹斑斑的人的耳朵里。那么短暂啊,人们之间的战斗!寂静一直持续到死亡的哀叫又重新染上殷红的鲜血,所有的居民都不顾一切地沿河而逃。他们焚烧了自己的房屋,毁坏了自己的田园,以便来日再度回到这块生了他们并使他们饱尝了艰辛的永恒的土地上来。

一百七十五条汉子露宿在这个宁静的夜晚。一个低沉的声音,在微弱的吉他的伴奏下唱道:

"洁白的小鸽子,

哎!
你飞过山谷,
去告诉大家,
哎!
拉瓦列已经死去。"

第二天拂晓,他们又踏上了北进的征途。

塞莱多尼奥·奥尔莫斯骑着马,走在阿帕里西奥·索萨士官旁边。索萨士官此时沉默不语,百感交集。

少尉瞥了士官一眼。连日来,他一直在心里琢磨。在这几个月里,他的灵魂萎缩了,犹如一朵在星球灾变中凋谢的花儿。然而,随着这最后一次更为荒唐的撤退,他开始明白了。

为了一具死尸,一百七十五条汉子发了疯似的催马奔驰了七天。

"奥里韦永远也得不到头颅。"索萨士官对他说。这样,在那些被夷平了的宝塔中,年轻的少尉开始隐隐约约地看到了另一座宝塔——一座闪闪发光、坚不可摧的宝塔。仅仅一座。然而,为了这座宝塔,生死都是值得的。

新的一天缓慢地在布宜诺斯艾利斯城开始了,这一天同有史以来开始的无数天中的任何一天都毫无两样。

从窗口,马丁看见一个小男孩拿着晨报在奔跑;也许他是为了取取暖,也许这个工作就需要奔跑。一只同"博尼托"相差无几的丧家犬,正在垃圾桶里刨来刨去。一位酷似奥腾西亚的姑娘正去上班。

他还想到了布西奇。此刻,布西奇正待在自己那辆带着拖斗的"马克"牌卡车里。

于是,他把自己的东西装进水手袋,走下了那破旧的楼梯。

---

① 拉美独立战争时期对西班牙人的蔑称,有些地区也以此称呼保守党人。

7

　　细雨蒙蒙，寒夜漫漫。阵阵狂怒的大风卷走大街上的纸片和树上的枯叶，留下了光秃秃的枝干。

　　棚屋前，布西奇和马丁正在做着最后的准备工作。"这帆布篷子，"布西奇嘴里叼着早已熄灭的烟头说，"你知道吗？可能漏雨漏得很厉害。"他们把一条腿蹬在卡车上，使劲地拉紧绳子，把它拴住。一些工人走过来，他们又说又笑，但其中也有几个人低头不语。"拽住这儿，孩子。"布西奇说道。后来，他们进了酒吧。酒吧里，上穿皮外套、下着蓝灯笼裤、脚蹬高腰皮靴的男人们在大声地交谈着，品尝着咖啡和杜松子酒，吃着大块的三明治，互相引荐介绍，谈论着那些来往的行人：那个瘦猴、那个恩特雷里奥斯①佬、贡萨利托。这些人在布西奇那穿着皮夹克的后背上重重地拍打着，告诉他一些已经过时的、无足轻重的消息，而他并不讲话，仅仅报之一笑。后来，在消灭了那盘大腊肠和那杯纯咖啡后，布西奇对马丁说道："现在，我带您去上车，孩子。"于是，他走了出去，钻进驾驶室，发动车子，打开方位灯，朝阿韦利亚内达大桥驶去，从而开始了永无止境的南行。在这个寒冷的下着小雨的黎明，他们首先穿过了曾经给马丁带来众多回忆的那些城区。穿过里亚丘埃洛河之后，又越过了那些工业区，沿着朝东南方向渐渐延伸的最平坦的公路驶去。后来，在过了同拉普拉塔相交的十字路口后，他们便毅然决然地沿着那条三号公路南进。三号公路一直延伸到世界的尽头，马丁认过，那地方一切都雪白冰冷。那儿接近南极，巴塔哥尼亚高原的大风从那里吹过，虽然不宜安居乐业，却也干净纯洁。"最后希望海湾"、"无用海湾"、"饥饿港"、"荒凉岛"，从孩提在阁楼里那些漫长而又令人伤感的时刻起，多少年来他一直都看到这些名字。这些名字虽然意味着世界上遥远而偏僻的地方，但却不失为干净、坚强和纯洁的名字。这些地方似乎还不曾为男人，尤其是女人所玷污。

马丁问布西奇是否熟悉巴塔哥尼亚，布西奇怀着善意的嘲讽笑了笑，先是说了声"耶②"，然后又接着讲下去：

"咱是一流的，孩子。可以说，自从开始会走路时起，我就在巴塔哥尼亚闯荡。您知道吗？我的老子是个水手。有人在船上对他谈起了南方，谈起了金矿。老头子便在布宜诺斯艾利斯搭乘一艘货轮，去了马德林港。在那里，他结识了一位叫埃斯蒂维的英国人，此人也是为寻金而来的。于是，他们便结伴继续南行。他们一路上时而骑马，时而乘车，时而搭船。到了费斯罗伊附近的别马湖，我父亲才安下身来。我就是在那儿出生的。"

"您母亲呢？"

"是他在那儿认识的。她是智利人，名叫阿尔维娜·罗哈斯。"

马丁听得入了迷，呆呆地望着他。布西奇若有所思地对自己笑了笑，但仍目不转睛地观望着前方的道路，嘴里的托斯卡纳牌烟卷早已熄灭了。马丁又问他那里冷不冷。

"当然冷了。冬天可达零下三十度，特别是在阿根廷湖和里奥·加列戈斯这段路上。可是夏天却美极了。"

过了一会儿，他又向马丁谈起他的童年，谈起打狮子捉田鼠、捕狐狸猎野猪的故事来。他还谈到了如同同父亲一起乘船去远征。

"我的老子，"他笑着说，"从未放弃过寻金的念头。虽然他以牧羊为业，并且已经定居，但一有可能，他就重操旧业。1903年，他就和一位名叫马森的丹麦人及一位名叫奥腾的德国人一起去了火地岛。他们是最先穿越格兰德河的白种人。后来，他们经乌尔蒂马·埃斯佩兰

---

① 阿根廷省名。
② 即英语的 yes，由于发音的缘故，后面的"s"被吃掉了。

萨①北归，到了湖大区②。他们沿途都在寻找金子。"

"找到了吗？"

"找到什么呀！全是无稽之谈。"

"那他们以什么为生呢？"

"以渔猎为生。后来，我老子和马森在边境委员会找到了一份工作。在别马湖附近，他结识了一位当地最早的居民，一位名叫耶克·利韦利的英国佬。这家伙对他说：'您看，堂布西奇，这可有干头了，相信我吧。您为什么不留在这里而要去四处奔波寻找金子呢？在这里，金子就是羊。我知道自己在说什么。'"

后来，他便沉默起来。

在寂静而寒冷的夜晚，骑兵撤退的马蹄声清晰可闻。他们一直朝北撤退。

"1921 年，我在圣克鲁斯给人打短工，当时正闹大罢工。发生了一次大屠杀。"

他又沉思起来，嘴里不住地嚼着那支早已熄灭了的托斯卡纳牌烟卷。有时候，他也朝对面而来的某个卡车司机打打招呼。

"看来他们都很熟悉您。"马丁说。

布西奇以自豪的谦虚笑了笑。

"孩子，十多年前我就在三号公路上跑了。我对它了如指掌。从布宜诺斯艾利斯到海峡③，全长三千公里。这就是生活，孩子。"

---

① 智利南部的一个省。
② 智利南部的一个区，全国 16 区之一。
③ 指麦哲伦海峡。

巨大的地球灾变使西北那些崇山峻岭拔地而起；二十五万年来，从西面高峰所处的地区刮向边境的风建造了神秘而又宏伟的教堂。

在奥里韦军队的穷追之下，军团（军团的残兵败将）继续驰马北奔。将军那肿胀的躯体裹在他的斗篷里，由那匹黑白相间的战马驮着，已经腐烂，散发着臭味。

天气渐渐地变化了，蒙蒙的细雨已经停止，从里面（布西奇这么说）吹来一股强风，寒冷如刀割一般。然而，此刻天空万里无云。越往西南去，潘帕斯草原就越加宽广，风景也越加绚丽多彩，空气也仿佛对马丁尤为适宜。现在，他感到自己成了有用之人：他们不得不更换一个轮胎，马丁准备马黛茶，生火。就这样，第一个夜晚来到了。

还剩下三十五莱瓜。马队飞驰了三天，尸体散发着臭味，流淌着腐烂的液体。一些狙击手断后，他们也许会被长矛戳死或者被大刀砍掉脑袋。人数会越来越少。从胡胡伊到瓦卡莱拉有二十四莱瓜。"只剩下三十五莱瓜了。"他们心中暗想。如果上帝相助的话，再走四五天就到了。

"孩子，我可不喜欢在客栈吃饭。"布西奇一面把卡车停放在一块安全的地方，一面说。

无数的星辰在冷酷的寒夜里闪烁着。

"这是我的习惯，孩子。"他不无自豪地解释说，同时用他那粗糙笨拙的大手在"马克"牌卡车上轻轻拍打着，仿佛这辆卡车是他一匹心爱的骏马。"一到晚上，我就停下来，除非夏天，因为夏天的夜晚格外凉爽。但这总是危险的：你会困倦，会睡着，得。去年夏天，胖子比利亚努埃瓦就出事了，在阿苏尔附近。我对你讲实话，停下来不是为一个人，而是为了其他人。你想一想，这样的卡车会出什么事。会把人碾成肉饼，会的。"

马丁开始准备生火。卡车司机一边把肉放在铁条上，一边说："一顿美味可口的烤肉，你等着瞧吧。我习惯买新鲜的肉。一点儿也不要冷藏肉，孩子。要牢牢记住：冷藏肉是被放了血的。假如我上台执政，我对这个十字架起誓，禁止冷藏肉。相信我吧，正是由于冷藏肉，今天才流行这么多的疾病。"

但是，要是没有冷藏库，大城市里的肉不都烂掉了吗？布西奇从嘴角取下烟卷，用一个手指做了个否定的势样，说道："扯谎，这是怎样做生意的问题。如果肉立即出售，什么事也没有，懂吗？要是刚刚屠宰后就去买，怎么会烂掉呢？你能给我解释一下吗？"

他一面把肉放好，使风不至于把火吹在肉上把肉烤焦，一面说，仿佛还继续着刚才的思绪：

"我对你说实话，孩子：以前的人是很健康的。他们或许没有像现在这么多俗气的装饰，你说得没错，但他们是很健康的。你知道我的老子今年多大岁数了？"

不知道，马丁不知道。在火光的映照下，他看见布西奇微笑着蹲在地上，嘴里叼着那支早已熄灭了的托斯卡纳牌烟卷，一副洋洋得意的模样。

"八十三岁。如果我告诉你他曾看过医生，那我就对你撒谎了。你相信吗？"

后来，他们在距火堆不远的地方坐下来，坐在小邮包上，默默地等着肉烤好。天空晴朗，寒气逼人。马丁目不转睛地望着上蹿的火苗。

佩德内拉下令停止行军，并对他的同伴们说道："尸体已经肿胀，气味令人难以忍受。必须进行处理，把骨头和头颅保存下来。奥里韦永远也得不到头颅。"

可是，谁愿意去处理呢？而且谁又能够去处理呢？

亚历杭德罗·丹尼尔上校可以干这件事。

于是，他们把尸体取下来，放在小溪岸边。必须用刀子把衣服划破，因为由于尸体肿胀，衣服紧紧地绷在了上面。接着，丹尼尔双膝着地，跪在尸体旁边，就手抽出了猎刀。有好一会工夫，他注视着首领那已经变了形的尸体。围在四周的其他人也都默默地注视着它。后来，丹尼尔把猎刀从腐烂的地方捅了进去。瓦卡莱拉小溪卷走了一块块碎肉，顺流直下，而骨头却渐渐地堆积在斗篷上。

拉瓦列的灵魂发觉了丹尼尔的泪水，并且这样思索着："你现在为我而痛苦，可是将来你必须为你自己和还活着的同伴们而痛苦。我现在已经无足轻重了。我身上腐烂的东西正被你取下来，这条河的流水将把它带向远方；不久它将有助于某棵植物的生长，也许随着时间的推移，它会变成鲜花，变成芳香。你看，这不应该使你伤心。而且，这样你们还可以留下我的骨头，而骨头是我们身上唯一接近石头和永恒的东西。令我欣慰的是，你们还保留了我的心脏。在我身处逆境之际，它是多么忠实地陪伴着我啊！还有头颅，是的。这颗被那些博学多才的人视为一钱不值的头颅。他们之所以这么说，也许是因为我厌恶与外国佬联合，因为他们认为这次漫长的撤退是荒诞无稽之举，因为当我们已经看得见布宜诺斯艾利斯的教堂圆顶时，我没有决定攻打这座城市。这些满腹经纶之徒不知道，在我又看到我曾击毙多雷戈的地方的那些日子里，对他的回忆使我备受折磨。尤其是现在，我看到战争中的人民赞同他而不赞同我们。他们唱道：

'天空，乌云密布的天空，

是因为多雷戈身遭不幸……'

"是的，同伴们，这些博学多才的人使我犯下了一桩罪行。我那时还很年轻，尽管我也异常痛苦，因为我爱曼努埃尔，因为我一直对他偏爱，但我的确以为自己为祖国做了一件好事，因此才签署了那个判决，那个在这十一年中带来了这么多的流血牺牲的判决。而多雷戈的死则成了一个毒瘤，在流亡期间以及后来这场愚蠢的战争中吞食着我。你，丹尼尔，那时和我在一起，清清楚楚地知道我做那件事费了多大的气力，知道我是多么赏识曼努埃尔的胆量和智慧。阿塞韦多也知道，许多此刻正在这里望着我遗体的同伴们都知道。你还知道，是他们——那些有头脑的人，居心叵测地写信给我，引诱我去干那件事，而且还要我事后把那些信毁掉。是他们，而不是你，丹尼尔，也不是你，阿塞韦多，也不是拉马德里，不是我们这些只有一只用以操刀的胳膊和一颗用以对付死亡的心脏的人中的任何一个。

（遗骨已经包在斗篷里了。这条曾一度是天蓝色的斗篷，如今也像这些人的士气一样，变成了一块肮脏的破布，一块谁也说不清代表着什么的破布。人们情感的这些象征——天蓝色和红色，最终又变回大地那永恒的颜色。这颜色同脏污的颜色相差无几，因为它是我们苍老之色，是所有的人，不论其理想如何，最终的归宿之色。心脏已经被放进一只盛有烈性酒的铁桶里了。那些人都在自己破烂不堪的衣袋里藏有那个躯体上的一个小小的纪念物：一块骨头、一绺头发。）

"而你，阿帕里西奥·索萨，从来都不想理解什么，因为你只想忠实于我，全然没有理智地相信我所说的一切和我所做的一切。从我还是一个年幼无知而又狂妄自大的军校学员时起，你就照料着我。你，默默无闻的阿帕里西奥·索萨士官，肤色黝黑的索萨，满脸麻坑的索萨，在坎恰·拉亚达救我性命的人，除了对这个可怜的败将以及这个野蛮而不幸的祖国之爱外一无所有的人：我希望人们怀念你。

"我想说……

（现在，这些逃亡的人把包着遗骨的斗篷装进将军的皮箱里，然后又把皮箱放在那匹黑白相间的战马背上。但是，铁桶如何处理，他们犹豫不决。后来，丹尼尔把它交给了阿帕里西奥·索萨。由于首领之死，阿帕里西奥·索萨变成了最无助的人。）

"对了,伙计们,就交给索萨士官吧,因为交给了索萨,就等于交给了这块土地,这块野蛮的、用这么多阿根廷人的鲜血浇灌的土地。二十五年前,贝尔格拉诺就是从这条山谷以他新招募的兵马起家的。这位被临时拥戴的将军,尽管脆弱得像个小姑娘,但为了祖国,却仅以自己的勇气和热情所具有的力量,抗击了西班牙那些久经沙场的军队。对于祖国,我们当时还不清楚是什么,今天我们依然不知道是什么,不知道她延伸到何处,真正属于谁:属于罗萨斯?属于我们?属于我们大家?还是谁都不属于?是的,索萨士官:你就是这块土地,就是这道千年的山谷,就是这种美洲的孤独,就是这份在这场混乱之中、这场兄弟间的格斗中使我们备受折磨的莫名其妙的绝望。"

(佩德内拉下令上马。这时,已经可以听到后面的枪声。枪声不远,听起来令人深感岌岌可危。他失去了太多的时间。佩德内拉对他的同伴们说:"如果走运,我们在四天内将抵达边境。"的确,三十五莱瓜飞驰四天可以走完的。"如果上帝保佑我们的话。"他补充说。

于是,在山谷的烈日之下,逃亡者消失在尘埃之中。与此同时,为了他们,后面其他的同伴献出了自己的生命。)

他们坐在邮包上,默默地吃着。饭后,布西奇又忙着准备马黛茶。当他们品尝马黛茶时,布西奇举目仰望缀满了星辰的夜空,接着便神采奕奕地说出了刚才他想说的话:

"我对你讲实话,孩子。我也许喜欢当一名天文学家。你觉得奇怪吗?"

他担心弄出笑话,才加上了这句问话,因为马丁的脸上没有流露出对此表示相信的任何表情。

马丁回答说不奇怪。"为什么我要奇怪呢?"他说。

"当我旅行的时候,每天晚上我都昂首望星,并且问道:'谁生活在那些世界里呢?'德国人曼萨说那上面居住着数百万人,每一个星辰都像地球一样。"

布西奇点燃了托斯卡纳牌烟卷,深深地吸了一口,随即便陷入了沉思。

过了一会儿,他又说道:

"曼萨。他还告诉我,俄国人有一些很残暴的发明。我们在这里,安安静静地吃着烤肉,而他们会突然向我们发射一种光,催我们入眠。那是一种死亡之光。"

马丁递给他一杯马黛茶,问他曼萨是何许人也。

"我姐夫。我姐姐比奥莱塔的丈夫。"

"他是怎么知道这些事情的呢?"

布西奇不动声色地呷了一口马黛茶,然后自豪地说:

"他在布兰卡海湾干报务员已经十五年了,关于仪器和光,他熟知一切。他是德国人,这就够了。"

此后,他们都默不作声,直到布西奇坐起来,说道:"好啦,孩子,该睡觉了。"他寻找杜松子酒,喝了一口,望了望天空,说道:

"还算走运,这里没有下雨。明天我们要走三十公里土路。咳,我说错了,是六十公里。三十加上三十。"

马丁望了望他:"土路?"

"是的,我们要离开公路一点儿,我要去看望一位在埃斯塔西翁·德拉加尔马的朋友。我的一个养子病了,真的。我给他带了一辆玩具小汽车。"

他在驾驶室翻找起来,找到了一个匣子。他打开匣子,从里面拿出这件礼物给马丁看,自豪地微笑着。他给小汽车上了弦,想让它在地上跑动起来。

"当然啦,在土地上跑不好。但在木地板或者瓷砖地上跑得棒极了。"

他小心翼翼地把汽车收起来;与此同时,马丁惊愕地看着他。

他们疯狂地催马奔向边境，因为佩德内拉上校说过："今天晚上，我们必须到达玻利维亚的土地上。"后面依然响着枪声。这些人暗自思忖，七天里，在掩护撤退的人当中，有多少个同志被奥里韦的部队追上了，也不知道他们到底是哪些人。

夜幕中，他们越过了边境。他们可以甩蹬下马，终于可以休息一下，在宁静之中睡上一觉。然而，这样的宁静凄惨得犹如那种笼罩着死亡世界的宁静，那种笼罩着遭受了灾难又被成群不声不响、凄楚而又饿断饥肠的兀鹰飞掠而过的大地的宁静。

翌日清晨，当佩德内拉下令上马继续向波托西进发时，这些男子汉虽然踩蹬上了马却立而不动，长时间地望着南方。所有的人（包括佩德内拉上校），一百七十五张面孔，一百七十四个男人和一个女人，个个都思绪万千，沉默不语，回首望着南方，望着那块以"南方联合（联合！）省"为名的土地，望着世界上这一地区。他们就是在那里出生的，那里还有他们的妻儿老小。永远如此吗？

大家都昂首南望。阿帕里西奥·索萨士官也一样，他带着铁桶，还有那颗紧紧地贴着自己胸膛的心脏，望着南方。

塞莱多尼奥·奥尔莫斯少尉也是如此。他十七岁时就和已经牺牲于克夫拉乔·埃拉多的父亲和哥哥一起加入了军团，为大写的各种理想而战。但是，后来这些词竟渐渐地为人信手乱写，而它们的大写——古老而闪闪发光的宝塔，由于岁月的流逝和人为的作用，也渐渐地沦于崩溃。

佩德内拉上校直到领悟到已经不能再这样下去时，才下令出发。于是，大家都勒缰回马，向北驰去。

他们已经在飞扬的尘土中，在矿藏般的寂寞中，在地球那块荒凉的地区，远离而去。漫天飞扬的尘埃中，很快就会看不见他们了。

山谷里，那个军团，那个军团的残兵败将，什么也没有留下：他们的马蹄声已经消失；他们的战马奔驰时撩起的泥土又落回到了大地的怀抱,尽管慢慢悠悠,却毫不留情;拉瓦列身上的肉被溪水带向南方(为了变成树木、花儿和芳香吗?)。对那个神乎其神的军团,人们将仅仅保留下模糊不清且又日益淡薄的回忆。"在月明如镜的夜晚,"一个印第安老头讲道,"我也看见了他们。首先听到马刺声和一匹马的嘶鸣声。后来便出现了一个洁白如雪的东西(这位印第安人就是这样看见了将军的战马)。那是一匹膘肥体壮的马,将军端坐在马背上。他腰挎一把大刀,头戴一顶高筒带檐军帽,身着投弹兵装。"(可怜的印第安人,可将军是一个头戴肮脏的草帽、身披早已褪了色的斗篷的衣衫褴褛的平民百姓啊!可那个不幸的人既没有投弹兵装,也没有高筒带檐军帽,什么都没有啊!可他是一个穷得捉襟见肘的人啊!)

然而,这仿佛是一场梦:一会儿后,他便立即穿过小河,朝西面的山丘走去,消失在茫茫的夜幕之中……

布西奇向马丁指了指在拖车上睡觉的地方,接着便铺开垫子,上好闹钟,说了声"五点钟我们要动身,"随即远离几步,去解小便。马丁认为,在朋友旁边小便是他的职责。

天空明朗而冷峻,宛如一枚黑色的钻石。在星光的映照下,辽阔的平原伸向陌生的远方。热烘烘刺鼻的尿味同原野的气味混杂在一起。布西奇说:

"我们的国家多么广大啊!孩子……"

马丁注视着卡车司机在布满了星辰的天空映衬下的巨大侧影;在他们一起解小便的时候,他感到一种十分纯真的宁静第一次进入了他那受尽折磨的灵魂。

布西奇望着地平线,一边扣裤子纽扣一边说道:

"好啦,睡觉吧,孩子。五点钟我们要动身。明天我们过科罗拉多河。"

Ernesto Sabato
SOBRE HEROES Y TUMBAS
© Heirs of Ernesto Sabato
c/o Schavelzon Graham Agencia Literaria
www.schavelzongraham.com
Simplified Chinese edition copyright © 2022 by Shanghai Translation Publishing House
All rights reserved.

图字：09-2017-258 号

图书在版编目(CIP)数据

英雄与坟墓 /（阿根廷）埃内斯托·萨瓦托著；申宝楼，边彦耀译. —上海：上海译文出版社，2022.9
ISBN 978-7-5327-8736-4

Ⅰ.①英… Ⅱ.①埃… ②申… ③边… Ⅲ.①长篇小说—阿根廷—现代 Ⅳ.①I783.45

中国版本图书馆 CIP 数据核字(2022)第 110030 号

英雄与坟墓
〔阿根廷〕埃内斯托·萨瓦托 著　申宝楼　边彦耀 译
责任编辑/刘岁月　装帧设计/张志全工作室

上海译文出版社有限公司出版、发行
网址：www.yiwen.com.cn
201101　上海市闵行区号景路 159 弄 B 座
苏州市越洋印刷有限公司印刷

开本 890×1240　1/32　印张 38　插页 6　字数 348,000
2022 年 9 月第 1 版　2022 年 9 月第 1 次印刷
印数：0,001—8,000 册

ISBN 978-7-5327-8736-4/I·5395
定价：98.00 元

本书中文简体字专有出版权归本社独家所有，非经本社同意不得连载、摘编或复制
如有质量问题，请与承印厂质量科联系。T：0512-68180628